记忆之歌

石头记

青春的往事，往事的青春，在哪？

吴传之 著

武汉大学出版社
WUHAN UNIVERSITY PRESS

图书在版编目（CIP）数据

石头记/吴传之著．—武汉：武汉大学出版社，2014.5
（记忆之歌）
ISBN 978-7-307-12735-7

Ⅰ.石…　Ⅱ.吴…　Ⅲ.长篇小说—中国—当代　Ⅳ.I247.5

中国版本图书馆 CIP 数据核字（2014）第 004141 号

责任编辑：张福臣　　责任校对：汪欣怡　　版式设计：马　佳

出版发行：**武汉大学出版社**　（430072　武昌　珞珈山）
（电子邮件：cbs22@whu.edu.cn 网址：www.wdp.com.cn）
印刷：湖北知音印务有限公司
开本：880×1230　1/32　印张：15　字数：341 千字
版次：2014 年 5 月第 1 版　　2014 年 5 月第 1 次印刷
ISBN 978-7-307-12735-7　　定价：30.00 元

总　　序

叶　辛

40多年前，中国的大地上发生了一场波澜壮阔的知识青年上山下乡运动。"波澜壮阔"四个字，不是我特意选用的形容词，而是当年的习惯说法，广播里这么说，报纸的通栏大标题里这么写。知识青年上山下乡，当年还是毛泽东主席的伟大战略部署，是培养和造就千百万无产阶级革命事业接班人的百年大计，千年大计，万年大计。

这一说法，也不是我今天的特意强调，而是天天在我们耳边一再重复宣传的话，以至于老知青们今天聚在一起，讲起当年的话语，忆起当年的情形，唱起当年的歌，仍然会气氛热烈，情绪激烈，有说不完的话。

说"波澜壮阔"，还因为就是在"知识青年到农村去，接受贫下中农的再教育，很有必要"的指示和召唤之下，1600多万大中城市毕业的知识青年，上山下乡，奔赴农村，奔赴边疆，奔赴草原、渔村、山乡、海岛，在大山深处，在戈壁荒原，在兵团、北大荒和西双版纳，开始了这一代人艰辛、平凡而又非凡的人生。

讲完这一段话，我还要作一番解释。首先，我们习惯上讲，中国上山下乡的知识青年，有1700万，我为什么用了1600万这个数字。其实，1700万这个数字，是国务院知青办的权威统计，应该没有错。但是这个统计，是从1955年有知青下乡这件事开始算起的。研究中国知青史的中外专家都知道，从1955年到1966年"文革"初始，十多年的时间里，全国有100多万知青下乡，全国人民所熟知的一些知青先行者，都在这个阶段涌现出来，宣传开去。而发展到“文革”期间，特别是1968年12月21日夜间，毛主席的最新最高指示发表，知识青年上山下乡，掀起了一个前所未有的高潮。那个年头，毛主席的话，一句顶一万句；毛主席的指示，理解的要执行，不理解的也要执行，且落实毛主席的最新指示，要“不过夜”。于是乎全国城乡迅疾地行动起来，在随后的10年时间里，有1600万知青上山下乡。而在此之前，知识青年下乡去，习惯的说法是下乡上山。我最初到贵州山乡插队落户时，发给我们每个知青点集体户的那本小小的刊物，刊名也是《下乡上山》。在大规模的知青下乡形成波澜壮阔之势时，才逐渐规范成“上山下乡”的统一说法。

我还要说明的是，1700万知青上山下乡的数字，是国务院知青办根据大中城市上山下乡的实际数字统计的，比较准确。但是这个数字仍然是有争议的。

为什么呢？

因为国务院知青办统计的是大中城市上山下乡知青的数字，没有统计千百万回乡知青的数字。回乡知青，也被叫作本乡本土的知青，他们在县城中学读书，或者在县城下面的区、城镇、公社的中学读书，如果没有文化大革命，他们读到初中毕业，照样可以考高中；他们读到高中毕业，照样可以报考全国各地所有的大学，就像今天的情形一样，不会因为他们毕业于区级中学、县级中学不允许他们报考北大、清华、复旦、交大、武大、南大。只要成绩好，名牌大学照样录取他们。但是在上山下乡“一片红”的大形势之下，大中城市的毕业生都要汇入上山下乡的洪流，本乡本土的毕业生理所当然地也要回到自己的乡村里去。他们的回归对政府和国家来说，比较简单，就是回到自己出生的村寨上去，回到父母身边去，那里本来就是他们的家。学校和政府不需要为他们支付安置费，也不需要为他们安排交通，只要对他们说，大学停办了，你们毕业以后回到乡村，也像你们的父母一样参加农业劳动，自食其力。千千万万本乡本土的知青就这样回到了他们生于斯、长于斯的乡村里。他们的名字叫“回乡知青”，也是名副其实的知青。

而大中城市的上山下乡知青，和他们就不一样了。他们要离开从小生活的城市，迁出城市户口，注销粮油关系，而学校、政府、国家还要负责把他们送到农村这一“广阔天地”中去。离开城市去往乡村，要坐火车，要坐长途公共汽车，要坐轮船，像北京、上海、天津、广州、武汉、长沙的知青，有的往北去到“反修前哨”的黑龙江、内蒙古、新疆，有的往南到海南、西双版纳，路途相当遥远，所有知青的交通费用，都由国家和政府负担。而每一个插队到村庄、寨子里去的知青，还要为他们拨付安置费，下乡第一年的粮食和生活补贴。所有这一切必须要核对准确，做出计划和安排，国务院知青办统计离开大中城市上山下乡知青的人数，还是有其依据的。

其实我郑重其事写下的这一切，每一个回乡知青当年都是十分明白的。在我插队落户的公社里，我就经常遇到县中、区中毕业的回乡知青，他们和远方来的贵阳知青、上海知青的关系也都很好。

但是现在他们有想法了，他们说：我们也是知青呀！回乡知青怎么就不能算知青呢？不少人觉得他们的想法有道理。于是乎，关于中国知青总人数的说法，又有了新的版本，有的说是2000万，有的说是2400万，也有说3000万的。

看看，对于我们这些过来人来说，一个十分简单的统计数字，就要结合当年的时代背景、具体政策，费好多笔墨才能讲明白。而知识青年上山下乡运动中，还有多多少少类似的情形啊，诸如兵团知青、国营农场知青、插队知青、病退、顶替、老三届、工农兵大学生，等等等等，对于这些显而易见的字眼，今天的年轻一代，已经看不甚明白了。我就经常会碰到今天的中学生向我提出的种种问题：凭啥你们上山下乡一代人要称“老三届”？比你们早读书的人还多着呢，他们不是比你们更老吗？嗳，你们怎么那样笨，让你们下乡，你们完全可以不去啊，还非要争着去，那是你们活该……

有的问题我还能解答，有的问题我除了苦笑，一时间都无从答起。

从这个意义上来说，武汉大学出版社推出反映知青生活的“黄土地之歌”、“红土地之歌”和“黑土地之歌”系列作品这一大型项目，实在是一件大好事。既利于经历过那一时代的知青们回顾以往，理清脉络；又利于今天的年轻一代，懂得和理解他们的上一代人经历了一段什么样的岁月；还给历史留下了一份真切的记忆。

对于知青来说，无论你当年下放在哪个地方，无论你在乡间待过多长时间，无论你如今是取得了很大业绩还是默默无闻，从那一时期起，我们就有了一个共同的称呼：知青。这是时代给我们留下的抹不去的印记。

历史的巨轮带着我们来到了2012年，转眼间，距离那段已逝的岁月已40多年了。40多年啊，遗憾也好，感慨也罢，青春无悔也好，不堪回首也罢，我们已经无能为力了。

我们所拥有的只是我们人生的过程，40多年里的某年、某月、某一天，或将永久地铭记在我们的心中。

风雨如磐见真情，
岁月蹉跎志犹存。

正如出版者所言：1700万知青平凡而又非凡的人生，虽谈不上“感天动地”，但也是共和国同时代人的成长史。事是史之体，人是史之魂。1700万知青的成长史也是新中国历史的一部分，不可遗忘，不可断裂，亟求正确定位，给生者或者死者以安慰，给昨天、今天和明天一个交待。

是为序。

目　　录

第一章　怪面人

1

李丽华指着前面一道山坡说："就是这里。"

钱皮举目观望，坡上绿叶在轻轻摆动，上面跳跃着夕阳的光斑。忽见那里有几张脸，挂在灌木边，映在草叶上。清晰而又残缺，熟悉而又年轻。他诧异揉揉眼睛，再睁开，已经没有了，剩些模糊的光影。他心里想：噢，这虽然是幻觉，每张脸都很干净，很平和，真好呢。

钱皮道："原先说是条荒沟？"葛超道："就是。这次大家决定要挖，找到当年挖坑的两个四类分子，背都驼了，是他们来指的地方。其中一个过去读过私塾，偶尔说句话还文绉绉的。当时大家怀疑说不像这里，是条沟嘛！他说："嗨呀，这么多年了，山谷为陵，丘为壑呀！"李丽华道："葛眼镜还给小字辈解释，老大爷说的话，就是沧海桑田的意思。"葛超道："几个年轻人说，葛叔，夸张了吧，并没有这样久远哪！我们才好多岁？我笑道，你们觉得不久远，是因为当时和现在两重天，你们没有经历过，感觉不到。时间是个心理上的东西。”

钱皮因为武斗打死人和打砸抢等罪行，“文革”后期入狱，关了十年。出来之后创业，现在又加入环保协会，叫“自然之子”。葛眼镜和李丽华是他知青年代的朋友。当年，在一个紧要关头，他的举动出人意料，有人硬说这造成了知青朋友的死和被抓。他因害怕故交可能要对他挥老拳、捅刀子，出狱后从未和大家见面，今天来是第一次。众人都聚会过了，也无人提起这件往事。然后葛、李两个陪着钱皮进山。葛超当年是置身事外的，他背着李丽华问钱皮：“当时，你为啥把李丽华的枪扔进河里？”钱皮说：“我那时思想已经起了变化，不想杀人，即使是救朋友。”葛超晓得他原是个杀人不眨眼的，惊奇地耸了耸肩膀。

刚才坡上浮现的那几张脸，便是枪毙了埋在这里的几个知青。其中有大名鼎鼎的孙猴、葛超妻子的前夫浪子和李丽华的丈夫老猿。现在环境变宽松了，死者的亲属和朋友们议定把遗骨挖出来重新安葬，明天就动工。

钱皮问：“这里……就是他们几个？”李丽华道：“不止，这一批有十几个！”“呃，那，怎么认？”“有办法。譬如塑料凉鞋，不会烂。那天，他们几个都穿的塑料凉鞋。还有牙齿。嘿，那个驼背老人还挺有心计，他给我们说了些情况。”

钱皮趋前细看山坡植被，用手去刨，灌木下面露出一些沙土和碎石。他道：“嘿，原来是泥石流造成的！”他直起腰来，观望一会又说：“二姐，这座山，我看见有只大手在抚摸它。过去的荒沟就像一条伤口，伤口慢慢愈合了，整座山浑然一体，好温柔好可爱呀！”李丽华笑了说："就是！每次来，我都觉得这坡青草，就像给他们盖的一床被子。暖暖和和的，他们在下面，唉……"她不由低下头，用手指揉了揉眼角。

钱皮等她抬起头来，道："既然这样，二姐，这床被子，就不要掀开了吧？"

李丽华唇边浮起一丝冷笑："跟你说，钱皮，在我们小时候，这座山尽是大树。大跃进它才变成了乱石坡，用来枪毙人。前些年有了植树节，这里新栽的树木，是用来美化的，也是用来遗忘的！"葛超微笑道："二姐意思是说，你看见的这只大手……"钱皮苦笑了一下。

钱皮自从做了"自然之子"，这是第一次被难倒了，觉得很难取舍。也是第一次，他犹豫这世上还有东西能比环保更重要？半晌，他道："我同意，挖！"

大色不早了，他们回到公路边。钱皮这次开越野车来，带着旅行帐篷。他对李丽华说："二姐，他们在这里睡了二十多年，我没有来过。他们明天要离开了，我要陪他们过一夜。"李丽华道："咦，你在山上过夜？"葛超道："没事，他在野外搞惯了的，我陪他。"李丽华说："那，我也去——你们怕不怕不方便？"钱皮说："二姐，只要你觉得方便。"

三人在山上扎好帐篷。黄昏的天空颇热闹，扯出些橘红、粉白、湖蓝和金黄的旗子，扇动着归鸟灰的、黑的、花的翅膀，还飘荡着鸟儿的歌喉。晚风中，对面那道翠绿的山坡上有些东西在闪烁，是水露、霞光、萤火，还是思想？嘿，大山无言，可大山在说它什么都知道！

钱皮道："呃，我从雪山下面来。在那里，我们和山民一起掩埋了几个遇难者遗体。那是一个国际登山队，好多年了，登山遇到雪崩，整个登山队都被埋在了冰川下。后来，那里就经常发生泥石流，时不时就有一两具尸体被雨水冲出来。山民说，这是因为雪山觉得自己受了污辱。雪山不情愿人们在它身边喧嚣，把它踩在脚下。唉，现在，大山的脾气越来越暴躁了，世界各地它都在发泄！"

葛超和李丽华都默不做声，李丽华眼里还闪烁着银的金的泪花。钱皮又深情地说："嘿，大山有人性，真的。以前在山上，翠枝说话都不准我大声。她说，别大声说啊，大山不喜欢闹，你听雀鸟的声音都很小，虎啊熊啊，都难得吼叫。"

夜深了，李丽华进去睡了，钱皮和葛超还坐在帐篷外。附近小树林后面在发光，那是月亮。神灵也出来了，神灵总出现在月夜或星光下，或许这才是它们的白天。它们在空中飘行，或附着在物体上：风，鸟儿，星星，你身边的石头。

葛超耳语："你看，你看，那片树林……有亮，他们像住在那里。"钱皮道："那里有人……""哪个，你看见了……你在想哪个？""都想。你呢？""我在想老猿。'文革'中敢像他这样的人，都不是常人……""呃，你们诗社的，所以熟。""我给你讲一件事。"

小树林边有影子游动，像绢丝，有部分白色，有部分透明，是月光造成的幻觉吧？

葛超说："你晓得柏舟的半截字库塔，红卫兵炸的，又没有炸完，立在那里像个怪物。""晓得。""那天下雪，我和老猿从字库过，有群盲人在那里烤火。你晓得柏舟有很多盲人……""晓得。我晓得字库，是盲人烧字纸的地方，他们把到处拾来的字纸送去烧，确保来生当明眼人。”“这时，有个盲人叫了声袁老师，可能是他学生的家长，或是他一个队的，他答应了。盲人乐呵呵的，马上对其他人说，嘿嘿，我听得出来是袁老师!”“你们在说话?”“不是。他说从脚步声就听出了老猿！老猿走拢去，说你们在这里烤火？唉，火都要熄了！盲人说你早来一步都还有火，你摸我的手还是热的，就把黑黢黢一只手伸给老猿摸。老猿说，哎，硬还是热的！盲人说，哎，你的手冰冷！两个都在笑。不得了，这群盲人都把手伸过来了，像一根根烧焦了的柴，都说袁老师，我手也是热的，我手也是热的，他就像领导那样把每只手都握一握。咦，我隔多远都闻到那些手的味道，身体的味道……”

“臭烘烘。”钱皮低声嘟囔。晓得这些可怜的盲人，心明如镜，但是一辈子不洗脸，不洗澡。

“我跟他分了路，一直在看他。十几个盲人也都在看他的背影……”

“你的意思是听他的背影。”钱皮轻轻打断一句。

“嗯。路边就是水渠，我看他会不会蹲下来洗手。”

“咦，你为啥要看我洗手?”声音像来自小树林边，又像来自天深处，清晰得像针穿进耳朵里。白色的影子现在像人一样坐在旁边，这人只有轮廓，或一小部分，他清晰的半张脸朝着葛超。太意外了，葛眼镜惊讶得说不出话来，隔一会才道：“我当时……很好奇，想看你究竟是不是个正常人……呃呃，你懂我的意思。”“噢，你说呢?”“不是，几十年后的今天，你都还不是。我斗胆了!”

钱皮嘴一直张着，现在稍微平静了。问道：“呃，他说你就像领导一样，跟大家握手，他开玩笑。但是你……如果真的是领导，那会怎样？”

“啊，还会怎样？除了还会和娃儿一起修水车，和盲人一起烤火，空了就在路上走啊，看房屋慢慢变旧，看稻穗慢慢变黄，看树叶从枝上飘下来，把脸伸过去，把手伸过去，好让树叶落到我的脸上手上……就这些了。”

他俩说不出什么话来了。后来就打起了哈欠。

夜很深了，帐篷外早有了两个男人的鼾声。飞虫在耳边嗡嗡闹，在脸上酥酥碰闯，也不知是不是这二人的真感觉，也不知是人体的热气吸引来的还是它们本来就在春气中舞蹈着，是否山林里到处都一样？天上有流星划过，夜晚的飞虫，小草，树叶，它们都看见了流星这一闪，而后又各自飞，抽芽，从树枝上掉下来。沉睡着的这两个男人——和一个女人正在慢慢变老。

2

此乃本省的模范监狱，始建于清朝。中国封建帝王为了巩固统治地位，素有“高筑墙，广积粮”的传统。另有一句是“缓称王”或“不称霸”，这句是对外而言的。中国自古对“霸道”就有微词，况古人因心理上自以为是中央帝国，对外只讲究“怀柔”；今人是为了韬光养晦、避免枪打出头鸟。又因几千年来目光内敛，稍有一点探险浪漫情怀，如“藐姑射之山在海中，有神人居焉”；如“上穷碧落下黄泉，两处茫茫皆不见”；如曾派500童男童女去海外寻不死之药，及派郑和七下西洋等，但都后继乏术，拓展不开，所以也没有称霸的心理需求。但凡“攘外”无济，那在“安内”上就很有一套，本模范监狱可证。都晓得折扇吧，这是四大发明之外的第五大发明，各国佳丽至今都对它爱不释手，此清朝监狱的布局就像一把折扇。折扇“哗”一声打开，用来放风的小坝儿便是扇形的圆心。狱中所有通道都交集于这个圆心，条条道路通放风坝儿，要走出高墙深院必经这处众目睽睽铺满了阳光的地方。而你若向反方向走，则会进入迷宫，新犯人就是把你放了，自由走你也走不出去。

在省城的各区县巡回批斗。此前先有严厉交待，只准做俯首帖耳状，不准四顾，更不准开腔。开腔如何？开腔有锁喉绳在。锁喉绳不像清朝游街的犯人那样“口中塞栗木”一样明明白白，而是由押解者暗中牵引，令犯人顿时如鲠在喉。可见随着时代的进步，对于沿街百姓的观感已有所顾忌了，而不再像封建时代那样赤裸裸行事。

这天来到一座县城，台上照例孙猴、老猿居中，水牛、浪子等稍次，钱皮靠边站。钱皮一进场就觉得人声鼎沸，等站定之后瞄一眼前方，吓一跳。这场子是个篮球场，小了，连周围树上都站着骑着人，人头高昂，树杈低垂。从附近楼房每个窗口都有长长的脖颈伸出。场上人群正在骚动，嫌台子搭矮了，于是又抬了几张八仙桌来安在台子上。犯人在批斗之日允许吃大半饱，故钱皮、浪子等虽被整得走路都是瘸的，被狱警抓住胳膊一送，就纵了上去。孙猴、老猿则是架上去的。

批斗主要由知情者和反戈一击者上台揭发，这极大满足了听众的好奇心，比土改斗地主和“文革”斗走资派还更有吸引力。狱中钱皮吃的苦头较少，批斗时他好像很麻木，实际上思维却很活跃。他冷眼看场上如林的拳头、喷火的目光和雷鸣般的吼声，又见那树干上、窗口边和屋顶上的人只是摇头晃脑，他竟有所悟：原来那树上、窗口和屋顶上的人是些看客，看客说到底并无爱憎，场上的人却有意无意在演戏。他又偷视台上的人：孙猴因天灵盖都开裂成了几块，每回出场都像一具僵尸。浪子仍桀骜不驯，他利用狱警不便动手的机会有时冲其瞪一下眼睛，做个怪相，或在激烈的“打倒反革命”的口号声中抬头张望，（当然只有半秒钟，当心锁喉绳！）甚至怪怪一笑。这一笑的效果难料，台下父老乡亲有时愣住了，有时惊呼叫骂，背后的狱警一直蒙在鼓里。钱皮想这家伙既如此大胆，又有机会，我偶尔向他抛个逗趣的眼神，他连看都不看我一眼，唉，可叹！可笑！

老猿身体极度虚弱，虽然在巡回批斗期间专门进行了调养，站久了脚还是打闪。他尽量埋着头，只有瞅准机会，趁狱警放松了警惕才会抬一下头，这往往是发言者揭发到紧要关头时，这时，这个将死之人的头就慢慢抬起来了，好像他也被揭发打动了，在忏悔，又好像他的头埋得太久了需要喘一口气。他先把目光缓缓投向揭发的人，目光明亮如炬，才没有丝毫忏悔的意思呢！这样就把台下的眼球都吸引了，一直低着头的主犯，人人都想看一眼这主犯，比想看美女和魔鬼还急迫！他便凝视台下一两秒钟，只允许有一两秒钟。因为他的平静和不忏悔，他的信念和思想就这样传递给了这成千上万的人，尽管他们本能想要抵制，但是台上发言正关键所以不好喊口号，于是这么多人同一时间都在被迫与他交流。

这天批斗完了，摄影记者意犹未尽，招呼几个四五十岁的妇女过来照相：“大娘，婆婆，你们过来……他们坏得很哪，你要把他们指着啊，这样指，手这样摆，脸侧过来一点，眼睛瞪着，嗯，好了，不要动……”

八仙桌上的罪犯们反而有了片刻清闲，因为台下所有眼球都被记者和几个大娘吸引过去了，几个大娘虽然目光炯炯，脑筋都在受记者的摆布。罪犯大都木然，个别在对大娘皱鼻子。老猿这个不哭的人，反而落了几滴眼泪。老猿和大娘这张合影令记者如获至宝，后来在阶级斗争展览馆展出时，照片下面配的字是“鳄鱼的眼泪”。

终于挨到了宣判之日。这天上午钱皮先听见憋着嗓子叫他的号数，接着叫道：“把东西搬出来!”说声音像鸭叫，像摔瓦罐子，像划玻璃，均不足以形容其蹩足、刺耳、令人起鸡皮疙瘩。狱中口令真是名副其实的“地狱之声”，不仅尖锐，而且含混，令犯人神经发疯。钱皮耳濡目染既久，马上“听”懂了这是叫听宣判。

他始而紧张兴奋，继之又极度释然与放松——一种听天由命的感觉。搬啥子东西？被抓时穿的一身衣服，珍惜得很，连洗都怕洗，已经千疮百孔了，还穿在身上。另外狱中只发了一件棉衣，是件名副其实的黑心棉衣——他右腋就夹着这件宝贝，左手拿只破瓷盅，里面塞着毛巾和牙膏牙刷，走了出去。见已有十多人面墙而立，互相间隔在两米左右，均垂手低头做木偶状，每人身后站一个管监的。他也照样站得像只折断了颈子的木偶。旁边“狱友”暗暗一耸肩膀和钱皮打招呼，那人肩膀上像有眼睛，钱皮兴奋地抬了抬脚尖作为回答。此时水泥巷道传来了重刑犯的脚镣声，连脚下的地皮都在轻微震动。钱皮本能刚一抬头，“啪!”后脑勺被猛击一下，同时一声尖叫：“不准看!”

这次共有二十人接受宣判。宣判室一次只进去一人，进去时的点名——由于地狱之声的特性，大概只有本人才能立即产生反应。宣判完之后叫签字，跟着又是一声尖叫，听不清叫的是“走”、“滚”、“爬”其中的哪个字。钱皮判的十年，宣判时他心尖一抖——是欢喜得抖，像捡了便宜，忍了才未绽露笑容，故他签字的动作很爽快。

巧的是许久前，在L县凯风农场，花枪假充秋后算账的法官给大家“判刑”，也给钱皮判10年。花枪其人，脑筋时而壅塞时而空灵，言行有异于常人。花枪首先说孙猴、葛眼镜将判极刑。孙猴并不在场，葛眼镜顿时两眼吐火：“胡说八道！判你枪毙！先枪毙你！”“呵呵，你不要心虚，我是说起耍的，要是你写了《问太阳》的话。”《问太阳》这首诗被说成是射向领袖的一支毒箭，葛眼镜曾被列为重点怀疑对象，后来就基本排除了。轮到钱皮，花枪说：“判10年！”钱皮暗吃一惊，怀疑抢铁匠和借枪给孙猴的事情被他晓得了，便佯装笑脸问他根据何在？花枪声音在喉咙里咕噜一番后才冒出来：“呵呵，我觉得你，不光有刑事，可能还有政治。”但这时钱皮根本还没有“政治”，他和《问太阳》扯上关系是后来的事情。钱皮对花枪的“预审”颇为叹服。

宣判后便是游街和陪杀场不提。而在历尽劫波后，葛眼镜说钱皮：“你们一个案子，你判得最轻，就因为你手上没有沾血。”的确，钱皮判得轻是由于他在紧要关头把枪扔了，当时他的狠毒之心已经开始从善。但是他手上真的没有沾血？或者，他只是作为“革命者”或作为“义士”手才沾了血？

3

当“文革”在国内兴起之际，无独有偶，在地球村的西边，左倾的社会思潮也正在成为新宠，青年运动开展得如火如荼。“文革”初，国内报纸“世界人民热爱毛主席”专栏中，所登的大多是亚非拉的消息和照片。没过多久，这方面的消息就渐入佳境，美国、西欧、日本的知识分子、大学生和工人也高举“毛主席”的旗帜掀起了造反运动！譬如“花都”巴黎，它素来都用鲜花、霓裳和艺术打扮城市，而今毛像章和小红书大有取代之势。法国报刊惊呼“巴黎街头出现红卫兵！”成群结队的法国青年身穿绿军装、头戴红五星、胸佩毛像章、手舞小红书，风一般在香榭丽舍大道上疾走。

甚至连世界级的哲学家福柯也对中国“文革”兴趣盎然，他乐于引用毛主席关于人性分为“资产阶级人性”和“无产阶级人性”的语录，他在“五月风暴”中为学生队伍喝彩说：“他们不是在干革命，他们就是革命！”他还同别的教授加入学生队伍去占领大学的办公楼，勇敢与警察对峙。“那个时刻福柯是兴高采烈的。他在屋顶上喜气洋洋向聚集在楼下的警察投掷砖头，同时还小心翼翼注意不把他那身漂亮的丝绒西装弄脏。”结果福柯遭到逮捕，第二天未经审讯即被释放。

学者萨特（学术界他的风头比福柯还盛！）的表现同样精彩。萨特穿着“第一世界”的西服和衬衫，他的女伴波伏瓦（同样是作家和学者！）则穿着“第三世界”少数民族风格的裙子和领巾，两人和学生一同走在大街上，“意气风发，斗志昂扬”。萨特赞扬学生们设置街垒的行动“百分之百正确”，主张“暴力是遗留在学生手中的唯一的东西……应该由学生决定他们的斗争应该采取的形式”。（这是毛语录影响了他，抑或毛受了他的影响，亟待专家研究。）波伏瓦的热情和诙谐一点不亚于他，说学生们刷在巴黎大学墙上那些“大胆”的标语中，她最感动的是“把禁止禁止掉”！

然而此造反并非彼造反，此红卫兵并非彼红卫兵。中国红卫兵造“走资派”和“封资修”的反，“巴黎红卫兵”造了些什么反？且听他们在巴黎街头喊的口号：

权力归于想象！

直到用最后一个资本家的肠子勒死最后一个官僚之前，人都是不自由的！

永不工作！

我越谈恋爱，我就越要造反，因而我也越要谈恋爱！

我们睡，我们吃，我们不碰钱！

这些造反者们除了上街游行、袭击警察之外，还用其他五光十色的方式反叛社会：有的到深山老林过公社生活，穿兽皮，吃素食；有的迷信神秘宗教，走火入魔；有的加入“摩托党”飞车寻衅，宣泄愤怒；有的当“嬉皮士”，留长发长须，穿奇装异服，沉溺于摇滚和大麻，崇尚群居和性解放。在一部电影中，在那个如火如荼如花的巴黎五月，青年A、B和姑娘C同处一室。他们一起喝酒，吸大麻，享受性爱，探讨哲学和革命。他们房间里挂着电影海报和明星照，就连经典油画《自由引导人民》中自由女神的脸也怪异换成了玛丽莲·梦露的脸。青年B因答不出姑娘C的提问被罚在梦露的笑靥前手淫。可有天清晨他们被一块打破窗玻璃的碎石惊醒了，啊呀，窗外街道上发生骚乱！他们迅疾加入了游行……

这些西方红卫兵的口号行为和当时中国红卫兵的做派真是风马牛不相及！在西方，“性和电影是发动机，政治是火车”。而在中国，举个小故事：有两个北京的女红卫兵到乡下去，路过一个老知青组上，听见有人用小提琴拉《梁祝》，就闯进去，手指着这知青的鼻尖训斥：“你这个小流氓，你拉的是什么东西？”吓得这老知青屁滚尿流，连夜将小提琴拿到别处藏起来，打听这两个不速之客走了，才敢又拉。这两个女红卫兵的做派揭穿了红卫兵鼓吹的“四大自由”的庐山真面目。故尔此红卫兵是宫廷的，彼红卫兵是草野的；彼红卫兵的言行除了街垒、游行、石块和“用资本家的肠子去勒死官僚”之外都在此红卫兵的扫荡之列。

也许，知青，尤其是“文革”前下乡的老知青才和西方红卫兵有几分形似与神似。华兹华斯诗云“年轻就是天堂”，这在西方如此，东方也如此。因为年轻才有造反的冲动，“在荷尔蒙分泌旺盛的春天，革命渴望疯狂生长。几十年后当他们足够老奸巨猾时，只是摇头一笑”。

奇怪的是这些西方造反青年给历史发展留下了很多意味深长的东西，恐怕这既与其“草野”性质相关，也与西方社会的开放性质相关。据认为，以法国 1968 年造反运动为起点，西方社会进入了一个新的发展时期，出现了诸如信息革命、新保守主义执政、全球生态危机、艾滋病与吸毒泛滥、冷战结束、苏联东欧阵营解体、全球化浪潮等一系列新景观。尤其是联大于 1972 年通过“人类环境宣言”，此后“只有一个地球”的呼唤在民间不胫而走，响彻朝野。人类在这个形象的口号下，开始关注自己的摇篮和家园——地球。难道不是么，推动历史的是天马行空的青年，而非老人和戴枷的舞蹈者。

4

英才中学有条林荫道，道旁一长溜“百丑图”。此图出笼之初观者如堵，这条林荫道便成了人们驻足流连的地方。全校教职员除了大学刚毕业分配来的几个年轻教师外无幸免者，都在那上面露丑，岂止露丑，还因此发疯、流血、致死和致残。百丑图个人资料来源于学校教职工的档案，“文革”刚发动，学校邓书记就指使心腹把这些档案抛了出来。可邓书记这种转移斗争大方向的伎俩不久即被识破，他因此也坐上了百丑图中的首席。图上的他梳“飞机头”，发型侧面看像一把手枪，类似报纸上经常出现的美国总统肯尼迪的漫画造型，但是鼻子画成个小小的圆球。学校小理发店姓冯的剃头匠亦在图上叨陪末座，他在旧中国当过几天兵，因而被当成历史反革命揪了出来。冯剃头匠是偏颈，还口吃，剃头时头始终向右偏，想来这也许会对他剃顾客头的左边造成不便，但是不然。相反他的手艺娴熟，服务态度又好，理发店又干净，剃头街上是一角而他只收8分钱，所以在教师、家属和住读学生中广结人缘。他的毛病在于虽然说话结巴但是很爱与顾客吹牛，还爱谈古论今，（这也是顾客爱光顾的一个原因！）所以揭发出来的反动言论多多。百丑图对他的生理缺陷极度夸张，对他的批语比对多数“臭知识分子”的批语都长，不愧为百丑图的殿军。后来他和学校其他牛鬼蛇神一起关牛棚，每天担粪、种菜、平操场和修缮房屋等。小理发店关门大吉，住校红卫兵8分钱一次的发也理不成了，着实沮丧。

百丑图上另有个梳飞机头的，便是地理老师吕世凯。吕世凯因新中国成立前参加过三青团，新中国成立后又有说错话的档案记录，故他在“文革”中小心谨慎，偶尔一紧张就“神经短路”连话都说不出来，有人就说他老奸巨猾，因为他以往上课并不这样。后来风起云涌成立革命组织，又很快分裂成两派，他干脆成立了一个人的“红彤彤战斗队”，声称自己对自己负责，“我自己直接忠于毛主席！”他这个战斗队做的事就是将每日的最高指示、中央首长讲话、“两报一刊”社论（如果有的话）抄到街上去，而绝不介入派性。岂料聪明反被聪明误，因为连两派抄大字报、提浆糊、刷标语找到他，他都爱理不理，把两派都得罪了，两派都想整他。

这天晚上中央人民广播电台向全国播送了毛主席向工宣队赠送芒果的激动人心的消息，山城的大街小巷都沸腾起来了，英才中学师生收听完广播后马上集合，要秉烛游行。召集者故意安排吕世凯领呼口号，他不知是心忧还是激动，接过口号单子时有点喘不过气来。他到时果然神经短路！尽管每喊一句口号前都要在脑子里先过一遍，他还是将“打倒某某”和“某某万岁”喊颠倒了，犯了大忌。游行队伍顿时发生混乱，走在他旁边的两个老年教师像听到炸雷一样，吓瘫了坐在地上。周围群众的表情多半也是惶恐的，像他表情的复制。也有惊愕的、亢奋的，或二者的混合，那如炬的目光和死鱼般的目光要稍后才能演化出来。他面如死灰，沙哑道：“我罪该万死！我罪该万死！”先用力打自己两个嘴巴，然后将手伸进嘴里去，瞪眼做出怪相，像在抠咽喉，又像要拔出舌头来……

面对吕世凯“自残”的举动，革命群众愣了几秒，紧接着就有如雨的唾沫、拳头和脚尖降临。忽有人大叫：“反革命！赶快把他扭送公安局！”叫的人是学校工人造反派的头头赵师傅，心有点软。吕世凯这才捡了条命，没有被当场打死。赵师傅后来私下对钱皮说这有可能是太紧张导致喊错了，钱皮内心也同意赵师傅说的，他是红卫兵头头，他如果和赵师傅说法一致，这将对吕世凯有利。但钱皮对此恶毒攻击事件与其说是愤慨，不如说是激动，他的好友杜茂生说得更露骨：为了革命，就是冤案也要进行下去！他于是驳斥赵师傅道：嚣张至极、胆敢公开呼喊反动口号的人过去有，现在也有！就算他当时并非故意，但是也恰好暴露了他内心深处的反动本质。某某万岁和打倒某某，革命群众肯定不会喊错，这就跟一个人不会把爸爸和妈妈喊错一样！

5

五月的育才校园没有弦歌与鲜花，只有拳脚与阳光。拳脚与热泪齐飞，阳光共刀光一色。悲切阴郁之气只在阴沟里徘徊。高音喇叭播放着煽情、表忠心的歌曲，热烈跳跃的节奏在人们耳际飘荡，脑中膨胀，心内撩拨，脚下拱翘。有人跳起了“忠字舞”，跟着满操场的人都跳起来了，跳得欢快又虔敬，活泼又严肃，遍地开花又整齐划一。风吹柳絮漫天飞舞，钻草入云，不拘一格。思想的红线牵引每个舞者的灵魂，像牵引梦游者一样。

教职工中的“牛鬼蛇神”挑了些去陪斗，剩下的在离大操场不远的空地锄草。其中冯剃头匠也把锄头一丢跳起了忠字舞，在他清冷独舞一两分钟后，另有些人也手脚发痒，有的只是想轻松一下，有的是不愿放弃这表忠的机会，有的是已经习惯于并且甘愿闻歌起舞了，他们也把锄头一丢跳了起来。附近游荡的三个红卫兵见了走过来。因为这三个初中生面无表情，使跳舞的这群人摸不着头脑，不晓得他们将受到鼓励还是惩罚，稳妥起见，他们先后都拾起了锄头。这三个红卫兵走拢后，其中两个还在思考牛鬼蛇神可不可以擅自丢下锄头跳忠字舞的问题，打跳忠字舞的牛鬼蛇神会不会被另一派抓辫子？而剩下那个就不像同伴那样动手之前先要想一想，他的脑筋很简单，或者说革命把他的脑筋都啃噬得差不多了。他手握才做成的鞭子，这鞭子将几股细钢丝绳拧在一起，约有小指头粗细，外套一根橡皮管，再用马刀在橡皮管上挨着剁，将钢丝绳剁出许多毛刺，翻在橡皮外，他现在迫不及待要一试身手。剃头匠重拾锄头后暗窥红卫兵的动向，红卫兵提鞭走来，他锄头一丢就跪下了。不料鞭已挥起，这样正好抽在他脖子上，再一拖，血淋淋一圈，比钢刀抹喉还惨。剃头匠惊心动魄地叫了一声，把所有埋头干活的人都吓得跳了起来。

这个脑筋最简单的红卫兵也没有傻到只在一个人身上做试验，他又朝高大英俊的童老师走去。童老师四十多岁就满头银发。他留过洋，是英才中学的王牌，能教数理化加英语四门课程，他上几何可以不用圆规和三角板，在黑板上随手画的圆就跟拿圆规画的一样。而且篮球、乒乓球他都是教工队的主力。百丑图批语说他在国民党溃退时握有逃往台湾的机票，因为去跟舞女告别才赶落了飞机。但他在英才中学的表现正派、踏实、肯干，在经历的历次运动中也都不卑不亢。刚才他不为热烈欢快的歌声所动，部分牛鬼蛇神情不自禁跳忠字舞时他仍在锄草。这个脑筋最简单的红卫兵突然在他背上抽了一鞭子。

童老师猝不及防，他只穿一件背心，背部僵直且强烈抽搐一下。他连哼都没有哼一声，也没有扭头看一眼打人者，依旧锄着草，只是手中锄头连续几下差点锄着自己的脚。但小人之心难料！童老师意在默认自己的囚徒身份，逆来顺受，这脑筋简单的红卫兵却感到自己被藐视了，对方在显示钢筋铁骨，跟着又是一鞭，下手更狠。这两鞭把童老师的背心抽得稀烂，还拖出湿漉漉两道肉沟，这次童老师盯了这脑筋简单的红卫兵一眼。这时像有人在指挥一样，牛鬼蛇神们都不干活了，都盯着这个打人的红卫兵，并且发出轻微低沉的吼声，虽然看不见谁的嘴在动。

钱皮远远看见牛鬼蛇神在跳忠字舞，觉得好笑便走了过来。钱皮读小学时，曾见过童老师在土高炉火光中炼铁的飒爽英姿，产生崇拜；进英才中学后他是班上的物理科代表，和童老师关系亲密。两个月前，百丑图刚出笼，老师都很惊惶，钱皮曾借与童老师相遇的机会，解释说这都是初三和高一学生搞的，跟他们高三学生无关。这话明显带有师生之情，童老师感到周身温暖，嘴唇动了动。钱皮道：“童老师，你想说啥子？这里只有我们两个。”“1957 年的反右运动，你刚读小学……开始也鼓励大家鸣放……”童老师只说了半截话，言外之意是告诫钱皮不要参加造反。当时的钱皮已趋于顽劣，对于童老师能以戴罪之身，向学生说出这种带有风险、可能挨批的肺腑之言，还是受到轻微震撼，他甚至好像感受到了父爱。此时钱皮目睹童老师挨打，他一度竟有微弱的冲动，要制止那个初中生，这样童老师不会挨第二鞭，但他没有。当他看见童老师背上两条血沟，已经肿起来了，他仍然故作冷漠。实际上他心里还是有股热流上涌，到了鼻腔那里差点化成了眼泪。

他掉头去看南山。忽然间，一本叫《迎春花》小说中的一幅阴森的插图横在眼前，画中有个穿长衫的父亲背后握刀将要刺死参加革命的女儿，这插图与眼前发生的事完全风马牛不相及，但是令他长舒了一口气。并且，脑中灵光一闪。他掉过头来，竟“呵呵”笑了两声，童老师和头脑简单的红卫兵同时都愣住了。他并翘起嘴角，挂起尽量多的笑容。同时有两粒大大的泪珠从眼角“扑簌簌”掉下来。这副奇怪的面孔令这个脑筋简单的红卫兵感到不知所措，尤其是他怎么可能笑？脑筋简单的红卫兵觉得这是一种怪笑，是要动怒的前奏。他本来还要找个女的牛鬼做试验的，只好作罢，略站了站，就尴尬地走了。

钱皮当然看不见自己脸上的奇怪表情，他对脑筋简单的红卫兵的离开感到遗憾。他还想用冰冷的目光和童老师打个招呼，刺他一下，但童老师一直低头锄草，他便带着遗憾走开了。

吕世凯押回来了，先暂时关在大操场旁边放体育器材的房间里。他反而变白胖些了，盖因看守所内部也在造反和闹派性，无暇对在押人员进行虐待，像吕世凯这样有家属送鸡蛋罐头去的有点相当于“住疗养院”。钱皮走来时红卫兵正叫吕世凯在棕垫上做俯卧撑，做一百个。吕世凯做十来个就不行了，趴着歇几秒钟，看见要挨打又勉强再做几个，这样一共只做了三十几个，就累瘫了，打他也只是扭几下屁股，并“哎哟哎哟”叫。这时钱皮走了进来，吕世凯见了如逢救星，因为英才中学打老师的基本上是初中生，高三学生对老师呵斥而已，不动手。钱皮喝道：“起来!”吕世凯赶快爬起来。“下来!”吕世凯便从棕垫上下来。“拖开!”脚尖指着棕垫。吕世凯这次愣一下，动作不如刚才爽快了。“又做!”吕世凯大失所望，几个初中红卫兵面带愧色，刚才怎么让他在垫子上做！吕世凯被迫在水泥地上又做了几十个俯卧撑。

钱皮自己则见缝插针，在旁边木凳上练了一会“铁砂掌”。这据说是从警备区弄来的秘方，以中药若干味，加陈酒、白醋拌和煎汤，用文火熬炼稍浓，倾入石臼中捣烂成泥。然后再加等量的细铁砂，用布口袋盛好，置坚实木凳上。练时用掌拍打，轻重徐急、单手双手，则由练者自己择定。本校红卫兵开始热衷的有四五十人，后来个个手肿，甚至脱皮落肉，坚持下来的只有钱皮、茂生等四五人。

知青下乡的动员令下达前，红卫兵们对“文革”及其前景大多心灰意冷。下乡当然不等于去死，故鞭炮声欢呼声不绝于耳，上街游行庆祝的红卫兵多如过江之鲫。

以英才中学这次送别为例：操场上，彩旗如林，歌声如海，锣鼓掀天，几十辆满载知青的大卡车整齐排列，不是过节，胜似过节。当

“出发”令下，鞭炮如雷鸣般炸响了，遂由一辆毛泽东思想宣传车打头，两辆军车押后，中间的车队开始蠕动起来了。此时车上前红卫兵们的表情一言难尽，总之大家都被欢送会场的这种气势震慑住了，不可以有自由的表情。“欢送”令他们必须有欢乐的表情，慷慨激昂的表情，一些人真的有这种官方的表情；一些人说不清是欲哭还是欲笑，甚至连激动都谈不上，而只是一种麻木神情。车上车下的目光在搜寻和对接，于是送别的人群中出现了骚动，哥哥姐姐，爸爸妈妈齐向前冲，并有了哭喊之声。有个白发老奶奶在找她的孙女，车开得很慢，这老太太眼泪花花硬往前挤，搀着她的媳妇拖不住她，连维持秩序的解放军也不好拦她。她老眼昏花了看不清吧，那车上的孙女该招呼她呀，但是没有。她愤怒了叫道：“唉，唉，这世道！娃儿都不读书了哇？乡下没有人种地了哇？”这时候震耳欲聋的鞭炮刚好放完了，周围的人都鸦鹊无声，愣在那里。老太太于是又重复一遍：“这车，往哪里开呀！娃儿都不读书了哇？乡下没有人种地了哇？”

车队照既定路线游了几条街后，开上了漫长的土路，或叫“三级公路”，把一车车娃儿送往乡下种地去了。前红卫兵忍了好久的真情发泄，在游街完了上了土路后才爆发出来，车厢里哭声一片。可毕竟是青年，毕竟生活在社会和群体之中，毕竟有一种不可捉摸的前途和朦朦胧胧的希望，需要自己去争取。故这些准知青的心态和情绪忽悲忽喜，忽低落忽激昂，哭完后大家又兴奋起来了，又充满了革命激情，开始憧憬美好的未来。

山城知青下乡有公路、铁路和水路三种走法，尤以水路场面最为盛大。有个小男孩从水码头看了热闹回家，在门口对爸爸妈妈说：“哎呀，开头锣鼓喧天，口号震天，送的人喊，走的人不喊。汽笛一响，轮船一晃，哭声马上响起来，压住了口号。一万个人一起哭，吓死人了！”嗨，前述诗圣的“牵衣顿足拦道哭，哭声直上干云霄”，不如小男孩说得有力量吧！孩子的妈却偷看着邻居的表情，责骂道：“死娃儿！乱说话！啥子叫一万个人一起哭，吓死人了！”孩子嘴角一撇要哭的样子，刚要申辩，就被他爸捂着嘴挟进屋里去了。

5

茂生因自有打算所以下乡不跟学校走，自己去联系地点。钱皮一直在盘算今后如何去“斗”，也不愿跟学校走，就对茂生说要跟他一路。茂生正担心和瑞莉一男一女插队会招来闲话呢，又是十几年的朋友，当然乐意。

他俩走之前充当过一回送行的角色。这批下乡者走水路，清晨六点钟就在各自学校集中了，乘车到达码头。钱皮和杜茂生来时早已天亮，但是雾很浓，稍远看不清人面，只看见三五成群的人影，这一堆那一堆，互相说着话。随着雾气慢慢散开，才显现出了附近崖坎上和山包上扯起的横幅和彩旗，目光所及，走的送的，黑压压的有几万人！他俩到处转来转去找本校下乡的队伍，一下碰到了胸戴红花的陈慧英。陈慧英伤好出院后就退出了战斗团，且几乎不在学校露面。“哟！你要走？”钱皮和杜茂生看见她胸前的红花，都惊叫一声。陈慧英淡淡一笑。二人又问她：“走哪里呀？”她道：“我走乌江边上，彭水。”茂生道：“我们学校没有到彭水的……”“我不跟我们学校走……我有个堂姐是女中高二的，我跟她一起走。”茂生道：“好久不见了，还以为……有的人找各种各样借口不走，而你受过伤，这是众所周知的，我看你是大家的榜样！”“什么榜样呀，你别说了！”茂生颇尴尬，就转身跟别人说话去了。

钱皮还跟陈慧英在一起。陈慧英道："学校就是想树我这个榜样，几次三番到家里来动员我，我不想害人，所以才要跟我堂姐一起走。"钱皮感兴趣道："呃，咋叫害人？"陈慧英见他火辣的眼神，不知他心里正其乐融融呢，竟有点害怕，喃喃道："我是看透了……我晓得反正都要走这条路，迟走不如早走。"钱皮又对陈慧英一个初中女生说自己"看透了"感兴趣，说："我和茂生、瑞莉也不跟学校走，自己联系地方，早晓得你也不跟学校走的话……"他随口说来，所以没说完就打住了。陈慧英见他神态亢奋，又听他话中有话，心有点跳，冷丁说道："噢，如果白瑞雪还在，我们一个班，又顶好的，那我们这次，就会一起走了。"她晓得钱皮和瑞雪的关系，下意识想把谈话引向个人的感情。但钱皮眼中的火焰并非由陈慧英或瑞雪点燃，他在想"文革"下乡对许多人来说又是条什么路？因此很兴奋。他眼珠翻起，（陈慧英所见竟只有眼白！）射出针束似的寒光，眼珠钉在坡上欢送知青下乡的横幅上了。陈慧英惊骇不已，不等他回答，赶快消失在人群中了。

此后过了几天，茂生到钱皮家里来了，钱皮墙上有张地图，茂生站在地图前说："这里，去不去？我猜你可能愿意去。"茂生指着的小黑点是L县，它旁边有条河流的细线，这河叫安宁河。

L县对钱皮来说是个亲切的地名，久违了呢！他却问道："你不是说去云南？""这里一样，下云南很方便，你看，这里有条铁路叫成昆铁路，就要通车了。""嗯，听说那里是个鱼米之乡，去了至少不会挨饿吧，但我们凭什么去？""我给他写了信，他回了，说可以帮我们联系。"钱皮晓得茂生说的"他"是指生父杜文杰，杜文杰右派摘帽后在L县的医院当医生。而杜文杰现在的妻子毛羽，曾经是茂生和钱皮的小学老师。

钱皮当时读四年级，当班长，班主任毛羽是个漂亮姑娘。钱皮心里很爱毛老师，并且这根本不同于对妈妈和姐姐的那种爱。而毛老师喜欢钱皮，这甚至连校长都知道。有天毛老师叫钱皮到办公室去，当时办公室里虽然还有别的老师，但隔得远，加上外面操场的喧闹声，说话的声音别人听不见。毛老师说她要调走了，到L县。钱皮虽然小但是已经很懂事了，而且敏感，他一听这话，去年冬日的一幕立刻浮现在眼前，那是他和毛老师、茂生一起去送别杜医生，茂生的爸爸。

现在他马上就懂得了，毛老师要到杜医生那里去。毛老师睫毛上像有泪花。钱皮想毛老师眼睛红了，说明她去了就不回来了，他的眼泪也说来就来。毛老师连忙朝其他老师的办公桌看了一眼，遂掏出手帕给他擦了擦眼睛，又从办公桌抽屉取出一个硬壳小日记本，送给他，叫他翻看她在扉页上写的几句话，还有几页风景照插图……他们后来还通过信。

第二章 路难行

1

秋霞浅褐色皮肤，深眼窝，大眼睛，眼珠有点斜睨。薄嘴皮儿，嘴角两个小窝，笑起来像弯弯的红月亮，竟像个吉卜赛女孩。此时她笑着说：“我叫秋霞，秋天的秋，霞光的霞。”指着旁边的知青哥：“他名字叫范正勇，你们就叫他浪子。”钱皮等的目光从秋霞移向浪子，见他中等个儿，玉面秀颊，眉梢挑起，神采奕奕的样子。同时都招呼：“秋霞！浪子！”瑞莉笑道：“浪子，浪子燕青！莫说，还有几分像。”秋霞笑道：“都这样说，可是，你们哪个见过燕青？”瑞莉笑道：“想象中的嘛！”浪子不好意思地垂下眼皮。

钱皮却对秋霞道：“呃，姓秋的少，但是有个很有名的，女侠，名叫秋瑾。”扯了扯嘴角。秋霞笑道：“我们姓秋的好像就是她有名，但是还是不如秋天有名，所以我不说秋瑾的秋，说秋天的秋。”秋霞一眼看见钱皮，就觉得他的面孔僵硬，黑眼珠是定的，没有光彩。此时又见他的眼白翻起像鱼肚皮，一股寒意，可他并不自知，脸壳还挤着笑容，颇为讶异。秋霞过后看他身段灵活，说话机敏，偶尔眼中有一丝柔光，愈觉此人凶狠而又带着哑谜。

秋霞和浪子是对情侣，都是“文革”前由省城下到L县的知青，和毛羽、杜医生很熟。秋霞回省城耍了快一年，现在浪子来接她回去。茂生等从山城到L县要经过省城，毛羽叫他们到了省城去找浪子和秋霞，一路走。毛羽还给他们找了一辆返程的车子，连路费都省了。

因是次日一早的车，这天剩下的时间浪子和秋霞就陪茂生等在市内逛。到了市中心广场，只见这里巍峨耸立着一尊花岗石领袖塑像，塑像背后有座仿人民大会堂的杏黄色“万岁展览馆”。秋霞介绍说这里原是旧皇城，最近拆了建的。瑞莉“文革”串联来过省城，听说大道两侧整齐的四层楼房是假的，顶上两层临街的仅有墙体和窗户，便问是怎么回事。秋霞笑道：“那是因为西哈努克亲王要来呀，可不得了！市里把主干道两侧的旧房子一律拆了，搭建了这些假房子，配上那边芙蓉宾馆、百货大楼、红旗剧场几处真楼房，把整条路都粉饰得气派又漂亮。”瑞莉笑道：“西哈努克到的时候，你们去迎接没有？”“你说呢？中小学生都拿起鲜花彩带在这里欢迎，欢迎的人有几十万，欢声如潮！西哈努克和夫人啊公主啊站在敞篷汽车上，恐怕都搞得眼花缭乱了，哪里还去看人群背后的那些假楼啊！有点劳民伤财。”浪子对茂生等道：“现在文化大革命，言论变自由了，她才敢这样乱说。”瑞莉笑道：“咋叫乱说？这些都是省上那个土皇帝搞的，该批判嘛！”

大家走拢花岗岩领袖塑像身边，秋霞笑道：“嘻，10年！你们晓不晓得？”茂生等问：“什么10年？”“我们市的知青下乡，汽车队披红挂彩从学校开出来，都要先来这里朝拜，听指示。”“指示啥子？”浪子道：“是来打卦。”秋霞笑道：“知青在这里排好队，问老人家：去哪里呀？出南门——你们看，老人家挥巨手指向南门。去几年啊？嘻，老人家还是不说话光挥手，让你去体会。”秋霞说到这里，学塑像把右手掌前伸，指头逐一动弹像在按琴键。茂生等笑道：“那就是5年？”浪子道：“大家都跟你一样，说我的妈，要去5年呀！都吓倒了。”秋霞笑道：“嗨，哪晓得后面还藏着一只手呢！这里，你们看！”秋霞背一转，背后5个手指头，一抓一放的。钱皮笑道：“哈哈，10年！”“唉，原来是10年！刚才听说5年，都已经把好多知青妹吓哭了。”秋霞焦眉愁眼的样子，旋又笑了，把塑像斜一眼，逗得大家都笑起来。

却见省城的百货商店都设了“知青专柜”，专卖棉絮、蚊帐、卡叽布、热水瓶、电筒、搪瓷脸盆、搪瓷盅、雨靴、雨衣等，都排着长队。专柜商品都凭“知青商品券”购买，偶有不凭票的，就兴抢。只见一些人在抢帆布箱，帆布箱草绿色布面，铆钉闪亮，很诱人，五块钱一只。都说这就是专门的“知青箱子”，带到乡下用几块土坯一搭，便成一张小桌子，看书，写信，打扑克，合适得很！女生在上面罩一块印花塑料布，摆一面小镜子，一架小相框，顶漂亮。也有人花五角钱买木板条钉的空肥皂箱，对问的人说拿下乡去当箱子用，神色凄然。

秋霞笑道：“我们下乡时也算热闹了，都没有现在这样热闹，起码不像你们新知青这样，满街转自己买东西。那时，我们下乡的用品都是配好了的，先送下乡，等我们到了生产队，瓷盆、热水瓶、板凳桌子，都已经摆在那里了。”瑞莉道：“哟，国家对你们好好哇！”

次日在蒙蒙春雨中启程，卡车果然出的南门。时间不长忽见路边小山坡上有座烈士陵园，杜茂生说：“参观一下！”边说边拍着驾驶室后窗叫停车。进去满园的苍松翠柏，还有间悼念厅和一个游人休息的亭子，油漆还是新的，到处还新写了些语录。一看却是解放省城牺牲的解放军，碑上刻有上百个英烈姓名，但后面小厅只有几张烈士遗像，又有几个花圈，纸花在冷风中簌簌抖动。浪子转了一圈，自言自语道：“这算是正规的陵园了，好！好！但都是毛主席的战士，我们武斗牺牲的人，今后不晓得是不是一样的待遇？”钱皮双手插在裤兜里，正漫不经心望着远处，听了提起精神问：“你参加过武斗？”浪子不语，耸了耸肩头。秋霞瞟他一眼：“你呢？你先说说看？”瑞莉过来笑道：“我不晓得他参加过武斗没有，只晓得他指挥过军舰。”浪子目光不爱看人，习惯看着比水平线稍低的前方，像在沉思。这时抬起头，显出兴奋的神色，扫了钱皮一眼。秋霞低声对瑞莉笑道：“嘿，两个是一样的鬼！”

钱皮、茂生彼此太熟悉了。茂生自尊心很强，故对“文革”这个老话题，钱皮从不与他争论，可怜无补，反伤和气。钱皮只在私下对茂生和瑞莉的言行大惑不解。是政治野心？九死一生哪，又没有谁逼着你像当年的红军那样。是殉教徒？哈哈哈，想到此他心里往往一阵狂笑。茂生和瑞莉则太关注于内心的自我，对与“目标”无关的外界很漠然，包括对钱皮。加上习惯成自然，连钱皮脸壳和神态起了变化都不觉得。秋霞已看出钱皮和茂生是貌合神离的，故意问：“唉，你们两个是不是一派的？”

茂生微笑道：“是一派。不是一派，我可能都成了他的枪下鬼了。”秋霞道：“哟，他这样狂热？”瞟了瞟钱皮。钱皮道：“错了，狂热是他。对他我从来甘拜下风。你们不晓得，他初中就参加过射击队训练，步枪可以百步穿杨。还有攀登、爆破、挖战壕这些，样样精通。”茂生针锋相对道：“嘿，我们不是在说烈士么？他的狂热因此而起。可惜相对于历史长河来说，他只有三分钟的热度，唉，冷却得太快了！”瑞莉一直小心翼翼维护着和钱皮的关系，并对钱皮不争论的态度怀有感激，她生怕茂生说过分了挑起争端，笑道：“哎，你说什么呀，他的狂热因此而起？因为哪个烈士？连我都不晓得！”“瑞雪。你不要装了。”瑞莉叫道：“茂生！”茂生固执道：“没关系，说穿了还好些！钱皮，你只有振作起来，重新去战斗，才是对瑞雪最好的纪念。”钱皮听了心中苦笑，茂生竟有这种看法，而且，他说瑞雪是烈士。还是从小学就形成的习惯，一说烈士就会想起大义凛然的刘胡兰，然后是巧笑倩兮的瑞雪，这二人怎么也协调不起来。瑞雪身影的出现令他的面部和眼珠变活动了。秋霞低声问瑞莉：“瑞雪是你妹妹？”瑞莉点头。“她现在……”“死了。死于武斗，但她并没有去参加武斗，是冤枉死的。”

钱皮听了竟哈哈大笑几声。那从墓园深处传来的回响，令大家感到毛骨悚然。浪子独自站得稍远，他惊奇地看着钱皮，心想我们那里的怪人已经够多了，又多了这个怪人，好呀！也不禁暗笑了起来。

3

两天后，车停在叫拖木的小镇吃饭。小镇房屋都是上下两截，下半截土墙，上半截木板，门檐上、窗格子上雕有古拙的荷花、云纹之类，窗扇外、房檐下挂着一串串红辣椒、黄的白的苞谷棒子、黑的白的羊皮等。街上的人大都包着黑白二色的头帕，红褐皮肤，或浅黑皮肤，瘦精精的。屋角拴着马，街上走着马，马铃儿叮叮当当，才掉出来的马粪球冒着热气，马蹄和岁月在街道石板踏出一个个清晰的凹印。

浪子在挂着“公社管理委员会”牌子的大院门口略站了站，对秋霞说当年就在这里开孙猴等的“欢迎会”。瑞莉问：“哦，你们最初下乡在这里？”秋霞笑道：“不是的，他说反话。”瑞莉笑问：“反话？那未必是斗争会？”秋霞道：“有点。”“有点啥子？”秋霞笑道：“过两天说吧，你们才来，说多了不好。”

拖木不远有个鱼海子，因茂生和瑞莉想去鱼海子，秋霞就跟司机说剩下的路另外找车，行李请他先带去县城。吃了饭，五个知青就开始步行。却见野外有座木头建的廊桥，浪子说那里有红军标语，大家走拢去看。这桥两端均有门楼，迎面重檐下刻有“安福桥”三个字，是清代修的。廊桥上所铺木板已经千疮百孔，栏杆摇摇晃晃，油漆脱落干净，旧是它的本色了。大家跑到桥下去看写在桥栏上的红军标语，共三条，字迹斑驳，三个高中生、两个初中生念来念去念不通畅。秋霞跑去请教一个小河边洗衣的中年妇女，那妇女过来朗声念道——实际是背，因为有些字根本就不存在了——“人穷要革命，革命要心硬。”“红军是弟兄，反对长官脱落伍士兵的衣服！”“红军是乾人自己的军队！”瑞莉问：“啥叫乾人？”妇女一脸茫然：“乾人——就是乾人呀！”秋霞笑道：“乾人是方言，身上没得钱，就说我是乾人一个。但都是口头语，写成字，我也是头回看见。”瑞莉道：“哦，那这个字简化了，该写成干部的干。”茂生自语：“‘革命要心硬’，五个字经典！”

钱皮转身走开了，瑞莉和茂生还在行注目礼。秋霞瞟一眼，对钱皮笑道：“我们当年也是，看见红军的遗迹就激动得要哭，这条路线的沟沟坎坎都是红军踩过的，每块石头都会讲红军的故事，所以走一路哭一路。”

遂往附近山中的鱼海子走去。一路并无人烟，只有黑石老树和半透明曲折袅袅升起的、像游丝般的春霭。忽见远处绽放了一些杜鹃花，当地叫索玛花，有粉白的、嫩黄的、火红的，配着灰绿的蓑草和挂着苔藓的杂树，带有几分含蓄、几分甜涩、几分零乱，吸引你跑拢去看。

终于来到群山密林间的鱼海子。这里只有一池清波，清波上飘着几只水鸟，哪里觅红军的足迹？问水鸟它会说我至今羽翼未丰呢，哪里晓得往事。问清波它会说我原来是天上的云。亲历往事的只有草地上这三块“锅庄石”。浪子走去蹬了一脚，对秋霞说：“我听小和尚说，他们就是坐在这里被捉起走的。”钱皮等颇为好奇，想听他说下去。但他不说了，坐在石头上凝视湖面，一手托着下巴，把小指头放在嘴里咬。

这时钱皮和茂生都出现了一些幻觉。因这里是饮过血酒的地方，青山隐隐，红日西坠，茂生深吸一口气，还真的闻到一股血腥。他顿时产生了“雄关漫道真如铁，而今迈步从头越”的悲壮、豪迈心境。钱皮在想当年杀鸡饮血的人都到哪里去了？他翻起白眼，破脸壳上挂着几片笑容，自己并不晓得。

秋霞洗了手跟瑞莉站着说话，秋霞指着锅庄石道：“那年几个知青跑到这里，最小的小和尚才十四岁，懵懵懂懂的，只觉得沿路风景好看。先碰到个彝胞，听他说了红军和小叶丹在这里喝过血酒，才晓得了。然后他们就在这里，一人坐一块石头，坐着就睡着了。”瑞莉问：“睡着了，后来呢？”“嘻，就‘束手就擒’了哇！”钱皮过来问：“你说的是“文革”前吧？我看过你们老知青写的大字报，有的还是血书。”秋霞斜眼看他：“嗯！就是我们下乡那年的事情。他几个，才来了就当逃兵。”

3

这天，初中生范正勇、何光德放学回家经过街道办事处，见街上扯了两幅大标语：“农村是个广阔的天地，在那里是可以大有作为的！”“我们都有一双手，不在城里吃闲饭！”又见办事处大院坐满了人，并有麦克风说话的声音，就进去看热闹。原来里面坐的都是“社青”，正在听上山下乡动员报告。“社青”即社会青年，实际就是失业青年，但政府不这么说，顶多说成“待业青年”。此时来动员下乡的人已讲完了知青下乡必要性的大道理，诸如缩小城乡差别、送科学文化下乡等，正在讲L县的自然地理和风土人情，说那里正如歌中唱的“好山好水好地方，条条大路都宽广，朋友来了有好酒”，不光有好酒，还有好月亮。晓不晓得L县又叫月城？不晓得呀？现在说给你们听。之所以叫月城，因为L县一年365天，起码有300天，白天晒太阳，晚上晒月亮。娃儿在月亮下写字，女人在月亮下绣花。而且L县人一年四季穿单衣裳，并不是穷，没有布票，是因为四季如春。还有L县的狗儿不咬人，L县的攀枝花开得像热情的火焰。L县你走远路，可以骑溜溜马。L县路边的石榴、梨儿起串串，娃儿拿石榴、梨儿打仗耍！

“社青”都听得很专心，会场气氛热烈，充满了欢声笑语。只有极少数人才显得老气横秋、无动于衷，明摆着不会上钩的样子。但那些把笑意写在脸上的人也不单纯，有二分之一以上只是听着玩的，他心里自有算盘。剩下的又有二分之一热情不会持久，所以到头来真正上钩的不多。没想到小小年纪的范正勇进来不大一会，就上钩了！他站了刻把钟就胸中滚烫，脖颈燥热，头脑轻飘。何光德不爱动脑筋，凡事听范正勇的，他见范正勇成了这样子，变得比范正勇更激动。会上就有人接二连三上去表态，说要回家收拾行装，马上走，明天就走！会开完了范正勇和何光德兴冲冲上厕所，男女都忘了看，进去听见女人尖叫。范正勇吓醒了跑了，何光德没反应过来，被几个女的骂小流氓，差点把耳朵扯脱。二人报了名义无反顾。去欢送走在前面的一批，欢送时范正勇偶听一老者在和旁边的人说笑："嘻嘻，走的都是些瓜娃子（傻瓜），那些敲锣打鼓的才是聪明人哪！"范正勇把老者白了一眼，可永远都记得这句话。

下乡才晓得，动员会上说的一切，除了"白天晒太阳，晚上晒月亮"，"月亮拿来当灯笼打"是真的，其余都是假的，或很玄虚。不过话说回来，国家对知青有些优待，是真的。

下乡不久，范正勇就闹肚子疼。拖了好几天了，想去县医院看病，先到公社开证明。他一路上手捂肚皮，奋拉着头，走进公社大院时疼痛消失了，跟好人一样了，上楼时腿脚又有了力气。曹秘书听他把楼板走得笃笃响，还说肚子痛开证明，心想哼，想拿个证明进城要两天罢了！看他样儿，一双机灵的眼睛，一绺头发搭在额头上，还讨人喜欢，连扯谎都扯不来。也不揭穿他，就说："一点肚子痛就跑县医院哪？你再到公社诊所去拿点药吃吧！"还摸了摸他的额头，看烧不烧。范正勇只好又到诊所拿了点药吃。不料这晚上疼痛就加剧了，在床上哼。何光德要背他上诊所，他坚持着自己下床，但刚一站起就蹲下去了。何光德吓着了，慌忙背着出门。组上知青妹黄心华是组长，眼睛不好没有跟去，正好别组有个叫九妹的知青妹来耍，跟了去。天下着小雨，三个一步一滑来到公社诊所。诊所有个卫校的女学生在实习，姓李的医生家在十多里外，晚上他可能觉得不方便，也可能觉得是个机会，他这几天天天回去陪老婆。卫校女学生半夜敲门一惊，遇急诊又一惊，惊得手忙脚乱。量血压低得很，何光德和九妹不懂，只听女学生一边说可能量错了，一边又赶快输盐水，输盐水又找不到血管。何光德关键时刻还是有头脑，看见女学生眉毛上、下巴上都亮晶晶的挂着汗珠子，连忙往外跑。九妹扯住他问："你哪里去？""公……公社！"

范正勇喃喃道："心头慌，心头慌……"卫校女学生说："你不要慌，不要慌，医生要来了！"偷偷叫九妹守着，她去叫医生。九妹说你打强心针嘛！女学生不语，光拿手背抹眼泪和汗水。九妹想起她刚才找不到血管，又想你十几里路去把医生找来，不要人都……也急得要哭。九妹混沌的头脑中忽然亮出道缝隙，说："他心头慌，是不是饿心慌了啊？""饿心慌了？""他昨天中午起就没有吃饭。""那我守在这里，你快去给他找点苞谷羹！"九妹跌跌撞撞跑出去，摸黑就近敲农户的门。现成的只有冷米汤，赶快烧把火热烫了，端过来给他喝。跟着这家农妇又熬了苞谷羹过来。范正勇喝完米汤又吃了半碗苞谷羹，面对三个女的红朴朴的面孔，有的睫毛上还粘着泪珠，心头不慌了，还有点欣慰和骄傲，可肚子还绞着疼。这时曹秘书急匆匆来了，握着他的手不断安慰。

曹秘书被何光德从梦中叫醒，赶快给县医院打电话，医院说赶快叫人把他抬起来，就把电话挂了。曹秘书知道没有急救车开下乡来的先例，更何况这几十里半是山路，半是乡村土路，又是深夜，又下着雨，占全了。知青哪，他仍拿着话筒在沉吟。忽想起昨天上午自己拒绝给范正勇开进城看病的证明，一下更急了，额角沁出了冷汗。赶快又给县安办打电话，没有人接，又给县政府的值班室打电话，打完电话又叫何光德去通知社长黄兴虎，自己赶快往诊所跑。

当县医院急救车开到时，范正勇正在越南前线冲杀。弹片横飞，浓烟呛人，机枪嗒嗒，“冲啊!”他吼着要冲，可就是蹦不出战壕，有人压着他的胸口。“狗日的，我恨你！我恨你！我要冲锋！我要立功!”他睁开眼睛。哎，他挣扎得好凶，几个人在按他，按的按手，按的按腿，按的按上半身，按上半身的手拐正好抵着他的胸口。医生正在给他打针——医生后来说他的梦已是濒死前的幻觉了。

事过几天，《L县群众报》就刊登了一篇由本公社知青尹长江写的报道《为了一个知青的生命》，其中说：“这是县医院的救护车第一次冒雨开到三十里外的乡下……而紧接着，这辆救护车又第二次开到同一地方……”第二次是来接去输血的人。县医院诊断范正勇患小肠坏死，动手术要输很多血。就近几个生产队的知青都去了，还去了几个农村青年。九妹却是头天晚上就想跟急救车去的，坐不下，回去蒙头睡了。天亮当她听说要输血赶去时已挤不上车了，急得哭。车上的黄心华可怜她说：“来来，我让你去。”跳下来让她去。此事后来传为美谈，尹长江报导中还刻意做了渲染，不知何故发表时被删，可能总编辑觉得这有知青在谈恋爱之嫌。

范正勇手术后康复很快。出院回队上的第二天，他就要出工薅苞谷草，正碰上社长黄兴虎专门来看他，要他至少休息一个星期。他硬不听，说：“黄社长，我不好好劳动的话，对不起党和贫下中农，也对不起我们公社的知青！”这是他当时的肺腑之言哪！何光德夺他的锄头他差点和何光德打起来。黄兴虎只得叫队长安排他做轻活儿，去和女工（生产队分派农活，男女社员也叫男工女工）一起薅小秧（小秧是水稻秧田中尚未移栽的秧苗）。此后连孙猴等逃跑的事件牵连到他，都没有动摇他要好好劳动的决心，他差点还被评成了公社先进。

4

知青互相爱叫绰号。汝坟知青绰号有从省城带来的，如孙猴、豆腐、六指、狗娃子。也有下乡取的，如浪子、火眼、笑娃、笑虎、花枪、小和尚。

火眼名叫许云，从小多灾多难。他五六岁时头上长疥疮，街上娃儿叫他癞头，冲他唱：“癞子癞，偷白菜！白菜开了花，癞子要当家！白菜长了虫，癞子要灯笼！癞子癞，偷白菜……”七岁疮好了头发稀少，戴顶帽子去上学，在街上和教室里帽子经常被抢，在空中抛来抛去，伴随着哄笑声和他的咒骂声，他回去有时在妈妈面前哭。九岁又患眼疾，好了右眼皮仍有糜烂的痕迹。眼疾俗称“眨巴眼”，街上娃儿又冲他唱：“眨巴眼，烂罐罐，太阳出来惊叫唤！眨巴眼，烂罐罐，太阳出来惊叫唤！”“火眼的妈，弹棉花。脚也弹，手也弹，弹得他妈妈不耐烦！火眼的妈，弹棉花……”唉呀，连妈妈都被牵连进去了！这样火眼从小经常打架，倒也练就了一双铁拳，一身贼肉。（脸瘦但四肢、胸部有肌肉，谓之贼肉。）另外他从小晚上流尿，妈妈想方设法买猪肚子炖苦蕌给他吃了治病，这也传到学校去了，都叫他“流尿狗”，弄得成天蔫塌塌的。这还不算完，他十四五岁脸上开始长粉刺。学校虽然对青少年发育问题讳莫如深，学生仍晓得长粉刺跟性的发育有关系，背后叫他“烧魁”、“烧棒”（“色狼”近义词），连女同学惹着了都这样叫他。气得他含血喷天，含泪吞进肚皮，想的就是有朝一日要把这些人——抢他帽子的，叫他眨巴眼的，叫他烧棒和流尿狗的，一个个都弄来剐。

一个少年受到如此多打击，焉能不自卑，焉能不怀恨，焉能不厌世，他读初二就报名下乡。他和范正勇、何光德分在一个组，但三个合不来。火眼下乡不到一月就跟范正勇、何光德打了三次架，这样公社只好将他调往另一个组。范正勇生病那夜，火眼也在场。几人按着给范正勇打针，火眼按他的上半身，手拐子刚好压着胸口，致使范正勇在幻境中嚷道：“狗日的，我恨你！我恨你！”“放开，放开！我要冲锋！我要立功！”还好，后来范正勇只晓得火眼也参加了抢救，跟火眼就和解了。火眼刚下乡戴着解放帽，不久换成了这里农民戴的浅筒黑毡帽，在帽檐的夹层插几支叶子烟，一身油光光的衣服。“火眼”是范正勇先叫出来的，开始是贬义，但联系上孙悟空的火眼金睛，意义就变了。“文革”风生水起，使火眼性格由隐忍、反抗变得活跃、凶狠、好斗。他双目炯炯有神，端的像对火眼金睛，有种逼人的威仪，孙猴对他的倚重不在六指和浪子之下。这是后话不提。

汝坟有“三笑”。这容易使人联想到和唐伯虎有关的三笑，以为是三个美女。其实不然，这三笑却是笑娃、笑虎、笑和尚。笑娃名叫陶复乐，肤白，微胖，怕痒。说挠他的胳肢窝，手还没有伸拢他就先笑了。逗他说，笑娃，笑一个！他也会笑，笑时目光灼然，是热笑。笑虎名叫安东子，又高又瘦，手长脚长。他有时独自笑，人不知他心里想的什么，是阴笑。另外在人皆不笑的时候，如做错了事，他却要笑几声解嘲。他的笑声很有个性，尤其在开怀大笑时，笑得久腔调又富于变化，老远就能听出他在笑，不是别人。笑和尚，又叫小和尚，就是何光德。

何光德圆脸，圆鼻头儿，单眼皮眼睛。下乡后队上派他参加公社水利队，到公社引水渠上游修水利，吃住都在那里。有次回来去女生屋里，在黄心华床边坐了片刻。九妹走进来，看着黄心华雪白的蚊帐说："嘿，蚊帐上是啥子？黑的，在动！"黄心华听了忙拢来看，扶了扶眼镜："哎呀！好多个，在爬，未必是臭虫？"何光德一看愣了，这是水利队人人都熟悉的小虫子。心想她们像没有见过，未必是我带来的呀？我身上这么多虱子？赶忙站起来，嗫嚅说："呃呃，龟儿，是、是……""是啥子？"两个女生惊惶后退。何光德不语，伸手去掐蚊帐上的小东西。黄心华凑近看了惊叫道："血，你掐些血在我蚊帐上了！"何光德仍不说话，继续掐。隔壁大嫂听了跑进来看："哎呀，虱子！你们没见过虱子？"

何光德只得将身上衣服脱了放在锅里煮。大嫂又看他头上，发根密密麻麻的虱子蛋，黄心华、九妹忙烧水给他洗头，洗了大嫂拿篦子给他篦头发。但是虱子蛋粘紧了，根本洗不掉，也篦不完。旁边有人说拿开水烫。何光德经此折腾，开水打来没烫就哭兮兮的。正在一筹莫展，有个老农民说："简单，剃光头。"说了马上拿剃刀过来。过后有人摸着他光头耍，他也不冒火，还笑。他笑的时候眼睛眯成条缝儿，憨态可掬，大家便叫他笑和尚。但他比另外两笑笑得少，又因为顺口的关系，慢慢叫成了小和尚。小和尚在知青中本来默默无闻，后来随着流行歌曲"光光小和尚"传唱，知名度才大增。

孙猴名叫孙广厚，下乡前在棉纺厂当机修学工。他身手灵活矫健，没事爱舞刀弄棍，厂里人都叫他孙猴。一次在外面帮人打架，受到开除的严厉处分，他遂下乡。不料知青车队刚到 L 县，他“下车伊始”就惹了事。

县上招待集体用餐后，在分下队去之前有一个小时自由活动时间。知青靳老五等人逛到了西门外摆地摊的集市，靳老五蹲在一个彝胞的地摊前，把所卖的短刀拿起来看，和彝胞讨价还价。他并不是真的想买，而是有逛地摊和讨价还价的癖好，在省城他身无分文也要去百货商场里逛一两个小时。彝胞与他纠缠了一会，因见他腰间戳了件东西，说：“你又不是安心买，你身上带了刀的嘛！”他听了干脆就把自己身上的藏刀拿出来相比，炫耀的意思。这藏刀红色的刀柄，缠有金丝，外表就把“彝刀”比下去了。彝胞操着夹生汉话：“你这把刀的钢火不好哟！”他也学着彝胞的腔调：“我这把刀的钢火就是好哟，你的刀钢火才不好哟！”争得起火。彝胞气冲冲地说：“比一比啰！”拿过他的藏刀，在靠近刀把处，刀刃互相对着用力摁一下，在藏刀上摁了个小缺口。彝胞胜利叫道：“你看你看！”递还给靳老五。他在用力摁之前先瞄了靳老五一眼的，靳老五没做声。哪知此时靳老五不依了，硬要彝胞赔 15 块钱，不然就赔手上的刀外加一张狼皮。俗话“强龙难惹地头蛇”——今天县城街上到处扯着欢迎知青下乡的横幅，知青算得上强龙了，这摆地摊的彝胞看人听说话也晓得靳老五是刚到的知青。可是彝胞因党的民族政策，在县城是有些狂野的，相当于地头蛇。彝胞哪里遇到过这样横蛮的汉人，叫道：“你的烂刀不管钱的哟！我赔你啥子刀哟，我赔你坐！”闹得不可开交。

孙猴忽从人丛中钻出来。他喜欢凑热闹，此时不过想帮帮朋友，也卖弄一下自己，对彝胞说："到底哪把刀是烂刀，我也来试一下，好不?"彝胞冷笑应允。孙猴当着围观者的面如法炮制，手一摁，竟用靳老五的藏刀把彝胞的刀割出条深口。彝胞虽疑心孙猴有鬼，阴沉着脸，但是也没说啥。靳老五格外兴奋，可能太心疼自己的藏刀了，还觉得不甘心，叫道："再试他这把!"将地摊上另一把刀交给孙猴，孙猴兴起再一摁，又是条深口。这下彝胞不依了，站起扭着要孙猴赔。孙猴见人围多了，冷不防扫他一腿，趁他摔倒之机跑了。靳老五趁乱也跑了，却主动去找下乡的带队干部交待了此事。这样孙猴刚一来就成了特殊人物，还没下队就差点被送回省城——送回去有好的等着！后来大家指责靳老五出卖朋友，当屁眼虫，（屁眼虫是叛徒、告密者之谓。）可孙猴本人大肚能容，与靳老五还是朋友。

靳老五等是下到L县的第一批知青。此之前，L县农村的民风淳厚，几乎路不拾遗、夜不闭户。知青来了偷鸡摸狗，上蹿下跳，知青哥成了贼娃儿的代名词，靳老五算不算始作俑者，待考。下乡后不久，有些知青就参加了公社水利队，驻扎在本公社引水渠的上游修水利。这天中午没有烟抽了，需要去几里外的小卖部买。大家一则劳动累了，二则互相推着玩，大懒支小懒、张丞相望李丞相都不肯动，后来先划"黑白"，（"划黑白"黑手背，白手心。三人以上围成一圈，口中念念有词"黑白黑白懒来得!"同时出手，亮出黑或白，单独者——例如四黑一白中的白——胜出。但最后二人只有另择他法决胜负。）最后划"石头剪子包"，决出由靳老五去买烟。靳老五走后有人不放心，说他如果根本没有去，我们还在这里傻等呢！遂派何光德去跟踪。何光德远远跟着，看他在田间小道走了不到一里就蹲下了，半天不动。何光德想他真的在骗大家呀，正要回去通报消息，隐约听见那块田里有欢快清亮的叫声："呷呷！呷呷！"悄悄走拢一看，原来才插了秧的水田中央有群鸭子，靳老五正聚精会神盯着鸭子，脚边还垒着弹药——拳头大小的干土块。何光德脑筋反应慢，想一阵才想通他之所以一动不动，是在等鸭子游拢来。

果然功夫不负有心人，当鸭群游过来时，干土块从靳老五手中连连飞出，嗖、嗖、嗖，利索接连打中两只，何光德也赶忙从他背后窜出，下田帮忙逮鸭子。窜出的瞬间靳老五吓得一屁股坐在田埂上，但何光德连笑都没时间，就踩下田去了，其余鸭子被惊得"呷呷"大叫，在田里扑腾。何光德要赶快跑，靳老五稳坐着不动，微笑道："别慌，龟儿不收拾干净，跑了的要回去报信！""报啥子信？"何光德愕然。靳老五跟着又把另外几只鸭子结果了，一共六只鸭子。路边恰好有一堵断墙，二人临时把鸭子埋在一堆烂土砖里。

天黑尽了去掏，快走拢时，因为判断不出断墙后面是否躲了人，靳老五叫何光德走前面。何光德嘀咕："锤子！啷个你不走前面？"靳老五说："锤子！你万一被逮住了，我好救你。如果我被逮住了，或者两个都被逮住了，咋办？"何光德无奈，只好走前面，靳老五拖后十几米远。何光德把鸭子都掏了出来，将六只鸭脚捏在手里，解裤腰带束紧，沉甸甸提起，拍了拍鸭毛上的土。刚要提走，靳老五的影子走来了说："不忙！"解开一只只拿在手里掂，将三只肥的又埋回去，说："多劳多得，不劳不得，留三只在这里！"

众人把三只鸭子烫了毛，迫不及待要下锅。靳老五坐在旁边抽烟，这时才说："莫慌，还有毛。"狗娃子说："毛、毛吃得！"靳老五道："你爬，走开点！"叫又点了盏煤油灯。他也不管周围有多少双伸出铁钩的眼睛，有多少只在咯噔咯噔作响的喉咙，慢条斯理一只一只拈绒毛，收拾得干干净净，这才下锅。

埋着的三只肥鸭子，靳老五改天只叫了孙猴，加上何光德，三个人半夜里悄悄弄来吃的，幸好春寒料峭没有变味。因为必须一顿吃完，不然没地方搁，三个都吃得肚皮滚圆。吃完孙猴喘息着说："遭了，塞齐喉咙了。"说完和何光德就躺下了，辗转反侧到天亮。靳老五坚持着把厨房清理干净了才睡。天亮后，三个都躺在地铺上动弹不得。在众人诧异的目光中，孙猴和何光德眯着眼装睡。靳老五哼哼道："妈的！昨晚上我们又到田坝去、去逛了一圈（意思是偷鸡摸狗），着凉了……"这天三个都没有出工。

5

靳老五这样的油子下乡，不排除城里呆腻了，想去吸几口新鲜空气。但主要还是想赌自己的运气，有没有进大厂、好厂的终南捷径啊？可下乡不久，靳老五就接到大哥的信："瓜娃子（义同傻子）！你们前脚才走，钢城后脚就到省城招工来了，张三新、李洪四、王麻子，都已经填了招工表！"靳老五懊恼不已。他遂动了逃跑的念头，去找孙猴和永昌商量。这两个在他看来，一是勇者，一是智者。永昌向他泼了盆冷水。

永昌下乡前是高中在校生，天资聪慧，父亲母亲都是不大不小的干部，考大学对他易如反掌。他下乡是想提前走走（说"玩玩"也行）社会实践的路，甚至想像过去某学者写成名作那样，也写篇《乡村调查》。父母苦口婆心劝告他，说时代不同了，一切非政府行为、著述都行不通，可他置若罔闻。他不光自己下乡，还将在另一学校读高中的表妹熊馨珠也携带着下乡了。

与永昌一个组的小宝，进过“少管所”（这是对不满 18 岁的少年犯“进行教育、挽救、改造的场所”），出来后又当了尹长江的学生。尹长江称之为“调皮捣蛋第一，浑浑噩噩无双”。分组时永昌不知何故，主动表示愿意“带”他，上面研究也觉得合适。组上另外还有女生。尹长江说小宝“浑浑噩噩无双”是小看他了。小宝也有些自知之明，自己笨，对于永昌就言听计从。

这天永昌、小宝赶场回来，天空阴云密布，豆粒大的雨点“叭叭”打下来了。熊馨珠知青组就在附近，永昌便去避雨。可小宝对大雨反而兴致勃勃，觉得可能闯着点什么，就独自走了。沿路一条大沟里水势汹涌，沟上用三根原木架的桥，被冲垮了，长了冲不走，卡在水里。小宝借着频闪的电光，看见此情景，高兴万分。家里缺柴烧，他平时就打过这桥的主意，可是桥用抓钉钉得很牢，令他无法可想。他此时抓住根原木朝上拖，发现原木之间还有残留的抓钉互相勾着。遂回家拿来斧头，冒着性命之忧，（因为弄不好会被大水一直冲下河去！）脱得光光的下去，好容易才将抓钉敲掉。又用蛮力将三根各两米多长的木头从水里拔了起来。他顶着风雨喘息着、想了一小会，遂再次回家拿来锄头，将这三根木头暂时埋在附近沙地里。下着雨，什么痕迹都没有。他这样做并非能虑及明天“案发”后的情况，必定会有人到知青组察看；而是因为摸不清永昌的态度，怕表扬没得到，还挨顿骂。

大雨下了一夜。天快亮时雨才下小了，永昌遂戴顶斗笠往回赶。因规定下乡知青三年内不得恋爱，所以他不愿暴露在熊馨珠那里过了夜。进村时他走的小路，并将斗笠歪戴起（就像被风雨打歪的），把脸遮住。不知是歪戴斗笠引起的怀疑呢，还是像这样大清早冒雨回村的人非常罕见，走在另一条田埂上的放水员（专职负责稻田的蓄水和放水）抄道过来，与他碰个正着。

上午一批社员到沟对面的田里薅秧，桥不见了。水小时也可趟水过去，现在哪行！几个男工沿沟找冲跑的桥，走了一两里，快到入河口都没有。其中几处急弯，三根长长的木头咋能自己漂流过去。谁偷的桥木？这里民风淳厚，农民不可能偷。队长从管水员口中获悉“天擦粉亮”时看见永昌的情况，立马率数人来到知青组。

小宝、永昌还在睡觉。小宝心中有鬼，听见敲门声便翻起，从后门溜了。门闩烂的，队长“砰”推门进来，开门见山问坐在床上揉眼睛的永昌：“喂，你们把沟上的桥弄到哪里去了！”说“你们”，是因为相信永昌单独不可能搬动桥，肯定还有小宝。永昌惊醒后一见这架势，就想不会是为违规谈恋爱问题，揉眼睛故意“装嫩”。他因自己未干此事，态度强硬，遂被带到队上保管室（农村保管室往往也是小规模议事的地方）。挨打之后没有招，又带到大队部，连公社曹秘书也来了。大队部捆索皮鞭狼牙棒等刑具自当年挨户搜查粮食铁锅等之后几年未用过了，黑黢黢的，不知是旧还是血起的化学变化，搬出摆着。永昌这才招了与熊馨珠谈恋爱，曹秘书听后沉吟。但这对大队、生产队来说等于没招，遂继续用刑。小宝这时来了，自己承认了之后，又带人到沙地上起了“赃”。小宝担着“盗窃集体财产”和“破坏生产”两项罪名，却没有挨打，可能是用永昌错挨的打抵消了。此事令永昌羞愤难当，他自然不会恨小宝，恨的是乱打人和不准谈恋爱的“制度”。他也没有写信告诉家里，不然父母会跑来闹他个天翻地覆。

伤好后他便去找靳老五，商量如何逃跑法，靳老五大喜。孙猴对永昌态度变化也很重视，遂加入。后又约了狗娃子、火眼、笑虎、小和尚等，因范正勇动过手术不久，没约他。小和尚和范正勇亲如兄弟，现在一个跑，一个不跑，依依不舍。小和尚说你等体力恢复了，也跑回去吧！范正勇摇头。小和尚说你如果不跑，一直在这里受苦，我回去找到了工作，每个月都寄钱给你。两人说得凄凄恻恻的，都差点哭了。这天两人赶场回来经过一片甘蔗林，甘蔗林中央用竹子搭了个瞭望棚，是守甘蔗用的，靳老五从棚子里伸出头来喊，小和尚和范正勇就爬上去了。却是豆腐在这里守甘蔗。这里过去不用守甘蔗，因为没有偷儿。

6

豆腐叫周家宝，是知青中的大哥，比靳老五都大两岁，下乡前是搬运装卸公司的搬运工。周家宝小学毕业就失学了，帮父亲摆摊做生意。但他爱看书报，吃饭都爱端着碗在报栏前站着吃。他们全家1957年被一股风刮到郊县当农民，但那时户口政策还宽松，又沾大跃进的光，他才当几个月农民就调到了化工厂。可惜好景不长，1960年闹饥荒，化工厂下马了。随后有所航空工业学校招生，他去碰运气，恰好考题偏重于报上的政治时事，他一看就欢喜，考上了。不料这学校开学一年就停办了。后来他被分到搬装公司拉板车。省城顺口溜说："七十二行，板车为王。衣裳拉烂，颈项拉长。"从航空学校到拉板车，天上人间了吧？拉板车从郊区砖厂往市区拉红砖一人能拉一吨！工资每月八九十，比得上高级工程师！

拉板车也有快活的时候。这天几辆板车来到一段上坡路，大家嘻嘻哈哈，比赛互相不帮忙，哪个单独拉得上去。轮到周家宝，他在这段路上左旋右绕拉“之”字，眼睛瞪圆，颈项伸长，小腿绷硬。这时一辆大卡车呼啸而来，猛按喇叭但不减速。周家宝见势不对，抽身就跑。板车碰翻，红砖撒地，卡车也挂掉一条漆。

这按交通规则是周家宝犯规。周家宝恨卡车不减速，心想我拉这么重，又埋着头的，你、你耀武扬威……你就不能体谅呀！他一屁股坐在路边抽闷烟。这是钢管厂的卡车，司机在路对面吼了两声，看他不理睬，便过来踢了他一脚。周家宝还是不动，他这时已经把泪水咽进肚里去了，咽进心里去了。司机再一脚踢在骨头上，痛极了，他这才跳起来吼：“你好凶！”“贱骨头！”“你骂哪个？”“我骂你！”“你是工人阶级，我不是？”“你是工人阶级？哈哈！哈哈哈！”周家宝面对狂笑的司机反而变得冷静，问道：“喂，你看过鲁迅的《一件小事》没有？”“鲁迅？哈哈哈！你赶快赔钱！”“鲁迅《一件小事》中就有个拉人力车的，他比鲁迅还高大！他不算工人阶级？”“算算算！”这个三十多岁的司机笑着不断点头，马上又横眉竖眼道：“好了，少废话，赔钱！”“我拉板车的，哪有钱赔？”“你给我开张欠条！”

周家宝本不肯开欠条，坚持说你也有错，一是不减速，二是随便踢人。几个拉板车的伙伴都劝他，他犟不过只得开了。司机走后他们一边拾着砖头，一边议论，工人阶级分不分等级？分几等？分几等搞不清楚，但炼钢工人——包括钢管厂——肯定是一等，拉板车的肯定是末等，未入流。

周家宝约司机第二天到搬装公司拿钱。他拿定主意，司机来了，先踢他两脚，再骂他几句贱骨头，这才把钱扔在地上给他。但司机没有来，他昨天显然觉察到了周家宝和伙伴们恚恨的目光。周家宝因脾气好而叫做豆腐，伙伴们对他笑道："豆腐，他不敢来，你赢了！""豆腐，想不到你脾气还这么犟！"豆腐自己也笑道："就是，我们赢了！"但过两天他就去报名下乡，对人道："我们拉板车的在城市受苦受气，我晓得知青虽然苦，但是在农村还受欢迎，高农民一等，我宁肯当知青。"

豆腐老大年纪还没有耍过女朋友。过去一直为生存打拼，现在既已下乡，手头又有点积蓄，该考虑此事了。知青妹中他看上白素华，大方、稳重，年龄也相当，就怕她看不上自己。却有件好事来临，县安办要在各公社配备半脱产的知青干事，豆腐因劳动表现好，加上下乡前的履历，叫他去公社填了表格。他喜滋滋想道，等我当了干事，就能配得起她了吧？

范正勇和小和尚爬上瞭望棚，见孙猴、永昌、靳老五、笑娃、笑虎、火眼、六指、小宝等都在这里，在开逃跑前的"碰头会"。从这里望出去，好一派多姿静谧的田园风光：苞谷吐出红缨，谷子正在扬花，安宁河荡着涟漪，彼岸青山的腰间挂着白云，像张着些翅膀飞翔。唉，要等到哪一世哪一代呢，人们才学得会餐风饮露，才会专用心灵触摸自然的美丽？

豆腐劝他们不要跑，说回去了也没有户口呀，还要被押转来。笑虎反问他："哎，豆哥，你农民、工人和技校生什么都当过，你过去从当农民进化工厂，也没有人把你押回去！上不起户口就不要户口，就回去打零工！"豆腐说此一时彼一时也！靳老五冷笑："哼，我就不相信此一时有好厉害，要此到哪里去！"靳老五打算回去后跑新疆，听说那里的生产建设兵团可发工资，这他只对孙猴、永昌二人说过。

豆腐又说这里的景色好，农民也好。六指说："豆哥，你的房子不漏，我们组上的房子又破又漏，屋漏又逢连夜雨，一下雨连床脚都在流水，还以为流的尿。"火眼说："是呀，这里虽然好耍，有些农民也好，送菜给我们，队长也在会上说，知青，队上的菜随便摘，不要拔根根就行了。就是有人拿鞭子抽你去出工。我在省城坐茶馆哪个来管我？我在柏舟赶场坐茶馆，碰到狗日的黄兴虎，他龟儿跨进来，本来也想坐茶馆，看见我就脸一垮，火眼，你又没有出工？又来赶场坐茶馆？回去回去！"小和尚说："我前几天担苞谷水，把肩膀都担肿了，呜呜……"嘴一撇差点哭。

豆腐仍道："其实这些，下乡之前就该有思想准备嘛。"六指说："豆哥，本来我们也要约你，晓得你要当知青干事了。"豆腐道："你听哪个说的！"靳老五道："你一再劝我们，像在挣表现。"永昌道："不过话说回来，豆哥当干事，要比哪个当都好。"豆腐道："你们这样说，我就不开腔了。"转头问小和尚："小和尚，你走了，丢下范正勇一个人……"小和尚带哭腔道："范正勇，我好舍不得你，想我们一起走，可是你才开过刀……"范正勇眼圈也红了："你们都走了，我在这里就不好耍了，我一个人……你们做的工分，小和尚，我把钱给你带回来。"六指说："有这样的好事？休想！"靳老五说："如果真的可能，年底结算了，你和豆腐把我们这些人的钱都带回来。"范正勇使劲点头说："嗯！"

孙猴与靳老五、永昌同是领头羊，却一直坐在棚口，脸向安宁河。不知情的还以为他在放哨呢，实际他正经历一场感情风暴。他与本组知青妹喻小泉的恋爱关系一下明朗化了，（至少对他而言！）喻小泉正遇难关，被恶人觊觎、流言笼罩。刀架在脖子上我都不该走啊！这两天他一直痛苦地想，若为女人的事食言，伤了弟兄的心，我一辈子都要受人耻笑哇！话虽如此，喻小泉忧郁的眸子一出现，他这些理性思考就通通崩溃了，精神也崩溃了，苦不堪言。他突然“嗷——”一声长啸，其声清亮，如怨如诉，像根竹鞭抽向半空，令棚子里的人心惊肉跳。靳老五赶快走拢去，双手按在他肩膀上，俯身问道：“呃，如何？”他脸色苍白道：“我走。”靳老五欣慰点头。孙猴又大声道：“我们明天就走！”“明天？”棚子里多数人都吃一惊，太突然了。靳老五和永昌相视一笑。

7

孙猴、靳老五、永昌、六指、笑娃、狗娃子、小和尚、火眼、小宝等半夜动身。小和尚没出门就在拉肚子，范正勇说那你就不走了吧，他犹豫说我东西都收拾好了嘛……我、我想妈妈呀！范正勇只好帮他背行李，送他一截。到了集合地点，靳老五、孙猴惊喜说：“范正勇，你也来啦？你的身体……”范正勇低头说是来送小和尚的。问怎么不见笑虎？孙猴说：“问五哥嘛，他们一组的。”靳老五说：“走，走！”原来靳老五嫌笑虎太高了，一米九五，路上太打眼。而且半夜出村，遇到放夜水的，熟人隔一百米就晓得是他，不是熟人以为撞到鬼了。所以尽管笑虎把细软都收拾好了，靳老五思之再三，没叫醒他就轻手轻脚走了。

原说马不停蹄赶路，不料小和尚走一阵就要拉一次，只好等他，结果鸡都叫了才走出十多里。他后来拉得都虚脱了，在月光下一飘一飘的。他起先每拉过后走回等着他的队伍，还苦笑一次表示自己能行，后来连苦笑的精神都没有了。这次拉过后撑了几下才站起来，站起来头朝下打了两个蹿，不知是害怕自己得了什么大病，或对拖了大家后腿觉得不安，坐在地上哭了。此时天已经亮了，路上有了别的行人。靳老五对孙猴道："危险！只有叫他不走了，跟范正勇回去。"孙猴道："怕个球㞞！这条路哪个敢拦我们？除非他自己不想走了。"问小和尚："你走不走得动？走不动我们换着背，我先来！"小和尚顿时就不哭了，把眼泪鼻涕抹干净，甚至也不要范正勇扶他，一晃一晃坚持自己走。永昌递了个苞谷馍馍给他边吃边走，竟慢慢打起了精神。

中午时分，快要走出县境了，却被森工局的检查站拦住盘问了一次。通过后大家议论，我们又没带斧头锯子，明显不是去砍伐木料的，怎么会被盘问？议不出个所以然。又走一会，火眼突然停下脚，朝前方一道山梁上扬了扬额头："你们看，那里有个人！"只见那里有条荒径蜿蜒如线，上面一棵孤独的树，树下有个细小人影。大家站着眺望。靳老五说："不要站，不要站，走！"永昌说："那像是扎的口子？"（扎口子是观察哨或侦察兵的意思）空气顿时就紧张了。孙猴说："不管，我们走快点，绕过那边山嘴就安全了。"有人道："他走了！不见了！""糟了，报信去了！"永昌说："现在只有分散了走，在拖木镇外面的路口碰面——喂，大家不见不散！"于是九个人分做三拨，孙猴、靳老五和永昌领头。孙猴、六指和狗娃子是一个组的，孙猴因小和尚病兮兮的，想带着小和尚，叫狗娃子跟永昌或靳老五走。狗娃子口吃说："你咋不叫六指，跟、跟五哥……走！"嘴翘得老高，像要咬六指一口，六指往孙猴背后躲。小和尚见了说："猴哥，算了，我就跟五哥一路。"

靳老五辨好方向，带火眼和小和尚向山里蹚行，走了一个多小时，竟来到一座清波粼粼的湖边。湖里飘着白云，四周绿树环绕，耳边鸟鸣啾啾。三人虽走得皮塌嘴歪，却也在湖边站了一小会，对这难得的美景啧啧称赞。见湖岸有品字形三块石头，像用来野炊的，走拢看全无烧火痕迹，有野炊也是很遥远的事呢。三个便一人坐块石头，就着清冽的湖水吃带的干粮。吃完像中了瞌睡虫，小和尚、火眼眼睛就闭上了。靳老五对自己说不能睡，危险，摸烟抽。烟没有完全点燃，抽两口就熄了。靳老五拿着熄了的烟，颈子一软，头一垂也睡了。忽从林子里钻出一队民兵，靳老五先醒了想跑，已经来不及了。小和尚、火眼跟着坐起来，周身都还软绵绵的，遂束手就擒。

孙猴、六指和狗娃子在小路上绕来绕去走很久，又登高观察，没有再发现扎口子的情况。三人计议刚才是太多疑了吧？六指道："龟儿火眼说大树下站着的，是个人，我恍眼也看起像……可能是株小树。"狗娃子嘀咕："锤子！那永昌又、又说人影子不见了！"孙猴笑道："实际可能是转个弯，变了个角度，两棵树子就合起了。"狗娃子说："饿惨了，想吃东西！"他们以为路上找吃的不难，干粮带得少，这大半天早已告罄。三人便下到公路，径直往拖木镇走。

到了拖木镇，外面路口上有家小馆子，三个都饥肠辘辘，才要坐进去，前面传来了锣鼓声。六指便迎上去问一个牵马的人："大叔，那边在做啥呀？"牵马的汉子说："公社门口在开知青的欢迎会啰！还有阿咪子在那里又唱又跳的啰！"狗娃子在馆子里看有啥吃的，不过面食之类。听了想开欢迎会必有吃的，出来问孙猴："猴哥，去不去……看？"孙猴道："看啥子？""街、街上。"

六指不放心又问开馆子的："你们公社又来了新知青？""不晓得

呀，只听见那边在唱歌打锣。”孙猴道：“怪事，新知青来了必然从这里过，都不晓得?”六指到底还是好奇心占了上风，说：“锤子!总不会是一群警察民兵，在那里唱歌跳舞吧!”孙猴哈哈一笑，便领头向前走去。

走进小镇，果见公社管委会门口围了个圈子，真有几个彝妹子在那里又唱又跳！走拢了，似也无人注意他们。一看圈子里，哪有新知青，坐的却是永昌、笑娃、小宝三个，及乡村干部模样的人和当地农民、彝胞。永昌等也唱着歌，孙猴、六指的目光与之交接，见笑娃笑了一下，就跟哭一样，从来没有见过笑娃这种笑容。六指便觉有诈，暗中拉了孙猴一把，想赶快溜。哪知狗娃子已经拱进圈子。一个坐着的干部模样的人马上站起来说：“哈，又来了几个知青，欢迎呀!”人群响起了掌声和“呜哟，呜哟”的叫声。事已至此，孙猴和六指便知此时转身是下策，飞跑更是下下策，背上有可能被彝胞和民兵的猎枪打开花，只好歪起嘴角笑着，进去坐下。几个穿戴漂亮花哨可手脸黢黑的彝妹子马上就来拉他们跳舞，因孙猴是六人中最魁梧的一个，有两三个彝妹子同时来拉他。孙猴遭姑娘一碰脸红得就像猪肝一样，忙说跳不来舞。他一边在彝妹子中间挣扎，一边瞟着几个干部模样的人，见他们的脸都是板着的，不由暗暗叫苦。旋又横下心来：我信你们把老子的鸡巴咬了！遂假戏真做跟着彝妹子跳锅庄，跳得乱七八糟。其他人也被拉起来跳。其中永昌的舞姿稍像样一点，其他几个连乱跳都不会，只好用群魔乱舞来形容，不断响起彝妹子脚被踩痛了的叫声。跳一阵之后，又叫他们唱歌，唱的却是近年最流行的任何人都会唱的《戴花要戴大红花》：

戴花要戴大红花，骑马要骑千里马。唱歌要唱跃进歌，听话要听党的话！

这歌适宜反复唱若干遍。但他们第一遍还没有唱完就哑了，全场都哑了！人群闪开个缺口，走进来一群穿绿军装的，前面一个戴肩章的，是一道杠两颗星，单对孙猴宣布逮捕，马上就用棕绳捆了起来。

孙猴在被抓住的瞬间狂躁挣扎了几下，随即就冷静了。“总不会抓去坐牢！”这是他脑中闪过的第一个念头，他遂故意显得轻松，目光从六指、永昌、笑娃等脸上逐一扫过，以安抚大家，并说：“喂，中尉，棕绳细了，要遭我挣断的哟！”故意挣扎了两下。这中尉捆人无数，对此倒有几分意外，瞪了他两眼，厉声道：“孙广厚因为破坏知识青年下乡运动，予以逮捕——押下去！”

中尉目光这才转向了其余五人。这五人中永昌、六指稍镇静，二人发现其他军人手里并没有拿绳子，想我们可能不会挨捆？其余都吓软了，还在等棕绳来捆自己。中尉叫他们站成一排，先点了名，宣布说：“你们五个是受蒙蔽的，依法不予追究，遣返回本生产队去，务农！”

这话大出意外，火眼、笑娃、狗娃子都像在刑场上听到了大赦令一样，激动得打抖。六指冷冷说了声：“走哇！”要领头走。“莫走莫走！”一个干部说，却是拖木镇的武装部长，“跟我去吃饭”。

五个都很惊喜，同时饥饿感也猛袭心头。遂跟随部长进了公社院子。大家第一眼就看见孙猴被捆在院子中央一棵柳树上，马上跑拢去，被部长喝住了。只得隔几步远站着，叫道：“孙猴！”“猴哥！”对部长道：“把他解开嘛，他也要吃饭！”孙猴昂头站着，听到“吃饭”二字，神气才变了，叫道：“饿了！饿了！部长，解开让我吃饭！”部长冷笑道：“哼，你也想吃饭？我看你还没有饿，你还拿不拿脚扫人？”孙猴喘气说：“我不扫人了，我要吃饭！”大家因见孙猴脸上一颗颗豆粒大的汗珠子，又见他膀子上一道道被绳索勒出的深沟，六指忙道：“部长，你要把他松了，不然我们不吃饭！”部长道：“哼，你们还想管他？他是自找，他自己说棕绳他挣得断，所以换的打湿了水的细麻绳，他越挣，绳子越朝他肉里钻！”

屋里桌子上堆了一大盘冒热气的荞面馍馍，一钵酸咸菜汤，几只土碗，叫进去吃饭。五人虽然都饿得吞口水，但互相看着，都不肯进去吃。部长说：“你们吃不吃？不吃收了！”永昌道：“那，你们不给他松绑，那也要给他吃，我们才吃。”部长冷笑道：“他刚才扫了老子一腿，饿死他！”把裤脚撩起来给大家看，果然有条青痕，已经肿起来了。旁边有人道：“部长当了二十年兵，换个人，当时倒下就爬不起来了！”

永昌趁机把旁边火眼的手掐一下，低声说：“你装饿晕了！”火眼发愣，永昌又快速扫他一眼，歪歪嘴角。火眼仓促间也不懂永昌的用意，只好横着心，低头退了半步，哼了两声，声音像哭一样，然后一下就直伸伸倒在地上了。永昌马上扑上去抱着他，拼命叫：“火眼！火眼！”叫得声泪俱下，“他是饿倒的！部长，他都要饿死了呀！”部长有点讶异，赶快抓了个荞面馍馍，掰了半边亲自去喂火眼，但火眼紧咬着牙齿。大家七嘴八舌道：“火眼，你吃嘛！”“许云，你张口嘛！张口嘛！”永昌瞅空子不断朝大家挤眼睛，六指马上意会了说：“咦，部长，你不给孙广厚吃，他肯定不得吃！”小宝和狗娃子还哭起来了：“呜呜，许云，你死不得呀！死不得呀！”

部长虽然很狡猾，对此场面有疑心，但他又晓得党的知青政策和“教育大多数”的政策，而且让这几个知青吃饭是上级指示，真有人在他手里饿死了怕不好交差。就道：“好好，你们拿个人去喂他吃！”听了这话，狗娃子和笑娃赶快一个捧几个馍馍、一个端了碗酸咸菜汤去喂孙猴。永昌悄悄对地上的火眼说：“你莫忙。”火眼紧张半日，真的觉得要饿断气了，永昌还叫他装，他心中一酸，烂眼角上挤出了两粒泪水。永昌连忙叫道：“火眼眼睛睁开了，眼睛睁开了！”把他从地上扶起来，坐到桌边，把荞面馍馍递给他吃。火眼吃得馍馍上都糊起鼻涕眼泪。

大家也都跟着狼吞虎咽。这时靳老五、小和尚和小宝也押解到了，其中对靳老五也是“逮捕”，但不像孙猴捆得那样凶。

第三章　狗日的黄兴虎

1

孙猴和靳老五被押往L县看守所，判劳教一年。其他人本来宣布“遣返回生产队务农”，才回公社决定就变了，社长黄兴虎宣布对六指、笑娃、狗娃子、小和尚、永昌、火眼和小宝“监督劳动两个月”。连豆腐也差点挨整，说逃跑人员在他的瞭望棚中几次开黑会。然而对逃跑人员一个一个反复问，都说在瞭望棚中“开会”只有一次，而且豆腐在会上不仅没有策划逃跑，反而劝大家不要跑，才罢了。豆腐知青干事填的表也就石沉大海。

逃跑者集中在瓦窑做瓦。黄兴虎趁机把笑虎、花枪等“道德败坏”、“偷摸盗窃”的知青也弄来了，共十五人，相当于劳改犯。

笑虎那天半夜醒来，鸡都叫二遍了，发觉靳老五已走，极为懊恼。看钟已经5点，正是村里赶县城的人出门的时候，另外还有拾鸡枞（一种蘑菇）的、放夜水的，他这样高的个子，又不可能蹲着走，太容易撞上了，放弃了追的念头。睁眼到天亮，一直想今后哪天回省城了去找他们，太不够朋友，尤其要找到靳老五，啐他一口。但是隔了一天，就听到跑的人全部被捉的消息，搞得他一忽儿闷闷不乐，一忽儿又觉有趣，独自打抿笑。出工在地里背苞谷厢，（就是用锄头把苞谷苗直行两边的土挖起来堆在根部。）歇气时农民见他偷着笑，还以为是因为他今天背厢比有些女工背得快。背苞谷厢几乎是笑虎唯一的长项，他腿长，骑在苞谷上使锄头很方便。

笑虎正在庆幸，大队书记和民兵排长来了，叫他快回去收拾盥洗用具，然后去公社。笑虎听了面白如纸，怀疑因为自己说了要逃跑，被出卖了。押到瓦窑后，他对众人大发雷霆。众人也不知是否有人出卖他，不好解释。直到黄兴虎来训话，方知抓他来是过去《笑林广记》一案的继续。靳老五枕头下长期压着本《笑林广记》，是本古代笑话集，内有“黄段子”。靳老五自己看而已，笑虎拿去看后，或雨天无事，或晚上点着油灯，讲给组上几个女生听。女生每次要听，每次听得半羞半恼的，又骂他。如是者三，他终于被告到公社。那次黄兴虎把他叫去狠狠训了一顿——还以为这样就算了。

十五人分成和泥的和做瓦的两组。瓦窑和泥本来用牛踩，要将泥巴和水踩烂、踩得软软的才好做瓦。此事牛做都比犁田耙地费力得多，牛犁田慢慢悠悠走，不歇气可以犁一个小时。踩泥巴几分钟就累得喘气，再要它踩就趴下耍起赖来了。瓦窑这时故意把牛牵到一边去吃草歇卧，叫劳改犯踩。火眼、花枪、狗娃子等下地劳动都有气无力，这里吃的又是菜稀饭，稀泥好扯脚呀，才开始踩就踩不动了。如何停得？拼命也要继续踩。踩两分钟就大汗淋漓，撞撞跌跌，周身糊起烂泥巴，脚拔不起来，再踩就要跪到烂泥中去了，脸都要埋进去了。喘息之际，坎上监督的民兵把鞭子一扬，只好又鼓起生命最后的力气。这回花枪突然像腰杆断了一样，趴下去了。“起来!”“狗日的起不起来?”民兵吼着，甩响牛鞭子。花枪脸被泥巴扯住了，抬起来一张泥脸壳。他“呸——呸”吐了几口泥，沙哑着吼：“老子踩……踩不动了——哎哟!”吼着背上就挨一鞭子。趁机站着喘息的火眼、小和尚等吓得赶快踩。“哎哟!”花枪又挨一鞭，但他还是赖着不踩，光叫唤。直到连抽几鞭，一鞭比一鞭抽得重，鞭子上滴着血，他才叫道：“老子洗脸!”“你龟儿去洗!”他哼哼唧唧爬上泥坑，到水沟洗了脸，走回鼓着牛一样血红的眼睛，喘息着吼：“牛都……舍不得……拿鞭子抽，还是人!”吼是吼，民兵鞭子一举，他赶紧又下泥坑去了。

做瓦的规定累死都完不成的数量，几乎每天做到天黑都要晒着月亮跪瓦碴。出了废品也跪瓦碴，这是晒着太阳跪。笑虎、永昌等跪得双膝溃烂，擦紫药水，还没来得及结疤，又跪烂了。笑虎跪着对六指苦笑：“咳咳，记不记得，下乡之前就宣传了的，白天晒太阳，晚上晒月亮?”

L县农村女的不知如何洗澡，男的洗澡就是借捉鱼时在水渠或河边搓几把。瓦窑怕劳改犯逃跑，不准下水沟洗澡，身上污垢手一搓起索索（条子），头发也结成索索。木桶的菜稀饭清如水、明如镜、热气腾腾，劳改犯舀饭时，耳朵上、头发上的虱子遭蒸气一熏，纷纷掉进饭桶。大家哪里管，内心深处还想舀起两个呢，当打牙祭!

瓦窑民兵都是争取入党的积极分子，也都有点外强中干，怕知青会报复，把一切责任推给黄兴虎。知青挨鞭子的、跪瓦碴的、饿肚皮的若是哀求，均厉声回答：“这是黄社长规定的！”汝坟社长黄兴虎约四十岁，高中毕业，当然算得上知识分子。他去年还在县上工作，下放当社长一说是到基层考察，一说是犯了男女方面的错误。黄兴虎不光在农民面前拿架子，在主要由小学生和初中生构成的知青面前也架子十足。但他对知青妹总是和颜悦色的，见了梳长辫子的知青妹说：“你头发长得多好啊！”当众就敢上前把长辫子拿在手里看。这知青妹若有姿色，他总要多说几句话，说着话眼珠子就从知青妹脸上滚到胸部。但他也并非全无是处。汝坟一百多知青中有个大学生，他来了才半个月，就下安宁河游泳淹死了。同时去游泳的有数人，他最大，也是水性最好的，下水前他还教大家先活动身体，叮嘱要小心，真是俗话说的“河里淹死会水人”！黄兴虎对此惺惺相惜，虽然他是在大学犯错误被开除学籍下的乡，还是给他开了个小规模追悼会，并专门发通知给几个渡口的船老板，说要注意知青的安全。

这次他到瓦窑视察，女儿珍珍也来了，跟在后面一蹦一跳的，根本不晓得这里在对知青哥进行改造。黄兴虎可能觉得让女儿看见这些跪在瓦碴上烤太阳的知青不太好吧，老远挥挥手，民兵会意就让跪的知青起来了。农村姑娘对知青哥都有种难言的情绪，有种爱慕，十一二岁的珍珍也不例外。小和尚赤裸着上身做瓦，精瘦但又有点肌肉。他本来皮肤白，暴晒之下成了紫红，然后皮肤一块块掉下，成了花皮肤——黑的、紫的、白的，红的。珍珍经过瞟一眼他胸前，没见过觉得好玩，跑拢去说：“嘿，你胸口！”小和尚很久没听见这样活泼可爱的声音了，眼睛一下笑成了豌豆角。珍珍伸手指在他胸口摸一下，小和尚像触了电，喃喃道：“珍珍！”两人目光碰出了火花。这时黄兴虎咳嗽一声，珍珍就急急忙忙走开了。小小火花竟在小和尚胸中燃烧一会，使他感到些许温暖。心想她会不会向黄兴虎说几句好话呀？白想了。小姑娘再次经过低着头。小和尚还想碰燃火花，故意把稀泥溅一点在她身上。这回珍珍只把他瞟了一眼，撅着小嘴，低头赶快走过去。小和尚再笨也猜得到珍珍挨了她爹的骂，对黄兴虎的恨翻了一倍。

团委书记兼妇联主任章光秀偶尔也来视察。可能因为她是个女的，态度比较温和，她来了民兵比较松懈。她这次来了就叫大家都休息一会，对在太阳下跪瓦碴的小宝说："你也起来吧！"不料小宝站起来就哭了："呜呜，章书记，我们就是跑、跑了一趟嘛，又没有做坏事，为啥要惩罚嘛！"问到大家的心上了，都把章光秀望着。章光秀皱眉问："你们看报纸没有？"小宝说："我字都认不得，哪里看报纸！"火眼嘀咕："天晓得，这里除了泥巴、瓦碴就是鞭子，哪有报纸！"花枪马上当传声筒："章书记，瓦窑除了泥巴就是鞭子，没有报纸！"火眼吓得抖，以为大难临头了。但章光秀对花枪的吼声就像没有听见，后来就走了。

章光秀下次就拿了张报纸来，上面头版就是省城又掀起了上山下乡新高潮的消息，配着大幅照片。劳改犯有看不懂的，像狗娃子、小宝和小和尚，不懂这和他们在此下地狱有啥关系。有的看完了想一会，就懂了：政府如果容许我们逃跑回去，哭哭啼啼的，向街道诉苦，这一次又一次的新高潮如何掀得起来呀！咦，原来是我们的错，劳改是自讨苦吃，活该！竟暂时压抑了冲天的怨气。

2

孙猴小小年纪就会思考。家里大人经过各种运动，养成了相信政府和听话的习惯。孙猴不然，他说：“未必政府样样都是对的呀？”这话吓大人一跳。他家几处私房，突然有一天，政府叫把出租的房子交上去，说‘经租’了，就是由政府负责经营出租，租金分给房主40%。孙猴母亲没敢多问一句，第二天就把几处房子的房地契送去交了，低眉顺眼、蔫不溜秋送去，又蔫不溜秋回来。这时的孙猴才十来岁，问空手回来的妈妈：“你没有拿收条哇？”妈妈这才醒悟自己没有得到任何字据，更没有拍照留下个副本。妈妈也不敢立即去问房管所，她只去问了其他相熟的房主，晓得别人的结局都一样，心里就一边沉甸甸的，一边还有点高兴呢。她回家不等儿子发问就拍着衣兜说：“妈妈拿到字据了！”

他们组上男生孙猴、六指、狗娃子，都是大个子。六指肩宽背厚，浓眉大眼，焦黄皮肤。他下乡前进过少管所，初下乡趾高气扬，靳老五这样的油子都不放在眼里。但他很快被孙猴折服，二人关系日渐亲密。六指左手拇指长个枝指，枝指一般是软的，他的枝指会动，还可夹支香烟。这只有孙猴可叫他表演，别人都避讳。

狗娃子是从家里带来的小名，可能因为叫得贱才好带。他个子比孙猴、六指稍矮一点，脚和手掌大于常人。脚穿和笑虎一样码数的鞋子，手掌能抓起一个篮球。他属狗，也像狗。又抓又咬是说女人，男人打架哪有用嘴咬的，可刚下乡时狗娃子急了、打不赢了就用嘴咬。他过后成熟了，打架不用嘴咬。他爱穿大裤脚黑色的裤子（俗称“反扫荡”），上面土白布褂儿，一副农民打扮，倒也有些风味。

组上有喻小泉和罗云秀两个女生，罗云秀就是九妹。喻小泉十七八岁，鹅蛋脸儿，身段好，水色也好，性情也温柔。九妹小两岁。他们住的房子，原来一家三代共有五口，经历1960年的灾荒后，剩下辜婆婆一个，是队上的五保户。房子进去是堂屋，左边厢房住的男生，右边住的女生。辜婆婆住堂屋背后一间小屋，这原是用来堆杂物的，窗口就是墙上挖个洞，竖着插根木条。知青来后和辜婆婆摆谈，才知这是她家的房子。别的人都不觉得啥，独有孙猴感到不安，问辜婆婆："你咋住背后的小屋？"辜婆婆说："你们从大城市来，是稀客呀！我住哪里都一样。""那我们住在你这里，该哪个给你房租？"辜婆婆惊讶："啥子叫房租？"不知是旧社会农村根本就不兴房租，还是新中国成立已久把房租这个词都搞忘了。喻小泉说："辜婆婆是五保户嘛，队上拿粮给她吃，连供应的盐巴、煤油，都是队上给她买回来，不就相当于房租？"孙猴说："哪里，这些都是她应该有的。城里的人有退休，农村不兴退休，这就是农村的福利。"喻小泉说："你说这些，也有道理，我们根本没有想到过。"九妹说："他家在省城就是房东嘛，靠收房租，所以他想得到这些，我们咋想得到？孙猴，你既然想得到，那你就拿房租给辜婆婆嘛，而且你家也有钱。"孙猴笑着说："大家住，我出钱？也行，只要我们是一家人，你们都跟我姓。"九妹说："嘻，我们都跟你是一家人，你想得美！"上前揪他的脸。

孙猴便对六指和狗娃子说："唉，我们和辜婆婆换房子，我们搬到后面去住！"二人一听愣了，六指阴着脸，狗娃子说："锤、锤子哟……"孙猴说："说换就换！"进屋收拾东西，又叫喻小泉去跟辜婆婆说。

六指跟进来说："那黑屋子里咋住人？""住进去了，我们把窗子开大点。"狗娃子说："锤子，开啥子窗子，黑点好些！"孙猴说："那就不开，免得折铺盖扫地。"二人只好跟着行动。哪知辜婆婆竟硬不肯换。队长晓得了也来劝止，暂时就罢了。

孙猴因下车伊始就惹事，被县安办和公社视为“重点”，黄兴虎经常关心这个知青组的情况。黄兴虎晓得这次换房风波后，倒也诧异，觉得孙猴不单纯。他来表扬了孙猴，并叫队长给这个组的男生另找一处住房，好让辜婆婆搬左边厢房住。队长将此事拖着，以为黄兴虎过两天就忘了。哪知过几天黄兴虎又问起，遂将队上一间空屋修缮了，作为男生住房。男女生虽然分开住了，还在一起吃饭。

这天下午收工后，九妹在一户农民家坐一会，在这家菜地里割了把韭菜带回去。她抄近路，从菜园地矮墙的缺口跳进院子。旁边挨着就是女生房间的窗子，只见喻小泉站在屋里，被人拉着手，那人的身体被窗帘遮住了，只露出半截衣袖，是个男人。九妹有点好奇，心想一定是孙猴，原来他们这样，哎呀还真没想到！孙猴要抱喻小泉，喻小泉半推半就的。孙猴摸她的脸，喻小泉把脸偏过来，看见了九妹。九妹刚要躲闪，见喻小泉向她快速眨了眨眼睛。九妹一兴奋，弯腰拾起地上的细竹竿，伸进去，估计是孙猴脑壳的地方，“啪”就是一下。孙猴手马上缩回去了。“嘻嘻”，九妹笑着挑开窗帘——我的妈呀，是黄社长！她丢了竹竿就跑。黄社长叫道：“九妹，你跑啥子?”她听黄社长叫她九妹，便站住了，膝盖仍是软的，怕转身。窗户里的声音继续说:“喻小泉，你刚才反映的情况，你不要背思想包袱……”她这才转身，看见黄社长和喻小泉的表情都很自然。喻小泉又向她眨眼睛，弄得她不光不明白她眨眼睛的意思，连刚才看见什么都变糊涂了。黄社长不慌不忙看一眼九妹，就出来走了。“喻小泉，你背了……思想包袱?啥……啥子事?”九妹进去结结巴巴问。“不晓得。”喻小泉说，没事人似的走到厨房去烧火煮饭。

过了几天，这天女工在田里薅小秧。薅小秧是拔秧田的稗子，秧田水早放干了，秧子又是很绵软的，女工都拿小木板或草墩儿垫屁股，坐在秧田里薅。手懒动懒动，嘴里说着闲话，也有吃几颗葵花子的，也有给娃儿喂奶的，是最惬意的活儿。喻小泉说痛经没有出工。

九妹薅一会儿秧，蝴蝶飞来了，跑去扑蝴蝶。蚱蜢跳到衣袖上，一抓飞了，又跑去追蚱蜢。蚱蜢跳进草丛去了，草丛开着些黄的、紫的小野花，在轻轻摇晃。九妹回去坐在秧田里了，还看着小花出神，回过神看手上，唉，拔的哪里是稗子呀，都是秧子！悄悄看旁边的女工一眼，吐了吐舌头。旋又想着那天的事，怎么可能！是我的眼睛花了？到平常歇气的时间，薅秧不兴歇气，九妹仍跑回去了。这回窗帘拉上了，她从缝隙看进去，看见黄兴虎搂着喻小泉在亲嘴。她揉揉眼睛再睁开，真的在亲嘴。

九妹哪里保得住密，小圈子内的几个知青妹先晓得此事，跟着孙猴也晓得了。孙猴这时爱情上还没有开窍，但喻小泉的温柔体贴已渗透到血液中。孙猴怒火中烧，问九妹，九妹道："咦，奇怪，你直接去问她嘛，来问我？走开走开！"九妹和孙猴经常吵，孙猴在外惹是生非，但在本生产队口碑很好，组内就更不消说了，他和九妹的争吵乃至动手动脚，都以他的妥协告终。他遂用央求的口气说："我不好去问她呀，把她问哭了咋办？"九妹说："你晓得这个道理就好！这件事情你如果闹出去，你实际上就是害了她！"孙猴脸色铁青，飞起一脚把板凳踢到院子里，碰到石头上化成碎渣。九妹大惊失色，赶快跑去找知青妹中的大姐白素华。

白素华来了问孙猴："你和喻妹是不是在耍朋友？"孙猴问："你说哪种情况叫耍朋友？"白素华和九妹互相看着笑。孙猴又说："我的衣服都是她洗的。我也从来没有煮过饭，轮到我煮饭，也都是她帮我煮。”九妹说：“啥子？我没有帮你煮过饭？”孙猴不语。白素华又问：“那你对她？”“我不准哪个伤她一根毫毛！”“哼，就是这样？”“还要哪样？”白素华递眼色叫九妹走开了，道：“听说你经常拿钱给喻小泉用？”“哪个说的？拿过，没有经常拿。”“她还你没有？”“她家里穷，我不要她还。”“那你是不是想和她好？”“白姐，你啥子意思？”白素华笑了笑：“我干脆问你，你和她拉过手没有？亲热过没有？”孙猴脸红了，连忙申辩：“从来没有！”“我再问你，你想过没有，将来要和她结婚？”孙猴发窘不说话。“问你呀！”“没有！”白素华也稍稍松了口气，便说：“那我跟你说吧，农民中都在传说了，黄社长想要喻妹做他的儿媳妇。”孙猴眼一瞪：“啥子？他儿子还在读初中！”九妹在外面偷听，忍不住跑进来道：“哼，他使的障眼法！”白素华不理会九妹，又对孙猴道：“农村就兴这样，说的女大三，抱金砖！女大男，吃不完！说喻妹恰好大他儿子三岁。”

喻小泉这时在村口洗衣裳。这里洗衣浸泡后用棒槌在石上敲打，如果衣服太脏的话，就用草木灰或皂角捶烂了泡水洗。有些人衣服穿烂为止，从来不洗，还讥笑别人的衣裳是洗烂的而不是穿烂的。知青洗衣通常还是用肥皂。肥皂凭票，每月一家一块。知青一人一块，够用了。

孙猴向村口走去，听见那里梆梆的捶衣声敲得很乱，他的心跳得也很乱。他急于向喻小泉表白，他要把她从溪水里叫上来，要当着别人的面和她拉一下手，然后——然后也不需要说啥子，我和她的关系，她和我的关系，就决定了。不过他依旧胆怯，恨不得一步跨拢，步子又小得要命，他走路从来不像这样慢。喻小泉低头在石板上搓衣裳，雪白的膀子，雪白的后颈，后颈上毛茸茸的发丝，这道风景并未养在深闺，一直露着，他今天才初识了这道风景。“喻小泉!”他第一遍叫得细声，第二遍才叫响了，声调怪怪的。喻小泉漂亮却不风骚，性情好，对人又肯帮忙，故人缘最好，知青都叫她喻姐或喻妹，只有孙猴才叫她喻小泉，“喻妹”他叫不出口。他响亮又蹩脚的声音使喻小泉打个哆嗦。“啥子事?”喻小泉仰脸问他，见他不做声，就把手上的水甩了甩，又在围腰上抹了抹，从水里上来。孙猴一路想着的都是和她手拉手的景象，没有考虑要和她说的话。他在慌乱中扫一眼其他洗衣女，她们都有意无意在看他。嘿，我就是来做给你们看的！他想，但他从脖子到耳根都红了，手半伸半缩。喻小泉被他奇怪的神情举止弄得既害怕又高兴，她怕他问到和黄兴虎的事情，赶快说：“啥呀，你回去，我马上就回来!”说完又下小溪去洗衣服。他愣了愣，只好蔫塌塌走回去。

喻小泉剩下的两件衣裳洗得就很马虎。孙猴的头脑和肌肉都吸引着她，她想如果孙猴向我求爱我就会答应，我就和他两个开伙食，心中立刻就有许多甜蜜的画面、甜蜜的感情涌出来了。旋又想如果他是问和黄兴虎的事情，那我坚决不承认，再问他为什么要关心我的事情？然后……然后说你如果不经常到处跑，你经常过来看我，这些流言蜚语就会消失的。她洗完衣裳就赶快回去，但孙猴不在，直到她睡都没有过来。

不久孙猴领头逃跑，临走前给喻小泉留了张条子：喻小泉，我走了，因为这里太苦闷。今后我会回来看你，哪个敢欺负你，我马上回来。

3

花枪本名叫蒋彦君，白皮肤，高鼻梁，鼓眼睛，上半身看着强健，但是腿很瘦。花枪的思维言行与人异趣。他冒火或惊讶时眼球凸起，瞳仁包着鱼肚似的眼白，似要掉出，有点吓人——吓陌生人，实际他外强中干，连架也打不来。他走路打飘，头低着，但若遇到熟人，快走拢他头就抬起来了。他说话声音在喉咙里打转，故意只叫你听个大概，乃至对书记社长也同样，习惯成自然。

下乡不久，天气尚冷。有次蒋彦君和笑娃从柏舟踩水过来，脚都冻红了，在河滩上点燃了茅草烤火。农民烤火都是择处空地，或搂拔茅草腾出块空地，将干茅草、枯树根、烂木块等拢做一堆，将火点燃。(这时你会惊叹农民的手，就像镰刀一样！还有手指叉开抓树根的刹那，手指本身也是树根！) 蒋彦君独出心裁，他选择干茅草茂密之处，划燃火柴，火一开始“啪拉、啪拉”慢慢燃烧着，后来就“哄哄哄”燃旺了，竟呈燎原之势。他和笑娃就在火床边快活走着跑着烤火，火星在飞蹿，这两颗心也在飞蹿。蒋彦君脸烤烫了，手烤烫了，脚烤得蹦跳。火苗呼呼呼吼，笑娃哈哈哈笑，脸笑得就跟火苗一样红。过往的人被火势吸引，也有的被他俩快活的样子吸引，都纷纷跑来烤火。

碰巧黄兴虎也坐渡船过来了，对这群人叫道：“你们在干啥子！还不把火灭了！”笑娃和蒋彦君不认识他，照样笑着蹦着。周围农民因火又不是自己点燃的，也置之不理。黄兴虎怒气冲冲，走拢看见核心人物是两个知青，遂厉声问：“你们是哪个队的?”笑娃看这派头，就不笑了。蒋彦君却道：“龟儿，烤个火，还要问是哪个队的！”黄兴虎一怔，想他肯定不晓得我是社长，大声道："你不叫烤火，叫纵火！"蒋彦君吼道："老子就叫烤火，不叫纵火！"两只眼球凸起，像要从眼眶滚出。黄兴虎暗觉诧异，仍与之对吼："纵火！""烤火！""纵火！""烤火！烤火！烤火！"黄兴虎气急败坏指着远处叫道："好，你想把河滩烧光？那边是麦地，对面还有仓库，你都想烧光？你胆大妄为！""老子胆大妄为？你龟儿胆大包天！""好！你敢骂我，你、你这个纵火犯，反革命！"

二人像两只引颈对峙着的雄鸡。笑娃因见周围农民都不笑了，表情严肃，一问，始知这是黄社长。笑娃赶快过来拉着蒋彦君，附耳道："嗨，他是黄社长！"蒋彦君虽然也学黄兴虎的样子又吼又跳，但他心中哪来的气，逗着玩的。他听了笑娃的话，站定喘了口气，说："妈哟，是黄社长！"凸起的眼球收敛了，眼珠黑黑的："黄社长，你咋不早说！"从衣兜里掏出纸烟盒，取支烟递过去："黄、黄社长抽烟！"黄兴虎"啪"一下把烟打掉，吼道："灭火！""灭火，灭火……"他赶快转身："妈哟，笑娃，灭火！"这时火势已衰，蒋彦君、笑娃跳着一阵乱踏，农民也加入进来，黄兴虎亲自也踏了几脚。这片茅草不宽，周围草丛逐渐稀少而呈光秃状，故看着吓人罢了，火不可能四处蔓延。过路的农民跑来烤火凑热闹，也都晓得烧不起来的，不然主动都会把火扑灭了。

蒋彦君做个立定转身姿势，叫道："报告黄社长，火灭了！"黄兴虎愣了几秒，骂道："呸，小丑！"转身扬长而去。

黄兴虎虽然赢了面子，始终有被蒋彦君逗弄的感觉，尤其被他充了老子，骂了龟儿，未免耿耿于怀。

这天蒋彦君跟一个绰号科长的知青穿行在宛丘镇的巷子里，（蒋彦君只能说是神经兮兮，科长却是真的有神经病。）蒋彦君在前，上身微向前倾走着正步，口里哼着《三大纪律八项注意》：“革命军人个个要牢记，三大纪律八项注意，第一一切行动听指挥，步调一致才能得胜利；第二不拿群众一针线，群众对我拥护又喜欢；第三一切缴获要归公，努力减轻人民的负担……”科长挑副箩筐随其后，箩筐里装着宛丘小学老师的几床铺盖。正巧与社长黄兴虎迎头相撞，蒋彦君遂将胸口一挺：“黄社长好！黄社长存钱买手表！”黄兴虎装做没听见他说的什么，看一眼箩筐里的东西，厉声问：“哪里来的？”“啥子哪里来的？我的！”黄兴虎头突然一偏，目光扫向蒋彦君身后：“嘿！往哪里跑！”只听“咣啷”一声，科长丢下箩筐扁担跑了。

这天是旧历六月六，晒衣服的日子，又是星期天，学校操场上老师的铺盖、毯子、衣服，旧的新的，挂得琳琅满目。蒋彦君、科长顺手牵羊而已，不是偷。另外，偷哪有如此明目张胆的，一路唱着歌，走正步！黄兴虎对蒋彦君和科长一贯头疼，当时就利用此疑点，只勒令蒋彦君马上担去还了完事，懒得另加惩处。

蒋彦君后来有了花枪的绰号，这一说是黄兴虎叫出来的，意思是名堂多，鬼把戏多。一说是知青妹取的，若是，则意思既含蓄又赤裸，耐人寻味。花枪所在的知青组有花枪、笑娃和王眼镜三个男生。他们生产队的副队长刘桂芝，是个三十出头的女子，不光人能干，身段也好，端的是丰胸纤腰翘臀。她男的姓魏，人矮小，比她大十多岁，是供销社职工。老魏有两个弟弟，这两个弟弟都是浑人（这里傻子叫“浑人”。），是挣工分的机器。

刘桂芝结婚多年了都未生育。虽然是农村，这方面的知识倒也普及了，田间地头的议论都说是老魏方面的问题，这从老魏在女人面前低三下四的态度上就看得出来，而且刘桂芝在田间和男社员打情骂俏，老魏都一律当睁眼瞎。另外夫妻分房睡，刘桂芝睡正屋，老魏睡的下房，这也是大家津津乐道的话题。刘桂芝和老魏与知青的关系融洽，平常说话护着知青，还经常送菜、送豆豉饼子给知青吃。这天傍晚王眼镜从宛丘街上回来，走在田间小道上，听见老魏在背后喊他。老魏手里提个小罐子，是打的酒，连说难得难得！王眼镜问啥子难得？老魏说碰到你单独一个人。王眼镜眼睛落在老魏的小酒罐上，笑说未必多一个人你就不请客了？老魏脸笑得像朵花。

进了魏家，刘桂芝也有些异常。刘桂芝往常无论何处对知青都是一说一个笑的，此时她倚着门，看着丈夫一手拎小酒罐，一手捏着王眼镜的手腕（就像生怕王眼镜跑了似的）走进院子，她光有点发愣，也没有招呼。等二人进了屋，她和丈夫交流了眼神，把王眼镜瞄一眼，就钻进厨房去了。但她结果只端出了一盘炒青椒，一碟油酥黄豆和一小盆鸡蛋挂面。老魏表示了不满后她才从坛子里掏出一小块腌肉，煮熟了切好端出来。这时王眼镜已有了三分酒意，说："刘队长，你快来吃！"王眼镜和老魏对坐着，她笑了笑便坐在王眼镜这条板凳上，拈一片切得薄薄的腌肉，半透明的，鲜红可爱，举到王眼镜面前说："嘻，半肥瘦的，好吃！"王眼镜等她放到碗里，但她偏不放下，王眼镜就伸筷子夹住了，送进口里。王眼镜把自己酒杯递给她，老魏笑道她从来不喝酒的。她冲二人一笑说："那我今晚就学着喝口酒吧！"进去又拿了个酒杯出来，倒了小半杯，和王眼镜酒杯"咣"一碰，一口就干了，王眼镜也把自己这杯干了。然后她马上捧着脸说："不得了，头昏了，像要吐。"就进去了。

王眼镜只有二三两酒量，喝了几杯说行了，老魏不依，说要喝光这一小罐，各自又倒了一满杯。一只光裸的手臂从王眼镜肩头伸下来，桌上又添了碟炒葱花鸡蛋。王眼镜半醉了，道了谢扶着桌沿站起来。老魏醉醺醺地说："兄、兄弟，你今晚上……不走了，你要帮我个忙!"王眼镜人老实，但今晚察言观色，已隐隐起了一点疑心，此时"酒醉心明白"，听老魏这句话，正与他猜测的相符，有些紧张。扭头看时，刘桂芝在他身后，脚站在卧房的门槛内，身体靠在门轴上，已经把斜襟蓝布外衣脱了，穿件自己手工缝的镶了花边的白细麻布无袖汗衣，一双眼睛正看着他。

王眼镜未免慌神，话也不说，站起来就走。刘桂芝夫妇也不好拉他，只能眼睁睁看他略带偏晃走出门。王眼镜出来后定神想了想，也不回家，拐弯就往公社去了。

黄兴虎正在洗脚，见王眼镜急匆匆进来还以为有什么大事，听了一遍觉得好笑。又把经过详细问了一遍，估量所言属实，方道："哦，你们知青才来了不久，还不晓得这里过去的风俗。这叫做'讨种'，自古就有的，所以这还不算是腐蚀知识青年。新社会移风易俗也只能慢慢来，这家人你以后就不要再接触了。但是这家是贫下中农，还是副队长，所以这事你不准声张出去。"王眼镜听了如释重负。回去后带着酒兴，忍不住又给花枪说了，还说了向黄兴虎汇报的结果，叮嘱花枪不可再对人说。

花枪听了难以入眠，悄悄起来出去。深夜里，弯月像把银篦，飘浮在情天恨海。噢，无论依偎在窗前的情侣，还是野外游荡的孤客，都被它梳得心尖发痒，都被它梳掉了魂。

花枪到了刘桂芝房门口，刘桂芝的床露在月光下。"哪个?"声音吃惊而压抑。"我!"花枪略站了站，跟着他就像豹子一闪一扑，轻巧又敏捷上了床。

刘桂芝一眼看出是花枪，差点晕过去。她属意的就是花枪，丈夫偏带了个王眼镜回来。王眼镜长相在三个知青中最差，丈夫显然怕她和知青真的好上了。不过王眼镜做种有个好处就是娃儿长大了可能会读书。哪知花枪会送上门来！花枪早就有性经验，却没有满足过，对方是处女或其他原因，都不肯把身体彻底交给他。眼下刘桂芝由瘫软而配合，而热烈，让他施展解数，为所欲为，快意驰骋。双方除了累得有趣，还很惊奇，这事还能如此！完了刘桂芝还紧紧缠住他，花枪尽管还能在这块芳草地上再耕犁几回，仍有些畏首畏尾，不光怕她男人会醒，还怕王眼镜会醒，便从她身上下来了。

黄兴虎跟着就来了，好险！黄兴虎虽是老手，还是怕有意外，倒不太怕老魏，因为觉得自己手里有他腐蚀知识青年的把柄。主要是两个浑人（傻子），认不得社长，动起手来不晓得轻重，不是玩的。刘桂芝少有的好身段，所以魏家他来过，熟悉门径。他一进去就听到从下房传出老魏的鼾声，闻到了酒气。遂先轻手轻脚来到柴房，看了看两个熟睡的浑人，这才转到上房来。他“吱呀”把门推开，停一停，大摇大摆走进去。他多少有点心虚，仍故意站在屋中间，故意让月光照亮自己的脸。他看见床上的身体在发抖，遂克制着兴奋，叫声：“刘桂芝！”声音倒也不轻不重。

刘桂芝经历刚才的几番云雨，哪里睡得着，黄兴虎一进来就看见的，神气活现的样子，还以为是花枪又转来了。待月光投在黄兴虎的脸上，她马上想花枪出去后是不是撞到了黄社长，已经被抓起来了，黄社长又来抓她的？吓得在被窝里抖。一听叫她，翻身坐了起来，拥着被，磕头哀求道：“黄社长，黄社长，你饶了我呀！”黄兴虎以为她求饶的是王眼镜所言之事，见她竟吓成了这个样子，又惊又喜说：“好了好了，不要磕了！”退两步去关门。刘桂芝瞟见他这个动作，就像吃了定心丸，马上就不磕头了，还跪着。黄兴虎走拢来，一下把她身上的被子掀开了，露出个玉人儿来。她反而匍匐下去了，这样在黄兴虎看来她的身体就像个倒着的玉葫芦。黄兴虎能力远比不上花枪，但是经验老到，很快就弄得刘桂芝魂不附体。事毕他忽然有些后怕——荒唐！我咋从前门进来？晓得窗洞里、墙背后有眼睛没有？他因此是从后门溜走的。

花枪下次来，刘桂芝为了花枪的安全，就对他说了黄兴虎来的事情，但花枪的事她却始终对黄兴虎保密。她怀孕后才中止了这危险的游戏。

4

谁都想不到，喻小泉会穿一身白衣白裙，吊死在屋后山坡上的松林里！

九妹对大家说，头天下午收工后，她去白素华组上耍，沿山脚走有六七里路。经过公社时碰到黄兴虎在门口和人说话，问她到哪里去，说道：“你这时到于田大队去呀，太阳都要落了，天黑了这条路上就有马狗，你回来要小心啊！”此地狼叫马狗。这晚九妹就住在白素华那里没有回来，她回来喻小泉的尸体都停在院子里了。这样，大家都感到喻小泉之死和黄兴虎有关，这晚黄兴虎肯定摸到喻小泉那里去了，可能强奸了她！

组上知青哥或在瓦窑，或在劳教，九妹一个人抓不到缰，唯有跟几个大娘一起守着喻小泉的尸体哭泣。但知青一群接一群很快赶到，便将尸体抬往公社大院，灵堂也设在那里。全公社一百多知青都来了，连相邻的柏舟、葛生等公社也来了不少知青。知青们半数为她守灵，半数去县里上访，但验尸结果是自杀，且没有遗言。白素华等向上面反映了黄兴虎的问题，但是没有证据说明这和喻小泉自杀有直接联系。对于九妹说的头天傍晚黄兴虎拿马狗吓她一事，县安办说这正好说明了黄社长对知青妹的关心嘛！知青们听了气也不是，哭也不是，没法反驳。

耐人寻味的是刘桂芝也来凭吊。她在灵前点炷香，鞠了个躬，烧了几张纸，因周围也没个说话的熟人，而且大家的神色，不认识她的漠然，认识她的诧异，她就走了。她始终没说一句话，也没啥表情。当时这虽然有点奇怪，也引不出什么话头来。过后花枪组上两个女生故意和她说起此事，她说是从那里过，看见遗像上这么漂亮的女生，忍不住伤心，就去鞠的躬。“文革”中批斗黄兴虎，他和刘桂芝的风流事被揪出来了，这时刘桂芝的女儿已经会走路了。大家遂联想起刘桂芝去凭吊喻小泉一事，猜测两个女的跟黄兴虎也许有种三角关系？有的说黄兴虎不光是社长，而且有文化，外表又好，喻小泉真的跟他有感情了，也说不定。有的就说那一定是喻小泉晓得了黄兴虎和刘桂芝的事，明白了黄兴虎真的是条色狼，气愤伤心极了，才吊死的。这是后话不提。

此时正在瓦窑下苦力的劳改犯们也要来参加守灵，黄兴虎不准。大家因积怨已久，想黄兴虎这时恐不敢打人捆人，就借机喧闹，又是罢工，又是摔饭碗，嚷着要找安办和公安局来的人申诉，反映问题。黄兴虎正暗中庆幸汝坟最野的这群知青被管制着，外面的事才没有闹大，如何肯让他们出来守灵！故这几天他分身有术，花一半时间在公社冷静沉着张罗喻小泉的事，另一半时间坐镇瓦窑弹压，才压制住了。但这次也没敢用皮鞭棍棒，只加派了民兵而已。

喻小泉父母第三天才赶到，次日清早出殡，棺木由知青和农民共同抬。抬杠套好了要起肩，孙猴突然来了，衣衫褴褛，一脸乌云，两手握拳。全场一片死寂，少顷，才有个叫屈彬的知青用明亮兴奋的语调叫声："孙广厚，你回来啦！"知青跟着都放开喉咙，纷纷叫道："孙广厚！""孙猴！"

孙猴本出不得众，宁愿打十次架也不愿在公众场合当一次焦点人物。这次他乘着悲愤的心情，竟穿过人群，走到棺材前，跪下磕了个头。起来解了绳索，要打开棺盖。棺盖钉死了的，他四处要找凿子。白素华和九妹等赶快来劝，他不依。白素华说喻妹的父母亲在这里，你先要问他们，看他们同不同意。他才罢了，哭道："喻小泉我不该走！我不该走！"跪下咚咚又磕了两个头。白素华等拉他起来，指给他看喻小泉的父母，他又给喻小泉父母磕了两个头。喻小泉父母一来伤心过度，二来已听人讲过了喻小泉和孙猴的关系，所以对他的举动，只默默看着。孙猴磕完头擦干眼泪站起来，前后左右看。大家都猜到他在找谁，怕他闹事，白素华忙说："你做啥？该上山了，你既然来了，你来参加抬！"拉他去抬棺材。

黄兴虎一直在场，他见孙猴来了，也吃惊不小，趁乱溜出大院。外面坝子也站满了人，他和几个心腹站在人群外商量。有的说孙猴肯定是从劳教地点逃出来的，赶快抓起来。有的则说这里一两百知青，抓他怕出事。黄兴虎眉头一皱，问一个大队书记："屈彬这个人……"这书记道："屈彬有脑筋，不简单，在知青中有影响力！"黄兴虎眉头舒展说："你把他叫来！"屈彬很快来了，他个子不高但很结实，皮肤光滑白净，眼珠顾盼有神。唯右耳后一道疤痕，延伸到颈侧，较为明显。他道："黄社长，找我有事？"黄兴虎神色严肃："孙广厚是从劳教所逃出来的！你们是好朋友，你为不为他着想？"屈彬眼皮垂下了又抬起来说："黄社长，我想也是白想。""你配合我们民兵，把他看住。考虑到今天的事情特殊，我们也不抓他，等这件事情完了，你跟民兵一起，送他回看守所去。""哎呀，我咋看得住他？""屈彬，今天的事情，是公社对你的考验！""黄社长，只有你才有本事，管得住他，而且不费吹灰之力。""你这话……""真的！而且对你没得一点影响，只有好处。""你把话说完！""黄社长，瓦窑上的知青都想来送喻小泉，而且六指和狗娃子跟喻小泉是一个组的，你就让他们来吧，把他们都放了！他们十多个人在瓦窑都做了一个半月了，差不多了！"黄兴虎还要故意沉吟一下，因情况紧迫，才赶快说："放了可以！他们来了会不会闹？你管不管得住？""黄社长，你要相信知青哥都是讲理和讲义气的，我给你打包票！""好！"黄兴虎立刻就对旁边的曹秘书说："你去宣布，我说的，监督劳动结束了。"

人群又在喧哗，还以为棺材抬出来了，却是孙猴从院子出来了，众人让开条路。黄兴虎腿在打闪，眼中一座堆满乌云的荒山，云之上是青光溜溜的石岩，云中两道闪电，黄兴虎脸被灼得抽搐一下。屈彬迎上去道："嘿，做啥子？""找他说几句。"孙猴朝黄兴虎努一努嘴，口气平静，但嘴角和手都在轻微颤动。屈彬走拢压低声音："民兵有枪！""哼，我怕枪？""你送死！跟你说，六指、花枪、笑虎、狗娃子他们十几个人，关在瓦窑下做苦力，刚才黄社长都答应把他们放出来了，都来送喻小泉，行了！"屈彬说毕还挤了挤眼睛。孙猴和屈彬对视一会，说道："屈彬，我还是不甘心。"

黄兴虎见云中闪电已经熄灭，遂走过来，面无表情说："孙广厚，你都来了？这里事情完了，你下午还是回去。我给你写个条子，专门叫曹秘书、屈彬送你回去。"孙猴本来要把此人当场踢死、掐死的，然后就跑，亡命天涯。但此时他气消了些，恨也减轻了。黄兴虎看在眼里，想你这个孙猴，真的是个孙猴，你在如来佛面前，你还嫩得很哪！他又跟屈彬交换一下眼色，就丢下孙猴走开了。

屈彬招呼暂不出殡，等一下。等了一会，从前面巷子走出来一群人，这简直是群野人，是群残废，是群叫花儿哪！这群人一见停在前面的棺材，就奔了过来。有的跑几步跌倒了，在地上连滚带爬，有的边跑还哭起来了。这里的许多知青都迎了上去，大家抱在一起……

第四章　绿衣裳

1

范正勇父亲是起义将领，长期在家里赋闲。他后来生病脚肿，走路不方便。家门外有一条流经市区的小河，父亲爱叫母亲拿个小板凳放在河边，两手放在膝盖上，坐得端端正正。看着潺湲透亮的河水、水中的鹅卵石和水中看不见的鱼。“唉，虎死不倒威呀！”这是父亲病入膏肓之际，外婆爱跟母亲嘟哝的一句话。外婆说范正勇有几样像父亲，一是站有站像、坐有坐像（书面语言的“站如松，坐如钟”），一是有话藏在心里和眼睛里，一是爱哼几句京戏。其他差得远。

劳改犯在瓦窑下苦力时，有知青想去看看他们，还带点好吃的去，离瓦窑还远就被民兵呵斥，怏怏而返。独有范正勇虽遭呵斥，还是要去，就坐在远处山包上看他们，尤其想看见小和尚，但是分不清楚人。只见日薄西山他们还在劳作，在跪瓦碴。看一阵又看广袤的田野，看天上的云。他除了心里很惆怅、很酸楚外并没有想什么，连小和尚等为何挨整都没有想，心目中政府就是正确的化身，为人民服务的化身。他经常端坐在那里引起瓦窑民兵的警惕，这天黄兴虎亲自去撵他。范正勇因自己生病时黄社长对自己就像父亲一样，遂笑脸相迎。但黄兴虎一走拢就厉声问他经常来坐在这里做啥？为啥一坐就是两个小时？快点走，不准再来了！他不由一怔，想怎么突然间就这样了，他因为突然开始思考就像傻了一样。黄兴虎见他没有反应又说：“范正勇，你知情不报都已经宽大你了，你再坐在这里，就叫民兵把你抓起来！”范正勇这才一惊，站起来走了。

喻小泉死后，九妹一个人住着害怕，要求调，就调到这组来了，与黄心华住一间屋，黄心华体质瘦弱，五官清秀，戴副眼镜。爱读闲书，有一箱子古今小说。她比范正勇、小和尚大，是组长。九妹来之前，这组男女知青相处倒也清静，九妹一来就变了。

这天九妹坐在屋里门槛边的小凳上，低头缝一件东西。范正勇从外边走过，瞟了一眼，掠过一件红色的影子。都走过了，他还想着九妹的神态，觉得像在绣花。这里只有村姑绣花，没见过哪个知青妹绣花！他又倒回来进屋去，低头看不是绣的花，问：“嘿，你缝的啥子哟？”九妹埋头吃吃笑，说：“嘻，我在给你缝帽子！”瞟见他脚没有动，忽然抬起头，快速扬了扬手中的东西。也不知他腰弯着的，正扫在脸上。范正勇把脸躲开，笑着走了，心里仍在想那到底是什么。碰到来耍的王眼镜，范正勇说：“嘻嘻，你去看九妹在缝帽子，红的。”王眼镜心想奇了，缝红色的帽子。遂走到九妹房间门口，瞄一眼没瞄出名堂，抬脚跨进门槛。九妹东西塞进衣兜里，脚一跺：“出去！”王眼镜顿时就晓得了，连忙转身。过来对着范正勇，带笑不笑：“龟儿，你刚才看清楚了，那是帽子？”“她说是帽子，手一舞，还扫到我脸上!”“那你今天霉了！你要倒大霉了!”如此这般一说，范正勇听了气得喘，用手在脸上狠擦了几下，赶快打水洗脸。

九妹早将“帽子”放好了，正坐在门槛外补衣服，却是范正勇的衣服。范正勇不知何时走来，突然伸脚一扫，九妹屁股下的小板凳飞了，屁股落地，背脊骨担在门槛上，痛得呻唤，半天站不起来。等站起来一摸屁股，摸一手鸡粪。范正勇早已无影无踪。九妹洗了手，蹇足抹泪来到男生屋里，将范正勇所有东西扔个花儿开。等范正勇回来，组长黄心华已草草给他收拾了一下，但箱子仍张着口，脸盆、口盅的瓷摔掉了，铺盖、枕头上糊着泥巴，几本书丢在水沟里黄心华没看见，都已经泡胀了。范正勇气冲冲要打九妹，九妹将发辫打散了，手捂着腰（其实腰已经不疼了)，迎着说你打呀！你打呀！逼得他后退。

范正勇气得半个月没有在组上吃饭，跑去五队知青组上搭伙。九妹会做菜。或说会做菜的人自己不好吃，又说女为悦己者容，九妹正如此。她做好吃的菜是为了组上的男生，范正勇不回来吃饭，小和尚有时也跑到五队去吃饭，九妹做的饭菜从此没盐没味。半月来九妹变瘦了不算，因为吃不好，连黄心华也跟着瘦了，出工扛锄头都吃力。黄心华劝了范正勇几次都没有用。这晚下了一夜雨，次晨几个村姑来约九妹上山采蘑菇，九妹说不想去。黄心华想起看过的一本书上说明朝状元杨慎来过L县，把这里野地生长的鸡枞菌比作天上佳肴，便问村姑:“嘿，听说这里的山上出鸡枞?”“是呀，鸡枞最好吃了！就是不容易拣到。”黄心华凑在九妹耳朵边说:“去呀，你只要拣得到鸡枞，我包管把他给你叫回来!”九妹说:“哼，给你叫回来！给你叫回来!”追着掐她。捱一会就站起来提个竹篮子跟村姑一路上山去了。回来时篮子里装满五颜六色的蘑菇，包括雪白的鸡枞。黄心华大喜，跑到五队知青组把那里的知青秋霞、林芬、小宝等都请来吃鸡枞。大家晓得鸡枞是美味，一请没有不来的，还把范正勇带回来了。

范正勇虽然回来了，还是对九妹把月经带扫在脸上的事耿耿于怀，对黄心华说要退这半月的口粮。黄心华说："昨天我对林芬说把你这半月吃的米带去，林芬说不要嘛！""她不要是她！""那你退去做啥？想拿去卖黑市呀？""不要你管！""我就要管！""我倒去喂鸡！""真的？""不是蒸的是煮的！""好，你拿去喂鸡！"黄心华从装米的汽油桶（下乡每个知青组配了个空汽油桶，专门用来装米，好处是老鼠咬不穿。）里舀了大半瓷盆米递给他，范正勇接过来，走出去一泼，地坝里白花花的像下了场雪。邻家一群鸡在啄食，先吓得跳起，咯咯乱飞，旋又欢叫着撵回来，哪见过这样遍地美食的情景呀！邻居好生惊讶，知道知青又在吵架，忙着赶鸡。范正勇叫道："大伯，大妈，莫撵莫撵！让它们吃！"黄心华也说："大妈，大伯，莫撵莫撵！我喊队长来看！"

后来不光队长，连社长黄兴虎也获知此事，开知青会时专门把范正勇叫去说："你晓不晓得粮食是从哪里来的？是贫下中农一滴一滴的汗水浇灌的！"范正勇自从那次在瓦窑后面山坡上挨训斥后对黄兴虎就很反感了，还嘴道："是我一滴一滴的汗水浇灌的！"黄兴虎反而一怔，道："你糟蹋粮食可耻！"旁边黄心华恨犹未已，跟着说："贪污和浪费是极大的犯罪！"范正勇晓得这是句毛主席语录，就犯傻了，不知如何应对——怕应对错了被二人揪辫子和扣帽子。黄社长对范正勇投以威严和嘲讽的目光，对帮腔的黄心华道："哼，这是他本质决定的！"

黄兴虎的话正好戳到他的痛处。他突然吼了声："好，本质就本质！"会也没开完，车屁股就走了。他跑到各地浪荡了许久，回来就成了浪子。

2

秋霞读初中就是个小小才女，能说会写，还能歌善舞，初中毕业很有可能升重点高中。与秋霞要好的女孩林芬读祠堂街民中。林芬的语文老师兼班主任尹长江，瘦高个子，白净面皮，高中毕业后当过矿工和车工，因为喜欢舞文弄墨，在报刊上发表过一些东西，被调到祠堂街民中（当时民办中学简称民中）教语文。这次掀起动员知青下乡的高潮，民中毕业学生是重点动员对象。民中归街道办事处管，尹长江为了待业一两年的两个双胞胎妹妹工作的事，多次找过办事处主任，这次他又去找，正好入其彀中。办事处主任说你两个妹妹都是这次动员下乡的对象，但是你如果愿意下乡，并能以自己下乡的革命行动带动一批学生的话，两个妹妹的工作单位随便挑。然后主任就拿招工的材料给他看，内中有132公司、420公司、棉纺一厂等社青梦寐以求的单位，并向他暗示，等这批知青下乡走后，招工就会展开。尹长江一方面关心两个妹妹，一方面性格浪漫，觉得乡村生活清苦，但也充满诗意，就毅然答应了。后来祠堂街民中光他班上就有十一个学生报名下乡，林芬是其中之一。

秋霞以往跟林芬一起耍，常听林芬以崇拜的口吻说尹老师如何，都听得耳朵起茧巴了。这次又听林芬说尹老师要跟学生一起下乡，觉得好新鲜。这天民中为要走的师生开欢送会，她去看了，回来连续几天心潮澎湃，夜不能寐，遂瞒着家里跑到办事处报了名。家里对她搞的突然袭击猝不及防，母亲气得要病倒，但没有办法，只得由她。这时离下乡出发只有三天了，准备工作包括下户口和买东西差点来不及。

她们下乡到了汝坟公社宛丘大队五生产队。汝坟处在安宁河平原，其中宛丘是条老街，在螺髻山脚、安宁河畔，L县城西南方向，离城40里。民谣说："三十三里三，还有三个大弯弯，眼看瑶山坡，就到送钱窝。"出发点是宛丘，送钱窝就是县城了。可见乡下人也爱去县城消费，这点古今相同，新旧社会相同。宛丘过去是省内西去川西、南下云南的驿站，西南各地前往L县城和省城，此亦必经之地。红军长征时，朱毛二人骑着高头大马率部队经过这里，街两旁瓦檐低垂，看见的人说朱毛的头都高出了屋檐。朱毛曾在街上朱三娘茶馆吃茶议事，再北上，前面等着的就是金沙江、大渡河的恶战了。

当年，朱毛走过的这条古道上旅客商人、挑夫马帮络绎不绝。单是每年二三月份，每天都有从米易、盐边、会理上来的几十担蜡虫（挂白蜡的虫子）住宛丘，挑虫子客商在此雇用挑夫，将这些蜡虫肩挑到省城，沿路火速不停留，几家客店热闹非凡。宛丘街上过去有旅店、马脚店、杂货店、菜市、米市、柴市和肉案等，又有回族人开的牛羊肉馆子，街边卖的小吃有米凉粉、油炸糕、黄煎糕、糍粑、红糖锅盔。卖豆腐、豆花的刘姐儿，每天卖好几磨豆腐、豆花。街背后又有五六家酒坊。当年经过这里的马帮需要大量皮货工具，故宛丘的皮货也远近闻名，听说清朝连县衙门的皮革刑具——皮鞭、皮铐子等也由这里上贡的，是为纳税。朱毛进来吃过茶的朱三娘后来又开旅店、马脚店，土改评成分时她说朱毛曾在她茶馆吃过茶，土改委员会叫她拿证据来。早先又不兴照相，又不兴名人题字，她只好到处找证人

（证人不好找哇！你根据什么说那两个人是朱毛？）。等她好说歹说找到证人，又说吃茶又怎样？你收茶资没有？你可有朱毛打的欠条？问得她张口结舌、泪珠儿涟涟。幸好可能最终由于朱毛的原因，上级说了话，才评的“工商兼地主”，工商在前，算人民内部。另外打铁的王国成是“地主兼工商”，卖豆腐的刘姐儿、开马脚店的王德明均为地主。新中国成立后宛丘街上就将没收的地主房屋设立土改委员会、农协会、棉业指导站、供销社、信用社、诊所、毛猪站等单位。终因昔日的挑夫马帮已不见踪迹，小农经济的作坊和家庭手工业都合并到区上和县上去了，宛丘较过去“封建经济”年代大为冷寂，街上来来去去就是本乡的人。集体化后生产抓得紧，街上连本乡的人都见得少了，基本上只有几条敞放的猪儿在跑。

秋霞和林芬住在街背后。从街中间一条巷子进去，左拐上一坡石梯，路旁有座石头垒的拱形小门，竹篱笆上爬满了绿色藤蔓，春天也就是豆角、牵牛花了。进去有两栋房屋。东边靠山坡这栋小的一正一偏两间是知青屋。西边这栋大的，住的是朱三娘家。两栋房屋斜对，中间有一小块空地。

这小院从外面看，座落在一块椭圆形灰白的岩石上，四周绿荫，尹长江笑说有诗意。院子小，秋霞和林芬的房屋也小，知青称之为蜗居。

3

尹长江和秋霞坐在小院说她的名字：“你的名字取得好，取春霞就很俗。”“啊，那春霞为什么俗哇？”“春霞的感觉就像桃花，你说如果取名叫‘桃花’俗不俗？哈哈！”秋霞觉得他的说法牵强，笑着斜他一眼："那秋霞呢？""秋霞呀，秋霞呀……那就是'落霞与孤鹜齐飞，秋水共长天一色'，很艳丽，很明亮，使人神清气爽……就像石榴花。"

"像石榴花？"秋霞尖声应一句，"咯咯"笑个不停。蜗居小院里开着两株石榴花，秋霞和林芬房间窗台上也放着瓶石榴花。长江被她放肆的笑弄得很尴尬，笑完了才说："我喜欢石榴花！青春似火，石榴花正像一团燃烧的火。你可能想，连桃花我都说俗，石榴花不俗？哈，人不俗，花咋会俗？"说着他走到窗边，拿起这瓶石榴花，背着的，但秋霞看出他在花上吻一下。

这表露含蓄而又直白，秋霞侧脸去看树上的石榴花，等他继续说。尹长江放回花瓶，回头问："呃，林芬呢？"秋霞道："哎，她在屋后栽菜"。

秋霞初来不会做饭洗衣，也用不来针。后来会做饭了，但有时饭要烧糊。会洗衣了，但每月供应那一块肥皂洗不了两次，肥皂用完了就找农民施舍皂角。有回她缝纽扣，针从背面穿不进扣眼，尹长江看她笨手笨脚的样子，痴迷得像看一幅画，读一首诗。秋霞冷不防穿过扣眼，是另一个扣眼，指尖按在那里的，刺出了血。长江赶紧给她找药棉花止血，说："我来帮你缝！"她硬不肯，这本来就是女孩子的事嘛，仍自己缝好了。尹长江拿过去看了说："你缝得太死了，我来教你。"拿剪刀剪了重来。完了秋霞拿过来看，果然和衣服上的其他纽扣钉得一样。她留意看尹老师衣袖和裤腿上补的疤，平平顺顺，针脚也细。"咦，尹老师好能干！""我该和你分在一组，好照顾你。"尹长江不经意说。秋霞斜睨着眼珠："尹老师，你组上的周瑛、冯学敏，你给不给她们钉扣子呀？"把长江问哑了，一笑了之。下乡之初，这样温馨的场面在他俩之间屡现。算秋霞青涩的初恋吧！其实这和亲密之间就隔一张纸。

尹长江从高一开始投稿，他将所发表的东西剪贴成一本，便于携带。下乡不久发生抢救范正勇的事件，《L县群众报》进行了采访报导。尹长江对此事的敏感一点不亚于报社记者，他也输了血给范正勇，输血当晚就在县上旅馆里写完稿件《为了一个知青的生命……》，次日一早交到报社。后来的记者采访他也全程跟随，他深信自己稿件中有记者未采访到的感人细节，有记者描写不出来的知青心理活动。他担心自己稿件的内容会被记者窃取，更担心报社偏心眼把自己的稿件打入冷宫。几天，漫长等待的几天哪！几天后稿件见报了，改动不多，署两个人的名字，记者在前，而他——“特约通讯员”在后。对此他愤懑而又兴奋，叹息而又满足。跟着又汇来十元稿费，随之而来的还有一张报社“通讯员”聘书和登记表。尹长江对“通讯员”这个职务保持冷静，省城他就兼过好几家报社的通讯员，晓得这只是报纸联系群众和抓新闻的一种方式，一种不花钱或花钱少的方式。可他又想，因“知青”这种特殊身份，从“通讯员”这步阶梯进入报社，这也是可能的呀！

作为通讯员的长江挖空心思找素材写报导。有篇“通讯”题目叫《贫下中农的荷包蛋》，是编的故事，说自己生病躺在床上，隔壁贫下中农大娘端来了一碗荷包蛋……凡过来人都晓得发表一篇文章是要惊喜两回的，见报一回，拿到稿费一回。这回乡邮员来他正在地里浇棉花水，乡邮员远远喊道：“尹长江！尹长江在不在？又有汇款！”同组他的学生张岳阳帮他跑去拿，叫道：“尹老师，他不给我，说知青中你的汇款单最多了，你该请回客！”尹长江笑着亲自走去，接过汇款单看了，是三元六角四分钱。他从裤袋里掏出几张票子，有六七角钱，笑着塞给乡邮员："好，好，请你吃顿饭!"张岳阳笑道："尹老师，你不请我们一回?""请!"

次日赶场，尹长江花三块钱买了一斤多瘟猪肉，加上自己喂的一只鸡，用来请客。何谓瘟猪肉?正规猪肉国家肉店——农村就是毛猪站才有卖的，毛猪站卖的肉要凭证，专卖给公社管委会、学校、粮站、兽医站等单位的"国家职工"，大队书记都没有资格。农民万一想吃肉，就只能赶场买这种瘟猪肉——猪病死了，或将要病死赶快杀了，把肉拿到乡场上半遮半掩卖。瘟猪肉一般是半大猪，膘很薄。如果是病死猪的话，因为没有放血，肉是红的。

尹长江所请的客就是宛丘大队祠堂街民中的十来个学生，以及秋霞，其他学生因在别的大队隔得远就算了。大家先传看这张登有《贫下中农的荷包蛋》的报纸，有的看了光笑，并不说什么。张岳阳说："尹老师，唉，你这篇东西早点登出来就好了，贫下中农这么好，孙猴他们就不跑了呀，少吃好多苦头!"话带戏谑，长江只嘿嘿笑两声。六队的青豆却又笑道："尹老师，你隔壁住的是刘姐儿哪，你把她写成贫下中农?"刘姐儿就是过去那个卖豆腐的，后来买了地，评成地主。太出名了，至今还叫她刘姐儿。尹长江微笑道："实话说吧，是编的，想点钱用。"青豆笑道："那，尹老师，你多写点!"秋霞笑道："多写点，多请你吃两回!其实尹老师不光是想钱用，是想当记者，当作家。"长江笑道："有那一天当然更好。"

林芬帮着做饭，这时过来说："尹老师，你要当心，这篇文章不要给公社的人看到了，还以为真的有这回事情，你和地主划不清界限。"青豆说："公社的人，咋晓得刘姐儿住在尹老师隔壁?"林芬说："尹老师出名哪！"秋霞笑着补充："因为两个都出名。"

尹长江暗中有点发怵，隔壁住的是刘姐儿，公社起码章光秀晓得，她来还在我屋里坐过。呀，隔壁是个地主，写稿时咋没想到？但他还是强作笑颜，把自己发表文章剪辑的本子拿出来给大家看，竟有二十来篇，《为了一个知青的生命》这篇最长，有三千字，其他都是千把字、几百字。报纸有省城的日报和晚报、采矿报、建筑工人报、教育战线报等。名字有的用尹长江，有的却是笔名。秋霞笑问："尹老师，这怎么能证明就是你写的？"他正色道："呃，我都有底稿，有报社汇款单。"又道："你们想，不是我写的我这么珍贵的剪辑起来？再说如果要冒用，我不如把那些大报纸《人民日报》、《中国青年报》、《文艺报》上的文章剪下来？"大家听了都心服口服。

学生聚完餐走后，关于刘姐儿的事又浮上心头，使尹长江坐立不安。他想马上去公社解释一下，又想这不要弄成此地无银三百两。次日他驾牛犁田，脑筋还围着这件事转。不防犁头插得过深，牛不走了。他挥动鞭子，牛甩了甩角，用力一挣，"咔嚓"，犁弯断了。他只好让牛在地边啃草，要扛了断犁弯回去换。忽见林芬来了，站在田径上笑。

林芬问："尹老师，你犁弯都犁断了，是不是还在想昨天刘姐儿的事？"长江听了半张着嘴，想说你简直是钻心虫呀，忍住了。林芬笑微微的，一定有好消息，他脸上也漾起笑纹。下乡后林芬和秋霞一个组，秋霞把林芬遮挡完了。此时他扛着烂犁头站在田里，才凝神看她，发觉她跟学生时代比，完全变了，变成个温柔成熟的大姑娘了。林芬见他短短半分钟，惊讶，微笑，发呆三部曲都表演了，打个抿笑，说她到公社去了一趟。便从衣兜里掏出张折叠得像块豆腐干的报纸，说是从公社报夹上偷偷取下来的，递给他。尹长江说：“谢谢你！林芬！”接过来，手和报纸都在抖。林芬看他激动得这样，又兴奋说：“这篇文章他们没有看过。”“你咋晓得？”“章主任在办公室，我故意提到你，说你昨天过生日，请我们这些学生，她还笑，问你最近又有没有东西发表呀。”林芬说毕，见尹长江又发呆，便说：“好了呀，你去换犁弯吧，我走了！”转过身，婀娜的背影在狭窄的田埂上渐行渐远。

4

秋霞、林芬和队里女工在田里薅秧。五队这里的田地和十一队相邻，十一队的男工挑着干牛粪从田埂走过，往田里撒牛粪，浪子和小和尚也在中间，二人筐里的牛粪只有别人的一半。“石榴花！”浪子叫道。他每次经过都叫，女工们先不晓得他在叫谁，后来才晓得他在逗秋霞。弄得女工都把腰伸直了，看着秋霞笑。秋霞心想，好怪，我又没有惹他。哼，可能是那天我说他忘恩负义！乘其不备，突然将手上的草疙瘩扔过去。草疙瘩带着稀泥，正打在浪子脸上。后面小和尚叫声“哎哟！”他自己一声未吭，因为一张脸稀溜溜的，眼睛嘴巴都张不开了。比手势叫小和尚牵着他走。小和尚赶快牵着他去田沟洗脸，又捧水漱口，洗得眼睛红红的，睁只眼闭只眼，丢了小和尚的手自己又向秋霞薅秧的田走过来。

女工们忙说：“秋霞，他打你来了！”林芬道：“你跑，我帮你拦着他。”秋霞哪里慌，若在坡上，打架就打架！她说不定还占便宜呢。可这是水田，女的糊一身泥巴毕竟不雅，遂跨上田埂。浪子走到离秋霞不近不远处就停下了，“咳咳”清了清嗓子，“石榴花！石榴花！”他虽然像在吼，但声音嘶哑，可能和嘴里还有泥巴有关系。秋霞睁圆了眼睛，忍住没笑，叫道：“空城计！空城计！”

这阵秋霞一直在想，他叫我石榴花，虽有点难听，也不算侮辱。我还他什么？知青都知浪子爱哼京戏诸葛亮《空城计》“我正在城楼上观山景……”秋霞当然不可能叫他诸葛亮，灵机一动就叫他“空城计！”这阵水田里、田坎上，两个激烈“斗嘴”——“空城计！”“石榴花！”一个眼睛一直睁不大开，而且声音枯涩，一个终于忍不住笑弯了腰，连田里的林芬和女工们也笑弯了腰。浪子想捉弄秋霞，现在反而被秋霞逗惨了，终于头皮发麻抵挡不住了，败阵而去。

过了几天，早上秋霞正梳头。她跟林芬的卧房虽小，还好前后都有窗。后窗望出去是山，坡度不大，草木蓊郁，一条山路悬挂在五六十米外。忽有人在山路上叫：“石榴花，石榴花！”瞄一眼又是他！她过去没把浪子看在眼里，小白脸罢了，会唱戏，走路挺精神的。可那天她扔了他一脸稀泥，还伤了眼睛，他除“还嘴”之外并未怎样，这令秋霞多少有些欠意，还有些感动。不料他又来挑衅，“石榴花”，难听死了，如果被他叫成了外号才可怕呢！她攒着眉头，三两下把头发扎成个马尾巴，跑进厨房，这里后门出去便是山坡。林芬在厨房烧火，见秋霞气冲冲的，说：“你要出去？你干脆不理他，越理他越得意！”秋霞犹豫一下，锅里水烧开了，她便去舀了两杯米，用瓜瓢淘米。声音又在叫：“嘿，石榴花，石榴花，去砍柴！石榴花，去砍柴！”

秋霞恨得咬牙，顺手拿起灶门前的吹火筒，从后门跑出去，看见浪子、小和尚坐在半坡上。二人看见她马上笑了，浪子手拿着绳索在头上挥舞：“走，砍柴！”“走哇，去砍柴！”小和尚跟着叫。咦，他们身边还有两匹马，马扬鬃摆尾的样子，好像也在招呼她。

这里农村大都烧禾秆——政府不准农民上山砍柴，知青网开一面。但秋霞和林芬至今从未进过山，也就从未烧过柴。嘿，浪子和小和尚牵着两匹马，真的是去砍柴，不是逗她玩的。

秋霞心动了。“浪子！”“诶！”“真的去砍柴？”“咋不是真的砍柴？走呀！”“还没有吃饭。”“我们有干粮！”“我拿斧头？”“你就打空手。”“那我真的来了！”“来呀！”“等五分钟！”秋霞回来告诉林芬，林芬道：“那你去，我做好饭，你们回来吃饭。”

秋霞进屋换件绿衣裳出来。她下乡赶场呀、串队耍呀，只要不出工，爱穿绿衣裳。绿衣裳有几件，亚麻的、仿绸的、泡泡纱的，这件是府绸并提有暗花，很轻软，叫“抖抖衣裳”。林芬望着绿衣裳笑了笑：“会不会是恶作剧？”“哼，敢！”“你砍柴，穿这件衣裳？”秋霞稍微愣一下：是呀，我咋穿赶场穿的衣裳？换过？她更要笑。干脆当没在意，就出去了。林芬看着她背影，凭直觉猜到她和浪子会有什么，隐约感到高兴。

浪子那天在田头败了阵，今天路过叫几声，不过是要再气气她，后来又想逗她。见她真的来了，倒也惊喜，叫道：“来，骑马！”秋霞说：“不忙——你不准再叫石榴花了。”“哈，不叫就不叫。”“我不会骑马。”“我教你骑！”这却是光背马，秋霞心有点虚。她先看了小和尚上马的动作，也不要浪子扶，说：“我自己来！”浪子牵着马，她学刚才小和尚的样子，纵身伏在马背上，再一翻就骑上去了。小和尚道：“哎，秋霞，你厉害！”浪子笑道：“你会骑马呀？那我不管你了。”走去拾地上的斧头绳索。秋霞双手抓住马鬃，腿夹紧，对浪子道：“把东西给我！”浪子便把斧头绳索交在她手里，给她牵着缰绳。

马在山道上得得走着，头一点一点的。秋霞上身在马背上摇晃着，绿衣裳一飘一飘的。小和尚兴高采烈，骑马往前冲一段又走回来，随后又往前冲。

浪子那天叫秋霞“石榴花”，固因蜗居院子有株石榴花，也许潜意识里还觉得秋霞性格就像石榴花。秋霞爱和豆腐、尹长江、靳老五等比她大很多的知青哥说笑，对年龄差不多大的小男生神气傲慢，有时还用斜刺的眼神看浪子，浪子一时心血来潮，要逗一逗、气一气她。此时这朵石榴花正乖乖跟自己走呢！偶尔回头看，马背上一朵绿色的云。他起先光注意她这个人，来了很兴奋，根本没看她穿的衣裳，这时才觉得她穿这件绿衣裳，在绿色的森林里就像个精灵。

浪子为这个玩笑开了个好结果而兴奋。他手握马缰，口里哼着京戏。小和尚也因浪子的兴奋而兴奋，奔跑惊起了山鹊引来了旋风。秋霞在马上笑着想，哼，你们这两个毛桃子娃娃，我陪着你们好玩啊？我是凤凰，你们像两只喜鹊。我是白雪公主，你们是两个小矮人，嘻嘻！秋霞逐渐沉浸在幻觉中，多浪漫陶醉呀，有两个小男生跟着，有山风扑面，有青藤老树散发出的大山气息，有山鹊从头上飞过，路边撒满野花。

进山后，小和尚和浪子各自爬上一棵大树，从屁股后面掣出砍刀，乒乒乓乓砍起来了。秋霞也会爬树，此时她当然不会去跟他们竞争，她在地上捡。她看见不远有株棠梨树，叶子快掉光了，枝头挂满拇指大小黄金金的野棠梨，就跑过去。她像个猴儿似的（甚至比猴儿更灵活，因为她还要留心衣服。）三两下就爬上去了，骑在大树杈上，悠闲一边摘来吃，一边往衣兜塞。

浪子把一棵老松树上的枯枝砍完后，又爬上一棵几人合抱的大皂角树，它的半腰寄生了一棵黄葛树，黄葛树根嵌入皂角树身，还向下蔓延钻进地下。浪子朝下面棠梨树上的绿色小人儿叫道：“喂，秋霞，你在做啥？”“我在摘棠梨，好甜哪！”“你想不想吃雀儿蛋？”“哪里呀？”秋霞望一阵，才望见皂角树顶端有个鸟巢，浪子正越爬越高。这令她有晕眩的感觉，突然觉得他了不起，我原来还以为他是个奶油小生。还突然觉得他比雀儿蛋更重要呢，甚至比金蛋都更重要。她叫道：“你下来，你下来呀，金蛋我都不要！”小和尚却在对面一棵树上叫：“嘿，爬上去呀，光拆了那个窝，就够烧半个月了！”秋霞说：“放屁！”小和尚说：“嘿，看起来不觉得，等拆下来你就晓得了，好大一堆！”浪子身手敏捷，他的姿势告诉秋霞他摔不下来，就像猿猴从树上摔不下来一样。秋霞心疼那鹰巢，那里面的小鹰，她用手做成话筒喊：“浪子，你不要拆它，你有本事自己砍柴，你不要抢人家的柴呀！”浪子爬拢正要动手，听见她这样说觉得新鲜，就没有拆，只取出了一枚鹰蛋，挥舞着给秋霞和小和尚看。秋霞见他头上出现了一道黑影。谁也不知这道黑影是从何而来的，它突然就出现了。它的爪子就要用闪电般的速度、钢刀般的力量刳进浪子的头颅，秋霞几乎都来不及惊叫。浪子听到了头顶上扑翅的声音，他手上正拿着蛋呢，赶忙用双腿夹稳树杈，腾出另一只手掣砍刀挡开利爪。在鹰盘旋开去，准备做另一次攻击的空隙，他把手上那只蛋放回去了。

秋霞把这一切看得清清楚楚。过后她问浪子：“你赶快把蛋放回去了，你怕那只老鹰？”浪子光笑了笑。秋霞又道：“我觉得你不是怕那只老鹰。”浪子道：“嘿，就是因为你，你说不要抢人家的柴呀！我就听了。”他说着玩的。秋霞听了却掠过一个念头，我说为了他的生命我金蛋都不要，说对了。不知什么原因她心里涌上一股热浪，感到自己的脖子和耳根都红了。她一下转身走了，丢下浪子莫名其妙站在那里。

5

石榴花谢了，结了青青的石榴果。知青下乡头年是国家供应粮油，第二年就跟农民一样了，由队上分配。五队条件是宛丘最好的，粮、油都分得多。外队知青哥来打秋风，浪子、六指、火眼、笑娃等常在蜗居进出。浪子有时会在蜗居小院唱段京戏：

劝千岁，杀字休出口。老臣遇主说从头，刘备本是靖王后，汉帝玄孙一脉流。他有个二弟寿亭侯，青龙偃月神鬼皆愁，白马坡前诛文丑，在古城斩下了蔡阳的头。他三弟翼德性情幽，丈八蛇矛贯取咽喉，长坂坡前一声吼，吼断了桥梁水倒流……

他唱得有板有眼，将左手半握拳，右手时而摊开，时而指点，时而五指撒开剧烈颤抖，像疾风拂过山原、满坡的劲草呼拉拉摇晃。他将身一转，额头扬起，又是另外一段，很抒情的：

“我正在城头观山景，耳听得城外乱纷纷。旌旗招展空翻影，却原来是司马派来的兵……”

这时他的腰板挺直，手势沉稳，眉头攒动，硬有诸葛亮的架势。秋霞看在眼里，心想他哪里是小白脸，调皮蛋嘛，他是男子汉。她从砍柴之后就喜欢跟浪子说笑。她还觉察到尹长江脸上的不豫之色，想起了尹长江对她的赞美，教她补衣服这些，虽有点歉疚，更觉得好玩、有意思，这不就是生活么？不就是女孩子的生活么？她有时拿浪子跟长江比较，唉，两个完全相反的男人，根本没法比较！

宛丘北风头山脚有片坟墓，叫刘家坟。有个女的闹家庭矛盾上吊自杀了，已经埋了十多天，又怀疑不是自杀的，从县上来了法医，在那里挖坟开棺，重新验尸，引得大人娃儿远远站着看。天黑还没有验完，法医法警走了，扯两块白布帘子遮着，里面点一盏马灯。这天一群知青哥赶场买只鹅，在宛丘五队吃饭，夜深才走。出街口就看见坟坡那盏马灯，同时天空还挂着月亮。火眼说："锤子！供销社煤油没得卖的，这里连死人都还要给他点盏灯！"六指说："龟儿，那是吓狼的。"花枪指着说："看看，死人爬起来了，坐起的，在看书！"小宝说："农民，女的，看屎的书！""那在打草鞋！"有人道："嘿，你们看山脚下，绿的一闪一闪，像萤火虫，是不是狼？"众人看一会，都说看见了，起码有两只狼。隐约传来叫声："呵呜——呵呜——"苍凉、凄楚，拖得很长。小宝说："对不对？就是那两只狼！"六指说："你爬！声音是从河滩传来的，方向都不对！"浪子说："也不是河滩传来的，就是背后街上的娃儿在哭！"笑虎说："狼又变成了娃儿哭！"歪起嘴笑："哈哈，嘿嘿，嘻嘻嘻，嘎嘎，叽嘎……"有的也跟着笑。

花枪说："嘿，那是盏头号马灯，肯定装得满满的油，去偷！"煤油是缺俏之物，一个煤油，一个酒，人人之所爱，然后才是布、肥皂、糖。但没人吭气。花枪说："妈哟，都是些虾子！"虾子意思是没有血性（所谓"虾子没血"）。笑虎问："真有哪个去偷了，你咋办？""老子钻他的裤裆！"笑虎道："浪子，你说刚才不是狼嚎，是娃儿哭，你去！"浪子不语。花枪转向火眼："嘿，谅他不敢，你敢不敢？"众人都道："火眼敢！""火眼，上！回来叫花枪钻你的裤裆！"火眼连忙摆手："我不敢我不敢，你们哪个敢哪个去！"花枪道："唉，孙猴又关起了，不然只有他敢。"六指笑道："孙猴敢个屁！要是狼的话，他敢，他最怕鬼！”有人道：“那他回来，都不敢回组上了？”六指道：“你说锤子！”大家于是都想起了喻小泉，一时静了下来。

忽见浪子来了，提着只煤油瓶子。这群人吃过饭走了，刚才秋霞和林芬还在洗碗收拾，灯焰拨得只有黄豆大。浪子来拿煤油瓶子，秋霞道：“你做啥？我们只有这点煤油了！”浪子说：“给你们装煤油！”把瓶子里剩下的煤油倒进油灯里，拿着空瓶子跑了。浪子对小和尚道：“走，我们两个去！”火眼说：“两个去？那不算！”浪子还看着小和尚，小和尚犹豫不决。花枪道：“龟儿，只要敢去，两个都算！”浪子以为小和尚不去，刚要抽身，六指说：“不忙！”把他手上的瓶子拿过来倒起，迎着月亮看了看，是空的。

二人疾行如飞。月亮如一张灰白的脸飘浮在天上，将神秘惨淡洒向地上的路、路上疾行的二人和那道布帘子，这群知青哥睁大眼睛无声盯着。秋霞和林芬收拾完，也好奇跟了过来。秋霞问笑虎：“你们在做啥呀？浪子呢？”笑虎心悬起的也要抓住笑的机会：“浪子？嘻，嘎嘎，他和小和尚，跟死人握手去了！嘎叽，嘎叽！”秋霞直想捂住耳朵。

只见布帘子后面一团光开始闪动，熄了又亮，但亮度大不如前。两个人影转进又转出，很快回来，浪子手提着大半瓶煤油。众人叫道：“哈，花枪钻裤裆！”“钻裤裆！钻裤裆！”花枪甘受此胯下之辱，说：“钻就钻嘛，龟儿，脚抬高点——先把煤油给我！”要夺浪子手上的煤油，“给我，是我的！”周围知青哥七嘴八舌：“是浪子的！”“先钻，钻了就是花枪的！”浪子对花枪说：“哪个跟你打赌！”早看见站在附近的秋霞，走拢把瓶子塞给她说：“嘿，煤油！”秋霞手一缩，浪子还要递给她，她在浪子手腕上狠狠打一下，就转身跑了。煤油瓶掉下在浪子身上打个滚，“咣当”一声摔在地上。秋霞听见花枪在后面追着喊：“嘿，嘿，秋霞，你跑啥子，回来！浪子都哭了！”

浪子溅一身煤油，却也清醒了，想她肯定害怕，站着哭笑不得。花枪追秋霞几步又回来了，浪子给他一拳，道：“你挨㞞！哪个哭了？”花枪跳起来：“日你妈！秋霞泼你的煤油你在老子身上出气！”扑上去抓浪子，又挨一拳，退两步一屁股坐在地上。知青哥笑的笑，跺脚的跺脚。花枪叫道：“哎哟，打得好！哎哟，哎哟哟，浪子，你龟儿打得好！”四下张望，站起来，走去抱起块大石头，转身叫：“老子跟你拼了！”摇摇晃晃，向浪子冲过来。小和尚、六指等都叫道：“装的，吓人的！”浪子见这石头重几十斤，花枪抱起都吃力，遂站着不动，手拍了拍胸口：“狗日的，你敢？老子谅你不敢！”花枪鼓着青筋，吼了声：“嗬！”竟使出吃奶的力气把石头掷出去，打中浪子胸口。浪子向后一跳，掉下来才没有砸着脚。浪子回去觉得痛，脱衣看，胸前红一大块，早上更肿起来了，睡起不能动。将息了一周才好。

后来秋霞晓得事情的经过，心想你这是想跟我好呀？但你也太不动脑筋了吧，太不懂姑娘的心理了吧，从死人那里偷来的煤油，怎么可以送给我？你真的还是个毛桃子娃娃呀，哼！林芬说浪子胸口被石头打肿了，去看看他吧，她就跟林芬一起去了。去刚坐下，九妹进来说要给浪子胸口换药。她俩想看一眼伤，林芬还说要帮忙，坐着没动。浪子反而不好意思，说：“九妹，你忙啥子？”九妹说：“哼，我忙啥子？你不换就算了！”要走的样子。秋霞斜眼珠瞄她一眼，九妹像被刺了一下。九妹正要还击秋霞，秋霞跟林芬对看一眼，淡淡说：

“九妹，你给他换药吧，我们走了。”

这以后，浪子很久没去蜗居。夏天，安宁河涨水。这天秋霞、林芬去赶柏舟场，回来和另几个知青妹一起上渡船。却见浪子和靳老五也来了，秋霞扭头望着河面。安宁河过渡平常双向收一角钱，涨水收两角。因平常船老板只一人，涨水需要两人，一个撑篙一个摇橹，且距离远得多。船离岸数丈之遥，摇橹的加快动作在与激流搏斗，撑篙的放下篙竿开始收船钱。农民有给钱的，也有摸两个鸡蛋、或扯几匹烟叶、或递双草鞋的。船是集体的，船老板只记工分，这些烟叶呀、草鞋呀不可能交队上，船老板笑纳了（多的话可能会分点给队长），这是惯例。

钱收到知青这里。靳老五劳改放回来后，已经听说浪子和秋霞的事情，他把浪子碰一下。浪子因秋霞掉转头不理他，正在想：哼，不理就不理。见了靳老五递的眼色，虽不大情愿，还是掏了一块钱出来。船老板先问几个女生，女生正掏钱，靳老五叫道：“秋霞，正勇给，你们不要给！”船老板接了浪子的钱问：“几个人？”“就是这几个人。”船老板数了数：“你们一共七个，差四角钱。”浪子说：“没得钱了。”“你没得了，她们有钱。”船老板又扭头去看着几个知青妹。林芬钱已经揣回去了，便又去掏。另几个知青妹光坐着笑。靳老五叫道：“她们也没得钱了，赶场用完了。你要收好贵？平常才一角钱一人，涨点水你就要收两角？”船老板装没听见靳老五的话，更不和他争论，见林芬在掏钱了就把手伸过去。浪子也叫道：“跟你说她们都没得钱了！”船老板道：“你晓得她没得钱了？你是她肚子头的蛔虫？”船老板都是会讽刺挖苦人的，对知青客气点而已。

林芬因靳老五朝她挤眼睛，九妹又在拉她的衣角，伸进荷包的手又空着抽出来。船老板白伸着手，冒火道：“没钱？那你们拿两个人洗过去嘛！”(“洗”是游的意思。)浪子有股莫名的兴奋：“真的？”船老板眼睛瞪起：“不是蒸的是煮的！”浪子遂站起来脱衣服。已平了河岸的水，翻着波涛，吐着漩涡，还有些庄稼、木头等，昂头藏尾，顺流而下。浪子脱出一身白肉，站在船舷上，船晃来晃去都站得直直的。一船女的都看呆了。男的有的笑，有的惊叫：“要不得呀！”“水大得很！”船老板以为浪子是装来吓人的，歪起嘴角笑，问道：“你一个人洗？”

秋霞忽然心里有股热浪冲闯。她低声对青豆和黄心华说：“嘿，我也要游泳！”这时一船人的眼睛都在浪子身上，青豆和黄心华一看她不知何时已经脱了裙子，只有短裤，（还好，不是三角裤衩——尚不兴穿三角裤衩。）上面却是绿色府绸衣裳。她站起来大声说：“两个，船老板，不差你的船钱了！”此刻浪子兴奋极了，快活极了，叫声：“嘿，秋霞！”秋霞抬头，浪子满脸阳光，笑着冲她点一下头，便纵身跳下。秋霞跟着踏上船舷，一双纤细的腿，小腿黑黑的，膝盖上面一点还是褐色的，再上面雪白。河风中，绿衣裳裹着她的细腰，飘得像旗子。一船人都屏住呼吸。摇桨的最初也发着呆，随后清醒了要去抓住她，弄得船剧烈摇晃，恐慌的、兴奋的叫声响成一片。秋霞在少年宫学过跳水，她以当地人没见过的优美姿势跳入水中，知青哥都不禁喝彩，农民也看出她会游泳，表情松弛下来。

船老板仍吓坏了，下乡之初本公社游泳淹死一个知青，县安办和公社就给各渡口打过招呼，要保证知青的生命安全，二人若因他的一句话就淹死了，这还了得！况船老板毕竟心地善良，对河水里两颗时隐时现的脑壳一迭连声叫：“你们不要洗了，你们上来呀！上来呀！”

划桨的也不向对岸划了，船跟着秋霞和浪子撵。船老板喘吁吁把一块钱塞给靳老五：“不收你们的钱，叫他们上来嘛！叫他们上来嘛！”靳老五接了钱却不做声。“你们上来呀！你们上来呀！”船老板苦苦叫着，已经变成了哀求。

浪子、秋霞在河里快速下飘。船老板看他们在前面河湾停下来了，先后从水中站起来，这才不撵了，把船靠岸。

浪子和秋霞本要一直飘游下去的，甚至飘到长江，甚至飘到海口……偶然回头见船跟着撵，过会又看，一船人还在跟着撵，这可不是好玩的，才游向岸边。两人站在水里，抹去脸上的水珠，对望着笑，觉得好新鲜、好有趣、好冒险哪！他俩手拉手上了岸，踩过岔河，走进芦苇。他俩手掌虽然放松了，但手指还紧勾着。浪子看一眼秋霞，她的腿子雪白，上身的绿衣裳贴在胸前，在滴水，他忽然有种燥热感，有种饥饿感，他的五官都蠢蠢欲动，想去咬，想去闻，想去摸一摸，想贴到她胸前去听一听……秋霞也在看着他，一身好皮肤，不由想起了《水浒》的“浪里白条”，她笑了起来，喊道：“浪里白条！”这一声把他从热糊糊的状态中喊醒了，问：“哎，你叫的啥子？”这令她微微有点失望，她于是把手指松开了。

他俩快走出芦苇时，看见外面有使牛匠耕地。“秋霞，你，咋回去？”“我里面还有一件。你把我这件衣服拧干了，拿去晒一会，那里。”秋霞指着前面白花花的鹅卵石滩。“嗯。”“你先走开！”浪子走到芦苇外面站着。“好了，拿去！”浪子低头进来把她脱下的绿衣裳接过去。他突然抬头看她一眼，目光在她白汗衫里微微翘起的乳头处停了一瞬间，顽皮的笑容掠过他的脸上，他这才掉头跑了，到那边鹅卵石滩上去给她晒衣服。谁知他这样一瞄和一笑，竟令姑娘心跳了半天，耳热了半天。她遂退进芦苇深处，脱下裤衩和汗衫拧干，穿好了走出来。一直坐在苇丛浅处，看他把绿衣裳在太阳下翻来弄去。浪子在鹅卵石滩上走来走去等衣裳干，不断向她这里看。可姑娘躲得好好的，令他看不见。

他们后来就手拉手去赶场了，公社开会也坐在一起，河坎上，草垛下，甚至坟坡边，都是他俩促膝说话的地方……可他二人，一个矜持，一个尚小，竟不知“禁果”何物，更别说偷尝。

第五章　难得自由

1

汝坟沿安宁河往南三十里有个凯风镇，附近山上有个凯风劳改农场。因规划中的铁路从山脚经过，劳改队迁走了，留下丰饶的田地牧场、成群的马牛羊、坚固的房舍等。农场遂从各公社抽调知青，来此成立知青农场，来的人有福了！凯风知青农场有若干中队，其中一中队以汝坟知青为主，中队长尹长江。抽调对象有“两勤夹一懒”、共青团员“一帮一”等说法，这些说法也没有伤着谁，你不要把自己与“懒”划等号就行了。孙猴、豆腐、屈彬、永昌、小宝、靳老五、浪子、小和尚、六指、笑虎、笑娃、火眼、白素华、黄心华、九妹……都来了。初来之时，大家好欢快呀！

凯风农场四面青山，所以劳改队并没有“高筑墙”，对知青也就没有心理的障碍。西北一座隘口，一条曲径通住山下凯风镇。农场周围几座岗亭，后来就变成了知青思乡望远、谈情说爱的所在。一中队更是幸运儿，其宿舍是原管理干部的住房，种有松柏，砌有花台。他们来时成行的美人蕉盛开着，火红的，嫩黄的，嫩黄之上洒了些血滴的，衬着肥硕的叶片，真像些穿绿衣的纯洁美女在欢迎大家呢！水是从深山引来的，清花绿亮，像一把弹不完的六弦琴，它过去弹的曲子不知道，它今天弹的都是欢乐颂，其声悦耳。泉水流到一中队的地盘，流经石阶下，绕过美人蕉，接入了洗衣池。女生来的第一件事就是洗头洗衣服，奇妙呀，人再多洗头洗衣这水也是清亮的！

因为新来乍到，身份也由农民变成了农场工人，有了伙食团、事务长这些，柴米油盐不用操心了，大家精神面貌焕然一新。花枪、靳老五、笑虎、火眼、小宝这些过去生产队的懒虫都打起了精神，甚至连可称为思想者的豆腐和孙猴都有了“而今迈步从头越”的闪念。全中队每天早上做操后吃饭，晚上有时还要读报学习，对此大家都没有怪话。像抬石头垒田坎、砌窑烧石灰这样的重活，过去生产队时如果叫花枪、靳老五干简直不可思议，可现在花枪不光干了，还领喊口号：“下定决心，不怕牺牲，排除万难，去争取胜利！”他天生一种阴阳怪气的腔调，想改都改不过来，逗得大家哄笑。尹长江、豆腐都赶紧说：“笑不得笑不得，当心闪了腰！”大家干脆就放下了抬杠笑，笑够了又干活。当然也有美中不足的地方，譬如劳改队留下的大堆红苕干，伙食团用来推成粉、做成饼子当饭吃。此物虽甜，但夹有沙子，还有股霉味。若在生产队，孙猴、六指等宁肯挨饿也不会吃它的，现在因场部领导说了不可浪费粮食，只好硬咽下去。

农场马群划给了一中队。马群是农场的重要财产，场领导不放心，亲自参加挑选牧马人的会议。会上男生都跃跃欲试，争得起火，后来屈彬说“我当！”才逐渐安静了。场长打量屈彬：中等身材，白净面皮，红唇自然带笑，明眸不怒而威，场长便笑着对中队长尹长江点头："行，就是他！"尹长江道："屈彬，你就是牧马小组的组长了，你再选两个组员。"男生又纷纷举手，屈彬面露难色，只得随便指一下眼前浪子和小和尚："你们两个。"

屈彬、浪子和小和尚这三个马倌，管好大一群马！过去牧马的劳改犯都是轻刑犯，只能在小圈子里牧马，现在连马都解放了。三人每天赶马从山沟里上行，来到背后螺髻山中的高原地带，马散开去吃草，马倌割些苜蓿、草莓和野豌豆，将这些精饲料用来喂带驹的母马，然后就尽情晒太阳，吼叫，翻筋斗，跑到湖边钓鱼，及策马奔驰。屈彬的坐骑是匹枣红马，马鬃和尾巴却是黑的，马尾撒开像面扇子，长长的鬃毛被风吹起，就像黑色的波浪翻动。它的清啸之声能勾人的魂。浪子最钟意一匹黄褐色马，它白色的披鬃，前额至鼻梁上一道刀形白斑，宛如闪电。一双大眼睛总是温驯看着主人。此外孙猴、靳老五、六指、笑娃等都是常来的玩伴，带着找山民借的火药枪，钻进林子打猎。孙猴个子高，一匹高大的花斑马遂成他的坐骑。山中有片宽阔平坦、绿草如茵的高山台地，呈螺旋状包大山绕了两圈，成了跑马的好场所！这群知青哥骑在马上，在高原风驰电掣奔跑，在曲折山径晃晃悠悠行走。在乡镇上比赶场的人高出半个身子，这些挑担的、背背兜的、甩空手的都避让不迭。孙猴骑马的姿势狂傲，趾高气扬。屈彬潇洒自如。小和尚样儿笨笨的像要摔下来的样子，但根本摔不下来。浪子跳上马背就觉兴奋。浪子和小和尚在生产队时也骑马，也曾在河滩跑马。但河滩上容易马失前蹄，高原才跑得快，看得远，回回都有腾空的感觉，鹰隼般冲刺的感觉。

马倌下马后拿饲料喂马，牵着马溜达，给马梳理鬃毛，摸摸马脖子，贴着脸跟马说几句悄悄话，这时的快活也不亚于骑在马背上呢！马群在劳改队迁走后一段时间，是分散在山民家里寄养的，刚集中拢来时，一匹匹毛色枯萎、瘦骨嶙峋，有的还长了癣和虱子。经这三个马倌的牧放和调养，都慢慢变得油光水滑，精神抖擞，嘶声昂扬清亮。

靳老五和九妹当猪倌。靳老五长手长脚，擅长捞虾捉蟹，当猪倌也有一定自由度，使他有了发挥特长的机会。九妹最会做菜，因为猪场要煮猪饲料，这就有了开小灶的可能。开小灶最初是很机密的，被中队长尹长江晓得了不要紧，如果被场部晓得了就要挨批评，猪倌职位难保。所以外面只有浪子、屈彬、孙猴和黄心华经常受邀，伙食团长豆腐也有时光顾。此情景持续大半年之久，后来发生“文革”，农场纪律逐渐松懈，小灶也就成了寻常之事，无所谓了。

九妹为开小灶，经常上山采蘑菇，她还教浪子采蘑菇。九妹对浪子说：有树就有菌子，你外行别采那些好看的菌。毒菌的颜色好看，形状稀奇，伞盖有的像斗笠、有的像盘子，柄上还有圆环。你也不要去采阴暗处的菌，那也有毒。你要采生虫的、生蛆的、鼠啃过的、鸟啄过的菌，这些菌保险。

九妹会采荒地上和乱坟堆上的鸡枞，这菌顾名思义有鸡的味道，甚至比鸡味更鲜。都说鸡枞会遁土，太阳照着就不见了，九妹有时天刚亮就叫浪子一同去采鸡枞。浪子为了享口福只好跟她去。九妹说鸡枞是成堆的，你在腐土上看见有蓬松的开裂，土被顶起来了，八成是鸡枞。浪子见九妹把土轻轻拨开，露出一堆白生生的圆锥形的小帽儿，哈，鸡枞！浪子接过捧在手里，还和着些腐土，更感觉它的新鲜。九妹爱拿鸡枞氽汤，鲜味满口，食后五日不知肉味，而且没用一滴油。

竹荪洋人称为“真菌之花”，比鸡枞还难得。九妹每次找到它都惊叫：“嗨，浪子，来呀，你来呀！”竹荪戴个绿帽儿，雪白的身子，妙在下面蛋形的菌托又是粉红的，像个公主，又像有毒的，引得浪子趴下去看，九妹也趴下去看，两个的脸都挨在一起了。这时九妹的心暖融融的，都舍不得将它从竹根上掐下来，想它永远这样！她跟浪子也永远这样！

但九妹采得多的还是酱色的牛肝菌，胖胖的馒头菌，黄黄的就像蛋黄一样的蛋黄菌，像古老的青铜器颜色的铜绿菌这些。九妹说炒牛肝菌少不了泡菜和辣椒、大蒜，浪子怕吃辣椒，九妹就只好不放辣椒。有回九妹说我放一次辣椒你吃了试试？浪子感激九妹为了他每次不放辣椒，答应一试。这回九妹加了辣椒、蒜和泡莲花白，还加了点肉末和油，热锅快炒。浪子吃第一口辣得嘘气，第二口热得淌汗，第三口第四口就接着吃起来了，一种挡不住的诱惑。浪子从此就敢吃辣椒了！

开小灶离不开油，哪来的油？九妹拾的菌一半还拿去赶场卖。买黑市油很贵，但九妹专采的鸡枞、竹荪和松茸菌也卖得贵。

2

柏舟、汝坟隔安宁河相望。与汝坟知青多孟尝君之士不同，柏舟知青多有文艺细胞。柏舟知青文艺宣传队不光在L县大红大紫，还应邀回省城演出过，以吸引更多应届毕业生下乡。柏舟诗人勾心斗角、争妍斗艳，诗社都有几个，而以月光诗社名头最响。月光诗社成员有姬隐菊、苏武牧、吕子瞻、袁鸣三、苟灵均、刘子美和葛超等，葛超就是葛眼镜。外人眼中他们都自命清高，和那些宣传党的政策、歌颂新农村的知青笔杆子有异，称之为散仙。

葛眼镜写诗之外还会弹吉他，边弹边唱，风度颇佳。柏舟文艺宣传队动员他加入，宣传队活动除记工分外还有补贴，人都视为美差。葛眼镜既为散仙，对歌颂没有兴趣，婉拒了。他所在的生产队地名叫白鹭滩，住处不远就是渡口。他经常在岸边柳荫下弹吉他吸引过往知青妹，可他中意的不上钩，与他答讪的都是些他没看上眼的。所以他空有个风流才子的名号，实际上并没有什么浪漫经历。

这天下雨——忙坏蓑笠，闲着老牛；红了草莓，绿了芭蕉。葛眼镜百无聊赖，雨小些，就拎着吉他去河边。这里一段白沙滩，长着几行垂柳，树中藏着几只唱得娇滴滴脆生生的黄鹂。河边两三只白鹭瘦伶伶站着，对风景睁只眼闭只眼，意在水中的鱼。岸边有个守甘蔗的棚子，棚子上游不到半里就是渡口。细雨中他不便去坐在岸边柳树下，就在棚口坐着，拨动琴弦。这时渡船划过来了，船上几把雨伞，雨伞下有件飘动的绿衣裳。巧哇，他精神一振。这知青妹早已是他的梦中情人，却不知其名。打听姓名、住处不难，但那样就没有朦胧的感觉了，如此时细雨霏霏中莫辨媸妍的感觉，凉幽幽的感觉，吞口水的感觉，他宁愿保持这种感觉，直到俘获她之前。俘获她之前会不会被人捷足先登呢？这他没有想过，这方面葛眼镜很迂。

他此时寻思，我过去弹的西方曲子，世界名歌，她并不循声看我一眼，反而扭头北望，真是南辕北辙呀！那她欣赏的莫非是古曲不成？就弹起《雨霖铃》来了，弹完了直到她下船，赶快又弹《雨打芭蕉》。可她仍一如既往，面向着北方，小伫片刻，然后就走远了，抛下他独自黯然伤神。葛眼镜想她莫非竟是音盲？不可能，身姿绰约的她本身就是一首诗一支曲呀！她未必故意捉弄我？这很好嘛！就不知是孩子气的？是挑逗的？是戏谑的？是恶毒的？恶毒的最好！剧烈挑战最好！他心里在喊。

渡船东岸划向西岸，秋霞左耳患过耳疾。她每次过渡，葛眼镜琴声都从南方下游，也就是她的左侧传来。悠扬琴声，与阵阵北风（沙沙细雨）相合，她觉得这风声好美妙！故她每次下船都要向北眺望聆听一会才走。唉，葛眼镜要是能抛弃残留的一点清高，到上游去迎着她弹琴的话，早就得逞了！

葛眼镜沮丧之至，进屋睡了个回笼觉。起来时日已偏西，就往棠棣四队走去。今天是诗社的社日，轮到那里的吕子瞻做东。棠棣大队在山脚下，去要横穿柏舟坝子，走四十分钟。

他路过老猿教书的地方，进去看了看。老猿是袁鸣三写诗用的名字。这是个初小，两个老师各教两个年级，老猿教三、四年级。三、四年级共三十几个学生，但教室里的娃儿有四十多个，因为有的女学生背着、带着弟弟妹妹。老猿在课堂上教这个年级读书，就布置那个年级做作业。教室后面有块地，这个年级上课时，那个年级还可以去锄草、割麦等。故老猿虽然忙里忙外，实际处理得游刃有余，连改学生作业都能当堂完成。唯一伤脑筋的是女学生背着抱着的娃儿啼哭，或要大小便，有时需要他去帮助。像今天这样下着雨，娃儿哭了是不可叫女学生背出去哄的，只可让她在教室后面和墙边过道抱着娃儿走来走去，拍着哼着，为了配合她老猿自己也要小声讲课。葛眼镜来之前，有个妇女跑来给娃儿喂奶，母女两个在教室后面倚墙而立，她从女儿背上取下一岁的娃儿，胸脯已是亮开了的。学生虽然对此都司空见惯了，但还是有人回头张望。女儿对蹲下的母亲说：“出去喂呀！”

女人道："在下雨!"但还是抱出去了。老猿赶快把自己坐着改作业的板凳端出来，让她坐在屋檐下干燥的地方。老猿目光尽量不碰她的胸部，但是胸部位置因为太适中，不是眼睛想避开就避开得了的，只好在这对脏茄子上徘徊了半秒钟。

不久葛眼镜到了。正好有两个娃儿在哭，老猿爱莫能助，就干脆停课两分钟，出来和葛眼镜说话。葛眼镜说已经到了放学时间了吧？老袁说还有十分钟。葛眼镜说哎呀，十分钟，放了算了！老猿笑了笑进去了。葛眼镜就绕过喂奶的女人，在屋檐下的另一边踱来踱去等他放学。想就眼前之景：细雨、屋檐、喂奶的女人吟两句，左思右想都翻不出什么新意来。与老猿同行时又说到这个话题，葛眼镜说刚才看见了人的真趣，老猿则说看见了人的苦难。葛眼镜嘴里挖苦老猿陈腐，心里想自己对景物的敏感为何总不如老猿。

吕子瞻知青组在西山脚，一排几间青瓦房，是下乡后由队上新修的。南风头这边厨房，不远一道水渠，几株柳树和桉树。吕子瞻自己用麦草将厨房后面瓦檐接出来有一丈见方，下面打个三合土坝儿，用土砖垒了个桌子，称做茅亭。雨还在下，吕子瞻、姬隐菊、苏武牧、苟灵均和刘子美都在茅亭里坐着喝盖碗茶，说柏舟文坛的近事。吕子瞻说茶叶是从省城带来的一花。

葛眼镜和老猿到了，一人面前也有只盖碗，里面茶叶先已经发了的。吕子瞻说了是一花，提起开水瓶倒水，说："你二位先品一花，再品评敝人的几首旧体，他们几位都已经评过了。"吕子瞻把一张诗笺递给二人，这是张真资格印花的诗笺，名叫薛涛笺。吕子瞻的毛笔小楷写得好，三首"五绝"摆布匀称，写的是：

底事烦清晓？无心能解嘲？漫卷数行字，尽向眼外飘。
余音递书面，潭花入绣帘。一篙点江去，能不忆金泉？
明月江水中，光亮自北流。内有双鲤鱼，直下水西头。

葛眼镜拿着先看每首第一二句，讲平仄没有，没有，暗中撇了撇嘴。他然后扫一遍，又慢悠悠哼了一遍，递给老猿。众人因老猿是写新诗的，对旧诗品不出味道，故都在等他开腔。只有吕子瞻本人显得漫不经心，但这分明是在掩饰心里的躁动。葛眼镜便笑道："我还是喜欢第一首，一个飘字，有神韵，又把烦哪，无心哪，都刻画出来了。"吕子瞻问："那你看第二首？"葛眼镜做沉吟状。姬隐菊道："这第二首，清词丽句，倒有点小杜的风格。只是我们照字面来讲，和子瞻兄的本意竟大相径庭，哈哈。"苏武牧摇头晃脑道："一篙点江去——唉，别了别了，此前有没有'执手相看泪眼，竟无语凝咽'呀——倒要听听吕兄自己的解释？最近到哪里去游了一趟，又有了艳遇了？"却见吕子瞻眼波迷迷蒙蒙，口里在呢喃着什么。众人都被他这副一往情深的样子所感染，有些揶揄的话都不好说出来了。刘子美悄悄问葛眼镜："你说第三首？"葛眼镜又从老猿手里接过诗笺，看了道："这一首虽然有月光、光亮这些，像很空灵，实际上太实了，不好。"

诗社社规，每次聚会的东道主要有新作，客人可有可无。老猿带来了新作《插秧女》，他站起给大家朗诵：

你看！对面坡上，
有个年轻的姑娘。

她对着西沉的太阳，
独自在插秧，独自在歌唱。

她后面是一个个秧束，
她面前是匀净稀疏的秧行。
她偶尔直起腰来，揩揩汗，
我看见了她的眼神多迷茫。

她独自在那里插呀插，
幸好有小曲伴随着她。
松鼠在田边向她翘尾，
风儿、白云和小鸟都帮她托着夕阳。

谁能告诉我她唱的什么？
也许她想念着远方的情郎。
少女的心离不开爱情的憧憬，
像鱼儿离不开水一样。

也许她唱着逝去的岁月，
所以曲调才这样哀伤。
她在唱饥荒中枯黄的脸孔，
还有很久以前的战场。

也许她唱的是支普通曲子，

她对生活早就习以为常？
她只是要忘掉腰酸背痛，
她只是要留住西沉的太阳？

不论姑娘在唱些什么，
歌声好像山泉一样。
我见她拿着秧苗弯下腰去，
我见她边干活儿边歌唱。

我手搭凉棚看着，听着，
直到我登上高高的山岗。
姑娘和她的歌声早已消失，
仍然长久地留在我的心上。

朗诵完最后一句，他凝固的手势和迷茫的眼神把大家都吸引住了，虽然多数都觉得他的诗缺少文采。当他恢复了常态坐下后，大家才打开了话匣子——

“是个知青妹？”这是最先提出的问题。“不是呀。”“看题目，还觉得是可以拿到《L县群众报》去发表的东西。你结果写的是单干。哪个年代的？”“怎么是单干？也许是栽的自留田呢？还有，也许她那个栽秧组的都回去了，还剩下她在栽。”“是你想象的？”“不，就在上月，我们队的秧子不够，到山里买秧子。我亲眼看见的。”“难怪，这种诗，凭想象写不出来。”刘子美这句话像是称赞。

3

葛眼镜是屈彬表哥，但他也和大家一样，对屈彬的了解停留在表面。屈彬喜欢独来独往，然而每逢汝坟知青有事，他都奇迹般出现了，这也许是巧合。花枪首先叫他“及时雨，”还叫出了名。他好赌，但他不在本地赌，本地赌只是搞着玩。

葛眼镜有时去凯风农场看表弟耍几天。他这次去，已到收工吃饭时间，人怎么都坐在饭堂里开会？尹长江因他是诗人，引为同调，看见他便出来，带他走开几步，低声说：“在整风！”又补充一句：“你来得正好。”葛眼镜问：“你们也开始搞四清？”这时L县农村正在搞“社会主义教育运动”，俗称“四清运动”。“鬼的四清！孙猴、浪子他们又出了事情，抓了。”“啊？”“具体屈彬会给你说。马饿不得，他还是放马去了。”“那你说我来得正好？”“哦，是我准备带点吃的去宛丘五队，不晓得他们要关好久，托你帮我带去。你顶多住今晚，明天一早就走吧！”“那我现在饿了——你们会还要开多久？”尹长江便从后面进伙食团去，拿了两个馒头给他。

葛眼镜便嚼着馒头去山上牧场。见到了屈彬和青豆、鱼儿两个临时马夫。葛眼镜到了问屈彬：“咋回事？浪子和小和尚……”“又栽了！”屈彬骂道，“他妈的，过去的事情，开个玩笑，都还要挨整！”葛眼镜听出是来农场之前犯的事情，道：“长江他们开会，只说了几句——还有孙猴？”“一共七个！我差点也栽进去了。”“差点？你进都进去了，又放出来的！”青豆在旁边笑道。“龟儿还笑！”屈彬脸一沉。屈彬对女生和颜悦色，青豆很少见他这种表情，吐吐舌头。推他一下说：“哎，我们看着马群，你跟表哥那边去说悄悄话吧，走远点!”

屈彬跟葛眼镜一说，葛眼镜便道：“咦，就为这件事情？我早就听说了。”“是呀，为这件事情，现在几个就成了反革命！也怪笑虎、小和尚这些，自己到处说。”

这事发生在去年。L县城出南门约七八里有个琼海湖。环湖数十里，小半圈是峭壁和森林，其余是沃野和良田。因日光倾泻，水气滋润，峭壁森林葱茏像住着神仙，藏了不知多少珍禽异兽。田野土色红黄，土肉肥厚，无论稻田、麦地、菜畦，都像泼了颜料一样，绿得闪亮，绿得醉人，绿成了堆垛，绿成了波浪和漩涡。植物不在夜晚悄悄抽条，而在阳光下笑逐颜开，招展枝叶，节节拔高。

传说湖水下面有座“孟获城”，是地震所淹没的。老居民都说在中午，只要波平浪静，阳光射进湖里，就可以看见古时的城墙，还有街市，人影幢幢。

孙猴、靳老五放出来后不久，一群知青来这里耍。他们站在水边，都睁大眼睛在看水底的孟获城，及城里的街道行人。几人眼中，湖水折射的天光幻成了街道，藻荇纵横就像房屋，鱼儿来去仿佛行人。这群知青游荡很久，都不免心猿意马，心旌摇晃。花枪突发异想说：“嘿，如果又来个大地震，就好了!”

火眼说：“好锤子！你龟儿就想趁火打劫!”花枪问大家：“你们猜我想的啥子？”靳老五道：“火眼说了嘛，你想全县城的房子都震垮了，专门压死男的，剩下的尽是女人!”花枪说：“呸呸！如果又来个地震，城又升起来了，还跟沉下去之前，一模一样，吃的用的都有。知青就占领了，当成独立王国!”众皆笑逐颜开。孙猴竖起大拇指：“龟儿花枪说话，从来不着边际，只有这几句话有意思!”浪子抢着道："那，我当皇帝！"孙猴笑道："好好，就是你的皇帝，你是小皇帝。那你就来封部长！"浪子真的就挺胸凸肚，做起皇帝的派头："听着：豆哥，你当工业部长，罗云秀，你是妇女部长……"

九妹就站在他旁边，所以他封了工业部长之后接着就封妇女部长。九妹"呸！"一声，"我当个屎！"揍他一拳。靳老五笑道："九妹小女娃儿，又不是妇女，并且也没有妇女部长，只有妇联主任！"九妹就跑开，寻蘑菇去了。屈彬也跟随其后，二人走得很远。小和尚叫："屈彬，你还没有封官！"豆腐笑道："人家屈彬在野，不想当官。"孙猴也笑道："他早就看破了红尘。"

浪子接着封："猴哥当国防部长……"孙猴鼻孔一哼。"嘻，嫌官小了？""不是嫌官小了，可能是嫌没得兵。"六指在旁边打趣。"陶复乐当农业部长……""不干不干！"笑娃脸上开朵鲜花，"我要当铁道部长——嘻嘻，火车一响，黄金万两！""要得，狗娃子当农业部长！"狗娃子脸垮起："龟儿，他不当的，我当。""你当不当？"浪子上前搂他的腰。狗娃子个子比浪子高大，可是较量输过两次，一次把脸跌青了。另一次他情急之下张嘴咬，被当裁判的六指推倒在地，也输了。此刻是在湖边，弄一身水不好耍。他向豆腐背后躲闪："当！当——龟儿，屈打成招！"豆腐等听了都笑起来，笑虎笑得脚打闪："招？你等着，有招的时候！"（后来事发挨抓，大家回忆起狗娃子、笑虎这两句对话，像"一语成谶"。）

笑虎对浪子道："你不会封，尽封些冷门，我帮你封！豆哥当财政部长！五哥当银行行长！六指当政协主席！"笑虎素与六指不睦，才说了冷门不好又封他冷门。六指不说什么，而且他这时好像意识到了不妥，眼睛四处看。笑虎又一拍胸口："我当总理！皇帝是个闲职，就是国庆节出来站一会，权在我手上！哈哈哈，哈咦，哈咦，叽嘎，嘎！”小和尚道：“还有花枪！”笑虎道：“留着的，蒋彦君——妇女部长！九妹不当，他当！”花枪笑着道：“好好，我当。”

正说得热闹，不防从柳荫背后走出个女的，牵个两三岁的娃儿——便是毛羽。她带女儿圆圆来，和圆圆坐在柳荫下，看柳条在水上拂起涟漪，看鱼儿游过来了，去啄水中的柳叶，在圆圆脚边吐泡泡。毛羽笑着问他们：“喂，你们从省城下来的知青吧？”众知青看见她都愣了一瞬。花枪道：“嘿，你是哪个？你是从湖里钻出来的呀？是田螺姑娘？”毛羽笑道：“哼，我是田螺姑娘，那你们都是田螺儿童了！”豆腐说：“哈，你顶多跟我一样大，我说不定还是你哥！”

毛羽问：“刚才最后，是哪个说的话呀？说得好难听。当妇女部长的是哪个？”大家不语。豆腐说：“你猜看？猜着了拉出来批判！”毛羽目光落在花枪脸上：“你，是不是？你的脸红了。”大家道：“就是！”孙猴道：“哈，他脸红？他脸皮比城墙拐还厚！”也怪，花枪在毛羽面前竟真的有些扭捏，觉得这个漂亮女子眼中有一种威仪。他赶快说：“是我是我，向你赔礼道歉！向全国女同胞赔礼道歉！”还鞠了个躬。毛羽笑道：“也没这么严重！”指了指远处的九妹，“给她和我，我们两个道歉就行了。”大家顿觉这女子好亲热呀！互相说笑了一会，孙猴还把圆圆扛在肩上耍。

毛羽晓得了他们是汝坟知青。这年代，大家都习惯把话憋在心里，包括夫妻，她在这座小城并无知心的朋友，她多想结交这些豪爽的知青哪！可当他们问她的情况，哪里工作，住哪里时，她又犹豫了，只简单说了自己是教书的。

屈彬最后才走过来，当时也没和毛羽说一句话，却喜欢上这个女子，或说暗恋也不为过。不过巴掌大个县城，再见面并不难。此后月余，他就在城中十字路口“碰上”毛羽。毛羽的眼睛也了得，那天十来个知青，她印象深的就是屈彬、孙猴和浪子（也许再加上花枪）。屈彬笑着向她招呼，她明亮闪烁的目光也分明向屈彬透露她内心的喜欢。屈彬去她家里小坐，见她在火炉上炕咖啡渣，说道：“这个还能……呃，你们好节俭！”她苦笑说：“哪里是节俭，是没有咖啡卖。这个是从琼海干部疗养院弄来的，炕一下，熬了将就喝。”屈彬扯几句别的事就走了。他下次来了，直接去县医院牙科，送给杜文杰一个布袋子。杜文杰以为是花生之类，未在意。回去和毛羽打开，上好的咖啡豆，足足有五公斤！两个高兴得拥抱。从此对屈彬另眼看待。但屈彬也只是在杜医生那里看过一次牙齿，还要去挂号，杜文杰没让他挂。

此时汝坟开展四清运动。（L 县因为属于民族地区，四清比别处开展得晚。）四清本来是清查党内走资本主义的当权派，但汝坟公社四清有个副产品，在农民中挖出一个“有组织、有纲领”成立反革命组织的大案。据说该组织在“三年自然灾害”时期为配合美蒋反攻大陆，曾选出了“总统”、“总理”和“部长”。此案涉案者皆判了重刑不提。受此案牵连，汝坟知青偶然做的那场皇帝梦也曝了光。

工作队和公安局的人来到农场，抓涉案知青。到养猪场抓靳老五和九妹时，九妹大哭大闹，在地上滚，硬不肯俯首就擒。说我又没有犯法，非要说出到底为什么事情。抓的人讽刺说：“‘妇女部长，’还兴在地上打滚哪？”九妹听完就明白了，顿时就喊冤，说自己那次根本没有接受封的官，跑去采蘑菇去了。靳老五也立刻证明。抓的人又挨个问了孙猴等，当场分析，认为所言属实，于是就没有抓九妹。但是屈彬尽管比九妹还“清白”（九妹是封了不接受，而他根本什么都没有封），却没这么容易，抓到县上折腾了半天一夜，第二天才放出来。

屈彬出来便去找毛羽和杜文杰说此事，试探毛羽愿意不愿意向办案的证明是“偶发事件”。他首先保证他没有提起过她，如果她愿意作证，他才会去找办案的说。毛羽沉默少顷。噢，她如果是单身，马上就会跟屈彬去证明此事！可现实是她必须考虑杜文杰的态度。杜文杰问屈彬：“你要讲实话，你们那天从湖边回去之后，还有没有别的？”屈彬道：“我对天发誓！这事回去之后，除了当笑话摆之外，再没有发生任何事情！就连笑话的继续——再封哪个当‘部长’都没有！如果还有别的，他们七个关在里面，会经得起不招？我既然已经放出来了，我不走远点，我还约毛娘倒转去，又把自己笼起？”屈彬开始叫毛羽毛姐，毛羽说不行不行，杜医生比你大得多，你起码该叫他叔叔，你叫我毛娘！屈彬只好叫她毛娘——以后知青都叫她毛娘。杜文杰本身是有正义感的，只不过经历磨难及社会染缸，性格中搀杂了些世故和拘谨。他此时听了觉得有理，便义气拍了拍腿，同意毛羽去。

4

葛眼镜从凯风农场回来直接到宛丘五队，问到了蜗居，把尹长江托带的东西——一大块腌制的马肉和两把干面，裹成个小包裹——交给林芬。林芬正在做饭，要留他吃了饭走。葛眼镜说不吃了，怕晚了收渡过不了河。林芬说现在还没有涨水，你踩过去嘛。葛眼镜笑了笑，还是要走。他虽然住在河边，但是从来没有趟水过河，也不知道河滩的深浅。林芬说那就马上给你下碗面吃。这时一道翠绿飘进了小院。

葛眼镜一只脚都踏在门槛外了，眼睛一亮，好巧哇，她原来在这里！他克制着问："嘿，你叫秋霞吧？""嗯。""我在农场经常听他们说宛丘五队的秋霞是才女，而且口琴吹得好——林芬的歌唱得好。"林芬笑道："你夸她就夸她嘛，何必把我扯出来？我又不会吃她的醋。"秋霞说："你是农场的？""不是，我去耍，我是河对面的。"林芬说："长江托他带来的包裹——哎，他刚才说，孙猴他们又出事了，弄去关起，还有浪子……"秋霞吃惊说："咦？"葛眼镜不想说，还是简单说了句："没得啥。屈彬已经托了熟人，查清楚没得事情，就会放出来。"

秋霞便说："不关我们的事！呃，你要走？吃饭了，不准走！"葛眼镜笑道："我今天真的怕晚了过不了河。你们安心请我的话，我改天来，如何？"林芬、秋霞都道："好呀，随时欢迎！"

葛眼镜走后，林芬对秋霞道："难怪浪子又好久没有来，原来出了事！"秋霞道："是好久出的事？"林芬听葛眼镜口气像是最近，不愿说，说："呃，好久了吧？"秋霞撇嘴道："哼，管他出事不出事，出了事好久，你以后不要提他了！"

自从浪子去了农场，秋霞和浪子热恋的关系逐渐冷却了。浪子临去农场前，秋霞问他："你会不会写信啊？"浪子老实说："写得短，家里写几封信，我回一封。"秋霞不语。浪子赶快添一句："我先给你写信！"秋霞这才笑了。但后来他们很少通信。这天秋霞出早工摘棉花，忽然听到浪子在喊她。扭头一看，浪子骑马站在远处一道土坎上，背后是正在升起的太阳，好英俊哪，就像个青铜骑士！秋霞赶快把自己兜里的棉花都给了旁边的女社员，说不摘了回去。她走了几步，浪子把马拴在树上跑过来了，两人站在田埂上说话。虽然浪子见了秋霞很兴奋，但秋霞还是觉得他有些心不在焉，因为他经常回头去看黄骠马。“你怕它跑了哇？”“不是，缰绳拴得短，我怕它挣到坎脚下去吃下面的草，把颈子吊起了。”秋霞知他还要去县城，说那你现在去县城，回来再来吧，我和林芬等你吃晚饭。浪子面露难色，说他太阳落山前必须回农场去。秋霞脸顿时就拉长了，淡淡说句那你走，就回去摘棉花去了。

又一次浪子带了一大块新鲜马肉来，是匹摔死的马。这是秋霞和林芬第一次吃马肉，觉得和吃牛肉差不多，嫩一些吧。浪子一直在讲农场的事情，牧马，打猎，吹起床哨，岗亭……秋霞开始还有兴趣，后来就不大高兴了，想换话题。浪子浑然不觉，又说起螺髻山的蘑菇来了。浪子尽管稚气，还是晓得不提九妹的名字。秋霞偏要问他：“这么好吃，是九妹做来吃的吧？”浪子难以回答，光笑。他俩相好期间一起赶过几回场，但是没有一起去过县城。秋霞说想进县城去买双塑料凉鞋，浪子说那好，我们骑马去！但此后他再无消息。

葛眼镜次日就背着吉他来了。秋霞颇惊喜：“咦，你会弹吉他？”这时太阳只有半篙竿高了，两个姑娘说：“你咋这时候来？你怕来早了我们请不起你吃饭？”他道：“去农场耍了段时间，刚回队上劳动，所以只有收了工来。”林芬笑着故意道：“有什么急事呀？就为了弹吉他给我们听？你不如好生劳动几天再来！”

林芬便去烧开水。葛眼镜自己搬出张小板凳，在院子里坐下来，吉他搁腿上斜抱着，拨了两下。朱三娘在堂屋打草鞋。朱三娘手巧，会剪纸、做灯笼，这些现在没啥用处了，空余时间只好跟其他妇女一样打草鞋。秋霞走过去说：“大妈，出来听弹吉他。”（知青在农村对年纪大的妇女都叫大妈，男的叫大伯。）“吉他？”朱三娘不懂。“乐器，好听！”秋霞笑着帮她把草鞋凳搬出来。李大爷当使牛匠，收工之后喂了牛回来，走进院子，腰拴草绳，嘴里叼着叶子烟竿。秋霞笑着说：“大伯，听吉他！”进他屋里拿两条长板凳出来，放在葛眼镜左右，又拉李大爷坐下。朱三娘便进屋去拿个瓜瓢，装些红苕果、葵花子、花生枯（花生榨油后的枯子，块状，嚼着很香，偶尔有石子），又拿个凳子，放在葛眼镜面前，瓜瓢放在凳子上。秋霞笑道：“他手不得空。”朱三娘说：“他手不得空，你喂他。”秋霞说：“哼！”葛眼镜赶快自己拿支红苕果咬进嘴里。

林芬泡杯茶出来也放在凳子上，自己坐在葛眼镜对面。秋霞偏离得远些，坐在自家门边剥瓜子儿。葛眼镜弹起《月亮河》来了，秋霞喜欢音乐，倒不在意葛眼镜这个人，只欣赏吉他抱着的姿势，觉得比二胡呀、提琴呀亲切，又比同样抱在怀里的琵琶潇洒随意。嘿，吉他就像邻家的男孩，那么加上弹吉他的就成了两个男孩了呀，她窃笑自己怎么会有这种怪念头。葛眼镜目光像专心与琴弦交流，偶尔望一眼天空，或扫一眼周围。他实际专心在捕捉稍远那对斜睨、飘乎的眼神，觉得仰之弥高，探之弥深，瞻之在前，忽焉在后。谁知此时他膝、肩、手指、全身的肌肉也意外灵巧，他的头脑不假思索，《绿袖子》、《坠入爱河》、《圣母玛利亚》接着弹下去。林芬不知这些曲子名字，只听出都是外国曲子。都觉得这六根琴弦间流淌的声音好美妙呀，宛如天籁！一曲竟了，葛眼镜手又去抓花生枯。秋霞说：“哎呀，要不得，不要让黄兴虎听到了！”林芬说：“还在黄兴虎，都下台了！”秋霞说：“暂时下台。四清工作队，一样的！”葛眼镜说：“那我弹一支骂地主的！”

葛眼镜弹《三套车》，秋霞、林芬便唱了起来。葛眼镜演奏立即改成伴奏。秋霞唱歌的舌头就像鸟儿的舌头，有分叉，尾音卷曲、平滑，有点咬字不清，故特别宛转柔和，令葛眼镜神魂颠倒，竭力把持着。

歌声琴声引来了邻居，大人娃儿都有，竟都不做声，悄悄站着听。朱三娘忙去拿几条长凳出来给大家坐。等曲子完了，小院里充满欢声笑语。林芬笑着对葛眼镜道：“《三套车》同样，一听就晓得是外国歌曲，他哪里管是不是骂地主的！”

葛超问秋霞和林芬再唱哪支歌。秋霞说：“林芬，你唱，我拿口琴来，跟他合奏。”进去拿支口琴出来。

篱笆边有个草垛，秋霞眼看着草垛在夕阳中的尖顶，吹起了旋律很优美抒情的《听妈妈讲那过去的事情》，葛眼镜于是合奏，林芬跟着轻轻唱——

“月亮在白棉花般的云朵里穿行，晚风吹来一阵阵快乐的歌声。我们坐在高高的谷堆下面，听妈妈讲那过去的事情……那时候，妈妈没有土地，全部生活都在两只手上。汗水湿透了地主的田野，妈妈她吃着野菜和谷糠……”

再后面就是狗咬、讨债和要饭，《白毛女》以降的忆苦思甜歌曲都是这些内容。完了葛眼镜笑着说：“还真像，有月亮，晚风，棉花般的白云……”“还有妈妈。”林芬笑着指了指朱三娘和另两个大妈。

葛眼镜问朱三娘："哎，你过去要饭没有哇？"因为朱三娘是工商兼地主，秋霞马上斜葛超一眼。葛超任何时候眼睛的余光都在秋霞身上的，晓得问错了，连忙转向林芬："呃，林芬，你歌唱得好！"朱三娘无所谓，笑道："我没要过饭，旧社会我开茶馆，经常打发要饭的，饭团、洋芋。有的挎口袋，就舀碗苞谷籽。我们这块地方好，要饭的都是从下面来的，米易，云南，灾荒年辰，一群一群从宛丘街子上过。"

天黑了，葛眼镜要走。林芬说带他到街上有知青哥的组上去住，他说算了，我择床铺。葛眼镜其实是有洁癖，不幸下了乡。他之所以爱去凯风农场，和屈彬同住，就因为屈彬也爱干净，从不兴不洗脚就上床。秋霞问："那你咋过河呀，你不是害怕踩水？"葛眼镜见她还记得自己上次来说的话，心下欢喜，忙说："哪里，我不是害怕，是不晓得滩口，我现在晓得了。"林芬说："街上下河边的近路，我们给你指一下。"林芬和秋霞送他到了下河滩去的土崖边。林芬说："二天再来耍！"他把秋霞看一眼。秋霞道："怎么，一个人请你不行，还要两个同时请？"他道："当然！""下次早点来，来吃饭！"他脸上顿时堆起笑容："好好，我下次一定来吃饭！"他这次来一直带点忐忑不安，笑容这是第一次上脸。

秋霞看着海一样迷茫的月光，把葛眼镜和吉他融化进去了，竟有种心痒的感觉，忧郁的感觉。她觉得背负吉他走在月光下的葛眼镜像一首诗，而过去对浪子，她顶多就叫了声"浪里白跳"，这和诗是两回事。

葛眼镜来时为了做回去的准备，就是踩的水。滩口的水只及膝盖，但浪花翻滚，水声喧哗，水底鹅卵石七拱八翘。葛眼镜是旱鸭子，虽晓得淹不死人，还是有恐惧感。到了河边，虽然明月当头，景物却是黑白二色，变了形的，虚幻的，他找不到来时的滩口了。又焉能倒回，令两个女生齿冷！只得硬起头皮下水。水很快漫过膝盖、漫过小雀儿、漫及肚脐。周围银晃晃的，雾蒙蒙的，小河仿佛成了汪洋，难辨方向。水呜呜吼着，冲得他东歪西倒。咦，我正朝哪方走？朝西岸、朝东岸还是朝下游？他慌乱起来了。这时，他忽见前方有一株明亮的树子，银妆素裹，堆满雪花。它怎么又变绿了？稀奇，月光中有棵绿色的树！他眼中又飘起件绿衣裳！他遂向着这株明亮的树子走去，心想这就是她的化身，我就算被淹死了，也是我自找的，我自己认定的！他走对了，踏上了彼岸。

葛眼镜成了蜗居的常客。后来，知青对葛眼镜的评价也传入秋霞和林芬耳内，可说毁誉参半。说他是柏舟的诗人，属于“散仙”一类，自由散漫，所以爱到农场耍。又说他是组长，有次领全组知青的生活费，每人三元共十五元，说掉了，但组上知青都怀疑他贪污了，闹到公社，最后不了了之。秋霞和林芬议论，这十五块钱可能真的掉了吧，散仙嘛！

葛眼镜每次来耍晚了，仍要回去。两个女生有时吓他：“这么晚了，你不怕呀？”“河滩有马狗，你碰到过马狗没有？”马狗是这里对狼的叫法。葛眼镜脸色似乎显得苍白，声音也有点打抖：“不怕！”“马狗性格！”林芬对秋霞说，“你要的两个都是马狗性格。”林芬觉得秋霞无论跟浪子还是跟葛眼镜都是好玩而已，她肯定要嫁个解放军或者干部。

秋霞故意让葛眼镜偷看了浪子写来的几封信。葛眼镜眼中的信字迹潦草，歪歪扭扭，只有几行。可每张信纸上都有一抹颜色，这张抹了一块泥土色，说土地是根。那张是一缕青草的痕迹，说是在牧场写的。有一张竟有一抹血痕，说血代表的是心，心心相印。这令葛眼镜鄙夷的同时很感动。

4

关押的七个一番刑讯逼供之后，有的为了说清楚问题，便举出毛羽，但是不晓得她的名字、单位，等于零。不想毛羽自己来了。她去指认的“犯罪地点”，跟知青的供述相符。她还同意去见了关押的这群知青，指认是哪个先说的“地震”，哪个信口说的想当皇帝。这样经过一个月关押折腾，上面定性为“一场偶然发生的反革命言论”，事先无预谋、无纲领，后来也无行动。结论是从宽按人民内部矛盾处理。一切烟消云散，散不了的是七个身上再次受刑的烙印，及知青哥和毛羽的关系——浪子、长江、孙猴和秋霞等都和毛羽、杜医生有了来往，后来孙猴和毛羽关系比屈彬还密切不提。

这天端午节，月光诗社定了祭屈原。“文革”风起于青苹之末，柏舟街上已有破四旧立四新的专栏，诗社浑然不觉。葛眼镜家住河边，这次就由他做东。苏武牧、姬隐菊、吕子瞻、荀灵均上午太阳升起一篙竿高就到白鹭滩来了，苏武牧带只两米长的龙舟——竹子做的骨架，糊的牛皮纸，说要点燃了放下河去。路上逗得一大群娃儿跟着撵，一直撵到了葛眼镜门口。过会儿小胖——刘子美也来了，手里提一柄竹子削的长剑，另外还有一顶纸糊的高帽子，高帽子幸好是折起带来的，不然吸引的娃儿会更多。老猿说了要放学后才来。大家先在葛超屋里坐了片刻，因见锅灶都是冷的，问葛超做了粽子没有？葛超笑言将有两个知青妹做了拿来。气氛顿时变活跃了，都问这两个知青妹是哪里的？有个是女朋友吧？葛眼镜故意神秘微笑着，说等她们来后自然就晓得了。

五人来到河边，刚好秋霞和林芬也坐船过来了。林芬提着粽子和腌肉——就是上月葛超从农场带来的那块腌马肉，吃了剩的一半。秋霞也提着粽子——却是用彩色丝线缠的。她和朱三娘聊天，说起小时候省城有用丝线在纸壳上缠的粽子，小摊挂起卖的，比真粽子还有吸引力。朱三娘说省城才有哇，这里一样有。原来她也会的，就买了丝线请她做，自己也学着缠了两个。此时大家都忘了区分哪个是葛眼镜女朋友，目光都落在林芬提的腌肉和粽子上，只有葛眼镜接过秋霞手里这串只有拇指大小的丝线粽子，看得爱不释手。吕子瞻、苏武牧等这才回过神来了，也拿着看，小胖指着说怎么这两个扎得不好看呢，是次品？荀灵均连声说："鱼目混珠！鱼目混珠！"葛超正要说话，林芬连忙对他挤了挤眼睛。秋霞斜林芬一眼："哼，挤啥子眼睛？"几人这才打量秋霞，姬隐菊暗想："早听说汝坟有个吉卜赛女郎，就是她呀！"荀灵均颇懊恼："我刚才说鱼目混珠，把她刺激了……"刘子美头脑中闪现的是一句诗："用多少知青妹的血躯，炼就了眼前的精灵？"苏武牧眼球从秋霞脸上滑落到胸前，又回到脸上。小胖站在林芬一侧，秋霞斜向林芬的眼光也扫了他一下，感到像中了丘比特的箭。

大家本欲寻找僻静之处，但只有渡口处的河岸才直，没有回水，是放纸船的佳处，走一圈又回到渡口。引得过渡的人船都不上了，大人娃儿都跑过来看。他们遂在河边焚了几柱香。刘子美喜孜孜将高帽子戴在头上，又将长剑舞动，这就是《楚辞》中"高余冠之巍峨兮，长余佩之陆离"了，在鹅卵石滩上踱着方步，拖声悠悠朗诵《涉江》。只诵了一半卡住了，秋霞提示了一句。吕子瞻等大惊，说："呀，才女！才女！"实际上秋霞的文学修养哪能与他们比肩，她只是记性好，读两遍就记得罢了。

然后各人朗诵自己的祭诗，也有旧体的，也有新体的，也有欧化的，各有千秋。完了说等一会江边吃东西时才来互相评议。小胖忽然问秋霞写诗没有，咋不拿出来念？秋霞笑道："我写啥子诗！我光晓得看，记得几句，但是不会写。"

龙舟怕风，是用鹅卵石压着的，这时将鹅卵石取出，放粽子进去。秋霞先把丝线粽子放一串进去，林芬又放真的粽子，问："都放进去？"大家道："哪里！是个意思，而且船乘不起。"小胖走去把已经放进去的取了几只出来，只留下两只。要飘放时，有的说应该点燃了飘才好看，也才有祭的意思。有的说点燃后可能还没有来得及飘，半分钟就烧光了。争了一会，秋霞指着附近烧了还剩半截的蜡烛，笑道："哎，干脆把这半截蜡烛安在上面，看它是自己沉，还是最后烧沉的。"都说要得。遂将这小半截燃着的蜡烛插在一只粽子上，姬隐菊和吕子瞻脱了鞋子卷起裤腿，抬着龙舟踩水走了几米，水淹过腿肚了，才放下去。

岸上的人正鼓着掌，下水的两个刚上岸还没来得及回头看效果，从看热闹的人群中走出十来人——却是埋伏的民兵，猛喝："走！你们六个人，走公社去！"或一个抓一个，或两个夹一个。六人惊一下后，都挣扎说："做啥子！做啥子！""做啥子到公社去？"这时老猿刚到，大声对民兵说："我们祭的爱国诗人！"民兵嚷道："做啥子，我们也不晓得，等到了公社就晓得了！""啥子？你刚才说爱国死人？"却见龙舟漂了不远，被风吹着就燃起来了。六人中有的胳膊被狠狠一拧，就垂头丧气跟着走了。小胖和葛眼镜挣扎着还要看龙舟燃烧完，挨几拳后才走的。老猿也跟着走。有民兵呵斥他："袁老师，你不要来！"他像没听见。有民兵道："哈，晓得了，你们是一起的！"过来抓住他的胳膊。他气愤一摔说："我自己走！"

原来当苏武牧拿着纸船从街上走过后，消息就传到公社去了。公社听了高度重视，研究之后由武装部长做了具体布置。

秋霞和林芬同六人在一起，难免也被推了几下。曲终人散，才发现粽子、腌肉也飞了。林芬看秋霞脸红筋胀的样子，拉她道："走，回去。"秋霞道："哼，无耻！"高挽起裤腿向搁浅的龙舟残骸跑去。两个米粽子、一串丝线粽子都还在呢，拿起来大声喊："屈原，你今年没有粽子吃了呀？我给你送粽子来了！"用力一抛，粽子和她脸上断了线的泪珠都飞向了河心。

5

武斗这件事，天设地造，更像是专为知青而来的。知青都是单身汉，知青又是无产者，所以武斗最合知青的性格。套用福柯"学生就是革命"的逻辑——知青就是武斗！这天浪子、小和尚、靳老五、笑娃、李丽华等在县城耍，得知"地总司"的人要去北山军分区抢枪，遂加入。选的星期日，军营门敞开着，站岗的眼看造反派蜂捅而至，逼近营门了才大叫"抢枪的来喽！抢枪的来喽！"便跑了不知去向。人群冲进去后，见营房空空如也，官兵也不知是支左去了还是耍星期去了。彷徨之际，有人大叫："去刨菜地！去刨菜地！"军营里有一大片菜地，种的白菜包了心，茄子、辣椒、番茄都挂了果，姹紫嫣红，宛若锦绣。地边还横的竖的扔着一些锄头。有部分人就冲过去抢锄头，抢到锄头的对空手的说：“去拔苗呀！你们拔了我们来挖！”果然没有抢到锄头的人就冲进菜地里一阵乱拔，唯见臀耸、肩涌、臂飞，茄子、番茄、辣椒、泥土腾空而起又纷纷落地。执锄头的一大群跟在后面刨，亦是锄头共脚跟并进，土块与菜根齐飞。

有部分较冷静的往军营深处钻，去找仓库。靳老五、浪子等知青哥和一群林学院（这是L县地区唯一的大学）红卫兵、高中红卫兵找到一座仓库，进去后第一间库房摆满了六零炮，八二炮，四零火箭筒，日本歪把子，七九重机枪，捷克机枪，马克辛机枪，应有尽有，都是老式武器。小和尚看着就呆了，脚在原地旋，被靳老五擂一拳才清醒过来，又跟靳老五和浪子冲进里面库房。里面库房堆满箱子，他们军挎里都备有尖嘴钳和大改刀，取出来接连撬开几个箱子，尽是手榴弹！小和尚看见有个长箱子与众不同，觉得稀奇，撬开了，满箱子冲锋枪！右手拿起一枝看了，蓝幽幽的，喜欢得手打抖，左手又去拿一枝。遂东张西望找子弹。浪子远远叫：“小和尚，这边短枪多啊！”小和尚忙跑过去，嗨，那个角落全是短枪！五四，左轮，驳壳，浪子腰上一圈插了八支，插不下了，怕掉，用绳子串在一起。小和尚照样也插了八支。他俩又分别四处找子弹，把子弹捧进军挎，只捧了半挎包，就觉得沉甸甸的，带子都像要被拉断了，不敢再装。小和尚先还拿了两颗手榴弹，此时夹在腋下舍不得丢。他脚又踢到一箱反坦克雷，谁撬开了摆在那里，便犹豫了一下，将手榴弹扔了去拿反坦克雷。浪子除腰间的手枪外，还背了只冲锋枪，一手又提着机枪。这时警报拉响了，“呜——呜——”，觉得锥心刺耳，大厦将倾，赶快往外跑。一路碰到靳老五、六指、小宝、笑虎等，夹在高中红卫兵中间，都在喘吁吁负重而行，除笑虎做了个苦笑之外，互相只是对望一眼。

笑娃、九妹、李丽华和一大批人还在那一大片蔬菜地中忙碌着，笑娃跑进来看见空阔的营房，正不知所措，听见一声“刨菜地”，看见抢锄头就猛扑上去抢，抢一把在手，跑进菜地就像收红苕土豆似的挖刨。挖一阵环顾周围，熟人咋都不在？仍一直挖下去。终于挖出来一个用油布裹着的箱子，跟着又一个箱子。丢了锄头打开看一箱是手榴弹，另一箱也是手榴弹。他不甘心想刨出箱手枪，所以一直撅起屁股刨。警报声中六指冲去踢了他一脚：“快跑！”他恋恋不舍道：“嗐，尽是手榴弹！”浪子跑拢看一眼说：“要得，背起跑，枪我们有的是！”笑娃看一眼浪子腰间插的手枪，不由眉开眼笑，扛一箱手榴弹就跑。出了营房，地形开阔。军人接到的军令很含糊，但既然有令，就要捉拿，已呐喊着从四面八方合围过来了。几百红卫兵、造反派顿如鸟兽散。

小和尚因浪子停下跟笑娃说话，被人流裹着跑，不久累得够呛，只得把两颗反坦克雷割爱。跑几步跌一跤，差点爬不起来。正在叫苦，忽然有女的声音叫他，抬头一看，九妹和李丽华正躲在一丛灌木后面向他招手。小和尚跑拢累得就一屁股坐下了，李丽华利索解下他腰间的一圈手枪，又把他的半挎包子弹倒出来，塞进去几块石头。小和尚嚷道：“你龟儿！做啥子？”李丽华说：“追来了，你假装还背起的继续跑，快跑！”小和尚晓得李丽华不至于整他，糊里糊涂又跑，逗得几个士兵继续追，很快就将他团团围住，把他所背的一挎包石头缴了械。这里李丽华和九妹赶快把手枪和子弹藏在深草丛中。

浪子和笑娃跑进山沟，跑到一条溪沟边，回头看一眼，追兵已近。浪子渴得喉咙冒烟，不顾一切先趴下喝了几口水，这才回过头来，依旧趴着的，抽出一枝驳壳枪对准冲上来的士兵。士兵见状，估计是杆空枪，一副气势汹汹的样子，口里喊着语录："军爱民，民拥军，军民团结如一人，似看天下谁能敌！"向浪子和笑娃扑过来。这可能是个农村兵，文化低所以喊的语录牛头不对马嘴。虽然气氛紧张，笑娃还是忍俊不禁，差点笑趴下了。浪子赶快摸子弹压进去，望空打一枪。这士兵和跟在他后面的几个士兵马上站住了，你望我我望你。浪子、笑娃见此胆子就壮了，笑娃跳起来，笑着喊道："向解放军学习！向解放军致敬！"对方几个不笑，一字排开站着，对他俩虎视眈眈。他俩便转身顺山沟跑了。

笑娃一回农场，就将手榴弹取了两颗，和花枪及另两个知青哥去试爆，看受潮没有。第一颗爆了。第二颗导火线嗤嗤响几声，就哑了。几个知青哥土堆后趴着，过了几分钟，笑娃探头说："嘿，你真的不响？"起来走过去。其他人也尾随着走过去。哑弹很快找到了，大家站着观望一会，对它的沉闷多少有点沮丧，遂转身离开。花枪走最后，回头看一眼道："嗨，它等会不要醒了！"有人说："啥子，醒了？""嘻嘻，嘻嘻嘻……"笑娃笑了起来，花枪自己也笑了。有人便说："挨尿，把它踢到沟沟头去！"笑娃道："不如抱柴来烧！"

火烧之法既好玩又能杜绝后患，大家有说有笑抱来一堆苞谷秆和烂柴块，埋住哑弹。笑娃说："你们跑开，我来点。"大家赶快跑到土坎后蹲着，笑娃点燃苞谷秆后独自跑到另一边蹲着。苞谷秆有点潮，火劈劈啪啪燃一阵后熄了，并未发生期待中的"砰嘣！"及炸翻柴堆火花飞舞的壮观场面。"臭弹！""龟儿臭弹！""日你妈！"大家纷纷骂了起来。却见笑娃站起来，走了过去，面对火烬及那枚臭弹而立，褪下裤子。这边三个知青哥有两个笑了："嘻嘻，要屙尿淋？"

走拢看稀奇。花枪嘀咕："要不得哟！"因为也想看稀奇，声音小。

一声山崩地裂的巨响——是对周围这几人而言，外人的印象肯定没有这样强烈——笑娃晃一晃就倒下了。旁边抱着好奇心的两人也震倒下了，受轻伤。花枪站在笑娃背后，惊得一屁股坐在地上，竟安然无恙。笑娃正屙尿，小雀儿和两个大腿根被炸得稀烂。

笑娃弥留之际，浪子、孙猴、屈彬、豆腐等好友全都守在身边。笑娃这时已经没有痛楚，脸色还显得有些红润。"他打了强心针，有救了？"人们互相交换着希望的目光。豆腐轻轻摇头说："恐怕是回光返照。"这时有个笑容像朵浅浅的花绽放在笑娃脸上，他半开阖的眼皮忽又睁开了，像有话要说。孙猴首先凑近了问："笑娃，笑娃，你有啥子说的？""我看见了……"笑娃在断断续续笑。"你看见了啥子？""我看见了，"笑娃甜笑着，眼睛闪着光彩，"狗日的黄兴虎，被我们打死了！"

笑娃眼角挤出两粒泪珠，头一歪断了气。众人一边叫"笑娃！笑娃！"竟觉他脸上的笑容还未消失。这样过一阵后，人群中才响起了呜呜咽咽的哭声。孙猴走到一边大声擤鼻涕，然后就离开了，都晓得他一定哭了才不肯过来。孙猴连喻小泉死都没有哭，跟笑娃感情之深。但好友都明白他的哭不光为笑娃。

因笑娃的遗言，好友间发生了激烈争论。有的主张把黄兴虎处死，有的主张先把他抓来，在笑娃灵前请罪，再说别的。最后抓来请罪的主张占了上风。除了抓黄兴虎外，永昌在纸上另外还写了几个名字，有凯风农场周书记、汝坟公社曹秘书，及县安办孙主任等数人，大家看了一致赞成。抓周书记、曹秘书容易，孙主任在县上关牛棚，也是手到擒来。只有抓黄兴虎要费些周折。

6

知青哥“文革”中已经斗过黄兴虎，远未解恨。后他趁派性和武斗之机逃走，躲在凯风镇以南、安宁河下游的燕子岩。燕子岩依山傍水，田土肥沃，但地方偏僻，交通不便。这里人都很凶悍，除地富分子外家家都有猎枪、梭镖、砍刀。“文革”之初，凯风农场二中队有伙知青四处流窜，批斗地富分子，说“批斗”实际上是抢劫。因所到之处的人们像散沙，加之只针对地富分子，屡屡得手。他们听说燕子岩富得流油，兴冲冲前往，不料刚进村就中了埋伏，丢盔弃甲、狼狈逃窜。有此前车之鉴，孙猴、六指等虽晓得仇人黄兴虎躲在那里，连具体院落都摸清了，想再抓他来斗，又一直拖着。

此次农场人马分做数拨，分头抓人，孙猴亲自去燕子岩。孙猴最亲的是六指，这次因六指要带领一拨人，他点了浪子、小和尚两个。众人说就你们三个？至少要去十个！永昌道：“要是来硬的，去十个也没用！人少好，免得打草惊蛇。”众人才算了。只有花枪仍坚持要去，他道：“猴哥，我等于帮你们带匹马去，我到了在外面帮你们照着马，等你们，然后我骑的马就把黄兴虎驮回来。”浪子、小和尚素与花枪不睦，小和尚道：“你挨𡱁！你的马拿去驮、驮黄兴虎，你走路回来呀？”众人哄笑道：“花枪，你的鬼话连小和尚都不信！”花枪瞪眼道：“嗯，老子为了先揍他几砣，宁愿走路回来！”

此去燕子岩有四五十里，孙猴、浪子、小和尚和花枪四个夜里乘着月光，骑马出发。浪子提杆冲锋枪——一路上却用衣服包着背在背上，孙猴和小和尚都是手枪，各揣几枚手榴弹。他们下山后就沿河边走，一路曲曲弯弯，沟沟坎坎，这季节通夜刮南风，马顶着风走。所谓“牛走顺风，马走逆风”，正好。回来就不妙了——但风也许会停。走拢燕子岩河边鸡才叫头遍。四人下马，在河滩找处背静有水草的地方，各插下一根小木桩，马就拴在木桩上，让马吃草。花枪守在这里。孙猴等三人登上一道丈多高的土崖，再走约一里路，就到了位于山脚的燕子岩。

黄兴虎住处在村寨北端，月光正照着后墙，这里有扇小窗，窗扇半开半掩。孙猴先探头看了看，然后小和尚也看了看，嘴里嘟哝：“珍珍……”原来他看见了搁在窗前小桌上的一面小圆镜子。孙猴拳头在他背上一擂，小和尚遂掩口。小和尚、珍珍那次在瓦窑碰出了感情火花，后来小和尚解放了，两个每次碰见，情态都有些缠绵。“珍珍喜欢小和尚”就流传开来了。三人在墙角处蹲下，孙猴对小和尚说：“我和正勇从前面进去，抓黄兴虎。你的任务就是珍珍，你从后门进这间小屋，把珍珍的嘴堵住，不准她嚷出声，要防那边的邻居听见了。”小和尚道：“啊，我去堵她的嘴？我咋堵？”“我不管你咋堵。”

这地方习俗夜不闭户，但黄兴虎可能例外。孙猴和浪子看小和尚去推门，没有推开，在轻轻拨门。二人赶快来到前面，前面正房的门是虚掩着的，孙猴轻轻一推就开了。孙猴觉得诧异，但此时哪容多想，二人马上扭亮电筒冲进去。一道白光，只见黄兴虎老婆一人坐在床上，下半身盖着的，上身一件单衣只笼进了一只衣袖，手把那边衣襟扯过来掩着胸口，脸朝电筒光望一眼，神情与其说是惊惶，不如说是麻木。孙猴上前将被子撩起一掀，纸似的飞往一边，剩下女人白花花的下半身，女人尖叫了一声。孙猴电筒又去照了门后和床脚，对女人道：“喂，我们找黄社长，就是接到农场去批斗一次，又不打他。

他到哪里去了?”“他出去几天了，到县上去了。”孙猴恶狠狠道：“你说老实话，不然割你的喉咙!”女人不语。孙猴道：“你不准叫，叫，就把你房子烧了!”找绳索把女人的手拴住捆在床上，嘴里塞根苞谷芯。

浪子早去隔壁灶屋、猪圈屋转了一圈，连灶屋、猪圈的横梁都翻上去看了，哪有黄兴虎的影子。浪子肩头一顶，通里屋的门开了，进去一屋的月光，后门开着，连小和尚、珍珍也不见了。

这幢房屋前面是个菜园子，围着低矮的木栅栏。孙猴从屋里闪出，蹲在菜地里，观看四周。身边有响动。只见菜地里冒出个人头，脸慢慢转了过来，黑黢黢的，孙猴的脸迎着月光。黑脸看见孙猴近在咫尺，没奈何，遂慢吞吞从这条被草遮蔽着的沟里爬上来，道：“孙广厚，不要动我的老婆娃儿，我跟你们走。”

孙猴脸上挂着狞笑，心里大呼畅快！他冷不防伸脚一扫，黄兴虎身体腾空，一屁股重重坐在地上。孙猴遂瞅准屁股、腿和肩膀这些地方，紧一脚慢一脚踢起来。浪子过来，见孙猴踢得兴起，左右脚轮换，还像踢球一样跳起来猛踢。黄兴虎却也顽强，不断从地上爬起来，朝关着他老婆的屋子爬去。孙猴看他爬几步，又一脚将他踢翻。浪子便摘下背上的冲锋枪，掉过枪托，孙猴踢一脚他揍一枪托。浪子喊着号子：“嗨……嗨!”黄兴虎脑袋成了个血球，膨胀三分之一，连背上、屁股上都渗出血来了。

正揍得欢畅，一团白花花的影子冲过来，扑在黄兴虎身上，死死抱住他。浪子急收枪托。孙猴大汗淋漓，骂道：“日你妈!”又在女人光屁股上、腿上和头上狠狠踢了一阵。

7

小和尚走进珍珍房间，心中迷茫，竟晕旋了一会。我做啥呀？我到女娃儿屋头来了？珍珍……我在做梦呀？想起了，我要去堵她的嘴！那……那要先按住她，不然咋堵得住她的嘴呀！那是片暗影，他一步步走过去。我堵她的嘴，把她先捆起来？都说珍珍喜欢小和尚……不，我不干！那她要叫呀，咋办？……都说她喜欢小和尚呀……他头脑突然开了窍，退回到亮处。他看一眼月亮，觉得看见了珍珍，他很骄傲，喃喃道："珍珍，珍珍……我是小和尚，珍珍……"他收到了奇效。

珍珍梦里听到他的呢喃，睁开眼，月光之下，自己闺房里，真的站着小和尚？还以为在做梦，嘻，这梦好怪，想他就来了，怎么来的呀？刚要坐起，我、我是光身子呀！她突然又很害羞……当小和尚过来捏着她的光膀子时，她才明白了这不像是梦，小和尚真的来了。

珍珍当着小和尚的面坐起来穿衣裳。小和尚把珍珍的身体当成了月亮，月光刺眼，他只好低着头。珍珍过来碰着他，他遂牵着她走出去。两个都像在梦游，一个从梦里才出来又进去了，一个像走进了梦里。好久珍珍才问："小和尚，我们走哪里去呀？""不晓得……"小和尚说，"……珍珍，我们到月亮上去好不好呀？""好呀！""我们下河去好不好呀？""好呀！"实际他俩正在向河边走，并终于迎来了花枪惊奇的目光。

"小和尚，你、你有本领！"花枪看着手牵手的二人，惊讶得圆瞪双眼。他在小和尚肩膀上打了一拳。小和尚肩膀一歪，脑壳"轰"一声清醒了，看了一眼珍珍，又看看花枪："呃，猴哥和正勇，来没有？黄、黄……捉到没有？”“问我？我正要问你哩！”花枪鼓着眼睛。旋又笑了，眼珠在珍珍脸上滚，问小和尚：“嘻嘻，你牵着她做啥子？这是哪个教你的？”

珍珍早就清醒了。她是很甜蜜跟着小和尚走，无论走到月亮上去，走到河滩去，走下河去，那都是个奇异的世界……她没有想小和尚怎么突然来了，她宁肯相信自己的感觉，她感觉小和尚就是来接她的。她这时才清醒了他们是来捉爸爸的。她并没有吓得发抖，爸爸被捉过几次了，而这次我跟爸爸在一起的呀，还有小和尚！

小和尚赶忙把珍珍的手摔开，朝燕子岩方向跑。花枪一把拉住他：“你不去了，你把她带走！”花枪耳朵已听到从土崖上传来的闹声。“我不！我要去！”花枪嬉皮笑脸：“龟儿，你去没用了！你把珍珍带走了，嘿嘿，是个人质！”

小和尚仍要往崖上冲去，忽然想起孙猴说的，他的任务就是珍珍——花枪也这样说——就站住了。花枪连忙将小和尚的马牵过来：“嘿！小和尚，听我的，你的任务就是珍珍，你们跑！”

土崖上叫喊声已经清晰可闻。“龟儿孙猴！”小和尚心中很苦恼，“我想打仗！你说的，珍珍……我只有听。”花枪已将珍珍扶上马，小和尚过来捏住缰绳。“你也上去！”花枪道。“我不，马乘不起。”小和尚又向土崖上望去。花枪用力拍马屁股，马便扬起了蹄子，小和尚小跑跟着，边跑还在回头。没跑多远珍珍就说：“小和尚，我、不想走了。”小和尚也不想走，两个就停下了。

孙猴将捆绑结实的黄兴虎扛在肩上，浪子断后。刚出村寨，后面传来女人尖锐的呼叫，呼叫和呐喊随后便席卷全村。男人都握刀持枪跑出家门，有的奔向村寨路口，有的围着村寨转圈，有的择定一条路线在奔跑，有群人影沿着下河滩的路追上来。孙猴蹒跚小跑着，浪子一边走一边回望。浪子见这群持猎枪、砍刀追来的人逼近了，遂转身站定，勾响了冲锋枪。他朝人群的头顶上时而点射，时而连发，心情也由忧虑紧张变成了快活舒畅！他晓得村民顶多只有猎枪，而且根本不敢开火！村民哪里听到过连珠炮般的冲锋枪射击，不由纷纷趴下。但这些强悍的村民很快发现子弹是朝天上打的，恐吓而已，遂在野地里散开并扑了过来。

像滚皮球似的，孙猴将黄兴虎从土崖上推下去，黄兴虎尖叫着。有个声音："黄社长，莫叫，抽杆烟。"烟屁股硬往他嘴里塞。孙猴纵身跳下，和花枪一起将黄兴虎缚在花斑马上。黄兴虎使劲挣扎，花枪道："黄社长，你龟儿，不要顽抗，把你弄去批斗，又不会斗死你。你再顽抗，马上就打死你！"花枪又把自己所骑的黑色儿马牵过来。孙猴这才问："咦，小和尚呢，看见没有？他的马？"花枪道："嘻，小和尚已经带着珍珍走了，你不晓得？"

浪子冲锋枪打得淋漓酣畅，弹夹打光了，只得把冲锋枪扔了，用手枪打。这下哪里坚持得住，黑压压的人头拥上来，他赶快跑下河滩。

孙猴顾不得去管小和尚和珍珍的事，对花枪道："你先上马，带黄兴虎走！"花枪说："我说过的，我不骑，你骑！""嗨呀，你不走，打死你！""猴哥，你不怕死？""你赶快！我自有办法！""比起你们，我又没有去抢人，又没有拿枪，他们凭啥子打死我？快快，你快把黄兴虎带走，给大家报仇！"孙猴仍不情愿，还要说话，花枪干脆向草丛里一躺。孙猴叫声："嗨，花枪！"带着悲声，纵上这匹黑儿马，另一只手抓住驮着黄兴虎的花斑马的缰绳。花枪叫声："孙猴，我死了给我报仇!”孙猴泪流满面，已经回答不出来了。

浪子也翻身上了黄骠马，叫道：“猴哥，跑呀，我掩护!”这时冲上河滩的村民已围了上来，终因天色朦胧，黄兴虎在二人手中，村民不敢开枪，甚至不敢挥刀乱砍。有人拦住孙猴的马，浪子快马冲到他背后，一勒马缰，黄骠马嘶叫着煞住脚并扬起了前蹄。这人及时闪开了，不然背上定要出现两个血窟窿！但其他人又勇敢围上来。孙猴、浪子靠用手枪射击威吓，策马脱身而去。

天大亮了，花枪还躺在草丛里，他一只腿被村民打断了，昏死后又醒过来。他唱着歌：“革命军人个个要牢记，三大纪律八项注意。第一一切行动听指挥，步调一致才能得胜利。第二不拿群众一针线，群众对我拥护又喜欢……”

小和尚一手牵着珍珍，一手牵马向他走去。花枪一眼看见他们，顿时两眼放光，苍白的嘴角还浮起笑容。“花枪!”小和尚走拢叫他。

“小和尚!”花枪变了脸，眼球凸出，眼白翻起，“你龟儿还牵着她?”

“哦，”小和尚惶恐道，“花、花枪，我们、扶你上马……”

“呸！小和尚，她是仇人的女儿!”

珍珍听见这话，丢开小和尚的手，转身呜呜哭了。小和尚困惑想，花枪一定是腿打断了，把气发在珍珍身上，依然道：“走，我扶你上马，回去。”上前拉花枪的手。花枪不理小和尚的话，指着珍珍：“小和尚，你把她强奸了!”小和尚正弯腰扶起他，听了就这样愣着。花枪看出小和尚毫无经验，弹出的眼球缩进去了，神态轻松说：“哼，我来教你。”他一手支着身体，一手把小和尚拖来坐下，去解小和尚的裤腰带。小和尚连忙搂着裤腰：“你龟儿……做啥子——挨尿啊!"

花枪不管小和尚的反应，对小和尚连比带划说了一番，说得小和尚一脸红潮，身体成了火药桶。那边珍珍哭声停了，偷偷看着二人。花枪的话飘些过来，半明不白，令她的心咚咚跳，脚打着闪。

花枪也在拿眼角瞄珍珍。小和尚不小心碰着花枪的伤腿，"哎哟!"他叫道，"我的妈呀，痛死我了!"小和尚打个抖，低头看他的伤口，被他一掌推开，"龟儿，快去呀，去日她！你先打她，要把她打惨！给老子报仇，我看你下不下得手！龟儿，看你有没有种!"

小和尚憋足了劲，涨红着脸，跳起走向珍珍。珍珍见小和尚喘息着像要吃掉她的样子，吓得倒退。小和尚走拢一拳，正打在左边乳房上，珍珍痛得钻心。"打得好!"花枪在背后大叫。小和尚还要再打，这只手已经抖起来了，又用左手打一拳。

珍珍仰后便倒，小和尚一把扯住，珍珍"哇"哭起来了。小和尚率性抓住珍珍的衣领一撕，撕掉半边衣裳，一只小乳房马上跳出来了。小乳房刚才挨了拳头，艳若桃花。珍珍挣脱了，坐在地上嚎啕大哭。小和尚像只小老虎扑上去，手被珍珍咬一口，疼得甩手。珍珍突然看着他，不哭了说："小和尚，你要做啥？你轻点，不要凶，我依你……"小和尚愣着听她说。"你要叫他们放了我爸!"

小和尚把珍珍衣裳剥光之后贪婪地爬在她的身上，摸来摸去，看这看那，越激动就越糊涂，完全忘了施展花枪教的手段。花枪拖着断腿爬过来："狗日的！瓜娃子！哎哟，哎哟我的妈——你脱各人的裤子呀!"小和尚这才把自己的裤子一褪，弹出憋好久憋得发乌的小兄弟。"嗨，加油！嗨着，加油!"花枪继续在旁边叫着，并说个不停。

小和尚开始"吭哧吭哧"卖力气。珍珍先呜呜哭，慢慢不哭了，只有哼唧声，像在叫“小和尚，小和尚”。由于花枪在旁边使坏，她不时又一声尖叫。

最后小和尚累得半死。花枪自己下面也是一塌糊涂，甚至比珍珍小和尚的还要多。河滩终于响着花枪凄惨的呻吟：“妈呀，我的腿，好痛呀!”

8

汝坟公社造反派和贫下中农去凯风镇慰问铁道兵。慰问品有花生、葵花子、糯米、核桃及鸡鸭鱼等，挑了十多担。再有就是知青为主的文艺演出了，秋霞、阿姣、白素华等知青妹都打甩手走在队伍中间。阿姣是天保大队知青妹，孙猴的女朋友。阿姣说话娇滴滴的，爱对男的抛媚眼，好像矫揉做作，实际是她的性格，一种天然的风情。葛眼镜在排练节目时就被秋霞拉来伴奏，散仙名头既已不保，现在也背着吉他同行。

凯风镇出来百多米，路边插个“警备区”牌子，靳老五、花枪等知青哥在这里拦车收买路钱。这件勾当是靳老五想出的，永昌叫花枪为首，靳老五颇不悦，因想到他已是残废人了，才未多言。花枪左腿断了后接上，平时尚不觉，跑时一蹦一跳。此时拦车的人中，靳老五别支手枪，其余的背半自动步枪。花枪特别，持着红缨枪，站在那里格外显眼和精神，红缨枪还可当拐棍用呢!

靳老五早看见了前方队伍中的绿衣裳。有段时间，靳老五也跟浪子一起，常在蜗居出入吃饭。后来浪子和秋霞的关系断了，靳老五大惑不解，说浪子是头猪。可浪子的魂已被黄骠马、枪炮和九妹的蘑菇勾了去，要返回躯壳难哪!

靳老五忙上前招呼秋霞，秋霞便从队伍中出来了，一样跟他有说有笑。背吉他的葛眼镜也走出来站在秋霞旁边。花枪执着红缨枪跟其他知青妹说笑一会，走过来道：“葛眼镜，稀奇！你也来唱语录歌哇？”他说话虽然在讥讽葛眼镜，眼珠却在秋霞脸上烧灼。靳老五已经看出了葛眼镜与秋霞的关系，故意说：“嘿，葛眼镜，你迁到汝坟去了？”葛眼镜虽然常去农场，骨子里对眼前这几个人很蔑视，光微笑着，也不说啥。

许久后，浪子、小和尚等一大群人骑马跑过，浪子见靳老五在招手，跑过后又倒了回来。靳老五道：“嘿，秋霞来了！”浪子不语。靳老五道：“真的，她们到铁道兵团部去慰问。”浪子头脑数月以来都是浑浑噩噩的，这时天灵盖被斧子劈开缝隙，跳进一道亮光。他依旧感到不知所措，说：“五哥，你没有事？那我走了。”脚后跟在马肚皮上一敲。靳老五对浪子感到很惋惜，上前拉着缰绳：“蠢蛋！你真的不想她？”“她，还记得我不？”“嘿嘿，我对她说，浪子请你上山去耍，她还笑了一下。”“真的？”“你下来！”浪子下了马，靳老五和他低声说了一会，如此如此。

孙猴、浪子、靳老五、小和尚、六指等骑马来到铁道兵团部。

这时慰问演出刚完了，正要吃饭。浪子一眼看见未卸妆的秋霞，红红的嘴唇，弯弯的眉毛，乌亮的眼睛，健忘症顿时就被治愈了，难忍心中的骚动，好想和她拉着手说句话呀！秋霞只向他胸前斜了一眼。阿姣见了孙猴马上跑过来拉着手说话撒娇，人来人往，搞得孙猴十分不自在。

孙猴等也一起吃饭。吃饭就跟士兵一样，在刚才演出过的场地上席地而坐，一圈十来个人，中间五个盛菜的瓷盆，两荤两素一汤。这十几个知青哥知青妹围成一圈，都坐砖头。秋霞说：“咦，我们这里没有主人家呀？”跑到另一个圈子去拉团长，团长笑着过来了，就坐在秋霞旁边。秋霞左边坐的团长，右边坐的阿姣，阿姣右边坐的孙猴。阿姣、秋霞坐在一起，又都化了妆的，娇艳欲滴，搞得圈子里的知青哥都忘了拈菜，或欲拈这个盆子的菜筷子伸到那个盆子去了，或筷子戳在瓷盆壁上以为菜拈起来了空筷子就往嘴里送。其他圈子的人端菜添饭由此经过，都会走神，或借故站一下，或撞到别人的背上去了。

阿姣、秋霞都能喝酒，酒量超过一般男生。阿姣对秋霞说：“我们喝酒！”秋霞说：“这是军营。”说了心里一动，眼角暗中扫一下浪子：哼，我都把你忘了，你又钻出来，在我身边旋，想讨好我。她问团长：“可不可以喝酒哇？”团长笑着问秋霞和阿姣道：“咦，你们还能喝酒？”“嗯！”团长便叫人给这里打两斤酒来，说你们自己喝，我就不陪了。众知青都道：“敬一杯，要敬一杯！”秋霞和阿姣赶快一个拿碗一个倒酒，团长站起来只喝了一小口，要走。阿姣笑道：“团长，你没有干，要罚！罚了才准走。”右边孙猴道：“嗨，你不要为难团长了。”又侧身探头对团长道：“团长，二天请你到农场喝酒，一醉方休！”团长笑着应允。阿姣道：“罚唱支歌，咋叫为难嘛？团长，你再跟秋霞合唱一支歌！”场子上掌声四起，连其他圈子的人都过来了，道：“团长，你要唱支歌才准走！”“欢迎团长再跟秋霞合唱一支歌！”原来刚才慰问演出时他和秋霞合唱了一支语录歌，赢得满堂喝彩，众人还意犹未尽。

团长便看了秋霞一眼。秋霞正在向对面的葛眼镜招手，来坐她身边团长空出来的砖头。葛眼镜马上从人背后绕过来，坐下了。葛眼镜对浪子的出现感到惊诧，他见浪子虽在秋霞面前走来走去，想跟秋霞说话，但秋霞始终不理他，心下稍安。此时秋霞招呼他过来挨着坐，更像吃了定心丸一样。

呀，葛眼镜在跟秋霞耍朋友？浪子怒火中烧，直想揍葛眼镜，把吉他摔了，得罪屈彬也不怕。又想我傻，秋霞是个犟脾气，这样闹起来反而成全了葛眼镜，勉强忍着。

团长因秋霞眼睛在看别处，便咳了声嗽，放开喉咙唱道："山连着山，海连着海，全世界无产者联合起来……"这是首合唱歌，好唱，人们都爱把开头几句拿来"独唱"，听众顿时发出了哄笑声。秋霞忙笑着站起来，走去把他手一拉说："嗨，合唱呀！我们唱《逛新城》，对唱，你会不会唱？"团长点头。《逛新城》唱到中间，秋霞拉着"阿爸"的手，眼波闪动，笑靥如花，亲热异常。团长由呆板而放开，仗着"阿爸"身份与秋霞周旋，唱完赢得掌声一片。

秋霞和团长唱歌时，浪子也和团长一样脸飞红，只不过除孙猴、靳老五一二好友外没人注意他罢了。既是秋霞和阿姣要来的酒，众人要她俩比个输赢。秋霞已有醉意，不肯再喝了。众人笑道："那就唱歌，阿姣喝一次酒，你唱一支歌！"遂将中间的菜盆子移开。秋霞头靠在葛眼镜肩膀上："唱就唱呀，葛超，你给我伴奏。"葛眼镜便扶她站起，自己也站起来，斜执着吉他，拨了两声和弦。秋霞却又笑道："嘻，不如还是合唱，哪个跟我合唱？"眼睛在众知青哥脸上溜一圈，在浪子脸上甚至还停留半秒钟，浪子手撑着膝盖立即要站起，她目光已经溜远了。逗得知青哥有的笑，有的跃跃欲试。六指笑着道："你跟猴哥合唱一首！"孙猴明明是左喉咙，阿姣和秋霞同时都笑弯了腰道："要得，要得！"孙猴红着脸连忙摆手，说唱不来歌，无意间又瞄了阿姣一眼。阿姣星眼朦胧，已带几分醉意，笑道："嘻，你想唱就唱嘛，看我做啥呀！"她遂起身拉孙猴，硬把孙猴拉出去，和秋霞肩膀挨着肩膀站好。秋霞故意不闪开，孙猴带一脸傻笑。阿姣笑弯了腰问大家："高矮配不配呀？""配呀！配呀！""唱歌配不配呀？""配呀！配呀！"大家狂欢跺脚。秋霞笑着对白素华、林芬叫道："嘿，她喝醉了！"白素华、林芬遂把阿姣拉了下去。

葛眼镜便笑着弹起了《日落西山红霞飞》，秋霞边舞边唱，像个打靶归来的快活的女兵，又完全不像，女兵哪有这样妩媚妖娆哇！知青哥都被她逗得乐呵呵的，一个个笑容灿烂，眼睛放光，有的还手舞足蹈。林芬、白素华等了解她的一边笑一边又很纳闷，下乡后她哪有这样快活过呀，大家哪有这样快活过呀！刚才团长还有点文艺细胞，孙猴这方面细胞为零，有一句没一句跟着唱，没唱完就败阵了，逃之夭夭。秋霞马上也不唱了，要下来。

浪子一下站起来："不走，我帮猴哥唱完！"秋霞愣在那里，浪子已大步走过来。秋霞身体在打抖，声音发颤问："你、唱一段？""唱一句都可以！"浪子大声吼，"不要你弹吉他！"他又对葛眼镜吼一句，推了葛眼镜一掌。秋霞马上冷笑道："哼，哪个跟你唱？你一个人唱！"撇下他走了。浪子把额头上的发绺一甩道："我就一个人唱！"他昂头握拳唱样板戏中的《临行喝妈一碗酒》，唱得哭了起来。

9

半醉的阿姣对秋霞道："我们走不回去了，到农场去住吧！"秋霞看着葛眼镜，葛眼镜赞成。

阿姣骑孙猴的马，孙猴只得骑六指的马，六指给阿姣牵马。秋霞对靳老五说："五哥，我骑你的马！"小和尚说："五哥这匹马，烈、烈得很咧！"靳老五说："有我，不怕，骑一阵再换。"不觉秋霞的马就走到前头去了，葛眼镜和靳老五跟在马后，葛眼镜走得气喘吁吁，上山时已被甩下很远。

秋霞骑马到了进凯风农场的隘口，前方一对石头砌的高大立柱，便是农场大门。后面传来清脆的马蹄声，浪子、小和尚的马追了上来。浪子跳下黄骠马，一甩额头说："秋霞，来骑我的马！"秋霞把他斜一眼，没吱声。靳老五说："秋霞，要得，那才是匹好马，骑起舒服。"秋霞见这匹马通体黄褐色，披鬃却是白的，摇着就像波浪，又像飘飘的雪花，一对宝石眼睛显得格外和善。她砰然心动了，从靳老五的马上下来。她双腿发软，便站着歇了歇气，还想等着葛超。浪子说："我扶你。"秋霞说："呸！"便自己上去了。不料浪子一纵身骑在她后面，一手搂着她。秋霞挣扎道："你做啥！你下去！我要下去！"浪子把马一夹跑起来了，秋霞回头叫道："五哥！五哥——葛超！葛超！"只见靳老五与小和尚骑马缓缓而行，一个笑得合不拢嘴，一个笑得都趴在马背上了。葛眼镜哪有影儿。

浪子怕秋霞会不断叫喊，令他难堪，但秋霞叫几声就闭了嘴。当浪子跳上来搂着她时，她感到惊讶不已，激动不已，周身都软了。她实际根本就不想挣扎，但她又心有不甘，就不停捶浪子的腿，掐他的手，把他的手都掐出血来了。马跑进农场，里面是平地，马跑得潇潇洒洒。浪子一手持缰，一手搂着美人，头昂起，那绺搭在额上的头发飞了起来。秋霞看着房屋、操场闪过，四处都有人，不认识的在叫："浪子，抱的哪个？"认识的惊喜道："秋霞！秋霞！""秋霞，骑马好耍呀？"秋霞变安静了。她闭上眼睛，感到马蹄踩着翅膀，马背好像摇篮，身边环绕着轻风白云。黄骠马跑向后山，小山包上一座孤零零的小屋，是过去的岗亭，现在成了牧马的、放羊的、采蘑菇的路过休息之所，黄骠马跑到这里停下了。

浪子下了马，秋霞还骑在马上打量眼前之景。面前几株金黄的银杏，树中石头砌的圆形小屋，门边开着野菊，窗户垂下藤萝，她越看越觉得这是间童话中的小屋。看着看着，人变痴了，直到浪子进小屋察看一圈后出来抱她。浪子也觉得这是个童话，或一场梦，或是个圈套。什么圈套？谁设的圈套？他哪里怕！只怕这是场梦。他刚才进小屋后立刻看了自己的手背，有伤口，有血，咋不痛？他用力掐一下，痛了！出来见她还在马上，眼神一派迷茫。他眨眼就把她抱下来了，抱进小屋，在草垫上一跪，两个一齐倒上去了。秋霞时而哭时而笑，浪子一会儿像搂块冰，一会儿像搂团火；怀中一会儿像踹着蹄子的小鹿，一会儿像吹口气都会融化的小羊羔。他的胸前被浸湿了挖烂了，直到天黑，又直到天亮。

日出时他俩骑马往螺髻山走，走进山中的山，草原上的草原。这才觉得饿了，浪子坐在草地上都站不起来了。秋霞还有精神，满山寻找野果。有段崖壁爬满红叶，走近看见红叶下挂着一串串野葡萄，她欣喜蹿上去，摘一串尝了，好甜！远处浪子看见草丛中有几个小红点，却是拇指大的涩苞，走去摘来吃。“哎，浪——子，葡——萄——”他循声望去，看见一段红色山崖上有道翠绿，在飘，在蠕动。像片叶子，像片云，像只虫子，虫子化成一只绿色的手向他招手。他赶快跑去。

他俩吃了无数野葡萄，这哪里吃得饱哇。秋霞又找到一棵有果实的树子，树上挂着带刺的果子，像些绿色小灯笼。她指给浪子看，浪子见了说："嘿，板栗！"秋霞欢喜拍手，爬上去摘那绿色带刺的果实，扔下来。浪子早用枯枝生燃火，板栗烧得劈里叭啦，溅起来打在脸上，钻进头发，两个嬉笑着逗着抢着吃，好香好甜哪，这才算吃饱了。秋霞站起来拍拍衣裳和头发，看着浪子扑哧一笑："嘻，你简直成了野人了！"浪子说："你看看你自己！"秋霞走到湖边去照，呀，自己也成了野人！头发像乱鸡窝，脸在哪里糊的锅烟墨，周身粘满了草。太阳快当顶了，虽然身边就是雪山，草地上暖洋洋的，湖上飘着轻纱。秋霞笑着叫："我好痒！浑身都痒！"浪子笑弯了腰："那咋办哪？""我要洗澡！"秋霞一边笑着就脱光衣裳，"扑通"跳进湖里去了。浪子也跳进湖里去了。他们在湖里用各种姿势游着，嬉戏着。上岸后，秋霞笑着跑开了，浪子看她跑了很远才去追她。太阳下的浪子像团雪，秋霞像道阳光。阳光咯咯笑着道："你不要追我了，你不要碰我呀，听我说句话嘛！"雪道："我不敢碰你，你周身发烧，我怕被你烧化了。"不近不远站着，眼睛从她的头上看到脚，又从脚看到头上。秋霞让他看，说道："浪子，我们是两个人。""说废话。"我们是两个人！"哦，哪两个人？""亚当和夏娃。""亚当和夏娃？""就是人类的始祖，他们两个在天堂里，赤身裸体，一丝不挂，不懂害羞，因为世界上就他们两个人，无边的海洋，无边的森林草原，除此外就是无边的蓝天，害什么羞哇！"说完了她咯咯笑着，又跑起来了。浪子追上去把她扑倒了，烈火烧融了他们。很久后才冷却了，才又分成了一个男人和一个女人。

后来秋霞听说葛眼镜在山脚望着岗亭弹了一夜吉他。她很迷惘，我怎么将他完全忘了呢？我怎么没有听见吉他声呢？她回忆当时的情景，哦，听见了，想起了，当时有一种细细的、缠绵的音乐在耳边环绕，这音乐伴着两个身体的摩擦和翻腾，伴着她哭哭笑笑。她一方面脸红心跳，一方面深觉不安与内疚，久了她还暗自垂泪。她想允许一个女人有两个男人就好了。或者，她若是个仙女的话，她就会把他俩捏合成一个人呢！

第六章　摸营

1

L县分“红总司”、“地总司”两派，地总司把红总司赶出了县城，现在红总司攻城，炮声正隆。凯风农场知青哥属于地总司。这天地总司指挥部研究城防问题，城北水厂是己方软肋和要害，总指挥决定组建专门“火力排”加强防守。热议中的火力排四个班，每班三个组，每组三个人，一挺机枪，共十二挺苏式吊盘机枪。好家伙，这是地总司军火库机枪的全部家当！火力排这几十人非挑作战勇猛、作风顽强的不可！每组三个人便是射手、副射手和弹药手，必须射手倒下了，副射手上！副射手倒下了，弹药手上！总指挥先看浪子一眼，浪子不语。总指挥道：“范正勇，你敢不敢承担？”副总指挥道：“还用问？凯风知青哥个个都是拼命三郎！”浪子额头一甩道：“你当排长，我当副排长！”副总指挥的脸色一沉，会议不欢而散。

总指挥遂抽调中学红卫兵组建了火力排。不料刚组建好，未试牛刀，就遭偷袭。敌人（也是中学红卫兵!）摸到水厂水池外的战壕前，连掷几颗手榴弹，爆炸之前吼声如雷：“毛主席万岁!”遭偷袭的这个班，战士中有五个是女兵，三挺机枪均未开火，两个男兵被炸死。其中排长反应最快，他向一颗正在旋转的手榴弹扑去，与此同时，他一定愤恨敌人所呼的口号，觉得那是对领袖的莫大侮辱，遂高声喊出了生命最强音“毛主席万岁！万万岁!”瞬间他半边躯体鲜血淋淋，另半边化成了青烟。

五个被救的女兵都是武斗之花，大的十八九岁，小的十六七岁，两个击毙过敌人。其中三个女兵睡一晚上战壕，睡醒了，有个在揉眼，有个在梳头，有个在压弹夹，另两个女兵是给她们送稀饭馒头来的。当时突如其来的爆炸把她们吓懵了，况背靠水池也无退路，她们只能眼睁睁看着导火索燃烧……偷袭者撤退后，侧面另一个班的三挺机枪才吼了起来。

激战只持续一分多钟。浪子、靳老五和小和尚睡一间寝室，大家惊醒坐起来。靳老五本不肯来城里武斗的，一方面好友都来了，他怕死不来要被耻笑；另一方面武斗是提着脑袋玩，“玩”字含义颇丰，对他还是有吸引力的，他才来了。此时浪子道：“走，去看!”“看个屌!”靳老五说，倒下又睡了。浪子和小和尚来到水厂，见水池边高低错落全是人，都肃立着。在战壕与水池之间狭长的空地上，五个女兵持枪站成一圈，一具覆着白床单的担架摆在脚前。床单的塌陷说明下面几乎没有身体，上面露出死者蜡黄的脸。正有人在拍照。

女兵们摆好姿势拍照，灵魂和内心的流露无异于“抓拍”瞬间，说不定更深刻、更丰富。这五张清癯年轻的脸都被悲痛所笼罩。自左而右，第一个短发的女兵在掩鼻而泣。第二个浪子只看见她的侧面，这是个漂亮女生，她的神态、身段流露罕见的凄美，这足以压倒一切敌人，而不会被敌人所压倒，她根本不需要亲自去复仇！中间女兵个子瘦高，梳一对短辫，死者的脸就在她脚前。她神情肃穆，眼皮和鼻翼下垂，右手扶枪左手贴着裤缝。第四个女兵紧抿着嘴且握着左拳——别的女生都垂着手，浪子觉得这小拳头在用力和发抖！最右这个女兵的脸侧向镜头，只有她像在拍照，她是按捺不住了！她张着小嘴，目光如电，分明在问何时出击？何时报仇？何时去把敌人杀光？

浪子心理五味杂陈。他既是武斗中人，又像在隔岸观火，好玩罢了，武斗好玩，观火也好玩，对“敌人”无所谓恨不恨。他恨的已经藏到“敌人”背后去了，藏到自己背后去了。他暗中庆幸拒绝了火力排，否则躺在白罩单下的就是我们。可他又深深愧疚，他竟然被这5个女兵打动了，产生了偷袭敌营的念头。

这晚靳老五、火眼、笑虎、小宝等在城关中学的一间破教室打牌。近来赌风炽盛，武斗成员头上罩了个革命造反的光环，就不好意思赌钱了，赌子弹，还有就是烟、衣服、票证。靳老五今晚手气好，尽赢。火眼等串联起来“抬他”，互相踢脚使眼色，还是输。小宝家里寄来的一件海魂衫，舍不得穿的，今天刚上身也输进去了。

此时火眼伸手道：“五哥，烟！”靳老五赢了，只得掏出烟盒来，递给火眼一支，自己叼一支在嘴上，把烟盒举起在桌面上捏了捏，示意空了，扔在凳子下。对面的笑虎脚长，伸脚掏他丢在凳子下的空烟盒。他有点着恼：“你龟儿又做啥子，递点子呀？”递点子意思是勾通和支招，这三个互相踢脚递点子，靳老五一直假装不晓得。笑虎手也长，稍一欠身就把脚下烟盒拾起来了，一看还有三支烟，笑着自己衔一支，剩的丢在桌上。

小和尚在窗外向火眼招手。火眼站起来，小和尚又指了指笑虎和小宝，火眼把笑虎和小宝拍一下，三个一同出来。“你们不打了？”几个旁观者问，马上占了他们的位置。

小和尚低声说：“走，有任务。”火眼说：“那他们……”朝屋里努一努嘴。小和尚说：“正勇说是去偷营，不要多的人。”火眼说：“偷营？偷锤子营，我们子弹都输光了！”“哦？”“都输给靳老五了，”笑虎说，“你把靳老五也叫出来！”小和尚说：“浪子说不叫他。龟儿靳老五，贪生怕死的，一开火尽梭边边。”笑虎阴笑道：“咳咳，把他叫出来，我们把枪给他下了，把子弹抢回来，才好去偷营。”小宝和火眼都笑道：“好，要得！”小和尚说：“锤子，要不得！我和浪子跟他住一间屋。”笑虎说：“怕啥子，你们还怕他？”小和尚说：“那你去叫他。”

笑虎在窗外叫靳老五，对他歪着嘴笑。靳老五像没看见。火眼进去凑在他耳边道：“浪子在等，有任务！”靳老五刚才一边出牌一边看窗外，见几人鬼鬼祟祟的，像在设圈套。心想整我呀？没门！仍坐着不动。火眼等没奈何，只得四处去借子弹。

靳老五又打了一小时的牌。忽听外面闹哄哄的，有人大声说：“抓到了！抓到了！”有人问：“抓到了几个？”靳老五暗想先还以为他们设圈套整我，原来真的有事，一定是摸营回来了。他心尖像有支羽毛在搔，桃子摘回来想尝口鲜桃——也就是戏弄虐待俘虏吧——就把牌一丢说：“嘿，是摸营的回来了！走，去看！”急煎煎赶到关俘虏的地方。

靳老五见到摸营回来的笑虎、火眼等，对这时来吃桃子有点不好意思。他先跟浪子、小和尚扯几句白，随即情绪亢奋，叫道：“嘿，昨早上水厂一仗，我们牺牲了两个人，这回抓的俘虏，要拿来抵命!”俘虏用衣服蒙着头，做一排蹲在墙边。他将排头这个俘虏衣服一把掀开，揪住脑袋瓜拧过来，拔出手枪——大家都吓一跳，以为他真要枪毙俘虏，枪毙也不该在这里呀！浪子正要去制止，他将手枪抛起转个圈，手抓住枪管，吐字清晰骂道：“我日——你的——妈!”一枪柁朝俘虏脑顶砸去。“嘣!”“哎哟！哎哟!”枪声连着两声惨叫。俘虏惊惶瞪大了眼睛，虽然看见对方痛苦蹲下了，还是把自己的头甩了两甩，检查头顶有洞没有？自己被打死没有？众人惊慌围拢去，把靳老五扶着，发现他这一敲，枪膛走了火，子弹正好打进自己的肚皮。

2

靳老五被火速抬到就近的邮电局卫生所。邮电局后面空地正放映露天电影。非常时期，片子是抄来的，每放映电影就一部接着一部放映，像打牙祭，所以半夜都还在放，可能会一直放到天亮。这时，电影《瓦尔特保卫沙拉热窝》中的瓦尔特正准备炸桥，特别扣人心弦。通过喇叭叫出来一个女医生和一个护士。靳老五一路上都在哼，这时不哼了，不知是痛麻了，还是要在女医生面前充硬汉。女医生检查伤口，见已未流血，子弹是斜着穿过的，前后各一个枪眼。女医生遂说没问题，可能她心里着急的不是靳老五，而是瓦尔特的桥炸了没有？她匆匆用碘酒消毒，剪了拇指大两块胶布，在靳老五肚皮和后腰上各贴一块胶布。浪子等仔细看她操作，见她洗手，问她：“好了哇?”女医生像回答好了，又像没有吭声，就匆匆看瓦尔特炸桥去了。这里大家不知该怎么办，浪子俯身问靳老五：“好些没有?”靳老五面无血色，睁眼看着浪子，点了点头，意思也许是好些了？

浪子等便将他抬回宿舍，扶上床躺下。众人散去后，小和尚立即也睡了，浪子却睡不着。听见外面鸡叫，数有几只鸡。忽听靳老五床上有响动，翻起来看，靳老五蜷着身子，浑身打抖——床都抖响了，冒冷汗，摸他的手脚冰凉。

靳老五的尸体是天亮后从县医院抬回来的。许多知青哥知青妹都闻讯来了。孙猴揭开罩单，低头说句："五哥，你怎么走了啊！"这一来，一屋子的人都鼻尖发酸，泪水在眼眶里打旋。秋霞走拢看，看见靳老五眼睛还微睁着，脸孔变得蜡黄，心想前两天还见过面呢，虽然是武斗，都说知青哥的命大，唉！五哥！你做事从来都很把稳的呀，你怎么在那一瞬间就变鲁莽了啊？九妹一来就尖声哭叫："五哥！五哥！"九妹和靳老五一起当猪倌，朝夕相处。靳老五把重活都担当了，让九妹做轻的；有时还独揽了一天所有工作，让九妹去采蘑菇。那时九妹的心百分之九十在浪子身上，后来晓得不可能了，九妹的心已向五哥身上转移。要是没有这场武斗，九妹说不定是五哥的人了。她伏在靳老五身边哭得哀哀欲绝，弄得一屋人都在抹眼泪。

大家又回房间清理靳老五的遗物，才发现他唯一没有补疤的衣服就是才赢的小宝的海魂衫。豆腐说："小宝，这件海魂衫……"小宝说："是他的，给他穿嘛！"拿过来。孙猴、浪子等都要上前，但九妹哭着挤过来了，大家只好让开。九妹和豆腐扶起靳老五，可他手臂是僵硬的，弯不过来。豆腐说："嘿，老五，我们给你换衣服了！"秋霞也大着胆子去帮忙，也怪，手就弯过来了。这样才把衣服给他穿齐整。靳老五抽屉里只有把叶子烟和一支烟杆。孙猴拿起烟杆说留做纪念，又拿了匹烟叶，大家纷纷也都各拿了匹烟叶。大家眼泪洒一抽屉。

因路况险恶，靳妈妈第三天下午才到。她听说天热等不得，人上午刚埋了，硬要马上去墓地。众知青劝她先到旅馆去休息一会，豆腐、孙猴还对女生使眼色，要她们劝住靳妈妈，没有效果，只得直接去墓地。在墓地一隅，靳老五虽已入土，还没有垒墓。众人陪着靳妈妈向那块光光的墓址走去，心里都很尴尬和惭愧。此墓址旁边是较早水厂之战被打死的两个中学红卫兵，先埋一天，土垒好了还没有立碑。孙猴灵机一动，抢前两步，等靳妈妈颤颤巍巍走近了，他先扫了大家一眼，指着那个垒了土的新坟，带着哭腔说："靳妈妈，这……这就是!"靳妈妈走拢站下，泪水早就刷刷流下来了。不由顿足捶胸、哀痛叫唤："我的儿哪！我的儿哪！你咋个这么早就走了啊，你丢下妈咋个办啰!"秋霞、九妹、黄心华等女生赶快去扶着。这群知青都哭过几回了，此时靳妈妈哭得天旋地转，大家想着生前的靳老五，都很心酸，泪珠儿又在眼眶里旋。可这是别个的坟呀！互相你看我一眼，我看你一眼，有的忍不住笑神经就要发作。

孙猴把众人情态看在眼里。他因"误会"是自己造成的，不知这到底该还是不该，有点惶悚。靳妈妈哭得没完没了，他走开在墓地转，看见个小板凳，拿了过来。正好这时搀着靳妈妈的两个知青妹都支持不住了，他把小板凳放在靳妈妈脚边说："靳妈妈，坐。"靳妈妈就坐下了，边哭边数落，春晖寸草，往事历历，声声是泪，头一次次要去撞这堆土。两知青妹根本拉不住，孙猴只好亲自去拉，腰弯得像虾子，身体被靳妈妈扯过来扯过去，几次差点撞上土堆。这一来笑虎、小和尚最先忍不住要笑，赶快走开了，肩膀一耸一耸的，浑身都在打颤，还以为在哭。黄心华也忍不住了，忙转过身去，把嘴皮咬着。逗得秋霞也走过去和她肩挨肩的，一边还在哭，一边又有要笑的冲动。大家把这几分钟捱过了，都悄悄骂乱指坟的：“背时的孙猴，真缺德！”“龟儿孙猴，砍脑壳的！”也有不知道的人，一直陪着靳妈妈在哭，见有些人像在做怪像，很惊讶，就悄悄问，才晓得靳妈妈哭错了坟。孙猴因为心虚，一直注意着大家的表情，晓得自己成了千夫所指，颇尴尬，脸一直哭丧着。

孙猴把靳妈妈送到旅馆安顿好出来，立刻问六指和浪子：“哼，刚才太不成体统！是哪个最先笑？”浪子因先笑的有小和尚，说不晓得。六指说：“哈，你说哪个最先笑？笑娃不在了，你说只有哪个？”电线杆笑虎就在前面走，想着刚才的事，忽然间又笑得脚杆打闪，“嗤嗤嗤，嗤嗤，叽嘎，嘎，哈咦……”孙猴跑两步追上去，扫一脚，笑虎身体斜飞向前几尺远，趴着动弹不得。孙猴走拢骂道：“龟儿！屌不日毛的东西！”笑虎头前几尺远一块尖石，手长一把抓住了，咬牙翻身坐起：“妈卖*！老子哪点惹着你了？”“狗日的笑，叫你笑！”笑虎对于挨这一脚，正丈二和尚摸不着头脑，闻言叫道：“锤子！哎哟，我一个人哪，起码十几个人都在笑！哎哟，哎哟喂！”六指过来冷言道：“就是你最先笑！”笑虎坐在地上对六指叫道：“你龟儿狗腿子！猪！小和尚最先笑！你怕浪子不敢说，说我！”石头扔过去没扔着，又伸长腿去扫六指。过后孙猴当着笑虎、浪子的面，也踢了小和尚一脚，虽踢得不重，小和尚仍哭得一脸的鼻涕眼泪，浪子两天没跟孙猴说话。

次日上午开三个烈士的追悼会。靳妈妈又来，这才看清了儿子长眠的墓园，砌着砖墙，环绕着松柏，中间一个红色的亭子，楹联写的是：血沃大地肥劲草，英烈忠魂照千秋。园里已有几百座水泥坟墓，西侧三座新坟也突击完工了，立了碑。她一到就要去坟前烧纸钱，豆腐等害怕她认出位置变化——这太明显了，她昨天所哭的坟是在路右边，有棵松树，就说：“靳妈妈，你要多保重啊，你去了又会伤心的，你坐在这里，我们去帮你烧吧！”靳妈妈不肯。黄心华说：“那也好，就陪靳妈妈过去吧！”靳妈妈看了她一眼，因为不懂“那也好”是什么意思。靳妈妈就过去烧了纸钱，站着一边哽咽，一边看了一会墓碑，还看了另两座坟的墓碑。她昨天都哭晕过去了，莫说对一棵树，就是对一座山，也没有印象呀！

追悼会唱《国际歌》后，鸣了11响火箭筒，然后念悼词。靳老五的悼词却是尹长江写的，写好后给豆腐等看，豆腐看笑了说：“啊呀，你这样写，他就跟雷锋欧阳海一样好了？”黄心华说：“这样对比之下，在场的都成了矮子！”长江道：“悼词嘛，都有几分夸大和虚构，因为主要是读给家属听的，给家属一些安慰。又不怕活着的人嫉妒他。就是立功入党也是‘追记’呀，‘追认’呀，不影响活人的名额。”白素华、秋霞看了同意说：“好呀！那两个中学红卫兵烈士，牺牲得很壮烈，悼词一定非常感人，五哥的悼词也要越感人越好！”

靳老五由秋霞念悼词。秋霞因北京有亲戚，经常去北京过寒暑假，她又有语言天赋，普通话很好。秋霞朗读时而高亢激昂，时而婉转低回，时而声泪俱下像溃决了情感之堤，时而目光闪亮像看见靳老五已经去到了马恩列斯身旁。她自己真的动了感情，长江刻画的靳老五活了就在她眼前。场上听众也都受感染进入了悼词描述的境界，连靳妈妈都跟着她的节奏而悲、而“喜”、而神往，而骄傲。可笑虎等例外，他们有的听得发愣，有的笑神经又发作了。当秋霞读到靳老五在煤油灯下刻苦攻读毛选时，笑虎已觉忍无可忍，只好拼命掐自己大腿。旁边小和尚用手拐碰他："你做啥子!""哎哟，你猜我想起了啥子?""我不晓得……"原来秋霞的朗诵已将小和尚带入一种精神恍惚的状态，他甚至都认为这就是真的靳老五了。

笑虎过后对大家说："龟儿！嘻嘻嘻，秋霞念靳老五在灯下聚精会神学毛选，当时我一下就想到了那次在水利队，他龟儿点起两盏煤油灯，聚精会神拔贫下中农的鸭毛！哈哈哈，嘿嘿嘿，叽嘎，嘎……"

3

人说三分文字七分朗诵，信然！尹长江写的悼词虽然文采平平，由于秋霞的朗诵出彩，会场上抽泣声甚至盖过了英勇牺牲的火力排排长。追悼会一完，在场的地总司头头马上找到秋霞，请她当本派广播站的播音员。秋霞先说："呀，我是个逍遥派，不当不当!"后来还是当了。

广播站设在糖烟酒公司大楼。这天早上秋霞随浪子初次前往，大楼门虚掩着，进去无人。里面巷道深长阴暗，所有房间的门都是破烂的，窗子也早被钢钎和炮火摧毁，全靠铁栅栏"防盗"，连铁栅栏也都弯儿疙扭、锈蚀斑斑。他们走上二楼、三楼，浪子故意把楼梯走得咚咚响，整幢楼像空空如也。播音室在顶楼，若不算半里外那幢过去的天主教堂，这里就是城内制高点了。天主教堂曾被敌对的红总司占据，也许那里位置嫌偏僻，红总司并未把教堂当广播站，其广播站就在街斜对面新华书店三楼上，居于下风。武斗中红总司被赶走，城内基本上是本派的一统天下。播音室零乱不堪，但设施齐全，壁上装有褐色隔音板，上面消音孔密密麻麻。女播音员陶慧敏正在看稿子，一手还拿着新华字典，以免播音时卡壳。稿子内容无非都是些典型的“文革”语言，常用词就是那百来个，转来转去写，主要是地名和人名用字有出现生字的可能。陶慧敏对新战友到来表示欢迎。秋霞问她一路上来为何不见人影？“都成了夜猫子呀！”她说，“夜里活动，而且要保持警惕，不能睡，现在正睡得香。” “那连门口也没有人？”“空城计呀！外人哪个敢进来？吃了豹子胆都不敢！”

原来还有个男播音员，上前线去了。他的麦克风与电线之间牵着蜘蛛网，但是麦克风头上的红绸是才搭上去的，像新娘盖头。秋霞笑着看了陶慧敏一眼。“晓得你要来”，陶慧敏随便说了句。秋霞遂解下自己发辫上的一圈橡皮筋来扎住。

陶慧敏是林学院学生，每天日出时分她尖尖的嗓子响彻县城：“地总司广播站现在开始战斗！”然后是响彻云际的《东方红》。不过听众还是以傍晚六七点钟时为多，这时蜷缩一天的居民大都出来了。城内虽然是地总的地盘，听众还是两派都有，两派会抓住播音的间隙展开争吵，直至被陶慧敏蛊惑力十足的声音重新压倒或吸引为止。

陶慧敏穿军装，头发扎成两把刷子，系根皮带儿。她的播音除嗓音之外都是男性化的，她叙事清清楚楚、辩论振振有辞、口气咄咄逼人。她念批判文章跟说评书似的，说到火气上像能听到她拍桌子，对听众造成震撼。秋霞却是另一种风格，时值寒秋，她不穿军装，不扎羊角小辫，穿绿色平绒或带绿格子的外衣，或其他素花面子的外衣，头发剪成名叫“梭梭头”的短发，情趣活跃。她声音不算尖，调门也不高，却很有抑扬顿挫，念批判稿和攻击红总的稿件时声情并茂。她播内容再乏味的稿件，听众都竖着耳朵听，播音完了两派的反应也要慢一个节拍，还在回味呢。陶慧敏是机关枪，秋霞是软刀子。陶慧敏是纯粹的狂热和鼓动，使人血脉偾张。秋霞狂热中有一种潜在的性感，使人心痒难挠。总之此时此际，播音室里两张红朴朴汗津津的脸蛋儿正鼓起劲向钢水包吹氧，大喇叭下的街头人潮汹涌，要溶化波及到的一切，除了神，除了长有奇妙声带的女播音员。

被听众崇拜的女播音员却也是现实中的女人。这天上午糖烟酒公司对面的百货公司卖尼龙袜子，每人限购两双，排起了长队。近水楼台先得月，陶慧敏刚开门就去买，买了两双后又去排队，要再给正在播音的秋霞买两双。尼龙袜据说是日本来的，袜底十年都穿不烂，色彩又鲜艳，是稀罕新鲜之物，加之又不要任何票证，故陶慧敏这两双还未买到，后面已经排成长龙。就这十万人口的小城说来，这队伍不算太长，因为袜子多少有点奢侈品味道。首先农村自大队干部以下都不兴穿袜子，农民更不用提，连公社社长书记穿不穿袜子都要看他的出身和后天习惯。城镇女人穿袜子的只占几分之一，男人又只占女人的几分之一。所以这百来人的队伍主要是知青妹、林院和高中女生、城内拿工资的上层女人。排了半小时前面就乱起来了，因为货已经不多，维持秩序的林院女红卫兵叫后面的不要排了。

这时凯风农场的白素华、黄心华、李丽华、青豆、小鱼和九妹也在排队。她们六个在农场结拜了姊妹，称“三华六姊妹”。她们来晚了排在后面，闻此就冲上去，买卖变成哄抢。九妹、小鱼、青豆各抢几双尼龙袜子在手，被林院女红卫兵抓住，扭打起来。六姊妹中较泼辣的有李丽华、九妹和青豆，但是女红卫兵整体泼辣，是“文革”炼就的铁姑娘，且人数又多，九妹和青豆被拿住了，要扭送派出所。李丽华突然掏出手枪，指着为首的女红卫兵叫道：“放了！放不放？”女红卫兵惊叫四散。六姊妹正要跑，一群地总司武斗队员已旁观多时了，上前拦住。其中有人叫道：“李丽华！”李丽华一怔，去看叫她的人。几人哈哈大笑：“就是她，李丽华，会使双枪的！哈哈，哈哈哈！”

李丽华白净漂亮，人如其名。她到农场前是柏舟知青，和老猿一个组的。她和老猿好过，后来认识到凯风钻探的地质队技术员小何，就把老猿丢了。小何是上海人，不顾家里激烈反对与她相爱。地质队造反派属红总司。地质队大院有枪有炮，李丽华长期在这里耍，长短枪都练会了。小何是个逍遥派，“文革”中一直看书看报逍遥，故小何在时李丽华从未搞过派性，更不要说上战场。谁知闭门家中坐，祸从天上来：有次地质队大院遭偷袭，小何冤枉被打死。李丽华一则以悲，一则以“喜”，她从此可以自由勾动板机了！她要为小何报仇！地总司有多人成了她的枪下鬼，伤者无算。她因派性不同成了凯风农场“异类”，孙猴、浪子等碰到她还是一样打招呼，她却对孙猴等不理不睬。这回她大大咧咧和姊妹们一起进城，十分冒险——果然被推向火线！

此时李丽华想：完了！我今日自投罗网，我欠了林院的人命抓住是死，拼也是死，干脆就拼了——但我不能害了姐妹。这群武斗队员迅速散开，用枪指着这群知青妹，叫道：“李丽华！缴枪！”她急忙对姐妹道：“我在这里，你们都走！”但大家不但没有跑开，还把她围在中间。李丽华着急对白素华道：“大姐，你们走！”挤出去拿枪与这群武斗队员对峙。看热闹的人惊散开后又聚拢了，越聚越多。

秋霞和浪子一直在糖烟酒公司顶楼，秋霞在念稿子，浪子坐在这里耍，从他们所在窗口看不见下面的热闹场面。秋霞念完稿子后放样板戏唱片，才听说街上知青出了事。两人赶快下来，见李丽华正握枪与林学院红卫兵对峙，白素华等五个紧贴在她背后。浪子想也不想就冲进去站在双方中间，问李丽华：“哎，啥子事?”李丽华向浪子投来感激、求助的一瞥，枪尖马上垂下了。紧挨着她的九妹像见了救星，尖叫：“浪子，他们要抓三姐!”浪子转身，十来支枪口正瞄着他的背，此时这些枪口也勉强闪开了。他道：“刘团长，这些知青妹，都是我们农场的!”刘团长叫刘青松，他正紧张得冒冷汗，怕走火伤人。他暗暗松了口气，马上说：“那正好，你叫她放下武器!”“她放下武器，那你要放她们走!”刘青松口气强硬：“你叫李丽华放下武器!”他旁边举枪的人叫道：“李丽华手上沾满了林院战士的鲜血!”“李丽华是红总司铁杆，浪子，你不要站错立场!”

浪子此前率小分队摸营抓俘虏，雪水厂遭袭之恨，名扬地总司。此时他挺胸站着，像根钢柱，目光冷静下垂，瞅着前方地面，似未将对方放在眼里。其实他心里正焦急喊：“嘿，李丽华，我挡在这里，你们快跑呀!”

刘青松等被他这副表情激怒了，深感受到蔑视。几个装成看热闹的武斗队员突然冲上去把李丽华的手枪打落了，扭住双手要捆她，混乱中六姊妹都挨了打。浪子顿时变得像头狂怒的豹子，“呀——呀——”叫着，回头又打又踢，转眼已伤了数人。几条大汉围上扭住他，他狂吼一声挣脱了，蹦到街边。街边围观的人墙刹那间溃决四散，抛下他孤零零站在那里。他手握着手榴弹，十几杆枪马上指着他。他眉头挑起，迎着枪口走去，道：“刘团长，把她们放了!”刘团长露出狞笑：“浪子，你真的反了!”“放不放?不放，要死都死在一起!”浪子把手榴弹的弦拉出来，绕在指头上。围观者刚聚拢，又“轰”一声分向街两头逃离，跑几十米又站住了，冒着炸伤的危险继续看热闹。浪子握手榴弹的手举过头顶，神气凛然，与刘团长带领的十几个武斗队员僵持着。

这时一道绿衣裳飘过十几杆枪，飘到手榴弹前。六姊妹惊叫道："哎，秋霞！"秋霞背靠在浪子胸前挡着他，双手向后紧搂着浪子。浪子急促道："你来做啥，你走！"她不听。浪子便一手搂着她，一手仍举着手榴弹，睁圆眼睛。此时秋霞对危险、对死连想都没想，噢，只要和他在一起，死就死！她兴奋的脸上甚至还漾着笑容，连她眼里也飘浮着快活的色彩。她大声道："刘团长，她们是我们公社的知青，你把她们都放了！放了！"她的声音清晰、清脆，像掠过黑色海面的白色海鸥。

陶慧敏从围观的人群中挤出来了。陶慧敏和秋霞的关系很微妙，表面比较亲热，暗中又互相嫉妒和瞧不起。而此时，她竟被眼前场面感动着！她先跑到秋霞面前叫声："秋霞！浪子！"遂转身对她的这群同学道："嗨，把枪放下！李丽华就算是仇敌，可是浪子和秋霞都是我们的铁杆，你们不能搞内讧！李丽华是在战场上开的枪，有本事，你们也在战场上捉她嘛！把她放了，以后在战场上再捉她，打死她，也不迟！"

刘青松正气得头昏脑胀，浪子这小子太狂了，他非要连浪子都抓住不可，不然就打死他！陶慧敏一番话竟使他冷静下来。此外他还想起了"知青"两个字的分量，想起打死一个知青和打死一个农民是不一样的，甚至和打死一个工人、一个学生不一样。他最好借梯子下台，借陶慧敏的梯子下台也使他有面子。他遂来个 180 度大转弯，放下枪，大度对浪子笑了笑，转身对李丽华道："你走吧！战场上见！"

秋霞在广播站"战斗"了一个多月，离开却带有戏剧性。这天天刚擦黑，新华书店方向传来炒豆子似的清脆枪声，将烟酒公司楼顶正在欢叫的大喇叭打成马蜂窝，公司顶层的窗户也遭到射击。街上的人跑散后并未回家，仍挤在两头看热闹。有大胆的又慢慢朝前走，想看得更清楚一些，靠近了开火区域。新华书店楼上窗户伸出的机枪、半自动步枪遂对着大街的水泥地开火，打得火星四溅，令看热闹的人群惊呼着后退。此次战斗，广播站因猝不及防，只有挨打的份。幸好播音室并不当街，枪弹无能为力。两位姑娘虽然很紧张，仍在广播，相信城区在本派手中，这不过是一次偷袭，地总司战士很快会从天而降。天黑尽了，一颗信号弹打进楼内，房间里冒起火光，火势越烧越大，枪声打得更欢。就在这时，己方的枪声响了，顿如暴风骤雨势不可当。对方马上哑了——实际上是见好就收，光荣撤退。

次日早上，秋霞仍让浪子陪着来上班。她见半边楼都烧焦了，心想也许播音室还完好吧，线路也还能用。陶慧敏先到，她站在播音室门口，门露着缝儿，她怕进去——昨天离开时尽管慌乱，明明锁了门的呀！浪子让两个姑娘离远点，他一手握枪，上前伸脚尖点开门，觉得没啥动静，遂进去。两个姑娘也跟着进去。机箱、桌椅、电线都是好好的，扎着红绸的麦克风立在播音桌上依旧有精神。“哎呀！”陶慧敏突然惊叫一声——只见一堵隔音板上用墨汁赫然写着：陶慧敏、秋霞舌头收购价：每条100元。还用红墨水画了两条血淋淋的舌头。

对此，陶慧敏没有退缩，秋霞却跑了。这主要因为她的派性其实是被强加的呀！

第七章　丑月亮

1

这天下午，浪子、秋霞、茂生、瑞莉和钱皮长途跋涉到了L县城，先去医院牙科。杜文杰正在给人拔牙，是用的针麻，病人脸上悬着几根银针。这颗牙拔一阵没拔出来。浪子等进来，他只扫了一眼，点一下头，又赶快去运针：提插捻转，接着又拔。几个知青都围过来看他操作，护士当是牙痛病人说："出去出去！"他赶快又扫这群年轻人一眼，虽然都隔了十多年，还是一眼认出了儿子。他说句："茂生，你来啦！"注意又马上回到拔牙上去了，这颗牙拔得咯嚓咯嚓响。不料"咔"一声，牙断了，只得又去拔断在里面的牙根，额上终于沁出汗珠。完了将盘子里的断牙和牙根拿给病人看过，护士递张毛巾给他揩脸。秋霞忙对茂生说："去叫你爸呀！"茂生走拢去说："爸！"杜文杰手一抖，毛巾差点从手上掉下来。他盯着已经长大成人的儿子，又说句："茂生，你来啦！"茂生感到有人在背上戳一下，（是瑞莉!）遂上前把父亲手拉着。杜文杰顿时泪流满颊，把儿子拥在怀里。

后来杜文杰把钥匙递给浪子：“你们先回去。”旁边秋霞笑了：“钥匙给他？你该给哪个？”杜文杰不好意思道：“茂生还找不到路嘛!”于是把钥匙交给茂生：“毛娘在学校，学校要五点钟才放学。”大家出了牙科室，浪子带着往后面宿舍走。秋霞说：“我去看毛娘!”

毛羽立刻请了假，带着七岁读二年级的圆圆一起回家。一路听秋霞讲他们沿途的事情，她也回忆起童年的钱皮和茂生，问秋霞他两个现在长多高了？野不野？秋霞笑道：“你该问他们斯不斯文，咋问野不野？是不是因为我们野得很？”“他们跟你们肯定不一样。”“因为他们读的书要多些？”“倒不是，是他们受的教育要多些。”秋霞体味毛羽这话的意思，说道：“咦，毛娘，都说老知青油，新知青单纯。其实不见得。”“哦?”“茂生和瑞莉，我看他们像有心事，对农村根本不安心。”“钱皮呢?”“钱皮我说不出来，连他是好是坏我都说不出来，你看就晓得了。”

2

钱皮、茂生和瑞莉下乡到了毛羽为他们联系好的柏舟公社棠棣一队。这里田土都是自流灌溉。从上游开渠引来的水，秋冬两季几乎白白流淌。一到春季插秧，晒了一个冬的“炕板田”（就是秋天割稻后把田犁一遍，让它干着，这据说可以除虫和肥田）放水，整个坝子顿时饥渴起来。这时乡与乡、村与村之间往往要争水，这在旧社会有时会动枪动刀。新社会争水本已经缓和了（因为大家共同有了一个权威的家长），“文革”中又走回头路。

茂生、瑞莉下乡后每天出工，钱皮不然，他每天除了睡懒觉就四处闲逛。钱皮僵硬的脸壳和死鱼般的眼珠，人见了都要避开，他不理人，也没人管他。这晚争水，瑞莉半夜听见哨子响，忙叫茂生起床，钱皮也起来了。二人扛锄头跟着人群沿大沟往上游走，就像古代衔枚疾走的队伍一样，无人说话，只有杂沓的脚步声。逐渐各路人马汇合，前面传下消息说“不去了，不去了，问题解决了！”大家“轰”一声打开话匣子，人人都在说话，都很兴奋，因为半途而返也有工分。有的便向后转，有的还站着问几句：“前头好多人？打架没有？咋解决的？”茂生、钱皮听一会才弄清了，这次是甫田、柏舟两个公社在总渠口争水，对方人多气盛；这边人虽然少，但是携有炸药，以相威胁，这才以“公平”方式解决。

钱皮被“炸药”、“打架”等话语刺激着，况觉月光如水、草虫唧唧、夜色清凉，心想回去睡觉岂不浪费青春？约茂生去总渠口看看。忽听队长在喊：“哎，下边水口要人，走哇！走哇！”茂生便向下游跑去了。钱皮遂单独上行，沿途遇着些退下来的人。走一会听见两声闷响，像是投弹在水里发出的，心头惊了一下，走得更快了。总渠口在安宁河边，这里用装在篾篓中的大鹅卵石筑成河堤，截住部分河水，使之流向甫田、柏舟坝子。钱皮走拢看见河堤边坐着几人，却是争水双方留下来的，似互相认得。刚才斗得像乌眼鸡似的，此时挨坐着有说有笑。沙滩、河堤白晃晃的，并无树木。堤边稍远有截断墙，倒下一片影子，钱皮就去坐在那里。只见有几人从下游河边上来，手上提的东西一闪一闪——是鱼，刚才他们在河里炸鱼！坐着的人互相道：“嘿，鱼来了，怎么弄，吃生的呀？”“他带了锅儿的——没有柴。”“找柴嘛——这里近处没有茅草，远点去找。”有个矮子说："有办法，有办法，不找柴——你们先把灶垒起来！"

儿人四处寻来石头，在堤边垒成小灶。矮子问："哎，挎包？""在那边，他们害怕，喊拿远点。"矮子走去从挎包里摸出几条炸药，过来说："灶要支高点。"几人尽管心中纳闷，仍加石头把灶升高，舀半锅儿水搁上去。矮子拿条炸药，有娃儿拳头粗细，半尺多长，撕外面的油纸。旁边多数人惊叫："你做啥！""嗨呀，要炸！"四面跳开。有个坐着不动的笑道："哈哈，炸啥子？没有雷管引它，你槌它、烧它都不得炸！"跳开的见这二人稳坐着，又围过来。炸药剥出白生生一截，有人道："哇，像灰面！"（方言面粉叫灰面）"不像，像盐巴！"矮子叫把锅儿端开，将这截"灰面"垂直栽在灶中央，手执一截导火索，划燃火柴。这下产生的惊扰更在刚才撕油纸之上，除矮子和刚才笑的二人之外，其他人咿哩哇啦、连滚带爬，瞬间逃开几十米远，回头骇视。矮子二人笑得背气。连远处的钱皮也暗吃一惊，本能趴下了。蓝色火苗渐渐燃起，照出矮子二人的笑脸。散开的人脸上惊怖之色稍缓，慢慢有一两个回去了。其他的仍在远处看。一根"灰面"燃完，点燃第二根，揭开锅盖下鱼了，远处有的才说："锤子，炸死就炸死！"走拢去了。最后一个是火熄了开始吃鱼才拢去的，吃着又煮第二锅鱼，他只好在别人背后吃鱼头和鱼尾。

这边钱皮垂涎欲滴，乃至眼球放光。下乡一个月天天青菜萝卜！妈的我为何不能去吃？大家的河，大家的鱼，我也有吃鱼的份！刚一跳起又想锅围满了，我去要还是抢呀？我抢得赢这么多人？又灰心坐下来。抬头看天上月亮，它怎么也是条鱼呢？一条惨白的鱼，是条死鱼，死月亮。呀月亮是这样丑陋！万众歌颂的太阳，它的丑陋已经明摆着。古今赞美的月亮，它原来也这样丑陋！月亮背面如何？背面据说看不见。他的思想又被汹涌喷射的鱼香拖回来了！他的怒火终于被吃鱼的欢声笑语引爆了！他妈的严重的问题是教育农民——教训农民，我要叫你们懂得偷吃鱼的后果！临行动他又迟疑一下，不是只有阶级敌人搞破坏么？我是人民内部，一搞破坏我就成了阶级敌人。那么，我是先成了阶级敌人才搞破坏，还是先搞了破坏才成阶级敌人？哈哈！哈哈哈！

他趁这些人的目光都聚焦在鱼锅里，几乎不用躲闪就跑到河堤边，提起挎包，（感觉沉甸甸的！）来到堤下。选择两个鹅卵石篾篓衔接的脆弱部位，将锄头把插进去，又将挎包挂在锄头把上。安好了雷管，引出导火索……

与此同时，柏舟公社株林大队、棠棣大队争水已经解决，争水正在棠棣大队的一队、四队之间进行。两个队的几十个男工在水口剧烈争斗，吼声、锄头相搏声和流水声把不太远的爆炸声都盖住了。械斗正酣，有人叫道："水咋小了？""呀，水都停了，不流了！""日他龟，遭株林大队挖去了！""还争个锤子！""挨尿，上去看！""走哇，走哇，都上去！"互相撕扯着的，扭着对方腰的，锄头勾在一起的，都松了劲。水中格斗的，都从水沟里爬上来。"哎呀，我一脸的血，我的额头……"有人在叫唤。"老子的衣服，半边都扯脱了！""算了算了，不闹了，你先回去。"这是田队长的声音。"莫打了，你两个莫扯了！"四队队长也在招呼他的人。几十把锄头便连成线，小跑往上游去了。丢下双方受伤的，共有六七人，坐在无水的水沟边呻吟。

次日赶场，头缠纱布的茂生看见钱皮坐在茶馆里。茶馆人多，各说各的。"哼，昨晚，是你干的好事！"茂生挨钱皮坐下后说。"嘿，那真的是件好事。不然，你头上可能还要多两个血窟窿！”“你的逆反，竟到了这种程度，不可思议！”“哎呀，这话会出自你的口？比起‘文革’造反，这点儿算什么？”“哈，你这个也叫造反？”“叫破坏生产，对吧？‘文革’没有破坏生产？”“当时在总水渠口边的人，现在都关起了。”“哈，玩炸药的，肯定是贫下中农嘛，会关起？”茂生只好苦笑。又说：“诶，田队长要我问你，你愿意看水不？”“看水？哈哈……”“哈哈，你以为你干的事情有多伟大？早就堵好了！”“看水，就是当管水员？”“嗯，现在是毛世，田队长说要再加一个。他还说各生产队知青当管水员的多，抢水，守水口，偷挖水，知青最行……嘿，我看毛世，一天就是扛着锄头，在田埂上逛来逛去而已。虽然早出晚归，比较担粪锄地这些农活还是轻松得多。我劝你当！”“我前晚上打过毛世，田队长忘记了？”“就是，可是田队长说，这不怕，只要我们不记，他肯定也不会记。田队长还说，他这个分子有点特殊。一来他也跟知青一样是个单身汉，又没得个老婆娃儿，他脾气犟，横起来也还是不得了。又不是为他私人的事情，是为队上，所以他争水也不吃亏。二来生产队的田，哪块该放水，哪块不放水，换个人还不如他清楚。”

钱皮要腻了，决定“屈就”此差事。当天无水可管。次早听说水来了，他扛起锄头出门，毛世已等在外面了。他老远叫声：“世清！”毛世愣着，继之左看一眼右看一眼，又回过头去看。毛世全名叫毛世清，本来叫他都叫全名，四清中因他名字与四清谐音，姓得又好，工作队（出于嫉恨？）只叫他毛世，就沿用下来了。毛世出娘胎还未听人叫过他“世清”。钱皮对他无反应感到遗憾，也不管有人看见没有，上前跟他握一下手，（实际就是把毛世的手拉过来捏一下，）

又搞得毛世莫名其妙。他扭了扭嘴角，说前晚上的事，是场误会。毛世听了颇惊愕，惊愕而已，并未说什么。毛世只带他逛了半天，指点哪些是本队的田，哪里为界，水从何处引来，在哪里分流，如何挖水，如何堵缺口。

今天毛世叫钱皮单独往北到上游去巡水，他自己在村南放田水。这一大片田地，阡陌纵横，水渠交错，钱皮对任务还糊里糊涂，毛世就叫他独当一面。心想他是故意给自己出难题，且不管他。

老猿和一群娃儿——有几个是他的学生——在前面泥塘捉鱼。今天是星期天，老猿在田野闲走。他经过这里时，趴在牛背上的女孩群群向他告状："袁老师！袁老师！他们把水拦断了，下面我们家，还有刘兴荣家在的自留田，都没有水了！"这群小孩儿也高兴叫："袁老师，我们捉的小鱼、泥鳅，送给你吃！"老猿走拢看，泥塘里有些小鱼小虾活蹦乱跳，拖泥带水，银光闪烁。泥塘边搁半只破筲箕，里面小鱼虾也在蹦跳，大约有二三两。这些小鱼虾和娃儿们的脸一样都脏兮兮的。老猿也喜欢玩水和捏泥巴，笑道："行啦，我要放水了！""莫慌呀，还没有捉干净呀！"老猿遂脱了胶鞋、挽起裤脚下去，东按一下，西按一下，抬头说："群群你也来嘛，来帮忙捉完了，好放水呀！"有几个娃儿是光屁股，群群不好意思，听老师说，她于是也嘻笑着跳进来了。群群完全是凑热闹，要在烂泥塘里抓鱼虾，一要眼疾手快，二要不怕脏，糊成花脸也不在乎。小男孩自然有这种本事，他们再长大一点就往大沟里、河里捉鱼去了，女人都只在灶台上和鱼打交道。群群脸上刚溅一点稀泥就缩手了，又舍不得上去，在泥塘里转来转去看。等战斗结束了，破筲箕里的小鱼小虾和泥鳅儿增至六七两。孩子们说："袁老师你拿回去呀!”群群说:“袁老师又不做饭!”孩子们就叫道:“袁老师,我家去吃!”“袁老师,我家去吃!”老猿看见钱皮,晓得他是棠棣一队的新知青,就指着钱皮对孩子们道:“他是新知青,我们把鱼送给他,好不好呀?”

钱皮远远走过来,先看见趴在牛背上的群群,群群九岁,是棠棣一队农民杨志受的女儿,细眉大眼,皮肤白。钱皮下乡后对环境很麻木,偏觉这小女孩有点意思。群群看见他过来,却装成没有看见的样子。钱皮心里冷笑,故意在泥塘边站一会。他对孩童的嬉戏全无兴趣,哀莫大于心死,钱皮的童心早已死了,他站着不走先是和群群“斗气”,为何如此他心里也说不清楚,或没有意识到。接着他就想起前晚上农民河里炸鱼、吃鱼的情景,那些炸死的尺多长的鱼……又想起儿时的五祖祖在门前小河里划船捕鱼,有次他跟随五祖祖去,五祖祖大鱼留着卖,泥鳅和小鱼小虾,还有两三条筷子长的半大鳝鱼,拿回家弄给他吃。五祖祖从坛子里抓半碗泡姜、泡辣椒,切碎了用少许油煎一下,然后舀瓢水在锅里熬汤,再把鱼虾倒进去——还是活的,只用清水洗一下,也没有剖开。这鱼虾好好吃!汤好鲜!回家说起,妈妈问没剖的小鱼,吃着是不是有点苦英英的?他说不呀,不觉得!

钱皮正沉浸在儿时的美味中,忽听说要将鱼虾送给自己,忙道:“不要不要,你们辛辛苦苦捉的——不然,我拿钱买。”对老猿笑了笑。他看老猿不像知青,但又带省城口音,觉得奇怪。老猿上来先在沟里洗了手,站起对钱皮笑道:“我叫袁鸣三,白鹭滩十队的。我们见过面的,没有机会招呼。”钱皮这才确定他是知青。

群群把盛在破筲箕里的小鱼虾在沟里淘干净了,拿来递给钱皮:

“拿去，不要钱——这么多娃儿，你钱给哪个呀!”钱皮见群群刚才对自己还不理不睬的，现在态度变了，受宠若惊说：“呃，我现在要去巡水呀!”老猿说：“你去。你们组上还有两个人，是不是？群群送到你们组上去。”钱皮道了谢，瞄一眼群群就走了。

老猿还想玩，他见路边有一柄很大的向日葵盘子，对这群娃儿说：“嘿，我们来修个水碾，好不好呀？”孩子们都拍手说：“好呀，修水碾，修水碾!”老猿就去拾向日葵盘子。孩子们弄根小竹竿来，插在泥塘中央，用手掘一条沟。老猿把手上的向日葵盘子穿在小竹竿上，松松的能够转动。一切妥当后，孩子们争着去扒开沟口的泥，叫道：“啊！水来了，水来了!”一股浊水顺小沟流进来，冲得向日葵盘子旋转。群群坐在塘边，高兴得双脚跟在塘壁上敲打，跟着大家喊：“啊，啊，碾盘转了！碾盘转了!”

3

前晚上开队会给四类分子打分，打分有“老实”、”比较老实”、“不老实”三个类别。队上十三个四类分子有十二个都获“老实”或“比较老实”，这些人对罚做的义务工、罚交的肥料、罚栽的树、罚缴的鸡蛋等都是完成了的，只有超额多少之别，比如每月罚交自家猪圈的粪肥两挑，有人竟交了四挑五挑。（粪肥又有干稀之别，对此有的地区用科学仪器“粪表”做鉴定，这里只用肉眼。）此外，规定将写有“某类分子”的白袖笼子套在衣袖上，这基本上也都做到了。有的怕违规嫌麻烦，干脆将笼子缝在衣袖上——衣服反正又不换洗。获“不老实”的只有一个，叫毛世清。毛世清解放前在L县城开印刷小作坊，濒临破产，解放了听说农村分地，欢天喜地回来，当个农民。自合作化以来他的怪话就多，四清运动联系他以前长期在城里待过，先给他戴“历史反革命”帽子，觉得不妥，改成“坏分子”。四清他自杀过一次，被认为“性子烈”，所以“文革”中连造反派对他都比较宽松，“放他一马”，还是不想随便就出人命。他这回之所以“不老实”，主要是因为他不戴写着“坏分子”的袖笼子。

当时茂生和瑞莉态度很激烈，坚持要毛世清戴上袖笼子。主持打分的副队长杨志受对毛世清道：“你听见没有？现在是真资格的红卫兵下农村来了，你滑不过去了，从明天起你一定要戴上！”瑞莉从一个富农衣袖上把笼子取下来交给他立即戴，他不接。瑞莉厉声问：“你戴不戴？”他说：“错了。”瑞莉皱眉：“哪个错了？你承认错了？”“写错了。”周围一片哄笑。有人笑道：”他说他不是富农！”瑞莉倒被弄得下不了台。茂生叫道：“现在不管上面的字，就看你的态度！”从墙边拿根扁担过来：“你真的不戴？”他道：“你把我打死嘛！”低声添一句：“你不要我把好听的说出来。”“啥好听的？你说！”茂生高喊道。

瑞莉向钱皮转过脸来，跟钱皮交换一下眼神。钱皮对毛世清充满同情心，正在欣赏他的犟脾气，看茂生和瑞莉如何下台。此时瑞莉向他抛来恐慌求援的眼神，他不由暗喜：哈，毛世清这家伙，他有什么“好听的”说出来？他手里有何把柄？是知青偷菜？茂生和瑞莉偷过菜，（钱皮没有偷过！）但这算得了什么？哦，可能是杜医生的问题，毛世城里熟，一定晓得杜医生是右派！茂生已显得色厉内荏，吼一句就不吼了，只严厉盯着毛世清。

瑞莉又看钱皮一眼。他不得已上前喝道：“毛世清，把套子戴上！”毛世清不动，还白他一眼。钱皮看在与茂生友谊的分上，给了毛世清一拳。这于是引起一阵小小的骚乱，袖笼子的事也就不了了之。

毛世清流了一手掌鼻血，去拾地上的苞谷壳揩鼻血。这时群群缩在桌子一角写作业。这里有灯她所以在这里写作业，节约家里的灯油。她见了就撕张作业本的纸，而且是翻到本子后面撕的一张干净纸，揉几下揉皱了递给毛世清。钱皮见了有些惊诧，他还觉副队长杨志受脸色也很难看，但其他人对此都没啥表情。群群的爷爷一直在抽叶子烟，群群离开桌了又回来都需绕过他的膝前，钱皮看不见他的脸，只觉得他为孙女让路的动作很爽快。群群对开会其实并不关注，只在钱皮打毛世清时她才抬头看着，神色很吃惊。散了会出去，毛世清在沟边蹲下捧水喝。群群说：“呀，才宣传了的喝生水要得血吸虫病！”毛世清嘴都凑到手边了遂一撒手，这倔强汉子竟很听群群的话。群群从衣兜里摸出个毛桃子递给他，冷不防被背后一只手“啪”打掉了，是他爹。杨志受也许是当着钱皮才来这一手，群群手一缩吐了吐舌头。毛世清对杨志受一翻白眼，把打落的毛桃子拾起来。

故钱皮觉得群群有点意思。群群既然“捐弃前嫌”送小鱼虾给他吃，他和群群之间的忘年交就开始建立了。钱皮走不远就转回来说：“群群，我现在是管水员啊，你能不能给我当向导？”“当向导？”“就是指点一下哪些是队上的田。”“我放牛呀！”老猿笑道：“群群，牛我帮你看着，你给他当一回向导！”

钱皮、群群在田埂上走着。群群说：“袁老师他们都来了几年了，你们现在才来。”“是呀，所以我们叫新知青，他们叫老知青。”

“嘻嘻，老知青，又没有长胡子。”“群群，为啥别的队早就有知青了，一队现在才有知青？一队是不好客呀？”“嘻，你们是客呀？客还要下田？”“不叫客就叫知青吧，一队不喜欢知青？”“不是呀，公社说我们队上的四类分子多，怕把知青带坏了。”钱皮装成若有所思：“哦，原来这样，把知青都看成娃儿！”群群把他瞄一眼，嘻嘻笑个不停。钱皮问：“群群，这都好笑？”“嘻，你说是娃儿，其实四类分子才像娃儿。”钱皮愣了愣：“嘻，群群，你这话有意思！”“是嘛，都没有看见哪个四类分子在捣乱，只看见……”“只看见知青在捣乱！”“嘻，是你自己说的呀！”群群短短的头发，钱皮手在她头发上拨弄着，暗中欣赏她说的话，一切是反的，连小姑娘都懂得这个当代的真理。

他们从白鹭滩过，钱皮道：“群群，这里叫白鹭滩，白鹭多呀？我咋一只白鹭都没有看见？”“不光白鹭滩的白鹭多，就是我们队的田，白鹭也多，这两年才没有白鹭了。”“怪，是被知青吓跑了？”“咋被知青吓跑了？”“刚才不是说知青捣乱嘛！”“我没有说哇！”“白鹭到底哪里去了？”“遭枪打了。哼，大人都说白鹭肉是酸的，不好吃，可是他们一样要打。”钱皮听了眼前浮现出亭亭玉立的白鹭，倒真是练枪的好靶子呢，嘴角一扭笑了。群群偷眼看他，想好怪呀，他在笑？钱皮接着又看见武斗中被他打碎的那些脑壳，笑得脸壳起皱，还翻出眼白。小姑娘吓得打个哆嗦，怕挨着他走了，拖在后面。

钱皮走着看沟里的水哗啦啦流，自己炸堤做的无用功，颇沮丧。他走拢一处沟口，这是一队和三队的分水口，水两家平分。却见一边的水口被冲大了，约有 3/4 水流向这边。他叫声：“遭了！”

群群连忙跑过来看，说：“嘻，水都流到我们队了！”钱皮赶快走两步在一段草坡上挖带土的草皮，这是挡水专用。昨天毛世清挖的草皮一块块方方正正，他挖的却是支离破碎的，就将此草皮垫在本队的水口下，可马上被冲走了。群群向他投去诧异的目光说：“这是我们队的水口呀！”钱皮道：“晓得！毛世清说的是两个队平分。”群群说：“那，你多挖几块堆着，你再下去，我递给你。”钱皮依言，这才堵好了。钱皮左看右看，觉得两边的流量一样了才罢。群群说：“嘻，我们这里的，像你这样大公无私的人，没有。”钱皮道：“那知青呢？”“知青更没有！”钱皮笑道：“哈哈，看来‘文化革命’真的白搞了！”

背后忽然冒出个人来，是个虎头虎脑的小伙子，想是三队管水的，刚才睡着了。他肩扛锄头，也像钱皮刚才那样，左看右看，然后对钱皮“嘿嘿”笑两声，这也是赞美的意思呢。

群群感觉怪怪的，又开始挨着钱皮走。他们来到两个大队的分水处，一条大渠在此一分为二。沟边有堵老墙，墙内荆棘丛生，还残留着石基，他俩站在这里说话。“群群，这里过去好大一幢房子！”“嗯，是座油碾。”“油碾？”“就是榨油的水碾呀！”“不碾米？”“嘻，一年四季都碾米呀，榨油只有两个月。过去这碾子最大了。”钱皮跨上断墙，看见里面一个灰白的大碾砣，跳上去站着，露出半截身子和群群说话。“啊，钱皮哥哥，有蛇！”

对面说话群群本不用说“钱皮哥哥”，这声音在钱皮心上撞了一下，令他慌神。钱皮延缓几秒才诙谐说：“有蛇？还有狐狸啊！这里周围都是庄稼，又有路，放水的天天走来走去。”“没得哪个进去呀！”“不信！”“嘻，也有，就是你们知青！”一大一小相视而笑。群群一直害怕他笑，这回见他笑得跟大家有点一样。

钱皮又道："这碾子是解放前失火烧的吧？""你晓得呀？""看得出来。"钱皮从碾砣跳到墙根上，再跳出来。环顾空旷的田野，遥想当年油碾盘踞在此的景象，是很气派的呀！"群群，我想不是失火，是放火！""嗯，是放火。你好会猜呀！""因为如果是失火的话，这么好的位置，他怎么不重新修起来？所以是被人放的火，他不敢再修了，后来就解放了。"群群不说话光笑。

"油碾的主人是大地主，栽秧季节，他霸着水要榨油，要灌自己的田，被愤怒的群众烧了的。"群群还是光笑。"是不是呀？"钱皮笑着问，他内心里希望被否定，这才证明一切都是被颠倒的，都是哈哈镜。"碾主——就是我们队的毛世荣。"群群不笑了说。"哦，毛世荣，和毛世清是弟兄吧？""很远的，一个爷爷都不是。烧碾子的人就在三队，姓周，是毛世荣的佃客。""嗬，东家跟自己佃客争水？""不是争水，是争……"群群又笑了起来，八九岁的女孩对男女之事有点敏感了，话到嘴边没说。"争田？争地？""嘻，他给你说——"钱皮转脸一看，毛世清就站在附近，肩上扛把锄头。

毛世清歪了歪嘴角说："争女人！""哈，争女人？""姓周的佃客拖了他几年的租子，毛世荣硬拿他没办法。后来佃客结婚，花轿不晓得咋的，就抬到毛家去了。""哈哈，佃客就把他碾子烧了！那后来呢？""后来就打官司，毛世荣也不对呀，抢了人家的女人，官司打来打去，都没有打赢。""乱说，地主和佃客，地主会打不赢官司？"毛世清斜他一眼："说你是猪！官府又不是地主选举出来的。"

钱皮先是一愣，跟着火气往天庭上窜。却见群群脸蛋发白，在偷偷看自己。哈，鬼丫头，你怕我揍他？他遂在群群头上摸一下。这一延宕，才觉得毛世清骂自己是猪，骂得真好！笑嘻嘻把群群小肩膀搂着走了，撇下毛世清冷冷清清站在那里发愣。

第八章　打油建

1

秋霞、浪子回到阔别的蜗居。

他俩原说在农场办喜事的，回来看见朱三娘、林芬、长江把新房都腾出来了。朱三娘打扫自家一间空房，借给带婴儿的林芬住。秋霞笑着说："大妈，我们结婚是个形式，几天林芬就搬回来！"朱三娘说："啥子话！你二天也要生，那边咋住得下？"林芬对秋霞道："朱三娘已经说了，队上什么时候给我们修好新房，我什么时候搬走。"见秋霞掏手绢揩眼角，自己眼睛也湿润了。

他们送给朱三娘一包她喜欢的各种颜色十字线，两双尼龙袜子，送给李大爷一根玉石嘴烟杆和两包《春城》。另外还送了两包喜糖——一包给宝宝。朱三娘捧着十字线翻来翻去说："唉，我们这种地方，多少年见不到这种线了！"两个知青妹问原因，她一脸茫然。林芬道："可能是生产忙了，男的女的都往地头撵，没有人绣？”秋霞道：“干脆就是封资修！”林芬道：“那省城不叫封资修？反得更厉害呢！”秋霞道：“社会上的事情，没人说得清楚！”

送给林芬的是一罐猪油，一袋糯米炒面，还有10斤白糖。林芬床上睡着几个月大的婴儿，她打开罐子，看着雪白的猪油，没有丁点儿杂质，闻起好香，感动说：“那你……”“我什么哇？”林芬一笑：“你，有没有了？”“嘻，还早。”

朱三娘锅里煮着块肉，叫林芬帮忙看着火。对秋霞道：“我不陪你了，去出会儿工，你们今天就在这边吃饭！”秋霞点头。林芬娃儿醒了，她忙去哄娃儿。秋霞要接过来抱。林芬说：“嗨，她认生，你有抱的时候！你还不过那边去？正勇都等死了！”秋霞道：“那边屋，你们收拾得干干净净的…”“嘻，干干净净的，才好亲热嘛！”秋霞笑着拧她的脸：“嘻，公社知青妹，你原来是最腼腆的一个，咋结婚就变了！”“嘻，不变……”“不变怎么？你说女人都要变，是不是？”“嘻嘻嘻……”两个笑了一会。林芬道：“嗨，吊子里水都烫了，你不如就在这边把澡洗了过去……”笑着张嘴还要说什么，秋霞笑道：“林芬，你再说，狗嘴吐不出象牙！”林芬笑道：“嗬哟，不说了，我想说你洗了过去，现现成成……”秋霞笑道：“哟，林芬，是不是尹老师每次回来之前，你澡都洗得干干净净的了？”她这一说，林芬才不开腔了。

秋霞遂过这边屋拿换的衣服。听见浪子在后面小坝儿里用砍刀“笃笃”砍着什么，问：“你在做啥呀？”“做秋千，给你。”“呸！我洗澡去了，在那边。”“洗干净点啊！”“呸！”

秋霞洗了澡过来。她穿件无袖汗衫和一条花短裤儿，胸脯扑腾腾的，腿儿白嫩嫩的。早春阳光投在蜗居绿树和小院子里，暖暖和和。

她心里哼着歌儿，要不是背后有林芬的眼睛，她真想在坝儿跳个舞呢！浪子在房背后，听她进门就笑道："嘿，看我做的秋千！"她穿过灶屋，从后门走出，却见后面小坝儿里一根笔直的青杠树，岩壁上一株弯曲的老松，中间拉了股手腕粗的古藤，又垂下两股藤子，下面吊着根翻转的条凳。秋霞道："啊呀，你神经！这么窄的地方，怎么荡呀？"浪子笑道："轻轻荡嘛，还可以做别的呀！""哼，做什么别的呀？""嘻，你猜看？保证好玩！保证快活！嘿，我们半年没有快活过了！"浪子快活笑着，目光热辣辣的。秋霞故意也用热辣辣的目光招架，却感到"呼"一下衣裳被他眼中的火烧得精光了。她不禁佝偻着身体，手掩着胸，口里笑道："快活就快活，玩就玩，奉陪你！"笑着跑进屋里，扯下床上的席子，拿出来铺在秋千下。

哈，他俩从"文革"武斗，就难得睡在一堆了。回到省城，两边人都多，房屋窄，加之又没有正式结婚，做爱只能像打游击。就是同钱皮等一同回来这段路途，住宿都是男女各住，所以现在两个都好饥渴呀，一样饥渴！

她在席子上滚一圈，小羊般撒着欢，然后仰面躺着，将汗衫一撩，"啵"，一对乳房蹦出来了。浪子便急不可耐地骑到她的身上去了。

"哎，你不怕呀？"秋霞说，偏头去看侧后山坡上。"有个屌！"浪子说。那里草丛中虽有条上山的小径，少有人走，且行人只要不专门跑来俯瞰，根本看不见他俩做的好事。"嗤，你不怕我也不怕！"秋霞笑着说，互相把对方脱得精光。

2

吃过饭，浪子迫不及待要去看农场的朋友。他不肯去公社办结婚证，说社长黄兴虎、秘书曹宣都是仇人，成立公社革委会又重新掌了权，去不碰一鼻子灰才怪。可秋霞执意要去试一试。黄兴虎那次被抓去后，豆腐和屈彬反对整死他，加上浪子因小和尚和珍珍的关系，对处死黄兴虎的态度也变得暧昧，他才拣了条命。后来汝坟成立革委会他又当了革委会主任。曹宣还坐在秘书位置上。秋霞和浪子到公社，管事的只碰到妇联主任章光秀，说管章的曹秘书不在，过几天来吧。

浪子、秋霞遂分手，一个回家，一个往农场。秋霞回来在通往蜗居的石梯上驻足一会，打量头上的小院落，岩石鼓出真的像蜗牛壳呢，房屋像蜗牛脑壳，一笑。院子石砌的门，上方是个圆弧。过去不曾在意，此时才觉朱三娘独出心裁，别家的门都是四方的，只有她家的门是拱形的。唉，一直都把这里视作客栈，把自己视作浮萍。一旦结婚在这里，生孩子在这里，那这里无论如何都不叫客栈了。她拾级而上，走拢门口时，门墙怎么变红了？回转身，看见日头沉沉欲坠，大得出奇，含着山影和树影，血红而带有一圈刺眼的光晕。她想起男人是山而女人是水，因为山是不变的，水要变。水时而肥美，时而清癯，时而清花绿亮，时而黄叶飘零。女人是水，真的，这包括身体，还有心灵、性格与心情。她想着这些，头脑里五彩缤纷。

林芬见她回来，问盖了章没有？浪子呢？秋霞把经过说了。林芬疑惑道："章光秀这样说？曹宣不在章就交给她盖嘛！我们就是她盖的章。"秋霞低头不语。林芬又道："哼，现在成立了革委会，换汤不换药。秘书还是曹宣，他还是听黄兴虎的，是黄兴虎的狗！"

婴儿醒了在屋里哭，秋霞抢着进去，出来一手抱娃儿，一手拿着湿尿片。林芬拿过尿片去洗。秋霞手指在娃儿颈项、腋下轻轻戳，逗着他笑，林芬过来也在笑。林芬忽又擦起眼睛来了，说："我跟长江，我们这辈子都还不尽大家的情……"秋霞忙说："嗨，别说了！""朱三娘、李大爷和宝宝两口子，你，正勇，还有小和尚和别的知青。我给你说，信上没有写，也不好写，我生娃儿是早产的，当时长江在农场，我连带信给他都找不到人。"

林芬阵痛时院子里只有宝宝媳妇，抱着自己未满岁的娃儿，见状抓不到缰。林芬喘息道："去叫大妈……"宝宝媳妇赶紧去街上叫朱三娘，宝宝跟着又骑马去农场通知长江。朱三娘不想"文革"初又成了名人，"重走长征路"的红卫兵从德县方向上来，到宛丘七十里，正好住一夜。红卫兵无论食宿与否，经过宛丘，都要听红军故事，故事免不了提到朱三娘。都问朱三娘还在不在？包括北京来的红卫兵，都非要见朱三娘不可，朱三娘名声大噪。朱三娘有口才，并且识字，头晚上先拿着造反派拟的稿子练习好了，方才一次次出场，宣讲当年朱毛骑高头大马过宛丘，及在她店里喝茶议事的动人事迹。稿子揣想了许多细节和表情，又有方言、民俗搀杂其中，听者恍如回到三十二年前。朱三娘宣讲回数多了，上台连自己都兴奋不已，满面红光。后来串连停止，朱三娘还是革命的宝，宛丘造反派主要就因支持和打倒她而分成两派，打倒一派说她是漏划地主，这派势力弱。她宣讲导致的喉炎未愈，被支持这派叫去当了伙食团长，实际又兼炊事员。

朱三娘听说林芬快生了，二三十人的米已经下在锅里，赶快舀半瓢米汤，又在裤兜里藏了两个鸡蛋，帮媳妇把抱着的娃儿捆在背上背着，临时充当炊事员。她跑回蜗居，这时林芬已经动不得了，朱三娘只得在家里给她接了生，幸好是顺产。朱三娘家几只鸡，自家媳妇坐月子吃了两只，剩下一只生蛋母鸡，是暗中留给林芬的。不想前几天城里造反派头儿来了，缺下酒的，她把家里这只鸡和所有鸡蛋借出来了——以为林芬下月才生。此时没奈何，暂时就给林芬煮了裤兜藏回来的这两个鸡蛋。

这段时间知青有的跑回城，有的浪游四方，有的还在打武斗。小和尚跑回公社要，在水碾帮去农场之前原来的生产队碾米，队长说了碾米的糠送给他。碾房骑在大沟上，房屋中间是环形的碾槽，大半人高的石碾砣吼着在里面旋转。四壁有许多小仓格，沿着还摆满箩篼，是各家存放的谷子。仓格及箩篼存放的谷子都用糠灰洒上记号，以防被偷。边上一架风箱，小和尚正在煽米，一头一脸的糠灰。进来个宛丘五队的农民，见到他便说："嘿，小和尚，师娘生娃儿了！"小和尚风箱摇得呼呼响，问："说啥子，哪、哪个生娃儿了？""你师娘，长江的老婆，你不去看她！""哦！"小和尚一箩米煽完了，双手抓着另一只米箩篼，提起一蹲，箩篼放在腿上，再托着箩篼底站起来，把这箩带糠的米倒进风箱漏斗去煽。为了图快他把出米开大，煽一会发现没煽出多少糠，赶快关住了，嘟囔道："龟儿着急，急个屎！"把出米调小。煽完了他用糠去跟碾主换鸡蛋，碾主取了三十个鸡蛋，用只大瓜瓢装着，递给他。小和尚原想把糠卖了钱买烟和零用，故他捧着瓜瓢转身走时，心里又在咒骂碾主："挨尿！他喂的鸡都是大家的谷子，他这箩篼抓一把那箩篼抓一把，他又拿鸡蛋来换我的糠！"

小和尚端着一瓜瓢鸡蛋从碾房出来，看见旁边水塘里一群鸭子，也是碾主的鸭子，因为多看了几眼一脚踩进水沟，差点把一瓜瓢鸡蛋报销了。小和尚到了蜗居，站在小院里叫："林芬！"林芬正坐在里屋床边给娃儿喂奶，但刚生下来哪里就有奶呢！她听出小和尚的声音，忙叫声："小和尚！"小和尚进来，在里屋门边看一眼，不好意思进去。林芬说："进来呀！"她喂奶露着部分乳房，小和尚进去只好尽量不看，眼球还是被这白生生的东西扯一下，又赶快移开。

林芬见小和尚带来一瓜瓢鸡蛋，激动得哭了，请他马上煮几个荷包蛋。小和尚先找个筲箕，将瓜瓢放在筲箕里。笑眯眯去揭锅盖，见冷锅冷灶的，一点油腥都没有，连连甩脑壳："啊哟，林芬，你、你坐月子是这样……"问煮几个荷包蛋，林芬想说煮十个不好意思，说你多煮几个。小和尚煮了八个蛋，数两遍都数成十个，看着嫩生生白里透红的荷包蛋自己都流口水，都端给林芬了。潜意识里想等着吃林芬剩下的，(林芬实际连汤都喝光了！)屁股才落在板凳上，就像触了电，马上就跳起来了，又往碾房跑——他突然想起临走倒进碾槽的三箩筐谷子还在槽里，碾砣还在旋，说不定米都碾碎了！出去正碰着长江从农场赶回来，牵着马，驮了一口袋米，手上拎了瓶菜油。小和尚道："你龟儿，才回来呀！"小和尚是长江的学生，脱口骂了句怪话，不好意思。长江瞪他一眼，一想他肯定是去看了林芬，想拉住他问，已经跑了。

3

长江进小院子就叫声"林芬！"声音又高兴又欠疚担忧，连音调都变了，倒把林芬吓一跳。他把油瓶子往灶头上一搁，跑进里屋，把老婆和婴儿都搂在怀里，林芬嘤嘤哭了，哭几声又和泪笑了，说抱去好好看看哪，你的儿子！里屋的光线暗，长江笑眯眯把娃儿抱到窗边去看——不敢出院子去，春天的阳光亦晒人，怕晒着了娇嫩的皮肤——看完了又在额上、脸上亲吻。忽听外面在喊："哪个的马，哪个的马！"才想起牵来的马，背上还驮着米的，赶快把婴儿抱进去。他的马在院子里可能脚站酸了，自己在院子里转圈子，又转出门啼啼嗒嗒沿篱笆走，长江慌忙跑去牵回来。

两口子商量拿米找农民换只鸡。到哪家去换？太熟的不好，晓得林芬生了娃儿，你拿米去换鸡人家肯定不好意思要你的米，就把鸡送给你了。正商量着，小和尚又来了，站在院子里。长江忙走出去，连声道谢。见他哭丧着脸，便问什么事情？小和尚道："锤子哟！我刚才到你们家去，耽搁久了，一槽子米都碾成了米糠。我、我是帮十一队碾的米，要当赔匠！""那碾主在做啥？""龟儿碾主，他在园子里淋他的菜，他说我走没有给他打招呼！"长江道："你不要怄了，你是帮我的忙，我帮你赔。"小和尚道："尹老师，你咋这样说！赔、赔我自家晓得赔。我肚子饿了，我来煮饭。"长江说："那好！你和林芬在屋里。我到柏舟去卖了米买只鸡回来，碰到有肉的话，再买点肉。"小和尚道："今天又不赶场。"林芬在里面道："今天不赶场，不如小和尚去，要熟一些。"小和尚忙道："我不去，钱的事情，我……"长江和林芬都笑了笑。小和尚手脚还利索，但脑筋反应慢，做两位数的加减法都要想半天。长江说："那还是我去。"

长江走后林芬又对小和尚嚷饿。小和尚说："水就要开了，马上下米！"林芬说："不忙下米，水舀点起来，我还想吃荷包蛋。"小和尚一愣说："嗬哟，你才吃了十个蛋！"林芬想说哪里吃了十个，只有八个，又觉不好意思跟他争，遂不言语。小和尚只得将锅里的水舀一些起来，又煮了六个荷包蛋（实际是五个）端给她吃了。这才又烧水下米。林芬一边吃着蛋说："哎，舀点米汤起来。"小和尚说："那我把米汤熬酽点。"小和尚虽然肚子饿得慌，还是多等了一会，舀一碗酽米汤起来，搁在灶头上。又烧了两把火，听见锅里"啪啪"响，在起锅巴了，把火熄灭。问林芬："哎，你园子有没有菜呀?"林芬说："出去右边是朱三娘的菜地，你去摘就是了。"

小和尚出去摘一捧青辣椒回来。遂将洗锅的刷把上的竹签，选粗的折断一些，用来穿辣椒，穿了十来串，丢在灶里烧得半煳。火钳夹出来，丢在地上，一串串拾起来拍灰，又用嘴吹。然后用手撕烂，还烫手，一边撕手一边甩，撕做一碗，黑黢黢加点盐，用来下饭。小和尚吃得辣呼呼的，有滋有味。林芬在他往黑黢黢的碗中加盐时也咽起口水来了，跟着他吃了两大碗饭。小和尚搁碗了她还在吃，小和尚对面看着她，眼睛笑成了豌豆角儿。

小和尚不知往哪里去好。他又想起碾主那群鸭子，远远看水塘里那群鸭子还在，有几只在塘边理毛。碾主还在侍弄他的菜园。小和尚折根两尺多长、指头粗细的树枝捏着，心想怎样才能把他的眼睛蒙住啊?嘿，他进去了，就等于把眼睛蒙住了！我先进去放把火！龟儿碾主，他锅灶旁边就有干苞谷芯。那，烧起来了咋办?不得，碾房四周都是水，烧不起来。烧了也是他自己嘛，怪我?他兴冲冲向碾房走去，小心躲开碾主的视线。他经过水闸时看见闸门和进水槽都生着绿苔，再一看，闸门、进水槽、支架，木头全是朽的。他顿时有了新主意，高兴得眯起眼睛笑。四顾无人，他冒险爬到水闸下面的引水槽上方，伸脚一蹬，水槽裂开了。虽然哗啦啦的流水声依旧，但只过了几秒钟，碾房里面飞旋的碾砣就变安静了。小和尚刚跑到一片树丛后躲着，就看见碾主一脸惊讶走回来。

随之便是小和尚的拿手好戏。他走向鸭群，抬手“刷”一声，树枝击中一只鸭头，把鸭子打晕。鸭群来不及下水，“刷!”又打中一只。第三只他是将树枝扔了，直接掐住鸭颈子。本来知青哥都有好兔不吃窝边草的信条，小和尚慌忙脱衣服裹鸭子，一边四顾，自言自语说碾主，老、老子今天就对你不起了，我换鸡蛋说了是给月母子(产妇叫月母子)的，你多添一个都不肯。我一槽谷子在你这里碾成了米糠，害得我当赔匠！我偷来又不是自己吃……小和尚用衣服裹了三只鸭子，走回蜗居。看见林芬，他神气拍了拍胸前鼓鼓的包裹：“嘿嘿，补人的!”林芬猜到那不是鸡就是鸭，害怕说：“你，遭看见没有……”“嘻嘻，看见锤子!”“你会烫毛?”“会，会，你睡!”林芬便欣喜躺下了。尽管民间说要老母鸡才“发奶”，鸭子是清热的，似于产妇不宜，林芬哪里顾得。

因为不逢场，柏舟街上的店铺门口只有麻雀在跳。长江背一挎包米，在街上逛了两个来回，幻想着街边会有轻声呼唤，或暗中招手，或有人来拍他的挎包，碰他的肩膀，但是这些都没有发生。逛一阵他便有些焦躁，坐进一家茶馆，边喝茶边打量其他喝茶的人，寻找交易的机会，同时想着给儿子取名字。正好这时来了几个知青哥，得知他的苦衷，就在茶馆里帮他把米卖了——就卖给茶馆的老板。但是这闲天又到哪里去买鸡呀?又是这几个知青哥帮他出主意，说发奶鲤鱼最好，你到鱼坝去买鱼呀！原来这安宁河上，冬春两季河上都有生产队拦的鱼坝，即用木桩、竹帘和鹅卵石将河拦断，边上留个水口，鱼只能从水口过，却在水口底下安了能吸水的木桶和竹篓捉鱼。他果真去买到几尾大鲤鱼，及半筲箕小鱼虾，兴冲冲提回去。

4

浪子从农场回宛丘，对秋霞道："下月是彝族火把节，农场今年要好好热闹一次。大家都说，我们在火把节办喜事，才叫有意思！"

秋霞笑道："行哪！可是，我们的新房在这里呀，不在农场。"浪子说："我们先在宛丘办了，再上山。"

到了办喜事这天，"三华六姊妹"一早就来了，帮着布置。经过那次尼龙袜子事件，九妹、秋霞之间前嫌尽释，成了好姐妹。因床上铺盖还没有换新的，白素华说："秋霞，我们送你的礼物，你打开看一眼，喜不喜欢，喜欢的话就换上去。"秋霞、浪子把报纸包着的礼物打开看，却是精致的手工湘绣被面和枕套，另外还有一幅印花床单，心里暖融融的，笑道："大姐，你们送这么贵重的东西……"六姊妹都笑道："贵重啥呀，我们帮你换上去！"就帮着把被面、枕套和床单换了，果然光彩夺目，新房顿时就增添了喜庆气氛和婉约华丽的色彩。这被面和枕套却是李丽华已故男友为他们结婚准备的，本来六姊妹要凑钱送礼，李丽华说不用凑钱了，就从箱子里把这被面和枕套翻出来。大家看了都爱不释手，小鱼和小青说："二姐，你不留做纪念？"黄心华说："其实送了也好，免得睹物思人。"九妹说："纪念就只有一辈子搁着，未必另外要了朋友结婚，好拿出来用？"大家心里酸酸的，又都笑了起来。

对面朱三娘家里也人进人出，她家堂屋厨房宽，在那边做酒席，有几个大娘帮忙，白素华和九妹也去帮忙。朱三娘剪纸是拿手活，在院子里摆了几张红纸请她剪，她把一张红纸对折几次后，剪几下，牵开一看，却是连着的"双喜"。再剪，是两颗红心。然后又剪了一对立体的红灯笼，大家拿着欣赏赞叹一会，就拿去挂在小院的大门上。又用心剪了一只凤钗，一朵牡丹，也是多层的，说给新娘戴在头上。大家说："戴起看看！"朱三娘正要给秋霞戴上，宝宝进来，走到浪子身边急促说："曹秘书在，快点去！"浪子鼻孔哼一声道："算了，跟他结了仇的，去他肯定又躲了。结婚证领不领，有多大回事！"秋霞听见说："哼，你怕他呀？就要去领！"九妹、青豆也都说："正勇，你怕他，我们都陪你们去，哼，就算领不到，也要去闹他一场！"浪子一笑说："那我们就去一趟——你们不要去。"白素华见他俩打空手去，说："带点喜糖去！"秋霞说："不带。"青豆拿包《春城》烟塞在她荷包里。

曹宣果然在办公室坐着。秋霞进去就说："曹秘书，我和范正勇来办结婚证。申请那天我跟正勇来，我们交给章主任的，她说交给你了。"曹宣面无表情，道："坐嘛，坐下说。"秋霞说："曹秘书，你忙，我们不坐了，我们就是来办结婚证，请你盖个章。"把荷包里的《春城》掏出来搁在他面前，"请吃喜烟。"曹宣瞄一眼精包装的《春城》，用指头稍微推开一点，说："你们坐下，先要说几句。"秋霞就微笑坐下了，漂亮斜刺的眼睛令曹宣轻微打了个颤抖。浪子也进来坐下。曹宣道："秋霞，范正勇，你们先说一下恋爱的经过。"秋霞道："咦，还要说恋爱经过？""是呀，看是不是自由恋爱。"

秋霞心想，没听林芬她们说过办结婚证还要说恋爱经过呀，他在给我们出难题。哼，说就说嘛！她看一眼范正勇，见他挺胸坐着，并无要说的意思，就带笑说了起来。曹宣才听一会，就爱听不听的样子，把桌上的文件东翻西翻。秋霞见他如此，就中断了道："曹秘书，说完了。"曹宣眼皮一翻："说完了？我说你们不叫恋爱，叫乱爱！”秋霞有心理准备，并不冒火：“呃，曹秘书，啥子叫乱爱，你解释给我听。”“这是群众的看法，我不解释。”“不解释算了，请你给我们盖章。”“不盖。”

依浪子的脾气，此时就要将屁股底下的板凳提起来，将曹宣的头砸进肚皮里去。可这样一来喜事也砸了。他站起向秋霞苦笑道：“我说的嘛，白跑！走！”

秋霞继续问曹宣：“为啥不盖？”“就是不盖。”浪子自个儿转身走了。

秋霞气往上涌，浪子走了她反而高兴，因为这样才好闹事，浪子在场她只能扮劝的角色。她遂亮开嗓子：“你要说原因！”“等‘文革’后期办学习班，范正勇过了关再说。”“你违背婚姻法！”“哈，你跟我说啥子婚姻法？现在是‘文化大革命’，非常时期！”

秋霞正中下怀，就说：“那好嘛，曹秘书，我们现在就办学习班。”她伸手拿桌上的文件，曹宣忙按住文件，她便抓起了《毛主席著作选读（甲种本）》。曹宣站起来要走，秋霞拦住说：“不行，办学习班嘛！”曹宣要冲出去的姿势，秋霞眉头挑起，低声咬牙切齿说：“曹秘书，你硬要跑，我就叫，我跟你拼了！”曹宣屁股又坐回去了。

秋霞端条板凳坐在门口说：“曹秘书，我们学哪篇文章？你说，我来念。”曹宣从抽屉里摸出角钱一包的《春耕》，拧着脖子抽烟。秋霞就把《甲种本》翻开咿咿呀呀念起来了。早吸引了一些人过来看稀奇，门口站几个，窗口站几个。其中也有明白人，也有不明究里的，故有的瞪眼，有的含笑，有的大张着嘴，各样的表情。曹宣瞪眼睛一扫都走了，可旧的走了新的又来。曹宣既不好动粗，又不肯坐得像个小学生，就翘起二郎腿看报纸。秋霞看见烟圈从报纸上升起，悠闲的样子，冷笑一声把《甲种本》丢了，也翘起二郎腿，背靠门框，唱起电影歌曲来了：

“金钱挑来银线绣，绣得春色飞上楼，阿妹的心事有谁知？难解相思愁。燕子飞过楼窗口，要捎书信又害羞。莫是剑川花开迟，误了好时候……”

从报纸后面探出只眼睛，一碰到秋霞斜睨的眼珠，青幽幽的，便缩回去了。曹宣想，妈的，美人计呀！虽觉得识破了对方，依然心猿意马、心旌摇晃。这下连路过公社门口的人都走进来看热闹，都看见曹秘书被秋霞“软禁”起来了，被秋霞逗着。曹宣先还无所谓，逐渐有些不自然了，脸上红一块白一块的。

浪子、秋霞离开后蜗居小院又来了些知青哥知青妹，内中有三个新知青，都是前县城中学生红卫兵，可算浪子、孙猴等武斗中的患难之交。其中端木云练过举重的，绰号水牛；唐凯干瘦绰号蛇蚤，都号如其人。马学芳戴金丝眼镜、蹬接尖皮鞋，可能因历史人物马步芳之故，绰号土匪。三个提了对竹圈椅来，在蜗居转圈子，不知摆在何处。林芬说你们先摆在外面拜天地的地方，红蜡烛两边，完了再拿进来，就摆在床头边上，三个依言。大家看了都说这对圈椅好漂亮，可是摆在这里，他们的父母都不在，哪个坐？蛇蚤说：“天地坐呀！”李丽华说：“那我坐了。”笑着坐在圈椅上喝茶。土匪说：“地有了，还差个天。”走去坐在另一把圈椅上。李丽华站起来说：“呸呸！”

大家正笑着，又来了两男一女。林芬抱着娃儿迎上去问，却是钱皮、茂生和瑞莉。林芬笑着说早听秋霞和浪子说起你们了，你们是山城知青，来得好远呀！忙向大家介绍。

问起新郎、新娘，林芬说领结婚证去了。新来的都奇怪，今天还在办结婚证？林芬把情况说了，”瑞莉道：“啊，还有这种事？他们是革命知青，又不是四类分子。”

浪子单独回来，和钱皮、水牛等打过招呼，说了刚才的情况。大家都说他不冒火是对的，“君子报仇十年不晚”。青豆、九妹说去看秋霞。白素华道：“你们去了也不准闹，把她劝回来。”二人说晓得。

许多人坐着吃葵瓜子、喝糖茶。糖茶就是红糖开水，是这里待客的习俗。顾名思义还该加点茶叶，却未加，因为茶叶比红糖还缺俏。土匪、蛇蚤讲县城的新鲜事，说大巷口的芙蓉餐厅兴吃了才算账。众人说：“这叫新鲜事？过去餐厅都这样嘛，先吃后算。”土匪愣了愣：“过去都这样？记不得了。”黄心华问：“你过去读的书，还记不记得？”土匪笑而不答。水牛道：“读的书，他全还给老师了！”黄心华道：“不可能！”又问土匪：“你眼镜多少度？”蛇蚤、水牛都笑道：“他的金丝眼镜，抄家来的！接尖皮鞋也是从别人脚上硬脱下来的，所以他叫土匪！”又道：“他现在一心一意想‘文革’早点结束，拍电影他好演特务。”土匪笑道：“莫听他们瞎说！”

又回到餐厅问题上。蛇蚤问：“那“文革”前的餐厅，是不是桌子下面的盘子比上面多呀？”李丽华笑道：“嗤，你是蛇蚤，桌子下面的事，问你自己嘛！”众人哄笑。林芬笑道：“哪里会！是不是这两天，芙蓉餐厅桌上的盘子，算账时都跑到桌子底下去了？”蛇蚤、土匪道：“就是就是！”大家笑道：“肯定是知青哥搞的事情！当地人不会。”蛇蚤道：“当地人也有！只不过知青哥更凶，干脆把吃过的盘子往挎包塞！”黄心华看着大家道：“我们才来的时候，这里农民单纯得很嘛。说起再教育，不晓得是哪个教育哪个！”

青豆和九妹在公社围墙外就听见秋霞妙曼的歌喉，十分诧异。进去看见秋霞坐在曹宣办公室门口唱歌，曹宣办公桌上立着张报纸和几根手指。秋霞正想蜗居那边的事情，这里已经把曹宣“逗”了一个多小时，该走了。一眼看见青豆和九妹，笑着眨了眨眼皮，不想一下把眼圈眨红了。青豆便问：“嘿，秋霞，咋回事？你盖了章没有哇？”秋霞道：“曹秘书说先要办正勇和我的学习班，我说那现在就办学习班，办完了好盖章，他又不肯。那反正就这样吧，都不吃饭！”九妹进去把曹宣脸上报纸一扯：“好呀！秋霞唱歌给你听，你肚子也不会饿，听歌当饭吃！”

谁知曹宣刚才秋霞一人守着他时，他不好动，怕万一秋霞和他拉扯起来，把事情闹到安办去了，自己百口莫辩。现在是三个知青妹，他反而胆大了，报纸一丢站起来，小腿把椅子踢开，手一撑就上了办公桌，从窗台往外跳，挤在窗外的人赶快让。三个知青妹刚开始都愣了，然后咯咯咯笑，九妹和青豆旋又追出去大声叫：“曹秘书，你跑！你跑！你站住！”追几步转来，同秋霞一起笑着回蜗居。

回来九妹和青豆笑着给大家讲刚才的经过，秋霞如何“囚禁”曹宣的，众人听得津津有味。钱皮更像发现新大陆似的看着秋霞，红红的脸儿，弯弯的嘴角，飘动的眸子，简直像个美艳叛逆的公主。他的心被紧紧揪住了，感到窒息难受。她该是我的妻子，但已经晚了！“哈哈哈！”他跟大家一起笑着，嘴角吊起的，声音像破竹。大家早对他的神色带几分诧异，也没人刻意看他。秋霞偏看出了他的表情和内心不一，对他的心理活动也觉察几分，觉得奇怪和有趣。说笑中偶尔抛个秋波，使他更觉痛苦。

这时小和尚来了，牵着匹马，驮的是烤羊肉。浪子问：“嘿，你一个人先来呀？他们呢？”小和尚口唇呐呐正要答话，一眼看见水牛等人，眼角笑弯了道："嘿，你们来了哇!"招手叫水牛等几个到门外去说话。浪子跟过去道："小和尚！啥子事情？问你孙猴他们呢？"小和尚兴奋道："嘿，我带他们去，打架！猴哥说的，不要你去，我们打完了架就来!"

5

汝坟天保大队山脚边有个油库工地，施工的是江油建筑公司，简称油建公司。这天中午油建公司伙食团吃回锅肉，香飘十里，笑虎和花枪在这里耍，老远闻到了，清口水长淌。

花枪见几个蹲着的工人都端着肉吃，就随便拉着个工人说："喂，师傅，买几张菜票!"这几个工人都认得花枪和笑虎，嘴里嚼着肉，笑道："想吃肉？你们拿了菜票也买不到呀!"花枪如何不知这个道理！肉是计划供应的，譬如省城每人每月一斤肉，L县城的居民每月半斤肉，都凭肉票买。这些参加修铁路和油库的建筑工人，规定由公社毛猪站每人每月供应两斤肉，对此农民虽然眼馋，能够归之于天命。花枪却道："哼，老子不信!"笑虎也道："你们不卖菜票，菜票上带得有油!"（指含有"油票"）这几个工人道："带油？一块钱的菜票也才几钱油。你莫要门缝缝看人，把人看扁了!"有个穿红背心的掏出一把菜票，抽出几张道："笑虎，你拿去，打到了肉就算我请你的。打不到的话，咋说？"笑虎"咳咳、哈咦"干笑两声，不肯接。花枪抓过去说："打不到肉，我还你双倍，五角还一块!"旁边的农民道："打肉除了菜票，另外还要肉票!"花枪对红背心道："哦，肉票啥样子，你把肉票给我看!""用了哇，看个屌！每次吃肉之前才发一张。"笑虎便拦着个去伙食团打肉的工人说："咳咳，师傅，我看一眼你的肉票！”花枪也凑拢去看，却是一小张盖了个伙食团章的白纸条。看热闹的农民对红背心笑道：“小三，花枪他们，连星宿（本地口语说“星宿”不说“星星”）都摘得下来，打不到这两份肉？你一定输了！”几个工人说：“哈，几角钱，输了就输了！”

笑虎和花枪朝伙食团走去，迎面都是边走边吃肉的人。花枪焦躁说：“龟儿，你刻个章！”笑虎是农场的神刻手，但花枪所言是屎胀了挖茅坑。花枪又道：“妈哟，笑虎，去偷一碗！”笑虎说：“嘻……嘎嘎……哈咦，打堆堆的人，眼睛都像望星宿望月亮一样，望着肉盆子，你去偷？”花枪鼓着眼睛：“我说真的，从后面去偷！”他大声说话也不忌讳来往的人。笑虎看他不像是说耍，就拍他一下，“嘘！”走到背静处问：“你说哪后面？”花枪说：“我晓得，他们厨房后面一间屋，每回都留了半盆子肉，是伙食团长跟几个师傅吃的！”“当真？”“你到后面窗子去看嘛！”笑虎眉头一皱计上心来，附着花枪耳朵说了几句，花枪哼哈两声，遂分开。

花枪跑到附近知青妹严蓉蓉那里去借碗，阿姣也在这里耍。花枪和阿姣有过情人关系，当时阿姣虽然专一，花枪用情不专，后来阿姣跟孙猴好了，从此不理花枪。阿姣正帮着严蓉蓉晾衣服，花枪短暂把碗的事情忘了，从背后欣赏两个晾衣裳的女生：严蓉蓉胖了，没有腰肢，就是屁股好看。阿姣削肩，小蛮腰，粉白的后颈，就是屁股不鼓，腰长了那么半分。花枪慢慢就看进阿姣衣服里面去了，开始变得兴奋。

两个女生因花枪在背后又不说话，晓得原因，故意放慢手的动作。严蓉蓉晾完衣服转身，抛媚眼给花枪：“喂，你做啥呀！”花枪回过神，晃晃手中的菜票：“哈，蓉蓉，中午请你们吃肉！”“油建伙食团的?”“嗯!”阿姣已经进屋去了。

蓉蓉问:“秋霞、浪子结婚,你晓不晓得?”“不晓得!”“凯风农场办火把节,你晓不晓得?”“不晓得!我好久不在农场了。”“明天就有肉吃。”“明天是明天!龟儿农场天天吃羊肉,吃得每根毛孔都冒羊膻味儿。我今天想吃回锅肉!”“好好,你去——你光有菜票顶屁用!三队李倩,她们好多人都试过,肉没有打到,反而还受方。”(受方意思是蒙羞)花枪鼓着腮帮子道:“哼,老子今天就不信!”

他走进屋去对阿姣说:“给我个洋瓷碗!”阿姣搭拉着眼皮,给他个大洋瓷碗。他想了想道:“哈,阿姣,我们一路去!”阿姣不理,朝里屋走。花枪眼角的余光没有看见蓉蓉,便去勾着阿姣的手指:“嘿,李倩她们不行,你行!”阿姣手一摔:“行个屁!”“那,反正秋霞行!”“她行个屁!”“她真的行!”严蓉蓉倚门而笑:“阿姣,他在激你。”花枪其实只想利用阿姣的姿色,并不知她跟油建的干部、工头熟,有些神通。“哼,花枪,我晓得你在激我——去就去!”

到伙食团花枪就将大洋瓷碗和菜票递给阿姣。阿姣排拢了队,将菜票和大洋瓷碗递给掌瓢的师傅,细声细气说:“打两份。”师傅疑心看了看她,问:“你是哪里的?”阿姣做个媚笑,低声说出了一个干部的名字——这一般而言就够了。但打肉非同寻常,还当着众人,这比搭个便车进城,比背后倒一桶儿煤油都要严重得多。故这师傅啥话也没说,就将菜票丢在碗里退回来。阿姣因漂亮和“陌生”,(陌生是指出现在打饭队列中而言。)从排队时就成了注意的中心,此时遭退碗,马上引发了哄笑。可她还有更管用的名字没有说出来,此时连忙要再说话,人们哪里等得,稍远有人叫:“走开走开!”紧贴她背后的人纵有怜香惜玉之心,可后边势头汹涌,连忙越过她将大瓷盅递进去。阿姣遭挤在一边，脸红筋胀，泪珠儿滚。

一旁的花枪马上接过大洋瓷碗，又硬递了进去："喂，有菜票，你为啥不打？"里面道："这是职工食堂，你又不是我们工人！""我有菜票！""你哪里来的菜票？"里面另几位厨师也凑过来，看他的菜票。"你管老子哪来的菜票！""你龟儿给哪个充老子！"掌勺师傅用勺子猛敲菜盆子。知青哥脾气大，厨师的脾气也不小——那年代的厨师，尤其是掌勺的，都很高傲。内中一个稍温和的说："你光有菜票，还要肉票哇！你把肉票拿来！"花枪就瞪着眼睛吼了起来："老子没得肉票！"眼白翻起，眼球就像要弹出眼眶。掌勺师傅受惊，勺子"叮咚"掉在案板上。花枪旋又转身朝众人道："怪了怪了！老子是农民，猪是农民喂的，喂猪的人还吃不成肉，没得肉票！不喂猪的人还反而吃得成肉！"他这话谁人不知，可大家又都初次听说，觉得新鲜，有回味，闹哄哄的食堂一下子变安静了。他乘兴又对着窗口吼："你打不打肉？不打肉老子反了！"正在咀嚼他前面那番话的人们听他这样一吼，又"哄"一声笑了，纷纷道："嘻嘻，反了，为个啥子？""哈，'文化大革命'也只有反走资派的，没听说过反伙食团！""走开走开！""把他拉开！"

花枪怕挨打，只好走开。却拿瓢羹（即匙子）把大洋瓷碗敲得咣当咣当响，在食堂里一拐一拐走来走去唱："嘿，嘿！泥瓦匠、住草房，纺织娘、没衣裳，打席的、睡地板，烧窑的反而吃破碗！嘿，嘿！"声音瓮声瓮气，模样一本正经，逗得打好饭菜的人都不走了，就在这里看着他边吃边笑。

花枪唱得更来劲了："嘿，嘿！种菜老汉吃菜脚，喂猪大爷吃糠壳！卖油娘子水梳头，卖扇娘子手遮头！嘿，嘿！"一些农民在外面墙根边蹲着晒太阳，起先并没有听清他吼的什么，后来听明白了，有的走进来，有的仍在墙脚蹲着，一个个神情阴郁也跟随他吼："嘿！嘿！种菜老汉吃菜脚，喂猪大爷吃糠壳！卖油娘子水梳头，卖扇娘子手遮头！嘿！嘿！"把许多在外面吃饭的人也吸引进来了。

远处隐约有吵闹声。花枪突然不唱了，竖起耳朵听。食堂里的人也都注意听外面，有的跑出去看。外面声音闹大了，食堂里的人转眼跑空。阿姣已看出名堂了，走拢问花枪："咦，咋回事？"花枪沮丧说："笑虎遭了！"

刚才笑虎从巷子绕到厨房背后，一看案板上真的搁了半瓷盆回锅肉。窗口有铁条，别人要偷跟本够不着。笑虎将铁条向两边掰开一些，挤进半只肩膀，手臂伸长，手指一勾，肉盆子就过来了。端不出来，只得抓起旁边一只瓜瓢，舀一满瓜瓢，斜着取出来。见表面刮了些铁锈，遂将面上这几片肉丢回去，又顺手将窗台上灰尘和铁锈抹拢，用五指撮起，撒进肉盆子里。遂将瓜瓢藏在衣服下，一边在巷子里疾行，一边咧着嘴笑。他只要再走几步，左拐，穿过一片菜地进了村子，就万事大吉了。不料从右边岔巷走出来几个工人，这几个人见他衣服下拱起一团，明显偷了东西——倒也没啥，知青哥偷东西与他们屁相干！却因笑虎边走边笑，觉得很好奇。"嘻，笑虎"，笑虎因高得出奇，所以认识他的人多，"你衣服里头是啥东西呀？""你要生娃儿了？"围上来要撩开他衣服看。

笑虎不笑了骂道："管得老子的！走开走开！"挣扎着。这样一来对方几个人更执着了，瓜瓢被扯了出来，"啊，肉哇？""龟儿，偷伙食团的回锅肉！"笑虎咆哮着一手挥拳，一手仍捏着瓜瓢想跑，哪里跑得脱。"贼娃子！贼娃子！""龟儿不要脸的知青哥，几辈子没有吃过肉哇?”“捶他！捶他!”工人平常对知青的傲气和无法无天早有不满，乘机宣泄，将笑虎打得伸不起腰，瓜瓢滚在地上，肉泼了一地。笑虎边揉腰边退着走，还边吓唬打他的几个人：“咳咳，好！打得好——龟儿等倒，等倒哦，不要跑!”被人使绊摔倒，用脚踢。

巷子人越来越多，阿姣一直不肯再露面的，看见打凶了，只得挤上去要将笑虎搀起来，也被冷拳击中。她半是疼痛半是用计，趴在笑虎身上尖声哭了起来，打的人才住手。花枪对着人群吼：“哪些狗日的打的，有种的等着，不要跑!”小巷里工人几十上百，都异口同声道：“老子打的！老子打的!”“老子们等着，龟儿的杂种，快点去农场搬兵!”花枪吼道：“好好，你们等着，不要跑!”工人们道：“哈哈，自带担架!”“狗日的自带棺材!”“嘻嘻，你们多抬几口棺材来呀，打死了好埋!”

6

本地火把节“文革”前就没办过了，冷寂了好多年。凯风农场附近山上有十多家彝胞，同知青关系好，前段时间知青跑光了，大牲畜都是他们帮着喂养。孙猴、永昌、六指等议论，“文革”总有结束之日，我们不抓紧快活，更待何时呢！遂找年老的彝胞打听火把节的情况，要办个火把节热闹热闹。

今晚月黑头，农场大门立柱上一对火炬，却是搁的两个铁桶，内盛机油，点燃了火苗腾起几尺高，从凯风镇看就像黑压压山脉上的两只火眼金睛。农场操场上，中央堆了个丈多高巨大的火炬，火炬中间是根青松，四周用松柴分层堆砌成宝塔形。熊熊烈焰照红小半幅夜空，干柴毕毕剥剥，热气流掀起一股股旋风，火星礼花般乱窜。周围坐了许多知青哥知青妹和彝胞，此时都红光满面，唱着歌，打起锣鼓声，吹响号角。火把节起码三天，这才是头天，明天、后天的火堆，一天会比一天堆得更高，老彝胞说要照亮农场所有角落，祈祷人寿年丰。另外还要用劈成细条的松木，中间夹着松明子（是渗有松油的松树柴块）扎成火把，举着在农场所有房屋周围和遍山坡转圈子，此时一些人正在捆扎。另有几人正杀了几只羊在火堆上烤，准备明天带去宛丘参加浪子的婚宴。彝胞们带了几罐自酿的酒来，倒在几只大碗里，彝胞知青哥正传着喝。

花枪脚一拐一拐走拢，有人招呼道："花枪，你回来了？"花枪并不说话，走拢拿刀就割烤羊腿。众人叫道："你饿痨了？""莫慌，还是生的！""这是给浪子结婚烤的！"花枪不理，继续割。火堆对面的孙猴拿起一条牛皮长鞭，"啪"抽在他肩上，虽然啸声响亮，落在身上却轻，逗着玩的。花枪怪叫一声"哎哟——"一把抓住鞭子，两手用力拖。他纵有几分力气，却不能撼动孙猴分毫。他就踉跄向孙猴冲过去，一路踩飞几根带火的柴块，众人惊叫躲闪不迭。他扑上去对孙猴劈头盖脸一顿乱拳，周围小宝、狗娃子、火眼等忙上前拖开了，叫道："花枪，你龟儿做啥子？""狗日的疯了！"花枪哭叫道："龟儿你们在山上吃得好哇！享福哇！"孙猴从地上坐起来问："你啥子意思，哪个不要你回来呀？"豆腐也道："花枪，你有话好好说！""笑虎和阿姣遭油建的打了！笑虎手杆都打断了！"

众人忙问咋回事？有的"呜——呜""啊呀"怪叫，有的跳起来，豆腐、六指忙叫别闹了听花枪说。花枪把事情经过添油加醋说了，道："老子说回凯风搬兵去了，那些油建的虾子，说爬爬爬！爬回去把你们猴哥搬来，老子想吃猴子脑花下酒！狗日的还吼，嗨，你们自家拉一车棺材来呀，打死了好埋！”

孙猴迄未做声，他陡然发一声长啸，“嗷——”似钢针抛向碧空，又似钢鞭抽打着群山，令闻者惊竦，神滞者心跳，躁动者变得冷静。却是六指最先跳起，朝大火炬踢一脚，一块树疙蔸被踢了起来，直飞向天上，有十几米高。这支火炬落下，掉进大火炬，溅起冲天的火星和黑烟。众人惊叫散开，纷纷骂道：“狗日的六指——狗日的油建！”“龟儿在太岁头上动土！”“鸡巴油建，欺人太甚！”“不想活了！”火眼站起来吼道：“走！下山！”众人也纷纷道：“走，捶他狗日的！”“下山，踏平油建！”却有几个知青妹叫道：“疯子！你们忘了呀，明天浪子和秋霞结婚！”孙猴叫道：“先去踏平了油建，回头再给浪子办婚事！”众人包括彝胞都欢呼、狂笑。许多知青妹约好一起叫：“我——们——要——过——火——把——节！”知青哥也约齐了叫：“打——赢——了，再——过——节！”

独有豆腐冷静坐着。他将孙猴、永昌、六指叫到一边道：“现在下山要不得。他们既然敢踢劲，（吹牛、充狠的意思。）一定有防备，又在他们的地盘，夜战我们要吃亏。而且他们的家属都睡了，我们去把女人娃儿伤了，名声也不好听。不如这样……”孙猴、永昌听了点头。

油建岂是等闲之辈，L县武斗时，“油建敢死队”就是凯风知青的死对头。此时全面武斗早已停止，武器也基本上都收缴了。在油建伙食团巷子揍笑虎并向凯风挑战的不过是些青年工人，头目晓得后亦无悔意，还很快进行了布置。当天下午工人照常上班，却派家属女人、孩子准备弹药——也就是石块和半截砖头，这在工地上遍地都是。又在工地背后山上朝凯风方向设立了了望哨——因在荒坡上插杆旗子太显眼了，就学抗日战争时的儿童团那样，砍株“信号树”立在那里，有敌情就把树子放倒。白天敲钟恐与上下班混淆，所以用此古老的视觉信号，晚上就敲钟。本以为知青会连夜来战，故从当天日落至次日天明，青壮年工人都处于兴奋状态中，一夜没睡好觉，或没有睡觉。次日上午大家依然斗志健旺，一边做工一边都望着那棵树，巴不得那棵树快倒下来，巴不得有此一搏呢！到中午吃饭时精神就有些疲惫了，端着碗骂怪话说狗日的知青哥当缩头乌龟了！晓得我们油建敢死队的厉害，来了叫狗日的血流成河，片甲不回！

有群青年工人血气方刚、心血来潮，提石灰桶在工地和附近农村墙上刷标语“打倒知匪！”“绞死知匪！”“火烧知匪！”“油炸知匪！”“知匪不投降，就叫他灭亡！”观者如堵，这又刺激了神经，重新造成紧张气氛。接着又做一下午的工，大家又把那株信号树望了一个下午，下工地时都拖着疲倦的腿，懒洋洋走着。这时信号树倒下，同时钟声也敲响了，刺耳而又悠扬！

7

一辆卡车飞驰而来。却是六指开车，旁边坐着永昌，车厢满载知青哥，在距油建宿舍区百米开外的旷野停下。这群知青哥跳下车，就在旷野里坐着抽烟说话，有的笑着，吼着，有的大声唱歌。与此同时，一大批工人——都是原敢死队员——在宿舍区大门一带排成人墙，个个手执着钢钎、洋镐、洋铲。更多的人待在宿舍区内，也有的在工地上，作为预备队，或觉得没必要都去上阵呀，就在此以逸待劳吧！

这群知青哥在野地里坐着，与油建敢死队遥相对峙。忽又有五六个知青哥兴冲冲跑来加入，却是浪子、小和尚和水牛、蛇蚤等人。浪子今天要当新郎，永昌、六指都叫他快离开，说打肿了脸咋办？浪子不听。永昌道："我们都是光棍，你马上结婚了，你不替秋霞着想？"浪子道："正好，关起了有人给我送饭！"

蛇蚤叫道："嘿嘿，看见没有？新名词，知匪！"指给大家看。众人起先并未注意那些标语，"文革"以来的标语都产生视觉疲劳了。此时一看就骚动起来了，叫道："嗬，打倒知匪！绞死知匪！""完了完了，成了匪了！""土匪、蒋匪、共匪，又多了个知匪，哈哈哈！""匪好嘛！""妈的，还要油炸我们！"有的挥拳狂吼，有的把衣襟一撩叉手站着，花枪在内的十几人干脆脱成赤膊。永昌忙叫道："花枪，你那几根肋巴骨，数都数得清楚，你能吓着哪个？把衣服穿起！都坐下来，要以逸待劳，稍安勿躁！"永昌有时说几句文夹白的话，大家也都还听得懂，果然都听他的又坐下了。永昌又道："大家记住了，等会不准乱来！千万不要坏了知青哥的名声！"眼睛只瞄着花枪。花枪嘴里叽叽咕咕："你龟儿，就盯着我一个说？"永昌便向着大家道："都听见了？"大家都道："听见了！""晓得！"声音虽然七零八落，却也响亮。回答了又有人笑："嘻嘻，都成了匪了，还怕坏了名声！"有人指着笑道："看看，他们上墙了！""在递弹药！"只见一个个显得矫健的身影接二连三登上屋顶，然后男的女的都往房顶上传递砖头石块，沉着紧张，有条不紊。

屋顶上的人忽然都停下工作，引颈遥望着，用手指指点点。花枪道："嘿嘿，来了！"这群知青哥也都站起来看，却见一支马队正沿山脚奔跑着，沿途是连片的苞谷地，群马昂首奋蹄，扬鬃甩尾，青纱帐中飘起茫茫一线黄尘，马队在绿浪中踊跃向前。先到的这群知青哥

“啊！啊！”欢呼起来了。

四方田野里薅秧的、犁地的、挖土的、锄草的农民早丢了锄头、农具（也有扛着农具的）跑来看热闹，非常时刻故队长也不制止，连队长自己也兴冲冲跑来了！附近村子的人闻讯也都跑了出来。有些年轻农民与知青哥挨得很近，但都抄着手，也有的在抽知青哥递的烟。更多的人站得离敌对的双方都较远，显得不偏不倚。有个青年农民看着知青哥奔跑的马队，不禁叫了起来：“好绝呀，就像在拍电影！”花枪叫道：“妈哟，你硬是不怕死呀？马上血流成河了，像在拍电影！”骂完又笑，众知青哥和青年农民也都哈哈大笑。

孙猴率领的这支马队下山后紧走慢行，已经望得到油建工地了，这最后几里路才做冲刺，故尔英姿飒爽、神勇剽悍、气势如虹。跑拢跳下马，一个个精神抖擞，但马都跑得汗津津的。六指、小和尚、水牛等早从车上取下准备好的豆子和铡短的草料，用袋子分装着的，骑手各自拿来喂自己的马。然后也有的坐下来抽烟，也有的梳理着马毛。

油建那堵铜墙铁壁已筑起几十分钟，工人腿都站硬了。田埂上、坡上围观的农民也等不耐烦了，阴一声阳一声喊：“啊——”“啊——”刺激对阵双方。油建头目们始觉知青哥虽远道来袭，反而在以逸待劳，而且在打精神战。开始懊悔未能在马队到达前对先到的主动出击，以攻为守，足可以十对一、以二十对一，不一个个如小鸡般擒住才怪呢！其实这几个头目都是部队转业的，如何不晓得这些兵法的基本常识，是在潜意识里受了国家政策的制约，不肯对知青先动手。遂叫敢死队员们都放松，休息，蹲的蹲、坐的坐，原地活动。随后又齐唱语录歌：“一切反动的东西，你不打，他就不倒，这也和扫地一样，扫帚不到，灰尘照例不会自己跑掉。”“下定决心，不怕牺牲，排除万难，去争取胜利！”前首语录歌不算太流行，声音唱得时强时弱，时断时续。后一首却是顺唱倒唱都在行的，就反复唱，唱得气宇轩昂，气象万千，最后干脆吼起来了，像打炸雷。

这边永昌、孙猴、六指等计议定了，马也吃了些草料，汗也干了。孙猴忽地吹声口哨，骑手纷纷上马，调过马头，呐喊着，转眼间冲出去。骑手清一色手执用锄把锯成的二尺短棍，浪子、六指、小宝、火眼、狗娃子等更将匕首衔在口中。这一着出乎油建敢死队的意外，（其实他们看见马队就应该料到的，完全被搞晕了！）顿时乱了阵脚，马头到时，一触即溃。黄骠马、赤兔马、花斑马这几匹快马竟一直冲入宿舍区大门，骑手因见里面空荡荡的，怕中埋伏，且背后呐喊正酣，又回马冲出。这时敢死队已被棍棒和马蹄伤了十多人，其余的草草抵挡格斗几个回合，均无心恋战，倒拖着钢钎、洋镐跑进宿舍区。这时房顶的、墙上的、周围田野的人，格斗的、呐喊的、抄着手的人成百上千，各怀激情与心事——也有的并无激情与心事，嘿，管他牛打死马马打死牛！敢死队员们跑回宿舍区喘息未定，就被呐喊声拽拉着，从惊恐与屈辱中震醒，赶快来杀回马枪。马队已经鸣金收兵，只有一匹掉队的马，马脚被洋铲砍断了倒在地上，骑手小宝在地上打个滚跑了，马留在原地痛苦挣扎。

休息片刻后，孙猴脱了上衣，露一身贼肉，于是六七十个知青哥全脱成赤膊。“啊——啊——”田间、坡上的农民见此场面，产生莫名的兴奋和冲动，全吼起来了。“呀——呀——”宿舍区、屋顶上的家属也发出阵阵尖叫。花枪本来的任务是照看马匹，但他亢奋不已，也把衣服脱光，瞪眼吼一声：“老子也要上！”几十条黄油油白晃晃黑黢黢的躯体呐喊着一齐冲出去，与油建敢死队短兵相接，棍棒乱飞，呐喊盈耳，血影模糊，时闻惨叫。且说知青的心态，是一片混沌，一场雪耻，一股武勇，一阵逞强，一番轻生，一种自贱，故舍生忘死，两眼充血，额角发亮，头皮开裂血流满面竟不知疼，反而更刺激更暴烈更豪迈连喊打得好！杀得好！砍得好！一人两人如此，六七十人如此，何愁不所向披靡！油建尽管实力超过十倍、二十倍，由于背靠家属宿舍，（选择下班时间，这正是豆腐的锦囊妙计！）竟成泥足巨人。女工和家属们虽也顽强，尖叫着为男人助威，往房顶递砖递石，但知青哥冲拢后这些砖石就成了梁山军师无用，她们凄恻的叫声更屡屡令工人们回首。工人们的钢钎、洋铲等长兵器起初也戳伤几个知青哥的肩、砍破几个知青哥的头，贴近肉搏时就难以为继了，而知青哥的棍棒匕首挥舞得越来越有劲。尤其孙猴、浪子、六指、火眼、小和尚、狗娃子、小宝、水牛、土匪等十多个最强悍的，近身搏斗是他们的拿手好戏，挥腿舞拳，腾挪跳跃，越斗越欢。后来孙猴干脆丢了棍棒，飞脚猛踢。花枪赤手空拳，瘸着腿，只在人群中不停转动叫喊，为弟兄助威，几次跌倒又几次爬起来。小和尚将一人打翻在地，见其荷包鼓鼓的，竟按着要掏荷包，浪子急叫一声：“小和尚你做啥！”他始悻悻丢下了。

油建防线再次崩溃。六指、小宝、火眼等一群浑身是血的知青哥冲进宿舍区大门、杀入一条宽巷子，竟有空旷的感觉，因为已到了无人之境。六指听屋里有人说话，把门撞开，全是女人孩子，瞪着恐怖的眼睛。打落颗牙齿的六指往地上“啪啪”吐两口鲜血，说：“莫怕莫怕……”牙齿落了发音不准，女人们更吓得抖。狗娃子进来就团团转，开碗柜，翻窗台上的筲箕。六指扯着道：“你做啥子?”狗娃子急得跳脚："饿了饿了！有吃的没有？馒头馍馍，豆豉饼子，快点拿出来！"有女的抖抖索索去翻桌子下面的背篼，六指赶快扯着他出去，还把门带上了。花枪也撞开一扇门，他因打赤膊，对胸前的排骨不好意思，讪讪道："嘿嘿，不要怕！我们是梁山泊，替天行道的，嘿嘿！"虽如此说，他带火的眼睛将每个女人的脸都灼伤了，又烧灼身上别的地方。末了却问："嘿，你们哪个认得小三？"女人们都不做声。他又问一遍，才有人问："有啥子事？""你帮我还他一块钱。"掏出一块钱放在她手心，趁机把手掐了一下。他出来就吼道："老子要唱歌了！"将短棍扛在肩上，在巷子里脚一拐一拐走着，大声唱道："革命军人个个要牢记，三大纪律八项注意！第一一切行动听指挥，步调一致才能得胜利。第五不拿群众一针线，群众对我拥护又喜欢……"逗得一扇扇紧闭的门都张开了缝儿。

油建头目早将大队人马撤退到工地上，急派人开车往县城报案。贴身肉搏开始时，有头目曾想调一拨人马去袭击知青哥的马群，有人却说："不行，那都是国家农场的马，抓来做啥？打死打伤了，二天都脱不了手！"这头目听了长叹。少数爬在屋顶上的敢死队员从屋顶上跳下来，想看看屋内的妻儿，又被知青哥举着带血丝肉酱的棍棒追打，他们只得大叫："投降了，不要打了！"脱下白衬衫来挥舞。

临撤退前，孙猴、浪子、小宝来到那匹受伤的马面前。这是匹灰色白斑的马，鬃毛零乱，屁股滚圆。它曾挣扎着要站起来，此时那只伤腿还在痉挛。它宝石般的眼睛望着天空，痛苦与美丽尽写在泪膜上。孙猴走拢蹲下去，在马颈上抚摸着。六指过来说声："猴哥，走得了。"拉孙猴站起来。他并掏出孙猴腰间的手枪，朝马头打了一枪。

8

永昌欠疚对浪子说大队人马刚打完架，去蜗居对秋霞、林芬和朱三娘一家影响不好，而且你们在蜗居举行婚礼恐怕还会有意外的骚扰。孙猴便要陪浪子去蜗居，马上接秋霞上山。永昌说才说怕影响不好，你去做啥！叫小和尚陪浪子去。

宛丘街与油建工地相距不远，但隔座山嘴，这里的人尚不知道那边发生的惊天动地的事情。浪子回蜗居先同秋霞和林芬、朱三娘在屋里商量一会，便出来说才打了场武斗——不要紧，保证没打死人——就不好在这里办喜事了，马上去农场。尹长江、林芬、熊馨珠、白素华等六姊妹及钱皮等十多人陪新郎新娘一起去农场。秋霞、浪子邀朱三娘全家都去，朱三娘说本来是要去的，可是你们才打了武斗……秋霞、浪子只得作罢。

秋霞换了衣裳从朱三娘屋里出来。上面穿的朱三娘送的对襟收腰的红绸衣裳，下面一条绿色丝裙。她腰细腿长，越显玲珑剔透、随风婀娜，看得知青哥无不发呆，知青妹个个眼热。便向院子里的大娘大叔、农民兄弟告辞，朱三娘等十分惘然，将做好的卤肉、卤鸡蛋、凉菜等打点好，硬要让他们带走，酒也带上一罐。

这支队伍走了五六里路，路边有条大沟，哗哗的流水，永昌、孙猴、水牛、土匪等十余人在沟里洗了澡，加上阿姣、蓉蓉、珍珍在这里等候。汇合后孙猴、永昌等跟新娘子说笑几句，秋霞给大家介绍了钱皮。孙猴等早从浪子口中晓得钱皮的一鳞半爪，此时见了，觉得虽非青面獠牙，冷硬的神色果然异于常人。

那次小和尚把珍珍强暴后，瘫在她身上。过了一会便去看花枪的伤，搀花枪上马走了，连头也不回，珍珍光身子躺在芦苇丛里，兴奋的情绪一下子降到冰点。后来她时而很痛苦，时而又充满幻想，做梦都在想自己变成了知青妹，和小和尚成了一对并蒂莲。凯风中学复课后她在那里读初中，经常碰到农场知青。她每次遇到孙猴、小和尚等一群人，开始她害羞躲避，但又躲得不远，比如只拐个弯儿，在小摊上装做买东西，这样小和尚有时就单独走来了，两人没话找话说几句。她后来发现孙猴碰到她时目光躲闪，表情不自然，这样她胆子才大了，敢于当众招呼小和尚。有次她路过镇上的面馆，一群知青在里面吃饭，她听见孙猴的声音："你问她吃饭没有。"跟着小和尚就跑出来了，叫她进去，给她叫碗牛肉面。她在另一张桌子单独吃。此后珍珍有时便到农场耍，可小和尚当着众人，对她还是爱理不理，顶多吃饭时在食堂帮她打碗饭。却是白素华、李丽华二人同情她，天晚了还叫她到宿舍一起睡，使她在农场立住脚，外人眼中差点要变成"七姊妹"。

打油建时阿姣、蓉蓉和珍珍都在场，跟一群村姑站在一起。阿姣心情复杂，油建把她羞辱了，但油建也有她的朋友、熟人。孙猴用情不专，二人关系藕断丝连，她恨孙猴！所以当村姑和村民们吼着闹着、手舞足蹈似乎在为知青哥喝彩助威时，她虽然也很兴奋激动，眼睛发亮，却一声未吭，她反而希望孙猴挨顿痛打！珍珍本来跟阿姣、蓉蓉一起的，当知青哥都脱成赤膊，村民齐声喝彩时，她赶快就跑过去了，后来她一直抱着小和尚的衣服，就站在知青的汽车和马群旁边。她这样凡认得的人都对她指指划划，成了一个看点。

此时队伍有二三十人，只有七八匹马。新娘当然骑黄骠马，浪子自己牵着。阿姣跳上了孙猴的花斑马。孙猴心已经不在阿姣身上了，阿姣骑他的马他也无可奈何。便由狗娃子跟着马屁股，谨防她摔下来。剩下的马，受伤的笑虎骑一匹，一匹驮结婚的东西，其他都让女生骑。其中小和尚的马，大家笑着让珍珍骑，珍珍死活不肯。白素华先骑一截后，硬把马缰交给她，她才骑了一截。

孙猴、水牛这群得胜之师，除偶尔冒一两句，并不高谈刚才打的胜仗，都因孙猴有言，怕秋霞内心深处不高兴，没把她的喜日子当回事，把新郎都裹去打架！白素华、林芬等一路上议论，说秋霞真是好事多磨呀，办结婚证遭卡，今天办喜事，新房布置好了，客也请了，又来个大转移。前面阿姣把缰绳勒一下，转脸说："白姐，我都跟秋霞陪了不是了。"白素华笑道："阿姣，你耳朵好尖！又不是你惹的事情。"笑虎额上贴块胶布，手腕上绑着绷带，骑在马上像受伤的堂·吉诃德，回头歪着嘴笑："哈哈，咳咳，白姐，是我惹的祸，我请罪！嘿嘿嘿，我请罪！嘿嘿嘿，哈哈哈，哈咦，哈咦……"九妹说："笑！吃了笑婆子的尿！"青豆说："笑虎，你嘴巴都是肿的，还笑哇！"阿姣说："怪了，你给白姐请罪！"笑虎继续笑："嗤嗤嗤，错了，给秋霞！咳咳咳，叽嘎，嘎……"

秋霞此时的心境，却是活泼开朗的呀！今天的喜事办得磕磕绊绊，浪子还去打了架，（她尚不知这场架打得有多严重！）她也心烦和担忧，可当浪子、小和尚来了，浪子兴冲冲说走，上山！她心情顿时就变好了。他们架打赢了，又有这么多好姐妹、好朋友跟着，一路热热闹闹，这比在蜗居正正经经办婚礼要快乐得多，有趣得多呢！她听见大家的话，遂回头笑道："笑虎，你请啥子罪，我们本来就计划在山上请客，正好！就是白姐你们，跟着跑来跑去的，累着了。白姐，你来骑我的马。"她要下马，众人都笑道："你做啥呀，白姐又不是新娘子!”她才罢了，笑道：“那，白姐，等你结婚，我给你牵马!”笑虎道：“嘻，秋霞，你也乱说了！她结婚，牵马的是……嗤嗤，哈哈，嘿嘿嘿!”九妹说：“呸！笑虎，你做梦，你像不像嘛!”和青豆捡路边的小石头扔他。笑虎忙道：“莫扔，嘿嘿，莫扔，我又不是说的我！嘿嘿，哈哈哈，哈咦，哈咦!”

参加打油建的人早就疲惫不堪了，又累又饿，硬撑着的。狗娃子和蛇蚤、水牛去油建伙食团抓馒头，狗娃子一个裤兜塞两个，连裤腰上都挟着两个。他的“反扫荡”裤子裤腰肥大，穿时折叠，外拴皮带或草索，故能挟带馒头。这时小和尚去捏他的裤腰，他便掏一个给小和尚，两人低着头大嚼。很快被发现了，不高兴叽叽咕咕：“蛇蚤、水牛还不是有!”三个都被迫把剩的拿出来分给大家吃。大家在路边靠近山脚的地方，找块空地，坐下歇气。青豆说：“嘿，你们看太阳!”大家刚才只顾蹒行，此时侧脸西望，只见落霞满天，一轮红日浮在云端上，像手托着美人的香腮。永昌指着问浪子：“你说它像哪个?”浪子说：“像哪个?”“漂亮得很，脸都羞红了，像不像新娘子?”众人笑道：“哈，永昌，你是不是想当新郎官?你想哪个，尹老师给你介绍!”大家当面都不叫尹长江的名字，他原来的学生都叫他尹老师，其他叫中队长。尹长江也笑道：“可以呀!”孙猴道：“远在天边，近在眼前。”众人顿时感兴趣问：“嘿，哪个呀?”

原来，永昌一直只说熊馨珠是表妹，只有孙猴、小宝晓得熊馨珠是他女朋友。永昌到农场后，熊馨珠还在生产队。“文革”一开始，熊馨珠就回城去了，不久前才回队上。永昌去看过她两次，她态度变得有些不冷不热。永昌此时突一转念，便笑着大声道：“想听?那我就说了——熊——馨——珠!”遂向熊馨珠走去，众人“啊！啊!”

笑着喝彩。臊得熊馨珠连连后退，被李丽华等往前一推，永昌趁机搂着。众人拍手笑：“永昌，请吃糖！”“永昌，结婚！”

却见山嘴后闪出两匹快马，马上是豆腐、六指二人。二人奔拢，六指骑在马上向众人骂道：“龟儿军分区！屎不日毛！”这才跳下马来。豆腐下马先笑着向大家拱了拱手：“各位壮士，打赢了，祝贺祝贺！”目光又四顾寻找浪子和秋霞。孙猴向二人道：“嗨，别啰嗦了，有话快说！”

六指道：“军分区一个副连长，带了一个排来，叫不准办火把节！

众人“轰”地闹开了，七嘴八舌道：“狗日的军分区，不日毛！”“不落教！”（不日毛、不落教都是不友好、挑衅的意思。）“狗日的报复！”“妈的，农场和军分区隔几十里，肯定遭凯风镇的赤卫军告了！找赤卫军算账！”原来这里部队分铁道兵和军分区，凯风知青和铁道兵关系好，和军分区颇多龃龉。孙猴骂道：“山烧起来个屁！我们回去他们都走了，只有把篝火烧小一点。”豆腐苦笑道：“烧不起来了。彝胞把干柴打成捆子，各家都背回去了。我们伙食团又没得干柴块子。最可惜的是那些松明子，我们今天上午都还在劈，扎成小把子搁在那里，准备晚上转山用的，被当兵的点燃了，烧了。连剩的大半汽油桶机油，也被抄起走了。”六指道：“我们回去，当兵的也刚好来。本来豆腐他们和彝胞，大火炬都码起好高了，起码有一丈五六，比昨晚的高三分之一！军分区喊拆，赶忙就拆了！”

于是白素华等女生也骂了起来，专门上山去给秋霞举办火把节婚礼，现在黑黢黢的怎么办婚礼呀？笑虎道：“咳咳，龟儿你们！本来今天是浪子秋霞的喜事，昨晚就闹起，不然军分区晓得个屎！”“昨晚闹起”是豆腐、孙猴的主张。六指道：“你挨尿！火把节是三天，头天烧了，今天明天才是高潮！”

秋霞和浪子相偎着站在人堆外的。她微笑说：“你们莫闹了。婚礼，哪里举行不都一样？”豆腐问她：“咦，啥子意思？”“就在这里办婚礼呀——嘿，你说呢？”秋霞看着浪子。浪子不由环顾这里上下四方，有鸟儿在天边飞翔，安宁河在西边绿色的田野间快活流去，东边是茂密的山林，路边有山花、红果，林中吞吐着紫色的烟霞。他笑道：“好呀！就在这里！”秋霞咯咯笑起来：“你真的说好？”浪子笑道：“你说好就好呀！”她又问林分，林分笑着说：“好想得出——随你的便！正好朱三娘把一些吃的给我们，先还不要。”

众人最初觉得意外，此时也都叫道：“好，好！浪子巴不得，我们肚子也饿了，这样最好，万岁！”孙猴、永昌也觉有趣，又问长江，长江也说好呀，这才是天作地合，天生的一对，哈哈哈！

林芬、蓉蓉把吃的东西从马背上取下来，却没有碗筷。狗娃子、火眼、蛇蚤等赶快去削树枝做筷子，九妹、小青、鱼儿等跑到远处南瓜地里摘南瓜叶子，洗干净拿回来。就将切好的卤猪头、卤心舌、卤鹅、腊肉，还有凉拌三丝、凉拌豆腐干、油酥花生米这些，一样一样分放在南瓜叶子上，别有风味，大家看着口水就流出来了。只有酒不好办，幸好酒罐口覆了只碗。李丽华倒一碗说：“反正这里兴喝转转酒，我们女生喝这只碗，你们男生就抱着酒罐喝好了。”火眼、笑虎等齐声喊妙。

孙猴提刀先去松林里，找棵松树砍开了，削了两支松明子，权代香烛。林芬、长江领头走向山脚，在一片透着霞光的林中空地插好松明子点燃了。浪子、秋霞手拉手走来，秋霞红衣绿裙，头戴凤钗和牡丹——这两样虽是朱三娘的剪纸，却也活灵活现、喜盈盈的。众人笑道：“来拜天地，拜天地！”浪子腼腆站着，手足无措，秋霞也光笑，不知如何拜。豆腐便指着一株大树道：“这棵大树天地、父母都代表了，浪子，你和秋霞面向北，对它三鞠躬，就行了。”浪子和秋霞果然并肩而立，秋霞收敛笑容，对大树行了三鞠躬礼。豆腐对众人道：“好了，我们都走远些！”“走远些？”“是呀，结婚是他们的事，等结完了婚再祝贺。”“结完了婚？在这里？”“哈哈！”“哈哈哈！”“嘻嘻，嘎嘎嘎，哈咦，哈咦……”

浪子、秋霞看着大家离开的背影。钱皮待在人群后，最后一个转身，掉在后面慢吞吞离开。浪子道：“钱皮这家伙，他哭可能比笑好看。”秋霞娇嗔道：“你咋管他？”浪子又道：“豆哥啥意思？”“嘻，你听不懂？他又没有说外国话，他叫我们就在这里结婚呀！这里真的是‘天似穹庐，笼盖四野’，天作帐帷，地作床铺！”“哈，跟螺髻山上一样！”“嘻嘻，螺髻山上，那是野合。”“这里不叫野合？”“这里是我们的新房！”秋霞“咯咯”笑了，双手勾着浪子的脖子，浪子把她抱起来，笑着在林中旋转。转几圈放下来，秋霞悄声道：“嘿，我看见小和尚和珍珍，手拉手跑过去了！”

小和尚和珍珍从那次在芦苇丛里做爱（或强暴！）后一直没有拉过手，此时他俩手拉手跑进密林深处。秋霞对浪子眨了眨眼睛，悄悄跟过去。她见珍珍倒在厚厚的树叶上，小和尚在她身上，像饿虎扑羊，不禁莞尔。回来浪子笑她：“羞啊，去看别个！”秋霞一语不发，她跟浪子也有好久没做爱了！刚才当“天地父母”的大树，她走拢背靠着。树叶滤过的光线抚摸着她的脸，她解开了胸前的纽扣，身体和眼睛都快乐歪斜着，半张着红嘴唇。浪子过来了，越走越快，浑身都着了火。

9

外面这群人正要吃喝，阿姣忽然离开，骑马向山间走去。狗娃子站起来追几步，又回头看酒宴，急得叫：“阿姣，你你走哪里去？你回来！”孙猴道：“你管她！”狗娃子听了便回来坐着大嚼。阿姣心情纷乱，想使孙猴难堪，孙猴可能不理，可能会来追她，都无所谓。可听见孙猴背后叫不管她，泪水还是牵线儿流下来。

知青妹大都喝假酒，酒碗传到自己手里，只用嘴皮抿一下，一碗酒传几圈都还有。大家都用树枝从南瓜叶上拈吃的，这筷子哪里好用！狗娃子拿着拈花生米，一拈滑了。再拈“筷子”错开了，双手才摆布好。终于拈起一颗，送到嘴边又掉了，急用手掌接住抛进嘴里。气得折断扔了用五爪筷，知青哥纷纷效尤。酒罐摆在笑虎面前的，孙猴说：“中队长先喝！”笑虎捧着递给长江。长江捧着笑道：“本来该新郎先喝的吧，不在。”呷了一口。六指说：“哦，对了，你和林芬结婚没有办，今天补起！”长江笑道：“当时你们影子都不见，我咋办？今天怎么补？”旁边林芬笑道：“行嘛，这里的酒菜，就算我们跟秋霞他们一起办的，补起了呀！”孙猴大笑：“哈哈，尹老师，那今天你也是新郎官了，要一醉方休，再喝！再喝！”长江酒量好，又捧着“咕嘟”喝一大口。孙猴手在罐底轻轻一托，罐子太倾斜了，酒泼到鼻子上，顺下巴流得一脖子都是。六指拍手道：“我听见喝响了的，是真的喝！”林芬连忙掏手帕给长江揩。豆腐拿过罐子道：“嘿，你们今天去打油建，打赢了，该庆个功！”把罐子递给孙猴。孙猴接过问打架的人：“今天哪个是头功？”六指道：“你不算的话，那就是永昌。”孙猴道：“说得是！”把罐子递给永昌。永昌却又将罐子交回到豆腐手里说：“军师决胜于千里之外，今天真正的军师应是豆哥！”见众人脸上露出不解之色，又站起道：“本来依我的愚见，跟大家一样，昨晚就要行动。我的考虑，是晚上去，女人孩子成了他们的拖累，我们好打。豆哥对我跟孙猴说，晚上去必中埋伏。我对此也不是没有想到。但我想两害相权取其轻，埋伏就埋伏！豆哥说不如等到今天他们下班，回到宿舍之后。我一想对，猴哥也说对。仗果然打赢了！所以我说是豆哥的头功！”

孙猴站起笑道：“今天具体打法，如何将人马分做两拨，如何以逸待劳这些，都是永昌的计谋。但如果昨晚行动的话，这些计谋用不上不说，输赢也不晓得。所以我赞成，豆哥的头功！”火眼、小宝、蛇蚤、狗娃子等也都欢呼道：“豆哥！豆哥！”豆腐笑着正要畅饮，白素华道：“咦，怪事，周家宝又打不来架，你是头功？”豆腐愣一下，看着白素华，捧酒罐的手抖起来。豆腐对白素华暗恋已久，白素华如何不知，况自己的年龄也越来越大。可她嫌豆腐文化低，又跟“烂娃娃”混在一起，心里很矛盾，对他很少搭理。她现在突然开腔，来管豆腐的“闲事”，豆腐听出了话中有话，顿觉胸中滚烫。其他一些人也感到很意外。

白素华见豆腐的手在打抖，继之兴奋得像红脸关公，吸引大家惊异的目光，心里又诧异又高兴，故意装得无所谓。不料目光很快又聚焦在她的脸上，她这才后悔“流露”也不该当着这么多人呀，希望快快来阵风沙，把众人的眼睛吹得眯起，把自己脸上的红晕吹散。李丽华将大姐窘态看在眼里，连忙起身解围。她站起大声道：“哈，依我看哪，头功是我们女生！特别是抱衣服的珍珍，看马的蓉蓉、阿姣，对不对？还有我，双枪李丽华！六指，你们不叫我去，生怕抢了你们的功，哼！”众人高兴得又拍手又跺脚，叫道：“对对，头功珍珍！”“头功阿姣、蓉蓉！”李丽华四顾：“哦，珍珍呢？”笑着去拉着蓉蓉：“走，去抢酒罐，喝酒！”

孙猴早将罐子捧在手里，爆发一阵大笑：“哈哈，哈哈哈……”众人有的不解，有的理解一二，都跟着笑起来，笑虎笑得前仰后合：“嘿嘿嘿，哈哈，叽嘎，嘎，哈哈哈，哈咦，哈咦……”孙猴等笑声住了，敛容道：“白姐说对了，豆哥不会打架，这次大获全胜，头功自然是我！我先来饮庆功酒！”举着罐子，仰脖张口就喝，“咕嘟咕嘟”。

阿姣在林间漫无目的转游，被秋霞和浪子看见了，浪子截住她，与她一同回来。林芬把秋霞搂着，问她：“哎，你头发上咋有树叶？刚才做了啥呀？”秋霞在她怀里咯咯笑。

孙猴酒量浅，咕嘟嘟喝了几两酒，醉成稀泥，犹将酒罐抱在怀里，斜眼看着阿姣。阿姣说：“哼，成了这副样子，是你结婚？”去拖他的酒罐。孙猴一把将她搂在怀里道：“哈哈，是我结婚，跟你结婚！”凑拢去亲嘴，酒气冲得阿姣五官缩做一堆。阿姣张口咬他嘴唇，差点咬出血来。乘他退缩，阿姣挣脱了，抬手一记耳光——“啪！”孙猴红脸上冒出几根紫条，阿姣手心、手腕也疼得泪花儿转。孙猴“嗷”吼一声，众皆失色，知青妹都抖掉了筷子，周围低垂的枝叶簌簌作响。他跳起来举起阿姣，“哎呀！”“要不得！”许多人惊叫起来。六指、水牛等一拥上前，夺下阿姣，白素华忙过来搂着阿姣。孙猴“咚”一屁股坐下，抱着罐子又要喝，长江、豆腐都道：“广厚，你别喝了！你看新郎新娘来了，该祝酒了！”他遂放下。

会酒的都赶快来向秋霞和浪子祝酒。豆腐抱着酒罐，倒酒在碗里，新人饮了之后，祝酒的饮尽。浪子不善酒，沾沾唇而已，秋霞都要认真喝一口。钱皮虽妒火中烧，也来祝酒，为了不露破绽，提前就挂起笑容。他走到秋霞和浪子面前，笑容从脸上掉下来，肌肉仍抽搐着。浪子见了虽吃惊，早知他是个怪人了，也无所谓。秋霞酒醉心明白，二人都饮了他递过来的酒。

阿姣倒半碗酒走到孙猴面前："孙广厚，你才说的要跟我结婚，那这碗酒我们夫一口，妻一口。"自己先咕嘟喝一大口，剩的递给孙猴，孙猴虎着脸不接。六指要夺她的碗，她嚷道："哼，六指，你是他的贴心豆瓣，你为了那个阿路，帮他跟大鼻子打过几回架了！阿路究竟有好漂亮？她比我漂亮，她总没有秋霞漂亮！龟儿野花，千人采万人踏！哈，你们为了一碗回锅肉，个个打得鼻青脸肿的，还要庆功？庆屎的功，庆鸡巴功！"酒碗向六指扔去。六指挥手一挡，酒碗飞起。众皆失色，这是唯一的酒碗哪！幸好是草地，狗娃子坐着的，手着地，腿一蹬，急速向前跃起，在草尖上将碗抓住了。碗里那点酒溅在脸上，眼睛都睁不开了，舌头伸出来绕着嘴边舔一圈。众人笑的笑，喝彩的喝彩！

这一罐十来斤酒很快见底。知青哥知青妹们乘着酒兴天南海北乱扯。蛇蚤说起珍宝岛事件，火眼说："嗨，苏修的军队，打啥子，放他进来嘛！"众人道："哈，你还想当亡国奴哇？""锤子亡国奴！他进来十万，知青哥开一万皮子军去，就够了！"（皮子军意为偷儿团队）众人哈哈大笑，道："有道理，有道理！""皮子军去了，包管不到一个星期，苏修大军就要哭鼻子，丢盔弃甲，跑都跑不赢！""连滚带爬，四面楚歌！""死无葬身之地！""哈哈哈，嘿嘿，叽嘎，嘎……”

又扯到知青的回城梦，真有那一天，年纪老大了，回去能做啥呀？豆腐说：“唉，人都老了，未必然还当学工？我万一回去了，只有做生意。”小宝两根手指比了个动作：“嘻，那我还是做这个，专门偷你赚的钱！”狗娃子红着脸朝小宝说：“锤子！我就当兵，专门抢你偷、偷的钱！”笑虎大笑：“哈哈，咳咳，你当兵我当将军！将军一声令下，哈哈哈，咳咳咳，成千上万的士兵都开去死！哈哈哈，哈咦，哈咦……都开去死！哈咦……”六指鼓掌道：“你说得妙！说得妙！”众人有鼓掌，有的跟着笑虎大笑。直到别人都笑完了，笑虎还笑得不可遏制，没完没了，“哈哈哈，嘎嘎嘎，叽嘎，哈咦，哈咦……”众男生有的神情漠然，有的还挂点笑容，都看着他笑。女生有的害怕了，说：“不要笑断气！”六指朝着豆腐：“古人哪个是笑死的？”豆腐一拍脑门。孙猴兀自醉醺醺的，唯一不受笑虎的影响，转头答一句：“牛皋。”白素华向豆腐叫道：“喂，哪个去给他一巴掌！”

阿姣走上前，向笑虎额头推一掌，大声道：“嘿，问你！”趁笑声空隙大声问：“你当将军，那孙广厚当啥呀？”笑虎不理她，仍旧笑得东倒西歪。大家又看孙猴，孙猴头搭拉着。钱皮站起，为压倒笑虎的笑声叫道：“我说，猴哥可以当政治家嘛！”

除笑虎之外，顿时众人有的大笑，有的鼓掌、跺脚。笑虎喉咙像卡了根刺，笑声变怪、变细、短促，马上不笑了。豆腐向钱皮竖大拇指道：“你对政治的理解，深刻！深刻！”孙猴乜斜着眼睛，把钱皮看一眼，竟也笑了：“哈哈，我当政治家？我抢银行！”钱皮冷冷道：“犯法犯大了。”“哈哈，老子合法！是他先抢我的钱，我才抢他的钱！老子合理合法！”大家都当他喝醉了乱说，只有六指、豆腐、浪子等晓得他家务事情的，才听得出他是酒后吐真言。

后来，打油建的十数人不管喝酒没喝酒，一个个都东倒西歪。长江靠在树干上唱《满江红》：“怒发冲冠，凭栏处，潇潇雨歇。抬望眼，仰天长啸，壮怀激烈。三十功名尘与土，八千里路云和月，莫等闲，白了少年头，空悲切……”

清醒会唱的都跟着吼。孙猴突然要呕吐，站起来打个趔趄，六指忙扶着，阿姣也跑来扶。孙猴走几步站定了说：“你们走。”六指就走开了，阿姣还扶着他。他把阿姣的手一摔，她仍不走开。待孙猴吐过后，阿姣递手帕给他揩嘴。孙猴倚在树干上，望着天空，突然嘴一撇。六指悄声说：“你要哭就哭出声来，你哭出声来就好了！”孙猴果然哭出了声。这时那边歌唱完了。六指开口唱：“想当初，老子的队伍才开张……”六指从来不唱歌，更没人听他唱过样板戏，怪糟糟的声音就像母鸡打鸣，那边众人听得大眼瞪小眼。

第九章　七姊妹

1

这农场，此前用多少悲剧与血腥换来知青入驻时的短暂美丽，已不得而知了。知青入驻后的悲剧与血腥，倒还清清楚楚明明白白。

一中队女生宿舍北侧有片石榴树林，林边有座水塘，水塘边有座岗亭，现已残破。青豆和小鱼房间窗口正对着水塘。到农场之初，有个月白风轻的晚上，青豆看见有个男子，高高瘦瘦，穿长衫，戴礼帽，提根手杖，在塘边漫步。她诧异揉揉眼睛，再睁眼，男子不见了。可是过一会又看，他还在那里走来走去。小鱼最胆小，青豆吓得挤到小鱼床上一起睡，但没有叫醒小鱼。次日她对几个姐妹说起此事，听了都笑，谁信呢？接着两天晚上虽有月亮，但是刮南风，窗外无事。这晚晴朗无风，长衫男子又出现了。青豆这次叫醒了小鱼，（先叮嘱了叫她别怕哟！）小鱼所见跟她是一样的，说明不是眼花。再下一次，白素华、李丽华过来陪，也看见了。

这夜又是大月亮，白素华带了浪子和笑娃过来。浪子不怕鬼是出了名的。青豆和小鱼问为啥叫笑娃，白素华说："笑娃爱笑！"青豆和小鱼笑了问："鬼还怕笑？"可五个人一直候到鸡叫，不见动静，后来就睡着了。次日人问起，浪子抱怨"鬼都没得"！大家都笑，说你们就是去等鬼嘛，没得才好！下次浪子就不肯去了，说有屁的鬼！

这夜白素华又去叫男生，碰到花枪。花枪说："白姐，我去！"白素华说："你？"很轻蔑的口气，又很轻点一下头。花枪又欢喜又紧张，道："我再去找两个人！"结果这晚便是六指、笑娃和花枪三个过来，大家先坐着打牌。深夜青豆说："好了，不打了，再打，鬼又不出来。"笑娃笑道："你想鬼出来呀？"小屋笑声一片。就把灯吹熄了，三个男生挤在一张床上睡。花枪说："白姐，鬼来了喊哦！"

三个女生又坐一会，然后白素华单独守着，过后又换青豆起来守。花枪一直没睡着，这时把眼睛睁开，看清白的月光照着青豆脸的侧面：细巧的鼻子，薄薄的嘴唇，光滑的皮肤，连眼睫毛都清晰可数呢！想入非非起来了，无非青豆已经浑身赤裸，乳房、阴部都很精巧玲珑，爱不释手。看（想）够了说："青豆，你坐开点，坐在黑处，不要让鬼看见了。"青豆正目不转睛盯着窗外，鬼像要来了呢，听了扑哧一笑。花枪也"咯咯"笑两声。六指梦中踢一脚，睡在边沿的花枪差点被踢下床，屁股撅着，一手撑地，骂道："你妈哟……"还六指一脚，六指也醒了。正在这时，青豆急促低语："看！来了，来了，又在那里走！"

六指等赶快下床，挤在窗口看，可能怕鬼发现了，都躲着没有把头伸出去。笑娃问："哪里在走？是树影子吧？"觉得影影绰绰的，揉了揉眼睛又看。小青舌头在打哆嗦："鬼鬼，穿、穿的长衫子，那里哪来的树!"。六指说："走!"和笑娃各提一把砍刀，拔开门闩，轻手轻脚走出去。花枪还站在门槛内。白素华说："你不去？去呀!"花枪嗯啊两声。白素华问："啥呀？""哎，我去叫浪子、孙猴……"小鱼说："叫鬼!""叫妈!"青豆说，推他走，在他手里塞根板凳脚。她俩枕下藏有尖刀，是怕鬼甩脱了男生到这里来偷袭。花枪只好捏着板凳脚出去，出去就小跑追上了二人，脚撵脚地走。

三人走了几十米远，到了水塘边，影子消失了，面前只有亮晃晃的塘水和银蒙蒙的岗亭。岗亭门掩着的，六指提刀走拢去，壮着胆，冷不防伸脚踹门，"砰——嘣"门撞在墙上弹回来，又慢慢开了，"嘎吱——嘎吱——"，六指、笑娃瞳孔放大，根根汗毛都竖了起来。花枪站在六指背后，歪起头看前面。忽觉后颈冷嗖嗖的，有根手指在摸，他本能回头瞪视，瞬间觉得心都没有了，跳落了。

岗亭屋顶的瓦掉光了，三合土地面跳荡着清亮的月波。六指砍刀将门拨拢墙壁，停两秒，把砍刀用力掷进去，"咣当咣当"，闪射几道白光。笑娃兴起，转身用刀背去砍击塘岸青石，"咣——咣——"，声音比刚才更清脆，从水面划过，荡起波纹；从心上划过，远处几个女生都心惊肉跳。刀落了笑娃弯腰拾刀，冷不防看见背后有个人，吓得惊叫"哎呀"——后来说看见的是穿长衫、戴礼帽的鬼。花枪抽身就跑——后来说看见笑娃举刀砍他。花枪一跟斗栽进池塘，"扑通"冲出根水柱。笑娃在看见"水鬼"的头露出后就开始大笑，这可能是他一生笑得最厉害的一次了，女生说看见笑得水池里溅水花。女生挤在窗口看，一切尽收眼里，也跟着笑呀笑，青豆、小鱼都笑出了眼泪。只有六指还算冷静，后来他说什么都没有看见。他当时也没有进屋去拾刀，天亮了才去拾刀。

后来这穿长衫、戴礼帽的鬼就消失了。究竟是刀光吓退的还是笑退的，竟未可知。

农场西南方向有坡梯田，坡脚一幢石头砌的二层小楼，是原来的女监，现在空着，楼前有块坝子。那里因为少人光顾，门槛上都长了青苔，坝子成了草坪。于是天阴下雨，就有女人的呜咽声，伤伤心心，如丝如弦，从小楼方向传来。每次总是一两人先听到，再约一群人远远站着听。怀疑真有人在那里哭呢，雨过天晴，大家都跑去看，楼上楼下空荡荡的，泥地上也没有足迹。莫是女鬼？知青虽然害怕，又很同情，似乎都愿意与之共处。有的知青妹雨天还相约打着伞，带了手帕，在离小楼不近不远的地方站着，等着听这如怨如诉的丝竹。

这天午睡时，下着绵绵细雨。火眼翻来覆去睡不着，想去小楼探看究竟。本欲单独去，又想我如果真有奇遇，说起哪个信？要有个人同去。便想对女鬼有兴趣的，还有谁呢？小和尚？狗娃子？六指……一张张面孔闪过，最后决定约花枪——怕他胆小不去。

花枪对女鬼一直又爱又怕。他阅村姑和知青妹已多，女鬼是何景象？每想起便心痒难挠。火眼来约，他觉得最妙不过了。他想女鬼若是美女，断不会爱上火眼；若很恐怖，火眼胆大包天，与浪子、六指齐名的，断不肯弃我而逃，成为全农场的笑料。便欣然同去。

火眼头戴浅筒黑毡帽，提一把两尺长的砍刀，牵着赛虎，（狗的名字，是从小说《林海雪原》学来的。）花枪拖后几米远，二人冒雨往女监方向走去。到了草坪边，火眼尿急，就把砍刀插在地上，掏出小雀儿。花枪岂肯走他前面，也跟着解裤子。这时就飘来了哭声。两人都很激动，一个尿了一半，一个未尿出，都赶忙把小雀儿塞回去。

循声再走几步，就清楚看见梯田埂上有个穿白衣的女子，隔着雨帘，与他们相对而立，手掩着面。她是在遮雨？在拭泪？还是她的脸太恐怖了？或者正相反，是个美女？花枪心狂跳、腿发软，暗想决不会有当着男人以手掩面的美女，女子遮着的一定是条半尺长的舌头！忙站下低声叫“火眼！火、火……”可火眼仍在走。花枪趁女子手从脸上移开前，回头就跑。

火眼见女子像弱不禁风，站在那里等他去呵护，激动得心子快要蹦出喉咙，蹦到天上去了。他一脸春风，手牵着赛虎，小步往前走，怕把她吓跑了。他甚至希望风小点，雨细点，莫把她吹走了，融化了。火眼又走了十多米，见那女子在田埂上移动，像走，又像飘。一股旋风挟着雨雾袭来，他抹一下脸又看，她已经飘到远方，不见了。火眼很失落，在草坪上盘桓一阵，才快快返回。他对大家说起此事，说奇怪的是赛虎不咬她，还摇尾巴。六指说：“那赛虎一定是看见熟人了！”因赛虎才养了半年，火眼道：“熟人？那只有陈小青，根本不像！”陈小青是死了的知青妹。六指道：“过去在这里住过的，畜牲也都认得，觉得是熟人。”

接着又一个雨天，火眼只身前往。他依旧戴浅筒黑毡帽，却把两尺长的砍刀插在背上。他这次所见女子，身材像换了一个，稍胖，穿素花衣裳，站在湿漉漉的草坪上，脸露着的，像在等人。她在等我，火眼？火眼手插进裤袋里，吹着口哨，慢慢走拢去，甚至看清她肩头用方格手帕补了个疤，但是看不清她的面容。再走，树枝上掉下一大束雨水，正淋在脸上。就在他揩脸的时刻，女子转身走进雨帘去了。

回来碰见一些打着伞、戴着斗笠的女生，手上都捏着手绢，三三两两站在草坡和田埂上，正引颈谛听、张望着，眼神都很迷蒙。看见他都聚集拢来，听他说刚才的情况。火眼此前从未连贯对女生说过话，尤其六姊妹等漂亮女生，他碰见自己就走开了。此时这么多女生聚精会神盯着他，他好开心！遂挺起胸口将刚才的经历认认真真地说了一遍。姑娘们听完了唏嘘不已。黄心华歪着头看他："火眼，你的样子像夏伯阳！"夏伯阳是苏联内战时的英雄，哥萨克骑兵师长，因为电影《夏伯阳》驰名华夏。火眼差点跪下。青豆说："许云，你眼睛好亮！"火眼因右眼皮糜烂过，右眼略小，两眼不对称，眼角还经常有眼屎。可目光炯炯有神，这点从来无人道破，故连他自己也不觉得。火眼从小听鼓励表扬的话就跟过年。他大声道："三姐！小青！你们——"眼睛（已经湿了，幸好下雨！）向所有女生扫一遍，"二天你们有事情，尽管叫火眼！"说了他赶快大步走了，不然马上会哽咽。

吃饭时他跟更多人讲。众人一致说这次碰到的肯定又是个女鬼，火眼运气真好！孙猴说："什么话，碰到鬼说人家运气好！"火眼笑道："我巴不得呢，我故意去碰的！"

农场附近并无劳改犯人的坟。一说埋了没有垒土，一说在山背后有个千人冢，待考。知青在这里的数年间，倒留下了几座知青冢。最早是陈小青，她清早到一处水塘边洗衣裳，不小心滑下去了，来不及叫一声。农场特意给她立了碑，刻有尹长江所撰挽联：姑娘未竟革命志，青山无埋向阳心。由此挽联就可推断立碑时间了，这时大家都还没有颓废。若大家都颓废了独长江没有，他挽联也不会这么写。与姑娘相邻的是赵辉的坟，这坟淋漓尽致折射出了农场"文革"的乱象。

凯风农场在安宁河对岸有个分场，为四中队。四中队丝毫未沾原劳改农场的光，乃是筚路蓝缕、白手起家，有一种自豪感。四中队与一中队之间“文革”前就有摩擦，“文革”中裂痕加深。这天一中队赵辉在对岸耍，兴许是看见了河里鱼儿吐泡？鬼使神差去四中队找管炸药的吕治要雷管炸鱼。吕治要中队长开的条子，赵辉哪有条子，骂吕治屁眼虫，吵了一架。本来事情已过去了，不料吃饭时又在食堂相遇，又吵起来。这里全是四中队的人，也有恶语相加的，也有帮着起哄的。赵辉从来是比较本分的知青哥，（这也是他能到四中队食堂吃饭的原因！）此时因处境孤立，又羞又恼，正所谓“怒从心中起，恶向胆边生”，跑进厨房拿把火钩出来，朝吕治当头一火钩。吕治头上被戳了个血窟窿。赵辉行凶后夺路而逃，四中队一群人紧追不舍，赵辉跑向河边，下了水。对岸就是一中队地盘了，四中队这群人只能干望着。赵辉这样的无名小卒在四中队行凶打人后又在人堆中从容逃脱，这成了四中队的奇耻大辱。四中队知青哥群情激愤，吕治治伤剃了光头，他一群十多个好友也剃成光头，发誓报仇。

赵辉跳进河里被冷水一激，就清醒了，很后悔，担心事情闹大。心想屈彬也许能化解此事，他就只对屈彬说了此事。但是不扩大事态只是他一厢情愿，对岸一群知青哥剃成“光头党”的事，很快传到这边来了，闹得沸沸扬扬。屈彬去协商的结果，那边要赵辉本人去负荆请罪，说这样就算了。

赵辉要去，大家都道：“去不得！中队之间有仇，谨防把气都发泄到你身上。请罪也只能在中立的地点，你去，是羊入虎口哇！”但赵辉执意要去。永昌道：“你是关云长单刀赴会哟！”孙猴道：“关云长单刀赴会，实际也是三个人，还有周仓和关平。你要去，肯定屈彬也要陪你去，你再点一个人。”场面静了下来。花枪自告奋勇说：“我去！我跟黄易沾点亲戚。老子脚是跛的，哪个还敢打我？”赵辉看他一眼，目光转向浪子："正勇！"浪子与四中队几员干将之间有过节，听了未马上表态。孙猴道："浪子不好——他跟我一样，你另外点。"赵辉道："那就不点了，就是屈彬。"浪子这才说："行，赵辉，我陪你去！"孙猴道："说了你去不好。"浪子道："猴哥，你怕我过去闹？我去了不开腔行不行？""你做得到不开腔？""做得到！"

不出所料，赵辉、屈彬、浪子到对岸，浪子反而成了中心人物。赵辉向吕治赔礼道歉，并赔了10块钱医药费后，对方为首的黄易就把陈年老账翻出来了，故意历数浪子的罪状，明显想激怒他。浪子因身在"敌营"，竭力心平气和辩解，就是不肯认错赔礼。屈彬竭力打圆场没有效果，气氛越来越僵。后来按捺不住的竟是赵辉，他一拍桌子道："正勇，屈彬，不跟他们多说了，好汉做事好汉当！"黄易道："那好，钱也不要你赔了！"把10元钱拍在桌子上。屈彬生怕对方马上动武，说不定会将浪子和赵辉捶成肉泥，遂制止浪子、赵辉不再开口，向黄易道："那我们这次就走了，下次再说。"黄易道："那好，就送你们几步。"浪子想明明不欢而散，他还要送，送就要出事。遂道："不送了，我们自己走。"黄易不答，已经先走出去。屈彬向浪子递个眼色，意思不要多说，小心就是了。10元的大团结（旧版10元钞票的图案为各族人民大团结，故称。）搁在桌上，赵辉并没有拿。

从四中队农场到河边一里多路，其中一段小径，左边有条深沟。屈彬领头，浪子随后，把赵辉夹在中间走。黄易、头上还包着纱布的吕治及另几个"光头"跟随着。浪子虽然警惕，却不便向后窥视，加之沟里水声哗哗，也听不到响动。干脆装起不在乎，摇晃着肩膀，挺胸走着。他后脑勺突然挨一棒，眼前金星四射，叫一声倒下了。与此同时，吕治抢前一步，拿柳叶刀向赵辉背上猛刺——他何尝想刺死人，而只是想“教训”，故瞄准的是肩胛下，但身后的动静令赵辉猛然转身，吕治手“忍”一下，还是刺出，便刺了心脏。赵辉大叫一声，前冲两步，曲膝弯腰，吐出一口鲜血，这才倒下去。屈彬只回头看了一眼，拔腿就跑。光头党们在后狂呼：“屈彬，你回来收尸！”屈彬始煞住脚，走了回来。他走拢后，吕治把那张“大团结”扔在地上，就和光头党们转身走了。

浪子虽挨一闷棒，却未失去知觉，趴着装死。听光头党已经走了，屈彬在叫他，遂睁开眼睛，慢慢坐起来。屈彬欣慰说：“你没事？”看他坐好，这才跳过沟去扶扑倒在地的赵辉，只见血从他身体下浸出来。慢慢抱起，苍白的脸，眼珠已经不动弹了。衣服解开看时，左胸冒出一个拳头大的血包，突突跳。

吕治聪明，当晚听说赵辉死了，就连夜去县上投了案。这样孙猴等执意要捉拿的对象就成了黄易为首的那群光头党。可事发后不仅光头党，四中队所有知青哥都很快作鸟兽散。黄易或说去了新疆，或说下云南去了泰国老挝，从此（也许永远？）杳无音讯。

2

没有“文革”如何？没有“文革”自然没有赵辉、笑娃、靳老五之死，花枪之残。但那种戴礼帽的男子，那种白衣飘飘的女子，他们的噩运还会细水长流。没有“文革”早在“文革”前就有的知青运动亦将细水长流，时起波澜。没有“文革”孙猴等“变坏”的过程会慢一些。唉，说不尽的“文革”呀！

孙广厚家有几间私房出租，最早每月能收几十元房租。后来这几间房屋交由政府“经租”，也还能够从房管所那里多少领到一些租金。1966年7月的一天，巷子口突然出现一张红卫兵的大字报，写道：所有私房主一律到房管所办手续，上交所有房地契。这时候带“主”的词儿，如地主、厂主正是最犯忌讳的时候，妈妈赶快把自家房地契和领取租金的“经租本”一并交到区房管所。自此不仅领不到一分钱“经租”，就连自住的两间房也变成国家所有，每月倒还要交5元房租。可怜的妈妈反而松口气，母子见面时她说：“我家是私房主，我一直提心吊胆的，现在好了，我睡得着觉了。”

孙猴杀牛宰羊，及武斗抢劫一把好手，对凶恶丑陋之物却有感情。这天黄昏时分，太阳刚下山，月亮已经出来了。一群知青哥在伙食团聊天，争论螺髻山上有没有豹子。火眼说附近山上一个相识的彝胞，在凯风镇医院见他正去缝针，“嗨呀！他头皮上一条大口，血淋淋的，肉都向两边翻。他好像不痛，可能都痛麻木了。问他咋回事，他说‘打豹子啰！’”浪子、小和尚却笑道：“螺髻山㞗的豹子！我们放几年的马，还不晓得？”正说得热闹，“哗啦啦——哗啦啦”，从隔壁房顶上传来清脆的响声。六指警觉道：“瓦在响！”“汪——汪！”两声有气无力的狗咬，赛虎一窜进屋，马上往桌下钻。“赛虎！”六指、火眼都低头唤它，以为它受伤了，见它缩着抖成一团。他俩对看了一眼，一起带头冲出去，只见月光下，马圈房顶伏着一物，眼如铜铃，正虎视眈眈。发出短促、低沉的吼声“呜—呜—”震得人心尖发慌。冲出的众人一个跟一个往后缩。孙猴这时拿了猎枪出来，立即举枪瞄准——这么近的距离，不是十拿九稳，简直十拿十稳！他却一直不扣板机。那豹子一窜，跳下屋顶，蹿入夜色消失了。小和尚第一个嚷起来：“锤子哟，猴哥，你、你……”众人也都道：“嘿，你咋不打?”“唉，不说别的，单那张豹子皮，唉!”孙猴哈哈大笑道：“我看见它那对眼睛，绿莹莹的，觉得它是我兄弟，手就忍了。”

火眼有次花一块钱，从猎人手中买了只刚断奶的狼崽，抱回农场。人见了说：“你喂得大?不遭踩死才怪!”他想了半天，觉得割爱算了，抱去送给孙猴。孙猴如获至宝。喂到两三个月大，已能蹒跚行走了，孙猴故意带它在农场四处走，包括到食堂吃饭，经常引起骚动。女生们有的或见其憨态一面，又爱又怕。多数唯觉厌恶恶心，都躲避不迭。其实它牙齿才米粒大，并不会咬人。有次他带到浴室洗澡，小狼竟跑到隔壁女浴室去了。女生有的在冲澡，有的在打肥皂，有的洗完了在搓内衣，都发出像被利刃刺中了心脏一样的尖叫，浑身水淋淋的就套上衣服跑出来了。往身上打肥皂的因人都跑光了，光剩下她和狼崽，连水都没冲也跑出来了。这些女生先去痛骂火眼，说是他弄到农场来的，骂得火眼脑壳开裂。然后又找孙猴说理。孙猴只得给小狼做个项圈，用绳子牵着。小狼还造成男生的分裂。火眼、狗娃子、笑虎等对小狼宠爱有加，喂它吃的。浪子却说：“猴哥，你最好拴起喂，它的嘴碰我一下，我周身都麻!”孙猴哈哈大笑。小和尚有次不小心踩它一脚，软绵绵的，狼崽“叽——”一声尖叫，小和尚撒腿就跑。跑几步停下来看，狼崽正朝他呲牙咧嘴。接下来的两天，小和尚每次从狼崽身边过，狼崽都把他盯着，眼露凶光，弄得小和尚寝食难安。他想妈哟，你还这么小，就跟我结仇了，你长大了还不咬死我呀?想来想去，这天终于去伙食团寻了根肉骨头，趁四下无人时丢给狼崽吃，绕到它身后，猛一脚把它踢飞起来，再赶上去在头上狠狠踩几脚。小和尚用脚拨两下，软软的没有动，这才抓住一只后腿提起来，丢在水塘里闷死了。

若要人不知，除非己莫为，孙猴后来晓得了是小和尚干的好事。众人背后打赌，有的说小和尚要挨一顿好打，有的说为一只狼崽跟朋友翻脸那就不是孙猴了。孙猴连续两天闷闷不乐，小和尚也连续两天躲着他。第三天终于冤家路窄，小和尚被他一脚踢翻，再一脚踢在屁股上，踢飞几尺远。浪子赶忙来挡，也被掀翻了。小和尚也没有爬起来，就趴在地上哭道："猴哥，我不了……我、我赔你呀！""好，你狗日的赔我！"孙猴狠狠骂道，没有再踢。噢，小和尚在学习班被"三宣队"打得九死一生都没有讨过饶，这是后话了。

狼崽其实就像狗崽。狼崽眼中闪露的凶光，也有人觉得绿得陶醉、绿得美丽。但穿山甲之丑，可能就没有异议了吧？穿山甲眼睛如鱼眼睛，有哪个说鱼眼睛美丽？虽然它的肉是美食，甲是名贵中药。有回在位于螺髻山西北山麓的西鸡乡街口，孙猴看见一个中年彝胞用查尔瓦（即披毡）裹着个东西，在动。孙猴心头一动，走拢问："你抱的啥东西哟？""穿山甲嘛。""活的死的？""活的哟！"彝胞露给他看。"你放下来走看。"彝胞撩开查尔瓦把穿山甲放下来，有两尺多长，在地上慢慢爬。"好多钱哟？""50 块嘛！"50 块可是笔巨款。路边就是深山沟，孙猴轻轻起脚一挑，穿山甲滚下山沟去了。彝胞脸色一变，骂一句，嗖一声拔出刀来。孙猴和旁边的六指后退两步。六指赶快说："嗨，要不得哟！"撩起孙猴的衣裳把手枪露给彝胞看。彝胞也爽快，把刀插进鞘里说："二天见嘛！"悻悻然转身就走了。

"文革"后有段时间，农场人跑了 90%，田地荒芜，大小牲畜给附近农民和彝胞"寄养"，留场者国家每月仍供应 25 斤粮、2 两油。留场者守不住这份清贫，就拆房子卖，空着没人住的都拆，门板两块钱一张，瓦椽子 8 角钱一根。问所碰到的农民，你要不要椽子？要哇？跟我来！就拿钉耙把屋顶的瓦片哗哗啦啦钩下来，钉耙够不着的地方人就上去躺着坐着，伸脚蹬，这样把瓦蹬光之后叫买主自己拆椽子。天下大乱，留场者还以为跑了的都永不会回来了呢，所以把房子都拆了卖了。还以为跑出去的人将会把天下打定，把下乡运动来个“彻底否定”，大家返城。眼下姑在此及时行乐，或苦中寻乐，今朝有酒今朝醉。

孙猴等这天突然回来，见许多房子瓦扒光了，门窗抠了，就像些骷髅。走进去徒立四壁，好不凄凉。又听说卖房子的钱早就挥霍光了，不由怒火中烧。有排平房，独有孙猴和六指那间没有遭拆，这间房屋立在一排骨架中间，亦是怪象。房间里住着别人，六指进去几脚把人和东西都踢了出来。这时为首拆房子卖的几人听说孙猴等回来了，跑来相见。虽然衣兜里还有几文，都装成蓬首垢面，衣衫褴褛，可怜兮兮的样儿，骨子里抱着死猪不怕滚水烫的心态，要钱没有，要命有一条，况且晓得孙猴不会把本农场的知青怎样。孙猴把他们看两眼，抄起钉耙。几人顿时惊叫起来，以手捂头，但是都没有跑，因为浪子、六指、狗娃子等十余人站在周围。却见孙猴举起钉耙进屋，把屋顶戳几个大窟窿。出来把钉耙递给这几人说：“狗日的进去扒进去扒，都扒光！你们要卖就都卖了，这样干净！”无人敢去扒。次日六指去找个买主来卖了。

陆续返回的农场知青一度在山脚凯风镇上的粮站、供销社扎营。镇口公路是从省城开往南方的必经之路，知青哥在路边插个“警备区”牌子，几支长短枪（花枪执红缨枪），拦车收买路钱。本省“五大公司”司机一贯趾高气扬，也照收不误。这天省城冶金公司十余辆开往攀枝花的大卡车路过，被拦住。花枪上前以红缨枪杵地，一跳跳上头一辆车驾驶室的踏板，伸手问司机要烟抽。这司机是北方人，听不懂花枪含混不清的口音，见他伸手，连忙抓起铁扳手自卫。花枪收费多日，还未遇到过此等司机，“嗷”叫了一声，将红缨枪朝他刺去。司机吓得从另一侧车门逃出，又不可弃车而去，与花枪绕着汽车打转，众知青哥吼的吼笑的笑。其他司机弄清了花枪是要香烟，忙叫住了，递烟给知青哥。司机们听说还要收过路费，就不依了，共有一二十人，闹闹嚷嚷，捋袖舞拳，也不管知青哥有枪无枪，因为从没听说过哪里为收过路费开枪打死人。这时孙猴、浪子等飞马来了，孙猴一棍子把吼得最凶的司机头盖骨打碎。六指跳进驾驶室，把这车开翻进路边十多米深的崖脚，摔得稀烂。从此以后，本省“五大公司”支援南方车队的司机口中便流行一句顺口溜：“泥巴山易翻，凯风镇难过!”“五大公司”名字个个如雷贯耳，乃是101公司、132公司、420公司、冶金公司和钢管厂，都是资产过亿、职工数千上万的大企业。泥巴山则是从省城到L县的路障，譬如蜀道中的秦岭。

一中队知青哥在赵辉死后一个多月，抓住了当时“光头党”之一的冷苞。刺死赵辉的吕治既已投案，现在大家最想搞清打浪子闷棒的是谁，是不是黄易？冷苞却也是条汉子，坚持说他走在最后，没有看见是哪个打的。孙猴说那好，你反正是不长眼睛的，现在把你的眼睛蒙起来打！一脚扫翻，喝叫狗娃子等脱下他的衣服把眼睛蒙起来，一顿好打！花枪最后搬起一块大石头，叽咕说：“他龟儿看不见，老子要下毒手了，叫他糊里糊涂见阎王!”抱到头上方一米之高正要丢下，被六指接住了。如此冷苞仍没有招。火眼、笑虎大串连时都去过渣滓洞白公馆，目睹了“披麻戴孝”、“老虎凳”、“钉竹签”、“灌辣椒水”这些酷刑的实物、照片及说明，此时便想起来了，提议对冷苞如法炮制，二人又将每样酷刑的细节说了一遍。孙猴下手虽毒，对血腥的东西依然不悦，觉得老虎凳很干净利索，就叫试老虎凳。绑定后，火眼在冷苞脚跟下才垫一匹砖他就开始惨叫，垫两匹砖时大汗淋漓，垫三匹砖时他就乱说起来了，说了四五个人的名字，包括自己，但就是没有说黄易。六指、笑虎都分析说行了，一定就是黄易。但火眼坚持还要垫第四匹砖，只得依他。垫这匹砖把狗娃子、小宝弄一身的汗水，冷苞昏了过去。

解绳索许久冷苞才醒转来，醒后也根本动不了。躺了一天，喂了些稀饭。次日屈彬和孙猴来，屈彬喝叫他自己爬到诊所去，孙猴将三张“大团结”塞在他手中。冷苞站起来走，一下摔倒了，慢慢又爬起来，孙猴只得派个人送他。

3

屈彬去农场前在天保二队，同阿姣一个知青组。知青组所在的小村落，四五户人家，掩映在汝坟通往县城路边的一小片香樟树林中。知青下乡前几年，汝坟坝子的大树几乎砍光了，用来炼钢和公社食堂烧柴，这小片香樟树林却保存下来了，很独特。

阿姣在知青哥中只中意屈彬。屈彬对她虽好，但就是不肯越“雷池”一步。屈彬经常不在组上，加之都晓得屈彬不近女色，不吃醋，知青哥赶县城看见这片香樟树林，都免不了走下大路，去知青组讨水喝，意在看一眼阿姣。阿姣有一年多，为屈彬守身如玉。终于有一天，花枪路过前来，她正烧水洗头。花枪不容分说帮她洗头。她早就知道了花枪风流的传闻，暗笑你跟我也来这一套呀？让他洗。怪呀，花枪手指在女的头发上挠动，轻如蜻蜓飞，快像鹿儿跑，嘈嘈切切，花儿胡哨，“大珠小珠落玉盘”。他还晓得你的痒处，集中挠那里，让你头皮满足了心尖尖痒。洗完不用你说就找条干毛巾，帮着搓干头发。阿姣只好烧开水请喝茶——别的知青哥来都喝的凉水。花枪给她也泡杯茶，喝茶时讲了些笑话。她事后想他也许在她的杯子里加了什么，使她糊里糊涂就失身给他了。可她不后悔，想他再来，而且即使他再也不来了她也不后悔，这一次够女人兴奋一辈子，想一辈子。她虽是第一次，也能猜中他玩女人的本事比别的男人高得多，男人都如此女人还闹离婚？花枪很久才来一次。

孙猴解除劳教回来后，有天扛猎枪走进树林打鸟，偶然来到这里。阿姣门关着，有人在里面说话。他走拢去听，一男一女，男的肯定不是屈彬。女的道：“起来，你起来嘛！”男的道：“你答应了我才起来！”“不嘛，我就是不！”“阿姣，你不要看不起我，我这样才是踏踏实实的，我们安了家，男耕女织……”“你起来说嘛！”“我非要你答应了才起来！”“你不起来我要喊了！”“你不要喊，你喊了，我就用这把刀，把我这只左手的血管割断！”孙猴便一脚踹开屋门。

进去是间狭小的灶屋，阿姣坐在小板凳上，本组知青朱有元正跪在她面前。朱有元是知青中的“另类”，他肯干活，下乡一年多就把犁田、撒种、栽秧、背苞谷厢、堆火土及改料、做砖、砌墙等男工的十八般武艺都学会了。他个性倔强，独来独往，不与别组知青结交，也不讨好领导。此时门被踹开，阿姣对着门的，吓得跳起来。朱有元一个转身，手撑着地，也跳了起来，叫道：“孙猴！你踹门？有没有王法？”孙猴手拎着猎枪道：“你滚出去！”朱有元道：“哈，你凭啥叫我滚出去？你以为别个怕你，我也怕你？”孙猴拿枪指着他：“不出去，老子开枪了！”朱有元下乡前当过消防队员，不睬说：“这是在生产队，又不是在战场上，你开枪声音大哟!”孙猴愣了愣，“嗖”掣出匕首道：“好，它就没有声音!”朱有元抽身就跑。

阿姣扑上去搭着孙猴的肩，抽抽咽咽哭了起来。朱有元一直纠缠她，可她对其一千个讨厌、一万个讨厌！屈彬长期不肯伤和气，睁只眼闭只眼。孙猴劳教前心里只有喻小泉，连秋霞都不多看一眼，别说阿姣。他迄今还怀念着喻小泉，任何女的都不及喻小泉的一根毫毛。这时他僵硬站着，哪怕被阿姣头发摩擦得脖子红，哪怕被她乳房揉搓得胸口烫。阿姣这时一心要给他的呀！他是汝坟知青哥的头儿，他身体好壮，他玩女人比起花枪……啊呀我要试试，我要给他。她一边哭一边断断续续想这些，她本来是真的哭变成假哭了，她放肆用乳房紧贴他的胸口，搓呀搓。可孙猴眼睛始终直直盯着前面，一根乌黑的柱头。直到阿姣哭够了，仰头看他，他才下意识看她一下。不过是女人一双泪眼！谁也不知道孙猴看见了什么，看见雪地上几头东踹西跳的小鹿？看见乌云中一个清亮无底的洞穴？看见塘陂藻荇纵横参差水波清亮得叫人喘不过气来？阿姣刚要娇嗔推开他，被他拦腰一抱上了床。

后来这件事干得真是一塌糊涂，阿姣肚皮腿缝全是白的。分手时阿姣很羞涩，说你要经常来呀，不然朱有元……孙猴神情本有些沮丧，这样一说头才昂起来了。

最初，阿姣看见窗口有影子想去关，可是身子动弹不了，结果是朱有元在那里偷看（他后来偷看不止一次）。以后江湖流传孙猴早泄，孙猴怀疑是阿姣说的，其实是朱有元。阿姣无论如何不会这样说。孙猴能识男人不能识女人。

没隔几天，月出东山之际，花枪来了。花枪明明看见阿姣独卧、醒着，不给他开门，这对他和女人的关系来说是个天方夜谭。花枪玩女人很保护隐私，他就是与一个屋檐下的两个知青妹来往，知青妹互相间都不晓得。花枪窗下坐了一个钟头，为等月光射入窗洞的片刻。他趁机做各种手势投射在阿姣床头上：狼、小猫、兔子、鸽子、老鹰、仙鹤、翘辫子女孩、梭梭头女孩、凳子、椅子，接着是些淫秽手势……他和阿姣玩过所以阿姣都认得。阿姣所受的煎熬啊，在床上翻身，床叽嘎叽嘎响，床单都打湿了，都忍着没有给他开门。

孙猴和阿姣的关系公开并持续了一年多。后来孙猴被一个叫阿路的知青妹勾了魂。

L 县地区知青流行歌中唱道："林南的知青妹辫子长呀，两个眼睛水汪汪。你要是嫁人不要嫁给别人，一定要嫁给我……"L 县地区十多个县，为何不唱别县的知青妹辫子长，都唱林南的知青妹辫子长？据说就因为那个眼睛水汪汪的美女实有所指，她就是林南的阿路。阿路的星光最先在"文革"初林南县知青大会上闪烁，继因部分知青哥的炒作，她又戴上 L 县地区第一美女的桂冠。可惜阿路没有找个知青哥而是嫁给了养路队的大鼻子。

大鼻子原是林南公路养路队队长，身材、长相很威风。大鼻子"文革"武斗中崛起，但出名主要靠阿路。阿路爱上大鼻子的深层原因不详，表层原因是（知青妹都认为）嫁给养路队的也就等于嫁给司机，或司机们，因为养路队的可以叫停任何一辆汽车。武斗起家的大鼻子因美女配英雄名声大噪，众多林南知青哥、L 县知青哥因阿路而成了他的死党，像阿路带去的嫁妆。不过林南（乃至 L 县地区）之花被养路的摘了，更多知青哥为此扼腕长叹。

这次大鼻子和阿路住在 L 县一家旅馆。旅馆楼上临街的曲栏外凸，他俩坐在这里，很显眼。阿路偎在大鼻子身上剥瓜子，剥一颗喂他一颗。大鼻子因和人说话，有点不堪其扰，她改成剥了一小把才去喂他，满满塞进口中。此亲昵之态通街都看见了。孙猴、六指和花枪走在街上，六指连忙指一下道：“嘿，你问阿路，那就是阿路，和大鼻子！”孙猴就放慢了脚步，随后干脆站在路边看。曲栏伸在街上，阿路剥着瓜子，目光却是很自由的，视野也宽，早看见了街上的孙猴，身材高瘦，目光阴鸷，气宇不凡。孙猴目不转睛盯着她，她也有意无意抛个媚眼。孙猴想她认得我呀？瞬间心旌摇晃，产生醉酒的感觉，腾云驾雾的感觉，站着像个泥人。花枪和六指相视一笑。六指问孙猴：“嘿！上去？”孙猴清醒过来，幻觉中五彩云锦、神仙伴侣、眨一下勾一次魂的媚眼、张一下吐出朵花的红唇忽然都不见了。再看上方，阿路只有个后脑勺。花枪眼睛一鼓说：“龟儿，我们上去！”言毕自顾走进旅馆。六指刚才有逗乐的意思，这时提醒孙猴说：“我们只有两个人……”孙猴反而哈哈一笑，大步走进旅馆，六指随其后。

花枪上楼，看见大鼻子和阿路两人周围坐了一二十人，如众星拱月。认得的立刻道：“哈哈，花枪！花枪！”“花枪，你们猴哥呢？”“花枪，嘻嘻，这楼上没得野花采！”花枪说：“哦，没得野花采，采家花！”众人笑的笑，叫的叫：“花枪，你讨打！”“放规矩点！”花枪眼珠一转，装成才发现阿路：“啊呀，这里硬有朵花，好看！好看！”大鼻子手在曲栏上一拍：“放肆！”

孙猴、六指这时走了上来。众人起身招呼：“啊，猴哥！”“猴哥，来坐！”孙猴目中只有阿路和大鼻子二人，如钩的目光只在二人脸上抓刨。大鼻子看出孙猴来挑衅的，心中一凛，便翘起二郎腿。阿路激动想：呀，他就是孙猴？我刚才对他抛了媚眼，还打了抿笑，我不该……可事已至此，二虎相争，有好戏看了！她既慌乱又兴奋，目光朝孙猴扑闪几下，还抿嘴一笑，就把头低下了。仍故意偎在大鼻子身上——此时她若好好坐着，孙猴可能就坐下了，跟大鼻子之间可能就会称兄道弟。

孙猴胸中燃起股无名火，不好发作。众人见神色不对，赶快说："猴哥，坐呀！""坐！坐！"

大鼻子将孙猴的窘态尽收眼里，感到心满意足，把阿路推开站起来说："哈，你就是孙广厚，孙猴？坐坐！"不料孙猴朝旁边板凳踢一脚，板凳飞起来砸向大鼻子的脸。大鼻子道班出身，手脚功夫亦了得，双手接住后猛喝一声，又砸回来，孙猴只手接住。四周喝彩、跺脚声不断。六指赶快夺下板凳，轻轻放下。花枪怕吃亏站在楼梯口，连忙先跑下楼。孙猴、六指也转身下楼。

孙猴和大鼻子遂成冤家对头，双方几次血拼，从L县打到省城，并打到外省，名声"相得益彰"。后来二人被定性为"政治土匪"遭通缉不表。

4

假女行踪飘乎，带几分神秘色彩。他有时到凯风农场耍，隔久了没来，大家（尤其是知青妹！）都像盼星星盼月亮一样盼着他。无人晓得他的真名、来历、插队地方，问这些他就顾左右而言他。于是大家都懒得问他了，反正他不会是特务，就叫他假女子，或假女，（叫假女时，女字带儿化音表亲昵。）假女黄黄的脸儿，细腻的皮肤，梳的分头。此地多风沙，像他这样梳分头和爱梳头的知青哥（及地方干部）真是绝无仅有。

假女比真的女人还要女人。农场“三华六姊妹”个个都长得好看，又有身材，可在女人味方面都自愧弗如，亦步亦趋向他学，假女每次来农场六姊妹就变成七姊妹。若其他男的这样来农场与六姊妹搅在一起那还得了，不公开挨打也要遭暗箭，但男生中无人吃假女的醋。假女走路，腰微扭，胯微摆，臀微翘，而且这是天生成的，毫无扭怩作态的痕迹。假女爱打抿笑，笑不露齿，就算露齿也是几粒白灿灿的米牙，很快闪一下。假女修眉毛、擦口红，这点每引起农场知青激烈争议，因为他不当着人的面做，但你总不相信他的眉毛会天生这样细，嘴唇天生比别人红一些。问他他不语，或说没有没有，或微嗔，使你不可能追问下去。

农场窗台下，旧墙边，到处有指甲花。有次他来看见指甲花开了，红的、粉的、紫的、撒金的，临风摇曳，比看见伙食团吃肉还高兴，就教女生用指甲花染指甲。可怜红指甲花一时间枝叶残败，花朵全被掐掉了，碾成泥。知青妹们一夜间十个指头都肿起小包，像受的伤。晨光中小包消逝了，一个个无论在闺房里，还是在男生面前，都翘起了兰花指，这明润透亮的红指甲呀！这不是魔术又是什么？假女自己也用指甲花染指甲，对此他不避讳，还可以伸给你看，只不过男的去拉他的手他马上扭怩缩回去了，再拉他把肩头一扭、手一摔说声“讨厌！”“讨厌”是他对前来纠缠的知青哥用得最多的一个词。而六姊妹和阿姣、秋霞拿他的手看，无论怎样拉怎样捏他都不挣扎，还互相眉来眼去笑。农场知青妹除跟他学走路、染指甲外还学吃饭，吃饭时，捉筷子的右手小指高高翘起，每一口都吃得少，闭着嘴嚼。知青哥生下来目之所及，谁嚼饭不是张着嘴嚼得巴嗒巴嗒响呢？久了觉得假女吃饭真的很好看，很别致。另外假女指东西，及拈针、捉筷子都用的兰花手，柔若无骨。就女人味而言，假女美中不足的就是胆大，不光看到耗子、偷油婆（这里蟑螂叫偷油婆。）不会惊喳喳叫，还和孙猴的狼崽玩过，甚至敢捉蛇。

假女擅长女红，他来了总有女生拿着毛衣或刺绣向他请教。他补的疤叫人百看不厌，如果不是六姊妹经常替他挡驾，男生甚至会将好衣服弄破了找他补。因此假女如果久了没来，他一来农场就有点过节的性质。大家都挽留他打过牙祭才走，打牙祭时他碗里的肉经常是双份，这因为事务长豆腐给了他两张肉票。

农场因假女之故闹过一场乱子。事情起于农场最有男人味的孙猴，因一念之差，孙猴心血来潮想搞清楚假女究竟是女的还是男的。他相信假女是个女的，屈彬嗤之以鼻，说这简直不可思议。孙猴遂和屈彬打赌，输者送在场每个知青哥一包“金沙江”（香烟名）。有人提到“阴阳人”的可能，说那样就算平手，但何谓阴阳人说来说去因无人见过也没有下定论。六指提醒对假女“验明正身”，六姊妹会不会有过激反应？孙猴听了打个人看不见的哆嗦，嘴硬道：“怕啥子？关她们屁事！”

议定后就欠东风——假女上厕所，但他一直待在六姊妹屋里不出来。在饭堂（这同时也是知青哥吹牛和议事的地方）众人热议：“他每回来，白天我根本没有看见他上过厕所！”“有次他前脚进厕所，我后脚进去，他转身就出去了，根本就没有屙尿！”“我有次在外面，掏出鸡儿屙尿，他还要把脸背过去！”笑虎道：“咳咳，这更说明有问题了！哈哈哈，嘎嘎！哈咦，哈咦……”

永昌说：“我去看，到底在不在寝室。”孙猴道：“只有你去，别人去要遭骂。只有你，不然屈彬。”永昌半天不回来，回来笑道：“你们猜，他们在做啥？”众人兴致勃勃：“在做啥？”“在教化妆，擦胭脂粉！六姊妹，两张床，‘排排坐，吃果果’，坐得规规矩矩。假女手板心调的胭脂——自己做的，哪里买得到！我听他问‘你上啥子妆？’这个说‘我上酒晕妆’。又问那个‘你上啥子妆？’‘我上桃花妆’。‘你上啥子妆？’‘我上飞霞妆’……”孙猴道：“慢点，什么九运妆十运妆！”永昌笑道：“他打胭脂之前，先要上粉。酒晕妆，是说喝醉了酒，脸蛋红通通的。桃花妆粉嘟嘟的。飞霞妆打好胭脂之后，还要扑粉，胭脂就像红霞从薄云里透出来。”众人道：“哎哟，我的天！”“我的妈呀，好多名堂！”

孙猴道：“永昌，还是只有你去，找借口把他叫到饭堂来。”屈彬说：“饭堂要不得，隔近了那边听得到，他只要一闹，六姊妹跟着就跑过来了。”孙猴说：“那到坡上去！”永昌道：“我刚才在窗口看，遭瞟见了，又去不好——小宝去。”招手叫小宝拢来，附耳说了几句。

大家来到山腰那间爬满藤萝的岗亭，小宝果真将假女带上来了。下一步咋办？这才发现永昌、屈彬没有来。大家你看我我看你，都傻笑着。假女见这群人不怀好意，脸红一下，对小宝说：“做啥呀，哼！”腰一扭、手一甩要走。孙猴急中生智说：“嘿，假女，听说你会摔跤，我来和你摔一回！”不容分说一手扯住他，一手就去扭他的腰。假女急得叫起来了，跟孙猴扭成一团。笑虎趁机从背后抓住假女的裤腰，是根棉带子，一下就扯断了，很利索把假女连内裤一齐褪下。

岗亭立刻充斥各种怪叫：“啊呀！”“嚯！”“嘘——嘘——

"呜——哇——"假女像遭到雷击，反而不挣扎了，孙猴一下跳开。假女已知众人意图何在，他咬牙身体僵硬站着。众人眼睛由热烈放光变为暗淡失望，静悄悄一点声音都没有，盖所见跟自己胯下的并无区别。足有一分多钟，假女才慢慢拉上裤子，已是一脸的泪水，从自动闪开的人群中走出去。他先慢慢走一段，然后就小跑，不见了。

狗娃子跟了一段回来报告："他没有去找六姊妹，一直下山走了！"大家都舒了口气，又勉强说笑一会，遂离开。回去遇到屈彬，孙猴骂道："你龟儿哪里去了！"又道："你龟儿聪明，是个人尖尖！"屈彬笑笑了事，知道孙猴并不是因为打赌输了冒火，是另有隐忧。

果然，回饭堂大家屁股还没有坐热，三华六姊妹就来了。孙猴气愤说："狗娃子说假女没有去找她们，她们咋晓得的？肯定出了内奸！"目光扫过众人脸上。可众人一反常态都不看他，光盯着六姊妹，个个成了傻儿，成了雕塑。不意六姊妹出门时匆匆揩脸，结果都揩成了飞霞妆，活脱脱六个仙女！

这幅美的图画瞬间撕破了。白素华脸上堆起乌云，向孙猴道："哼，孙广厚，下流！一定是你的主意！"

孙猴恼羞成怒，吼道："白素华！我啥子主意？关你啥子事？"脖子扯起两股青筋。因他从未对白素华这么凶过，倒令白素华一怔。别的人也都清醒了。笑虎、六指都扭起嘴角笑，说道："嘻，大姐，假女是你们的啥子人哪？来了就关在你们屋里不出来？"黄心华上前，眼镜片闪着几颗火星，并不看六指和笑虎，对孙猴道："孙广厚！你从来都叫的大姐，你现在叫白素华了！你……"忽然哽塞了，镜片雾蒙蒙的。九妹见了叫声："三姐！"对孙猴道："你凶！你会称王称霸！别个怕你我们不怕你，跟你拼了！"去抓孙猴。李丽华、小青也冲向前去。六指等忙在中间隔着，大家扭成一团。

孙猴早已软了，口吃道：“大姐，不、不是我……的主意……”边说边退向后面窗口。“是哪个？”李丽华和九妹逼上去问。“是他、是他……”孙猴的手东指西指。被指的人东躲西躲，叫道：“猴哥，你不要冤枉……好汉做事好汉当！”“假女呢？”不爱说话的小鱼挤上去问，脸上泪珠儿涟涟。“小和尚，说！假女哪里去了？”孙猴怒喝一声。不光面前鱼儿花容失色，连小和尚都吓抖了一下。孙猴跟着一纵身就上了窗口。机灵的青豆早拎起了一根板凳，打在他屁股上，使他失去平衡，又被九妹一把抓住了脚颈。孙猴尖啸一声，乘九妹手一松，一个鹞子翻身便从窗台消失了。

此后大家都有失落之感，觉得假女不会再来了。不久发生了三华六姊妹集体服药自杀的事件。

5

六姊妹（实际加上珍珍是七姊妹）自杀的原因一直未解，也不需要解，农场知青都猜测不外四个字：爱情与忧郁。

六姊妹中有农场最漂亮的知青妹，六姊妹中没哪个长得丑，六姊妹中又一个比一个忧郁。

青豆和鱼儿都是孤儿院孤儿。小鱼苹果脸，白皮肤，金鱼眼睛，鼻翼两边匀净洒几颗雀斑。小青瓜子脸，细长眼睛，直鼻梁，皮肤淡黄细腻。她俩虽不算漂亮，却也耐看。小鱼性格懦弱，除了说话细声好听之外几无所长。小青的性子野，做事利索，会吹笛子和箫。两人从下乡后就紧抱在一起，遇事由青豆上前，小鱼取之不竭的眼泪做后盾。此外小青是很纯粹的孤儿，连生日都没有。小鱼则有个远亲，每年寄五块钱给她过生日，于是小青也在这天过生日。生日这天小鱼、青豆要吹箫唱歌。说小鱼唱歌，实际是哼歌，因为她的声音好，但是太细声，且要跑调，故从来不在公开场合唱。若有小青吹箫，她唱的音就会准一些。

白素华身材高挑，鹅蛋脸，梳一对长辫子。她是知青妹中的大姐，遇事有主见。知青哥中她不好找对象，一直把目光朝向外面。奈何地位低了，眼光高了，要想在干部、工人和解放军中找合适的也不容易。豆腐私下说知青妹中他只看得起秋霞跟白素华。可他觉得自己的俗气太重，高矮也不配，对白素华只是暗恋，害怕摆明了遭拒绝，白当了农场的谈资和笑料。他私下说的话传到白素华耳内，白素华一则喜，一则忧。喜的是豆腐如此评价她，忧的是万一豆腐提出来咋办？她忧郁期待着。

黄心华体质瘦弱，虽戴副眼镜，却细腰丰臀，有几分姿色；爱读闲书，有一箱子古今小说，是六姊妹中自视最高的。她对农场男生看不顺眼，不和男生嬉笑打闹，也不肯借书给谁。有次屈彬向她借"外国诗歌"，她当时未置可否。回寝室说起，白素华说："屈彬看啥子外国诗歌？他怕是给表弟葛眼镜借。"黄心华起初想成屈彬是找接近她的借口，听了有些扫兴，但她第二天仍旧把屈彬带到寝室来了，交谈中得知屈彬果然是受葛超之托。黄心华从此放下架子，很爱主动找屈彬搭讪。心想说他不近女色，我不相信，我总有一天要打动他！结果可想而知。她后来一段时间得了忧郁症。李丽华问白素华："大姐，三妹这样子，你都不开导她？"白素华苦笑说："我想开导——她这两天碗都摔烂了两个，我怕开导不好，她再摔别的东西。唉，我们六姊妹，这种话我只能够对你一个人说，我跟她同病相怜。你说，我怎么开导她？二妹，你是过来人，你开导她！”李丽华说：“我不如你会说——那我们两个一起找她！”此后二人与黄心华亲密谈了几次，多少有些效果。

白素华、黄心华和李丽华到农场后关系亲密，被称为“三华”。她们后来又接纳了小鱼、小青，拜了姐妹。后来在九妹失恋的日子里，又接纳了九妹。

六姊妹中李丽华、九妹和青豆都“野”，但青豆野得斯文一点，李丽华野中带着英气（或豪气）。六姊妹中四个带“忧郁感”，李丽华和九妹表面没有，但两个都被武斗夺去爱人。其中九妹更甚，因为她还有个爱人被秋霞夺了（她这样认为）。

“文革”初农场知青几乎跑光，青豆仍留在农场。小鱼回省城后一来是住亲戚家，二来惦记着青豆，几天就回来了。青豆、小鱼是牧羊女，现在也不可能牧羊了，农场牲畜都在山民处寄养。逢“倒春寒”，许多寄养的小羊羔冻死了，留场知青哥把这些小羊羔剥了皮，农场到处晾着。她俩看了不是滋味，小鱼更伤心落泪，吃不下饭。青豆和小鱼既没有参加拆房子，也没有分得一分钱，天天洗冷水脸，吃没油没味的“干帮菜”。（晒干的青菜、白菜、萝卜叶子等）伴着她们的还有不用一钱买的明月清风，还有纤细凄清的洞箫与歌喉。

此后人逐渐回来。这些人是带着希望跑的，留的也怀着希望。希望中最诱人的是“打倒主管农林的最大走资派，彻底否定知青下乡运动”，于是都回城了，都招工了。殊不知就此而言，所有回城知青都是铩羽而返。好在生活开始改善，由山民和彝胞寄养着的牲畜，现在直接就去拖来宰杀。饥饿的人群守着煮羊肉的大锅，几乎从煮肉开始就有人在捞吃，带着血吃，待到煮熟，锅也空了。

白素华、李丽华“收留”珍珍之后，因黄心华一人住个房间，她每次来就在黄心华房间住宿。小青、小鱼、九妹也天生有同情心，珍珍遂成半个知青妹。黄兴虎夫妇对珍珍执意要跟小和尚恨恨不已，黄兴虎对外不做声，他老婆对外含血喷天说珍珍回家不打死也要拿裤带勒死。后珍珍舅舅对姐姐道：“听旁边人的议论，要不是珍珍，你和姐夫的命都出脱了！”黄兴虎夫妇暮寝而思之，有几分道理，这才允许珍珍又回家。

这天下午，花枪下山碰到珍珍。珍珍背个挎包，挎包里东西伸出一截，用报纸裹着的。珍珍对于花枪一直不知该恨还是该感激，只有害羞是一贯的，故每次见了花枪她不是躲就是把头扭开。花枪对珍珍无所谓，肯定不骚扰珍珍。

路宽，但对两个尴尬人来说仍可以叫狭路相逢。珍珍老远就贴着山壁走，脸也向着山壁。花枪眼珠便在她右脸蛋上滚一圈，又在胸部逗留一会，掉在挎包上。擦身经过时，他突然破了不与珍珍搭腔的例：“珍珍，你报纸包的啥子东西？报纸上有没有毛主席像啊？我检查看！”珍珍将身一闪，也许就这一闪，才让花枪嗅到股酒香。珍珍脸上同时还闪过惊惶与凄凉的神色。

花枪在农场知青妹中如鱼得水，唯六姊妹对他仰着高昂的头。越得不到的就越喜欢，或越想得到，这就是人性？他这时想，珍珍肯定去找六姊妹，她背的两瓶酒！她藏着件什么心事？傍晚李丽华、白素华房间的灯亮着。“藏着吃酒，还用说！”他想吃酒，更想和六姊妹——凯风六朵带刺的玫瑰一堆吃酒！他遂四处找屈彬，因为屈彬嗜酒，且和六姊妹关系好。他问的人见他着急，都要反问一句你找屈彬做啥？他不肯说，人家也故意不说，只好算了。

夜已深沉，山高月小，春气暖和。花枪一如既往在野坡上采完花，送女的回去。他路过见别的寝室灯都熄了，只有李丽华、白素华的窗口亮着。他送女的回去后又返回这亮着的窗外站了许久，里面人影绰绰，人影变成六个鲜活的绝色知青妹，呀，他甚至还嗅到了六种不同的体味，摸到了六双滑嫩的手。油灯光在眼里逐渐暗淡然后熄灭了。他心里突然窜出一个念头，跑到尹长江寝室，拍着门叫道："中队长！不好了不好了，六姊妹遭丢翻了！"长江开门惊问："啥子事？你咋晓得她们遭丢翻了？"他抓着长江的手臂："走走走，我们去看！"长江跟他一路小跑到了李丽华、白素华门口。长江见门窗紧闭，也感到不正常。因为现已入春，而农场知青妹连冬天睡觉窗户都半开着的。他喊几声，又重重拍门，没人答应。长江急问："你咋晓得她们在里面，出了事情？"花枪"丢翻了"意思是她们吃酒醉倒了，为了赚长江撞开门，他故意不说清楚。"我咋晓得？我咋不晓得！已经出人命案了！"长江问："你敢担保里面有人？""你咋说傻话，没得人会从里面关门？"长江一愣，想我都急糊涂了，便说："那——你敢担保是出了事？你敢担保我们就撞门！""老子敢担保！"——这话后来花枪后悔了，因为他不担保长江当时肯定也撞门。

于是长江用肩头撞门，花枪也一起撞，几下撞开了。花枪半是用力过猛，半是故意夸张，门撞开后他往里一窜，打了个踉跄，摔在床边，叫唤："哎哟，哎哟哟……"长江赶快划燃火柴，似见六姊妹都挤在床上，火柴熄了赶快又划一根。花枪从地上爬起来，看一眼，马上惊风火扯嚷道："哎呀呀，她她们服、服毒药了！服毒药了！"

由于发现及时六姊妹和珍珍全救活了。后来上面专门派调查组来调查自杀的原因，虽然六姊妹和珍珍都说和花枪无关，花枪还是被关起来审问了两天两夜。问他为何晓得六姊妹“丢翻了”？他回答说丢翻了是醉倒了的意思，因为看见她们的油灯是慢慢熄的，不是吹熄的，如果是吹熄的人才清醒。又问他为何并未细看就叫嚷服毒药了？回答因为连撞门她们都没有醒，而且睡得整整齐齐，他本来以为六姊妹会乱七八糟倒着，一看这个样子，就马上反应是服的毒药。都答得合情合理，但其中有个问题他始终支支吾吾：你怎么事前就敢担保是出了事？——吃醉了酒并不叫出事。就为此他被折腾了一整夜，他直到吃不消了才承认自己很好色，就是想进去看六姊妹醉倒在床上地上的样子。

后来全农场都知道他受了活天冤枉，大家（除被救的六姊妹）写联名信才把他放出来。六姊妹始终没向花枪道个谢，只是从此对他不那么冷淡了，有时跟他说说话。

除失恋和前途渺茫外，还有人猜测这事件恐怕与假女受辱有关系，六姊妹以为他不会来了。但这猜测没人敢公开说，怕孙猴精神上会吃不消。过后假女突然来了，据说是听说了六姊妹的事特意来看她们的，六姊妹跟他哭成一堆。

第十章　开翻车

1

假女这次无意间透露一个秘密：南方有处大山里正盛开着罂粟花！那里曾是罂粟花的热土，现在又死灰复燃了。大家决定开车去游玩，去的人有三十多个，还包括钱皮、茂生、瑞莉和葛眼镜。钱皮很欣赏浪子、孙猴、屈彬等，觉得他们活成了精了，活成了精的人天马行空，其余都不在话下，包括吃穿。活成了精完全没有戒律，比活成了神仙都快活！茂生和瑞莉则另有打算。

大家分乘两辆卡车，一辆是借粮站的，一辆却是扣的过路车。一路载歌载笑，开了几小时后，在一个下坡急弯处，后面这辆扣押的车不知是机械故障还是司机情绪不佳，突然开翻了。车翻下一段约 45 度几百米长的斜坡，在惊叫惨叫声中一路翻滚。滚第一圈就有几人被抛出来，其余的又陆续抛出。抛出的人继续跟车翻滚，然后才躺的躺卧的卧，叫的叫哭的哭，当然也有不叫不哭的。厉害的是车上两个汽油桶也腾空而起，又蹦又跳乒乒乓乓跟着人摔，真是雪上加霜。有个叫章路的最后才被甩出来，一条腿被刚好摔上来的油桶压断，昏死过去。笑虎屁股坐在车厢后档板上，车轮刚一腾空、车还没有翻滚就被抛出，掉下来屁股刚好坐在公路边沿。他打起精神，坐着看车继续翻滚，人一个一个被抛出来。此场面人生能有几回睹？故他脸上一直挂着惊喜的笑容。这时前一辆车倒回来救援，浪子、秋霞、钱皮等纷纷下车，听见从坡脚传来“哎哟哟”、“妈妈呀”、“娘呀”的痛苦呻吟。却见笑虎端坐着，苍白的脸色，脸上一丝笑容还未抹净。众人对他莫名其妙的笑容早就见怪不怪了，丢下他往坡脚跑。钱皮走拢问他：“喂，你受伤没有？”“嘿嘿，嘻嘻嘻，我屁事没得，我从灰上弹起来了！嘻嘻，叽叽叽，叽嘎，嘎……”因公路路沿积了一两尺厚的尘土，下雨一包糟，太阳一烤酥松得很，他感觉“从灰上弹起来了！”钱皮听了也很好笑，拉他起来。笑虎敛容道：“莫慌！”挡开钱皮拉他的手，手撑着膝盖，缓缓站起。钱皮又问：“没事吧？”“有屁的事！”二人一起下到坡脚，去抬黄心华，笑虎抬脚。抬到半坡，已背了一个伤员上去的浪子下来，从笑虎手中接过黄心华的脚，说：“唉，你休息！”笑虎原地坐下抽烟，才抽一口烟，五官就扭成一堆，嚎叫“哎哟哎哟……”身体也扭成了一堆。

伤员被赶运到距出事地点几十公里外的米县城医院，还好，多数是轻伤，受重伤的就是章路和笑虎两个，检查说笑虎的肠子断成了数截。另外一个叫钱秀英的女生伤比较重，黄心华一方面有点轻伤，一方面受了惊吓，头昏目眩，上吐下泻，故急需住院的竟有四人，要先缴入院费。大家赶快凑钱。知青哥都是走到哪里吃到哪里，钱来得快去得也快，身上都只有零碎的一块两块，只有钱皮、茂生和瑞莉钱带得稍多，三个掏了20块钱出来。共凑了40块钱拿去交了。

经此挫折，连完好的那一车人都觉扫兴之至，游玩的计划就夭折了。轻伤、未伤的有些（主要是女生）就坐车返回了，另一些就在米县城一家名叫安源旅社的小店住下，每人每晚5角钱。十多人睡楼上通铺，折腾一天都累坏了，从擦黑直睡到次日大天亮。钱皮忽听有人大叫："起来起来！龟、龟儿说的晚上来换班，这阵还睡起！"睁眼看是狗娃子。原来狗娃子、葛眼镜、假女、鱼儿、青豆留在医院当那四个伤员的看护，早就该换人了。这里有的就坐了起来，仍睡眼惺忪。狗娃子又去打那些还睡着的人的屁股，叫道："二不阳光彩、彩彩的，还睡！你们看哪个来了！"钱皮从枕上抬起头来，这才看见房间里还站着一人，个子不高，皮肤白净，微笑着，显得神采奕奕。青豆在他后面站着，很高兴的样子。睡的人马上都坐起来了，纷纷叫道："屈彬！你咋晓得我们出事了？""嘿，你从哪里钻出来的呀？"

钱皮听说了屈彬被称为"及时雨"，暗想这及时雨貌不惊人，又想宋江也是貌不惊人的嘛，不过宋江好像又叫宋黑子，屈彬和他是反的。又想他此时出现，倒也巧，且看"雨"怎么下。浪子、钱皮等一些人就起来了，也有的还赖着继续睡。起来的下楼去洗脸漱口，派几人去接替葛眼镜等，其他的又回楼上通铺坐着说话。小宝道："屈彬，嘿！"左手的食指与拇指搓了搓，钱的意思。

"没法，我现在都正缺钱，急得起火。""那咋办？我头都是昏的。""头昏的，嘿嘿……"小和尚也说。小青说："屈彬拿了三十块钱给我。"屈彬道："不管你们头昏不昏，说给你们听，这个县城一方面小，又穷，另一方面又是个山高皇帝远的地方，民风很特殊。虽然也有赌的，有吸毒的，但是都不偷不抢，不管是摆摊的，还是农民，都是正人君子。连我到这里来都……所以我说急需钱，都不晓得该咋个办好。”火眼说：“嘻，屈彬，你不要假慈悲了！”“哼，他叫假慈悲？你们有没有人性！”青豆帮屈彬说话。“嘻，人性，人性好多钱一斤？”浪子道：“屈彬，我们现在不是想赖在这里耍，是要救笑虎他们的命！”“还有黄心华、钱秀英！”青豆说。浪子道：“他们四个住院，可能至少要两百块钱！”屈彬不语。小和尚道：“我把他们都撵起来！”又上去一个个打那些还赖着在睡的人的屁股，一个个都坐起来了，揉着眼睛。狗娃子伸手掏屈彬的口袋：“烟，你那种烟。”屈彬推开他道：“一人顶多一支，也没得你的了！”

屈彬掏出个金属烟盒子，打开说：“抽支烟提神，是加了那个的，你们可能有的抽过。”这话有的懂有的不懂，懂的人尚未抽神已经提起来了。钱皮不抽烟，但也听懂了他的话，不由接过一支，试着抽了两口，一种异香，有些飘飘然。抽过后都觉神清气爽，再要，哪里有。一个个从通铺上跳下来，吃了早饭上街，转眼四散。

钱皮上街想起屈彬所言，故意掉一角钱在一个小摊上。走几步听见那摆摊的对一顾客道：“嘿，你掉了一角钱！”顾客说：“咦，不是我掉的，我荷包里剩的两角钱，还在。”摊主说：“那肯定是他掉的！”背后喊声不断，钱皮只得转回去拾起这一角钱。他压抑着胸中怒火，心想世上竟还有如此原始未开化的人群！竟还有这个与世无争的小盆景！这是注定要灭亡的呀！与其看他们苟延残喘，自得其乐，不如一脚踢翻，这才痛快呢！

钱皮跟着小和尚进了一家馆子。里面五六张桌子，有的桌子坐着人，有的还空着，又有些人正排队买餐券。小和尚将排在前面这个人的衣兜掏空了，轮到这人买餐券，一摸衣兜空的，又摸另一个衣兜，急起来了，离开柜台周身上下乱摸。小和尚目光惊讶看他两眼，上前买了餐券，一样荤菜，一样素菜，一斤粮票的饭，和钱皮吃起来，嘟哝道："龟儿，才两三块钱！"那人问："唉，我的钱哪里去了？你们哪个捡到我的钱了？"趴下把周围几只腿脚都拍开了，手伸进柜台脚去摸。排队的都说："没有看到哇！"帮他在地上找，始终没有人互相看对方的脸，或看一眼这边桌上的人。小和尚只管吃饭，也不看那边。钱皮边吃饭边朝小和尚挤眼睛，歪起嘴角笑，想表达对这群化外之民的嘲弄。可事与愿违，小和尚看见他的脸皮与肌肉一起伸缩，而且也没有把眼角扯得吊下来。小和尚想起浪子说过钱皮这家伙不会笑——有不会笑的人啊？嘴里包着饭说："你……会笑嘛！"自己笑得抖，饭差点吐在桌子上。钱皮听了愣住，咀嚼小和尚话的意思，直想把这颗圆脑瓜拧下来。

此后小和尚又有几次出手，皮夹了的钱有几块的，也有几角的。也有的只有几斤几两粮票，或几丈几尺布票，空的也有。米县城十字形的两条街，十多个知青哥就像鱼缸的鱼不断碰面，碰面时互相都做怪相，表明所得无几。小和尚在一家杂货店里摇头晃脑、东看西看。店主正收别人的钱，把钱塞进兜里，头刚抬起来，钱就被小和尚抓个精光。小和尚出来数钱数笑了，有六块多，两张一块的，其余角票。

豆腐和花枪逛至西门外的干河滩。这里摆了许多地摊，有卖山货的，卖干柴的，卖干花椒的，还有耍猴的，演气功的……开始演气功时钱皮也来了。他先演"吃针"，将一把缝衣针摊在手里给大家看过了，塞进嘴里，嘴包着，口腔和喉结都在运动，眼珠鼓得像铃铛。嘴然后张开，舌头吐出有一寸多长，针的踪影也无！他接着又取一根棉线，举起风吹得飘，揉做一团吃了。干呕一阵，将手探进咽喉，慢慢牵了一串钢针出来——却是线穿着的！众人颇为惊怪，不管他吞针与否，单是穿针这点就匪夷所思。喝彩声四起，连豆腐、花枪、钱皮也跟着喝彩。他又继续表演"手指钻砖"，拾起脚下半块青砖，上面还有青苔，递给观众传看过。他左手执砖，将右手食指戳上去，运一会气，就钻了起来。脸看着在发红淌汗，食指看着在变短，最后竟在砖头上钻了一个深洞！他刚把砖头举过头顶，花枪向钱皮、豆腐耳语："走走，要收钱了！"谁知他不是拿个缺碗或帽子收钱，而是卖跌打损伤的药，五角钱一包。三人走了又倒回来，商量这次车祸，一些人恐怕有后遗症，不知这药灵不灵？花枪问："你们说买不买？"豆腐道："气功可能是真的——他未必就吃的这种药？"花枪道："锤子，那就买！"掏钱买了四包。又道："龟儿，饭钱都没得了！"

有个卖狼皮的山民，狼皮卖了正离开。花枪跟他走几步，撞一下他的肩头，问："要不要枪？"这人一呆，心猛烈跳，问："在哪里？""在荷包头。""拿来看。""你钱都没有给。""你要好多？""一百块。""是啥子枪？先看了枪再说。""是'五四'，你听我上膛了。"花枪裤兜里"咔嚓"响一声——却是屈彬的金属烟盒子，空了他拿来的，预先开着，"咔嚓"是关盖子的响声。这人侧耳听了说："我钱不够，你等着，我去找钱。"

钱皮、豆腐在一边看。豆腐看这人走远了，对花枪道："你演啥子把戏？还不走！"花枪眼一瞪："嘿，正演到精彩的地方，走不得！"山民兴冲冲回来了，手上捏一把钱，递给花枪："一百块，你数！"花枪一手接过钱，一手掏出裤兜里的金属烟盒子，塞在对方手里。山民拿着手里的金属烟盒端详，十分不解，猛抬头见花枪走了，连忙叫道："嘿，这是啥东西？你咋跑了？"花枪反而走得更快，走快了脚跛。山民仍站着喊："喂，喂！"钱皮问豆腐："怪，他咋不追？"豆腐道："我也不晓得——他可能以为花枪跑去给他取枪。走，去抓他！"

钱皮岂肯去抓！他觉得花枪比浪子、孙猴还要胆大妄为，手段还要高超，真是顶呱呱，心里荡起欢笑。豆腐见他眼珠木木盯着花枪的背影，腮边裂缝像蚌壳开开合合，颇惊诧。想起浪子说的这人只要不笑，还算正常，笑起就怪了。但你不是他肚子里的蛔虫，怎么知道他这样是在笑？只好独自跑去抓住花枪，从荷包里把钱掏出来，回来还给这位山民。

2

晚上十几人围桌而坐，堆在桌上的只有四十二块五角几分钱，另有二十几斤省粮票、十几丈布票和一些其他票证。豆腐叹道："这地方好穷啊！"门缝里九妹探进头来："好穷啊，还偷！"狗娃子跑去关门，骂道："挨尿，不偷，不偷你吃锤子！"小宝因火眼只掏了几斤粮票出来，问他："你的手气不好？"火眼道："锤子，老子在供销社挤了三个皮夹子，一共才两三块钱，用了。我晚上出去找。""你晚上出去？哪里？""这穷地方，这些人的荷包里，哪来的钱，要找大钱只有晚上。"

桌上堆一堆空皮夹子。浪子问："哪个拿出去甩了？"没人做声。有人看钱皮一眼。钱皮晓得是因为自己一天无所事事，心头发毛，老子和茂生昨天拿出20块钱你们就搞忘了？口里说："我去吧。"找根绳子，用儿时从茂生父子那里学的打结法，把这几十个皮夹子拴做一串，像一根藤上结了无数的瓜。众人都被他灵巧的动作吸引，小和尚问："嘿，你拴——拴稳了？""嗯，你甩看。"小和尚抓起来，手捏着中间，呼呼旋了几个圈子，众人躲闪不迭，叫道："灯泡、灯泡！"完了笑声一片，都夸钱皮好手法。钱皮笑道这些哪里是我的好手法，是你们的好手法，拿着要出去。都说现在早了点，你等夜深人静了再出去扔。

钱皮睡一觉醒了，起来提着皮夹子串串出去。旅馆附近有个水塘，他懒得走远，就在塘边找块石头，将皮夹子串串捆在石头上，抱起下水走几步，轻轻沉了下去。心想至少能管一个月，浮起来人都走了。明月在天，水塘一半有些树影，另一半像明镜。当他在水塘树荫下做这件事情时，觉得亮处有影子晃过，连忙屈着膝盖，屁股都打湿了。定睛看时，水塘对岸两个人影：一个较高大，上身灰白；一个矮小敦实，戴有帽子。不由一笑：出来这十几人中只有狗娃子穿的上白下黑，听说他一年四季都这样穿；只有火眼戴帽子（毡帽），定是这二人。那里一幢二层小楼，二人走入小楼阴影中去了。

此时树木、街道睡得迷沉沉的，钱皮上岸甩了甩脚上的泥水，手抹几下，穿上鞋子，便沐浴着月光，沿水塘边快步向那幢小楼走去。他故意如此，避免暗中出现可能产生误会。果然，他走拢就见狗娃子蹲在墙角看着他。"嘘！"狗娃子小声道，"你、你咋来了？"钱皮也不说啥，趁自己脸上还映着月辉，笑了笑，这才走拢蹲在狗娃子身边。他其实不笑倒好，月光下这一笑，犹如在人的心上剜一刀。幸好是狗娃子，而且浪子有言在先，稳住了。他问："他呐？火眼……"狗娃子说："进去了。""哈，晓得这家人有搞头？""是县、县太爷……嘿嘿！""哈，真的？""火眼调查的……他龟儿，一会又说，是供销社主任。"

小楼上下两层都是木板墙。“乒乓!”楼上像是罐子、瓶子碰倒了。钱皮嘴微微一张。“嘿嘿，故意的。”狗娃子低声笑。“咋要故意?”狗娃子不语。钱皮为了不显得嫩，亦不语。“咕咕！咕，咕……咕咕！咕……”这是猫咬住耗子，从喉咙里发出的闷吼，低沉威猛，持续一两分钟。狗娃子一直在笑。钱皮颇纳闷，不信这是火眼的独角戏，想象口衔耗子的大猫，与蹲在桌子下面的火眼，四只绿闪闪的眼珠正互相照射着。“咳，咳!”有男人咳了两声，说道：“猫儿，你衔着耗子了?你不要拖在柜子脚啊!”一会女人迷糊的声音：“唉，你，起去做啥?”“我看猫儿衔到耗了没有——我把它撵出去。”“唉呀，睡倒，冷！我们的猫儿，它听话……”安静了，男的像听了老婆的劝。少歇，猫又开始叫：“咕——咕，咕！咕——咕”听去略舒缓些了，不像才咬住耗子那样兴奋，像把耗子拖出卧室去了。又隔一会，几分钟吧?蹲在墙脚的钱皮觉得漫长。狗娃子更耐不住性子，背一直在墙上摩擦，又几次站起来看二楼的窗户。猫的闷吼声又起，但已经变远、变弱了——“咕咕……咕……咕”猫把半死不活的耗子玩弄一番后，又衔在嘴里，衔远了。夫妇俩的鼾声转而变清晰了，有长有短，有清有浊。

唉，好一番苦苦等待。狗娃子站起蹲下无数次后说：“龟儿，我放火去了!”钱皮当他说着玩的，见他真要走，才一把拉住：“嘿!”“老子去放火，把龟儿逗、逗下来。”“哪里放火?”“前面，看、看了的，有几堆干柴。”放火虽是场热闹好戏，可钱皮此刻对猫抓老鼠之谜——也就是火眼时迁功夫感兴趣，遂道：“再等一下!”硬抓住狗娃子的手腕不放。狗娃子差点揍他，看见月光照着钱皮狰狞的面孔，眼珠翻出，眼白反射的光像针束一样，才算了。又过分把钟，隐约听见“吱嘎”一声，狗娃子兴奋说：“嘿，夜猫子来了！”果见火眼扛包东西从墙角转过来。

二人忙迎上去。钱皮殷勤去接火眼包裹，说你再不来他都要去放火了，全靠我拦着！狗娃子不去解释，手只管在火眼身上摸。火眼说：“莫摸莫摸，摸掉了，起码几百！”三个都眉开眼笑。

钱皮回来又睡。梦中有小孩说话的声音：“嘿，水塘里是些啥子？”“咦，浮起来的，好多哇！”“我们去拿竹竿来捞！”钱皮睁眼一看，天都大亮了，赶快下床跑出去。却见那几十个皮夹子正像群小鸭儿在水塘飘，两个娃儿在塘边指指点点，还有个娃儿执根竹竿，蹦蹦跳跳跑过来。他连忙给了几个娃儿每人一角钱：“去街上买粑粑吃！这些，”他指着水塘里飘着的几十个空皮夹子说，“不晓得是哪个丢的，你们拿去没得用，我来捞。”娃儿们不肯接钱。钱皮说：“嘿，是叔叔请你们吃粑粑呀！”娃儿这才接了钱，跑去买粑粑去了。

幸好没有大人看见。皮夹子并未散开，钱皮竹竿一挑，一股脑儿都上来了。拿着走了很远，才找到一处沟壑丢了回来。

这天大家没有再上街，分享火眼带来的喜悦，趁机休息。次日分数拨去附近乡场。钱皮、葛眼镜跟其中一拨到了县城西门外十多里的太平场。太平场背靠山脉，朝向平坝，十分热闹，是本县最大乡场。它甚至还保留有城门洞和城墙，乃因过去县治就在太平，20世纪50年代初干部上省和专区开会多，嫌这里不通公路，遂将县治搬到现在地方。他俩在场上逛一会，见一茶馆门外有黑褐色的鸦片膏出售，葛眼镜走拢去低声问价：“嘿，咋卖？”“你先看看成色。”“那你说哪种算成色好？”葛眼镜这话像在考问卖主。卖主是个干瘪老头儿，他掰下一小块鸦片递过来：“你瞧颜色，黑而不乌。你再尝一口试，味道香而不腻，最好了!”

葛眼镜推了没有尝，同钱皮进茶馆坐下。忽闻里面一股异香，葛眼镜低声道：“这里面肯定……”就站起来，和钱皮通过一条窄巷，到了里屋。只见两个中年人斜倚在床上，嘴里含着铜质水烟枪在吞云吐雾，烟雾有一种特殊的气息。烟锅里除烟丝外，一个黑色的烟泡正膨胀着。葛眼镜瞄了钱皮一眼，见他木珠似的眼球转动着，带有好奇，就解释道：“这是在水烟里掺入一点鸦片烟膏，混着吸。”“来不来呀?”有个声音在后面说，“除了这种，还可以在铜片上放一粒烟膏，拿火底下烧，直接拿鼻子去吸，还更过瘾呢!”钱皮看了、听了又呼吸着，心痒难挠，可是兜里缺钱，只有出来。二人吃一会茶，见浪子、小和尚、狗娃子等经过，招呼进来。葛眼镜先带他们进去看了，须臾葛眼镜又在门口露半张脸，冲钱皮点一点头。

半小时后几人从里面出来，精神抖擞，情绪亢奋，到了牛市。这里闹闹嚷嚷，水牛、黄牛、大牯牛、牛犊都有，还有老得犁不动田的牛，是买去就杀了吃肉的。因为不准私人养大牲畜，这里买卖双方都代表集体。狗娃子、小和尚盯上了一个老农，他身后站着条牯牛，正和人讲价钱。周围的人也有帮着查看牛的，也有在还价的。那老农的钱过手了，数了一遍，做一团塞进小肚前的裹肚内。裹肚是硬皮子的，不怕刀划，像很保险，装钱的人喜欢。可是贼也喜欢，就因为它是硬皮子，手伸进去对方没感觉。老汉钱刚塞进去手出来这一瞬间，小和尚的手就进去了，一把全抓出来，抓得精光，不动声色递给贴过来的狗娃子，他自己仍原封不动站在那里。

钱皮离得较远，看二人的举动，不知二人已经得手。身体忽被人碰一下，看是狗娃子，几时转到背后了，耳边飘过轻轻一句：“你走!”钱皮下意识朝市场外走去，多少带点儿心跳。他暗中摸身上荷包，上衣荷包空的，摸裤子荷包鼓起一砣。他迄今还将穿窬之术视作染缸，不肯跳进去，对狗娃子如此就拉他入伙很气恼，但又无可奈何，只得一直往前走。

这里老头在解拴牛的索子，猛发觉钱掉了，吓呆了，随即大叫一声:“我的钱哪?!”将裹肚翻来覆去看，地上看，将近处遮挡之物背夹、箩筐等掀开了看，猛然拉住买牛的对方，充血的眼睛似在审视对方是否反悔把钱收回了?或干脆还没有给钱?刚才付钱数钱过程乃是虚幻?这时他周围半径两三丈范围内的人都自觉不愿移动，移动的话也只是聚拢而不离开，因为这笔钱实在太大了，谁愿惹怀疑担干系?处于核心位置的狗娃子一副焦急的样子，像老汉影子似的团团转，帮着找钱。

钱皮揣钱走远后又转回来了，想看事情的结局。老头已经绝望了，被人扶着往回去的路上走，不远有条河，虽不宽但水深流急，他疯狂挣扎着要跳河。钱皮用麻木的表情凝视着这一切，老人越悲戚越发疯他反而越冷静、越兴奋。他在想这出戏是对“文化大革命”的反讽，红卫兵受骗了，知青受骗了，现在农民又受知青的骗、受知青的害。那么农民又该去骗谁和害谁呀?等着瞧吧!他咯咯笑起来。

3

这是金沙江边的一个小镇。荒野苍苍，江水茫茫。南岸极远似有蓊郁的林木，而此岸只有芦苇、黄土及贫瘠土地长出的矮秆庄稼。三十多年前，红军从乌江那边过来，攻打会理失败，撤退驻扎于此，半月后又才继续北上。现在这里立了座红军北上纪念碑，碑有两米多高，四棱尖头。距碑几十步泊着过江的木船，无论风雨总有零星的人过渡，这碑也就不孤单了。距碑约有一里，在另一方向，有些歪歪斜斜的土坯墙和茂密生长的野草，那是个五七干校，利用1960年前后逃荒废弃的房屋，或把破烂的草顶掀去盖上瓦，或将就原来的草棚。“文革”五七干校有的全新修建，水电和篮球场齐全，也有的简陋不堪，如同此处。这里所有女人和孩子共居一侧土坯房，所有男人在另一侧。

某市教育局周局长天天来渡口陪老船工聊天，局长现在叫走资派，又叫学员，容颜枯槁。老船工却是他当年的放牛娃伙伴，转瞬失踪的战友，命中注定的一辈子农民，气色竟比他稍好。走资派最难挨的那段光阴已为陈迹，所以局长可以倚老卖老待在这里，也不管干校那边点名不点名。有时，加入聊天的还有李科长，是局长手下，他在公开场合与走资派划清界限，但私交依旧。他坚信这“文革”中的乱象不会久远，在这种并无遮拦的“私下”他也敢于和局长打堆。

这位老艄公是红军的逃兵，军龄两个月。其中四分之一时间就在此驻扎劫富济贫，这真是神仙过的日子，参加红军如果止于此那就是一辈子的神仙。但是北上了，在一场激战中他不得不跳进山沟躲避炮火，他根本没有枪，只有一把砍柴刀，遂与队伍失散。“你怎么回来的？一路上讨口？”局长问他。“一路打短工呀，还差点当了地主的女婿。”他说得笑呵呵的，后又愁眉苦脸：“我还是很后悔呀。”

旁边的科长皱眉环顾四周，替局长换个话题：“光阴如箭，一转眼四十年过去了，真是风景不殊，正自有山河之叹哪！”两个老头听不懂，问：“啥子风景不殊？”“我是说从参加红军到现在，二老头发都花白了，但这里的风景却没有变化。”“呸！你这个年轻人哪，嘴上无毛！风景没有变化？变化大咧，你看那南风头黄澄澄的，风沙又来了呀，过去这里哪有风沙！过去这里一片一片都是树林子。就说你们当成干校的那片房屋，过去都是青瓦房，后头，唉！”局长说：“别叹气，向前看嘛！你看我，都这样了，”他摸了摸自己乱糟糟只有几根头发的脑壳，“就跟这荒坝坝差不多了，我还是要向前看。”

有几个知青站在红军碑前看上面的字，又朝那边的五七干校眺望一会，这边的谈话也听见了。遂走过来笑问：“老同志好！从你们干校那边，好远，都闻到一股药香？”科长笑道：“一看你们就是些知青哥知青妹！你问的药香，那是我们这里的干部水土不服，生病的多，大家又都相信中药，所以一间间宿舍里都在用土罐子煨中药，所以药味——你说的药香，药香四溢。哦！你们看她来了，她就天天在吃中药。”

却见过来一个女人，她的身材修长且凹凸有致，有微突发亮的前额和性感的腿，披着乌黑打圈的长发——这可是像白种人那样的“自然卷”，“文革”以来只有疯子才会去烫发——也烫不成，理发匠不可能也是疯子。知青都饶有兴趣打量她，她却惊恐不安注视着这些知青哥知青妹。哎呀，竟是个疯子！“红颜薄命”真是放之四海而皆准的真理！在干校和小镇都传言她就因为自然卷的乌发和修长的腿而被管着她的人轮奸。白天她还是正常的女人——不看她惊恐的眼睛的话，与妇女们一样系着围裙在猪场喂猪。晚上她常常光着大腿游荡，从黑夜深处会传来她时高时低的叫声，有时令人毛发倒竖，有时“又像在叫床”，干部——学员们说。

有天，是个酷热的午后，人们在河湾发现一具女尸，在烈日暴晒下，她裸露得连一丝阴影也没有，洁白纤长的脖颈微微朝后倾斜，仿佛枕着这整条长长的河岸。这是后话。而此时，疯女人与知青哥知青妹对视一会，惊恐的神色慢慢消失，嫣然一笑便离开了。

这群知青却是茂生、瑞莉、秋霞、浪子、钱皮和葛眼镜。疯女人的出现使他们内心产生了剧烈震荡。钱皮感慨这是他生平所见最有魅力的女人，魅力就在于她现在这种超凡的美！这连瑞雪、毛羽、秋霞都不可比！不说乌发、美腿这些了，瑞雪哪来这种闪烁着针刺的眼神，这种宛若野火、又宛若深潭的眼神呢！（毛羽、秋霞有点，也远不如她！）这应该归功于"文革"！钱皮眼中的"文革"一团漆黑，现在终于有了亮点。

葛眼镜瞅着疯女人的背影，叹口气说："唉，这就是五七干校哇？把人都变成了鬼。"教育局局长正色道："小伙子，你这样说话，要犯原则错误啊！"浪子讥笑道："你真可怜，再过一年半载，你恐怕也要变成鬼！"局长未免恼羞成怒，激动说："你说得好！不是再过一年半载，我已经成了鬼了，在她之前！我是怎样变成鬼的？不是五七干校，就是你们这些红……红……造反派！是你们把大批党的干部打成了鬼！"钱皮等笑道："哈哈，什么红、红造反派，你是想说红卫兵吧！不敢把矛头对准红卫兵？"科长道："小伙子，说话和气点，他是市教育局局长。"葛眼镜道："啊，是教育局长。"疯女又悄悄回来了，躲在碑后，转出来痴笑说："嘻，一个是北上，一个要南下，咋成了死对头？"

噢，她知道茂生和瑞莉要南下！而且，她还知道困扰大家的疑团！船到河心，葛眼镜不由对钱皮道："你这两个朋友走，碰到这个疯女人，是个不祥之兆。"钱皮再次朝河心的船挥挥手，然后对葛眼镜和浪子道："武斗中，山城的红卫兵小报，曾经有两句讽刺诗：风萧萧兮U水暖，壮士一去兮又复还！"葛眼镜笑了笑："原来你也觉得他们凶多吉少！"

4

葛眼镜、钱皮跟假女去看山中的罂粟花。他们从县城到山脚的太平场，再往西走进大山，在山径上走了半天。葛眼镜和钱皮已走得皮塌嘴歪，假女仍步履轻快。二人拖在后面议论："呃，农场知青哥都说他比女人还女人，唯一不像女人的，就是胆子大，还不晓得他的脚劲好！""嗯，我还以为他是个游手好闲之徒，看来不像。"

他们先看见零星、小块的罂粟花，十几朵，几十朵，红红黄黄，轻盈婀娜，这已经够好看、够迷人了。后来出现一片片大红、玫瑰红、粉色、白色、蓝色、紫色的田野，大红、玫瑰红、粉色、白色、蓝色、紫色的波涛和火焰。呀，不是波涛也不是火焰，也不是花，并没有一朵一朵的花，就是光芒，大红、玫瑰红、粉色、白色、紫色的耀眼光芒！哎呀，他俩的疲劳感顿时就没踪影儿了，跑进去在光圈中打着旋儿，在光圈中惊讶顾盼，在光圈中呢喃不已。一阵疯狂后他俩都静下来了，此时葛眼镜自是用诗人的心在吟咏，钱皮呢，他与其说是在赞叹罂粟花的美，不如说是在赞叹它的恶，或者说他自认为又发现了真理——恶才是美的化身！恶才是美！譬如红颜祸水、倾国倾城，不就是以恶为美么？而这妖冶的花呀，它不就是花中的极品、花中的妲己么？

假女一直站在路边，看着二人笑，抛着媚眼，实际是欣赏他俩的呆模样。等他俩回过神来，假女已不见了。是打了招呼的吧，他俩神情恍惚竟未听见？抑或竟是不辞而别？他俩虽觉怅惘，还有些恼怒，寻呼一阵未果也就罢了。

他俩继续朝前走。却见此处还散布着一些式样不中不西很别致的小楼，在这大山里！这也与罂粟花一样令人称奇。当地人曾在洋人指导下种烟致富，这便是先富起来的那批人所建，后来让穷人瓜分。故这些小楼都已破烂不堪，外面摆放悬挂的农具、衣服、干菜等与小楼风格极不协调。半坡上、蕉林边，也有些用楠竹捆扎成的茅草屋，屋顶滴水檐像要触地，（光线不知多暗！）旁边窗扇用根竹棍撑起。一群赤条条的娃儿在山泉边戏水，身体被泉水阳光洗得栗色光亮，手中舞动细竹竿，不知是当成的枪、刀还是马鞭？他们看见外人就跑了过来，胯下的小雀儿一跳一跳。钱皮和葛眼镜照假女所嘱，在挎包里带了些糖果，抓出来分发。问这是哪里？娃儿说是仙女山。又问仙女在哪里？娃儿嘻嘻哈哈指着前方："那不是呀！"二人已见前方有个丰满翠绿的山头，很显眼的，此时细心观看，它哪里像仙女，像个挺拔的乳房，连乳头都活灵活现，令人有吮吸的想法。又问大人呢，娃儿说还在坡上。他俩说一路过来都只见花不见人哪，娃儿指着远方说都在山那边呢！二人方知仙女山种烟的范围之广。

他俩跟一个娃儿去家里。这是路边一幢茅屋，门开着，暗淡的光线。娃儿在门口叫两声"爷爷！爷爷！"，朝他俩一笑，就跑了。里面并没有答应声，也不知有没有人？二人走拢看，一个老头儿卧在火塘边吧嗒水烟枪，飘来了那种带异香的气息。老人正在瘾上，连门口有人都不抬头看一眼。二人正不知该打招呼呢还是该离开，老人说话了："哎，你们是过路的吧？进来坐！进来坐！"遂进去坐下。二人自报了姓名，问老人贵姓，回答姓陈。老人原来在用竹水烟筒吸鸦片烟，是将切成细丝的烟叶拌在鸦片内，像抽烟草丝一样，一撮一撮放在烟嘴上吸。火塘上吊着口铁锅，墙边放着砍刀等农具，屋梁上挂着一串串干红辣椒、苞谷棒子和干巴腊肉。老头又一语不发，他俩鼻孔也忙个不停。过一阵老头目光收回，见二人鼻孔大张大合，胸口大起大落，便说："对不起哟，失敬了失敬了！"起身拿了两支乌黑的水烟筒来，又撮了烟丝放在二人的手心上说："来来来，请抽杆烟。"二人哪里推辞，钱皮也像老人那样歪着抽，葛眼镜坐着。

满屋青烟袅袅，长久无语。钱皮先说话："老人家，我活了这么大还没有见过罂粟花，今天算开了眼界了。"老人道："是呀，连我都以为这辈子再也见不着了呢。"葛眼镜道："老人家，我看外面的景象，你们就要发财了吧！""哦，你说的景象是……"钱皮接话道："外面的花开得如火如荼呀！我们看见山外的街上，鸦片都可以当钱用了，切一块下来就在换东西，换米换油都行。街上有些女人的衣裙上绣的花，不知是啥子花，只晓得好看，今天才晓得是罂粟花！"老人听了点头："你说得是。"但他并未笑逐颜开，反而唏嘘长叹道："有好多年上头不让种大烟了，这两三年又才种。你们看我屋里，有点光鲜了不？可是不晓得还能种几年？我老了也动不得了。"钱皮道："老人家，前辈不管后辈事嘛，你管他能种几年？不过，我也希望这景象维持下去，不要像一场梦。"

老人听二人所说乃政治而非生活中的鸡毛蒜皮，也忍不住打开了话匣子："说给你们听，这座仙女山，周围几百里，种大烟怕也有百多年了。最先是英国人拿种子进山来，通司说这是神仙种，随种随长，长的东西英国人包收，这样就种开了。山上水冷土薄，种庄稼蔫塌塌的，种一山坡，收一锣锅，人户从来没有吃饱穿暖过。种大烟就不同了，越种越发。砍开块地放火一烧，播下种就不管了。收烟时一划开罂粟果，白生生的烟浆咕嘟嘟冒。这方几县就数仙女山的大烟香，卖得起价钱。过去一到割烟时节，马帮就驮粮食杂货进山来收烟了。只要卖出一两拽烟，一年的生活就有了着落。我头个媳妇就是用一拽大烟换的……”钱皮问：“一拽是多少？”“三斤多点。”葛眼镜笑道：“哦，那媳妇还是顶值钱呢！”“唉，有年烧荒，风向变了她没跑出来，烧死在山上。就她烧死的那片山，第二年罂粟花开得红艳艳，果子也结得格外好，我拿两拽大烟，又换回了第二个媳妇。”“哦！”葛眼镜和钱皮都点头赞叹。从老人的传奇故事中，一个感受到了诗意，一个感受到了天意。

老人不吭声了，奈何被二人目光盯着，又道：“唉，后来不让种大烟了。这里种了几辈人的大烟，别的庄稼不会种，土地也不适合，几百户人家搬得只剩几十户。我大儿子40岁了才娶媳妇，小儿子也已经30多岁了，媳妇还没有着落。”葛眼镜问：“你说别的庄稼不会种，也不是难事吧？譬如我们从城里来，学种庄稼，有个一年半载，也就会了。”老汉沉默半晌，方道：“你说得也是，还是种毒把人变懒了，做不得重的。罂粟是懒庄稼，每年11月播种，任它生长，只间一次苗，施肥锄草一概不要，来年2月就可开割。剩下的枝干干枯腐烂了，就是肥料，好安逸哟。而且收益又高，收割后自然有人上门收购。紧俏时，还没有开割，鸦片贩子就到地头来了，看样订货，预付订金。”葛眼镜问：“老人家，听你说话，懂得很多，而且有些新名词，你像是出过远门见过一些世面的人。”“不瞒两位，我坐过十年牢。牢房就是我的老师，里面知书识礼的人多得很哪！古人说与君一席话胜读十年书，那里就有好多个君子，你说我相当于读了好多年的书哇，哈哈哈！”钱皮也跟着笑几声，却问：“判十年，重刑吧？”这等于问你犯的什么啊？老汉却不开腔。

“他杀红军！”屋外的年轻女人说。钱皮、葛眼镜只见其背影，她已经回来一会了，一直在屋檐下做事，将刚割回来的烟膏摊在竹篾上晾干。她说这句话时依然背对着屋门。听了她的答话，钱皮、葛眼镜都轻轻叫声“哦！”“我不怕你们，你们也不用怕我。我当时一个大老粗，哪里晓得啥子红军？只晓得有队伍过，那倒是，劫富济贫。过后就有几个人藏在坡上的洞子里，有刀有枪，抢人，不分穷人富人，见人就抢。我们叫棒老二，就去除了。除了两个，都是伤号，有个小的，他丢了砍刀讨饶，就把他放了。”

女人进来了，说道：“他是雇农，土改的时候帮地主说话，说地主对佃客这样好那样好，你们说该不该挨？就揭发出来了。他们去杀的几个都是佃客，都判十年，东家和他老婆挨的枪毙。”葛眼镜道：“怪不得，我说这样大的罪行，才判十年。”老人介绍这女人是他大儿媳妇，叫阿薰。他小儿子早搬到山外去了，靠种庄稼。大儿子现在在小儿子那里帮他修房，晚上回来。

日已西斜，两人和老人说好了在此过夜。出去逛一圈回来，阿薰在屋檐下用石碓窝舂谷子。葛眼镜问她：“远处山坡上咋有几顶绿色帐篷？”“哦，那是老板住的呀！”“老板？”“哎，就是鸦片贩子，仙女山罂粟地好多都是他们租种的，他们一年有一半时间，都住在这里。”“怎么租种？”“他们拿钱租农民的地，给种子，叫农民帮种帮收，还按天算工钱。”“原来这样，那多的肯定烟贩子得了，农民得少的。”“得零头。”“你家的罂粟地也是租给烟贩子的，帮他种？”“我家不是，我们是自己种。”“为啥呀？”阿薰从碓窝舀米，脸抬起来了，有几分得意："刚才不说的，仙女山起码半座山都晓得阿爸的名字。烟贩都讨好他，还送种子、送化肥给我们。烟贩分几伙，每一伙的头儿都提礼物到我家来，跟阿爸吹牛谈天，夸奖他不出门知天下事，佩服得很呢！"葛眼镜、钱皮都听笑了。钱皮问："这些烟贩如何？""啥子如何？""好不好？""哼，他们，凶得很哪！除了打牌，就是提起枪逛耍，打野兔，经常朝天开枪，吓农民。"

阿薰进去做饭。米煮在锅里，从火塘上方钩子上取块野味，在火苗上烤一会，用刀切得很细，再拌进一些同样切得细细的辣椒、葱、香菜之类。待锅里米饭熟了，将这些与米饭和在一起，盛在盘子里。吃饭时光屁股娃儿回屋了，阿薰叫娃儿现去削两双竹筷。这一家人却在竹盆里浸了浸手指，用手抓着吃。老人吃饭又有了谈兴："哼，现在东家都变坏了，一凶二恶！我那时候给东家收鸦片……"光屁股娃儿叫道："爷爷，兵兵好！兵兵是好人！"葛眼镜和钱皮看一眼两个大人，问娃儿："嘿，兵兵是哪个？"阿薰对着娃儿道："他不凶。可他不是来收烟的，是来耍的。"不再说啥。老人又继续道："我那时给东家收鸦片，忙得很的时候，连吃饭都是主人家端到地头来，过来喂，夹沙肉啊，烧白啊，一块一块的，主人家筷子夹起往佃客嘴里送。"静了一会，大家都往嘴里塞喷香的饭。这口饭嚼毕，葛眼镜问："我们来的路上，看见几幢小洋楼，那里过去住的人……"阿薰道："哦，那些房子，有些都上百年了，有当地的，也有过去洋人的。""哦，洋人还住在这里？""是呀，听说过去洋人都要亲自做事，顶和气呢！"钱皮听了神情怪异，对着葛眼镜笑。葛眼镜对他的心理和怪笑已有所了解，不说啥。

晚上大儿子没回来，老人说可能那边忙。钱皮、葛眼镜跟老人睡在火塘边。夜深了，老人已经入睡，睡在里屋的女人走来坐着，往火塘添柴，挨个摸两个知青哥的脸。两人都吓得不敢动，怕老汉是装睡的，他连红军都敢杀，也肯定敢割知青哥的脑袋。火塘明火慢慢熄了，光线变暗。钱皮想装睡装不像，身上这里那里发痒，火塘烤得屁股烫，就要动一下。他生怕阿薰摸到他两处硬凸的地方，一处是藏在腰间的枪，一处是那里。担心的事总要发生，那里终于被握住。钱皮二十出头了，尽管干过些惊天动地的事情，男女方面还是张白纸，像触了电，心脏痉挛，浑身颤抖。电流传递到阿薰手指上，阴阳两极的道理，她的五指更缩紧了。直到她另一只手碰到枪，捏出枪的轮廓，两只手才同时缩回去，很快离开了。

5

阿薰三十一二岁，圆眼睛，塌鼻梁，皮肤水色好，身腰也好。她挽着高耸的发髻，尺多长的烟竿横插在发髻里。去年这个季节，她有天在罂粟田里遇到屈彬。两人以前认得没搭过白，这次同路，就说起话来了。阿薰边说就拔下烟竿抽烟。屈彬说："你烟竿好长！"她笑道："这就长呀？屋头有根四尺多长的，要别人帮点烟。""太长了，有啥用处？吸不费力？""烟竿长些才不呛人，烟徐徐的来，才好品味呀。"

分手时，女人将带着口水的烟枪，烟头烟嘴都是铜的，塞在屈彬手里："送你。"还送他几支卷烟。屈彬一路已被烟枪的香气熏得飘飘然，接过就抽了两口，旋又坐在罂粟田边继续抽，后来就什么都不知道了。醒时只穿条裤衩，头上湿淋淋的，头下垫着树枝，阿薰用树叶从远处捧来泉水浇在他额头上。下身燥热难当，看时，雀儿硬撑撑从裤衩缝挺出，膨胀到自己从未见过的程度，端的个红头大将军！阿薰见他醒了，把树叶剩余的水滴在他脸上，与他一起看着这怒发冲冠的雀儿，脸上笑眯眯的，慢慢把自己脱得精光……可怜屈彬下乡都一直坚守的童子之身，轻易就被这女人拿去了。屈彬后来就在阿薰家中出入。

仙女山两伙烟贩子为争地盘械斗，屈彬不愿介入，下了山。他这几天回来，在路上走，忽听从山腰一户人家传来吵闹声，一看还升起浓烟。想太不像话了，再怎样也要给人留条活路吧，遂快步上去。这是蒋娃子家，家有七十多岁的老父老母、十七岁的儿子大娃和十四岁的二妹，大女儿已嫁出去。烟贩子械斗，蒋娃子父子也卷进去，他由于伤了人，帮的那伙败走，现在打赢的这伙反攻倒算来了。当这群十来个反攻倒算的人远远一出现，蒋娃子夫妇赶紧叫儿子跑掉，让老父老母和二妹子带着细软躲进屋背后的竹林。来人将蒋娃子头打破，砸了房子，连瓦片都砸得一块不剩，又拖了他喂的一口猪、三只羊。按"计划"到此为止。哪知拖羊圈的羊时小羊咩咩叫，二妹子从竹林里跑出来了，搂着这只黄毛毛的小羊，哭哭啼啼，舍不得被拖走。二妹子刚在发育，瓜子脸，独辫拖在细腰上，瘦瘦的双手臂抓住绳子跟拖羊的"拔河"。带头的绰号叫夜猫子，夜猫子本来已经打手势叫撤离了，一下改变主意，嚷着要烧房子。蒋娃子夫妇吓呆了，觉得是二妹子惹的祸。这房子家具砸烂，灶头挖了，楼梯掀翻，瓦一块不剩，烧又何妨？可屋架还在呀，屋架比其他所有更要紧。蒋娃子给女儿一巴掌，二妹子"拔河"的手松开了。可这十多个人，被恶的本性驱使，夜猫子亲将院子里两捆苞谷秆拖进堂屋堆着，众人将破桌面子、破板凳脚堆在上面，点起火。夜猫子拖的却是两捆湿苞谷秆，浓烟滚滚，一时还燃不起来。躲在竹林里的老父母望见浓烟，跌跌撞撞跑回来，跪着哀求。蒋娃子夫妇也在院子里堂屋里撵来撵去，跪着给这群人磕头求饶。只有二妹子不跪，遭蒋娃子劈头一下，才跟着跪下。夜猫子示意手下把就要燃起的明火压一下，说："蒋娃子，不烧可以，我把二妹子带去耍两天。"

听了这话，蒋娃子女人和老父母都愣着。在磕头的二妹子仰起头，看着父亲。蒋娃子像正在期待这句话，紧张黑瘦的脸甚至绽放一点笑容，立马说："要得，要得！""火灭了！"夜猫子马上招呼手下。手下个个也都像乐开了花，赶紧灭火。夜猫子便去拉跪着的二妹子，二妹子"腾"跳起来往外跑。屈彬这时刚走拢，二妹子和他撞个满怀，屈彬差点被撞坐在地上，几个凶神恶煞的汉子抓住了二妹子。二妹子挣扎着，哭叫声撕心裂肺。屈彬大声说："夜猫子！你们，哎……"夜猫子叫道："兵兵，关你鸡巴事！你走！"

屈彬见蒋娃子夫妇没动，而且屋子里的浓烟灭了，心知做了场什么交易。山里女娃儿有些是愿意的，帐篷里经常有十几岁的女娃儿，有时一间帐篷有好几个，夜晚（有时白天）老远都听得见发出的嬉笑声。他便转身走。可二妹子听夜猫子叫他兵兵，像有了救星，跳起脚挣扎，声嘶力竭叫他："兵兵，兵兵！你救我嘛！救我呀！兵兵，兵兵！"走出十多步远的屈彬陡然转身，倒回来。超然冷静的他现在浑身颤抖，连喻小泉死、孙猴跟黄兴虎对垒将他夹在中间时，他都不像这样，这一刻他想就是脑壳开花也要把二妹子救下来！几个如狼似虎的汉子抓着二妹子。屈彬走拢一字一顿对夜猫子道："你把她放了！"

屈彬在这里是个神秘人物，仙女山几伙烟贩子都没有摸清他的根底，他又和几个头儿都有结交。夜猫子不过是个小头目。“乒乒，关你鸡巴事！”夜猫子心里畏惧三分，嘴巴还硬。“乒乒，你刚才都走了！”“你又认不得蒋娃子！”手下的七嘴八舌说。“关我的事——放不放？”屈彬双目炯炯，竭力显得强硬。实际他心虚，“双拳难敌四手”，对方几十只手，不放他毫无办法。他眼睛扫向蒋娃子一家人，大人个个神态麻木，令他泄气。二妹子睁圆泪汪汪的眼睛盯着他，眼也不眨，为这个屈彬暗暗叫苦，砍头也得撑下去了。夜猫子道：“他跟他儿子伤了我们的人！”“你们把他家都砸了，也抵了。”“抵不了，医要花好几百块钱！”“锤子几百块钱！你放了，别的我跟麻哥说。”麻哥是这伙烟贩的头儿。“那你现在去跟麻哥说！”“要得——你们不准动她，”屈彬对爪牙道，又对着夜猫子道：“走，我们一路去。”夜猫子马上变了花样：“嘀，几座大山，现在哪里去找他？乒乒，你拿钱出来就放她！”屈彬眼皮垂下一会，抬起：“好多钱？”“你的面子，就一百块。”“锤子一百块！”“那就 80 块，不少了！”屈彬内心后悔嘀咕，仍斩钉截铁说：“好，我两天之内！你现在把她放了。”“那咋行？跑了咋说？我先带去。”“不准动她。”“两天之内，我给你保证！”

屈彬没有再看二妹子一眼就走了。二妹子不哭了，仍蹲着不肯走，是被扯手扯脚抬一段又背着走的。

屈彬马不停蹄，只花了一天半，第二天中午就来到夜猫子帐篷。夜猫子不在，出来两个人说他下云南去了。二妹子在里面呻吟，进去看见二妹子脸苍白，两眼无神，床上有很多血。屈彬像挨了一棒，缩着颈子。二妹子嘴唇嗫嚅：“乒乒……我……不想在这里……背我……回去……”声音细得像风刮过枯萎的草叶儿。屈彬回头看，两个人不见了。追出去，空旷的山脊，只有山风、斜阳，及眼角的两粒泪水，他能感觉到，与他同在。遂进去扯过另一张床上的被子把二妹子裹好，背起来，送她回去。蒋娃子父子正在修屋顶，见了下来迎出去，看见屈彬背上的女儿头歪着，被单下面血浸透了，连屈彬手上都有血，气得对夜猫子破口大哭，不让屈彬把她背进院子，“乒乒，你背回帐篷去，死都死在那里！”屈彬累得喘气，说：“龟儿，帐篷人跑光了……那里，连熬药的锅灶都没有。”回头对二妹子道：“给你爸说，你自己要回来。”二妹子游丝样的声音：“阿爸……是我……”蒋娃子摇着头不听：“乒乒，背回去，求你了！”“哎，我背来，不是不管了，你找医生，我马上去找他们麻哥。”“乒乒，求你了，你是个好人，你背她到麻哥那里去。”蒋娃子说着跪了下来，他女人远远站着的，也跑拢跪了下来，连看都没有看女儿一眼。屈彬火冒三丈，正要发作，背上瘦小的躯干扭动一下，接着一只小手摸他的脸。这令屈彬滚到喉咙口的骂声也没有吐出来，怕吓着二妹子，一句话不说，吃力转身走。心想咋办？我如果背到自己住处去，不成体统，只有背到阿薰处去，那家人容得下她。走不远二妹子哥哥大娃撵上来了，说：“乒乒，你背到哪里去？我来背。”屈彬这才舒了口气。快拢阿薰家大娃就站下了，由屈彬背进去。老头儿见状呀呀叫两声，赶快亲自上山采药。奄奄一息的二妹子躺在火塘边，当着阿薰，眼神发呆、像咬牙切齿对屈彬说：“乒乒哥，帮我，把他们……”“啥子？”屈彬和阿薰都凑拢去。“杀了……”屈彬蹙眉问：“是哪个？夜猫子？”“个个……好多个。”老头儿回来，药煎好用筷子撬开牙齿喂药，喂几口人就断了气。

阿薰去通知蒋娃子家，只有大娃来了。屈彬由大娃和阿薰帮着，择块地方把二妹子埋了。

6

天亮一会，钱皮被阿薰推醒了。“起来，”阿薰说，“你的朋友来了。”葛眼镜在门外跟一个人说话，出去看是屈彬。屈彬说：“哈，钱皮！我叫屈彬。”“及时雨！”钱皮咧嘴一笑，“我们被假女丢在这里，正找不到回去的路。”葛眼镜本要给他俩介绍，听钱皮如此说，就走开了。屈彬显然是阿薰清早去叫来的，可能找钱皮当帮手，干什么事情，葛眼镜对此一向都回避。屋里老头起来了，咳嗽着在抽烟。

屈彬对钱皮道：“听浪子说，你们结交虽然不久，但是一见如故。”“嗯，我们是朋友，和葛超也是朋友——他是你表哥？”“表弟。”“哦。”“你有枪？”屈彬听浪子和秋霞介绍过钱皮，很凶，可靠，遂单刀直入。“有。”钱皮干脆回答，眼角扫一下旁边的阿薰。“借我用一下，明天还你。”“你要……”钱皮感到兴奋。屈彬语气平淡：“除一个人。”“不如我陪你去。”很长时间没有杀人的钱皮心花怒放，压抑着。“行！”“那走！”钱皮如此干脆和爽快，倒令屈彬有些意外，说：“现在白天——等晚上。”旁边阿薰亦觉奇怪，看着钱皮：“咦，你不问他杀哪个？啥子事情？”瞬间悟出了原委，对屈彬道：“啊，晓得了，知青哥都服你！”屈彬一笑。钱皮方察觉自己对杀人表现得太积极了，便问屈彬：“为啥子事？”屈彬道：“你来。”带钱皮来到二妹子未长草的坟前，站在这里，给钱皮讲了这个小土堆埋着的故事。

钱皮听了，脸壳竟挂着几片讥讽的笑容：“呃，我本以为，你比浪子、孙猴他们老辣，结果你还很幼稚。”屈彬愕然，破天荒有人这样评价他。屈彬从看钱皮第一眼，就觉他脸面的皮肉僵硬，眼珠木木的，不会转动，偶尔又如针束般闪着锋芒，摸不清面前站的是思想的先行者乎？巨人乎？白痴乎？乞丐乎？且不出声。钱皮一方面讥讽屈彬仗义，一方面又无可无不可，有刺激就行。一群雀儿在树上喳闹，他抽出手枪对树上瞄了瞄，放下说："晚上，还在陈大爷家里等？"屈彬松了口气："好。你听见我吹口哨，就出来。"说毕吹了声口哨，飘逸悠扬。

钱皮和葛眼镜出去逛，说下午回来。阿薰便用芭蕉叶包了些带肉末的米饭，及两小串沾了盐的红辣椒，给他们饿了吃。老人也递给他们一个烟叶裹成的小包儿，包着几支拌有鸦片的卷烟。二人翻过两道山岭，眼前是另一片罂粟花海。女人们在半人高的花朵和果实中忙碌，手中的刀片在饱满的果实上轻舞，不断有白色乳汁汩汩流出。她们用小镰刀刮下已经发黑的黏稠的烟膏，抹在小碗里。不时往小镰刀上吐口水，增加它的润滑，好将烟膏抹下。钱皮和葛眼镜在花丛和女人中游弋并转来转去，葛眼镜同时在想他的诗，钱皮在想他的哲学：啊哈，人生乃是毒，毒乃是女人，女人乃是花，花乃是社会万象的肥皂泡，背过来是空气与虚无。

继续走，座座山头没有别的庄稼，也没有别的花儿，只有盛开的罂粟花，深红映着浅红，天蓝飘着雪白，淡紫托出嫩黄。山谷无风，异香弥漫。他俩头戴女人们抛来的罂粟花环，抽着老人给的烟，眼色迷离，咧嘴笑着，手舞足蹈。饿了手抓着吃芭蕉叶裹着的肉末米饭，吃沾了盐的红辣椒。吃口渴了，四处找泉水喝。最后来到一片开满深红色大罂粟花的山坡，这里一团团蜂群只在花丛中旋转飘动，却不肯落下去采蜜，原来蜂群已经中魔了。花间的蝴蝶飞舞翩跹，但是动作很慢，他俩随便一伸手就捏住了，原来蝴蝶都快要被花香催眠。二人在花间追逐彩蝶，很快各自的手指间都挟满了彩蝶。这时他俩对望一眼，都看见了对方眼中的惊讶与警觉，都在想昆虫尚如此，人待久了，吸了这浓烈的花香将会怎样？实际人也会昏昏睡去，且要是没有一丝风儿来带走这浓烈异香，又无人来唤醒他的话，他将一睡不醒！二人幸好从蜜蜂与蝴蝶的姿态中得到警示，互相说我们要赶快离开呀！他俩终于跌跌撞撞走到这片罂粟花海的边沿，神经已经麻痹了。

钱皮身轻如羽，身体透明，这也许不是身体而是灵魂？他看见了刚死又活过来的茂生。茂生背着枪消逝的背影很诡异，一半是人形一半是芭蕉叶。机枪声和几匹长大的芭蕉叶隔开数秒，再见面时他的脸已经是个死人。他脸很干净，瞪着漆黑的眼珠，姿势还在站着射击。他胸口有数个泉眼在突突冒血，非常有力。“我的血！我的血！”死了的茂生叫着，去捂他的泉眼，在泉眼中搓手，再把血淋淋的手涂抹在树林上。“漫江碧透，层林尽染”，血化成这两句诗写满天空，血手印打满天空……真怪，人死了又活，茂生像活人安静倚着在一棵小小的红木树，他的下半身被子弹撕碎了，是一汪血。

噢！一个人有这么多血！像只红公鸡，不，是张地图，过去是片桑叶，现在是红公鸡。桑叶所以日本要来蚕食，现在好了，是红公鸡。它在啼唱：“红公鸡，咯咯咯，抓抓脸儿笑话我，笑我不学习，笑我不劳动，只会伸手要馍馍，羞呀羞死我！”谎言就从你开始的，红公鸡！钱皮恨恨要去掐公鸡的脖子，却掐住了已死的茂生的脖子。原来这样，他的梦已半醒，我心里有这粒种子？他想摆平茂生的身体，但他自己是软的，抬不动手足。

这次他变成罂粟花上的一只七星瓢虫，俗名叫“花姑娘”。罂粟花长出了五官，明明是毛羽的脸，十七八岁的她，眼睛水灵灵的，鼻翼亮莹莹的，皮肤吹弹即破，七星瓢虫小心翼翼爬上她的脸，登上鼻尖。七星瓢虫内心很怪异，是介于男子汉和七星瓢虫之间的感觉，或者说七星瓢虫自以为是男子汉。七星瓢虫在毛羽脸上爬搔毛羽却没有反应，它很沮丧，于是撑开硬壳伸出里面的纱羽，“罂粟花”，它叫道，用这种方式来挑逗。对方说：“花姑娘！”软软的声音，把他带回了童年，“我有毒。”“凡是漂亮的东西就有毒，越丑越好！”七星瓢虫对自己的话感到得意。“我是反革命。”“哦？”七星瓢虫收拢的硬壳又张开了。“我是。”毛羽不光是一张脸了，她穿着连衣裙。“反革命其实很美丽！”七星瓢虫引颈说这句话，但它根本没有颈子。它喳喳的声音不晓得毛羽听见没有？失去知觉的七星瓢虫掉在毛羽的连衣裙上。

没有脸和颈子的七星瓢虫脸痒酥酥的。它费力想呼吸，鼻子不通觉得快要憋死了。突然它的鼻孔奇痒，打个大喷嚏，这下好了，会呼吸了，眼睛也一下子睁开：嗨，面前有只野兔，野兔被他的喷嚏吓得一缩头，仍用大大的灰眼睛和善望着他，厚嘴唇不停蠕动着，胡须一晃一晃。哈，原来是你，你把我的头发还是鼻毛，当成了青草哇？钱皮目光迟钝，鼻孔快速翕张，像嗅到了火药和血腥味，他很快变清醒了，暗中在手臂聚集力量，猛揪住野兔耳朵，翻身坐起，换手抓住一只后腿，跳起来把挣扎着的小动物重重摔在石头上，摔得脑浆和鲜血四溅。他清醒后感到极度焦渴，故马上就把嘴唇凑上去吮吸起来了。啊呀，好一股咸甜味、血腥味！他几下撕开兔腿，鲜血从股沟和肚腹涌出，他遂畅饮起来了！而野兔的四肢还在挣扎，这更刺激他，带给他莫名的快感，他把野兔心脏握在手心，看它跳动，又塞进口里，这样他的嘴、他的脸都跳动和抽搐起来了。啊！我就是野兔？我就是野人？我就是赤裸裸的真人？他止不住心中的狂喜，遂真的脱得精光，蹦蹦跳跳，打着旋儿，举着野兔起舞。这时从旁边树林中走出一只小羊羔，浅黄的毛，还在吃妈妈奶呢。这小羊羔一边玩耍着，啃着地上的嫩草，一边向他走过来了。他兴奋翻个跟斗，将干瘪没血的野兔丢了，扑上去按住这小羊羔，张口咬住咽喉……

“哎呀！”他听见一声很难听的尖叫。抬头看时，面前是一个丑极了的女孩。

阳光下，女孩皮肤、双眼呈淡金色，散披着乌发，系着根精细编织的草绳。她刚从林中走出，被这恐怖血腥的一幕吓呆了。钱皮嘴上、下巴和胸膛糊满血和毛，像有数个火球在体内冲突，浑身燥热难耐，喉咙焦渴难耐。他赤身裸体在撕咬羊羔，吮着羊血，女孩的出现使他一愣，并有了羞耻心，（这真该死！）遂将上衣扎在腰间遮住羞处，这才站起来，朝女孩狞笑着。哈，你既然已经看见了原始的人，纯粹的人，本真的人，他恶狠狠想，小丫头，你也请上西天吧！我要喝你的血！我在这里快活，你在西天，据说西天是更快活的呀！四野无人，他把葛眼镜都忘记了，或下意识里葛眼镜也只有一死。怎么，山里竟有这种丑女孩！该死，我面前怎么有许多罂粟花扑面而来，纷至沓来，这些难道都是丑女？哈哈，这是丑女孩使的妖术呀，骗我掐断这些罂粟花的脖子！“哈哈，哈哈哈……”他狂笑起来了，你这个丑丫头！

女孩不怕死走过来了，像那只小羊羔。他得决定如何弄死她，用石头还是就用牙齿和手？区别是后者慢，可是更有趣。哈我要喝人血了，这才真正回到原始之原始！他看了看自己膀子上的肌肉。他突然打个寒噤，喝人血会不会死？因为血型……如果血型不一样我会不会死？女孩离他还剩几步，得立刻拿定主意！不知不觉下面的东西已经膨胀得十分粗壮，他自己都害怕看，因为从来没有这种强烈感受。这个隐蔽的欲望刚露头就打败了茹毛饮血的欲望，还将打败其他所有欲望。呀我原来想和她……哈，我强奸了她再去想血型的事！

他正要解开扎在腰间的衣服把下面东西露出来，突然从她背后钻出条龇牙咧嘴的狗，不，不是狗，是狼！狼和狗他分得很清楚！他惊得倒退两步，火速从丢在地下的裤兜里掏出手枪。过去他从掏枪到射击只需一秒钟，这时他手忙脚乱，勾一下没勾响。

姑娘对钱皮紧张的动作连看也不看，她走拢抱起可怜的羊羔，这才看钱皮一眼，扭了扭嘴角。她眼里没有恨，没有凶光，只有悲伤的泪水。

钱皮惊讶于姑娘的镇静，觉得自己受到她的藐视，他胸中的万丈凶焰顿时萎缩了。姑娘和她的羊离开后他颓然坐在地上，恼恨把手枪一扔。

7

钱皮后来穿上衣服，并把自己收拾一下。他找到了葛眼镜，无论怎么喊、怎么摇都弄不醒。摸着有心跳，并有鼻息，他想想找根草茎，伸进鼻孔里去，戳并旋转着。葛眼镜鼻翼开始翕动，张嘴“阿嚏！”打个惊天动地的喷嚏，睁眼坐了起来。

“嘿，这是哪里呀？”葛眼镜问。钱皮一来不知道，二来情绪不佳，没回答。“你嘴角咋有血？”葛眼镜又问。“我摔了跤。”“想起了，”葛眼镜说，“我们从仙女山过来，找屈彬，一路都是罂粟花。”

二人沿一条羊肠小径下山。一路都是松柏，快到山脚，便有一弯弯梯田，一片片竹林，小桥流水，竹篱茅舍。小河边有裸体洗澡的男女，男的就在天光之下，女的却在树荫下，竹林中，半遮半掩，都十分自然。二人见了都暗暗称奇，葛眼镜想哪里找陶潜笔下的武陵源，这里就是呀！钱皮更觉激动，想这些人都是我的同类吧？

前面一道石头砌成的高墙，墙后一大片青瓦屋顶，层层叠叠、气势浩瀚，虽是院落，更像城堡。走拢听见清脆细微的敲打声：“叮灵咣当，叮灵咣当”。葛眼镜道：“嘿，这里还有银匠，进去看看。”二人沿着墙根走，看见一道侧门，便走了进去。进去迷宫似的走廊穿巷，连着许多天井、花园，（这是揣测当年，此时片花片叶也无。）挨着叠着都是房间。院落布局原本井然有序，因现在许多家住户，各不相干，故在不该开门的地方凿了洞，不该隔断的地方砌了墙，不该添屋的地方搭了偏厦，厨房猪圈鸭棚各增加几十处，到处是鸡鸭鹅粪。不过钱皮、葛眼镜进去，看见那错杂的庭院、曲里拐弯的通路、布满梁尘的藻井、欲塌欲飞的栏干檐角、穿进穿出的燕子蝙蝠和与人抢道的猪鸡鸭鹅，还是觉得气象万千。

叮灵咣当的声音来自大院靠山边的西南角，这里有个银匠作坊。银匠金戈灰白头发，戴副水晶眼镜，正拿樱桃木把的小锤子在案台上敲打，耀眼的星星在他手边溅起落下。忽然来了两个不速之客，他取下眼镜看了看，忙让进屋里。他又戴上眼镜，像是不经意又看了钱皮一眼。水晶眼镜钱皮看他深不可测，他看钱皮格外清晰罢了。他见钱皮虽像所有生客那样笑着，却是典型的皮笑肉不笑。

眼珠定定的，漆黑无神，钝而凶。同时，这些又掩饰不住他内心的稚嫩和粗糙。

二人进了作坊，首先吸引眼球的不是各种首饰和银器，却是墙上一个银边小相框，里面嵌着张少女画像。走拢看，竟是个穿军装剪短发的解放军女兵，模样端庄秀气。二人虽感诧异，也不好问什么。葛眼镜对银匠说他们是知青，一个老知青，一个新知青。银匠笑道："哈，知青还分老的新的？那我是老老知青！"钱皮、葛眼镜都笑了。去看柜台内各种银闪闪的首饰和器皿，看了赞不绝口，问道："老老知青，那你怎么当的银匠？"

银匠不回答，问饿了没有？到后面叫女人下面。二人跟他来到作坊后面，这里有方空地，傍着高墙搭建了厨房和羊圈。墙上挖个洞，出去一条小河，河对岸沿山脚有几间房屋。

吃面时来了个人，和银匠差不多的年纪，银匠对二人介绍："这是我的老朋友，叫蔡谊，打铁的。"钱皮、葛眼镜心想蔡谊、金戈谈吐举止都不像纯粹山里人，铁匠八成也是个"老老知青"，莫不是下放的右派之类？葛眼镜遂对金戈笑道："嘿，老老知青！刚才问你咋学的银匠，你还没有回答。"金戈道："回答起来话长哦。""长更好，那一定很精彩！"钱皮惦记着晚上的事情，吃了面走出高墙看天上，太阳还高。二人便坐着听金大叔、蔡大叔讲他们的故事。

金戈道："你们刚才问我深山里怎么会有这样大一座院落，我只说了这是个地主庄园。这里其实地名叫手爬岩，院落过去叫苏家院子，是一个名叫苏友山的大地主所建。现在叫嘿木院子，嘿木是小地名。"

二人道："哈，他建这么坚固的院子？像城堡一样！"

“听我说，苏友山在米县城另有公馆，这里只是他用来退守的后院。他在这里存了大量枪支弹药、银元和草料粮食。

“二三十年前，解放军进军西南。这里地下党招募学生和农民建立游击队，‘解放军雅砻支队’，专门袭击地主武装，国民党的区乡政权，国民党称之为‘土共暴乱’。我当时是县立中学学生，也成了其中一员。”

钱皮道：“哈，懂了，老老知青——跟我们前几年一样，热血青年！”

“听我说，支队有不少彝胞，野外生存作战，彝胞那些特殊本领，爬山拴脚码子防滑，露营挖地窝子避风，断炊嚼黄蜡充饥等等，我们都学会了。只要有一袋荞麦炒面，哪里都能生活战斗。嘿，半年不到，我就当了连长。想不到的是，我打的最后一仗，就是攻占这座苏家大院！

“当时苏友山正在逃窜途中，我们追击穷寇，连枪都没有开，就攻进来了。我进来看见马槽里，苏友山的马连鞍镫都备好了，我由此断定他不可能跑远。我带全连在大院挨个房间搜查，在一处猪圈，抓到一个双挂印匪徒。双挂印是指佩带长短两支枪，表明是匪徒中的头目。想不到这匪徒一被抓，就揭发说转过去几步，那边羊圈里还藏有两人，于是那两人也落了网。悍匪如此揭发自己弟兄，可说十分罕见，这反而引起我的警觉。我带人马上又转回猪圈，见旁边有堆苞谷秆，一刺刀进去，听见了哼唧声，嘿，藏在里面的正是苏友山！

“我立了这件功劳，好兴奋哪！马上带连队押解苏友山回县城。行军途中，大家正口渴，路边有一眼泉水。战士们都去喝水。我习惯等大家喝够了，最后才去喝。喝完了我又等看还有没有人，当然就掉在队伍后面了。我几步就可追上去的，我不但看得见前面战士，连前面说话都听得见，相距很近的呀！这时山路拐了个弯，密林中突然钻出一群彝胞。我一惊，闪到路边，举起枪。当看见对方都是赤手空拳，我一下又放松了警惕，枪尖朝下，更没有呼喊与前面部队取得联系。冷不防，一件查尔瓦兜头蒙了下来！”

二人惊道：“哎呀！”

“听我说，我就此被反捆双手，推拥上路，喂水喂吃的，查尔瓦都只撩起到鼻孔为止。”

“呀，你反而遭彝胞抓了俘虏？他们抓俘虏做啥子？”

一直不大开腔的铁匠插言道：“彝胞不是抓俘虏，是把人抓去当娃子……”

“哎呀，胆敢把解放军抓去当娃子？”

“哈，金戈他们认真讲还不算解放军，叫准解放军可以！那个年代的习俗，彝族有钱买娃子。娃子货源哪里来呀？靠抢！抓来的汉族娃子叫“汉根呷西”，哈，还有“欧根呷西”呢，就是蓝眼睛的白人传教士，被抓的娃子！所以他们抓个把支队战士、排连长当娃子，只能算平常……”

正说到这里，几只白的花的小羊从外面跑进来，跟着那散披着乌发、腰间拴根精致草带的牧羊女也出现了。

钱皮不觉大窘，站了起来。牧羊女也很惊讶，瞅着他，微微涨红了脸。钱皮紧攒眉头，从荷包里掏出张钱来，往桌上一拍说：“赔你！”冲出门去。

金戈、蔡谊、葛眼镜都万分诧异。牧羊女光流泪不说话。葛眼镜只得跟出，追上大步走着的钱皮，在他肩上拍一下。钱皮扭头恨恨说道："我杀了她一只羊！"

"妈的小妖精！下次见到我该马上饮她的血还是先强奸她？"他一路在想这个问题。(说明一句，他迄今对"强奸"并无清晰了解。)

二人观望找到那座像女人乳房的山头，虽然位置变了，魅力不减。向山头方向走去。走一会听见悠扬的口哨声，循声望去，山包上有人挥手，不是屈彬是谁！

晚上月黑头。半夜屈彬和钱皮来到一顶帐篷内，屈彬划火柴点亮挂着的马灯。六七个人正在酣睡，屈彬挨着看一遍，在其中一个脸上拍一下："诶，起来！"夜猫子翻身坐起，揉揉眼睛叫道："乒乒！做啥子？"其他人全醒了，有人赶快跳起摘壁上的猎枪。钱皮把着门，叫："不许动！""砰！"朝帐篷顶开了一枪。这六个人有四个马上不动了——两个坐着，两个正猫着腰。另两个正欲摘枪——不好保持这个姿势，又害怕一动就要毙命，遂高举起双手。屈彬对夜猫子道："快穿衣服，出去说几句。"又对其他人道："你们睡！"六个人听了赶快钻进被窝。

屈彬不光要让夜猫子死得明白，还要让仙女山烟贩子和农民都明白，将夜猫子带到二妹子坟前，叫他给二妹子跪下，夜猫子晓得大难临头，刚要挣扎，被屈彬一刀穿心。钱皮拿过屈彬手上刀子，朝地上蜷曲蠕动的身体又捅数刀，蹲下去。屈彬不知他要作啥，转身朝着二妹子的坟茔念念有词。钱皮狂饮胸前那处突突冒出的热血，莫辨滋味，只觉好酣畅好天然好痛快淋漓呀！咕嘟咕嘟吮出了声音。屈彬扭头吓一跳，只得又向着坟里的二妹子默祷。钱皮有一瞬间想干掉屈彬，免得自己的丑态泄露。觉得二妹子在坟里看着，方才忍手。后来他甚至感到屈彬在提防自己，但他这时已提升了自己的精神境界，想那根本不是什么丑态，而是人性的本质，我干了人人想干而没有干的事情，哈哈！他当然也就不想诛灭屈彬，反而还想屈彬给他宣扬出去。

第十一章　闹太平

1

白素华、李丽华、熊馨珠等一群知青妹（都是未参加这次"旅游"的）和珍珍从农场来看伤员。大家先在黄心华、钱秀英病房坐一会，有的又到隔壁病房看笑虎和章路。秋霞、李丽华坐在笑虎床边。笑虎肚皮缝了针，动不得，吃饭都要喂。此时床边坐了两个漂亮女生，不知怎的竟暗暗有些心猿意马，肚皮变温热起来了。花枪在当看护，坐在门口，这群知青妹中孟昭玉、刘菁菁是他相好。他眼球好忙啊，忙向孟、刘二人目光传情，又要不冷落来的每个知青妹，又要花时间在秋霞、李丽华身上打转。他因发现了笑虎被子下面身体发生的变化，很兴奋。遗憾秋霞、李丽华怎么像睁眼瞎，连笑虎被子中央的动静都没有看见呢，脸上一点羞涩的表情都没有，嗨！

章路一条腿用石膏包着，亦不能动弹，他对来的知青妹露出凄凉的笑容。他被子黑黢黢的，有些小黑点在爬，通常不易发现。珍珍偏看见了："哟，虱子！"伸手去掐，越掐还越多。她便轻轻一掀被子，章路本能一按，按在伤腿上，"哎哟"叫起来，痛得浑身打哆嗦。大家忙扶他躺好，说："啥呀，不准看？"白素华撩开被子一看——臭哄哄的不说，这已有思想准备——石膏上成堆的虱子，爬着滚着，衬衣、内裤上也全是小黑芝麻点点。她肉麻极了，忍住才没有叫出声来。别人见她如此表情，也凑上来看，有的连忙后退，有的惊叫道："哎呀，章路，你……"都不知咋办才好，手捉不解决问题。还是小鱼在此搞熟了，忙去拿了门后的扫帚，先在走廊上拍几下灰，进来在石膏上扫虱子。章路红着脸，闭着眼睛不动。白素华也克服了肉麻畏惧的心理说："章路，没得啥子，你不要不好意思。"从他身上扯下被子，拿出去抖虱子。

这边笑虎见状虽同病相怜，仍免不了歪着嘴笑："嘿嘿，嗤嗤，叽叽叽……"隔壁病房的九妹来看了看，说他："都这个样子，还笑！"鱼儿跟着也说："男笑痴女笑怪！"秋霞问花枪："他有没有虱子？"花枪说："呃呃，你检查嘛！"她便对笑虎说："我看看你的被子。"笑虎立刻把被子按着。秋霞说："你放开！你就算没有虱子，被子也该洗了，我们拆了给你洗！"硬要把被子撩开，李丽华也伸只手过来。笑虎脸涨红了，按不住，突然叫声："我要屙尿！"他憋尿已憋了多时了，怕说屙尿女生出去了就不进来。秋霞、李丽华连忙撒手，低头笑着出去，别的知青妹也都出去了。花枪伸脚去掏床脚的瓷盆。

外面知青妹忽听花枪尖叫："哎呀……呸呸，呸……你龟儿——呸呸！"大家站着没动，有的莫名其妙，有的猜到几分，都互相看着笑。隔壁的九妹又跑过来看，还冲了进去，青豆随其后。原来花枪接尿时将笑虎被子一撩，见他雀儿高翘着，这并不意外。意外的是雀儿就像他人一样长大，一副要戳穿天花板的样子。“龟儿烧魁！大烧魁！”花枪笑着叽咕，手去拨弄一下，弄得一泡尿水冲向脸上，旋又冲上天花板。九妹进来时花枪揩了脸，在朝痰盂吐口水，液体正从天花板嗒嗒滴下来。笑虎见了慌忙自己拉被子，一动疼得叫唤，反而将九妹视线引向那里。九妹埋头一个转身，差点没把跟在后面青豆的鼻子碰塌。小青一手捂着鼻子，一手与她互相搂着，打几个窜。这群站着没动的知青妹除白素华外都笑弯了腰。刘菁菁、孟昭玉拉着问九妹：“嘻，你这副样子，究竟啥子事嘛？”想逗着她说。九妹恼也不是，骂也不是，脸红也不是，跺脚说：“呸呸！我没有看见啥子事，你们自己进去看嘛！”跑到隔壁去了。青豆恨当时没有人来问她，不好对人说“我没有看见”，心想别人一定都以为我跟九妹一样，看见男的那个了，我怎么办哪？我就一直背黑锅呀？有段时间她想起就气得要哭。幸好有个她什么话都可以说的鱼儿，鱼儿不会劝，找大姐、二姐来劝她。终于二姐一句什么话把她逗笑了，追着二姐打。至此她才基本上把这件事丢开了。这是后话。

这里刚闹完，就听医院的人说外面十字街口在刷大标语。白素华、李丽华见说的人表情有些诡异，问：“啥子标语？”“你们自己去看就晓得了嘛。”花枪说：“打倒知匪？”“咦，你不看都晓得？”“看你吞吞吐吐的样子，就猜到是骂知青哥的！”花枪脑筋有时异常灵敏。

“走，去看！”花枪朝外走，众知青妹也要去看。花枪道：“嗬，啥子好看的，不要都去——大姐、二姐，我们三个去。”大家不听。白素华道：“蒋彦君关心你们，怕乱了出事，咋不听？”大家才依了。

十字街口石灰刷的标语还湿淋淋的，大腿粗细，赫然醒目："打倒知匪！""知匪过街，人人喊打！""知匪是破坏知青下乡运动的罪魁祸首！"已经刷了两条街，刷标语的几人拿着排笔在街口游荡。"文革"以来各种标语口号早就把人看累了，只因这几人一边又在大声吆喝，且"知匪"词儿新鲜，所以行人许多都站着看。花枪无所畏惧向刷标语的人走去。刷标语的见了道："哈，来了，来了！不刷标语你们还不会出来！"花枪道："锤子！我们是知青，又不是知匪，不关我们的事，我们是来看热闹的。"刷标语的道："我看就关你们的事！你们认识！"白素华产生警惕，和颜悦色道："大哥，是出了啥子事情，你说哪个我们认识……"一个刷标语的从远处走来，提在手上的石灰桶儿一路滴着，叫道："你们知匪坏得很，烧杀奸淫、杀人放火、无恶不作！现在到处都刷满了打倒知匪的标语！"花枪冷静道："哦，说的是别处的事情！"最先那个刷标语的道："就是易县的事情！前几天，我们太平场东方大叔给队上卖牛，钱接过来就遭偷了。百多两百块钱，拿啥子赔？他急得跳河，被拉住了。他回去又是上吊，又是喝农药，都被两个儿子抢救过来了，才没有死成！"行人听了个个都一脸怒气，说道："别个不偷，偏偏偷到东方大叔身上去了！""易县、太平场几辈子没有出过这种事情，肯定是知青偷的！"提石灰桶儿的道："几个知匪今天已经抓到了，正在游街！"另一个刷标语的道："那边游街，我们就到这里来刷标语！"花枪晓得浪子、狗娃子、小和尚今天去太平场，必是这三人被抓了，眼珠转一下问："呃呃，你们游街、刷标语，到底想咋办？""不咋办，就是要造声势！""要把知匪引出来！""引蛇出洞！""哈哈！哈哈哈！"

豆腐白天在旅馆睡觉，刚才起来。晓得此事，便叫花枪马上拦车回农场叫人。白素华道："你就晓得搬兵，打！"豆腐苦笑道："另一方面，还要马上去太平乡了解情况——只有我去。"白素华立刻道："你不要去！"

豆腐心头一热，感动地看着白素华，说："我晓得危险，可能连我都抓起来，但是非要先摸清情况不可！"白素华手指头戳向他额头说："你呀……"李丽华抿嘴笑一下说："大姐，你们两个好生商量。"出去带上了门。

白素华便挨近一步，他俩互相都听见了呼吸和心跳。她道："哎，你本身又不偷又不抢，你咋要卷在中间嘛？你咋不学人家长江！"豆腐无可奈何摊开手："咋办，已经卷进来了嘛！"白素华瞅着他尴尬的表情，咬咬嘴皮儿，问："你真的要去？""素华……以后说以后的话，现在我周家宝为朋友，必须两肋插刀！""那我陪你去！""素华！"豆腐声音要哭，手还摊开着。白素华缓慢移向他胸前，缓慢把头搁在他肩上。她感觉他全身在抖，而她好平静哪。后来他手终于搁在了她背上，可始终不敢抱住她。

外面李丽华在和人说话。豆腐倾耳一听说："狗娃子！"白素华立刻转身开了门。

狗娃子戴顶草帽，白褂子又破又脏，明显出了事情，依然目光灼灼。狗娃子道："豆哥，你会剃头！""会呀，但是这里没有工具……"豆腐正要扯他的草帽，已被背后的李丽华揭下来了。咳，马桶盖头只剃了一半，半边青光溜溜的，半边头发还有二三寸长！若平时大家定要笑破肚皮，可此时只觉惊骇！狗娃子一下蹦进房间。豆腐道："说！你咋的？"李丽华道："肯定是太平乡的农民……"狗娃子着急道："豆哥，你先去找把剃刀！"白素华道："你别慌，关起门我们又不笑你！你先说遇到的情况。”

2

浪子、小和尚和狗娃子今天又来到太平。浪子、小和尚先去前次那家茶馆吞云吐雾，狗娃子后进来。狗娃子迎着浪子探询的目光嘀咕：“挨尿！今天街上的农民好怪，老子走近了，他就闪开，有的手还把包包按着。卖东西的，眼睛都不盯他的摊子了，光把老子盯着。”浪子坐起低声问：“呃，是不是你们上次偷卖牛的钱，把你认出来了？”小和尚道：“锤子！认出来就认出来！”狗娃子道：“我有两次听见背后有人说‘深毛贼’，未必在说我？”小和尚笑得眯眼睛：“嘻嘻，不说你说的哪个！”狗娃子头发数月没理了，盖住了耳朵，差点拖齐颈子。

浪子瞟见门口的布帘子在动，有人在那里探头探脑，又不进来。遂低声道：“赶快走，要出事！我到前面去看情况，给钱，帮你们拖时间。你们两个假装解手，从后门跑。”狗娃子和小和尚都道：“你前面去做啥子？要跑都从后门跑！”浪子道：“我在这里一没偷二没抢，他把我鸡巴咬了！我出去了，你们赶快跑！”

浪子出来把钱付给老板。正要出茶馆，桌边站起数人，齐来擒他。他猛烈挣扎，见看热闹的人把门都堵住了，知道休想脱身，便大叫道：“做啥子？做啥子？我又没有犯法，不偷不抢！你们敢凭空抓我？”众人哪里回答他，捆起后挨了几下冷拳，押着走两条街，在一间破屋里暂时关着。

狗娃子、小和尚从后门出来，一条背街，狗娃子转头说：“分开跑！”狗娃子在迷宫似的小巷中疾走一会，迎头几个大汉，指着道：

"哈，深毛贼，你跑!"他连忙转身，倒个拐，侧边一道高墙。他干脆采取翻墙之法，越过几条巷子和几个院落，幸而这时人都下田去了，只被几个小孩看见。小孩有的光惊讶，有的除了惊讶还觉得好玩。他跳入这家院子，见一个老头正给娃儿（想是他孙儿）剃头，剃完了。他装成从院门进来的，叫声："老大爷!"老人扭过头来。"老大爷，麻烦帮我剃个头——我是过路的。"老人热情说："要得，要得！你好长头发——我只会剃光头和马桶盖哟。"狗娃子过来坐在板凳上说："剃马桶盖!"老头用剪子将他长发撮起剪短，然后开始剃马桶盖。有人路过顺便看一眼，见一个穿白衣的在剃头。这里男人衣服不灰就蓝，"深毛贼"白衣也是显眼的标志。

马桶盖剃了半圈儿，涌进一群人来，前面的迫不及待叫："好哇，抓深毛贼!"狗娃子晓得完了。可怜剃刀正在脖子上，他不敢动，干脆头也不抬起来。有人兜到面前来，勾下腰看他的脸，然后叫道："嗨，就是他，深毛贼!"有人道："是不是偷牛钱的那个?""不管是不是，抓去再说!"老头吓着了已经闪开。狗娃子便一下站起道："你们啥子事情？老子过路，说哪个偷牛?""你还凶，你整得东方大叔好惨，打他!""也喂他农药!"有人顺手提起板凳，兜头劈将下来，被其他人挡住了。狗娃子好汉不吃眼前亏，只稍微挣扎，便由他们将院子里晾干菜的蓑衣草索子解下来绑着推走。

路拐个直角弯，这里一边是水渠，一边是房屋后墙、菜园篱笆。狗娃子走着，"咩"尖叫了一声，突然倒地，捆着的手握成拳头，双脚伸直，全身抖得连地都在抖。头歪向上，眼球直直凝视着，嘴里继续发出"咩咩"的叫声，押他的七八个人都跳向路边惊讶看着。不多一会叫声停了，牙关咬紧，嘴角吐出些血泡子。人们互相说："装的！龟儿装的！”“哪得这么巧的事情！”也有的不开腔。其中有个是赤脚医生，观察后神色紧张低声向大家道：“羊儿疯，不是装的！”

经过一番紧张商议，（这主要用目光、脸色来进行。）赤脚医生意见占了上风，也就是解开他，大家赶快走，他死不了的！可仍有两个很不甘心的，坐在几十步远的石头上看着。交头接耳之后，又往远处走了十几步坐下来。

狗娃子爬起来坐着，瞟一眼那二人。他家里大哥有羊儿疯这种病，有时发作，所以他能够模仿得惟妙惟肖，而且他用这种方式逃脱也不是第一次了。他站起来故意歪歪倒倒走，过了拐角才飞跑而去。

小和尚往另一方向跑。听见背后一群人在叫“抓深毛贼”，又在叫“还有个小白脸！”“那是个光头，抓光头！”跑得脚板翻天。不觉跑拢一处地方，迎面有棵红艳艳的石榴树，树分两岔，花也分为两岔。恍惚见过？他停下看了几眼。他对花儿草儿没什么兴趣，这时一下想起了，他和珍珍在这石榴树前耍过的呀！花开对年，去年这时候，珍珍站在这里说浪子叫过秋霞石榴花，也要他叫她石榴花，他笑着叫了。珍珍问他这对树杈像什么？他说像把弹弓，珍珍嘟着嘴。他又说像个人字，珍珍还是嘟着嘴，她后来说像夫妻。啊呀，是一模一样两棵树，还是珍珍外婆就住在这里呀？去年我和珍珍从燕子岩来的，燕子岩离珍珍外婆家不远……正想着，被扑向脚前的花狗吓一跳。花狗朝他不停摇尾巴献殷勤，这正是我抱来送给外婆家的小花狗呀，长大了！小和尚把花狗抱起又放下，花狗贴着小和尚双腿转圈子。小和尚咯咯笑出了眼泪。

浪子关在破屋子里，经辨认的确不是那天偷牛钱的，那两个货真价实的结果都没有抓住。气愤的人群仍将浪子押出去游街。一路都是喊杀之声，不断有人跑上来，拿扫帚、吹火筒打他，这次有个娃儿正要打，被他一脚踢飞。这惹恼了众人，厉害的棍棒拳头纷纷袭来。浪子半是痛极半是故意耍赖，他借着“嘣”一声响，（这是敲在头上的一记吹火筒！）顺势就倒在街上。拉他起来，他窜两步又倒了。这一来，押解者中最核心的部分人（也就是晓得浪子并非真正偷儿的人）发热的头脑开始变冷静了，感到处置他成了难题：抬着他走，还是丢在这里不管？还是送到公社去？公社已有干部在旁边，连忙道：“知青是安办在管，这关公社啥子事？不要往公社送！”众人都知这是何意，怕担干系罢了。押解者开始散了，仍围着许多看热闹的，对他指指戳戳。大家看浪子被血和泥巴糊得脏兮兮的脸、蜷缩蠕动着的身体，想着知青造的孽、作的恶，心情都无比舒畅，同情怜悯的天性被压缩为零。

这时跑来两个年轻人，认识的纷纷叫道：“嘿，来了来了！”“东方，就是这狗日的抢你们爹的卖牛钱！”“家树，家木，揍他！”“叫他狗日的还钱！”东方家树弯腰察看死人似的浪子，把脸翻过来，手指在鼻孔试探。人们又叫道：“他龟儿装死！”“揍得好！”“给你们爹报了仇了！”“家树，莫管他！”家树对周围声音充耳不闻，打手势叫弟弟把浪子背起来。有人问：“你们想把他背到哪里去？”“背回家去！”“你疯了哇？这是块炭元哪！”（炭元义同“烫手山芋”）“不管。”家树固执道。又有人道：“对，背回去！”“背回去拿索索拴起，叫他拿钱取人！”

浪子眼睛闭着，耳朵竖起的，心想若被“背回去”，难保不挨黑整，开不得玩笑。他挣扎起来了，不让家木背，在家木腿弯上踢一脚。家木还他一脚，正踢在他的痛处，嗷嗷叫。“他刚才装死！”“他想耍赖！”众人纷纷叫道。“狗日的，你像条黄鼠狼！”家树说，“把他的脚捆起来！”浪子捆脚时骂不绝口，并恶言威胁：“龟儿，你敢动老子一根毫毛……”“呸！你这个可怜虫，你骨头都遭打断了，才一根毫毛！”“哎哟哟，你敢捆我，你你，知青哥要把你锤扁！”“你小子，你已经遭锤扁了！”“老子烧你的房子！”“那好，老子递盒火柴给你，你去烧！你就规规矩矩的不要扳了，你去了不烧是龟儿！”家树将一盒火柴塞在浪子反背着的手心里。浪子竟有理拙词穷的感觉，乖乖不动了，显出满不在乎的神气。

两弟兄背起浪子要走，好心人相劝道：“你两个疯了哇？”“哎呀，说的是个炭元！”“那些知青哥肯定要来报复！”“他们就住在县城安源旅馆！”“他们的老窝子在L县，那里叫他们知匪！要来，坐车快得很！”家树对众乡亲道：“不怕，我弟兄两个，加个老爹，三个单身汉，莫说他一个农场，就是全省的知匪都来了，我弟兄俩个都不怕！”

浪子听出这两弟兄是两条汉子，竟觉宽慰任他俩背着走。

3

屈彬对于钱皮的出现，其冷硬凶残异于常人，且又是个形单影只的，感到又惊又喜。他在除掉夜猫子后，又将另一计划和钱皮商量，果然一拍即合。天才麻麻亮，屈彬和钱皮、葛眼镜便离开陈大爷家，阿薰送出来。阿薰心想屈彬这次去了，再来遥遥无期，后悔让屈彬杀夜猫子，已经晚了。她眼睛红红的，出来便拉着屈彬的手。葛眼镜和钱皮眼角扫着了，自顾往前走一长截，坐在路边等。两个偶尔互望一眼，不说什么，心里都在想屈彬和这女人结下的情缘，有点怪怪的。

等十多分钟屈彬来了，走拢脸粉红，头略低着，直接走到前面去了。二人跟着，这才互相一笑。葛眼镜见钱皮这次笑得与过去不同，过去笑是由面皮底下几根筋扯着抖动，眼珠不转。此时眼珠意外亮幽幽的，是发自内心的幽默吧？

三个走出仙女山，日头早就偏西。屈彬问葛超还耍耍不，还要耍就带他到太平朋友那里住一晚，他和钱皮要去办件事。葛眼镜从二人及阿薰只言片语中，已听出二人昨晚像杀了人，想快点离开这是非之地，说出来久了想马上回生产队。屈彬说如果走路的话从燕子岩走最近，要一天半，你最好还是到易县去拦车。指给葛超去易县的捷径，还给了他五块钱。

屈彬、钱皮到了太平场附近，听见阵阵闹嚷声。屈彬诧异对钱皮道："这里从来没有这种刺耳的闹声，包括'文革'派性、斗走资派，这里都像个世外桃源。""哈，'文革'还有世外桃源？""是呀，这里人心气平和得很。真是怪哉！出了什么事情？"钱皮脸壳抖起笑容："是不是知青哥出事了——我们去看！"他俩本来不进场去的。屈彬道："你不去，就在这里等我。"

二人找处僻静地方坐下。屈彬背过身去，从挎包里掏东西。转过脸来已经面目全非，成了个当地农民了。钱皮心痒道："哈，你空了教我！"屈彬道："行，来日方长。"

钱皮等了一阵，路上走来个中年农民，眼睛老向他坐的地方看。钱皮近了，从那撮山羊胡子才认出是屈彬。屈彬脸一抹现出本相，将打听到的事情说了。钱皮道："你先不是说，这里连'文革'都没有这样闹过，难道就为个知青哥偷了卖牛的钱，卖牛的老汉闹着自杀，并没有自杀死，农民就如此喧闹？"屈彬道："所以我专门找人问，这么久才来。原来闹着自杀的卖牛老汉叫东方亮，嗨，易县无人不知的两个名字，除了毛主席就是东方亮！1959 年的时候他当县长，眼看一批批人在闹水肿，他擅自决定开仓放粮，起码救活了十几万人！他因此被打成右倾，老婆不知被整死，还是自杀了。他跟两个儿子，都被发配，回乡务农——所以这次，几爷子祸闯得不小！”钱皮脑中不由掠过一下那年去舅娘家所见情景，神态冷漠道：“哦，这里那几年也饿死过人？”“哪里都一样。”钱皮笑神经却又扯动起来了，且并不掩饰，问：“你去游街都完了，能够肯定是浪子？”“听就是他。”屈彬说。屈彬与钱皮一路行来，各自吹些往事，钱皮言谈中流露对秋霞的好感，连对女人之事不敏感的屈彬都想他会不会是浪子情敌？这样他现在的笑容就不足怪了。

屈彬暗忖我素来独来独往，连对相交多年、了解透彻的浪子、孙猴等都不邀约，我现在竟主动要跟这人捆在一起，他不要是个无耻小人？故意道：“我们去救他！”“好！陪你去！”钱皮手掌在面前石头上猛拍，屈彬似见石面起一层烟子。将他手心翻起看时，竟粘了层粉屑，他连眉头都未皱一下。屈彬暗忖他莫非是孙猴第二？他哪里知道钱皮手已经震麻了，而且钱皮想亲手结果浪子，这连很善于以蛇蝎心肠去揣想对方的屈彬，也是万想不到的呀！

屈彬觉得浪子不会有生命之忧。加上既然跑了两个，跑的人自然会去搬救兵，因此他本想绕开浪子这件事，先去把筹划的事情了结了再说。可现在话已出口，钱皮态度又何等坚决，他只好带着钱皮择路奔向东方亮的家。

东方弟兄将浪子背回家中，让他坐在阶沿上，松了绑，正要去拖个箩蔸过来给他当靠背，他已经端正坐好了，（这可是他爹的遗传！）

与之前借伤要赖的样子判若两人。浪子道："哥儿，我喝口水嘛。"家树舀半瓢水，冷淡递给他。他咕嘟嘟一口气喝了，抹了抹嘴："哥儿，我周身痛，你们有没有药……"家树瞅着一脸讨好相的浪子："你不装死了？你先进去给我爹认错，磕两个头！""你爹，他……""他睡起的，遭你龟儿害得苦，都差点爬不起来了！""嗨，不是我偷的，真的不是我！"

"不是你！"东方家木猛然操起扁担，举在头上，"老子一扁担，劈死你狗日的！"浪子横了心，竟没有躲闪的动作，将眼一闭——这一瞬间若能拉长，则他惊慌想躲闪，忽然闪出念头：我为两个好友顶过，打死不冤枉。我闪得过一次闪不过二次……我浪子何曾低声下气过，这两弟兄有点不同寻常，我干脆就拿出我的本色来吧！耳听"咣当"一声，自然不是砸在天灵盖上发出的。他微睁眼皮，见扁担掉在地上，咣当咣当跳，显然是家树挡开的。他眼睛全睁开了，一股冷笑浮在嘴角上。

"一命抵一命，"东方家树同样还以冷笑，"既然爹还没有被你逼死，我们也留着你这条小命。"浪子恶狠狠道："你虾子，虾子没得血！我们大队人马马上来了，把你这破房子踏平！"

东方家木被兄长不愠不火、藐视知青哥的态度感染，说道："哈，你小子又要耍横。喂，你先说的要烧房子呀，我们给你的火柴，火柴哪里去了？狗日的，你把老子一盒火柴甩了！再给你一盒，你夸的海口，你现在就点燃了烧，不烧是龟儿！""哼，你赌我不敢烧？""你赌我们不敢打死你？你要敢烧，点燃房子，老子就给你一闷棒！"

"哼！"浪子不开腔了，火柴盒丢在脚下，眼睛半开半阖，从眼缝闪出讶异的光彩，心想怪哉，真的怪哉！这两兄弟咋比黄兴虎还凶？东方家木将他双手扭到背后，又要捆他，他干脆闭眼让他捆，心想我是你菜板上的肉，你有什么花招尽量耍！家木看出他的心思，死猪不怕滚水烫，手执尖刀，突然叫声：“嗨！”浪子眼一睁。“老子想把你们知青哥的心子挖出来看看，是红的还是黑的，是不是人的心子！”上前解他的衣裳。浪子虽显得面不改色，心却跳得很猛，害怕他鲁莽在胸膛上划个口子，不是好玩的。家木把他胸膛撩开，走去水缸里舀瓢凉水，往他胸口上浇，口里道：“嘿嘿，听说过去山大王的做法，冷水浇了，马上开膛，开出来心还在跳，好下酒。”浪子虽不信他真会“开膛”，受他此等捉弄，胸膛至裤裆湿一大片，气得脸青。东方家树一直不做声，此时叫道：“家木！”过来把弟弟拉开，把浪子的绑又松了。家木兀自叫道：“哥哥，你怕啥子？这些烂知青哥，遭他们开膛剖心，吃的人还少哇？”家树道：“你看见过哇？”“我是打比喻！”浪子不觉打个抖——连刚才说要剖他的心他都没有打抖。

东方弟兄背着浪子前脚拢屋，屈彬和钱皮后脚就到了，就在屋侧竹林里蹲着，一直在玩味面前的情景。屈彬不由骂道：“妈的，这两弟兄在诬蔑！”钱皮道：“哈，难得呀！”

东方家树拿个草墩丢在地上，坐下抽叶子烟。浪子讨好说：“嘿，给我抽一口。”家树便丢张烟叶给他。浪子拾起来，手捆麻了的，又有伤，抖抖颤颤。家树朝弟弟使个眼色，家木就拿裹好的烟，直接塞在他嘴里，划燃火柴，弯腰给他点烟。浪子嘴衔了烟，目光本落在火上的，这时却看了家木一眼。家木眼睛本瞧着他嘴上的烟，感到浪子的眼神，也看了浪子一眼。四目相遇，互相心里都一动，有种惺惺相惜的感觉。又都把目光移开了，都觉得这种感觉很荒唐。

这时，东方亮拄着拐杖，从里屋走出来。像个鬼，颤颤巍巍，骨瘦如柴，眼睛和两颊凹进去成了骷髅。“捉到了?”老人问。(他实际才50多岁，竟像个70多岁的老人!)“捉到了。”儿子回答。“他赔了?”老人眼里闪出惊喜，连勾着的腰也一下打伸了些。两个儿子嘴唇嗫嚅着，唯唯诺诺。老人身体一下打个闪，差点跌倒，两个儿子赶快扶着。浪子忽失声叫道：“老人家，我赔，我赔!”翻身趴下，“咚咚”磕了两个头。家树惊讶看他一眼，便扶着父亲进去了。浪子兀自呆呆跪着，头昂着，背挺直。

屈彬跑出叫声：“正勇!”“屈彬!”浪子掉转头，肩头晃了晃，颇尴尬。既已让二人看见了，他也不慌，慢慢站起来。钱皮走拢伸出大拇指道：“正勇，硬汉大大的!”屈彬紧接道：“你们前脚到我们后脚拢，躲在竹子林头，全部都看见了。”

家木站在一边，早捏了根扁担在手。家树从里屋出来，在堂屋看见这两个知青哥，也顺手操起一把锄头，走出来问：“诶，来做啥的?”屈彬故意道：“来背他的！哼，把他打成这样!”“是哪个打的，你问他呀!”浪子道：“不是他们……”

屈彬微微一笑，对东方弟兄道：“你们刚才说的我都听见了——赔就赔。这样，我们的人到米县来要，路上翻了车，有几个人在住医院。住院费我们已经花了几百块，钱要找安办报。过两天，等安办的钱来了就拿来赔。”说完对浪子道：“你现在跟我们回去。你走不走得？走不得我跟钱皮换着背。”

东方家木道：“别忙，没这么容易!”屈彬脸一沉：“兄弟，你不要敬酒不吃吃罚酒!”家树道：“你少吓人！你不要以为你们是光棍，我两弟兄也一样是光棍！我爹都已经死过两回了，你们想做啥，都可以奉陪！”

屈彬口气温和低声道：“兄弟，问一句，外面说你爹为了这头牛钱，死了三次救转来了，我都不大相信。你爹经风雨见世面——你刚才又说他死过两回了。”家树微蹙眉头道：“这回……只有一次，就喝过一次农药，哪个说的三次？”“哦，那一定是大家同情他，你爹好得人心。那你又说死过两回了？”家木道：“哥哥说两回，上一回是说的从前，差点遭整死。”屈彬道：“哦——牛钱我答应赔了，百分之百。过去的事情我晓得，所以我还是没想通，你们爹是易县最有名的汉子，光为了一两百块钱牛钱……”家木道：“哥子，我不怕你是不是说话的巨人行动的矮子，你说话还是通情达理，我跟你说实话吧。这次爹回来没得办法，把存来给哥哥结婚的钱，拿去赔了牛钱……爹觉得对不起死去的妈……”声音突然变得有些哽咽。屈彬扭头看家树，已经背过身去了，在偷偷抹眼泪。

屈彬、钱皮这才注意到堂屋门口贴的喜联。钱皮走拢念道：“两情鱼水春作伴，百年恩爱花常红。”这副喜联是新的，又有些破损，房主人似乎想撕掉它。两个同时都在想，弟兄俩口口声声说自己是光棍，未必新媳妇回娘家去了？回娘家去了也不能说是光棍嘛。钱皮不禁拉着家木问：“哎，你嫂嫂到底过门没有哇？”

4

次日中午，孙猴、六指、永昌等数十骑到了易县，遂由狗娃子带着，马不停蹄赶往太平。秋霞、李丽华也在队伍中。秋霞硬要去，李丽华说：“你去？都是男的你一个女的不方便，我陪你！”

到了太平，一眼看见街口用白石灰刷的醒目标语“打倒知匪!”“向知匪讨还血债!”众人叫道：“哈，还有血债?”“匪就匪，老子今天要再匪一回!”六指跳下马，抓住两个八九岁的娃儿，娃儿吓得哭，他道：“莫哭，又不打你们。你们拿瓦片把这几个字刨了。”孙猴道：“六指，刨啥子？把娃儿放了!”永昌也笑道：“不要刨，说不定哪，这四个字搁几十年，就变成文物了!”孙猴、永昌商定将马匹等留在镇子外一片树林里，孙猴先带部分人上街去。约了以烟火为号，其余人马如看见浓烟升起，就冲进来。

孙猴带着六指、火眼、狗娃子、水牛、小宝、土匪、蛇蚤等先到那家茶馆。却是闲天，里面只有几个人吃茶，见势不对都起身溜了。孙猴问老板：“诶，我们是来找人的。昨天挨抓的知青哥，关在哪里?”老板强作镇静道：“我哪里晓得……”孙猴顿时抹下脸来：“你不晓得？就是在你这里出的事！是你点的水!”老板吓得赶快为自己开脱：“唉呀，哪里是我？不关我的事，是那边街的理发店，你、你们去问他。”守在门口的六指听了，转身就往对街走，水牛、火眼等跟着。这里狗娃子嚷道：“老子从你这里跑的，差点没跑脱！不关你的事，关哪个的事?”上去一顿乱拳，将老板的脸打成个烂西红柿。小宝、土匪等一齐动手，一阵乒里乓龙、叮里咣啷、稀里哗啦，将外面桌子板凳茶碗、里间床铺烟具砸得稀烂，连后面锅灶、水壶等都砸了。茅房隔壁的猪圈里两头肥猪，蛇蚤走去将猪圈门开了，朝猪身上踹几脚，两头猪嚎叫着奔出去，先在店内乱窜，又射向街上。老板、老板娘缩在门角的，赶忙冲出来捉猪，店内没捉住，齐冲上街去捉。狗娃子、蛇蚤在猪圈放火，卷起一股浓烟。街上众人惊呼起来，老板、老板娘猪也不捉了，跑回来救火。

六指等走进茶馆对面理发店。剃头匠正推剪子，六指等进来，他手一抖，剪子在客人头上戳个口子，“咣当”掉在地上。客人见六指等来者不善，哪里发作，只将墙上一顶草帽扯下来，按在自己的癞疙瘩脑壳上，溜之乎也。剃头匠手把剃刀抖落了，跟着下巴又开始打战。六指喝问浪子关在哪里？他浑身抖得像筛糠，上下牙打架说不出话来，杀气腾腾的六指、水牛差点被惹笑了。火眼上前狠狠两个耳光，剃头匠脸肿起半边，这才不抖了。六指道：“你少装！快说，遭游街的那个知青哥，关在哪里？”剃头匠结巴道：“我我我，我咋晓得？我又没……”六指道：“你点的水，你不晓得！”一拳打在脸上，他一声惨叫，以手捂脸，看一手的血，吓得又叫一声。火眼却将墙上镜子摘下砸在他头上，他叫得如碎玻璃般锋利，倒把水牛等吓一跳。这几人精神亢奋，上蹿下跳，小剃头店瞬间成了废品店。水牛再将剃头匠从碎玻璃中拉起来审问，他血淋淋的脸，已经痛麻了，幸好镜子碎了，他看不见自己的吓人模样，仍旧结结巴巴半天说不出话来。水牛气得将这颗脑袋撞上墙去，“扑”一声，粉白的墙上红了一片，像开的桃花。

永昌等二十多人待在外面树林里，见街上升起黑烟，骑马冲进来。太平这条里把长的街，黄土路面，两边是店铺和小溪、垂柳，这数十骑从南街口起跑，呼啦啦卷向北风头。街上的人先都聚集在茶馆和剃头店两处，以为就这几个毛贼，也有跺脚咒骂的，也有撸袖捏拳的，也有要去邀约人的，闹闹嚷嚷，此时一见这阵势，都烟消云散。店铺吱吱嘎嘎、乒乒乓乓关门，上门板插杠子，马蹄扬起的黄尘未落下，一条街的门就关完了。马队又从北风头折回，见街上突然变得清斯雅静、空空荡荡，就三匹马、四匹马排开，阵阵欢呼声中，将人未及收拾的摊子、晾在路边的衣裳、拾猪牛粪的篓子等踏得飞起。烧茶馆、砸剃头店这伙人也跑上街来了，都蹦上马背，奔跑撒野，呜嘘呐喊。沿街屋檐有的较矮，便于在上面放簸盖晒豆豉、干菜之类。沿街葱茏的柳树，柳条儿或柔柔随风，或依依垂地，或与溪中鱼儿嬉戏着，或拂着马蹄。知青哥们被这绿、这柔、这解语、这牵绊逗弄着，尽情挥舞手中的棍棒匕首，只几个回合，满街的断檐碎瓦、败枝残叶，鸟儿也失了巢，鱼儿也折了友，通街的绿损了多半，屋檐也损了一些，有模有样的街道变得灰头土脸、伤痕累累。

秋霞和李丽华站在街边。秋霞哪有这样狂欢的心情、这样腾云驾雾的心情呀，她牵挂浪子，急得跺脚，高声喊："喂——火眼！""喂——马——学——芳！"李丽华也帮着她喊，狂欢的人群哪里听见！忽见一人对直向她们走来，竟是屈彬！她俩欢喜迎上去。秋霞见屈彬面带微笑，心里先就一块石头落地了。屈彬简要向秋霞说了浪子的情况，将浪子受的伤说得轻描淡写。可当他说了目前钱皮在陪浪子，因为端洗脸水倒洗脚水这些，要个人，对此秋霞皱起了眉头。屈彬看在眼里，故意说："钱皮样子很凶，超过农场所有知青哥，包括狗娃子、火眼。可是不晓得为啥子，他对你很崇拜。"秋霞苦笑撇了撇嘴。

这些在欢呼、在毁灭、在腾云驾雾的知青哥看见屈彬，便很快停止了跑马撒野，聚集拢来。屈彬走去敲一家饭馆的门，老板从门缝里看见是他，就开了门。六指进去道："老板，不要怕，我们吃饭，我先给你钱。"把一张十元大钞拍在老板手上。

屈彬等大家坐定后，就说了浪子现在的情况，并说浪子答应了赔钱给东方老汉，要大家凑齐 200 块钱。几张桌子一听都闹开了，都道："哪有这种事情！""真叫天方夜谭！"狗娃子道："牛钱哪有两百块！"屈彬问："是好多？""只有180多块！""给个整数，就算是东方大叔的医药费。"众人道："那，浪子的医药费呢？"

众人问："你光说浪子，还有小和尚？"屈彬问狗娃子："你们没有一路跑？"狗娃子道："一路跑？又不是瓜娃子！"大家遂议论小和尚不知跑到哪里去了——兴许回农场了。因为如果被逮到的话，肯定同浪子一起游街。

孙猴站起说："既然闯了祸，正勇答应了赔钱，那就赔——给的给，不给的就算了。"大家只好翻衣兜，有的把衣兜裤兜都翻出来掉起，总共也只凑了40多块。永昌道："不够咋办？"有人道："莫慌，等吃饱了再说。"又有人道："几条街清斯雅静的，人花花都没得一个，你除非真的当土匪，进屋去抢！"这时饭菜上桌了，屈彬大声说："好，先不要闹了，各人吃饭。"永昌挨他坐，举着筷子问："你有？"屈彬含混回答："只有想办法。"永昌凑近他耳边道："想办法就要快点。豆哥说医院也没得钱了，在喊出院。"

屈彬低头吃了几口饭，问永昌："这几天有没有好日子？"永昌问："你做啥？"屈彬对永昌、孙猴使个眼色，三人丢下筷子，走到后面天井去说话。永昌说："要得，后天日子就好。孙猴爱说替天行道，现在而今，这本是句笑话，但是既然你有此意，已经碰上了，是个机会。"屈彬道："话也不是这样说，东方亮把给儿子结婚的钱，拿来赔了队上卖牛的钱，差点搞得人家家破人亡。"永昌便进来向大家宣布。大家听了议论开来，反对的说："浪子遭打惨了，你还给他贺喜？""嘻，你以为知青哥的臭名声你这样一搞就香了呀？"赞成的道："刚才说浪子主动都给这家人和解了，这也可以嘛。""哈，知青哥霉运多，这样冲冲喜，也好！”“嘻嘻，好玩，好玩！”知青哪个不喜欢热闹，赞成的占了上风，尤其秋霞、李丽华还拍手称好，此议遂定。大家就又凑了些棉花票、布票和工业券，屈彬把这些票证和40多块钱都交给秋霞和李丽华，叫她们去买礼品。秋霞说：“屈彬，我还要和你一起去送！”孙猴道：“你去不好。”屈彬说：“可以，不怕。”李丽华道：“秋霞，那我也去陪你！”众人笑道：“秋霞是去陪浪子，你去陪哪个？”狗娃子说：“陪屈彬！”李丽华走去拎耳朵，狗娃子哇哇直嚷，求饶才罢了。屈彬见李丽华不再做声，问她：“嘿，你究竟去不去？”众人又笑起来。李丽华微红着脸说：“你要我去啊？去就去！”

5

家树懂草药，一早上山采药给浪子治伤，钱皮同去。钱皮发现半崖上有丛淡黄色的小花，冒险攀上去看。他见这花有点像金银花，又比金银花好看，因为花瓣有点点红斑，且叶片溜尖发亮。钱皮木木的眼珠也在发亮：哈，断肠草！从前杜医生带茂生和他在内的几个小朋友登山游玩，沿路教他们童子军的知识：认识植物，哪些是可以生吃充饥的，哪些是摸不得的，有毒。杜医生曾经指着一种开黄花的植物，说这是胡蔓藤，又叫断肠草，它全身——枝、叶、花都有毒，容易当成金银花，吃了就完了。这时钱皮眼中的小黄花慢慢放大了，变成罂粟花，变成秋霞的脸。他伸手抚摸这小脸儿，心在抖，在喷射毒液。他捏住枝干，正要连根拔起来，附近传来家树的声音：“哎，花有毒！”他手像触电——实际是心子触了电！缩回来，抬头看着家树：“啥子？是金银花！”家树说：“等我来看！”爬拢看了说：“硬是断肠草，摸不得！”钱皮心中恨之入骨——“狗日的，坏了我的好事！”他腿一蹬或手肘一拐家树就会摔下去。幸好家树因他面相不善——皮肉僵硬，黑眼珠是死的，不会转动——一直有警惕，身体本能换个角度，很快走开了。

背一背篼草药，回来日头当顶了。浪子和东方亮都在堂屋凉椅躺着，说些闲话。家里本只有一张凉椅，家木向邻居借了一张来。采回的草药有煎服的，有舂烂了摊在南瓜叶上包裹的，钱皮烧火舂药忙个不停。家树本要出工的，因对钱皮举止情景觉得怪怪的，就没有出工，做自家菜园，不断回来看看。

这里地近南方，季春就像过夏。日落时分，钱皮一人在田野逛。这一片是自留地，一人几厘或一分，一家有几分地，其中拿来种菜的有一分。谁家的丝瓜架、黄瓜架；谁家的冬瓜架，黄花满架，下面挂着长长短短的瓜。钱皮摘下个嫩丝瓜，上面一层白灰碰到手就变绿了。他不饿，十分钟前才在东方家吃了稀饭和高粱粑，可嗅到股清香，口里已吐出张小口，又吐出张小口，咬在丝瓜上了，嘴里清口水滴滴。咬一口觉得好吃。吃完了，朝前走一段，南瓜叶子里露着几只南瓜黄的、青的肚皮。这显然是队上的南瓜，因为私人谁舍得用大片地给南瓜叶覆盖呢！这对钱皮说来无甚区别，他又从脚下摘个南瓜儿，照样吃起来。边吃边吸气，嘴忙个不停，鼻子忙个不停。忽然回到童年去了，他和妹妹种的那片牛皮菜地……哎呀真是苦中有乐！

东方弟兄在门前土坝子泼了两桶井水，待水蒸发一会，坝子变凉快了。东方亮、浪子这两个病人、伤员精神也好了许多，自己就将凉椅搬出来了，坐在坝子歇凉。家树在旁边削篾条，一根竹子剖成两半，然后再剖，最后削成细篾条，白如棉软如丝，编箩筐用的。屋对面一排柳树，家树在那里用蓑衣草搓井绳，井绳一头栓在柳树上，有一丈多长了，这头还在添蓑衣草，两只手掌搓得刷刷响。钱皮青丝瓜、南瓜之外又吃了几个青皮番茄，打着嗝走回来，感到打嗝都是清香之气。自己端条板凳在凉椅边坐着，未听浪子和东方亮在说什么，看面前这幅画呢。正想画中没有一个女人，有个女人就来了，细看不是秋霞，也不是毛羽，淡金色的皮肤，深圆的酒窝儿，散披着乌发，腰间系根精致的草绳，嘻，那个牧羊女呀！我怎么在想她？不得了，这下要接着想下去了——我当时想杀死她喝她的血，她现在来了呢，我怎么办？我还要喝她的血呀？噢不不，我就把她放在面前这幅画里！哈哈，不禁笑出了声，还鼓起掌来了。东方一家人和浪子都不由看着他，还觉得他笑容怎么变活泛了？

钱皮这才加入到东方亮和浪子的谈话中。钱皮单刀直入说："东方大叔，你在政治斗争中失败了，到底什么原因？"东方亮近十年从未听到如此严厉的提问，愣了一会道："我想，可能因为我不是特殊材料做成的。"钱皮道："哈，你说反了！从来书上内容，都是反起写的。'人之初，性本善'，其实性本恶。你要随大流，就官运亨通了。"东方亮眉尖皱起，手在凉椅上轻轻一拍："乱说！"钱皮一震，不光肩膀在抖，而且脸壳都四分五裂，旋又弥合了。东方亮道："我看你们红卫兵、知青哥、连你，都还是趋向于善。像你，你刚才自个儿笑，就很单纯，未必看见什么了？"钱皮叽咕："什么单纯！我不过看见个放羊女。"

东方亮叫两个儿子过来，说道："我和邓正勇摆了半天龙门阵，我晓得了，牛钱不是他偷的。"浪子马上道："不管是不是我偷的，钱都要赔给你们。"家木道："爹！不是他，那是哪个？"家树道：

“爹，我们就是穷，也要穷得有骨气。如果真的不是他，就让他走。”浪子道：“不走。”钱皮面朝屋边小路，冷笑说：“问哪个偷的，说曹操曹操就来了。”

家树、家木忙转过身，东方亮和浪子也抬起头来，见来了一男一女，却是小和尚、珍珍两个。小和尚走拢叫道：“正勇！钱——皮，你、也在？”浪子叫道：“你来做啥？”钱皮对东方亮父子笑道：“正牌子，他就是偷儿，带起女朋友，保管是来投案的。”小和尚果然向东方亮道：“大、大叔对不起，我偷的牛钱，我押在这里，你放邓、正勇走。”珍珍急忙从衣袋里掏出一叠钱，向小和尚道：“唉，你押在这里做啥嘛！”将钱塞给东方亮说：“这是50块钱，先赔给你，剩的以后还要赔。我妈就是太平的人，我外婆舅舅都在太平，我爹叫黄兴虎，好多人都晓得，跑不掉的。”钱皮指着浪子、小和尚对家树兄弟道：“黄兴虎是他们公社的社长。”家树道：“黄兴虎名字我们晓得——爹，那你就把钱收着。”

正说着，屈彬、秋霞、李丽华提着抱着棉毯、床单、保温瓶来了。李丽华向小和尚、珍珍笑道：“看见你们在前面走，都不回过头来看一眼。”秋霞已哽咽着向浪子跑去了。这两天秋霞在人前没有哭过，她背地里才暗自伤神。她已有怀孕的感觉，希望生活平安就好，平安就是福，可浪子这种九死一生的日子，大家这种九死一生的日子何时才到头哇？浪子本是笑望着她的，这笑毫无做作，为了安慰，是天然的。他觉得这次遭遇有点神奇，受了皮肉之苦，甚至还受了羞辱，可是有长大的感觉，还交了东方家弟兄这样的朋友，他还从来没有交过农民朋友！此时看见秋霞，也就是看见家了，看见归宿了，他觉得周身温暖。“嘿，秋霞！”热泪涌进眼眶，很快脸颊、鼻翼、下巴，到处是泪珠子。但他又愉快笑着！秋霞初次见到他这种表情，不觉一愣，也就破涕为笑了。她走拢抱着头看他头上的伤，身上的伤，不知为何，她心里的伤痛反而烟消云散了。“浪子，”她笑着说，“你不怕痛呀？你哄鬼！”

秋霞和浪子缠绵许久，分开后才和钱皮打招呼，低声说句：“谢谢你呀，照顾他……”钱皮没做声，盯了她几秒钟。秋霞见他目光带着笑意，面颊、嘴巴还是僵硬的，甚至带恶意，真不知他是何许人！葫芦里卖的什么药！暂时只好不管。

东方弟兄见知青提这些东西来，不解何意，还以为是用来赔偿牛钱的，神色不悦。屈彬对家树道：“180 块钱的牛钱，何光德刚才赔了 50 块，那还有 130 块，明天，最迟不超过后天，一定还你们。另外，晓得你要结婚了，这几件礼品，是农场全体知青送的。”家树态度这才自然了，说：“多谢了，到那天你们一定要来坐席，但是怎样通知得到你们？”屈彬笑道：“我们知青中有个会看日子的，就在明天，如何？”“明天？”“嗯，明天！”家树好突然，看弟弟一眼，家木没啥表情。再扭头看父亲，父亲枯黄的脸上浮起笑容。仍犹豫道：“明天的日子好，张玉家也不算远……可是要有时间准备，还要先通知亲戚，肯定来不及。”屈彬道：“也是。那就这样，明天就我们知青来朝贺，但是你一定把新娘子请过来，如何？”

家树正要点头，家木在坝子边上叫他，便走过去。家木道：“嘿，你信这些知青哥！这样好，还叫知匪？”家树道：“哈，那你说，他们搞鬼把戏的话，弄两个知青妹来做啥呀？又打不得，又跑不动。”把家木问住了。

东方亮见天色已晚，留知青吃饭住宿，屈彬爽快答应。夜里家树弟兄便去邻居家睡，这里女生睡床，男生在堂屋睡地铺。

6

三个女生的卧室窗外探出个脑壳：“嗨！”尽管背着月光，仍认得出这圆脑壳是小和尚。珍珍坐起说：“你啥子事？”“嘘！叫二姐，出来一下！”李丽华枕上抬起头：“啥子事？”“有事，你装、解手，从后边出来！”“半夜三更的，疯子！”李丽华很快穿好衣服出去。

后墙外是竹林。小和尚道：“嘘，屈彬和那个、姓钱的，今晚有行动！”“呸！他们行动，关我啥子事？”“二、二……”小和尚嘴张着。李丽华见他急的样子，问：“你咋晓得他们有行动？”“正勇说的，正勇白天看见姓钱的在擦枪，晚、晚上他们两个假装出去歇凉，正勇说他们肯定在商量事情。”“那你一路去呗！”“嗨，龟儿屈彬，你都晓得，龟儿独往独来，他宁肯找外人！”李丽华本来还要说他不要你去，你找我？自己心头也在发痒，遂道：“你瞌睡大，你想去的话，你今晚就不要睡死了，他们走，你就来叫我。”“嗯！”小和尚满脸堆笑。转身时被李丽华拉住：“你叫我，先不要让他们晓得了！”“二、二姐，我这还不晓得？”

半夜屈彬和钱皮蹑手蹑脚出门，醒着的小和尚捂着头笑。原来，屈彬计划同钱皮去抢夜猫子所属烟贩放钱的一个窝子。既然今后不与这伙人打交道了，索性一不做二不休。野外明月如水，路边晃着竹篱和瓜藤的影子，望去瓜菜叶子都闪着银边。钱皮早有夜袭的经历，那是专去杀人，夜幕也掩蔽着敌方的枪眼，月光是苍白的，兴奋中有种恐惧感。此时却像童话中银蒙蒙的境界，星星月亮都在眨眼睛召唤，催着去历险杀人掘宝呢！月下的小路尽管虚虚实实，屈彬走得像脚不沾地。钱皮走得高一脚低一脚，屈彬只好时时回头看他。猛见远处追来二人，认得是李丽华与小和尚，站下道声：“唉！”钱皮也回头去看。

屈彬道：“浪子泄露的。你擦枪咋让浪子看见了？”钱皮无语。他昨天擦枪，有意无意让浪子看见，向浪子炫耀和屈彬的关系。他道：“你叫他们回去！”屈彬亦无语。钱皮已从葛超和浪子口中得知李丽华和屈彬关系，屈彬甚至能叫动孙猴，就是叫不动李丽华。勉强笑道：“那只有让他们去——听说李丽华是女侠，正好见识一下。哈，你说那边也有个侠女。免得二天传开了，说我们男和女斗。”

李丽华、小和尚走拢还以为会有一番口舌的，不料屈彬啥话也没说。

屈彬领头走了多时，终于来到一个村寨，在一栋房屋边停下。屈彬介绍说，屋里住着个跛腿铁匠和他女儿，这家人实际是鸦片贩子。虽是跛子和女人，恐怕有点力气，要当心。这屋子是个独院，屈彬带着走了一圈，察看环境，说从前门进去。既有四人，可留一人把守后门和后窗方向，以防窜出。问钱皮和小和尚：“你们哪个守外面？”小和尚道：“不如二姐……”屈彬微笑道：“二姐对付那女娃子，她如果把钱藏在胯脚，我们去搜她，惹人笑话。”李丽华冷笑：“呸，又要当婊子，又要立牌坊！”小和尚道：“我进去！”

钱皮看见屈彬打头、李丽华跟着、小和尚居后，三个都翻院墙进去了，赶快转到屋后。屋后稍远有道土坎，坎上有棵树，他先在树下蹲着，忽想钱箱该藏在闺房里面，况铁匠是个跛子，不信他能抱着钱箱跳窗子跑，遂移动地点，守候在铁匠女儿窗外。等待的这一两分钟有点漫长。他武斗中一些经历比这惊险十倍，胸中气焰高十倍，竟没有此刻刺激与快活！既无理想与豪情，也非报仇雪恨，单纯的一己之利，而杀人了！而流血了！铁匠屋里传出粗粝的叫声、格斗声，接着面前窗内也响起撞门和叫骂声——声音不男不女。另有收敛的女人呼痛声，很显然是李丽华，她负伤了？家具、身体剧烈碰撞，电筒光晃来晃去。窗扇“嘭”一声推开，一个矮矮的人影蹿出，一手拎着个包袱，一手提着手锤，上面有黑色的东西在滴——谁的血？李丽华的血？

屈彬叫小和尚跟李丽华一起去把铁匠女儿捆起，他先独自与铁匠周旋，小和尚过后再来帮他。不料铁匠女儿门关得牢靠，小和尚将门撞开后，听隔壁已打得热闹，就急冲到隔壁去了——不屑于两人去斗一个女的。李丽华进屋，铁匠女儿正藏在门后，一锤敲去，李丽华一闪闪开了，却被板凳绊倒。黑暗中侠女又是一锤，敲在李丽华手臂上。她趁着李丽华疼痛哆嗦之际，拎着小箱子蹿出。

钱皮猫腰纵下土坎，迎上去要将她扑倒。侠女不慌不忙先回头看一眼，李丽华已爬在后窗上了，正欲前跳，但姿势笨拙。她便挥动着手锤冲向钱皮，同时“悠——”一声尖啸。怪异的叫声使钱皮耳鼓胀痛，头脑麻木，短暂失去知觉，天灵盖差点被手锤敲开花。血从他额角淌下来，马上糊住右眼，只得蹲下了。侠女在土坎斜坡跳上跳下，发出一连串铁铃般的啸声，——她根本没有喊过一声“救命”或“抓强盗”，而只是长啸，远去中她的啸声劈开月波、捣向夜空，惊起树上鸟儿。铁匠屋里电筒光晃动，制服了铁匠的屈彬和小和尚正在翻箱倒柜找钱，中了铁匠拖延之计。

李丽华勉强追了几步，就倒回来了，看坐在地上的钱皮，血已经盖住半边脸。钱皮正在用舌头舔嘴角沛然流下的血，腻而稠，腥而咸，他快意品尝着，盯着远去的侠女。他木木的眼珠现在射出了针束似的寒光。李丽华虽觉恐怖——她蹿进侠女的黑屋，面对侠女的铁锤时都没有恐怖感——仍蹲下了，想给他包扎一下。钱皮手一扬，“砰!”因为面对面，忘了他有枪，久经沙场的李丽华也吓着了，一屁股坐在地上。

侠女扑倒在地。她当时腾空而起，才没有穿心，伤在臀部。她爬起来要继续跑，被赶上来的钱皮踢翻，小箱子灰白的钱洒一地，像是纸钱。她坐在钱堆里，月光照着她痛苦怨恨的脸容。钱皮又踹她一脚，一边观看地上扭曲的身体，一边扩张鼻孔。他觉得还不够，从她大腿缝流出来的黑糊糊的液体还太少，嗅到的血腥气也太少。他喉咙软软的像海绵，像仙人掌，像章鱼的触手，已经在吞咽，在痉挛，这丑女的那里……太脏了，他蹲下抽出匕首，手臂后缩，正要在她胸前刺个窟窿。李丽华跑拢叫道：“钱皮！你……”

钱皮深陷在孤独与自我膨胀的幻觉中，李丽华的惊叫就像把这个梦游的人击一掌，使他回过神来。他看一眼李丽华，这个坏了他“好事”的女人，真想给她一刀。他便站起来，丢下李丽华、侠女和一地的钱走开了。

7

这天上午，永昌为避免人多招摇，将人马分做两拨去东方家。走路的先到，坐下没多久，骑马的一阵风也跑到了。到了方知家树决定这天办婚礼。秋霞忙用向朱三娘学来的剪纸手艺，剪了几对红双喜，分贴在大门上、堂屋里。又剪了副喜鹊闹梅贴在新房内。堂屋正中墙上红双喜两边还贴了两张毛主席语录。外面土坝摆几张方桌，土坝边还临时垒了个灶，就在此置办婚宴。灶内柴块子烧得劈劈叭叭，上面蒸笼冒着白雾，大小各类碗碟堆在桌上。客人中有些是太平街上的，当家木去请他们时，已说了这突如其来的婚礼是知青哥提起的，他们听了将信将疑，觉得听的是梦话，但还是来了。来了见此情景，尤其是东方老汉和浪子坐在一起，亲如父子，竟真的像梦境。

远处坡脚过来一小队人马，中间晃悠着几付担子。众人都道："来了来了。"近了时，见这队人无论男女都穿簇新的青布或蓝布衣衫，裤子都是一式的青色大裤脚，头上有的盘着白布或青布包头，只有那几付担子上的东西才红的绿的色调新鲜。知青妹不解地问："咦，新娘子呢？哪个是新娘子？""也不见新郎官？"有人解释说这是女方先送来的嫁妆，人要下午才到——照规矩送嫁妆后人要隔几天才到的，今回是破例了呢。

午后果然又来了一支队伍，东方家树在前，他后面穿水红衣裳的女子显然是新娘。知青都叹息现在新娘不兴坐花轿了。有农民说早就不兴了，前几年还有坐滑竿的，也在四清时废除了。知青又道："那新娘子也该骑匹马呀，马头上扎朵花。"众人笑道哪有女娃儿骑马的。等走近了，才见新郎满面春风，新娘头一直低着，走拢了才抬头看一眼，娇羞笑了笑，头又低下了。议论说她来耍过几次了，见得人的嘛，是因为来了这么多知青。噢，这娇羞中是带着一种骄傲的呀！

一群村姑上去围着新娘子，都认识的，主要是看她水红色的新衣，忍不住又摸又捏，问是什么料子，不像布料，丝的还是麻的？新娘光笑不开腔，说不出来，连新郎也说不出来，是接的礼，料子叫什么凉，非常凉？这却是小鱼所送，叫"的确凉"。的确凉是一种又薄又光生的化纤织物，据说是日本传来的，大城市都才露面，要凭票。

小鱼在省城的姨妈是布店的，她一贯要等到小鱼生日的前两天才汇 5 元钱来，这次提前一月就把这件的确凉衣裳寄来了，说明了是生日礼物。小鱼舍不得穿的，要等生日那天才穿，可这次来米县，白素华和李丽华见她把新衣装进了挎包。白素华和李丽华懂她的心思，悄悄问她："你晓得屈彬在那里呀？""那他为啥叫及时雨呀！"白素华和李丽华被问哑了，一笑了之。到了看见屈彬在医院，小鱼马上就回旅馆房间把新衣服穿上了。小青很默契去找屈彬："喂！你到我们房间去嘛，小鱼跟你说句话。"说完就转身走了。这也是抓住屈彬的性格，让他来不及说"不"字。屈彬来了小鱼腼腆笑着，问他衣服好看不？小鱼皮肤白，穿上这件水红色衣裳真的很好看。可屈彬对小鱼和青豆感觉有些烦，故意说："有啥子好看？"小鱼脸一垮。屈彬不好就走，东拉西扯说了几句才走。他一走小鱼就把这件衣裳脱了——这次穿了有 5 分钟，而刚寄到时她只打开贴在身上比了比，都没有舍得穿。而今碰上这事，她马上就交给秋霞，说送给新娘子。

此时众人都惊赞新娘的衣裳，新鲜好看，料子又轻薄，而且据说可以穿一二十年不烂。只有白素华几姊妹在注意小鱼，见小鱼独自站在丝瓜架边，看结的丝瓜。白素华遂话里带刺对屈彬说："都在夸新娘子的衣裳好看，这都是你呀，你的坏事变成了好事！"屈彬尴尬笑了笑，要躲开，白素华干脆拦着他说："你看一眼人家小鱼！"屈彬从背后看小鱼一眼，像在拭眼泪。屈彬搞得不知所措，忽然心血来潮，走过去道："小鱼！"小鱼肩头抖一下。"我另外买一件新的送你。"小鱼听了呆住了，两眼闪烁着五彩斑斓的画面，像梦境一样。小鱼慢慢转身，白素华在旁边，她一下伏在白素华肩上，抽泣起来了。屈彬本来说了就想走的，这样就不敢马上走了。青豆和九妹赶快走拢来挡着，怕众人看见了东问西问，又要耻笑。青豆突然产生一股冲动，也不知哪来的勇气，指头戳在屈彬额上说："你呀，好一个负心郎！"搞得屈彬脸通红，青豆自己脸也通红。

豆腐司仪叫新郎新娘朝东方老汉及墙上的红双喜行了礼，又叫共同背诵一段毛主席语录。新娘哪里背，新郎就照着念贴在红双喜两边的语录，一条是"要斗私、批修"，一条是"我们共产党人好比种子，人民好比土地……"。贴时也无人认真去看，现在一念才觉得有点好笑，与场景根本不吻合。知青哥听了有的笑，有的做怪相。

大家故意又说新娘没有开腔，不依，要新娘唱一支歌。新郎连忙说新娘唱不来歌，他也唱不来，但是他可以拉二胡替代，众人只得依了。家树就进去拿二胡，坐定后拉了一曲《草原上的红卫兵见到了毛主席》，此曲颇为轻松活跃。众人因见白素华的脚跟着在打拍子，都道："白姐，你来跳！"白素华果然大方站出来，说不跳这个，这是小娃儿跳的，另说了几个舞曲名字。谁知家树只会拉"文革"中的歌曲，白素华只得说："那就跳《抬头望见北斗星》——秋霞，我们一起跳！"

秋霞笑着上前，和白素华翩翩起舞，脚步轻盈，裳袖翻飞，表情缠绵。尤其是"抬头望北斗"的造型和细节，流露出对光明的渴望，须知这心情是天然伴随着每个知青妹的呀！白素华跳完了想给豆腐司仪说，叫小鱼和青豆表演。她看豆腐一眼，见豆腐呆头呆脑，像还沉浸在她刚才的舞蹈中，只好自己说道："下面欢迎小鱼唱支歌，小青伴奏！"青豆会吹箫，但是哪里带箫来呀，她先站起来，着急说："大姐，我拿啥子伴奏嘛！""就吹树叶子！""哪里有叶子？"

屈彬昨晚几乎没睡觉，这时正坐在后面柳树下，半眯着眼。白素华叫他道："嘿，屈彬，你给小青摘片叶子！"青豆道："我要片豆叶子！"屈彬站起来说："这附近哪里有豆叶子？我就看见你用手指吹过。"青豆瞄他一眼说："那我就用手吹？"屈彬没说话就坐下了。大家都在鼓掌，白素华也说："那你就单独吹。"青豆把左手食指和中指并拢放在口边，吹出声音来了，虽然不成曲子，但也悠扬宛转，而且凉幽幽的味道，加上她天真的姿势表情，完了大家齐声喝彩，下不了场。但青豆已经没有力气再吹了，来了个金蝉脱壳，笑着说："欢迎小鱼唱歌，小鱼，你唱《丽达之歌》。"小鱼从来没有在大庭广众之下唱过歌，她唱歌多数是自己唱给自己听，有听众的话一般就是青豆。她连忙向青豆摆手，但掌声已经起来了。

这时周围田径上，来看热闹的人或三三两两，或牵着线线，土坝子早挤不下了，附近坡上都站着人。六指看在眼里，悄悄对永昌说了几句，又来对孙猴道："猴哥，不对头。"孙猴把豆腐看着的，想他跟白素华的关系，像有些眉目了呢，感到高兴。乍听六指所言，问："咋不对头？"六指低声道："我看周围的农民，起码有一半，脸色不对头，根本不笑。而且拿着扁担锄头，他就是从地头跑来的，也不会把锄头带上，丢在地头就是了。带扁担更怪了。"

六指说对了。这些围观者中，不算老人、妇女、孩子，男子大半是从太平街上来的民兵，都装成这附近的农民，扛着锄头扁担，有的携着棍棒短刀，还带了十来杆猎枪。为首的毛哥是民兵营长，觉得事情到此地步，哪里是东方一家人的事，而是全太平的事，知匪来帮东方家办喜事，真也好假也好，都要打他个落花流水，人仰马翻，再活捉他几个，叫 L 县安办来取人，赔偿剃头店、茶馆挨砸挨烧及沿街有的房檐断裂的损失。（茶馆的火因救得及时，实际只烧了背后的猪圈。）毛哥揣着驳壳枪，约定了以他鸣枪为号。这里不算知青妹，知青哥只二十多个，四五个民兵对付一个，算绰绰有余。还有个对毛哥有利的因素，知青哥虽未穿队服，脸上也没有刺字，实际就跟穿了队服、脸上刺了字一样好辨认。倒是这些民兵与别的农民无区别，知青哥混战中容易把不相干的人牵扯进来。

孙猴、永昌察看周围情况，果如六指所言。两个虽心在跳，甚至心跳猛烈，仍稳坐着。因一方面正在办喜事，人山人海，逃或先动手都免谈。一方面仍相信这里民风淳厚，知青既已悔过赔偿，下了矮桩，又在东方老汉家办喜事的场合，未必打得起来。孙猴竟有些焦躁不安，想打起来更好，这回知青哥有理，打起来说不定会把知匪恶名洗刷了。嘿，这一仗才叫有声有色，可歌可泣，还可能称得上悲壮！他眼睛看着在吹口哨的小青，手指下意识已经把衣裳纽扣都解开了，脸上游动一丝微笑。

8

白素华对青豆、鱼儿说："这里唱啥子《丽达之歌》！小鱼，你就唱《金瓶似的小山》，你唱得好。"小鱼只得忸怩走到地坝中间去。屈彬又在打盹，青豆拾块泥巴把他打醒了说："喂，小鱼唱歌！"

《金瓶似的小山》是支革命歌曲，小鱼把味道唱变了，缠缠绵绵，如泣如诉，全场听得鸦雀无声。从太平场来的民兵在青豆吹口哨时都还是横眉竖眼的，现在有的已被歌声陶醉，但同时也都在注意毛哥，等他的信号。哪知毛哥到后，看见知青哥和东方亮一家亲热的场面，且满场妇女儿童，感到意外和棘手，决心一直在打与不打之间摇摆，他的几个心腹也一样。故青豆的口哨吹了，小鱼的歌也唱了一支，他始终没有发令。听众的表情给了小鱼信心，她在掌声中又唱《在那遥远的地方》：

“在那遥远的地方，有位好姑娘，行人走过她的帐房都要回首留恋的张望。她那粉红的小脸，就像红太阳。她那活泼动人的眼睛就像晚上明媚的月亮……”

人们听着这曲子和歌词，都张着嘴很惊讶，又很新鲜，勾起一种温馨的回忆，因为很久以来“红太阳”已经专属于领袖了呀！歌还能这样唱呀？过去还有这种歌词呀？觉得心中涌起一种喜悦和一片光明。

知青预先准备的节目有男声小合唱和“耍刀”。女生节目都是即兴，因为豆腐司仪在男生中有威信，在女生中不行，被讥为“糯米”，所以无法找女生出节目。

小鱼两支歌唱完，便是男声小合唱《班长拉琴我唱歌》，上去的有小宝、小和尚、蛇蚤、土匪、水牛五个，站在坝子中央。蛇蚤等三个新知青姿势端正，还有学生味道，那两个都歪起斜起，一站端正了自己都好笑，一笑背又驼了，肩膀又斜了。新郎二胡伴奏。唱完了，掌声中豆腐拦着不让下来：“再唱支《日落西山红霞飞》！”遂又唱：

“日落西山红霞飞，战士打靶把营归。胸前红花迎彩霞，愉快的歌声满天飞。歌声飞到北京去，毛主席听了心欢喜，夸咱们歌儿唱得好，夸咱们枪法数第一。咪索拉咪索，拉到派出所，派出所的所长就是我！一二三，四！”

场上掌声笑声一片。先唱《班长拉琴我唱歌》歌词也是篡改了的，但是农民没有听明白，所以光有掌声，这首后两句听得明明白白。孙猴还叫：“小和尚不要下来！小和尚来个独唱《光光小和尚》！”

知青哥知青妹都笑着起哄，要他唱。珍珍脸儿红红的也说：“唱就唱嘛！”小和尚嘻笑找人借烟竿。白素华说：“又不是《逛新城》，要啥子烟竿！”他便弯着腰，垂着手，晃着肩头，在土坝中央走来走去唱道：

“光光小和尚，进山去烧香。忽听庙内钟声响，一步一步，走进庙堂。如来佛坐中堂，十八罗汉排两旁。下面小和尚，烧的什么香？哎呀呀，如来呀，保佑小和尚，下山找个好对象！”

他滑稽的样儿，歌词又这么通俗易懂，农民、知青都笑得前仰后合，巴掌声半天才停下来。

钱皮昨晚受伤流一脸的血，对家树扯谎说半夜解手摔斤斗，敷了些草药，此时和屈彬一左一右靠着棵柳树。秋霞记起他说会跳舞，去问他：“嘿，你的伤，好些没有？”他振作精神道：“哈，已经好了！”“你说过会跳维吾尔族舞！”钱皮意外高兴，以为秋霞邀他一起跳舞，站起说：“跳哇，献丑了！”他伤口一直痛，头昏沉沉的，这些都一扫而光了。秋霞遂转身向大家道：“下面是个精彩节目，维吾尔族男生独舞《日夜想念毛主席》！”回头一笑：“我给你吹口琴。”钱皮失望之余依然兴奋，因为他一直觉得对秋霞完全是单相思，现在像有点眉目。他揭起火眼毡帽歪戴着，遮住额角。向秋霞递个眼色，踩着美妙琴声入场。他在坝子中央飞速跳跃、旋转，引得知青哥都跟着唱了起来：

“毛主席呀毛主席，日夜都在想念您。我要勤生产多卖力，把那盘缠来攒起。到了北京见到您，我就说毛主席呀，普天下的人民都爱你！

毛主席呀毛主席，日夜都在想念您。明天早上我就要，骑上毛驴去见你。到了北京见到您，我就说毛主席呀，普天下的人民都爱你!”

钱皮旋转完之后全场连树木都在吼：“再跳一个!”白素华在后面戳秋霞的背：“哎，有点专业，你跟他合跳!”秋霞也兴奋想跟钱皮合跳，在想跳个啥呀?哪知钱皮是硬扛着的，跳完下场就路走不稳，脸色发灰，赶快坐下。因他的身材、舞姿太动人了，知青妹和村姑们竟为之狂热，掌声一直停不下来。秋霞过来见他神色不对，手在他额上摸一下，看他烧不烧。他感觉她的一万只手摸在心上，脸色立刻变红润了。不意浪子起身叫道：“我来唱段京戏!”连叫了两遍，才安静了。他样子使众人感到惊讶。

浪子坐在躺椅上的，头上、身上都敷着药。他要站起来，孙猴等赶快上前说：“咦，你行不行?”“你要唱就坐着唱!”六指和小和尚把他连椅子抬起来，车个转，对着观众放下。浪子说：“我唱段《苏三起解》。”挺身唱道：

“苏三离了洪洞县，将身来在大街前。未曾开言心内惨，过路君子听我言。哪一位去往南京转，与我三郎把信传。就说苏三福命断，破镜只怕难重圆。倘若公子得见面，来生变犬马我就当报还。”

浪子站立如松，目光平视，锁着眉头，运足了气在唱，不光唱得字正腔圆，还完全唱进去了，走进了那个悲剧的境界，那个苏三，那个三郎，那些过路君子，是血肉之躯又是符号，所以他动了情，不长的一段，他从平静的叙事开始，竟唱得泪光闪烁。听的人中，绝大多数哪里晓得苏三的故事，但是似乎都进入了苏三的境界。等他唱完后都还静静的，不相信唱完了，过一会才鼓起掌来，叫道：“唱得好!

唱得好!”孙猴和小和尚又去抬他下来。

豆腐低声问六指是否演丢刀子?是否换火眼上?六指说:“就是我来!”

花枪有抛乒乓球的绝技,双手最多可以同时将八个乒乓球抛上抛下不落地。六指、浪子、小宝、火眼等都是他徒弟。六指还曾经挑战他,他笑道:“你龟儿,多一个手指头帮忙,该多加一个!”六指的枝指大家从不提及——除了背后骂他的时候,花枪偶尔这样说他倒也不生气。徒弟们后来不屑抛乒乓球了,乒乓球也不好找,改成丢刀子。

豆腐宣布最后一个精彩节目是丢刀子。六指上场站着,冷静将临时找的几把水果刀、裁纸刀抛得如同鸟儿翻飞、鱼儿弹跳、风卷残云,观众都眼花缭乱捏一把汗。他还故意用上左手拇指边的枝指,逗得大家担心的同时还不断笑。他收了刀之后,等掌声结束,豆腐司仪正要宣布开饭,他比个不忙的手势,笑道:“下面我们请猴哥表演他的精采节目柔术,大家欢迎!”“啥子柔术?”许多人问。六指笑道:“他一表演大家就懂了。”

孙猴的“柔术”只做给三五知己看过:他盘腿端坐着,将头弯下,可以咬着自己的雀儿。但这里如何可以演这个?晓得情况的都笑,狗娃子、小宝等还挤眉弄眼做怪相。孙猴不管掌声如何催,硬不肯上前,还骂六指。豆腐对着屈彬耳朵道:“嗨,他这个能上去演?不叫流氓动作?”屈彬道:“他可以变通嘛。”孙猴最后还是上去了,六指、家木赶快搬张方桌过来。孙猴跳上方桌,盘腿坐好,搬过左脚掌摆在右边小腿肚上,然后慢慢弯腰,将左脚大拇趾含在口中。

所有人看得目不转睛。毛哥晓得孙猴是头,动手正是时候!他的几个心腹也焦灼望着他。当他做强烈思想斗争时，半分钟过去了，孙猴在掌声中慢慢抬起头。

众人都称奇，也有的说这很简单哪，称奇的说简单？你试试就晓得了。有知青哥叫道："猴哥，你这是偷工减料啊，你没有做到家！""做得不标准！"小青、小鱼问："他咋才叫做到家？"狗娃子说："他不是含脚趾头。"小青隐约懂了，遂闭口。鱼儿随口继续问："那是含哪里？"狗娃子转头向几个男生笑、做怪相。背后蛇蚤说："嗤，狗娃子，说呀，含哪里？"摸他的马桶盖，狗娃子给他一拳。鱼儿便明白了，脸马上转过去，从此眼皮半天都没有抬起来。

豆腐司仪宣布开饭，桌子摆好了客人入坐。无关的人遂散去，其中有的走得快些，有的还要站一站，看看新娘子及漂亮知青妹，有的在看桌上端的菜。过会儿该散的都散了，却见地坝边、田埂上、山坡脚三三两两、成排成堆，还站着一些人。他们有的杵着锄头，有的捏着扁担，有的握着猎枪，有的腰间、怀里戳出一截硬物，都冷硬站着，神态也很冷硬，像大批石头人。席桌边坐着的都明白了是怎么回事，产生骚动。家树赶快走到毛哥面前，叫声："毛营长！"毛营长抿着嘴，脸色铁青。

知青哥中部分人站了起来，六指、屈彬、水牛等仍坐着。孙猴因见家树去招呼毛哥，眉头一皱，走到毛哥面前："毛营长，来打架的呀？我们已经跟东方大叔认了错，前天在太平街上的事情，再跟你认个错。这样，我们知青哥，每个挨你们三拳，不还手，如何？行就从我开始，毛营长，你打我三拳，头上身上随便打哪里。"说完笔挺立着。二人面对面、目光对目光，四支箭镞、四道霜刃在凶猛较量。坡脚、田间的人头、肩膀一下都动起来了，吼着围拢来。知青哥也全都闹嚷嚷上前，被永昌拦住，只在孙猴背后站着。六指上前叫道："毛营长！猴哥刚才说的，你要干，猴哥挨头个，我挨二个。不干，要打架，这里东方大叔家在办喜事，我们不要在这里打，到那边坡上去打！"毛哥趁此把目光从孙猴的刀锋上移开了，问道："哪个是深毛贼？站出来！"

周围几人同时指着狗娃子道："他就是！""龟儿会装死！""装发羊儿疯！"狗娃子站出道："要做啥子？""你是罪魁祸首！"狗娃子苍白的脸一下涨红了，着急道："锤子是我！"顿时有民兵叫道："他娃还骂人！""他嘴还硬，先捆他！"狗娃子一跳两尺高，脖子上扯起几根筋："捆我，你龟儿来捆！"眼里忽然泪珠儿打转。

这时人叫道："毛营长，东方大叔来了！""让开让开！"

东方亮昨天以来心情愉快，刚才看知青演节目，一直乐呵呵的。此时精神矍铄走了过来。百姓对免职官员，公开场合该怎样怎样——该批斗批斗，私下场合依然很尊敬。毛营长迎上去叫："东方大叔！"东方亮道："毛营长，你们来了，请坐席！卖牛钱的事情，我们已经解决了，不要闹了。"毛营长道："你老人家的事情解决了，我可以不管，但是他们把太平的一条街都打得稀巴烂！""那也只能让历史去解决。""我听不懂。"圈子外钱皮道："大叔是讲的哲学。"东方亮向声音方向看一眼："说是哲学也可以。'文革'以来发生的这些事情，都只能让历史解决。"周围人群七嘴八舌道："东方大叔，你救过我们的命！你说咋解决，就咋解决！""我们爹妈、娃儿的命都是你救的！""东方大叔说历史解决，就历史解决！""毛营长，那就历史解决！"东方亮拱手道："乡亲们刚才说命是哪个救的，这话大错特错！粮食是你们爹妈、你们自己种出来的！硬说有救命恩人的话，就只有毛主席!”孙猴握他的手道:“东方大叔,恐怕二天,历史不光要解决‘文革’以来的问题。”东方亮推开道:“不说这些!入席!大家入席!”

毛营长吩咐一连长和一排长:“你们回去找供销社,提一坛子酒来!”

喜酒喝到深夜,许多人喝得东倒西歪,农民“家家扶得醉人归”,知青哥有的就伏在桌上、倒在土坝上睡着了。东方亮和儿子这才急得挠耳搔腮,因虽然表面关系融洽了,本村邻居还是不肯接纳知青哥去自己家里睡,只得抱谷草铺在堂屋里、屋檐下打成地铺,且自家三父子——包括新郎倌——都到别处去睡。新娘亲自来请六七个知青妹进去睡,这群知青妹也喝了酒,懵懵懂懂跟着她进去,才晓得进了洞房,又惊讶又乐不可支。都要拒绝,但新郎已经不知何处睡觉去了,只好由白素华和秋霞与新娘挤在新床上,其余的睡地铺。大家嘻哈打笑:“嘻嘻,怎么我们来当新郎啊?”“嘻,这么多新郎,究竟哪个是新郎呀?”“白素华和秋霞是新郎!”弄得新娘不好意思,后来竟有些恼了,大家才闭嘴。

第十二章　坟头、发夹和花

1

“文革”开始不久，村小学停课，老猿被叫去写标语。一路几人，都一手提个红油漆桶儿，一手执刷子，在株林大队各村凡是醒目可以写字的地方，院墙、山墙、门楣、光石头、大树干，到处写上标语和语录。老猿写这种“美术字”不需要打格子，涂的鸦比别人多。他一开始就认定这是涂鸦，又不能不涂，空悲切！完事后有一天，老猿在田径漫步，看见蓝天上依旧飘着白云，田间依旧开着紫色黄色的小花，可是没有诗思，没有灵感，只有郁闷和枯燥，这对诗人说是很可悲的，因为心泉已经枯竭。生产队会计走来说：“嘿，工业票，给你，去供销社买东西。”会计手上拿着四张工业票，抽给他一张，但那三张并没有缩回去，目光分明在问：“还要不要哇，这三张？”凡按户头发的票证，知青一人算一户，即使这两个知青哥知青妹结了婚，都还是领双份。老猿组上有四人，那三个都回城去了。老猿对这种照顾反感，不是含敌意的那种反感，而是流在血液中的厌恶与不快。

农村栽秧打谷最忙，忙过之后就会放松两天。现在谷子打完了，赶供销社的人很多。老猿手中这张工业票可以买瓷盆、瓷盅、毛巾、胶靴和热水瓶，售货员问他买不买毛衣、化纤布，买就拈号，还指给他看了几件毛衣和几种蓝的、灰的化纤布。他眼睛一亮，他还从来没有穿过毛衣呢！走去拈号，拈到的正是一件黑色绒线毛衣，十块钱。付钱时售货员告诉他只有知青才可以拈号呢，他听了一笑。他腋下就夹了这件毛衣回去。

走到离白鹭滩不远的油碾废墟，断墙边有个喂牛的草垛，几个本队的使牛匠坐在这里歇气，抽叶子烟。他们背后有东西亮晃晃的，老猿好奇走拢去看，竟是堆松树干，藏在断墙后的荒草里，一颗颗冒着松脂的头翘了起来，正是它们在阳光下晃眼睛。有两个使牛匠脸上露着憨厚的笑容，说明是他们干的。老猿回头看后面的山，几天前还是青葱翠绿的，已经砍成了癞头。农民要盖房，申请伐木很困难，现在可好，天下大乱，天赐良机，不砍白不砍。但还是不敢白天行动，害怕秋后算账。“袁老师，你不得去砍。”有个老使牛匠瞄他一眼说。“你也不得去砍。”他回答。“我怕发洪水”，老使牛匠说。“发鸡巴洪水”，一个络腮胡使牛匠反驳道，他是砍树者之一，“伙食团砍的树子更多，哪里发洪水？”“那你们砍得好。不比伙食团砍的树子，都烧成了灰。”老猿说。“不光树子烧成了灰，还把家家户户的铁锅，都拿去炼化了。”络腮胡使牛匠说。

老猿挨着老使牛匠坐下说：“大伯，我想听《栽泡桐》。”这里的人只在栽秧时才唱歌，老使牛匠正好很烦闷，一支山歌从喉咙里蹦了出来：

山坡顶上栽泡桐哟喂，
泡桐长大挂灯笼也。
风吹灯笼团团转呢，
火烧灯笼满天红哟喂……
苏茅草儿颠又颠哟喂，
今年洪水要朝天也，
洪水朝天我不怕呢，
变他个麻雀飞上天哟喂……

他仰脸唱着，玄黄的眼珠落满了天光，变清亮了。老使牛匠尾音犹在绕梁，老猿嘴里又溜出句“栀子花儿香……”，老使牛匠又唱：

栀子花儿香，
开在屋顶上。
黄沙眯眼睛，
妹妹想郎归。
栀子花儿白，
开在屋檐下，
雨水眯眼睛，
妹妹心中怕。
风儿吹，雨儿淋，
栀子花儿开不停……

嗓音如此苍老，像柏舟街上坑坑洼洼的路。嗓音如此多情，像山坡古木开满妖娆的花。唱完老使牛匠笑眯眯的，老猿见了也要笑，嘴一咧差点哭了。

老猿蹦出一个很强烈的愿望，想做老使牛匠的儿子。他捏了捏老使牛匠身上的单衣问："大伯，你穿过毛衣没有？"话出口了觉得多此一问。"毛衣？"老使牛匠反问他，显然对这词很陌生。"送给你穿。"他把腋下夹着的毛衣递过去。"啥子？"老使牛匠问，没看清这件东西，而且他的手也感觉不出毛线。"一件衣服。""好多钱？""不值好多钱。你一辈子都穿单衣服，天阴下雪你冷不冷？送你穿。"老猿目光在老使牛匠脸上停着。老使牛匠的脸皱皱巴巴的，他的牙齿快落完了，嘴唇瘪进去，这样使他笑得更慈祥。老猿在等，谢谢你呀，老使牛匠说。不要谢谢我，我来了这几年，这地，是你们祖宗传下来的地，我们随便就来了，不管你们愿不愿意。来了就有住的，有吃的。那谢谢政府，老使牛匠又说。谢谢政府？政府不管愿意不愿意都用低价收你们种的粮食。政府的政策，这毛衣只卖给知青，政府规定知青这种农民比当地农民要高一等。那我谢谢……老使牛匠说……可老使牛匠什么都没有说，只笑眯眯看了他一眼，把老猿的脸看红了。老使牛匠粗黑的手拿起老猿放在他膝盖上的毛衣，放在烂墙根下。其他使牛匠好奇看着，也一语未发。老猿畅快舒口气走了。

老猿闲逛到了河边渡口。岸边有一道用苞谷秆扎成的数尺宽的挡风墙，是渡口的标志。虽是深秋但阳光很好，从苞谷秆后升起一股烟子，未必船老板在烤火？老猿走拢一看，在烧鱼吃！船老板笑道："袁老师，来吃鱼！"烧鱼味道好极了！老猿细嚼慢咽吃了一条才问是哪里来的鱼——"你在刷鱼呀？"船老板不可能垂钓，无这种属于自己的闲暇。刷鱼是捡滩口流急鱼多的地方执鱼竿逆水流舞动，鱼线上成串的钩子，运气好的话一刷就是几条鱼。“哪里，造反派炸死的鱼！那里你看，又是一条！”造反派炸鱼他何曾亲见，但也有根据，不然民间哪来的炸药雷管，且没有造反派也绝不会产生炸鱼这种先进又野蛮的新生事物。船老板拿篙竿去捞那条翻白肚皮飘下来的死鱼，问老猿：“嘿，对面河滩上有个死尸，几天了都没得人管，晓不晓得？”“呃，不晓得。打死的还是河水冲下来的？”“冲下来？现在水都枯了。就在这里打死的。”“那是武斗？”“武斗斗到河滩上去了？说是抢人。后头另外的人去搜荷包，结果搜到的只有本红壳子的毛主席语录，说是袖珍的。啥子叫袖珍的？”“哦，就是很小，袖珍语录本只有巴掌的四分之一。”“他可能没有摸到钱不舒服，又把毛主席语录塞在死人手里，举在头顶上，还像在舞。”老猿沉默一会，他在想着那个死了的人舞着语录的样子，产生了冲动，诗意的冲动？他冲动要去看，同时把他埋了，但是他一个人没有这么大的胆子。“那边的人野。”他说了句。“那边是要野些，河滩宽，骑马，跑得像风一样。这边都是田。旧社会，汝坟街子上的皮货、铁器，在省外都有名，苞谷酒也酿得好，店子也多。我们这边就是庄稼种得好。反正盘古开天地，我们这里都没有听说过抢劫杀人的事。”

老猿离开渡口后碰到几个造反派，其中两个是学生家长，都背着半自动步枪，头头还插着手枪。老猿约这两个家长过河去掩埋尸体。他俩道：“开玩笑，那边是对方的势力范围！”“袁老师，劝你也不要去，黑枪打死你！”他们问老猿想不想玩枪？老猿正觉空虚无聊，接过支步枪，瞄准十几米远土埂上一棵大树——“砰！”大家都笑道：“打偏了！”他不信，跑拢去看，树干了无痕迹。“你不是打武斗的料。”头头笑道，“学校好久才开学?”“我不晓得。”“那你给我们的大批判写篇稿子吧！你现在反正没得事。”要他现在就一同到指挥部去写。头头的权力相当于“文革”前的大队书记或大队长。老猿没有去，看着那颗西沉的太阳，诗思汹涌，心潮澎湃，跑回家捉起笔，疾书一会后，在顶上添了个题目《问太阳》。

2

老猿写完草稿犹在推敲，听见敲门声，将稿子收好才去开门。先凑近门缝一看，是李丽华。

李丽华很久没回来过了，风尘仆仆的样子。“砰!”她用力拍门，正拍在老猿眼睛上。门一开她冲进来：“嘿，你白天关着门?”这里农民白天只要家里有人，都从不关门，知青也一样——除非偷了鸡在煮。老猿勉强笑了笑，关心问：“好久不见了，你都好吧?你从哪里来呀?”李丽华听而不闻，问他：“你刚才在写啥子?”“我哪里在写啥子!”老猿道，晓得她敲门之前已在窗口偷看过了。“哼，你一听见敲门就急急忙忙捡了，啥子见不得人的东西?”老猿不语。“拿出来看!”可老猿硬把抽屉护着，全无妥协之意。李丽华本是逗着玩的，看也可不看也可，这一来好奇心大发，一下拔出手枪，指着道：“拿出来!”老猿吓得膝盖打闪，生怕她走火，乖乖把稿子拿出来。

李丽华把手枪拍在桌上，坐下看他写的诗。老猿相信李丽华，他刚才只是出于一种本能的防范。他故意做出不在乎的样子，拿起手枪看，偶尔瞟她一眼，看她神态如何。老猿今天刚好学了枪的玩法，见她没有拉枪栓，再把枪膛推开看，空的，不禁好笑。李丽华被诗稿吸引住了，表情惊讶庄重。后来竟露出笑容，指着说这几句写得真好，这句究竟是什么意思，老猿始终不开腔。李丽华用热情明亮的目光盯着他，感动说：“你这首诗写得真好，你好大胆子！”

老猿不禁舒了口气，把诗稿夹在一本书里放进抽屉。又拿起桌上的手枪说：“吓人。你从哪里来的？你在外面参加武斗？”李丽华把枪夺过去说：“这个你别管，我参加啥子武斗，我拿来玩的。”“你今天咋想起了回来？”“我路过，顺便。我猜你一定还在队上。”“你是哪个派的？”“我呀？野战军！”“哈，我们一个派！”老猿笑了，理解野战军就是没有派的意思，旋又道：“哦，我晓得了，小何地质队叫野战军。”

李丽华冷言道：“小何都死了。地总司的来偷袭，把他打死的。”“啊，好久？”“几个月了。”李丽华抚弄着手上的枪，突然举起向窗外瞄准。李丽华一双杏眼，眉梢挑起，宽颧骨，薄嘴唇，一看就是个精明厉害女人。地质队小何到组上来过几次，热情大方，对老猿等不错，老猿有些感伤。看见李丽华复仇的表情和架势，他又倒抽一口冷气。

李丽华收好枪，走进厨房，“咣当”揭开装粮食的汽油桶盖子，俯身看了看：“你没得米？”老猿道：“有哇，平常我懒得自己做饭，在农民家搭伙。”去把挂在梁上的一只挎包取下来，半挎包白米。“那你还写不写？我看你还在改，你去改，我来煮饭——有菜没有哇？”“我去找。”老猿一溜烟跑出去，很快抱棵白菜回来。李丽华撇嘴角：“吃独眼菜呀？”他笑着瞄了瞄自己两边荷包。李丽华拢去，从一个荷包掏出南瓜叶包着的二寸见方一块腊肉，又从另一个荷包掏出一捧青辣椒。

李丽华做好饭叫老猿出来吃。吃饭时李丽华像有心事，眼睛看着筷子，不说话，问一句才答一句。老猿目光在她脸上爬搔，她也感觉到的。老猿问："你还要到哪里去？""我还到哪里去？""那，我晚上守晒坝，你可以就睡在这里。"李丽华不语。过一会问："守晒坝有工分？""嗯，光睡觉，有时转一下，每晚有 3 个工分——你可以就在这里睡，天黑我就到晒坝上去了。""我才不，你不害怕说闲话？"老猿心热烘烘的，说："知青的事情，哪个说闲话？""我到棠棣十二队去，听说裘利群还在队上，去看看她。""好远，天都快黑了，你去了她不在呢？"吃完饭天黑了，老猿拿着电筒，腋下挟本书要去守晒坝，李丽华道："干脆，我跟你去守晒坝。"

晒坝在村边上，晒坝边用谷草搭个晒棚。晒的稻谷已收拢成若干堆，责任留给守晒坝的，看天空没有下雨的迹象，就无需遮盖，否则就要用草垛盖起来。李丽华走拢问："哦，都打成三合土了？"三合土是石灰、炭渣和沙子的混合物，略相当于水泥。城里用做路面、室内地面、水沟、篮球场等，早普及了，农村还觉稀罕。老猿道："嗯，上个月才打的，还是新的，蓝幽幽的，你看出来没有？"其实月光下看见蓝幽幽的，要靠想象。李丽华点头说："就是，这下好晒谷子了。""尤其雨过天晴，干得快，土坝儿有时要一两天才干。"

李丽华在晒棚边坐下，手向背后撑在凉幽幽的三合土上，一松手就躺在草棚壁上了。老猿在晒坝逛，手指撮起谷子，从指缝漏得只剩下几颗，放在嘴边嚼，看干了没有，新米那一丝丝儿的绿与甜，都在口中了呢。逛一会回到晒棚来。月出东山之上，老猿对着月亮坐在一堆谷草上，背靠晒棚门口人字形的柱子，舒服伸开双腿。李丽华在侧面的阴影里，屁股在谷草上慢慢滑动，快要平躺着了。老猿来了她就坐起来，身子向前弯曲着，脸搁在膝盖上。"问太阳，"李丽华说，

“有首古诗叫《问天》?”她跟老猿相好时也参与“月光诗社”活动，对诗歌晓得一鳞半爪。“《天问》，屈原写的，意思也就是问天。”“那问些什么?问天的起源?日月星辰从哪里来的?”“嗯。”老猿模糊回答。李丽华晓得他对古诗不甚在行，喃喃自语：“可能还问了人从哪里来的?老天爷啥都晓得。还问了人间为什么会有苦难，问没有?”月光照着她的眼睛，迷茫闪烁，像梦幻一样；照着他的眼睛，星星点点，像火花灼灼。“问了的。”老猿说。“我觉得你的《问太阳》比《天问》还了不起。”“噢?”“因为天是空虚的。你问的太阳，他的火焰把整个世界都烤焦了，岂止那株向日葵……但是你不畏惧……而且从来没人敢去问他，问也是些巴结的话。”老猿又幸福又激动，抓住李丽华的手——他们过去拉过手的（止此而已），所以敢如此——声音颤抖：“丽华，不要说了，不要在这里说……”李丽华握紧他的手说：“唉，我问你，你咋光问农民，知青的事一句都不问?”

月亮云里钻进钻出。李丽华蜷缩着身体，手推着退进晒棚，把老猿也拉了进去，和他抱在一起。老猿欢喜得抖，没料到轻易就进入天堂了。啊！怀中有呼吸着的女人，周围是温暖的稻草，远处是田野月光，此刻！我正细细品尝，这天堂滋味。啊一晚上、一辈子这样都好，时钟就此停顿了都好。可李丽华几分钟打破了他陶醉的境界，在他怀中拱来拱去，向他身上摸来摸去，解他的纽扣，带他进入爆炸的境界。殊不知李丽华瞅着听着他，正把他当小孩笑话呢！她倒也想成全他，保全他的金身，可那么滑溜溜的所在，小孩怎么会不跌进去呀！小孩自己跌进去的！他好恼怒，觉得落向了深渊、地狱，好深，好远！呢喃耳语、口舌舔舐方慢慢唤醒他，令他品尝。品尝到了像有千里万里如花似玉路反复走，品尝到了像有千只万只温软如玉手紧紧握，品尝到了像有千孔万孔喷温泻玉泉眼充塞天地。哎呀诗！哎呀上帝，上帝造的！我要抓住你们！叫声中他失去了知觉。

天亮后老猿斜眼看见李丽华在穿衣服，心想一夜夫妻，她走时还会缱绻缠绵一番的呀。李丽华穿好衣服、理好头发后来摇他："喂，你这样跟我亲热，你是不是害怕我要告你？"老猿不禁火冒，哼，是我主动跟你亲热，还是我落进了你的陷阱呀？他不能表现生气的样子，只得故作不解问："你告我？""哼，那首诗呀！""我晓得，就是天塌下来了你也不会告我！"李丽华莞尔笑了，亲个嘴，问："诗咋办？""你说呢？烧了。""不准烧。""那我寄出去。"他是在半开玩笑。"有屁用？不如贴出去。""你说贴，我真的敢贴。"他还是在半开玩笑。"你？你笨手笨脚的，不如交给我。"

李丽华把诗稿揣上走出门时，老猿手在胸口连画两个十字——他不信教，过去也从未画过十字。

3

L县各地刷出"打倒知匪"标语后，纷传孙猴手下有冷面、怪面、黑面、玉面四大杀手，又称四大金刚。柏舟田间和茶馆里议论纷纷，说这怪面杀手定是钱皮。也有反对的说钱皮哪里是孙猴手下金刚，孙猴才是钱皮手下金刚！这天，离队几个月的钱皮在棠棣一队露面，立即引起骚动。在田间割谷子、打谷子的农民都停下手中劳作，有的手搭凉棚看他，有的交头接耳问："咦，来了好多人？就他一个？"有个三岁多的男孩跑到田里扭着妈妈吃奶，正在哭闹，妈妈打了他一巴掌："你还闹，钱皮回来了！"

钱皮站下意欲搭讪几句。田队长见此，只得走上田埂招呼他。

“呃，田队长！”“钱皮，你回来了！”“回来了！”钱皮咧开嘴笑，脸上挤出些折皱。可他眼珠是死的，越笑面孔上下两部分反差就越大，越让人害怕和吃惊，他自己却不晓得。

钱皮回家倒头便睡。次日早上，他来到稻田边。他衣服外面套件簇新雪白的羊皮背心，是农场知青哥送他的，无纽扣，用谷草绳子扎着。此种做工简陋的羊皮背心经得磨又经得脏，是这里农民的最爱。农民中主动与他答腔的，除田队长外只有毛世，毛世道：“哎，你这是生羊皮的，没有鞣呀？”“鞣？我不懂。”“就是制革。”钱皮仍不懂，盯着毛世，毛世故意不说了。钱皮捏了捏毛世的羊皮背心，很柔软，不像自己这件硬戳戳的，笑道：“我们调换，新的换旧的，如何？”他本是说着玩的，毛世的羊皮背心又脏又旧，况他也不晓得没有鞣过的生羊皮除了发硬之外还有什么不好。毛世问：“你是真的要换？”钱皮话收不回来了：“真的！”毛世就和他换了，还转身对周围扮个鬼脸。

这里打谷子用手摇打谷机——一张口径大约五尺见方的木桶，叫拌桶，上面安个带铁钉的滚筒。一张打谷机的男工有十个左右，为一组。打谷子时，往往女工们撅起屁股在前面割谷，男工喊着推着拌桶（如果是烂泥田的话，还泥浪翻滚）在后面撵脚，还真有点劳动竞赛的味道。田队长因只有毛世还与钱皮说几句话，就安排钱皮到毛世这个组。

钱皮打光脚在立着草人的干田里走，踩着茸茸的草皮很舒服。可毛世这个组的打谷机安在烂泥田里，钱皮从田埂上一脚踩下去，“布”一声，一股泥浆从大脚拇趾和二脚趾间挤出，射在脸上，他叫了半声“哎”就叫不出来了，泥浆胡须似的沾在下巴上、嘴上，呲着牙，鼻子眼睛挤成一堆。毛世等先吃一惊，然后想笑又怕笑，怕他发火装怪。毛世说：“哎，那边沟沟有水，去洗！”手牵了他一下。他苦笑着自己去沟边洗干净了。

对打谷子的工种——喂谷穗、扎草人、摇滚筒和掏屁股，钱皮一会做这一会做那，样儿轻松活跃，实际他每样都做得糊屎搞尿，累别人给他揩屁股。

他此时歪坐在拌桶角“掏屁股”——清渣并将谷子撮进箩筐。口里哼着歌曲，小钉耙懒得动一下。谷草屑堆积太多了影响脱粒，不是草屑和着谷粒纷纷下落，而是桶里的草屑被滚筒卷得飞扬起来了，前面喂谷穗的在嚷，他才抱歉一笑，赶忙伸钉耙搂几下，又依然故我。这样拌桶中至少1/3是草屑，他撮进箩筐的谷子特别轻。挑水谷子的忍不住说句：“嗬，这挑谷子轻！”他不知这是委婉提醒他，反而笑着说：“哈，轻才好嘛，全靠我！”挑水谷子的只有苦笑——因水谷子是按重量计工分的。草屑太多也加重了晒坝上的活儿，晒坝上过秤和翻晒谷子的人都苦不堪言。幸好群群放农忙假在晒坝玩，挑谷子的眼睛一亮，对群群道：“群群，你去给钱皮说，叫他把谷子弄干净点！”群群早听见晒坝的人在骂钱皮，果然跑到田边去了，叫道：“钱皮哥哥！”这里小孩除了亲戚之外，称呼人都不爱加叔叔哥哥之类“敬辞”，群群像是心血来潮叫声“哥哥”，显得很亲热。歪屁股坐着的钱皮看她一眼，笑着说：“群群！”“你撮的谷子，里边好多草屑，晒坝上搞不赢啊！而且……”“哦，这样严重？还有而且？”“人家挑谷子的也吃亏呀！挑谷子是按重量计工分！”这时挑谷子的刚好来了，听了心都在抖，怕钱皮的目光。几块田的人，打谷的、割谷的，全都把手上的活儿停下了，呆站着，看钱皮的反应。钱皮在拌桶角上坐得背心都凉了，他这才注意到众人脸上的汗水，并注意到众人的目光，看他如何回答群群。他尴尬说句："群群，你光晓得动嘴！"群群道："那我来帮你，我来掏，你撮。"群群跑下田，拿过他手上的小钉耙，很利索就掏起来了，钱皮赶忙在旁边撮。几块田的人都松了口气。

收工太阳都落山了。钱皮知青组是座碉楼，挨着还搭了个偏厦做厨房。他回来见偏厦门被风掀开了，风吹得树叶草叶在门槛上翻进翻出。他皱眉先在田沟洗了脚，直搓到大腿根，因为连那里都溅了稀泥浆。进屋就解了谷草索子，脱了糊满泥浆和草屑的羊皮褂儿，有道裂缝从眼前晃过，细看时，羊皮褂儿有好几处缝线都裂开了，还有几处快要磨穿，脱口骂句"狗日的毛世！"丢在墙脚。他舀两瓢水在锅里，盖上锅盖，坐在灶门口，才发现可烧的柴禾已经烧光了，剩下的都是湿苞谷秆。初来时，队上给他们准备的苞谷秆堆在户外墙边，堆得巧妙，顶上做成人字形，可以遮雨水，只要一直抽底下的捆子烧，总是干的。但他们图方便乱抽，甚至先把顶子烧了，只好烧湿柴。缺柴烧和缺米一样恼火，钱皮饿得心慌，煮饭吃是当务之急。

他手提着斧头四顾，灶屋里一张矮桌，两根条凳，似不便下手，遂登梯上了二楼。二楼是他和茂生两个住的，此时空了张床。再上三楼，这里是瑞莉的床，蚊帐放下来用夹子夹着，风沙大，白蚊帐早成土蚊帐了。另外还用土砖支着个帆布箱子，上面盖张蓝色塑料布。物是人非，这些东西他从未动过，虽然也有好奇心。他又欲转身下去，这时他看了看手中斧子，斧刃一道寒光，他眼里也有道寒光。他"咯咯"笑了两声，骨头摩擦那种笑，一样的两张空床，砍哪张其实都一样，何必把二楼搞得乱七八糟的？想定后屏住呼吸，半眯眼睛，几下就把瑞莉的蚊帐拆了，灰尘中把床上棉絮枕头和枕头下压的书抱开，照着床上的横档下了斧子。乒乓几下，叮零咣啷，五根横档就落下来了，床光剩个架子。遂将这几根横档抱下楼去，三下两下，好一堆白花花的上等燃料！跟着灶里的火毕毕剥剥烧得好旺，再一会儿饭就熟了。由于烧的是急火，吃着锅巴特别香。

第二天下田之前，毛世这个组的都说钱皮叫大家吃尽苦头，“他锻炼也要在每个组轮流锻炼呀！”要求田队长安排他到另一个组去。田队长觉得不好找借口，吓唬说：“他晓得是你们撵他走的，不恨死你们！”大家便沉默了，可怨恨之气还在蔓延。毛世说：“既然个个组都不要他，不如安排他在晒坝收秤？”田队长道：“收秤是女工活呀，他要是说你歧视他……”毛世清道：“话看你怎样说。”田队长道：“那你去跟他说。”毛世就往回走去碰钱皮，一直走到碉楼，见钱皮正蹲在沟边刷牙，可见还未吃早饭。毛世想这小子今天不出工了，昨天出一天工是为了好玩。正要转身，已经被钱皮看见了，只得走拢问：“钱皮，你今天出不出工？”钱皮把口漱干净了站起来，问：“啥子事？”毛世不懂他问“啥子事”的意思，就把分给他的任务说了，说收秤的人要公平，不多计也不少计，队长觉得你合适。钱皮本来不出工的，就应允了。

晒坝上，保管员听田队长说要安排钱皮来收秤和晒谷，连忙摆手：“你们田头那么多人都怕他，我这里一个人……”田队长道：“毛世肯定都跟他说了，你不要他的话，怕要出乱子！”保管员眉头一皱又舒开了，说：“那这样办，不是说群群管得住他？那就破例让群群也到晒坝上来，给她算半个工！”田队长道：“呀，这个例都破得？十五六岁半大娃儿出工，都才评半个工！”保管员道：“所以说这叫破例嘛，别的娃儿，他管不管得住钱皮？他敢在田头当着说钱皮的不是？连你都不敢！你不听就算了，不要叫他来。”

田队长去叫群群这个才九岁的小女孩，到晒场上来当童工。尚不知群群是否愿意呢，东逛西逛是娃儿的天性，她愿意成天呆在一个地方？群群却高兴答应了，半个工啊！当她跑来时，保管员正独自用木推耙打开昨天的谷堆晾晒，钱皮坐在一边啃烧苞谷。群群道：“钱皮哥哥，你才吃早饭哪？钱皮眼白翻起像鱼肚皮，可他并不自知，脸壳还挤着笑容：“嗯，是曾大伯请我吃的！”说来奇怪，群群能看见他的黑眼仁，他脸壳挤出的笑容也就不那么怪。

远处的保管员对钱皮笑道：“群群小孩子家，贪玩得很，听说钱皮哥哥也在晒坝上，她就来了。”群群道：“不是呀，我是来挣工分的！”钱皮这才发现晒坝上三个人，一老一小，自己一个大男工，和他们做一样的事——而且这事昨天也是女工做的，有点冒火。但他并没有发作，因为不知何故，他也想和群群在一起呢，和群群一起丑陋的世界都好像要光明一些。就说：“群群，等歇气我给你讲故事！”

保管员给群群安排的活儿就是在晒坝上给铺开的谷子划路路，而且不用专门的木耙子，木耙子太长了她不好使，就用脚，用脚趾和脚背铲着谷子在晒坝上横着走，然后又竖着走，这样把下面的谷子翻上来。群群顶着骄阳走得一脸汗水，硬要走遍了才到阴凉处去歇一会，搞得钱皮也不好意思在阴凉处多呆。

收了秤的水谷子倒在晒坝上，钱皮先用木推耙摊开，再用竹耙子把草叶捞干净。水气飘漾，草香弥漫，谷香弥漫，钱皮张大了鼻孔。他趁保管员和群群背对着他，抓一把水谷子丢在嘴里嚼。群群转身见了问：“钱皮哥哥，你在吃啥子？”因见他嘴角、脸上巴着谷草叶，吃惊道："哎，钱皮哥哥，谷子生的咋吃得？"钱皮十分恼火，索性大模大样、慢慢嚼着，品尝这股清香味儿。群群跑了，回来端一碗红米饭（这是"麻粘"稻打出的米），饭上面盖了几片腊肉，一语不发递给钱皮。钱皮也一语不发就吃起来了。几片腊肉通红透明，肥瘦各半。从小听说农村腊肉好吃，没有吃过，突然吃上了，感慨万千。他嘴在嚼，眼睛除了盯腊肉，便盯着小姑娘。群群便跑拢来，坐在他膝盖上扭一会，才又跑去划路路去了。保管员看得发愣。

傍晚晒坝上是最热闹的，都来看自己这个组打了多少斤水谷子，该计好多工分。毛世故意逗群群："群群，你今天的任务重呀！才评半个工？"闹嚷嚷的晒坝顿时安静下来了，都看钱皮的反应。田队长把毛世狠狠瞪一眼。群群道："我任务不重呀，我就是走来走去晒谷子。"毛世仍笑着说："你任务重！你任务重！"目光向周围扫一圈，还故意在钱皮脸上停了停，屁股一扭走了。

钱皮对毛世开口之时，晒坝上变得鸦雀无声感到诧异，他还从毛世的目光中感到一种挑衅，对此他倒是一笑置之。他这一笑又吸引了大家的注意，因为都惊讶他的脸皮稍有些活泛了，眼珠也稍微转了一下。

4

钱皮跟随田队长等进山，原是来耍的。不料跟毛世学砍树，很快青出于蓝，手法又准又狠。但他为了免得过分弯腰，总把树桩留得高高的，别人砍树所留树桩只有他的二分之一。毛世瞅着他砍下的树桩说："难看！"他听了一愣，跟着就笑起来了，笑得龇牙咧嘴，眉飞色舞，下巴乱颤，令毛世莫名其妙。

他常在林中钻来钻去寻找橡树、枫木、麻栎、青杠这类硬杂木。这时流行一种活动靠背的木躺椅，可以放平了躺着睡，做这种椅子要硬杂木。他在山沟里找到一株合适的青杠，砍倒后，又将其砍削成一根长两米、截面约十五厘米见方的“小方”，等于掏了这青杠的心。他兴致勃勃工作，其间有一斧头砍跳起来了，落在脚背上，幸好有枝叶隔着，不然砍道血口，最起码这段小方木扛不回去。

他最终累成个面人，手脚都软了，伸不直，坐下来靠着树干歇气。这段小方——他的刀下鬼——横躺在身边，白生生的，亮晶晶的，好可爱呀。眼皮渐渐合拢了……小方怎么在扭动，还坐了起来，长出了乳房，乌发，还有脸，还有身子。他与之嬉戏起来了，像只馋猫，很快就有了那个事。“那个事”他实际没有做过，尽管不堪回首他醒后还以为就该这样。他很纳罕，以为是秋霞，（这多好！）怎么会是她？淡金色的脸，深圆的酒窝儿，腰好细，拴条很精致的草绳。我都忘了她叫什么！

他扛起这根约有六七十斤重的小方艰难顺山沟走出去。沟口外是些小山丘，位置矮，视野开阔。沟口山涧边有户人家，两三条狗冲着他叫。他又累又饿，“小桥流水人家”和狗，这些对他妙极了。他站下把小方从肩上放下来，立着震慑狗群，等待主人。果然有个黑瘦的山民从屋背后转出来了，手里握把锄头，喝住了狗。“大叔，”钱皮笑道，“你这几条狗好凶！”“它们不咬人，不咬人，进来坐！”钱皮等着这句话呢，扛起小方到了屋前，把小方靠在墙上，走进屋去。屋里有个十几岁的女孩，黑红的脸蛋，大眼睛，睫毛很长，（这真罕见！）见他进来马上就进里屋去了。山民好客，可山里平时哪有客呀，尤其是这种不速之客。山民便去撮谷子倒在石碓窝里，朝里屋喊两声，想是叫女孩的名字，叫她出来舂米，好煮饭。里面答应一声，迟迟不见女孩出来。

钱皮喉咙一直“咯噔、咯噔”吞清口水，说：“嘿，大叔，有现成的苞谷粑没有？冷的都可以，我先吃两个！”眼睛灶头上、桌上到处看。山民见他饿得从嘴里眼里都伸出爪子，便说：“吃冷的，就来就来，比苞谷粑还好吃些！”从梁上解下一条细长口袋，从袋里抓出一小碗浅黑的面粉，同时有股异香扑进钱皮的鼻孔。“是啥子？”钱皮“咯噔”吞口水。“炒熟的燕麦面。”山民舀半瓜瓢凉水，倒进碗里少许，手在碗里慢慢捏。钱皮鼻孔人张，想快点吃。可山民还在捏呀捏，停下来掺点儿水，又继续捏。也不过三五分钟吧，顶多十分钟，这对钱皮太漫长了，怀疑山民在逗自己，默喊：“老子数十，不！数三，数到三就抢！”决心刚下，山民便停下了，碗中央，捏成的面团儿有小孩拳头大，又将其分为比汤圆稍大的两份，递一份给钱皮。“这点？”钱皮送进嘴之前强迫自己停一下，表达惊奇与不满，跟着就要一口塞入。“你慢点吃！”山民赶快说，“要小口点，慢慢嚼！”钱皮脑中窜出猪八戒吃人参果，哦，要慢慢嚼！依言只咬一小口，嚼完了才又咬一小口。山民看着他嚼，道：“吃多了肚子胀，走不动路，你就吃这一份。你不要说我舍不得，这多的一份你就带上吧！”钱皮不信，但是好怪，吃了这一份，真的饱了。女孩没有再露面，钱皮并不晓得是自己奇怪的笑容把她吓跑的。他道谢出来，又扛起小方上路，一下身轻如燕、健步如飞。心里一直想：如果当时不要催着说饿了，让那女孩子出来舂米，她与牧羊女有几分像……

他穿过一个彝寨，两个女孩面孔犹在眼前交叠出现。忽觉小腿肚被咬一下，回头看，一只黑狗向后一跳，“汪，汪，汪汪！”扭头就跑。放下小方看时，腿肚两枚齿印，血渗出来。狗跑一段后站住，转过身来，又胜利狂吠几声。钱皮气恼而又轻蔑冷笑着，你好狡猾，你刚才的偷袭像只猫，现在又还原成了狗，我要宰了你！持斧头冲上去。狗又乏力汪汪叫两声，扭头窜进一处木栅栏，里面一栋木头房子。钱皮撵进去，一个披查尔瓦的彝胞迎了出来。彝胞个个凶悍，但都会被钱皮脸上的杀气镇住。这彝胞神色并不畏惧，钱皮倒觉诧异。他不知自己体内有裂变燃烧的火球，亦不知火球在减少。

彝胞用汉话问："做啥子呀？""你的狗把我咬伤了，你看！"钱皮转身把被咬的小腿肚抬起给彝胞看。彝胞看一眼说："是我家的狗，一点轻伤嘛，我舀点米赔你。""不行！这条狗乱咬过路人，非打死不可！"双方僵持一会，彝胞说："你想吃狗肉，你把斧头给我。"钱皮一想说："斧头不行。挎包和皮带，给你一样。"彝胞要了皮带。遂拿出两根草索，一根交给钱皮拴裤腰，一根拴了狗项。又拿根木棍，一端拴在草索上，一端递给钱皮。钱皮看出破绽："草索会断。"彝胞只好把草索换成了麻绳。他这才手握着木棍将狗带走。。

钱皮回来将狗拴在工棚旁边树上，害怕这真的是条疯狗，尽管几率很低。记得书上说过被狗咬伤后应将狗观察一周，再做处置。

钱皮睡了一晚，次日早上在棚子里闻到股狗肉汤香味。钻出前他就觉得不妙，香味如此之浓，就在棚子附近，恐怕是自己带回的狗。出来看见是毛世当厨。"钱皮，狗杀了"，毛世愉快招呼他，"你哪里弄来的狗？田队长想先跟你说，雷都把你打不醒。钱他跟你算。"

这是留待观察的狗呀！可事已至此，冒火也没有用。如果和毛世、田队长闹翻，这里他就成了孤家寡人，只能打铺盖卷走路。他还想要一些日子呢！

5

浪子和水牛骑马来到柏舟安宁河边。浪子去鱼坝买鱼。水牛看黄骠马和灰色白斑马在沙地上打滚，马打完滚起来又向前小跑，打响鼻。又互相嗅着，啃对方的肩胛、屁股清洁皮肤。传说运动后期的整顿打击即将开始，他俩颇怀心事，水牛这时却被撒欢的马逗乐了。浪子买了几尾细鲢鱼，用根篾条穿着提过来。细鲢鱼体型细长，鳞甲细小，带紫色光，是安宁河鱼的珍品。秋霞已有七八个月的身孕了，都说怀孕时多吃鱼生的娃儿聪明。两人遂在河边给各自的马洗毛，将河水泼在马身上，用芦苇擦。马舒服得甩着鬃毛，喉咙轻轻哼着。两人然后上马，从滩口踩过河去。浪子骑黄骠马在前，风吹着、浪打着，他白对襟褂儿敞开像朵帆，胯下黄骠马很快到了对岸。灰色白斑马头回踩水过河，水牛也一样，人和马都战战兢兢，这时还在河心。

浪子上岸处离渡口半里远，河坎上是大片收割后的苞谷地，苞谷秆还立着堆放在地里，没有路，沿河岸往渡口方向走。渡口一群人刚下船，其中宛丘大队余书记看见浪子骑马沿岸边走来，不走了站在那里。浪子和余书记过去视同陌路，互相从来不招呼。浪子见他站在那里望着自己，皮笑肉不笑，觉得不妙，就故意停下了，向田野张望着，找路的样子。“哎，范正勇，那边没有路!”余书记大声叫。哈，他好关心我！浪子什么都明白了。咋办？逃看起容易，对方只有一人。但秋收后的田野一览无余，到处有农民——也就是民兵——在耕地、挑苞谷秆。水牛身上有枪，万一抓住了更惨。“舍得一身剐”，浪子心想，心情有点悲壮，余书记认不得水牛，抓我就是了，叫水牛跑！便转脸向河里道：“哎，这里没有路!”

水牛尽管胯下如履薄冰，仍警惕岸上的情况。一听浪子喊话，马上就调转马头，倒回柏舟岸上去了。

浪子骑马向余书记走去。余书记问："范正勇，那是哪个，咋倒回去了？""小刁，"浪子乱说个名字，"他的马怕水。""嘿，你给秋霞买的鱼？""嗯。余书记，你赶了场来？"这一段土埂崎岖不平，骑马还不如人走得快。余书记跟浪子一路走着，东拉西扯说话。浪子放眼周围，大片苞谷地都已翻犁过，骑马根本不能快跑。跳下马跑，突然把黄骠马丢了，他心里不忍，不可能。更何况手中的鱼，死都要交给秋霞……

附近地里有群农民在挑苞谷秆。余书记落在马屁股后面，向这群农民招手，指着浪子的背。有几个农民懂得了，赶快跑过来。浪子纵身下马，余书记指着浪子大叫："抓住他！拿箩篼索索把他捆起来！"浪子对这群围过来的人叫道："慢点！不要动！捆啥子？我自己晓得走。"徐徐转身，对余书记说："余书记，我跟你走。这几条鱼，秋霞要坐月子了，请你带给秋霞。"余书记迟疑几秒钟，在想接与不接，是不是接过来顺手就扔了？想到上面只布置要抓他，不知他究竟罪有多大，才慢吞吞接过来。浪子又看一眼还牵在手里的黄骠马，心想几年了啊，它跟我浪荡天涯，可如今……唉，我即使能够把牢底坐穿，它肯定也都老了，也都死了。黄骠马昂首站着，一双宝石般的大眼睛也凝视着主人。浪子摸了摸马脖子，撩动它白色的披鬃。马自前额至鼻梁一道刀形白班，宛如闪电。它突然嘶鸣起来了，嘶声清亮短促，前蹄刨地，打了个响鼻。浪子眼圈一红，挺直腰背，引颈唱道：

声声马嘶揪我心。
这马儿倒有情和义，
秦琼反作了无情人……

把缰绳丢了。

6

原来，此前不久，工宣队、军宣队、干宣队“三宣队”采取突然袭击，在一个霜冻的清晨开进凯风农场，举办“凯风农场毛泽东思想学习班”。军宣队是全副武装的两个排，一到农场即四处布下岗哨。全农场紧急集合，宣布纪律，四处肃然。此时孙猴、永昌、六指、屈彬等已在追捕中，属于“另一种性质”不表。这里被学习班列为重点清查对象的有浪子、小和尚、狗妹子、笑虎、火眼、小宝、豆腐等。遂将这些重点、次重点人物编成“加强排”，尹长江当排长。宣布名单时第一个便是尹长江，长江听了一怔，不知是凶是吉。他散会后马上去找工宣队长问究竟，工宣队长严厉训斥他的同时，又语重心长地告诉他，这是他争取立功的机会，令他离开。葛眼镜在农场耍，三宣队得知他是屈彬表兄弟，而且是诗人，便也关在这里学习，进了加强排。葛眼镜抗议要离开，挨了枪托，这才安静了。当即将加强排与中队隔离，置于农场最偏僻的西北角。从那里往后山走不远有个农家院落，被借来当了审讯室。

加强排日程安排从清早的操练开始，直到深夜还在“天天读”(这是当时读老三篇和语录的流行语)，及在审讯室里逼供。三宣队迫使知青哥检举揭发孙猴、六指、屈彬和大鼻子等，及互相检举揭发，亟欲查清在全国都造成恶劣影响的“知匪”称号的来龙去脉。众人挨打受刑后开始招供，所招的主要有参加县城武斗、抢军分区的枪、武斗打死人、凯风镇设卡收买路钱、火烧粮站、燕子岩、打油建、闹太平、跟大鼻子血拼等，另外就是各自的流窜盗窃作案。众人对揭发屈彬和孙猴，都避重就轻，揭发的都是和尚脑壳上的虱子——明摆着的事情。这晚火眼、小宝、小和尚、狗娃子等十多人因为说“揭发完了”、“没得了”被吊鸭儿凫水（手脚反拴做一束吊起），他们有的已吊得奄奄一息，有的还活跃着一点思想。狗娃子用微弱的声音向三宣队员讨了口水喝，说要揭发。三宣队员防他耍滑头，本要他吊着说，说完觉得态度老实才放下来。因他张口说要揭发孙猴嫖妓女，正在打瞌睡的队员都情绪一振，为让他好好说，立刻放了下来。狗娃子放下来站不稳，被两个队员提到板凳上坐着。因手脚失去知觉，屁股坐不稳，坐下就翻倒了，跌一脸的鼻血、牙齿血。三宣队员骂道：“个老子，审问过这么多人，没见哪个坐在板凳上跌出鼻血来的！”扯起来后哭着说：“那、那天在火车站广场，有我，还有花枪、火、火眼，我们跟孙猴一路。孙猴他，突然想干那种事情……”

停了半天，手抬不起来，歪起脸在肩膀上揩血和鼻涕。队员等不耐烦了道：“说呀！”“说不说？不说又吊起！”狗娃子差点又哭了，吸着鼻涕说：“广场边上站着个女的，花枪跟火、火眼都说她是个梭叶子（省城对妓女的叫法）。孙猴自己不好意思，他对花枪说，你去叫！”

三宣队员一来不信，二来想听得更精彩和详细一些，打断道：“放屁！孙猴是个大流氓，他啥子不好意思！”“当、当真的，孙猴他别的事情坏，这、这种事他真的不好意思……花枪就走过去搭白，把价钱说好了，女的跟他过来，孙猴就带起她回、回我们住的小旅馆去了。”狗娃子说完用讨好的眼神望着三宣队员。三宣队员听得不过瘾道：“完了？那女的……你们咋晓得她是梭叶子？”狗娃子便又说：“女的长得有点乖，穿的花衣服，梳的梭、梭梭头。她在路边站起，又没得事，光按倒男的看，就晓得她是梭叶子嘛。”“嘿嘿，你都晓得她长得乖，那你们三个是干净的？没有跟着去？”“继续说！”狗娃子只好又继续说：“我跟花枪就站在那里，火眼跟他走。孙猴走了一段回头看，骂他，锤子，你跟倒做啥子！火眼就倒回来了，跟花枪说，我本来是想、跟倒去涮罐子的……我看你没有跟倒去……”狗娃子说到这里，汗津津的脸上带着笑容。工宣队员明知故问：“啥子叫涮罐子？”“就是、就是孙猴完了，他去复二火……”“轮奸？”“又、又不是强奸，是给了钱的。”“再说！”“这本来都是花枪的事……有次我听花枪说，有几回他实际上还、还不叫涮罐子……”

吊在梁上的知青哥虽极痛苦，都在尖起耳朵听。火眼明知狗娃子目的不是揭发自己，还是怒火中烧，马上要揭发狗娃子，又怕被说成报复。坐着的狗娃子一方面兴犹未尽，一方面害怕又被吊起，又道：“孙猴嫖女人，还有一次，那回在县城住旅馆，我跟他两个。他半夜跑回来，一个人都在笑，把我笑醒了。我问他，啥子事情你龟儿笑、笑得这样，他说哈，守夜的来了，哈哈，老子今晚钱都没给……”军宣队几个战士外行，没听懂，喝道：“啥意思？说清楚点！”“他、他龟儿说，他在城墙边跟一个女的、刚刚做完，守夜的就来了，两个扯起脚杆就跑，他钱都没有给……那个女的。”“给好多钱，一次？”有个战士忍不住问。“两三块钱。”

这时屋里坐着、站着和挂在梁上的每个人（除了狗娃子）身体都在抖。部分人喉咙里叽叽咕咕想笑，勉强忍着；部分人（主要是一些觉悟高的军宣队战士）就像自己被泼了粪、中了箭一样气得发抖。有个军宣队员大声问："完了？""当、当时大家都在笑，也没有哪个批判他。我这两天经过学习，思想提高了，我批判狗娃子反、反对毛泽东思想的罪行！"火眼后一句是声嘶力竭喊出的，差点喊哭了。噢，他的恨，他的心酸都不是指向狗娃子，而是停顿几次三宣队员都不放他下来！三宣队员厉声问当时在场的有哪些人？火眼抽咽几声后，吞吞吐吐说了几个名字。

狗娃子感觉像在炸油锅。三宣队员见他面红耳赤，眼睛鼓得像铃铛，又一个字说不出来，等于承认了，马上又吊起来。火眼揭发完了照样吊着，昏死过去。三宣队员这才放他下来，泼了盆凉水。

后来三宣队在讨论情况时，对狗娃子说的给牛念语录这种反动话的严重程度意见不统一，也就没有把狗娃子朝死里整。学习班完了，火眼和狗娃子恢复了元气后，关系未受大的影响。这是后话不提。

7

"知匪"大致确定是油建最先对凯风知青哥叫出的。打油建、闹太平这两件惊天动地的大事，对闹太平，三宣队前去调查，所烧茶馆其实又是个鸦片馆，虽然被砸了烧了，功过相抵功还要大一点。所以主要罪状就是砸理发店、马队在街上呼啸而过打坏了几家屋檐、踏翻了若干背篓箩筐，及此前偷卖牛钱造成东方老汉差点自尽。可知青哥向东方老汉上门谢罪、操办婚礼、毛营长与孙猴握手言和的事早已成为了美谈，这样一抵消，民愤几乎为零。所以闹太平学习班不列为重点。

打油建一役，油建的头儿当时就抛下部属和家眷，赶往县上报案，报的是“抢窃案”。殊不知后来清查，知青就抢了伙食团半箩筐馒头，其他什么都没有抢，连落在地上的钱和粮票都没有碰。另外几栋房子被打烂，屋顶被掀开，又是油建敢死队自己先上的屋顶。有的家属还实话实说，说知青哥撞开门进来后，看见是妇女儿童，就没有进行骚扰，反而还说不要怕，就退出去了。这样油建的头头和敢死队员们反而还有些感动，连打伤十几人，包括两人重伤的事都不提了。但学习班三宣队不管这些，凡参加打油建的，个个交待检查。冲在前面的都受了刑，并吊鸭儿凫水。笑虎写了几次检查，每次在学习班站着念检查，念到半途就流虚汗，脸色都变了，还是故意不准过关。这晚长江见笑虎被吊鸭儿凫水，慌忙跑去找工宣队头儿李师傅，说笑虎肠子才断过的，又跟李师傅一起回来。手长脚长的笑虎在梁上弯成个大弧圈儿，别人都是小弧圈。笑虎看见长江和李师傅冲自己走来了，晓得有救，“咳咳”干笑了两声。解下时长江轻声问他为何自己不跟三宣队说肠子断过，笑虎又“咳咳”干笑两声说：“老子就看他们整得死我不！哈哈哈，哈咦……叽嘎，嘎……”长江说：“嗨，你何必！”李师傅诧异看他一眼走了。

笑虎由长江搀着，勾腰走回加强排宿舍躺下，在宿舍愁眉苦脸写检查的几个人过来看他，躺下后感觉好些了。花枪有腿疾，不怕他跑掉，自由点。他问笑虎：“诶，你想吃冬苋菜稀饭不？我到那边叫她们给你煮。”笑虎不答，神态若有所思。花枪说：“龟儿，我在问你！”笑虎道：“我想吃回锅肉……半年没吃过回锅肉了！”众人道：“锤子！哪来的回锅肉！”“你想吃狗肉、羊肉都有办法，就没得回锅肉！”笑虎枯黑的手抓住花枪胳膊摇了摇：“嘿嘿，我们两个，搞成今天这样，就为了一碗回锅肉！”“就是嘛！老子二天有了钱，顿顿吃回锅肉，吃一半倒一半！”花枪说。“咳咳咳，咳，咳，哈咦，哈咦……”笑虎笑半截突然不笑了，手打着抖，慢慢嘴唇发乌，脸色变青。花枪低声说：“糟了，肠子笑断了！”长江赶快又叫工宣队长李师傅，听了同意派知青哥抬他到镇上医院，但加强排只准长江一个人去。花枪也要去，李师傅不怕他跑掉，只问：“你去，你抬得起？”“我背包包嘛！”因考虑可能住院，所以包包给笑虎装了几件换洗衣裳、牙膏牙刷。花枪正好走赢抬担架的速度，路上能并排走时他都把笑虎的手捏着。走着突然叫：“妈呀，他的手变冷了！”长江等四个抬的都沉默不语，加快脚步走。没拢医院人就断了气。

三宣队还有个重点就是清查发生在过去的一个反革命案件，叫“问太阳”。《问太阳》是用大字报抄写的一首诗，矛头指向领袖。当时值天下大乱，清查未果，现在旧事重提。凯风农场知青文化稍高的如尹长江、永昌、黄心华以及豆腐都逐一审查。经过深入摸底查明尹长江不写诗，黄心华只有日记和几篇“随笔”，其他人不仅不写诗，且连“随笔”都没有写过，也不写日记。比较难以排除的是葛眼镜，办学习班才几天，就搞得他形销骨立、容颜憔悴，如丧考妣。

三宣队开始对尹长江比较客气，只一再叫他交代问题。“文革”中他洁身自好，与孙猴、六指等尽量保持距离，交代什么呀？所以只揭发了些道听途说的事情，一直过不了关，还终于惹恼工宣队长，差点对他用刑。私下花枪悄悄问他：“是不是怀疑你跟孙猴……”长江生气道：“嘿，你晓得的，我跟孙猴有什么关系？”花枪道：“你是没有关系。那次说耍，你说秋后算账，孙猴判二十年的话，你分担一半……”“哦……想起了，你说的你分担十九年！你招了？”“对天发誓我只招的我自己，没有招你。”

那次说要有十几人在场，长江当时喝了酒。他其实一直想招，就怕三宣队本来不晓得，招了反而笼起，还以为自己与孙猴有好深的关系。他此时左思右想，终于找工宣队长李师傅招了这件事情。遂叫他在学习班大会上做检查，会上他道：“那次我娃儿发高烧，在县医院要喊住院。我钱不够，正急得要命，碰到了孙广厚。孙广厚首先帮我去找了个医生，把院住下了。他当晚又给了我二十块钱，说明了不要我还。我也不晓得他的钱是偷来的还是抢来的，反正这二十块钱救了我娃儿的命。主要就为这件事情，另外还有别的其他人的事情，一些表面现象，如像为了赵辉的死，把三中队的冷苞抓来打了，他后来拿30块钱给冷苞叫他自己去医院。又如像那次烧凯风粮站，当时有人不准粮站职工去救火，他说算了，让他们去救……”说到这里他顿一下，忽觉自己“如像”说多了，有给孙猴评功摆好之嫌，而且坐在下面第一排的几个女生——他原来的学生也像在提醒他，对他眨眼睛，遂刹住，咳了两声嗽。说道：“……他这些鳄鱼的眼泪，这些表面现象，人面兽心，笑面虎，又要做婊子又要立牌坊，蒙蔽了我的眼睛，使我觉得他很讲义气，对他感恩戴德。有次我喝了点酒，对人说，二天秋后算账，他如果判二十年的话，我分担一半！我真是糊涂啊！我现在经过学习班的学习，才晓得孙广厚人面兽心，罪行累累，完全是条披着羊皮的狼！孙广厚给我的钱肯定是抢来的，说不定被他抢钱的人因此而上吊了，跳河了！因此而别人娃儿没钱医病死了！我认敌为友，不，我差点——我已经完全站到敌人立场上去了！我、我该挨耳光！罪该万死！”他的这番检查，中间被打断过一次，是问所找那个医生的名字，长江犹豫一会儿——假装在想——说姓杜，名字不晓得，就叫杜医生。他因后来说得声泪俱下，给人感觉在故意夸张，李师傅训斥道："尹长江，你不要来这一套！你交代的事实轻，批判得重，故意给自己无限上纲！你就是接了他二十块钱，这叫啥子罪该万死？"但终于还是叫他下去了，算通过。

随着学习班清查的深入和重点转移，农场知青哥知青妹"乱搞"的事浮出水面，花枪首当其冲。三宣队要花枪交代和他乱搞的知青妹，"一个都不准漏"。三宣队几个头儿想得到与花枪乱搞的知青妹名单，跟着把这些知青妹一个个找来谈话，这是何等惬意和有便宜可占的事呀！可花枪偏不肯给他们开启这扇通往乐趣乃至通往天堂之门。知青妹之所以送他花枪的美名，这除了性暗示之外，也有守口如瓶的暗示。花枪经过与三宣队几番较量，只说出了和阿姣的关系，说阿姣先是孙猴的情人，过后又跟他好。阿姣又不是农场知青妹，头儿对之不感兴趣。遂将花枪吊鸭儿凫水，吊得半死放下来缓口气后又吊，这样整了一天一夜。他这才招了与刘桂芝的关系，并扯出了黄兴虎。三宣队听了也觉得毫无油水。

这晚把他押到场部，将这间屋的窗户蒙上了，叫他脱光衣服坐着。头儿李师傅、孟科长怪笑道："嘿嘿，你喜欢搞的东西，多给你点刺激！"墙上电话机早拆开了，喝叫两人把他按住，一人执电话线的两极，去刺激他的双乳，顿时那里像密密扎满了针束，针脚伸缩蔓延到心脏，针尖在眼里形成一片亮斑。花枪虽然泪流满面，咬破了嘴唇——先警告了不准叫的，不然整死活该——还是不肯招。又迫不及待去刺激他的龟头。可怜花枪这处地方，过去除了自己，都是被纤纤玉手抚弄的呀，都是耀武扬威雄赳赳的呀，它只会嬉戏与肉搏，何曾被武夫这样抓住，这样与金属和电流鏖战，这样狼狈、萎缩，而羞辱万端，全身痉挛。他终于痛苦不堪叫道：“哎哟哟，我招！我招！”他便开始胡说了——

“哎呀，老子受刑不过了！我把跟我相好过的知青妹都招了！有白素华、李丽华、王金珠、张曼玉、赵芸、小青、鱼儿……”“你说慢点！”做记录的写不赢说道。花枪咽一下口水，咸的多半是眼泪，继续说：“辛五妹、黄心华、肖美琼……”头儿起了疑心，因为众所周知白素华、李丽华、张曼玉、黄心华、小鱼等都是清高和品行端庄的知青妹，根本不与花枪打交道，三宣队已掌握了这些情况。干宣队长孟科长拍桌子打断他道：“蒋彦君！你要老老实实说，你说了要签字画押！”花枪像没听见，喝口水又继续道：“还有仇宝琴、幺红、赵国秀、简太碧……”他一气说了几十个名字，还按了手印。李师傅然后叫他一个一个说经过。他叫道：“啊呀呀，我每个的经过都是一样的，都是脱了裤子就入进去！”孟科长讥讽道：“哈，蝴蝶采花，每朵花都不一样嘛，你对每个女的会是一样的？不着急，按你的名单慢慢说，第一个白素华。”花枪因他这样“诱导”，还有说不来的？说的过程中至少不会受刑。就一个一个，信马由缰，浮想联翩，却给自己划了条原则：真的假说，假的真说。说得有声有色，有滋有味。李师傅、孟科长等几人开始都想，龟儿的在瞎编！后来脑子里就只有光圈和云海了，自己下面都蠢蠢欲动，然后蔫了，然后又蠢蠢欲动。做记录的却是个年轻战士，写得一脸红潮，字一塌糊涂。半夜才说了不到四分之一，几个头儿交换神色，派这个写记录的年轻战士去下了碗鸡蛋面——这也等于让他头脑休息一下——端给花枪吃了，又说到天亮。然后第二天又说了一上午。

第二天下午起，精神亢奋的李师傅、孟科长等就一个个知青妹找来说话，但第一个在白素华身上就碰了钉子，跟着又连续碰钉子。次日开批斗大会，这时浪子已经押回，和花枪站在正中，台上还站着十多个挨批斗的。白素华突然上去，给花枪一耳光，骂道：“蒋彦君，你这个不要脸的东西！你这个癞蛤蟆！”全会场的知青妹都嚷起来了：“白姐，打得好！”“白姐，再打！”跟着九妹、青豆、肖美琼等也上去了，对他又打又掐，气势甚猛，下手却轻。花枪顺势跪在台上磕头叫道：“我该挨打！我是癞蛤蟆，我想吃天鹅肉！呜呜……”无论台上台下笑的也有，骂的也有，哭的也有。三宣队见精华已尽，喝起来推他到边上站着。

这次专门批斗花枪，坐在前几排的都是女生。三宣队像从上次批斗悟出什么，特从别的中队叫来几个打手，将花枪打得死去活来。台上三宣队头儿李师傅、孟科长、赵连长却在注意女生的表情，谁在流泪？谁攒着眉？谁捂着脸不敢看台上？可女生都阴着脸，有啥表情？个别看得出有表情的如李丽华、张曼玉、幺红，又被认为是花枪的死敌，好不扫兴。倒是男生在台下东一句西一句、阴一句阳一句、长一句短一句叫：“蒋彦君，你招了呀！”“花枪，你要认罪！”“打倒淫棍！”“打倒强奸犯！”“坦白从宽，抗拒从严！”李师傅做手势叫打手和口号都停下了，上前问花枪：“你说，和你通奸的女知青究竟有好多个？”奄奄一息的花枪翻起白眼珠，一字字清晰说：“一个都没有。”打手照心窝踢了一脚。

当花枪口吐鲜血扑倒那一刻，白素华突然站起来，跺着脚叫声“蒋彦君！”跟着场子里四面八方知青妹都叫“蒋彦君！”“蒋彦君！”后来知青妹都哭了，哭得天昏地暗、满场风雨，三宣队员有的立眉竖眼，有的目瞪口呆，也有的暗自嗟叹。几个男生赶快跳上去把花枪扶起来，抱回寝室。他当晚就死了。

笑虎和花枪被埋在农场西南方向那坡梯田脚下，也就是出现过女鬼的地方。笑虎先埋两天，好友都在加强排管制着呢，坟头很冷清。花枪埋了的当天下午，坟前就摆了几束野花，用来捆扎的也有红头绳，也有花手帕，还散着花露水香味。李师傅、赵连长等几个头儿听说了走来看，有群知青哥知青妹也站在这里看。赵连长故意当着大家的面把野花束拿起来闻了闻，歪起嘴角冷笑，然后把花束上扎的头绳、手帕，别的发夹都取下带走了。

第二天清早，赵连长走来看见坟前摆着数不清的花束，扎着红头绳、绿头绳、花手帕、白手帕，别着各种各样的发夹。

8

浪子被五花大绑押进“凯风农场毛泽东思想学习班”，带来新的刺激，三宣队想从他身上打开孙猴、大鼻子案件的突破口。遂叫浪子揭发孙猴和大鼻子的罪状，及孙猴的行动计划和“路线图”。浪子说：“哎呀，孙猴这些，一群搞点打砸抢的烂娃娃，还有顶多就是吸两口毒，走到哪里黑就在哪里歇，有啥子路线图嘛？”审问者主要是干宣队孟科长和解宣队教武术的杨副连长。杨副连长没有文化但武艺超群，反复问路线图浪子都说不晓得，杨副连长冷不防就出手了，一拳打得他两眼冒金花，再一拳下巴就松动了，满口是血。浪子虽被打得跌跌窜窜，却没有趴下，心想对面的家伙狼心狗肺，趴下只会挨得更惨，他腰一挺又站直了。杨副连长对拷问和打人这一套十分老练，他从浪子的神态看出叫他招定非易事，不可以光用强，这第一晚上也就没有用棍棒，光吊鸭儿凫水，天亮才解下来，喂几口稀饭。

次日全场批斗，会场拉着“打倒政治土匪范正勇”的横幅，大家纷纷上去揭发罪状。揭发中有对质的场面，揭发者指着浪子鼻尖问：“浪子，你说，冤枉你没有！”“范正勇，你说，你的心为啥这样狠？”“范正勇，你要一命抵一命！”浪子始终不开腔，有的就揍他一两拳。杨副连长因见一中队的动口不动手，遂将几根手腕粗细的松木棒丢在地上，逼迫火眼、小宝、小和尚等动手打。嫌打轻了喝叫滚开，又叫别中队的去打，将松木棒连续打断几根。浪子先还有惨叫声，后来不叫了，只从身体的抽搐蠕动晓得人还有口气。女生中九妹哭着喊：“正勇！正勇！”接着好多女生都哭了，“浪子，浪子！你认罪嘛！”“浪子！你交待了嘛！”喊成一片。浪子已经不再动弹，这时魂魄像被喊回来了，头抬起来，要说话。孟科长、杨副连长等均微露笑容。不料浪子抬着头，舌头已经被自己咬烂了，满嘴是血，吐口鲜血出来，竟朝离得最近的李丽华说：“唉，唉……我死了，带个信给秋霞，唉，唉……二天给我儿子说，没得的事情，硬要我招……”烂了的舌头，吐字有些模糊，但满场清斯雅静的，都听得清清楚楚。话没说完，被杨副连长照脸上踢一脚。

晚上在加强排内部继续批斗。要浪子交待杀过人没有？杀了几人？抢的枪交了没有？藏在哪里的？因为是在一堆血肉模糊的身体上再用刑，而且这团肉已经没有叫声，只有剥皮青蛙那种条件反射抽搐，加强排许多人都不敢看了，抱着头。尹长江更吓得跳起来要跑出去，门关死了的，他只有跑到墙角去朝墙蹲着，全身抱成一团。到最后，泼冷水都泼不醒了，杨副连长把小和尚叫上去——晓得他跟浪子最好，“当”一把小刀丢在地上：“戳他！把他戳醒……你动不动？不动我就动，我把他宰了！”小和尚睁大红肿、发呆的眼睛，脚一软跪下去，抱着浪子哇哇大哭。哭一会直起腰，一脸的眼泪鼻涕，四顾看见了刀子，抓起来，颈子一仰，向自己颈子割去。众人惊呆了来不及反应。坐在板凳上的杨副连长，隔两米多远，向前纵一步，再跳起来一脚将刀子踢飞，越过天井，“叮当”落在众人屁股背后。

杨副连长这一手虽有炫耀意味，很得意，也救了小和尚一命。至此三宣队的人都精疲力竭了，叫把浪子抬走。但加强排都坐着不动，有的就像长江那样吓呆了，失去反应；有的恨恨想，是你们打的呀，该你们自己抬，自己埋，凭啥让他死在我们手里！却是这院子的主人，一对农民夫妇进来，把浪子抬进隔壁一间小屋里，放在一扇门板上。他们拿温水给浪子擦身体，擦着就哭起来了，然后停在那里。第二天一早，小和尚最先跑来，看躺在门板上的浪子死了没有？见没有死，喜从天降，赶快去敲这对夫妇的门，起来熬米汤，然后一起给浪子灌米汤。这时豆腐、长江等也来了，灌几口米汤后见他不醒，只好又由他躺着。又过了一天一夜，浪子才醒转来，但仍不能动弹。三宣队这时才叫个医生来了，检查肋骨断了两根，屁股肿得像乌茄子，一摸就叫。随便敷了点药。

浪子既然活过来了，经历九死一生，不禁泪流满颊。他像从冥冥中得到某种昭示，像经过换头术似的，回答十分爽快，说杀了五个人。杨副连长见他流着泪在说，像在忏悔，遂面露惊喜：“五个人？好，你一个一个说，时间，地点，怎么杀死的。”他道：“第一个是武斗开始，我记不清楚是哪一天了……”“好生想！”“哦，想起了，是六七年，五月初的一天，就是五月一号，这天是五一节所以我记得。是红总的冲上来，我们趴在沙包后头，有个高个子的，我开枪他就倒下了。”“你晓得打死了？”“他们第二天开了追悼会的。第二个……五月三号，我们晚上去新华书店摸营，我看见对方有人在点烟，我一枪打去，也是开了追悼会的。第三个……”“范正勇，你不要乱扯！”“打死人的事情，要抵命，我咋会乱扯？”“你不要耍滑头尽扯武斗！”“那，后面两个还是武斗，就不说了？”“哼，说。你狗日的！”“第三个，是打的俘虏，这天是七一，在邮政局，龟儿靳老五，他拿手枪吓俘虏，我以为他真的要打，去推他的手腕，反而把一个俘虏打死了。”“靳老五在哪里？”“早就死了。第四个，是地质队的，也是六七年七月，记不清哪一天，可以查，地总司强攻刘屯地质队，打死七个人埋在地质队院子背后，坟还在，其中有个是我用半自动步枪打死的。第五个，是个农民，老头，去年有一天我翻瑶山进城去，路上我在他墙边屙尿，他骂了我一句。过后我冷，就在附近点燃了干草烤火，他又走过来骂我，我一枪就把他打死了……他屋头也没得其他人出来看，他可能是个孤人，我就把他埋在旁边的山沟里了。”杨副连长盯着记录的写完了叫浪子签字，冷笑说：“这一个，你要带我们去把尸体挖出来，看你是不是在说谎。你要是说谎，我这回要剥你的皮！——你再交待枪的问题！”“枪啊？我有五支枪，三支五四手枪，两支美式冲锋枪。”“藏在哪里？”浪子机警顿住了。心想他们一定要我带着去起枪，我把地点扯宽了，浑身伤痛，岂不自找苦吃。又想这正是机会，我可以去趟蜗居，看秋霞最后一眼！遂答道：“都在宛丘二队——手枪一支在灶头里面，两支在屋梁上瓦桷子下面，两支冲锋枪和子弹埋在菜园里。都是我悄悄藏的，秋霞一点不晓得。”

杨副连长等将信将疑，这晚就没有再审他了，还下碗鸡蛋面给他吃，让他养好精神，明天好走路。

9

宛丘这边，那天林芬和秋霞把余书记叫人送来的鱼做好了。秋霞要喝酒，林芬跑上街东问西问，提了半瓶酒回来，两个对饮。秋霞说："我觉得浪子就是为了把鱼带给我，才被抓住的。""哦？""你想嘛，王和达说当时只有余书记一个人，另外就是挑苞谷秆的农民。他只要拔出刀子，农民哪里敢上，他咋会跑不掉？他还有马！"林芬点头道："就是……那这鱼，为了你们的娃儿，你要多吃点。"秋霞说："姐，你为啥不动筷子？"林芬说："你看我拈给娃儿吃了的。""你也要吃。""我在隔奶呀，奶胀得痛，鱼吃了发奶，更不得了。"秋霞不说话了，默默吃着鱼，把两斤多一条鱼吃了大半。吃过饭林芬收拾好碗筷，牵一岁多大的娃儿去朱三娘家里耍。秋霞手里虽然拿本书，却斜睨着院子的小门，看出去有段石板路。

林芬过来在她身边坐着，搂着她的肩膀。秋霞苦笑说："姐，我没得啥子。"林芬道："唉，你以为我又想来安慰你呀？我反而想看见你好好哭一场。为了你肚子里的娃儿，你不要把痛苦憋在肚子里。有我在这里，你想哭就哭出来吧！"秋霞不爱哭，劝她哭更不可能，她道："哦，有你在这里……""嗯，我在这里，我帮你接眼泪水，我至少可以分你一半的眼泪水，我们两个都是苦命……"林芬话未说完，自己先撇了撇嘴唇。"姐！"秋霞叫一声，把头枕在林芬的肩头上，身体微微抖动着，林芬紧抱着她。她很快又坐好了，眼圈微红，眼泪刚打湿睫毛。说道："姐，浪子的事情，打砸抢、摸包包这些，都是'文革'造成的，我根本不担心。我就怕他有命债。"林芬道："咦，你们相处的时间有几年了，还不了解他？我听长江说过几次了，他说孙猴、浪子虽然胆大妄为，血气方刚，其实都是有头脑的人，不会伤害无辜。”“哼，不伤害无辜，但是有辜呢，晓得他们伤害过没有？”林芬笑了笑：“我不懂你说的，啥子叫有辜？”“像黄兴虎、曹宣就是有辜！”林芬不语。秋霞自己又冷笑道：“哼，杀一个两个是罪人，杀一千一万还成了将军呢！”林芬问：“诶，你该好久生？”“噢，正常的话还有三个月，那时，浪子恐怕还是关起的。”“这你一点都不要心焦，有我和长江，就跟浪子在你身边是一样的。就算把长江也关起了……”“乱说，尹老师都会关起，那所有的知青哥都要抓来关起！”“唉，你说的……”

过两天，这天上午秋霞从蜗居出来，沿小巷下街，迎头遇见浪子，后面还跟着一队人。浪子脸色苍白，披着衣服，空荡荡两只袖子，手背在后面——用麻绳将大拇指套住后拴在一起。秋霞失声叫道“正勇！”连怀孕都不顾了，碎步跑下去。跟在浪子后面的人抢上前把她隔开。浪子尽量显得随和：“秋霞，他们到家里来搜查，没得啥子，你不要怕。”秋霞看着浪子脸上伤痕累累，神色还这样镇静，心酸问：“搜查啥子？”“找枪。”“枪？”秋霞吃一惊，想从浪子眼色中看出什么。浪子因面前有杨副连长，连挤一下眼睛安慰秋霞都不敢，只苦笑一下。杨副连长压低嗓子问：“你是秋霞？走吧，回去开门！”秋霞又看一眼浪子，浪子眼神已变得活泛，浪子说：“杨连长，她怀了孕的！——秋霞，你走慢点。”秋霞便呆呆转身往回走，到了门口，慢吞吞把门打开。杨副连长说：“你现在暂时到别处去。”“我不，我的家！”她斜刺的眼睛令杨副连长吸了口凉气。秋霞拿个小板凳坐在门边。杨副连长不肯退让：“那你坐开，听见没有？你坐到对门去！你不去我叫人把你抬过去！”秋霞只得到对面去，朱三娘在窗口看，连忙拿个高板凳出来放在门槛边，给秋霞坐。

浪子进屋像木偶似的，手机械指了几个地方。杨副连长先看了看屋顶，没有望板，有两匹亮瓦，梁、檩子、桷板、瓦片一目了然，哪里藏得住“两支五四”？他狠狠盯了浪子一眼，浪子连看也不看他。他便指挥着来的人翻箱倒柜，把所有翻过并拆开了的家具都搬到院子里去，开始挖灶和挖床脚。杨副连长因有上当的感觉，喝叫浪子也参加挖。浪子手脚都像是断了接上的，哪里挖得动，故意显得愿意挖，把拴在背后的手伸给杨副连长。一个士兵说：“算了，不能解他的手！”他才算了。

这群人在蜗居掘地三尺，累得气喘吁吁，一无所获。紧接着又去挖蜗居后面菜园里的“两支冲锋枪”，这任务更艰巨。杨副连长看着挖得沟壑纵横的菜园和大汗淋漓的士兵，怒视着浪子：“最后问你一次，到底有没有？——你必须说实话！”

浪子坐在一只倒扣着的烂粪桶上，面无表情：“杨连长，根本就没有，一把枪都没有。但是昨天我不说有，你们要打死我，我只好说有。还有杀人的事情，武斗中我在战场上可能打死过人，也可能没有打死只打伤，但是哪天哪里我根本说不出来。我昨天说杀死的五个人都是编的，我一个人都没有杀！”

杨副连长苦笑着点头：“好，好，回去再说。”向菜园挥了挥手。一个气喘吁吁的士兵过来，突然朝浪子坐着的烂粪桶猛踢一脚，烂粪桶“咔嚓”散了架。浪子已有提防，跌下时打个滚，否则他尾椎骨粉的，不痛昏才怪。另一士兵上前抓住衣领把他提起来，把拴着两个大拇指的麻绳解了，戴上手铐走出去。来时还给浪子披件外衣，把被缚的手遮着，此时哪里还给他这块遮羞布！

小院站着些看热闹的女人。林芬也背着娃儿从外面回来了，挨秋霞坐着。秋霞明知什么也挖不出来，众目睽睽下，她故意显得无所谓，只冷眼瞅着家里那些忙忙碌碌的背影。只有嵌在两只眼角的泪珠，干了又有，流露内心的煎熬。她看见浪子被铐着双手，一瘸一拐从屋里出来，“哇”一声哭了，上前拦着杨副连长：“不准走！你们啥都没有挖出来，你们要赔，赔我的房子，赔我的地下，要给我还原！不准走！就是不准走！”杨副连长脸色铁青，目光炯炯。林芬赶紧上前说：“同志，她怀得有娃儿。”杨副连长鼻孔里哼了一声说：“我不看你大起个肚子！”生产队长原在小院门外探头缩脑的，这时主动走进来。杨副连长问：“你是队长？那你给她还原！”手指着翻挖成了个底朝天的屋内。队长说：“要得！要得！”秋霞担心跟浪子已经站在阴阳界上了，哪能轻易放他走啊！上前紧紧抱着浪子。有几个村姑过来劝，劝不开。杨副连长亲自去拉，秋霞趁势叫道：“贫下中农，他们打人！你们看，他们把正勇打得好惨！”她掀开浪子的衣服，露出一道道怕人的伤口，“你们看，他们搞刑讯逼供！毛主席说不准搞逼供信，他们就是反对毛主席！”杨副连长气冲牛斗，叫村姑让开，拔出手枪道：“放开！你放不放开？”秋霞跺脚道：“你开枪呀！你打！你打！”周围的村姑都吓得四散开了。她又对浪子道：“正勇，我要跟你走，要死死在一堆！”她的热气喷在浪子脸上。浪子叫声：“秋霞！”秋霞的哭声、杨副连长的怪嚎声同时都停了。浪子看周围一眼，这才对紧贴着胸膛的妻子说：“秋霞，他们是铁拳头，你犟不过他们。你放了，让我走。你生了，我关起了，你把娃儿抱来我看。”秋霞哭道：“正勇，我怕……”“怕啥子？你看见了，我又没有藏枪，没有犯死罪。”杨副连长手又伸到中间：“快点放开！”

秋霞哭叫道："等一下嘛！"杨副连长手缩回去。秋霞把浪子胸侧和背上的伤口轻轻摸一遍，拉拢衣裳，把自己脸上的眼泪揩了，说："杨连长，我放他走，你要保证不打他。"杨副连长脸阴得像天黑，半晌说道："不打他……保证……"声音像从骨头缝挤出来的，心里同时在说："回去老子要活剐他的皮！"秋霞放开浪子，但又抓住杨副连长的手说："不忙走。"对林芬道："姐，你帮我倒两杯酒来！"杨副连长这样被她抓住手，倒也意外，反正不是自己抓她，就没有动。

林芬果然去倒了两小杯酒来，递给秋霞。都以为她要与浪子对饮。秋霞把杨副连长的手放了，接过酒杯，递一只给杨副连长说："杨连长，害你白走了这一趟，对不起你。"杨副连长诧异扭了扭嘴角，没有接。秋霞又道："杨连长，你说了保证不打他，我敬你这杯酒！"抛去凄凉、锋利、又带有一丝妩媚温柔的眼神。怀孕的秋霞，又刚刚哭过，脸色反而更加娇艳。杨副连长一直恨恨不已的，此时略显慌乱，绷紧的面皮也松弛开了，下意识接过酒杯。秋霞先一口干了。杨副连长开口道："好，党的政策，一人做事一人当，他是反革命，你只是家属，干就干！"一仰脖子要干，被秋霞连酒杯和手捏住："嗨，你说了不打他！"

酒泼些在手上。秋霞的眼神是斜刺过来的，是邪气与媚气的混合，杨副连长被镇住发不出火来。只得叫道："好，我说了的！"把酒干了。

第十三章　几百年出一个假女人

1

钱皮半夜睡得正香，脸凉悠悠、痒酥酥的，有许多小虫儿轻盈落下，爬着、咬着。他想去摸，但他一边又还在梦境里，手软举不起来。忽听有声音在嚷：“下雪啦！下雪啦！”这里冬季几无雨雪之忧，伐木者搭的树棚稀稀疏疏，月亮星星都筛得下来，半夜里雪花加厚了被子也就不奇怪。

被雪所困，白天社员都在棚子外烤火。钱皮便去山梁上闲逛。山梁上地势开阔，背北风，有供销社和林业经营所，总共几栋房子。一条公路通到这里，山民逢五逢十到此赶集。这块弹丸之地冬季常有知青哥聚集，其中也有专门来耍、及发不义之财的，也有来参加生产队伐木挣工分的，也有在经营所拉大锯改木料挣钱的。经营所里烧一堆火，却见豆腐、小宝、土匪、狗娃子、葛眼镜等都在这里坐着。其中豆腐和狗娃子在这里拉大锯，葛超来照看本生产队伐的木料，其他都是来耍。钱皮一问方知山中才一月，世上已百年，农场的学习班结束，笑虎、花枪已经死了，浪子、小和尚、火眼关起了，孙猴、六指、屈彬、永昌、水牛、蛇蚤等在逃。农场宣告解散，农场知青又回到各自原来的公社生产队。钱皮未免感慨唏嘘，问三宣队清查到自己头上没有，豆腐、小宝都说放心好了，没人提你。

经营所大小也是国家办事的一个机关，没有一点身份的人都不肯在此久留。不断有农民和彝胞在门口探头看一眼，或进来略站一下又出去。门口露出个大家熟悉的面孔，正对着门的狗娃子叫道："假、假……"女字还没有叫出来，一闪就走了。葛超忙走出去看，进来笑着低声对大家道："就是假女。他刚才说这里都叫他梅老师，要我们也叫他梅老师，不准叫假女。"大家道："嘀，他原来是老师？""他是这里的老师呀？这里哪有学校？"

钱皮和葛眼镜又走出来。外面仍在下雪，坝子烧一堆大火，一些彝胞正在跳锅庄，舞者皆弯腰搭肩手拉手边舞边唱，舞姿时而舒展平缓时而小巧迅速，变化甚快，没有伴奏。据说"天上有多少颗星，锅庄有多少调；山上有多少树，锅庄有多少词；牦牛身上有多少毛，锅庄就有多少舞姿。"一些汉人摇头晃脑看着，咧开嘴笑，口里"啊啊"跟着吼。唉据典籍，汉族上古、中古都是善歌舞的呀，何时、怎样变成了一个没有歌舞的民族？不光是一个没有歌舞的民族，还反而把载歌载舞的少数民族当做给我取乐的，羡慕？惭愧？影儿都没有！

钱皮高一就学会了跳锅庄！看几分钟就手脚发痒，血液发烫。钱皮五官虽然不帅，但个子高，身材好，1 米 80，蜂腰猿臂。他克制不住冲动冲进去跳了起来，破天荒这里有了一个汉族小伙子跟彝胞一起跳锅庄！由于当年舞蹈教练的去芜存菁点化，他比彝胞跳得更好，还更兴奋、更投入。

假女在看跳锅庄。他身边站着个少女，正是手爬岩那个十几岁的牧羊女。钱皮兴奋的目光扫过，看见假女推了牧羊女一把，她忸怩摆了摆肩头。钱皮下意识频频对她点头，小姑娘像中了魔，身不由己，跑进去和钱皮手拉手手搭肩跳了起来。钱皮始而惊，他刚才点头纯粹是兴之所至，或逞傲，或挑逗，甚或带有恶意，连他自己都说不清楚，她就跑来了；继而喜，小姑娘的动作弥漫着野性，透着灵气，像蛇柔若无骨，像山羊腾挪劲健，像风没有边界，像枣刺咄咄逼人。钱皮被逼得透不过气来了，他奋力跳着，引吭唱着，在她的牵引中旋转着，在她的手臂中挣扎着，直到终曲，他实在已经精疲力竭了，但他还执着她的手。圈子里早就只剩下他两个了，别的人都不跳了，也不能跳了，因为他两跳得就像旋风一样，逼看客不断后退，圈子越扯越大。经营所里的知青哥都跑出来了，跟彝胞和农民一起用力跺脚，又吼又唱。

小姑娘跳得如幻如梦，她从来没有遇到过这样出色的舞伴，这样几乎能够跟上她狂野的舞姿而不趴下的舞伴。曲终了她才清醒过来，瞄着这个男子，她尖叫一声，把钱皮的手一摔，跑了。

钱皮孤零零站在圈子里，满头大汗，气喘吁吁，像丢了魂，沮丧极了。

这群知青哥走拢围着他，纷纷说："嘿，钱皮，太绝了，跳得太好了！""钱皮，那回东方家树结婚，你跳的维吾尔族舞，都远没有刚才跳得好！""那个啊咪子才跳得绝！""嘻，钱皮，你纯粹是跟着她转哪，你都来不起了！""嘿嘿，嘻嘻，钱皮，去找她！哈哈哈！"

“阿咪子长得乖，钱皮，上！”

哪知说者无心，吼着耍的，听者却有意。钱皮打起精神，问道：“假女呢？”众人也都环顾道：“他刚才还在！”葛眼镜说：“他走了。”“你没有问他住在哪里？”“问了的，他不说。你想找他？”有人道：“嗨，你不去追阿咪子，找假女做啥？”葛眼镜刚才也被二人舞姿所陶醉，仅此而言，倒真是天生一对呢，笑道：“这是曲线行动，借假女之力，是不是？”钱皮不语，朝他肩上搂一拳。

钱皮、葛超先去问经营所的人，回答认得他，不知他住在哪里。又问这里的山民，问来问去，才有人指着条路说，他是从这条路走的。

二人沿这条山径进入一道山沟，许久走出山沟，见路边不远有座破旧的小庙，小庙前面有个小坝儿。小坝儿环着小溪，溪边有几树梨花——近了才知是梨花，远看还以为是枝头的雪，冬雪春花竟这样相混淆！走拢看小庙，没有供菩萨了，住的人。中间的门锁着，从门缝看不清里面的东西。旁边小厢房背风的窗口开着，里面清清爽爽一间斗室，床上是绣花铺盖和枕头，桌子上一方玻璃下面压了些精巧的纸花。墙上挂着草编的蓑衣、斗笠，却是袖珍型的——小人国的人穿的，精巧可爱，堪称艺术品呢。

山呼林啸，风滚过梨树，扫过雪原，拖着白茫茫的雪尾窜入松林中，在里面鞭挞树木。小坝儿站不得人，天晓得假女哪儿去了，何时回来。二人只好转身。

2

再来是几天后了。少了阴霾和纷飞的雪花，始看清山谷中小庙的朝向是个喇叭口，视野开阔。背后森林险山，前面却是白云绿野浅丘，有汉人零星的房屋，明晃晃蓄着水的梯田，梯田还上延到彝寨边，可见这里彝汉杂居，彝胞也种水稻呢。再看眼前破旧的小庙和周围耀眼的梨花，想住在这里清幽又有人气，不是神仙，也是半仙了！

假女笑着从庙里迎出来："真稀客呀，这里从来没有知青来过，都不晓得我住在这里。""嘻，我们有缘。"葛眼镜说，"去年看罂粟花，出了事情都不去了，只有我们两个跟你去。""恐怕这还不算有缘。跟你们有缘的可能是另一个人。""你说翠枝？"葛眼镜笑了起来。"嗯。从相斥到相吸引，这么快，是不是缘？"

钱皮大为惊讶，这两个家伙在说些什么，显然是说我！还说什么相斥相吸引，显然我茹毛饮血的事假女也知道一二，小姑娘跟他说了。她跟我是冰和炭一样的两类人。那她为何要跟我跳舞哇？后来又吓得跑？我和她就是跳舞相吸引？还有呢，我是个野人，她也是个野姑娘，哈哈，这才是事情的本质！

钱皮手插在裤兜里在梨花树下徘徊。葛超跟梅林进屋去，看了看说："哎，你说叫你梅老师，还以为你在教村小——我们未必背后也叫你梅老师？""我叫梅林。""那，梅林，你为啥单独住在这种地方，像是座旧庙？"梅林抿嘴笑一下。二人见钱皮还在外面打转，话题就扯到他身上去了。葛眼镜讲了发生在金大叔家的那件奇事，钱皮看见翠枝，把张钱拍在桌子上就跑了——"那天，我看见是你把翠枝推进去跟钱皮跳锅庄的，不然他俩根本不可能。""嘻，是翠枝自己，我看她站着腿都在闪，手脚都在动。我也觉得，我是把一只好鸟朝狼怀里推，狼毕竟是狼，可是好鸟会飞，没事。"

梅林在门口招呼钱皮："哎，你走热了吧，外面站久了冷，进来呀!”他伸出如荑的手，小指翘起，向钱皮招招手。这姿势惹得钱皮一笑，现在连知青妹都没有这种手势了，只有古装戏里的旦角才有。进去光线暗，只见面前有只烧杠炭的火盆，假女蹲下点火。钱皮又看他的姿势，膝盖碰膝盖，点火这手的小指头翘起。火光中，又见他皮肤细腻，眉毛细黑，嘴皮通红。方知假女二字真是入了骨髓的，岂止床单和绣花枕头。

葛眼镜说：“梅林，我看你生活虽然清贫，精神上很富有。你是哪年下乡的?”梅林不回答，却从梁上摘下一只干了的葵花盘子，放在小桌上说：“吃瓜子呀。”自己便出去了。葛眼镜对钱皮道：“我看他的神情，还是欢迎我们的，但是有一种说不出来的忧郁，他可能是长期以来，还是太压抑了。”

二人见屋角有个竹书架，放几隔书，肯定不光是毛主席著作，走拢去看，主要是些农业和科普书籍。梅林又进来，手里提着些吃的，道：“我平常自己不煮饭，在农民家里搭伙。客来了，又是稀客，我就自家做给你们吃，就吃烤鱼和烤洋芋，喜欢吧?”“喜欢，喜欢!”“还有点酒。”梅林从竹篮里取出些巴掌大的干鱼。二人都很好奇，问：“这是山区，你哪来的鱼?”“你们没看见下面都是水田?”“啊，是稻田养鱼?”“嗯，这就是我现在的本行。”“嘛，你是农业技术员?”“我是知青。”“晓得你是知青，但是你又是农技推广员，是不是?”他又不说话了。小屋里顿时飘起烤鱼和烤洋芋的诱人香气，梅林在两样上面都洒点盐。他又到屋角解开一个皮袋子，捧出个瓦罐，打开，满屋酒香。倒一土碗。

大家边吃边说话。禁不住二人问来问去，梅林干脆便说了，这里叫梨树沟，他在做稻田养鱼的科研和推广，他工作的范围除了梨树沟，还有磨盘山、下河镇、瓦力铺、仙女山。钱皮问："这都是些人烟稀少的地方，为啥都不种鸦片，只有仙女山种？""仙女山也不许种了，只种了两年，就是最乱的这两年，无政府主义。听说上月部队去抓了人，可能不敢种了。"葛眼镜说："听口音就晓得你是本地知青。你家里是……""我爸爸是，说出来吓倒他……"梅林的声音很轻。钱皮问："你说我？会吓倒我？怪了——说！"梅林不语。葛超笑道："不会他爸爸也是你爸爸吧，你们同父异母！"钱皮哈哈大笑。问梅林："他还在不在？""在吧？也许不在了。"

二人兴趣虽浓，也不好紧问，喝酒，吃鱼吃洋芋，说些别的。梅林道："你们两次来，上次还顶风冒雪，也算有缘，我跟你们说了吧。我妈妈也死了，怪她自己，本来我没有父亲，她偏要说有，说是杨深——当过你们那里的市长。"他朝钱皮瞄一眼。钱皮瞪大眼睛："啊？新中国前的官员，我们过去只晓得蒋宋孔陈，军统的戴笠。'文革'中看大字报，才晓得杨深的名字。""我是个遗腹子，我生下已是新中国了。""这不叫遗腹子，"葛眼镜道，"你生杨深没有死吧。"梅林继续道："我懂事的时候三反五反都过了，我妈一个妇道人家，就因为她自己说给杨深生了个儿子，在三反五反就吃过苦头。她先没有工作，就在家里给人打毛线，后来到了纸盒厂。街道问她咋不改嫁，她没有出过嫁，但是街道的人就是问她咋不改嫁，还想守到那个大军阀回来？她是到了'文革'初期才被整死的。"二人听得稀里糊涂，他妈是杨深的小妾？丢在这里的？葛眼镜道："我只晓得这里过去是刘文辉的地盘，是不是杨深和刘文辉军阀混战……"梅林苦笑："现在连我妈，对我都成了一个谜。怪她活着的时候我懵懵懂懂，从来没有问过她。我只在前两年，地上捡到一本灰壳壳的《文史资料》，翻到篇文章，写杨深如何腐化堕落。说杨深妻妾如何多，儿女如何多，儿女多到他自己都认不全。有次他的汽车在边远地方开，突然被一个小男孩拦住了，叫他爸爸。警卫想要动粗，杨深不许，问小孩几岁？然后想了想，看了看环境，便叫警卫拿了一百块大洋给这小孩。"

后来走时，钱皮和葛眼镜才看见庙檐下有个小小木牌子，上面有一行小字：梨树沟农技推广站。

3

诗中描写山鬼："若有人兮山之阿，披薜荔兮戴女萝，既含睇兮又宜笑，子谓予兮善窈窕……"葛超说翠枝简直是山鬼，林鬼，泽鬼！葛超这样说，是指她的形，她的穿戴。钱皮后来才知岂止于此，她是自然的女儿，自然的呼吸，不世而出，几百年才出一个，是来净化世界的。交往既久钱皮身上也沾染了她的咒语。

翠枝虽无弹指即破的皮肤，风吹欲断的腰肢，可她的脸型像桑叶，腿脚像仙鹤，眉眼像柳条，小嘴像含丹，鼻梁像刀刻的，人多看几眼眼睛就粘在她身上了。她在这世风古拙的地方，竟乏人缘，令她忧伤惆怅。这也许因为她是个汉彝混血儿，还因为她不合群，行为古怪，人觉诧异。她那时才八九岁，有一次有人找丢失的羊，来到这片高山上的草原，远远看见她身边有只大狗。因晓得她是不带狗的呀，这人躲着细看，原来是只狼！守着就像她的牧羊犬一样。几只小羊有的跑向远处，旋又转回来，都依偎在她的脚边，她摸摸这只又摸摸那只羊让它们别怕。狼警觉抬起头来了，并且长啸，狗只会吠，吠声短促，哪有长啸的道理！这人吓得不找羊了，脚板上抹油——赶快溜！

此前大家只知野鼠、岩羊、雀鸟这些小动物不怕她，和她亲近，此事传出，有好事者专门跟踪，又看见了熊，看见了山狸。还有人说看见她骑在熊的背上走，看见成群的野鼠叼来山果堆在她脚边，把她描绘成狐仙或妖女。

这里山间有许多小湖，从来乏人问津，只有她爱去湖边放羊和洗浴。有回发生一件怪事，也是个悲剧。当时她十一二岁，身体刚开始发育，也不懂得害羞。有个叫野娃的青年知道她爱在山间湖泊洗澡，这次就跟去了。野娃看她洗得随意自在，水浅浅的露出肚脐，禁不住也想一试。他不肯立即造次与她共沐，离远一点，还隔着灌木。翠枝那里是草地，这里是石头滩。他下去才走几步，就很快下沉，原来岩石是滑的，这里水很深，他连救命都没有喊得出来。过后翠枝才看见他脱在岸边的衣服。后来有一天，野娃父母看见湖底岩石上有水蛇，一条两条，滑行如梭。他们过后又来，回去说水蛇越来越多了，满湖都有。可翠枝照样在湖里洗澡，就有流言说翠枝是水蛇变的。虽有人反问："翠枝是水蛇变的，还是野娃变的水蛇？那以前为啥没有水蛇？"但流言依旧，流言是不可理喻的东西。此事对翠枝的打击较之"与狼共舞"更可怕，使她由孤僻而几乎成了哑巴，成天难得说话。

家里好不容易给她订了亲，未婚夫叫阿华，是瓦力铺街上邮政代办点的，主要就是收县上来的信件再分发给乡邮员，及卖邮票。阿华提出的条件就是她不要再上山放羊了。金戈问："不放羊她做什么呀？""帮我卖邮票呀！""二天吧。""她现在就不要放羊了！""她还小，又不是童养媳！"这时梅林到这里来推广稻田养鱼，金戈觉得是个机会。翠枝看着梅林带来的鱼苗，在稻田里游来游去，就跟野地的鼠和天上的鸟一样快活。其中有的还分得出颜色了，红的黄的黑的，她越看越喜欢。梅林带了挂图给农民讲解，让大家提问题。她问："割了谷子后，在哪里养鱼呀？""哦，在割谷之前，鱼已经长大了，你看这张挂图，这就是，鱼已经有半斤重。""鱼大了，冬水田的水很浅，它咋游哇？"梅林张口结舌回答不出她的问题，或者说，怕回答了她会难受。别处问这种问题的都是几岁的娃儿，梅林见她眉眼很秀气，觉得不可思议。后来她虽然没有学稻田养鱼，却有了一个经常见面的老师和知己。她跟梅林的结交增加了她的女人味，阿华因此也不反感。

翠枝并不是那种挥动鞭儿驱赶着白云的牧羊女，专职牧羊女，她家一共才几只羊。这天梅林带着钱皮和葛眼镜去找她，一路山青水秀，后来他们先发现这几只羊，因为有两只是白色的，随后才发现她。她身上随意挂着些树枝和青藤，里面皮肤闪闪烁烁，惊慌摆手不让他们走近。三个想她莫非是裸体呀？又一看，她衣服真的都挂在树枝上。

梅林说："诶，你们都背过脸去呀，走远点。"钱皮和葛眼镜便转身走开。梅林扭着腰肢走过去，她虽然难为情，但没有拒绝他。梅林把她挂在树上的衣服递给她，当她伸手接衣服时，有只灰色的小动物从她怀里蹦出，撞着梅林胸口掉下来，打个滚跑了，倒把梅林吓得跳起来。

"野兔！"钱皮不禁叫道，本能前冲两步。他马上站住了，盯着跑远的野兔，不由打了个干呕。他感到舌根、齿颊都是血腥，带着咸味，咂咂嘴又打个干呕，用手揩了揩嘴。

翠枝躲在树后穿好衣服，叫："梅老师！"梅林走过去，她目光惊恐，牙齿打颤道："那个人……""噢，别怕呀，他叫钱皮，你跟他跳过舞的!”“他做啥?”“他们就是来看你的。”“我不，我不!”“翠枝，你生病了?你不舒服?”“我没有。梅老师，我走了，我从这背后走。”翠枝唤羊:“咩——咩——”梅林一看后面的路，好陡，几乎是悬崖，忙说:“翠枝，你不要，你还怕他，那我叫他们走。”

“真怪，”梅林过来对钱皮说，“你虽然看起凶，她那天还跟你跳过舞，但她还是怕你，而且看见你就发抖，我从来没有见过她像这样。”钱皮不语。“我们只有走了。”梅林说。可回头一看，翠枝已经跑了，带着几只小羊沿那条绝壁上的羊肠小径下山。小羊时而蹦跳，时而踟躅不前，时而如履薄冰、缓慢移动。翠枝也跟小羊一样:敏捷、轻快、小心翼翼。

钱皮心想，她如果出事，是我逼她上的绝路?他不晓得自己面如死灰，不晓得自己僵硬的脸壳因翠枝像条壁虎、像只小鸟，害怕、欣赏正逐渐变得有些柔软。三个知青哥直到看见翠枝和她的小羊走完那道绝壁，才松了口气。

4

他们站的地方已看得到手爬岩和嘿木庄园。梅林说回马颈子山算了，钱皮心有不甘，他尤其有个难于启齿的原因，他近来每次遗精，无论清醒还是梦中，所见都由秋霞变成了这个牧羊女。他对葛超道:“我们上次去银匠家里，连他的首饰、银器都没有仔细看。他的银器肯定比外面店铺便宜，我们再去看一下!”葛超笑道:“上次银匠和铁匠讲故事，正讲到精彩地方就断了，你这家伙!那走，又去听故事。”

二人便下山朝嘿木庄园走，老远先听到小河对岸铁匠铺“镗、镗”打铁声，二人遂过桥来到铁匠铺。路边拴匹马，蔡谊的徒弟正弯着腰，扳起马的后蹄在削马蹄。蔡谊在里面打马蹄铁，一见二人，“当”一声把铁锤扔了，哈哈笑道：“我猜中了，猜中了！”二人一愣，葛眼镜上前笑问：“蔡大叔，你猜中了啥子？”

蔡大叔端条板凳让二人在门口坐下，笑道：“我猜你们还要来。上次你们负气走了……”说到这里他看钱皮一眼，钱皮眼睛不自然看着别处。他继续道：“我对金戈说，这两个知青哥，迟早还要来，短则几天，晚则半年一年。哈哈，没说错吧？”葛眼镜仍故意问：“你凭啥子这样猜？其实，我们是因为在马颈子山伐木，隔得不远。”“不晓得，我只是凭感觉。”

钱皮一路忐忑不安，怕吃闭门羹，这时顿觉轻松。却见铁匠铺里坐着个年轻人，黑黑瘦瘦的，倒也眉清目秀。蔡大叔说他叫阿华，从瓦力铺来的。二人因梅林说过，便知是翠枝的男朋友。心想阿华身体虽瘦弱，却是名好骑手，不然山路崎岖哪敢骑马前来。忽见铁匠墙上也挂着张年轻女兵的像，灵秀端庄，与银匠墙上的那个女兵一模一样，差别只在于这是铁相框，显得沉甸甸的，那边的相框是银边，很精致。

“咦，咋回事？”葛眼镜没头没脑问一句。蔡谊笑了笑：“就是她呀，何秀贞。”“哦，一个女的……”“两个男的。”蔡谊笑得有点狡黠。钱皮道：“总有段故事吧，蔡大叔？”蔡谊道：“有哇。不如我们到他那边去？他那边是个家，干净，不像我这里。”就把事情丢给徒弟做，带二人和阿华走进嘿木大院，到了银匠铺。

金戈正“咣当，咣当”敲打一只漂亮的项圈，取了水晶眼镜看人。钱皮想他曾经要杀死他女儿，喝她的血呢！低头避开银匠的眼睛。铁匠满脸带笑，把银匠也惹笑了，让两个知青哥进去。他俩俯身看这只要完工的项圈，上面有两朵茉莉和几片叶子，叶上有几滴露珠，说巧夺天工都不算溢美之词。钱皮冒出句："哟，是给你女儿打的呀?"说了他自己都一愣，露出傻笑，为何问这个。银匠笑而不言。铁匠问站在旁边的阿华："嘿，你把打首饰的钱送来没有哇?"阿华赶快对银匠说："哦，大叔，那我回去就把钱送来!"银匠说："说了的嘛，要等明年她满了十六岁来。"刚才那一刻，阿华眼里撒满希望的星星，现在密布乌云，怪可怜的样子。

屋里墙上和柜台里许多漂亮的银首饰，闪闪如月亮，飘飘如雪花，眨眼像有生命。两个知青哥虽也见过首饰，未见过这样活生生的花样。钱皮说："哎，这些首饰好有特点!""哈，他呀，"铁匠说，"打得出天上的鸟，甚至每根羽毛。打得出水里的鱼虾，甚至每片鳞甲。打得出林子里的每一种花草，甚至它们的经脉。"葛超对金戈说，"我看你的手?"银匠把他一双粗黑的手伸给他看。铁匠说："哈哈，不关手的事。"葛超若有所悟说："看来打银器跟写诗一样，要有灵感。""哈，灵感?""所谓灵感，就是……""我懂，我懂。老哥，你带他们上楼去!"金戈摇头道："翠枝在楼上。""咦，她今天回来得早?""她不舒服，在睡。"

翠枝在楼上说："爹，你们上来吧!"这有点像天籁之音，大出钱皮的意料。阿华听了也很诧异，他来过好多次了，只上过一次楼。

翠枝已听出客人的声音。她本以为知青都跟梅林一样呢，温文尔雅，哪知还有钱皮这样的，茹毛饮血，屠戮生灵，面目凶狠。又哪知同样这个人，舞姿翩翩，热得像一把火，野得像一阵风，叫她如醉如痴，差点承受不了。呃，他来做啥?他不是来买银首饰的吧，他是来要杀死我的小羊喝血的吧，他是来找我的吧……正东想西想，听蔡大叔说他们要上来，话就脱口而出了。

翠枝坐着编草玩意儿，看见钱皮她便寒噤似的打个哆嗦。几个男人上来小阁楼顿显促狭并吱吱叫，铁匠看阿华一眼，这一眼其实多余，阿华想自己是主人呢，赶快退下去了。钱皮上来在楼梯口站着，侧着脸，带着恶意，在等翠枝惊慌冲下楼去的那一瞬，拦着让她把自己掀开。他暗中在喘息，铁匠指着墙上挂的玩意儿叫他看，他才过去了。

阁楼屋顶低矮，没有望板，可是楼板上等，擦得光可鉴人，令知青哥惊异，因为连城市居民都无此习惯。葛眼镜想象着穿木屐走在上面咯咯响的味道，可门口没有放木屐，只有两双草编的精巧拖鞋。葛眼镜怕穿，把胶鞋脱了光脚进去，脚臭烘烘的也没办法了。铁匠穿了一双。葛眼镜、钱皮先被墙上挂的藤编、草编、竹编的小衣服、小篮子、小熊、小鸟等吸引住了。“这些都是翠枝编的。”铁匠专在钱皮耳边说，其态度叫钱皮大感意外。又见床上铺的草席，是蒲草编的，有云锦图案，床边垂下许多穗须，谁见了都想躺上去享受。窗口挂着吊兰，篮子是藤编的，兰叶成朵成串飘在空中、垂到窗台上。窗户朝向山野，这屋里也像野外。两个知青哥走拢看翠枝手上，她感到很窘迫，不知所措，把手上的编织放在椅子上说：“我去帮妈妈做饭。”匆忙下去了。

葛眼镜在小阁楼转来转去，对每样小东西都赞不绝口，问铁匠：“太绝了！是哪个教她的手艺？”铁匠道：“她当银匠的爹呀！她从小看父亲凿银器，打银首饰，她就用花呀草呀来编织。后来她编的东西连银匠都佩服！”葛眼镜笑道：“你刚才说了，银匠的那些花样，都是从女儿得到的灵感?”铁匠并不发窘，反而哈哈大笑。钱皮一直沉默，这时道：“我看，这是她与生俱来的，不要人教。”

有个小女孩的声音叫吃饭。下去看是个六七岁的女孩，叫翠莲，翠枝的妹妹。饭后葛超说还想听上次没有讲完的故事，遂搬板凳在银匠铺前天井坐下。金戈问前次讲到哪里，葛超道：“你讲到行军途中，你冷不防被群彝人兜头蒙住眼睛，抓走了。”

金戈苦笑一下，继续道：“我昏天黑地跟他们走，分不清东南西北，也分不清白天黑夜，不知走了几天几夜，也不知中间又被交易了几次。等完全撩开查尔瓦，才看见来到一个依山傍崖的地方，是个彝族寨子。主人不容分说，马上给我剃头，把脑壳周围的头发剃光，只留顶上巴掌大一块，这叫“一片瓦”，典型的彝族发型。再换上彝族的黑衣黑裤，披件旧查尔瓦，从此开始了我当娃子的生涯。每天做的事，就是放羊、刨地、侍候主人这些。好在我本已离家了，也不大想家。我行军作战苦惯了，这里并不比当兵更苦。但我从统领百多人的支队连长，变成娃子，从天天充满着胜利喜悦、想象着解放后的幸福生活，变成给人端茶倒屎，精神上是苦不堪言的呀！我幸好懂得隐忍之术，服从和乖巧，没有受过鞭打、戴木枷，转卖等刑罚。过了一年多，主人就让我在马棚边砌座炉子，修理破旧的马掌，我当起铁匠来了。

“过了大概半年，有天听彝人议论，说当地已经解放了，心里暗暗高兴。可是只高兴了几天，很快晓得党在民族地区的政策，基本是外甥打灯笼——照旧。又过几度春秋，好了，剿匪的解放军部队进山了！我虽晓得政策未变，但我更相信共产主义呀，相信自己和解放军有阶级情、手足情和战友情呀！部队进山的当晚，我们几个娃子就踏着月光去找部队——找战友、找救星哪！不料到了部队营地，解放军的连长、士兵都板着脸，有的甚至很紧张害怕，撵我们走。我们坚持不走，引发了小小的骚乱，这才被带到团部。团长见了我们，不像连排长那样紧张害怕，还比较亲切。我们觉得像回到娘家一样，都失声痛哭。团长等我们哭了一会，就叫我们擦干泪水，请我们在火塘边坐下喝茶，对我们晓以大义……”

金戈停下了。钱皮和葛眼镜虽懂得“晓以大义”的含义，见他神色平静，忍不住问：“嘿，说完呀，团长救你们没有？”

金戈淡淡一笑，道：“团长说完大道理后，就要去和彝族头人开会，结果，还是由原来那个连长把我们带走的。为防头人看见了，就像做贼般偷着走。这时，我们中也没有人再哭，反之，还感恩了——没有顺便就交给来开会的头人嘛！”

沉默少顷，葛眼镜问：“那，你到底何时才脱离的苦海呀？”金戈不禁苦笑：“哦，苦海？当我脱离它的时候，它已经不苦了，我已经学会了银匠。”旁边蔡谊笑道：“他说苦海不苦，还要加上一条，他已经娶了个寨子里最漂亮的彝族姑娘。”两个知青哥也笑道：“啊，因祸得福呀？”却又收敛笑容，因为眼前的金戈妻子是汉人——彝女就算穿汉族衣服、梳汉族头发，说话就听出来了。蔡谊看出二人的疑惑，笑道：“莫慌，听他说。”

金戈继续道：“我得到自由后，回到县城老家，才晓得房屋还在，但已经不姓金了。我的父亲是恶霸枪毙了，母亲也已经改嫁。这也难怪，我当年参加雅砻支队，革的就是自家的命嘛！我只在老家门口站了站，没有进去就走了，一直走出了县城……后来我走呀，走呀，由着自己的脚步，不知怎么就走到这个苏家大院来了。也许这是我最后战斗立功的地方吧？也许是命运牵着我走的吧？我还当了这里的上门女婿!”两个知青哥道:“嘿,你不是已经结了婚?”蔡谊说:“呵,他是享齐人之乐呢!”钱皮不懂这话,葛眼镜笑着解释是一妻一妾的意思。“那解放了政策怎么允许?”“哈,山高皇帝远嘛!他两边跑,从一边看他还是只有一个妻子。”“那,你的娃儿……”“你们看见的呀,大的妈妈是彝族,小的是汉族。”

翠枝、翠莲开始也在听,不知是听过多遍、还是听不大懂就走了。葛眼镜问:“金大叔,你为啥不留在县城?县城里一定有你的战友呀,你是否去找过他们?”金戈不语。蔡谊道:“人情冷暖,你们应该知道的吧?”

钱皮、葛眼镜同时想那张年轻女兵的像。葛超冷丁又问蔡谊:“哎,那究竟是咋回事——一个女的……”钱皮接过去:“两个镜框?”蔡谊笑道:“你们本意可能是想说,怎么一个女的两个男的——还是先由他说!”对金戈道:“他们刚才在我那里,也看到了秀贞的像。”金戈问二人:“在L县城西门外有座烈士塑像,是个女的。你们看见过吧?”葛眼镜道:“见过呀!啊,就是她——何秀贞?”“嗯!我们是县立中学的同学。县城解放后,她在我的影响下也入了伍,后来,她被派到农村征粮,我们还经常写信。那种环境,寄出十封八封,对方能收到一两封吧!尤其是我,为了不影响军心,把她的信,看过就烧了,只有她的最后一封信,我长期一直是贴着肉揣在身上的。你们想不想看?我去拿来给你们看。”

5

两个知青哥从发黄的信封中取出发黄的信纸,信是用毛笔竖写的,字迹好娟秀:金——

我刚才去农民家吃过午饭了，我还在区公所住。这家农民在乡场的北风头，区公所在南风头，你可以想见我街上走路的情景。区公所的伙食吃得很好，三样菜一样汤，农民家里就差一些。但我还是愿意在农民家里吃饭，因为我的任务是征粮与妇女工作。

金，这里有黑板报，是于田中学办的，内容就是转载报纸上的消息，如美国干涉朝鲜等，地方的消息一点也没有。我和这里文化团长商量了，想由我们来办。可我的消息也很闭塞，金，你能帮助我么？

这里最讨厌的事就是捉臭虫的成绩比你们还好，津贴也没有发下来。秀贞。

葛眼镜看了问金戈："这信，你没有交上去？"金戈无语。葛眼镜又道："当年给何秀贞烈士树像，又建纪念馆，这封信你交上去了，对你有好处，起码证明你的身份嘛！"这信对钱皮却有触动，他甚至想据为己有。因为这信与他见过的革命信件包括烈士遗书不同，不大好从反面去理解，从反面怎么理解？他咯咯笑道："金大叔没有交信，明智，明智！"

轮到蔡谊讲自己的故事了。他道："我是浙江人。抗战胜利我高中毕业，参加了国民党的干训团，而后，进入了胡宗南的西南长官公署，小科员而已。1949 年老蒋兵败如山倒，L 县成了老蒋在大陆最后的军事中心，蒋经国、胡宗南等都飞到这里来部署，把我们机构也派来了。我们部队几千人，不光武器精良，还带了大批银元和鸦片，用来贿赂结交当地人。老蒋经常派飞机向我们空投物资，包括罐头饼干、电台设备，还有委任状，封官许愿。嘿，他铁了心的，我们当时也铁了心，要反共到底，要进入边境地带打游击，要支持到第三次世界大战开始！那时在这片大山里，作战周旋的除了国共，还有许多乌合之众——拿步枪、猎枪、砍刀、弓弩的农民和彝族。这批人马不知是属于何方的，他们参战是为了抢夺枪支弹药和金银鸦片。从‘主义’来说他们好像该站在共方，实际上，他们也从我们手里抢走了大批物资。但是从“匪”字头来说，因为共军已经掌权了嘛，他们又与‘蒋匪’同根，一转眼他们又跟解放军打起来了，称为土匪。土匪跟我们打，因为我们是想拉拢他们的，所以手软。他们和解放军打，往往一触即溃，将解放军吹得神乎其神。说解放军可以用神帕过河，用神铲过夜。说他们每人挎包上都挂一条神帕，拿它往河上一放，管他牛日河、大渡河还是普雄河，站上去就能过！说他们背包上插一把神锹，露营时在地上铲几锹土，夜里就浑身发热，冰雪天也冻不着！还说解放军有种‘找人炮’，跟雷公电母是亲家，吐出团团神火，不管你怎样藏都找得到，就算敌军跟自己人混在一起，它都只炸死敌军……打到后头，因为减租、征粮等原因，土匪就完全跟我们站在一起了。

“这年秋天，上级派我当特派员，到于田参与策划暴动。我藏身在一座碉楼里，暴动当天没我的事了，我醒得早，就起来用望远镜观察街上。街上很安静，只有个女兵在扫街。一个农妇来夺她的扫帚，争了一会，她仍在继续扫。后来家家门开了，扫街的人多起来，她又去写黑板报。望远镜连黑板报的标题都看得清楚，觉得字体好清秀。再一看街上贴的标语也是她写的，一个字体。看着看着，怪不怪，那些我很厌恶头痛的口号标语，都向我招起手来了。”

他停了停，似笑非笑。两个知青哥道：“不怪不怪，换了我们，也是一样的。”葛眼镜问：“你这时还没有看见她的脸吧？只看见字，就这样了？”

他道："字如其人！我终于等到她转身，抬起头，我一看，呀，五官好周正，只可惜她是个共军！我想共军又有什么，我把她抓住了，可以驯化她呀！想象中事情最快，她已经是我的老婆了，我们一起行军住帐篷，还一起游历了世界，咳，咳咳！"他笑得有点古怪凄凉。

"我很快又跌回到现实，想她被抓住就完了，我没有能力救，我现在马上去叫她跑！我连怎么接近她，怎么说都想好了，可是，我脚还没有迈出碉楼就清醒了，她走了我到哪里去找她？完全两个世界！红与白，白与黑，相当于阴间和阳间。哎，我对当时的迟疑和私心，要后悔一辈子！

"暴乱开始了，土匪——现在叫土匪，实际就是本地农民，舞刀弄棍，那阵势像洪水决堤。我一直用望远镜盯着她的住处，她的身影出现了，很灵巧。房屋之间隔着矮墙和小巷，我看她连续翻越了三座矮墙，然后消失。我断定她就隐藏在消失的那道矮墙后面，那是谁家的园子？认准位置后我跑上街去，想去救她或掩护她。哪知街上跑来跑去的都是土匪，我穿便服，一看就是外地人，走几步就被扭住了。好容易才脱身，晓得完了，我咋能救她！

"后来我再看见她时，虽有心理准备，晓得这批乌合之众，对仇敌免不了要烧杀奸淫……可是，看见她被脱光了捆绑着游街，我还是被敲一闷棒……她颈项还被砍了一刀，血染红了她半边身体。她倔强地走着……这是真的，她非常倔强！前后是一大群敲着得胜鼓、吹着唢呐、挥着砍刀、火药枪的人。整条街，闹声、淫荡的笑声，把街都要抬起来了……"

蔡谊半晌无语。葛眼镜问："你真的救不了她？""你不晓得那种恨，那种敌对，加上煽动，当地人对外来者，对来征粮的……连我自己都是外来者……”

“我后来兵败被俘，接受教育后就释放了，还发给返乡的路费。我无颜回浙江老家，加之我觉得这里人缘、气候都好，干脆就隐姓埋名，留在这里。”

“完了？一个女的、两个男的……”“嗯。”“那你们，两个男的，咋走到一起的？”“打架。”铁匠说，带点狡黠的笑容。“有可能，”葛眼镜笑道，“但她已经不在了。一个娃子，一个俘虏兵，咋打起来的？”“还是你先说。”铁匠对银匠努努嘴。

金戈道：“我获得自由后去县城，家里已经破碎。虽想念秀贞，自己沦落至此，也不好意思去找她。逛到西门外，见有个种满翠柏的何秀贞烈士陵园，暗吃一惊。进去一看塑像、碑文，噢，不是她是谁，她成了烈士！

“当时我站在塑像前，读着碑文，我真的不知是喜是悲！喜她‘生当作人杰，死亦成鬼雄’。悲她如花的青春容貌，成了一抔黄土。难怪日日梦她想她，她上了天，才日日来投我的梦！我在一家小酒馆里喝得烂醉……”

蔡谊见金戈说不下去了，继续道：“一年后，秀贞忌日的前一天，他专门又去，碰到一个人已经先于他，把一束花放在秀贞面前了。他想我提前来，是为了避免打挤，你还是比我先来了……”

金戈道：“我见这人明明像个读书人，眼中还有股英气。穿着又像农民，土里土气。”

蔡谊道：“园内清清静静。他两个献了花，各自在园里逛，又碰上了……”葛超打断：“诶，是不是条小路，只容一个人走？”“说对了！狭路相逢，两个眼睛都在吐火！”

金戈道：“我忍不住说，喂，你是谁？你献了花，为啥还不走？”

蔡谊道：“哪知这人比他还趾高气扬，说，嘿，你有啥资格来问我的话？她是我最爱的人！”

听到此葛眼镜“扑哧”笑了，问铁匠：“哈，这是你的原话？”铁匠笑道：“是原话。随后发生的事就不多说了，梁山好汉不打不相识，不仅相识，还成了朋友。我跟他来到嘿木庄园，他当过铁匠呗，他不用的铁匠手艺和工具都传给了我。”

钱皮一直沉默不语，这时问：“这一二十年，你们经常到陵园去？”“没有”，铁匠说，“秀贞是死在于田的，路远，我们隔一两年，才到于田河边给她烧纸……都几年没有去了。我们每次点的香，烧的纸，都是两份。”

“他说的两份，不是说我们两个人，一个一份。”银匠解释，“还有一份是给几个农民……也叫土匪，他们死得比秀贞还惨……就在杀死秀贞的地方，侮辱她杀害她的几个人，和那个出卖她的叛徒，是用来活祭的。开完了追悼大会，在河边上，用刀子一块块割他们身上的肉……”

“呃，相当于古代的凌迟。”葛眼镜说，“有的要搞一天，还不得死，中间还要喂吃的。”

“那又没得那样久，没得那种待遇。”银匠说，“恐怕看的等不得，而且其中的领导，还要忙别的事——割到后来有的痛木了，有两个痛发了狂，挣脱了往河里蹦，拉上来又割，最后才一刀穿心。”

这时两个知青哥——诗人和屠夫都看见手指状的人肉一条一条摆在沙滩上，像活的在伸缩，有的在跳。钱皮的脸如受刑者那样变得扭曲，心想杀人还有这些花样，像我一刀毙命、吮血真是小巫见大巫。他见铁匠、银匠脸色平静，像在说前朝之事，他忽然觉得沮丧。原以为自己已经世事洞明，什么都看透了，似乎不然。

“他们是罪有应得呀！”葛眼镜半是糊涂、半是故意说。“我先也这样想。”银匠说，淡淡的口气。“现在咋变了？”“现在……在山里这么多年，天天听风声雨声，看月缺月圆，想古往今来……你说，人的性情变不变？”

“还有个原因！”钱皮说，坚定的口气。大家都看着他，等他说出高明的见解。钱皮嘴唇蠕动着，很吃力的样子，始终没有把话说出来。他想说原因在翠枝那里，这是他朦胧又精彩的发现，可他怕说不明白，白惹出一串笑声，只好算了。

6

这晚钱皮、葛超和阿华都睡在铁匠家。次日上午，翠枝领着她的小羊上山去了。钱皮问阿华：“你不上山？”阿华不语，光摇摇头。“她放羊的路你的马走不上去？”“走得上去！”“那你咋不上山？”“有狼。”阿华半晌才说。“哪里？山上？”“她身边。”“传说的吧？我不信！”“真的，我亲眼看到过！”钱皮撺掇：“嘿，真有这种稀奇事？我们一路去看！”

阿华先出去了。葛眼镜不知钱皮葫芦里卖的什么药，不肯去。钱皮说：“你以为我想整他？我不会整他，只想气他，把他气跑。”“如何气？”“跳舞！”“哈，山上去跳舞？那好，我把二胡带去。”铁匠墙上挂把二胡，葛眼镜摘下来。山道马走得慢，二人把阿华拉得很远。

二人在一块草地上看到和小羊在一起的翠莲。翠莲说姐姐采草藤去了，顺她手指的方向，果见翠枝就在附近山上，像小鹿在石头上跳来跳去。葛眼镜问："你姐姐，听说经常有狼呀、熊呀这些陪她？"小姑娘只打个抿笑，带给两个知青哥莫测高深之感。

草地不远有座湖泊，淡绿的湖水，泛着细小的涟漪。二人想起水蛇的故事，问翠莲："听说有座湖里有水蛇，是这座湖吧？"翠莲笑道："嘻，想那座湖，你们也想变水蛇呀？"葛眼镜笑道："我不想变，他可能想。"翠莲道："不是这座湖，是也看不见蛇呀，现在天还冷。"

对岸有一长串圆圆光生的白石头，像成群不动迷恋吃草的白羊。湖面狭长，湖岸向左延伸很远，右侧是峭壁，还横着一片树林。葛眼镜指着对岸的"羊群"问："那边风景好，想过去，咋过去呀？"翠莲道："嘻！姐姐说那边好玩，水也好，她爱在那里洗澡。""咋过去呀？""只有姐姐和她的羊子过得去。"

阿华也到了，骑在马上叫石山上的翠枝。两个知青哥从湖边回到草坪上，钱皮说："翠莲，你姐姐舞跳得很好，你呢？""嘻，我还小。""我教你跳！"

钱皮眼珠像已经有光亮了，脸皮像薄了些，柔和了些，小姑娘眼中还是凶。翠莲摇头说："二天姐姐教。"钱皮说："哼，你姐姐只会教锅庄，你是汉族，我教你跳汉族舞，跳霸王鞭！"翠莲不语，看着岩石上东蹦西跳的姐姐。翠枝手上的草藤已经采满了，手都握不住了，害怕加害羞，故意不下来。

钱皮并不气馁。走去用小刀砍几截比大拇指粗点的树枝，削了皮，做成几根约一米长的小棍儿。他两手各拿根小棍儿，在草地上试着跳了跳，用棍儿在身上敲打几下。葛眼镜笑道："这就是霸王鞭？

拉什么曲子?”找块石头坐下，把二胡支在腿上，试试弦。钱皮道：“本来是用空心竹，两头有穗子，安的铜钱，甩着响——只要不拉‘病中吟’，节奏快的都行!”葛眼镜便拉起《喜洋洋》，节奏快乐奔放，钱皮踩着拍子跳起来了，跳着用棍儿互磕，用棍儿敲打地面、手掌、脚心、肩头、膝、腰、大腿。他一边跳，一边瞄着翠枝。音乐响起翠枝就惊讶转过来身了，怕这两人“黄鼠狼给鸡拜年，没安好心”，呆在高处，爱看不看，逐渐才看出了神。钱皮遂做出霸王鞭“鹞子翻身”、“雪花盖顶”、“黄龙缠腰”等高难动作，棍儿掷向草地、抛向空中，身体亦随之上下翻滚。葛眼镜一边喝彩，二胡拉得也更起劲。阿华对二人在深山空谷的表演先是茫然，后有所悟，歪嘴角扭鼻子做怪相，再后也喝起彩来。这时钱皮也像把翠枝忘了，完全投入到舞蹈中，跳得就像只野兽，就像山之精灵，就像山——地震和霹雳中的山，晃动崩塌而又未崩塌。翠枝跑下来了，胸口起伏着，手脚打着抖。翠莲手里早拿着两只白生生的木棍儿，她还在棍儿的两头拴上了花草，递给姐姐。

翠枝拿着就跳起来了，她已经看会了，她跟随钱皮像旋风中的飞鸟，像飞瀑下的鱼儿，像阳光中的彩虹，像炸雷滚过草地的回声。钱皮使完了霸王鞭十八般武艺，翠枝都学过去了并青出于蓝，她跳得更加咄咄逼人，更加婀娜多姿，钱皮终于精疲力竭、头晕目眩，双膝发软，跪了下去。跟着“嘣”一声响，葛眼镜拉断了弦。

翠枝煞住脚，钱皮瘫软的身体、瘫软的五官把她吓一跳，要去拉他，手没有伸拢就缩回去，把棍儿一丢跑了。

阿华叫道：“翠枝，翠枝!”骑马去追。翠莲叫道：“阿华，姐姐去洗澡!阿华，姐姐去洗澡!”阿华勒住马，回头看了一眼。钱皮坐在草地上，说："嘿，你去呀，你去呀，你只要不怕狼！"

阿华纵马跑几步，被雾茫茫的树林拦住了。阿华下马走进去，树干、石头、灌木都吐出烟雾，幻化成奇怪的形状，阿华眼里只有翠枝，还是高一脚低一脚走。他来到湖边，离翠枝不过几十米。阳光把团团雾气照成金色，翠枝那团影子也是金色的，洗澡的水声很清晰，就像仙乐。前面密布石头和灌木，根本走不过去，阿华只好呆在这里。他不断调换角度，不断揉眼睛，不断用手挥湖上的雾，甚至用嘴吹，可是作怪似的，雾越来越浓了。他当然知道野娃偷看翠枝洗澡变成水蛇的事，刚才一看见翠枝洗澡的身影他就想起这件事，但他什么都不顾了，很快脱了胶鞋下水，试探着水下是石头底子，心喜，慢慢向前走……

钱皮歪在草地上，教翠莲背儿歌："张打铁，李打铁，打把镰刀送姐姐。姐姐留我歇，我不歇，我要回家打毛铁。毛铁打了三斤半，娃娃崽崽都来看！"

翠莲问："啥叫毛铁呀？"钱皮晓得故意不说，道："回去问铁匠，啥叫毛铁。"翠莲问："姐姐留我在哪里歇呀？""嘿，姐姐出嫁了，你去姐姐家里耍。"翠莲嘻嘻笑，背儿遍背得了。葛眼镜在修理断了弦的二胡，思忖钱皮叫阿华去看翠枝洗澡的动机，一定希望阿华也变成水蛇，猜对一半。钱皮相信阿华穿不过那片林子，只能雾里看花，看水中的花。

钱皮教翠莲玩"手捉中指拇"：左手五指做一束，用右手圈住，猜哪根是中指。五根指头都只露一点，除大拇指不好办外，其他几根看去一样。翠莲猜错了挨打手板，钱皮捉住手边打边唱："手捉中指拇，倒打一十五。牛儿转个弯，倒打一十三。牛儿转个角，倒打一十六。里里昂昂打煞割（煞割意思是完了），问你要金要银要风要雨要秤砣？”翠莲嘻嘻笑：“要金！”“金是抽筋。”“咋抽哇？”钱皮右手食指弯成钩子：“背车过来，刮背心！”翠莲撩起衣裳让他刮背心，笑得喘不过气来。下次换成钱皮捉翠莲的中指拇，他一下就捉住了，又该翠莲挨手板。这次手板打完了，翠莲问：“要风是什么呀？”“吹耳朵。”钱皮撮起嘴唇。“雨是什么呀？”钱皮吐出舌尖，上面沾着口水。翠莲笑着尖叫：“嘻嘻，吐口水呀，不来不来！”“那来秤砣。”钱皮笑着晃晃拳头，“擂背，轻轻擂。”翠莲让他擂背。下次钱皮故意让翠莲赢了，翠莲嘻嘻哈哈：“这回我要抽你的筋！”钱皮趴下让翠莲抽筋，翠莲一只脚跪在他屁股上。葛眼镜冷眼看着，也禁不住笑了，心想醉翁之意不在酒，他是故作天真，还是真的变得天真？

隐约传来“救命哪……救命……”，像是阿华的声音。翠莲在钱皮光背上趴着，抬起头看。两个知青哥也望着声音的方向。跟着又有翠枝的声音，听不真切。葛眼镜道：“钱皮，你快去看！我不会水。”葛眼镜真的不会水，同时觉得事情蹊跷，不肯卷到钱皮的阴谋中去——如果钱皮有阴谋的话。

钱皮钻进树林，怪雾散去，看见翠枝在沿着湖岸跑，阳光照着她赤裸带水的身体像个金人。湖岸尽是乱石和荆棘，不知是由于心慌，还是石头滑，她跑得不如刚才石山上灵活。钱皮先到了阿华下水的地方，这里堆着他的衣服和胶鞋。他盯着阿华水底吐出的泡泡，又去盯跑拢的翠枝，慌得不知该如何分配眼睛，欣赏这两种美丽。翠枝在一堆尖石头上像崴了脚，他跑去想扶她一把。她着急道：“哎呀，你，你会不会、你下去救救他呀！”距离如此之近，翠枝身体虽然溜光，裹着几丝薄雾，钱皮怎么也看不真切。他挥挥手甚至用口吹，想把雾弄干净。翠枝跺脚问："你不会游泳？"她哭了要跳下去。钱皮这才转念蹬脱鞋子，跳进湖里救阿华。此处湖底是长着青苔和水草的整块岩石，滑溜溜的，他吃了几口水才把阿华拉上来，阿华肚皮已经鼓圆了。

钱皮把阿华抱在一块大石头上，俯卧着，压迫他把水吐出来，然后又做人工呼吸。翠枝焦急站在旁边。阿华慢慢睁开眼，一下瞪圆了，翠枝这才意识到自己没穿衣服，忙躲到钱皮背后。对阿华而言，这真是欲盖弥彰呀，不仅身体，还有她和钱皮的关系！他闭紧双眼，从眼角挤出两粒泪珠。

7

钱皮和翠枝斜卧在铺满春阳的山坡上。翠枝周身五颜六色，是迎春花编的衣裳，额上戴一串白色的野山樱。蓝天垂下的云脚像丝带在她身上飘。她身上一会儿落几只山雀，一会儿爬满蜜蜂，一会儿脚边拱出两只野鼠，稍远还有灰兔、野羊探头探脑。钱皮只好坐远点儿，他大把采撷蒲公英、野荠、开着小花的茼蒿，树上的春芽，大口吃起来，惹得翠枝向他跑来，抢他手中的野菜吃，跟他嘻嘻哈哈滚在一起。

他们身边这条山溪下泻后奔过几道山梁，溜进竹林里，在那里浪花平息了，一条舒缓的小河从嘿木大院和铁匠铺之间流过。人们在坡上犁田、栽秧、薅苞谷草，春风扑面，春阳撩人，春气氤氲，不免做做歇歇。女的六七人洗完了澡坐卧在树丛中，树叶筛下的光斑将她们赤裸的身体弄得花糊糊的，在男人们不经意瞟过来的目光中产生了朦胧美。一群男的洗完了唱起歌来，女的在这边和，像山间的雀鸟一样。

翠枝是混血儿所以会跳锅庄、吹口弦。彝族姑娘个个吹口弦，可削口弦是小伙子的事，彝族小伙子还会为口弦做个精致的小竹筒，系上缨穗，一并送给自己的情人。姑娘将此珍爱挂在胸前，既是装饰品，又是乐器，两全其美。钱皮也用金丝竹为翠枝削口弦。无数次失败竟不灰心，终于手指上起了一道又一道伤口，终于他从连篾刀也不会拿现在成了个好篾匠，这也不知是所做成的第几支口弦了，这支翠枝吹起来特别好听。“我还要给你刻个竹筒子。”钱皮道。“那你赶快呀！你做好了我要拿来挂在胸口上。”后来翠枝赶羊到树林背后去了，钱皮一边目送她，高兴得在阳光下眯起眼睛。

翠枝现在洗澡后穿用干草搓绳编的衣服。钱皮对她说你用草绳编这编那，也可以编衣服穿呀！她真的编成了，这衣服意外漂亮。衣服后面隐约露着她的肉体，钱皮看着一会儿像野兔，一会儿像孔雀，一会儿像只狼，一会儿一丝不挂，但他已没有要去撕咬和吮血的念头了。

钱皮和葛眼镜的出现给翠枝带来了快乐，山野里她有好多话，没有说话的人罢了。一旦有，她就要打破沙锅问到底。她坐在草地上编织，前面有只公羊骑在小母羊背上，这只小母羊承受不了它的体重，屡失前蹄。这她见惯不惊了，以为是在打架玩耍。“嘻，”她对钱皮和葛眼镜说，“这只公羊光爱打架。”“不是，是结婚。”葛眼镜说。“咦，结婚?”钱皮趁葛超背过脸去，向她耳边道：“以后我们结了婚，我就像这只公羊。”翠枝脸上掠过惊讶的表情，随后一直闷闷不乐。

两个知青哥撺掇她与阿华退婚约。她道：“你们给我爹说呀!”

“嘿，你是你自己的呀！你的身体是你自己的，头脑是你自己的，用得着给爹说？”“嘻，我自己的？”“是呀，村里的人都在山脚放羊，你偏要到山顶放羊。村里的人都在小河洗澡，你偏要到湖里洗澡。村里的人都不会用草编小兔呀，小熊呀，你天生就会，因为身体是你自己的，对不对？”“嘻，那就不给我爹说。”“那你想嫁给谁？”葛眼镜乘胜进击，不无逗乐的意思。“我想嫁给你！”翠枝真的很喜欢葛超，有时觉得他像爹爹和蔡大叔。葛眼镜连忙摆手：“哦，不行，我结了婚了！”这时他还有点恐惧，怕遭钱皮暗算。翠枝马上又对钱皮说：“我想嫁给你！”“那好！”钱皮说，走拢单腿跪着，执着她的手：“你再说一遍！”“我不说了！”翠枝笑着跑开了。

她去摘一朵花，有只蝴蝶抢先落在花上了，一直不肯飞开。她问两个知青哥：“嘻，蝴蝶和花，哪个是女的？”两个知青哥对看一眼。葛眼镜道：“她肯定想问，是花嫁给蝴蝶，还是蝴蝶嫁给花——喂，是不是？”“嗯！”“你说蝴蝶和花，哪个好看？”“都好看！”“都是女的，人才是男的！”“我也是男的？”“哈哈哈……”大山飘荡着笑声。葛眼镜又说：“有花有蝶，还有女人，都是为了好看。”“嘻，那为啥山上的花没有人看，还开得那样好看？”两个知青哥被将了军，只好傻笑。翠枝打个抿笑又问：“罂粟花最好看了，为啥要铲它？”钱皮说：“你晓得罂粟是用来制鸦片的，这里叫大烟，人抽大烟上了瘾的话，就会中毒，骨瘦如柴。”“呀，不像你说的！大烟是药呢，每次翠莲生了病，妈妈吸口大烟朝她一喷，病就好了。罂粟叶子、种子都好吃，大烟还能当钱用！”两个知青哥无语。她问：“诶，地里可有比罂粟更稀奇的东西？”

“怎么没有哇？”钱皮说，“金子银子。你爹是银匠——你见过金子没有?”“没有。”翠枝眼神变得迷惘,“银首饰就最漂亮了……为啥有了银子,还要金子?”两个知青哥眼神也变迷惘了,都在绞榨自己的脑汁。“就是,”葛眼镜灵机一动,“有了翠枝,就不要有更漂亮的女孩了,是不是?”“你老婆才漂亮!”翠枝拿鞭子打葛眼镜,葛眼镜刚才说他有老婆。葛眼镜躲开了她的鞭子。“她打我的鞭子我不会躲。”钱皮想,有点吃醋,“还希望她咬我,拿刀子戳我……啊呀,我真的迷上她了?真的想娶她?”

一队野鼠从他们面前跑过,这是母鼠领着一群儿女在奔跑,小鼠一只衔着一只的尾巴,蹒跚又机敏,调皮又可爱。葛眼镜急促道:“嘿,野鼠!”赶快跳起来,抓块石头。钱皮伸手把石头夺了,葛眼镜一愣,钱皮朝翠枝努努嘴。翠枝正微笑看着这支小队伍。“嘿,你不讨厌野鼠?”葛眼镜问翠枝,又对钱皮道:“你就不说了,是以她的好恶为你的好恶。”“不讨厌呀,你们为啥讨厌野鼠?”“起码,它啃草呀!它和你的羊争草!”“噢,它啃草?山上的草呀!它也啃,羊也啃。”“嗯,”钱皮跟着道,“真的不公平。人还砍山上的树呢!一片一片砍。”

翠枝心中有个解不开的结。她带两个知青哥到那座水蛇游来游去的湖边,像喃喃自语问:“他为啥要下水呀?都说他后来变成了这些水蛇!”钱皮说:“哼,他想偷看你,不怀好意!”“那你呢?你也一样!”钱皮愣一下,还以为她对“偷看”根本不以为意。她苦笑:“偷看,又没有吃我……你说,这些水蛇究竟是不是他?”“是他怎样?不是他又怎样?”“是他,他就没有死。”

钱皮和葛眼镜问她:“哎,你爹为啥把那个女兵的像挂在墙上呀?”“好看,他喜欢呀!”翠枝反而奇怪看着两个知青哥,“就跟我把花草挂在墙上一样呗！”

葛眼镜对钱皮说他来看翠枝是为了诗。说翠枝的神和形都是诗，当然也包括她野外的睡态。翠枝睡在大地的曲线上，她发出的鼾声像草虫歌唱。她的身体正在发生变化，乳房才开始隆起，就像坡地撒下的苦荞。苦荞撒下后几乎不用管它，随风而长，这山上的青草树林和岩石都在随风而长。翠枝脸上做着香甜的梦，身上带着青草和羊奶的芬芳。她换个侧睡的姿势，身体线条像她枕着的山脉一样柔和自然，令人陶醉和窒息。这时的葛超后悔对翠枝说自己结了婚的，但已无可挽回。

8

翠枝曾带着她草编的小篮子、小斗笠、小披毡、小狗、小熊这些去赶场，无人问津，令她伤心而返。可她从未去过县城。葛眼镜队上的车来拉木料，钱皮想带她去 L 县，就对她说，这里赶场的人只为了好用，所以不买你的东西。城里人不光为了好用，还喜欢好看的，好玩的，你编的小玩意进城肯定能卖钱。翠枝坐进驾驶室，钱皮跟葛眼镜坐在木料堆上。车一发动，翠枝脸就白了，抓着司机的手。峰回路转，司机技术高超，车如脱缰之马。翠枝嚷个不停：“哎，要撞崖了！”“哎，要开下沟去了！”“哎，要翻了！”她还伸手抓方向盘，真是惊心动魄。司机心头火冒，又不好叫她闭嘴，怕这样更糟。翠枝又叫道：“哎，我要吐了……”司机只得停车让她下去呕吐，她每次都只呕出些清口水。

车到县城，钱皮带翠枝下车，去毛羽家。毛羽和杜文杰见了翠枝都很喜欢，毛羽对钱皮道：“翠枝好可爱呀，而且她身上有种特殊气质。”晚上一同出去逛街，想让没见过电灯的翠枝观赏“星星落万家”的景象。可翠枝并未左顾右盼、手舞足蹈、充满惊讶，也没有提诸如“为啥树干立在路旁，上面挂满了蜘蛛网”、“这新楼房真奇怪，烟囱高哇门口挂个大木牌”之类问题，神态反而有些冷淡。广播在唱：“天大地大不如党的恩情大，爹亲娘亲不如毛主席亲，千好万好不如社会主义好，河深海深不如阶级友爱深。毛泽东思想是革命的宝，谁要是反对它谁就是我们的敌人！”结尾斩钉截铁，一字一顿。完了又唱：“太阳最红，毛主席最亲，你的革命思想永远照我心……”路上走的人也跟着哼。翠枝问毛羽：“你们见到过毛主席呀？”毛羽朝钱皮努努嘴：“他见过。”钱皮说：“嗯！在北京，我们排在路两边，一层层的人，人山人海，颈子都望酸了，脚站硬了，毛主席的车子‘呜——’开过去。”“你到毛主席家吃过饭哪？”杜文杰笑道：“钱皮，你对翠枝吹些啥子牛呀！”钱皮道：“我咋会跟她吹这种牛，没有意义，她连毛主席是哪个……”杜文杰撮起嘴唇：“嘘——小声点。”毛羽对钱皮笑道：“我晓得她为啥这样问你。”“我也晓得。”杜文杰道：“你两个打啥子哑谜？”毛羽笑道：“回去再跟你说。”

几人沿最热闹的西街走个来回，又在车站广场站一会。杜文杰道：“去百货公司呀！”毛羽笑道：“晓得，不要你说。”翠枝跟毛羽进了百货公司，这才瞪大好奇的眼睛。这里商品尽管不多，有的货架还空着，可在她眼里完全称得上琳琅满目了。钱皮苦于从山上下来，荷包没钱，又不好开口向毛羽借。毛羽早看出来，塞五块钱在他手里。翠枝喜欢的是绘有花鸟虫鱼的东西，进去就在卖铁壳热水瓶的货架前站住了。铁壳热水瓶的图案有白雪红梅、绿叶牡丹、喜鹊闹梅及熊猫、金鱼等，也有抽象的，几条斜杠和一些光晕。翠枝在看热水瓶，别人在看她，她凝神、喜爱又挑剔的表情让毛羽都心动了，心里连呼有趣，连呼她好可爱呀！杜文杰、钱皮内心更别提了。钱皮手上的钱只够买一只 5 磅小号热水瓶，她选中了 8 磅的咋办？他正在着急，翠枝已走开了，钱皮松了口气。

卖床单、被面的柜台一样也是花花绿绿的，翠枝同样站了很久。杜文杰和毛羽忐忑不安，心想如果钱皮付不起钱的话，就由他们付，可这里只有最贵的丝绸被面才不要布票或工业票，价钱几乎相当于他们两人加起来的工资。可钱皮表情轻松，还安抚似的对杜文杰和毛羽笑了笑，他知道翠枝的眼光，她看不起铁壳热水瓶上的印花，也肯定看不起这些床单、被面上的印花或刺绣。果然，翠枝又一言不发走开了。她来到卖工艺品的柜台前，一眼看见那些才指头大的玻璃小动物：小猪、小兔、小猫、小羊、小猴，顿时笑逐颜开。她起先看热水瓶、被面，都是隔着柜台看，这才第一次叫售货员拿出来，手指捏着看，摆在手心看。钱皮喜在心里，抢在前面对售货员说每样买一个。结果一共 16 样，要 8 块钱！旁边毛羽看着他尴尬的神情，打个抿笑，把钱付了。

毛羽随后说："翠枝，我给你买样东西！"带她向百货公司另一头走，对杜文杰和钱皮笑道："你们不要来！"钱皮说："那在电影院门口等。"

电影是《红灯记》。翠枝坐在钱皮和毛羽中间，聚精会神，剧中人的喜怒哀乐都在她脸上复制出来了，可她几乎没有说话。散场后毛羽和杜文杰主动问她，第一次看电影，顶有意思吧？顶好看吧？“嗯，也是科学呀。”她说。原来此前她问电灯，问收音机，问广播，钱皮纠缠不清时都用“科学”二字概括，难怪她可以举一隅而以三隅反了啊！杜文杰故意逗她：“电影中的铁梅跟你差不多大，长得也像你。”“不像我，”翠枝很惊讶，摇着头说：“一点都不像！”不像就不像吧，她这样强烈的反应却让杜文杰和毛羽感到惊诧。“哈哈”，钱皮笑起来，对毛羽和杜文杰道，“一个口口声声唱打豺狼，而且还要祖祖辈辈打下去，一个恰恰喜欢豺狼，喜欢熊，喜欢野鼠，喜欢一切的一切！咋像？肯定一点都不像！”毛羽听了不禁就在街头上拥抱了她，这可是翠枝头次被人拥抱，也是毛羽头次在街头与人拥抱。行人们有的十余年没见过这情景，有的压根儿没见过这情景，幸好这时“文革”火药味已经淡了。杜文杰和钱皮咧嘴笑，一个想两个充满怜悯的女人哪！一个想我心坎上的两个女人哪！

毛羽平时见彝胞手脸上都有层油垢，觉得翠枝意外干净清爽。对钱皮道：“哎，你的翠枝，我看她头发干干净净的。”钱皮笑道：“不但干净，还有股清香味。”“哼，清香味我没有闻到，你心里的吧？”“她天天都在高山湖里洗澡，洗了澡，身上又插满了香花香草，你说有没有清香味？”这晚钱皮去另外朋友那里睡，翠枝在毛羽家睡。回家很晚了，毛羽去锅炉房看了还有热水，带翠枝去浴室洗澡。翠枝站在莲蓬下淋着热水，好享受哇！毛羽还用香皂给她洗头发。翠枝露着的皮肤像缎子般浅黑发亮，胸部和大腿皮肤还是白嫩的，一如所有的女人。她发育的乳房像两颗桃子，毛羽想我们的都像包子，我十五六岁屁股也没有她的圆，想摸一摸，干脆通身给她打满香皂，通身给她搓洗起来了。翠枝笑嘻嘻的，搓到痒的地方更笑出了声。毛羽觉得自己也是一种享受，感慨自己虽有过与她一样的青春，何尝有过她的天真、无邪、可爱!

毛羽在百货公司神秘兮兮给翠枝买的东西，是副胸罩，此物在L县百货公司柜台亮相的时间不长。洗完澡，毛羽给翠枝试一下，正合适呢，翠枝咯咯直笑。毛羽还在欣赏，翠枝却把它取了:“毛娘，我不戴!”“啊，不舒服?”“嗯!”翠枝对胸罩看着喜欢，一戴上就觉得不舒服了，她每天挂在身上的枝藤并不这样勒着呀!毛羽想出了说服她的理由：“钱皮说你喜欢跳舞，喜欢在山上跑呀，石头上跳呀，嘿，你跳舞的时候，在山上跑的时候，戴上才觉得舒服呢!不光舒服，身体还更灵活!”翠枝这才又笑了，想想说:“我自己做。”“哦，你用草和藤子做?”“嗯。”“跟它一样的?”“不一样。”

次日，钱皮带翠枝到南门集市去卖她的编织物。来早了，街上行人稀少。钱皮见有家茶馆开门了，就在这茶馆门口的街边铺张塑料布，和翠枝将藤、草编的小包、篮子、帽子、垫子，还有熊、狗、山雀、画眉、猫头鹰这些摆了一地。钱皮找茶馆老板借个小板凳给翠枝坐着，自己坐在茶馆门口喝茶。半天没人光顾，四面八方飞来些鸟儿，不落别处，都落在翠枝的小摊上，叽叽喳喳，跳来跳去。翠枝笑微微看着它们，像窃窃私语般跟它们说话。

一个十来岁的小孩轻手轻脚走过来，站在翠枝背后，举起弹弓。“咳!”钱皮咳嗽声。翠枝回头看一眼，忙“嘘嘘”叫着，挥手驱赶雀鸟。雀鸟轰然飞起。几只没飞的还在小摊上跳跃。翠枝无望伸出两只张开的手掌，像要替小鸟们挡住弹丸。

弹丸落处，一只麻雀跌倒了。翠枝忙将这只受伤的麻雀拾起捧着，眼泪也跟着流出来了。那小孩冲上来，伸手问她要，进而要抢：“我的！我的！”“你，你……不是你的！”“是我打着的，是我的！”“你打着的，你打伤了它，怎么是你的？”“呀，那你拾着了，就是你的？”“也不是我的，是天上的！”她哽咽着，抗拒着孩子的抢夺，困难的是她还要护着鸟儿，她握着麻雀的一只手藏在背后。

毛羽来了，见此情况，又见钱皮坐着没动，她也没干预。孩子妈妈本也作壁上观，翠枝的话把她惹恼了，上前道：“你这丫头，咋讲歪道理！天上的就是我儿子的，哪个打的哪个得！”可翠枝反而冷静了，不与这个女人对垒，仍问那孩子：“那你是哪个的？”孩子正瞪眼做出很凶的模样，被她问得愣一下：“我，是哪个的？”“你是你妈妈的，是不是？”“就是！”“那它也是它妈妈的！”母子俩都被她的话搞晕了，女人反应过来大声道：“那好，你把它还给它妈妈！你还不还？你拿不拿来？不跟你讲疯话！”孩子倒不做声了，像想着什么。钱皮这才走过去说：“好了不闹了，她会拿去还！”他拿起地摊上一只草编的小熊对男孩说：“拿去，送你。”

男孩拿着小熊便走了。女人正在火气上，也没看见拿给孩子的是什么，还要发作，见儿子已经远去，便屁股一扭走了。

翠枝从怀里取出藏着的麻雀，想看看它的伤，抚平它弄皱了的毛羽，但她还没有来得及做什么，麻雀一扑翅就飞上天去了，它想必刚才只是受了惊吓。

这一切不过几分钟光景，就又恢复了清静。又过一会，小摊开始有人光顾，拿起一件问多少钱？因事前翠枝也不向钱皮和毛羽请教，该如何定个价，二人都屏息静气听她回答。翠枝笑答道："你喜欢哪？随便给。"这人自然也就愣了一愣，开始掏钱，翠枝取过其中一只小篮子递到他的脚前，这人很干脆把钱丢进去了。如此这般，她不到一个时辰就卖完了所有东西，笑眯眯站起来，对故意望着别处的钱皮和毛羽喊："嘿！"

第十四章　梨花纷纷扬扬

1

钱皮给毛羽运来一方半木料，送给他们做家具。下乡知青每人有一方木料的伐木指标，用来建房，钱皮知青组有三方木料。钱皮在山上就跟田队长说好了，不用建房，这三方木料留一半给队上，另一半他拿去做家具。木料运到县医院后院，钱皮到牙科室去找杜医生。杜医生把家里钥匙交给钱皮，低声道："你先回去——后边院子里住了个人，你去就看见她了。"听口气是个熟人。

毛羽在后院挨厨房搭建一间小屋，门关着的。钱皮和农民把木料堆好，送农民上车走了，又走回小院。这时小屋门开了，秋霞微笑走出来。她怀里抱着婴儿，头发有点乱，眼皮稍有点浮肿，可皮肤还是光彩亮丽，身材也没有改变。钱皮眼睛一亮，瞬间觉得她很像圣母——"文革"中砸教堂的圣母像，砸之前看过几眼的，印象深。

“哦，秋霞，你生了!”“都三个月了。”“哪天回来的?”“昨天。”“浪子，他现在……”钱皮不知问浪子合不合适，还是忍不住问了。秋霞容颜平静，道：“昨天我把娃儿抱到拘留所去了，给他看，他的女儿。”钱皮心头一热，走拢看她的女儿，低头之际又看秋霞一眼。秋霞也看着他，眼珠稍微有点斜睨，目光稍微有点狡黠。钱皮对秋霞眼珠又爱又怕，此刻只有爱的份，可以让它穿透自己的心。秋霞见钱皮眼瞳有亮光会转动了，面孔变柔和了，暗暗称奇。隔这么近，额头差点挨着了，两个心都在跳。钱皮用食指去触摸婴儿娇嫩的脸，过去秋霞一定会避开，她此时也没多想，就把婴儿递给钱皮：“当叔叔的喜欢，就抱一抱吧!”钱皮双手抱着婴儿打个旋，转回来腾出右手，竟冲动想把秋霞也抱起来，抱着她母女俩在院子里转几圈！秋霞像看穿了他，退后两步。“钱皮!”她叫道，“你变了!”钱皮惶惑站着，抱着婴儿，因刚才非份之念，等着挨她的骂。

秋霞接过婴儿问：“你怎么变的?”钱皮听不懂她的话，心想我始终很爱你，明明是你变了，不再回避我，可能因为你有了娃儿。反问：“我始终如一。你怎么变了啊?”秋霞偏说：“我是因你而变。说呀，你怎么变的?”钱皮背后传来毛羽的声音，毛羽走进院子说：“你两个莫打哑谜了。钱皮，我也想问秋霞的问题，你怎么变的?”钱皮一直怔着，她又道：“不说了，以后再说。”

钱皮说：“毛老师，秋霞住在这里，像毛老师在金屋藏娇。”秋霞说：“我顺便给毛娘带点东西来，她看见娃儿有点拉肚子，就硬要我住两天，等娃儿好了走。我说毛娘，我住在这里不影响你们？她说影响啥子？就算浪子有打砸抢，你又没有打砸抢，你娃儿才几个月。”毛羽说：“进来喝茶。”她实际冲的咖啡，道：“这咖啡豆还是范正勇和孙广厚送的。”

秋霞呷着咖啡又说：“钱皮，我不相信我的命苦，我遇到的都是好人，毛娘、杜医生、林芬、长江、豆腐、屈彬他们，还有你……”钱皮道：“我不算。不过以后，你有事情尽管带信给我。”秋霞道：“尤其是林芬两口子，浪子关起来后，林芬怕我怄气影响娃儿，叫尹老师送我回省城。我走了，她就代我去看正勇。她那天像农妇一样，用小背篼背着一岁多的儿子，手里还提着几斤炒面、一瓶猪油、一块干巴牛肉，到县城拘留所去探监——噢，我说这些你想不想听？”毛羽道：“他想听，你说。我听过了都还想听。”钱皮道：“林芬不简单！而且从你们宛丘到城里，不通车。”“哼，你们不晓得，好艰难！走几十里路都不说了。她后来说，在登记室里她拿着表格，在‘关系’栏里下不了笔。她想填成表妹，又怕要先拿进去核对。管监的看她拿起笔犹豫，马上就怀疑了，问她，你们是啥关系？林芬只好说，我跟他爱人是一个组的知青。管监的说，啥子？还以为你是他婆娘！走走走！做起要推她的架势，她背着娃儿，才没有真的推。林芬赶忙说同志，他爱人是大肚子，就要生了，走不动，所以我来……管监的说，走不动就算了，他又没有死，非要来看？走走走！声音把背篼头的娃儿都吓哭了，林芬肩膀抖啊晃啊都没有用，只有蹲下来，把背篼搁在阶沿上，然后把娃儿抱出来，取出先就准备好的奶瓶，想坐下给娃儿喂奶。本来岁多的娃儿可以吃稀饭、米粉，出来不好带，带的奶瓶。管监的还硬要撵她走，出去出去！手把桌上装炒面和干巴牛肉的包包一推，奶瓶哐当掉在地上，摔得一地的牛奶和玻璃。这一来，管监的看到断了娃儿的奶，才不吼了。娃儿又不懂你是个啥地方，好阴森好恐怖，一直哭。林芬也差点哭了，都隔了好久的奶了，迫不得已，也不顾管监的在旁边，她捞开衣裳，拿咪咪把娃儿嘴塞住。后来，管监的态度才变了，她才终于见到了正勇。”毛羽轻轻叹了一声：“说明管监的也还有点人性，或者说，人性的种子。”秋霞淡淡一笑：“特殊情况，萌了点芽。正勇说的话，就是他不晓得还要关好久，我娃儿生了，一定要把娃儿抱去看他。我所以娃儿才三个月，就回来了。”

次日是星期天，毛羽带着圆圆，同钱皮去琼海划船。她问并排摇桨的钱皮：“记不记得昨天秋霞问你的问题，你怎么变的？”她见钱皮一脸茫然又道：“我昨天到现在一直都在想，你若自己回答不了，我帮你回答。你变了，不是头脑变了，是你的血液变了。虽然头脑是人的中枢，可头脑要受血液哺育和影响。这就是为什么有些思想者会做出疯狂的举动，毁灭人间，毁灭自己，是血液让他疯狂的！因此只有雍容、平和、净化的血液，才能产生一颗冷静、有益、造福的头脑。”“呃，那么，你的血液……”钱皮深情看着她。“我的血液……我的脸好烫。”

2

李丽华那晚在晒坝怀孕，随后与老猿办了结婚手续，这时生个儿子。农场解散后青豆和小鱼回到原来队上，听说了来看望，就住在她这里帮忙。这天青豆、小鱼队上带信说有小鱼的包裹条，小鱼回去，收到署名是陌生人寄来的一个包裹，打开看，却是两件带异国情调的丝绸衣服，小鱼马上猜到是屈彬寄来给她和青豆的，激动得要哭。拿去给白素华、黄心华、九妹看了，又赶快过河回李丽华这边来。小鱼叫青豆先挑一件，青豆说你先挑。其实两件都一样好看，只是颜色不同，一件桃红的，一件杏黄的。李丽华说：“你两个真是，青豆是妹妹，你就先挑嘛！”青豆就拿了这件杏黄的，舍不得穿。小鱼马上就穿在身上了。小鱼穿好后虽然转来转去看，还是看不到背后。青豆见她这样儿，激动得差点哭了，旋又笑着，拿面圆镜，替鱼儿前前后后照。小鱼后来独自又跑到水边去照，呀，水中哪是小鱼呀，是株花朵满枝的桃树！

这时大队书记来了，问李丽华袁鸣三在不在？叫他一起到大队去一趟，有事情。李丽华说：“他在！”就转身进屋。她转身眉头就皱起了，觉得大队书记的样子，皮笑肉不笑的，有名堂。屋里老猿抱着儿子在屙尿，听见书记的声音，问李丽华：“啥子事？”李丽华急促说：“不晓得。如果是那件事，太阳，你打死不承认，这件事只有我们两个，你知我知。我连大姐她们……”把头一摇，意思是我任何人没有说过。话没说完，时间不允许他们多说话，书记有可能脚跟脚进来。

老猿走了约一个小时，李丽华就跑到大队去看，人哪里在大队，说直接到公社去了。她到公社，又说已经到区上去了，参加学习班。李丽华已基本上明白了，还是故意问：“办啥子学习班哪？办几天？他东西都没有拿！”

老猿参加的是“有政治问题”对象学习班，人员复杂。其中“问太阳”一案，经过长期不懈调查已锁定老猿等几个人。

李丽华回来也未说啥。青豆和小鱼一整天都处于甜蜜和激动之中，她不忍心打扰。次日一早她把儿子交给青豆和小鱼，带老猿的洗漱用具等走十几里路到区里。老猿出来见她时有人跟着，说话时就站在旁边。老猿说了这学习班是清查给中央“文革”写信、写反动诗、收听敌台和给敌台写信等反革命事件，说这些都和自己毫无关系。李丽华也故意道："哦，原来是这些事情，完了你早点回来！"

李丽华从区上回来，这才把发生的事情对青豆、小鱼说了。她俩遂从天堂跌回冷酷的人间，青豆低声问："那，《问太阳》究竟是不是他写的？"李丽华不语。青豆和小鱼也就意会了，劝她要多往宽处想，只要没得证据就不怕。李丽华却冷笑了一声说："要证据？农场学习班打人捆人，把笑虎、花枪整死了，把加强排的都弄来吊起，把浪子、小和尚打得九死一生，连尹长江都要整，有啥子证据？"小青、小鱼听了，想起农场学习班血腥的一幕幕，打着哆嗦。李丽华又道："一旦老猿熬不过刑罚承认了，必判死刑……我想今晚就去救他。"小青、小鱼吃惊道："哎呀，你得行？""我不得行？哼！"李丽华进屋去，出来手里捏把手枪，"哗"退出里面的子弹，亮给二人看了，重新装上。小青、小鱼面面相觑，半晌道："救出来，救出来你们往哪里跑？"

李丽华不答，出去站一会进来，在窗前呆坐着。青豆和小鱼对坐在婴儿的摇篮边，面带愁容互相看着，小鱼脸上挂着泪珠。青豆走去扶着李丽华肩头，李丽华头也不转，说道："去找屈彬！"青豆眼神一下就亮了，惊喜说："二姐，我们想到一块了！""他的包裹单呢？给我看看，他从哪里寄来的包裹？"小鱼一边推着摇篮，细声说："包裹单我没有带来，我放好的。他乱写的名字，可能地名也是乱写的，只有看邮戳，我明天去拿来。""赶快，今天就去。""那等吃了饭。"青豆说。"哼，我还要打死那条虫，才甘心。""你说哪个？"青豆和小鱼慌忙问。李丽华不语，她心里想的是老猿在诗社最好的朋友小胖。她一时冲动把诗给小胖看过，说"捡来的"。小胖表情说明他知道是老猿写的，心照不宣。有人揭发准定是他。青豆忙道：“二姐，你不要这样，你们儿子，还没有满月。”“青豆，小鱼，我儿子就托给你们两个，带给他婆婆爷爷。”李丽华咬牙切齿说。

青豆和小鱼做好饭，李丽华说不想吃饭。青豆问：“二姐，你想喝酒不？我炒黄豆给你下酒？”李丽华点点头。青豆就倒点油在锅里，抓两把黄豆放进去炒，炒香了撒点盐盛进碟子。小鱼取酒出来，这是为再过两天娃儿满月准备的酒，青豆说：“小鱼，我们陪二姐喝点。”小鱼摇头：“我不喝，你们喝。”李丽华坐拢来端起酒杯说：“举杯消愁愁更愁！”一口喝了半杯。青豆抿一小口。李丽华说：“小青，你能喝酒嘛，过抿？”青豆说：“好嘛，二姐，我说了的，陪你喝！”喝一大口。李丽华一口又喝了剩下的半杯，青豆又给她斟满了。李丽华说：“小青，小鱼，你们给二姐壮胆哪？”连饮几杯，醉了，青豆和小鱼扶她进里屋去睡。青豆喝酒脸红，此时面带酡颜。小鱼看青豆从李丽华箱子摸出布缝的装着手枪的套子，不知她是醉了，还是安心的，欲言又止。小青递眼色给她，一起出来。小鱼问：“你做啥？”青豆说：“你守着二姐，她万一醒了问，你就说你不晓得。”“那你走哪里去？”“我想拿去甩了。”“甩不得，二姐掐死你！”“那我去找个人。”“哪个？”“我去找钱皮——这里只有他。我一会就回来。”“哎呀，钱皮，凶死了，跟我们话都没说过……”“再凶，他也是知青哥，屈彬都信任他。”那次抢跛子铁匠的事，李丽华闪闪烁烁对小青、小鱼透露过。小鱼便顺从说：“那，你去。”青豆走两步又被叫住了：“不忙，你要跟钱皮说，屈彬跟我们……”“唉，我晓得说！”

钱皮棠棣一队在北风头。青豆想我要尽量不让人晓得我去过他那里，从株林十队老猿家出来，先朝安宁河边走，至白鹭滩又沿河而上，再折向西走进柏舟坝子。钱皮碉楼在本队南端，青豆不多会就走拢了。碉楼门扣着，闩根芦苇秆儿。不知有没有人，知青哥长期不在都往往不锁门，就闩着。青豆走拢把门推个缝儿，闻到一股锅巴香，锅里焖着饭呢！钱皮是出去一会，马上会回来。她摸了摸发烫的脸，又回头看一眼，拔了芦苇秆儿进去。进去是间偏厦，做厨房用的，右侧是进碉楼的小门。小门虚掩着，里面有没有人？管他，有也是知青哥。她揭开锅盖看焖好的饭，又在灶前坐一会，哪里坐得住呢。站起来，轻轻走去推开小门看了看，有阳光照进来，空的。大着胆子进去，靠墙一架上楼的梯子，顺脚上几步梯子。头刚探出去，看见床上伸着几只脚，吓得颈子一缩，一溜烟下梯子跑出去。

钱皮正沿着墙根走回来，端个筲箕，里面有棵卷心白菜和几个苤蓝。一眼看见有个知青妹从他屋里出来，慌里慌张的，是青豆？钱皮与青豆、小鱼认识而已，在农场根本连招呼都不打。青豆出门左右张望，一眼看见钱皮，叫道："钱皮！"浑身高兴得抖、害怕得抖。"咦，青豆！""我来找你。""找我？""嗯！有件事……""嘿，那你刚才进去……你上楼没有？"青豆抿紧嘴角。钱皮明白了说："没关系，走，进去。"青豆既不知那几只脚是谁，而且这事不管谁都不能让他知道，头摇得像拨浪鼓："不，我只说给你一个人听。"

3

碉楼上吓着小青的二人，也很伤钱皮的脑筋。钱皮从外面回来，见闩门的芦苇秆儿拔掉了，一推门，挡个小板凳在里面，问："哪个？"推开进去。里面碉楼门虚道缝儿，露只眼睛在看，然后门一开，是浪子和小和尚两个！钱皮心想你二人关起的呀，不露声色道：“哈，浪子！小和尚！”浪子也有些紧张，不是怕他会去告，是怕他不高兴，故作轻松道：“哎，头回到你这里来，又是突然袭击，方不方便？”钱皮道：“有啥不方便，坐！”厨房几个小板凳，都坐下了。

钱皮对浪子道：“我前不久在毛老师家里看到秋霞，抱着娃儿，她说她才去拘留所看过你。”浪子、小和尚听他开口就提到秋霞、娃儿，神色缓和了。浪子道：“我跑出来了！我等宣判不晓得会判几年，我有娃儿了，我要养老婆娃儿！”“龟儿，饿得很！”小和尚叫道。浪子道：“才出来，觉得你这里保险，因为农民都认不得我们，来找点吃的。刚才我们一直在楼上窗口看你。”钱皮道：“那我马上煮饭，你们还是上去，我饭煮好了叫你们。”

浪子、小和尚又上楼去，靠在床上。浪子对钱皮放心，闭目养神。小和尚心里嘀咕：“龟儿，他会不会出卖我们？”结果比浪子先打鼾。

李丽华跑来了，推开两道门，上了楼梯。她因枪、诗稿随青豆不见了，手脚是软的，好容易才把两个睡得像死人的家伙从床上拖起来：“怪了，你两个在这里！越的狱？”“哦，二姐！”浪子坐起来，“钱皮呢？饭煮好了没有？”边说边匆匆下楼，小和尚跟着。却见饭焖好了，灶头放着棵白菜和几个苤蓝。浪子问：“二姐，是钱皮叫你来的？”李丽华道：“呸！你们咋来的？看见小青没有？”小和尚把锅盖一揭，俯身吹开蒸气，看饭的生熟，叫道：“老子饿慌了，吃一碗再说！”从碗架上取两只大碗，拿锅铲紧贴锅底，把下面的锅巴翻上来，喷香！铲两碗，也没有菜，就埋头吃起来了。浪子也忙着吃。李丽华急得想夺他俩的碗，看他俩这般饿相，才忍住了。她灶头、碗架四处看，看见窗台上有两个豆豉饼子，拿一个拍了灰，硬邦邦的，用力掰开，分成小块丢在二人碗里。二人吃得更香，浪子这才边嚼边问："二姐，啥子事？你找小青？""嗯！看见没有？"浪子又不说话了，等这碗饭吃完，才说自己是从看守所跑出来的。这里咋会有小青？又添碗饭。李丽华想老猿的事有没有必要对他俩说，仍说了。浪子道："嘿，天意！你要救老猿，正好我和小和尚就来了！"

小和尚几碗饭下肚了，一直顾不上说话。此时丢了碗说："锤子，找钱皮拿枪！"李丽华说："小鱼说小青到这里来了，不晓得小青究竟来过没有，她跟钱皮到哪里去了？"小和尚道："是不是叫民兵去了，来抓我们？"浪子道："钱皮不可能！"李丽华说："小青更不会！而且要叫民兵，早叫来了！"浪子说："还是快走为妙。二姐，你先走，就从那片树林穿出去，对直到河边，你先走，我们跟着就来。"

李丽华果然出去，走进那片小树林，停了一会，便朝河边走。回头一看，浪子和小和尚远远跟在后面。到了河边，嘿！钱皮和青豆正在河滩上走，三个都松了口气。李丽华遂先追上去，浪子、小和尚掉在后面。河滩零星长着毛蜡和芦苇，虽有沙包和沟壑，起伏不大。钱皮和青豆像耍朋友，时而并排，时而一前一后。偶尔回头看一眼，恰好视角不对，或李丽华及时躲了，没看见李丽华。二人进了一片芦苇丛。

钱皮和青豆先在门外屋檐下站了会儿。青豆跟钱皮说发生的事，她裤兜里硬戳戳有件东西，一只手在里面始终不拿出来，令钱皮目光在她脸上和裤兜上移来移去。等她说完了钱皮扫一眼周围问："你裤兜里面……"青豆遂将手从裤兜里取出来，手在抖，手上拿着个硬戳戳的布套子。钱皮问："枪?"青豆手抖得更凶了。钱皮已暗中发誓，要与枪和血腥决裂，故他犹豫一下，抵御着铁家伙的诱惑。可这时有种受信任感，有种豪情，有种大丈夫做派油然而生。

钱皮见套子里除了手枪还有张纸，掏出展开，是写的诗，题头赫然在目："《问太阳》。"随便看几行，心就被抓住了。青豆也凑过来看，说："呀，是那首诗!"嗨，两样——三样!还有屋里的二人——都是烫手山芋，钱皮遂带小青往河边走，希望回来屋里二人已自己吃完饭离开。

李丽华钻进那片芦苇，看见他俩坐在河岸坎上，钱皮拿张纸在看。青豆也歪着头去看，又不好挨拢了，颈子伸得很吃力。李丽华心头一热，没有冲出去，蹲下了，想听钱皮看了说什么。钱皮看完瞟小青一眼："你要看?"递给小青。手又缩回来："我给你念!"就高声朗诵起来了，语调抑扬顿挫，有滋有味。李丽华自己和老猿都是默看，她听着不禁潸然泪下。浪子、小和尚也来到芦苇丛边，浪子听见朗诵声就站住了，摆手叫小和尚不要进去。诗长，钱皮吐字清晰，浪子随着朗诵时而攒眉焦虑，时而蹙眉叹息，时而扬眉吐气，时而展眉一笑。小和尚只在芦苇边转来转去，弯腰看里面，低声咕哝"锤子哟……"

钱皮朗诵完毕才听见背后在呜咽，和青豆回过头来，李丽华赶快擦干眼泪走出来，也不招呼钱皮，向青豆把手一伸："鬼丫头，会跑!拿来!"青豆仗着钱皮乃不怎么怕，站起来说："二姐，我是怕你出事……"钱皮道："二姐，小青的确是为你好，你不要急，坐下来说。"李丽华视天下人都如草芥，独畏钱皮几分，坐下了。青豆要离远点坐，被她盯一眼，只得坐拢她。钱皮把手中几页纸交给李丽华，正要说话，她已撕成两半，慢慢叠起来再撕，边撕边哭，直到撕成碎渣，她也哭成个泪人了。这时浪子和小和尚钻出来，见了都不做声。青豆搂着李丽华的腰想安慰她，被她手拐一掀，河岸土坎是松的，差点摔下河去。李丽华站起跨进河里，走几步，双手一抛。河风好大，纸片如梨花纷纷扬扬，飘在半空，落下洒满了河面，随波逐流而去。岸上的目光都追随着。过后青豆下水去拉她上来，她转身抱着青豆，顿时两个的眼泪都像脚下河水一般哗哗流。浪子、小和尚忙下去把她俩分开，扶着上来。

一群人在岸边坐着。李丽华拭干泪水，说道："诗稿老猿早就说烧掉，我哄他说已经烧了。我真舍不得烧，觉得留下来是个纪念。现在出了事，只有……唉！"钱皮问："听说农场办学习班，当时怀疑葛眼镜，还把这诗在学习班宣读了的？"李丽华说："哼，他敢宣读完？不抓去关起！只念了开头几句。"钱皮道："这样大张旗鼓地清查，我还以为好反动，其实，不过是个热血青年冷静思考后写的。对我来说，也叫做先知先觉了啊，我当时武斗打得正起劲！"李丽华受到鼓舞："钱皮，过去我只觉得你很凶，你其实很有头脑，是老猿的知音。"钱皮道："我跟老猿虽然接触不多，每回见面我的印象都很深刻。现在看了这首诗，更觉得他是一座山，我们这些，除了二姐，都不过是尘土。"李丽华道："为啥除了我？""你们是夫妻，你是山上的一棵树。你要救老猿，正好浪子和小和尚又到了，这真是天意，天公作美！"因为浪子也说过天意这句话，李丽华和浪子对望一眼。

浪子挨钱皮坐着，道："唉，情况小青都给你说了吧？要行动就在今晚，因为老猿捱不过受刑的话，他只有招，招了就在学习班批斗，批斗完了就押到县上去了。"钱皮说："行！"拳头在浪子膝盖上捶一下，浪子激动捏着钱皮的拳头。青豆问：“你们救出来了往哪里跑？”李丽华说：“青豆，你不要管，就拜托你和小鱼把娃儿交给他婆婆爷爷。天南海北，我和他一起去流浪！”青豆说：“你的娃儿，你娃儿都不要了？你自己带你的娃儿，我和小鱼去找屈彬。找到屈彬就有办法了。”浪子道：“二姐，肯定不要你去，有我和小和尚，再加上钱皮，你还不放心？”小和尚道：“钱皮，嘿，枪呢？给我看！”“枪，我甩到河里去了。”

浪子和李丽华吃一惊，将信将疑望着钱皮。小和尚说：“锤子，我不信！”“真的，你问小青。”几双带钩子的眼睛转向青豆，青豆机械点点头。

李丽华跳起一挥手，“啪！”钱皮脸上清脆挨一耳光。钱皮皱起眉头，见小和尚掏出了刀子，赶快站起后退两步，垂手道：“李姐，我愿意去救老猿。”“你滚！不要你去！”“屁眼虫！”小和尚骂着逼向他。钱皮看他手中的尖刀，像嗅到了血腥气，想伸脚踢掉。

“啪！”又一耳光，小青挨的。小青站起摸着发烫的脸，跺脚说：“哼，还不是为你好！打我，我去给你捞！”朝河里跑。李丽华无奈去拉着她。浪子始终稳坐，思忖一致行动不行了，分裂更不行，对钱皮这厮，万不能伤其自尊心。见小和尚利刃就要见血，方站起隔在中间。小和尚脖子暴出青筋，嘴里叽咕着骂：“你龟儿！你龟儿……”身体前踊，浪子低吼道：“做啥子！自己人！”用力一掌，推他打了个窜。浪子道：“钱皮，二姐不要你去，就算了。你过来。”说了在钱皮背上拍一下。

二人向河上游走几步站下，对视着。浪子问：“孙猴，后来你们一起的……本来在碉楼就想问你。”钱皮道：“去年九月，我跟他们在金河边分手，他们一群要过河去……”当他开口时浪子垂下了眼皮，这时又盯着他。“他找我借枪，”钱皮犹豫一下，觉得不说就没有更合适的人了，“我说猴哥，我看目前的形势，都到收的时候了。他说，当惯了散仙，早就当不来顺民了……我宁愿化作一颗流星……”

两个不约而同都望着天上的云。浪子道：“他出名了，我在里面，听后进来的人说，莫斯科台在广播他，说知青孙猴先生，领导一支游击队。”说毕罕见一笑。钱皮也咧嘴笑了笑。不用说是“先生”引发了他俩的笑神经。

浪子看惯了他破脸壳似的笑容，乍觉他笑得不那么怪了，反有点不放心。踟蹰一下道：“我想和秋霞说几句话，还想看一眼女儿。想请你帮个忙，去叫秋霞。今天傍晚，就在从宛丘下来的河岸边。”

4

秋霞进去换了衣裳出来，穿条轻盈有暗花的绿裙子，米黄色花边衣领的上衣，抱着娃儿。钱皮说：“你这样穿……”“嫌惹眼了，是不是？说不定这是最后一次见面，我什么都不怕！”林芬抱过娃儿，笑着打量说：“秋霞生了娃儿，身材一点没有变，照样穿裙子。”钱皮在前，三个走出蜗居。钱皮又回头笑道：“头回见你穿裙子。我来就听说汝坟、凯风的知青哥一见绿衣裳的影子，眼睛都定了。不晓得穿绿裙子又如何？”林芬笑道：“问你自己呀，你现在眼睛定住没有？”他俩这样打趣，使秋霞脸上也有了笑容。

河滩路不好走，钱皮把婴儿接过来抱着。秋霞于是又问：“诶，你说到底为啥子，你要我抱娃儿来？”钱皮刚才来蜗居只说浪子从看守所跑出来了，要看她和女儿。秋霞本不愿抱娃儿来的，说不久前才见过了，既然是偷着的，抱娃儿多不方便。钱皮很固执，说你还是抱去吧，前次在看守所，娃儿病怏怏的，现在精神多好！又胖了。而且抱着娃儿还有打掩护的作用，就像出去串门。

钱皮说："我说了是正勇的意思，我觉得也很好。前次你们在看守所相见，其实是任人宰割的鱼肉。今天在河边，才叫浪漫呢！浪漫的同时还抱着娃儿，提醒他的责任，男子汉一辈子，国家天下、朋友义气那都是笑谈，是空虚的东西，自己还是要有个家！"这番话正说到秋霞心坎上了，说："是呀！这些，其实都是最简单的道理。""就是，我们这代人太笨了，胡闹了这几年，回过头来看，有什么？""有了这个道理。"后边林芬笑着说。钱皮回头说："林芬，你这样说，我觉得几年光阴又没有虚度了。"

林芬要抱娃儿，钱皮说："还是我抱，走得稳些。"林芬说："我来抱，碰到人好些，你抱别人看到要想的，什么关系？"钱皮说："笑话了，未必男的就不可以抱别人的娃儿？"还是把娃儿递过去了。林芬抱着娃儿，在秋霞膀子上拧一下，秋霞把耳朵凑拢去，她道："你们刚才说的话虽然一般，可是看起就像在谈恋爱，你肩膀儿回都碰到他身上了。"秋霞咯咯笑了，打她一下："路不平！"钱皮回头道："哈，你们笑啥子？"林芬说："我跟秋霞说，你后悔不后悔结婚早了啊，不然，叫钱皮跟浪子竞争一下，才有看头！"钱皮笑道："秋霞咋说？"秋霞笑道："她乱说！你快走！你快走！"蹲下把沟里的水拨到钱皮脸上，钱皮笑着走了。秋霞便去折沟边嫩黄的柳条儿，折一把捏着。林芬说："嗨，你还去折柳条！"秋霞本是无意识的，刚才拨水时她目光与这万千支嫩黄相遇，笑嘻嘻的她忽有伤心的感觉，等折了几支才想起折柳送别的含义。钱皮站在远处看她，心想她好浪漫呀，什么厄运都打不垮她，这个奇女子！她是想用这种方式来冲淡忧伤？

浪子和小和尚已到了对岸河边。小和尚说："你游过去，我就在这边，看得远，有情况我喊你。"浪子却迟迟没有脱衣，他翘首彼岸，"呜——"轻轻一声长啸，开口唱道："江湖飘零十几载，妻呀，我只盼与你西窗共剪烛……"嗓音清越颤动，岸边芦苇似箫管，水波亦似琴床，伴送渡水而去。小和尚虽只听清了"妻呀"二字，但浪子心弦的弹奏，是天然会触动他的心弦、他的神经的呀，他说："正勇，你有老婆娃儿，为了李丽华的事情……干脆，我跟她两个去，你不要去。""废话！未必李丽华也是光棍？""李丽华，是她自己的事情！""哪里，是所有知青哥的事情。呃，钱皮说老猿是座山，说得好，你觉不觉得？""觉得啥子？你、干脆明说。""明说就是我们闯荡这几年，打打杀杀，顶多就是自得其乐，弄不好还损人利己。只有今晚这件事情才有意义，非做不可！"

秋霞藏在芦苇中。浪子几声京戏像温馨冰凉的手指在她心上抚摸，心都抖起来了。她走出芦苇看着浪子游过来，像水波托起的一条飞鱼，水面飘行的一道白练。她心里不由在喊，浪子，你做啥，你还要做些啥！几年前你逗得渡船跟着你撵，那是为了争一口气，为了两角船钱。那现在呢？你还是为了争一口气呀？是为了争自由呀？噢，错了，自由哪里比家更重要呢，一个男人没有家，他就是走遍天涯海角，他都是不自由的呀！她鼻子一酸，吸了吸鼻孔，睫毛湿漉漉的。决心劝他还是回那里去，自由并不一定都要去争，自由也可以等哪，而且许多人都在等！这时浪子向她跑来了，她赶快迎上去。她见浪子步履如飞，与拘留所时判若两人。拘留所的浪子虽然也有发自内心的笑容，但他处在那样卑贱的地位，他甚至没有做父亲的自豪感，他只有对妻子的感激，但是对女人来说要紧的并不是丈夫的感激而是他的自豪。她在拘留所没有哭，她带给丈夫以喜悦她怎么能哭。浪子脸上的笑容掩饰不住他的愧疚。噢，原来如此，这才是他今天要跑出来的原因哪，他跑出来就是要做个普通的父亲和丈夫，尽管有可能事与愿违，但这是他的天性，唉我怎么办哪？

浪子水中就看见妻子时隐时现的衣角，过后看见芦苇中走出的妻子艳若晚霞，像从水中升起的，像水变的，像观音、水仙。他的心情愉快而又感动，他觉得人生在此刻是最有价值的，他要做好丈夫、好父亲又要见义勇为，这回算是个堂堂男子汉。可他突又有些胆怯，能对她说实话么，我将要做的？他情愿让她骂一顿打一顿再求得她的原谅，不能对她撒谎。他是要尽丈夫和父亲的责任。他也许只能到天涯海角筑个巢并且把她们也带到天涯海角去。他如何能不对她撒谎？他将要做的事情，简直与他跑出来的初衷背道而驰。

秋霞扑进他怀里又哭又笑，浪子被如此这般的妻子弄得又快活又惶惑，问她：“你一个人来的？我本来，还想看一眼女儿。”“下次吧，今天这种情况，咋可能？”秋霞故意试探。“下次……”“嗯，正勇，给我说，下次，是好久？一年？半年？你才来看我们母女？是在家里，还是又在这里？”“下次好久？哦，秋霞，我对不起……”“哦，对不起，你咋说对不起？我生怕你遭乱判刑，你不能够活得那样屈辱，那样还不如死！你既然自由了，就跑吧，就远走高飞。好了，我们又见面了，你跑吧，你快跑吧！”说到这里秋霞感到她原先要说的并不是这种意思，恰恰相反，但是说了就不想收回了。浪子一方面被妻子鼓起勇气，一方面更觉难以割舍了，“秋霞，我想把你吞了……”“噢，把我吞了?”“把你吞进肚子里，好一起跑……”“正勇!”“本来，我这次还想再看一眼女儿……”他声音有些异样。“逗你的，噢，天要黑了！女儿在那边，林芬抱着的，还有钱皮，林芬说让我们先亲热一会……”秋霞眼波已变得五彩迷茫，指了指那边的芦苇。

林芬抱着婴儿钻出来了，浪子小跑迎过去。他唇印遍布在娃儿小脸上，秋霞看他样子就像要把娃儿吞了，找从哪里下口。林芬说：“浪子，好了，你快点走。放心，秋霞母女两个，还有我，有长江呢!”

第十五章　舞蹈的青枝绿叶

1

钱皮怀着激动而又忐忑不安的心情走进银匠铺。他没有听见叮灵叮灵声，还以为金大叔不在呢，却见金大叔正在做一只刀鞘，他把刻完图案的银片小心翼翼放置在松香模型上，这样刀鞘上的银饰就完成了，只差焊接和最后的打磨。银匠见钱皮进来，丢下手上的工作，伸直腰杆笑了，笑得有些腼腆。蔡谊脚跟脚进来了，说："哈哈，我又赢了！"钱皮一下好轻松呀，笑道："蔡大叔，你赢了啥子？"蔡大叔笑道："哈哈，我跟他打赌，说半年之内，你迟早要来。""那，赌的啥子？""我和他今年十一月要到于田去一趟。我们以前去，路途开销都是打平伙。我赌输了，今年的开销都算我的。""那金大叔输了，开销都算他的？""哈哈，他输了，罚得就重了。但是这好处都是你的，我一点都得不到。哈哈哈！"

钱皮心里热烘烘的、亮堂堂的，遂不再问，带笑望着金大叔。金戈便指着面前尚在制作的银刀具说："我跟蔡谊商量，你再来了，我们合送一件刀具给你，他打刀，我打刀鞘。他既然说得这样肯定，我也就相信他，所以你看，我的刀鞘都要完成了。"蔡大叔接着说："哈，小老弟，我的刀值不了几文，他这刀鞘，还有刀柄的花样，可是份重礼呀！"

金大叔、蔡大叔的心意都已经端出来了。钱皮如听佛语，如沐春风，欢喜无限，立刻掏出一叠钱，双手递给金大叔说："大叔，这钱，请你帮我打只项圈，我要把这只项圈送给翠枝。"金大叔对此虽然心理上已有准备，但他也跟钱皮一样激动，接了钱紧紧攥在手中。钱皮又从挎包里取出两条《春城》香烟，送给金大叔和蔡大叔各一条说："你们长期抽叶子烟，换个口味吧！"蔡大叔笑得合不拢嘴，把钱皮拉出去站在天井中说："哈哈，小老弟，你现在要赶快！"钱皮似懂非懂，问："哦，我做啥子要赶快？""唉呀，我晓得你肯定是来向翠枝求婚的，赶快赶快！"

原来由于钱皮和葛眼镜的插足，阿华愤而退婚后，翠枝身价倍增。因过去传说她是个蛇妖，现在两个模样不错的知青哥屡次来访，像看上她了，蛇妖的传闻恐怕不确，于是这几个月来提亲的人踏破门槛。此时钱皮笑着说："蔡大叔，我就是来向翠枝求婚的，但是求婚又不是进洞房，何必要赶快？""嘿嘿，今天附近有些彝胞在山上唱花园，她恐怕也在，所以才叫你赶快！""哦，啥叫唱花园？""唱花园么，这是彝族姑娘小伙在谈恋爱找对象呀，年轻人呼朋引伴，到山坡松林里唱爱情山歌——你听，你听……"钱皮屏息听着，从山上传来此起彼伏的悠扬的歌声。他果然心慌，生怕在此关键时候翠枝竟遭彝族青年带走了，赶快向金大叔、蔡大叔告辞，循声而去。外面松林一处处，沟壑一道道，唱情歌的彝胞时隐时出，歌声亦从这山传到那山："这山看见那山高，两山拉拢搭座桥，远望郎从桥上过，妹在这边把手招……"又从那山传到这山："你别嫌我是憨娃娃，我敢在墙头上跑马……一晚夕想着你没注意，蹬烂了铺盖的里子……"

这些"花园"是从心里流出来的呀！钱皮惊讶这些平日憨厚得像石头的男女竟有如此神奇嘹亮的嗓音，他（她）们一声"哎"就如平地里飞出的箭弩，强韧又有弹性，无数个"哎"此起彼伏，周围仿佛绽开无数烟花，在幽幽山谷中产生奇妙的混响。歌声四处响起，绵绵不绝，钱皮刚刚循声转向这边，另一支山歌又在背后响起来了。他甚至分不清究竟是担忧还是喜悦，就是好听，就是动人。有时所有歌声都停了，一切都隐藏在静谧之中，钱皮提心吊胆：翠枝在哪里呀，她被人抢去了没有哇？

钱皮东扑西赶寻了足有两个时辰，哪里有翠枝的声音和身影？这座大山里从天而降、从四面八方飞来、如影随形般跟着他的除了情歌，还有绣球。当接到最初几个绣球时，他都拿在手里，仔细端详：这像姑娘的拳头般大小，面料或丝或棉，分成八瓣或十瓣、十二瓣，每瓣都刺绣着精致图案。下端吊有五簇七彩串球丝线作装饰，却在上端封口处缝上尺许长的白布带，用来提挂。他捏捏绣球，也有感觉绵软的——内装的棉吧；也有感觉嚓嚓响的——内装的谷物吧。他拿着虽爱不释手，但想到翠枝的手艺竟比这强十倍，就顺手挂在枝头上，连头都不抬就溜之乎也。由于接二连三他都如此，这样终于才有两个会说汉话的彝族青年走出来，也不知怜悯同情他呢还是气恼他得了（也就是浪费了！）这么多绣球，而且是最佳的绣球，一个对他说翠枝不会来这里唱花园，因为她的恋爱对象是汉人。另一个说他亲眼见翠枝下山了，今天逢场，她是不是到街上跳舞去了？她爹虽是汉人但她喜欢跳锅庄，传话说她的求婚者必须跳锅庄跳得好。钱皮听了且喜且忧，忧的是这样东找西找耽误时间不要真的被人捷足先登了，喜的却是她要找锅庄跳得好的汉族青年，这是个难题，恐怕非他莫属。她一定是故意这样的，为了等他！

他脚步疲塌、心神不定回到银匠铺，一问金大叔，才知蔡大叔故意逗他，（也是试探他！）翠枝姐妹二人都到翠枝外婆家过彝族年去了。钱皮始放心。这时太阳快落坡了，翠枝外婆家在麻雀洞，离梅林的农技推广站不远，此去有两三个钟头路程，马上去有一个多钟头要摸黑。钱皮虽然恨不得一步就跨到翠枝面前，向她求婚，而且这念头竟比刚从柏舟出发时强烈十倍！与时俱增！但想到如果摔下崖去了，或被狼吃了，那岂不就永远也休想见她了？这晚银匠叫他不去铁匠那边了，就睡翠枝房间。他受宠若惊，将枕头一会儿抱着，一会儿塞在头下，泄精几次。辗转反侧、睁眼待旦的滋味算体会充足了。

钱皮天没亮就出发，其间几座大山被他视若无物，踩在脚下。快拢时有道架着网桥的深涧，下面涛声怒吼、尖石嶙峋，这里他才放慢脚步。网桥用粗索结成，孔有巴掌大，不小心脚会漏下去。但有惊无险，绳索好的，身体肯定漏不下去。网桥差不多成筒状，所以虽然晃来晃去眼花脚软，身体肯定也晃不下去。桥上他祈祷的就是绳索莫断，要断也等他去见了翠枝之后回来才断！过桥再走一会，麻雀洞已在眼前。村寨环境是块平坝，住有几十户人。却是彝汉混居，汉人居少数，可就是这少数住户将彝居同化过来了。朝阳之下，从坡上俯瞰，村子一片片青瓦，一堆堆树木，一条条带子——带子亮的蜿蜒的是小溪、灰的端直的是小街。还有些灰的白的涂抹，是院落和小块空地。

钱皮正要下山，背后有个怯生生的声音："钱皮！"一看是翠莲。他想哈，来接我的？"我来叫姐姐。""来叫姐姐？""嗯，今天好多事情。""她在哪里？"说这话时钱皮已猜到几分了。"她在农技站。"

太阳升起一会了，小庙还没动静。头上一群鸟儿喳喳叫，小堆树叶在墙脚打旋。钱皮食指竖在唇上叫翠莲别住声，翠莲先不懂啥意思，猜出了，打个抿笑。钱皮走到梅林寝室窗外，往里一看：屋里烧着火盆，梅林背向火盆和衣睡在床上。翠枝睡在火盆边铺着的草垫上，裹件查尔瓦，向着火。翠枝手边还有件花花绿绿的针线活，梅林可是针线高手呢，她是来求师，还是来切磋？

门虚掩着的。翠莲进去弄醒姐姐说："你看你看，哪个来了！"翠枝坐起揉眼睛，看见钱皮，马上站起来。钱皮进去先在梅林屁股上拍一下，梅林喃喃道："翠莲！"又拍，他屁股扭几下，坐起来，见是钱皮，说："啊，是你？你又来了！嘻，昨晚翠枝和我一直在说你。"钱皮道："胆大呀，睡觉门都不关？""这里家家都不兴关门，因为有火塘，又不怕野兽。""彝家都有狗，你这里……""嘻，我平常都关着门睡，昨晚上翠枝在这里呀！有几只熊进来，东闻闻西嗅嗅，然后绕火塘走一圈，就出去了。""咦，真的？""做的梦。""哈哈！哈哈哈！"

钱皮见翠枝入乡随俗，穿的是彝族紧身窄袖饰花的上衣，上面做有盘花、贴花和刺绣。彝族妇女衣裳都是斜襟的，她这件却做成对襟，看起来别致。钱皮从火盆边拿起她昨晚还在赶工的女红看，却是彝家姑娘必戴的盖头，是用针线密密缝制的，绣了花朵，穿戴时几张相叠，放在头顶，再用粗辫和彩色的线绳压着。钱皮问她："噢，你是来求师，学针线的呀？”翠枝“嗤”一声笑了：“我来学养鱼！”“你学养鱼？你不是担心在稻田里养鱼，鱼到了秋冬季节水浅了，水干了，鱼怎么游哇？”翠莲说：“姐姐想在那个白羊湖里养鱼！”白羊湖却是钱皮、葛眼镜替那座翠枝爱在那里洗澡、岸边有一长溜白石头的湖取的名字，已被翠枝、翠莲接受——她俩接受就够了，因为不算钱皮、梅林、葛超，湖边就只有她俩才去。钱皮问：“呃，咋想在白羊湖养鱼？”翠枝说：“白羊湖大呗，鱼好游哇！”

目前正是养鱼季节，堂屋里几只箩筐装着准备卖给养鱼户的复合饲料，是梅林配的。钱皮一问，其实主要也就是米糠。钱皮又问梅林：“那你主要就是卖饲料？”梅林道：“哪里！我主要向他们提供鱼苗，还有技术服务，给田消毒哇，放鱼苗哇，还有治鱼病这些。稻田养鱼的好处很多，鱼在田里觅食时，搅起水波，翻动泥土，就像牛在耕地，就不用人去薅秧了。田里的野草，猪毛草、鸭舌草这些都给鱼吃了，而且水稻又给田鱼遮了荫，所以鱼长得好。”

梅林拿个木头洗脸盆放在门外坝子上，火盆边煨壶水，提出来和翠枝把脸洗了。翠枝拿把木梳在阳光下梳头，翠莲来帮她梳，她便坐着，手放膝上不动。梅林进去对着挂在墙上的小圆镜梳分头。钱皮走到翠枝对面欣赏她，暖和的阳光给她脸上镀层金。她眯起眼睛，看钱皮一眼，睫毛又搭下去了，盛在浅酒窝儿里的甜笑想抹都抹不掉。翠莲两手手指在她发根拨弄，她摆了摆肩头：“做啥呀！”钱皮笑了说：“翠莲，她头发哪有虱子呀！你当成在给阿妈梳头了吧？”翠莲自己也咯咯笑了，把姐姐肩膀一推，意思梳完了。钱皮想起梅林说的话，问翠枝：“你昨晚和梅老师说我呀？”翠枝脸一红说：“不给你说。”钱皮笑道：“他要说。”

梅林正用双手搓揉脸蛋，钱皮屋门口就闻到股雪花膏香气。钱皮问：“你起先说你们昨晚在说我，说的啥子?”梅林手从脸上拿下来，搓着手背手心说：“想不起了。”微笑又说：“哦，说你带她进城去卖她编的玩艺儿呀，都说了几回了，因为你一直没有再来嘛！哦，翠枝还说你光给她做了口弦，虽然吹起好听，可是你答应刻的竹筒子，到你走了都没有给她。”钱皮一听笑了，翠枝还一直把他的许诺放在心上！他许诺的竹筒左刻右刻都不满意，因为这是给翠枝佩戴在身上的呀！所以他在县城专门请人刻了，揣在荷包里的。他又回到翠枝身边，翠枝害羞瞄他一眼，眼睛看着别处：“我还跟梅老师说了蔡大叔和我爹打的赌，才有趣呢！你来了，你到我家去没有哇?我爹和蔡大叔有东西送给你呢!”钱皮笑道：“去过了！不然我哪晓得你在这里?不光你爹他们要送东西给我，我也要送两件东西给你，一件还要请你爹帮忙，一件我带来了，你看——”他摸出一只雕了花、还配有五彩穗子的小竹筒子，递给翠枝。翠枝接过看了，笑逐颜开，便从荷包里摸出口弦。钱皮上去握着手看，是他做的口弦，她一直揣着的呀!翠枝挣脱手把口弦装进去了。梅林看在眼里说：“原来如此。哼，昨晚我只猜到五分，现在猜到十分了——翠枝，是不是?”翠枝又在看手上漂亮的竹筒子，含笑瞄他一眼：“啥呀，是不是?”梅林附在她耳边说几句。翠枝摆着肩头，嗤嗤笑着说：“你问他呀!”身体打个旋儿，跑开了。

翠莲似懂非懂，吃吃笑，却道：“姐，叫你快点回去，有好多事情!”翠枝说：“走嘛!”两姊妹拉着手。翠莲是汉族衣着，一身分不出是灰是蓝的衣裤，裤子是半长裤脚，烂得起刷刷了。钱皮道：“翠枝，你为啥不给妹妹做件新衣裳?”“她不要哇，哼，她还嫌弃彝族打扮！”“那就做汉族新衣裳呀！”“嗤嗤，你给她做！”“要得！”梅林说：“你不懂呀，翠枝到出嫁的年龄了，翠莲还小得很嘛。”翠枝看着钱皮说：“你找梅老师要呀？我到外婆那边去了。”“我就是来找你的！”“哦？”翠枝脸红了，朝梅林看一眼。钱皮遂知梅林昨晚和翠枝猜什么了，猜他会来求婚！他高兴看着梅林。梅林鼻孔轻轻一哼，腰一扭，两手的手心向后甩着，走进屋去。

“梅林！”钱皮叫道。等梅林转过身来了，他又道：“翠枝，我专门来跟你说，我要和你结婚！”翠枝微张着嘴，轻轻喘息着，凝视着钱皮。她清泉般的眼睛像把钱皮的五脏六腑都洗净了，都洞悉了。钱皮浑身热血沸腾，拉着她的双手说：“嫁给我！”将她紧紧搂在怀里。

翠莲“嘻嘻”笑起来。翠枝本来安静依偎着，因脸离得太近了感觉呼吸困难，而且钱皮要亲吻她，令她害怕，挣扎着说：“你是知青！”“知青，你不嫁知青？”“你以后要走。”“我走就带你走！”“我害怕汽车。”“那我就搬到你这里来住！”“真的呀？”“真的！”

梅林冷静的声音：“钱皮，你不要哄她。”“我绝不哄她！我要迁到这里来，我才故意当着你的面，你好作证！”

2

钱皮和翠枝牵着手回麻雀洞。当他们出现在翠枝阿妈面前时，翠莲已经抢先把消息告诉她了，这女人不知是激动还是不相信，神情异样地看着他们。钱皮这次来兜里鼓胀，抢跛子铁匠的钱未花光，送木料给毛羽，毛羽又硬给了他一百块钱。要不他囊中羞涩，连给翠枝打项圈的钱都没有，等把钱攒足了来，翠枝已另有许配，岂不昏倒，醒了跳崖去也！此时他取出几张钱说：“阿妈，给您拜年！”女人接了钱，嘴里嗫嚅几句钱皮没听清楚的话。这时屋里走出一个男人，翠枝喊：“大舅！”钱皮跟着叫声“大舅！”也送了钱。跟着又来了些邻居和邻居的娃儿，钱皮忙问大舅哪里买糖果，拿钱给大舅。大舅摆手说：“有钱了嘛！”叫舅娘去买。钱皮又拿了钱给舅娘。

过年舅舅是最忙最累的人了。大舅天才蒙蒙亮，便在房侧用青竹烧一堆烟火，取“青烟袅袅”之意，向祖灵告知家中已做好过年的准备，邀请祖灵来一起过年。然后拿来一个装了半杯水的碗，从火塘里取一块烧红的石头放进碗里，用蒸腾起来的气到房屋每个角落进行一次澄清，最后也给杀猪刀和拴猪绳进行了澄清去秽。

此时大舅把旁边屋檐下的磨刀石抱到后檐沟，在那里磨刀（这为了不刺翠枝的耳朵），“磨刀霍霍向猪羊”，这是准备过年的头等大事呢！翠莲也正在屋角用木碓窝擂花椒。翠枝说：“妈，大舅，我来做荞麦饼！”可她的一只手被钱皮握着呢，抽不出来。她红着脸看钱皮一眼。钱皮在马颈子山伐木时学了几句半生不熟的彝语，正操着彝语跟邻居们说话，没有反应过来。见邻居都在笑，也跟着笑，以为哪句话说错了。翠莲丢了木杵跑过来说：“钱皮，姐姐要做事，你把她放开呀！”钱皮这才笑着把手松开，翠枝便去和好了面。

钱皮在房屋周围逛一圈，屋侧好大一座石磨，磨石和磨盘坑坑洼洼，旁边立柱老旧得开裂，因为过年都清扫得很干净。噢，过年最安静的就是这被转晕了的石磨了，因为风俗过年的七天不可用磨子，它可以在此好好休息了呢。离石磨不远拴着条黄牛，正悠闲地嚼着草，哈，这憨厚的黄牛也在轻轻松松过年呢，它吃了睡睡了吃，不像平时那样天一亮就拉着犁去耕地。钱皮走过来看见麻猫儿被拴在门槛上——踩塌的门槛下方有个破洞，麻绳因此可以拴住门槛——麻猫儿烦躁又痛苦望着钱皮咪咪叫，便问翠莲咋回事？翠莲抿笑说：“嘻嘻，过年几天村子里看不见猫儿跑。它嘴馋呀，家家都在煮肉，还要给亲家送年肉，最怕它把装在背篼儿里的年肉咬缺了。”钱皮问：“那耗子岂不解放了呀？耗子满村子跑，偷吃的肉不更多呀？”大舅家的人和邻居听了这个充满理性的问题笑笑而已，都不回答。

大舅磨完斧子去砍年树，钱皮跟随着去。到了山坡上，大舅随便就要下斧。钱皮道：“我来。”他挑根弯曲成不了材的松树，两分钟就砍断了。寡言的大舅忍不住伸出大拇指：“啊啵，了不起呀！”大舅把斧子接过去剔枝杈，然后立起来要扛走。钱皮肩头扛不行，没法争着扛，等大舅扛一截后才说：“大舅，让我来扛！”他把树扛回家后，大舅将细的一端砍成准备杀猪用的木杖，两人又换着将整棵树劈成柴块，在院子里堆码成一个整齐的方堆。

翠枝却在家里做荞饼。本来彝家的苦荞饼和加糖的甜荞饼也就是些圆形的粑粑，但在翠枝手里却随心所欲做成许多好看的形状，她还在上面点了红色，这是她心里流出来的喜色呀！因为她的手艺绝，连阿妈和舅娘都不好意思做了，去做别的事情，有几个邻家的姑娘媳妇跑来站在旁边学。当钱皮扛树回来时她荞饼已经做完了，她先递块热毛巾给钱皮擦汗，钱皮接过毛巾看一眼，并不像这里农村毛巾那样是乌黑的，而是搓洗得白白净净的，就笑着对翠枝挤挤眼睛。翠枝不明其意，后退差点被板凳脚绊倒。等他揩了脸和手，阿妈端来一碗泡泡酒，偏递到女儿手中，由女儿递给他。钱皮接过一饮而尽，翠枝又去木桶里接一大碗。钱皮这次就不接碗，双手连她的手一起捧着慢慢喝，旁边阿妈、舅娘、翠莲、邻居都站着看，弄得翠枝脸上飞起两朵火烧云。泡泡酒又叫坛坛酒、杆杆酒，它将玉米或荞麦磨成粗粉，或将这原料炒成半熟再磨，那样酒色就会变得金黄。然后蒸煮，放凉了再拌入酒曲，这要“弹指撒均匀，有如细雨洒”，以发酵。这以后才装入由杉柏特制的木桶内，木桶底垫一层过滤用的麦秆，下端开一小孔用以引酒，顶端覆以蕨草，再敷上黄泥密封。放一段时日后，当饮用时又不是饮此纯酒，那太醉人了，而要先取凉水注入酒桶内，浸泡一小时左右，才用竹管从桶底小孔导出饮用，它所以叫“泡水酒”，叫随口了就成“泡泡酒”。这酒与汉族的每种酒都不一样，饮时“嘴唇寒丝丝，舌尖甜蜜蜜”，文豪苏轼写诗感慨道：“烂煮葵羹斟桂醑，风流可惜在蛮村”，风流二字指的就是泡泡酒，当然也不光指酒，还指酿酒、斟酒、同饮的“蛮村”的人。

等钱皮喝完酒，大舅过来说：“哦，你陪翠枝出去走走吧。往年这时候，都是她阿妈陪她出去散心，从今年起就该你了。”钱皮不解问：“不是说过年还有很多事要做么，我陪她到哪里去呀?”翠莲说：“钱皮哥，你就跟着她走，你快走呀!”翠枝已出去了，神色凄惶。钱皮好生奇怪，上前执着翠枝的手：“翠枝，到哪里去?”翠枝回头看他，眼里早已五光十色，睫毛粘在一起。她不说话，干脆小跑起来了。

他俩跑入林中，转过一道山梁，钱皮稍一延缓，已听见从村里传来断续、尖锐的杀猪的叫声，接二连三，此起彼伏。这里山坡下有长长一弯水田，却无人家，只有漫坡的青藤和啁啾的鸟声。翠枝在田坎边坐下了，钱皮坐下挨着她。翠枝情绪逐渐平静，惊惶不定的目光投向水田里。钱皮这才看见田里有鱼，鱼有红的、黄的、白的和黑的各种颜色。它们有的独自绕着稻根活泼转圈儿，有的在稻束之间鱼贯而行像一条灵活的飘带，有的怡然不动像个智者，有的在智者身边俯冲着钻泥搅起小股浊浪，有的自得其乐向天吐出串串珍珠，有的两三条聚在一起争相亲吻秧苗的叶尖……“呃”，沉默许久的翠枝说话了，“你说做鱼和做人，哪样好？”钱皮心想今天是个幸福快活的日子，她怎么问这个？逗她说：“哎，你想做哪条鱼呀？”翠枝莞尔笑了，说她想做那条白身子红尾巴的鱼。“哪条？”钱皮故意问，逗她去指。她侧身去指那条鱼时失去平衡，被钱皮趁机抱在怀里。钱皮一下变得像头很久没有沾过荤腥的饿虎，还以为她会挣扎，不料她缩着一动不动，发抖而已。这反而令钱皮觉得难以“下手”了，想到她怀里的野兔、小狼，甚至她手上的雀鸟，都是这样安静的呀！没有戒心的呀！钱皮曾经见过她的裸体，带着白羊湖边的雾气，以后他没有哪天不重温这画面。他此时心跳剧烈，思想在搏斗：“快把她剥光了吧！”“不，就让她安静躺着吧！”“呃，就让她在我怀里，像小狼、小兔在她怀里一样吧！”他暂时没动。翠枝动了一下，更深地钻进他怀里。

阿妈在背后故意把树枝弄得哗哗响，使这里一个人又分成了两个。钱皮没话找话跟阿妈说话，末了说翠枝坐在这里想做稻田里的鱼，进了山又想做小狼，进了林又想做小鸟，翠枝偎在他身上咯咯笑。阿妈也彝汉夹杂跟钱皮说话。钱皮说回去了吧，阿妈说不，还坐会儿。阿妈说：“呃，翠枝心最善，七月半请七仙女下凡，有她去，就最快了，最灵验。从她 11 岁起，年年的七月半，到处都来找她！”钱皮问翠枝：“没听你说过呀？”阿妈说：“她每次都不想去，做过就像忘记了，再不提起。”钱皮饶有兴趣问：“是怎么请法呢？”

咦，原来七仙女并非汉族专有的神灵，是西南各民族共有的神灵。请七仙女需选七个年幼少女，沐浴穿戴，棉花塞耳，纱巾蒙面，分长幼东西而坐，面前留出块空地。其他人或站或坐，围着这七个少女念请咒：“栽秧栽，毛草墩，娘娘请你七娘娘来掌灯，掌你哪样灯，掌你蓑箩灯……”伴着念请咒声，在空地上由远而近烧香化纸，一直烧到七个被请的少女面前。而这七个少女千万要摒弃杂念、心意合一哟，这样半小时或一小时后七仙女就下凡了，七个少女就会先后不由自主全身发抖，嘤嘤哭泣，最后主动手拉手起身，开口唱起《苦竹娘》、《十二月英台》这些歌，边唱还边舞，请神遂进入高潮。然而这七个少女是无意识的呀，她们并不知道自己之乐，乐的玩的都是旁人。而在鸡叫头遍前，旁人不管玩尽兴了与否都要退神，否则这七个少女就会慢慢化为七道青烟升天而去。退神由毕摩巫师舀来一碗井水，化符念咒让七个少女喝下，于是附身的仙女上天，七个少女神志就清醒了。阿妈对此说得活灵活现，钱皮听得半信半疑，灵验的少女翠枝一直没吱声。

他们回来，外婆家的年猪早杀了，毛也烧了，正在煮“坨坨肉”，这是过年的主食。坨坨是方言，坨坨肉即块块肉，将猪肉切成扁方形的大块，大的超过六七两，小的也有二三两重。习俗款待客人以大为敬，自家人食用则要小一些。制作就是将坨坨肉放入锅中冷水里，锅架在火塘上煮得滚开，水面泡沫甫一消失，赶快捞起。肉此时还有弹性，刚熟，或曰半熟，看你对‘熟’字的理解了。捞起后盛在小簸箕中，拌以盐，就行了。现代人当然也可以再加些辣椒和香料等，连大舅为了款待未来的外甥女婿都是这么做的，但这样再叫它砣砣肉就不贴切了。另外，锅中还可放入土豆、元根等，切块也是以大为敬。钱皮久闻坨坨肉之名，本来是安心要来这里大嚼两顿的，但因翠枝不吃坨坨肉，娶翠枝和大嚼坨坨肉只能取其一，他肯定就要管住自己动弹不已的食指了。

幸好少吃坨坨肉并不影响过年的热闹和兴致。这天从下午直到黄昏，钱皮、翠枝、翠莲和她们的几个表兄妹结成一群，满村转着，高声喊："波良！波良！""嗨，波良！"钱皮也不管波良何意，翠枝和她的表兄妹们也解释不来波良何意，总之过年不管男女老少都可以自由组合成一支队伍去高喊"波良！"只要喊着"波良"就可以走村闯户尽情吃喝玩耍，包括领略各家各户竹筒米酒的醇香，品尝黄饭白菜红汤三色佳肴，甚至还可以肩上扛着大口袋去收获大南瓜、花生、红苕、橘子、核桃、炒面和腊猪肉、羊腿肉。当然啰人家娃儿也可以到你家来疯狂"波良"！

因为波良这晚满村大人娃儿都醉了，深夜里都在各家火塘边、篝火边睡得东倒西歪，梦里都还在唠叨回家的祖灵，可给我来年一个好兆头哟！只有翠枝只陪钱皮饮了一小口酒没有醉。钱皮留一手，假装醉了，于是他在后半夜偷偷和翠枝在一起，就像翠枝和狼、小鹿在一起一样。因为狼、小鹿是光身子的，翠枝也光着身子。因为翠枝不侵犯狼和小鹿，钱皮也不能侵犯翠枝。开始他好受煎熬呀！过后才想出别的法儿来满足，和她度过了这段幸福甜蜜时光。

天快亮钱皮睡着了，头枕在翠枝腿上，翠枝犹在往火堆里添柴。钱皮梦见身边有条黑色的河，是清亮的水因为无光而成的黑色，花朵在河上飘。"你喜欢吗？""喜欢啥呀？""喜欢这里的风吗？""喜欢这里的路吗？"是她在问。"喜欢。"她牵着他的手在河边走，河中有鱼儿在吐泡，成串的水珠从树枝上跌下来。河边有间半塌的泥屋，是他们的爱巢。

有个声音说她给不了你的一生，只能给你一时……哼！钱皮梦醒后的念头是赶快建造他和翠枝的小窠。

3

李丽华对隔壁农妇说：“大妈，我借你的背带。”“背带？你娃儿才多大，哪有这样小的娃儿用背带？”“我要出门，手不能占着哇，手要做事。”“你要赶县城？”“嗯。大妈，我给你说，袁鸣三出了事情，遭关起了。”“咦？”大妈惊讶道，“袁老师，好好的人，他出了啥子事情？不是大妈说，把知青哥抓光了，都抓不到他呀！”“唉，好人有好人的事情。”“那，你要撵去看他？”“就是！”大妈摇头叹口气，取出孙儿孙女用过的青花布缝成的围兜，夹层有点薄棉，一条长而宽的青布带子，说：“你哪里套得来？我来教你。”围兜和带子递在李丽华手上，大妈把婴儿接过来，将围兜裹住娃儿，裹得不松不紧的，抱去贴着李丽华的背，李丽华手反过来托着娃儿的小屁股，扭着头看大妈是怎么捆的。

昨晚鸡叫时分，李丽华醒着，忽有人敲窗子。“搁搁，搁搁”，声音像针尖刺她的心，刺她的神经。她连忙翻身下床，跑去抽了窗闩，把窗扇开道缝儿。月黑头，认出是浪子。“正勇！”“二姐！”“我开门！”“不去开，我不进来。老猿，昨天下午就送到县上去了。”这结局虽有预料，李丽华仍痛苦得说不出话。浪子沉默一瞬，又道：“小和尚遭了。”“啊！咋的？”“他受了伤，没有跑脱……我们杀了个看守。”“你进来！”“不，二姐，我走了。窗台上你要抹一下，我手有伤。”“那你等一下！”李丽华转身去枕头下摸小钱包，捏在手里是瘪的，想起都掏给青豆和小鱼了。遂赶快跑进厨房，使劲捏个饭团，用白菜叶包着，又拿两个豆豉饼子，跑回窗口，一看浪子已经不见了。

她追出去，幸好没月光，不然还不敢追。前面浪子是夜猫子眼睛，走得脚不沾地，走过几道田埂，一段苞谷地，又一道田埂。再过去一座小树林（实际是坟坡），后面就是河了，河对面汝坟铁路已经修通。李丽华在后紧追不舍。浪子先以为她手上捏的钱粮，想甩掉她，见她越拖越远了，还在追，可能有话要说，这才在坟坡边站住了，蹲下来。“二姐!”李丽华走近了他说，“啥子事?”李丽华摔下田踩一脚稀泥，一只手也糊着稀泥，饭团和豆豉饼子还好好搂着，喘息道：“吃的，饭团，你饿不饿?”把吃的递给浪子。浪子饿极了，走路脚打偏，身体都是飘的，接过饭团咬一大口。他鼻子一酸：“二姐，我现在一个人，没得办法。”李丽华使劲摇摇头：“你赶快，远走高飞……多保重。”“你保重……”李丽华正要转身，“二姐!”浪子叫住她，“你要把你们儿子，带好。”“嗯!”李丽华鼻腔拖着哭声，点点头，转身跑了。

李丽华回来梳洗干净，打点好带给丈夫的东西，坐以待旦。她背着娃儿进县城找到看守所，说要和丈夫袁鸣三见一面。看守所值班的人斜了她一眼说：“哪个袁鸣三? 这里没有叫袁鸣三的!”要撵她走。她说：“这里没有，那人到哪里去了? 你们要把人还给我!”看守所的人还从来没有遇到过开口就如此强硬的犯人家属，她背着娃儿才没有对她动粗，对她“冷处理”。李丽华无奈，只好说：“不见人，你们把东西收了，交给他吧。”值班的不中计——收了东西就说明人在里面了，说：“人都没得，东西交给哪个? 你东西多了穿不完吃不完哪?”李丽华想横了，干脆就说：“他遭你们抓了，现在不在里面，今天总要送来，明天总要送来，我就在这里等他!”

一连几天，白天她就在看守所外面的传达室守着，找了副竹签子和一些旧毛线来打毛线。她在这里喂娃儿的奶，开始还遮掩着，后来干脆就像当地农妇一样，敞胸露怀的。值班的人本来一直对她翻白眼，当她喂奶时就会变成青眼，甚至阴阳怪气、带笑不笑地跟她说两句话。她晚上住旅店，只住了两天旅店她就没钱了。青豆和小鱼那天下午就走了，说要到云南，找屈彬，然后来接老猿。这计划尽管渺茫，李丽华还是把钱几乎都掏给他们了。

李丽华出门时身上只有一两块钱，但她并不为钱的事情担心，相信白素华她们一知道消息马上就会进城来找她。殊不知她走的当天公社就开办了包括《问太阳》在内的几个政治案件知情者学习班，月光诗社等与老猿来往较密切的知青通通进了学习班，还把外公社的白素华、黄心华、九妹都囊括进去了。奇怪的是她本人却幸免，负责找人的公社干部说“找不到她，可能回省城去了”。实际也许是因为她有吃奶的婴儿，脾气又犟，权且“放她一马”。

一天天过去，李丽华一直赖在看守所值班室里。她实际上已晓得老猿是政治犯，她想在此时见他一面的希望渺茫，她主要想等到姐妹们来，想有那个雪里送炭的时刻，想有那个倾诉衷肠的时刻。可她在小旅馆尽吃白眼，她生怕有天她出门后老板会把她的小包裹丢出去把门锁了。实际上旅馆老板白眼要翻，丢东西则不会，因为她尽管沦落潦倒，眉宇、嘴角仍带有英武之气，甚至可以说带点杀气。一文莫名的她常在街上顺手牵羊，拿些包子、馒头、水果、饼干等。吃这些东西哪有奶水呢，这样捱几天，娃儿在值班室哭闹得凶，值班的经常怒发冲冠。这她不畏惧，主要是娃儿遭此折腾她自己于心不忍，暗中哭了几场。

这天中午，正是赶县城的知青出现在街头的时候，她背着娃儿从所住的西门坡小旅馆出来，走了热闹的西街一个通街，又在县城中心叫大巷口的地方徘徊半个小时，竟没有遇上一个她好开口借钱的人。她眼睛会盯人，和熟人在街上，迎面也好，错开也好，总是她先看见对方。此时看到一般熟人，她在对方看到自己前就躲开。她后来发现别人也在躲自己，当时她站在一家鞋铺临街的柜台前，眼睛一边看鞋子一边看街上。她看见有两个凯风农场知青妹沿着左侧街边的屋檐走过来，对方可能看见她了，她有点慌。她只犹豫一秒钟，在跨进鞋铺去和右转离开之间权衡，这两个知青妹就已经调头了，向街对面走去。

她遂望着两个知青妹的背影苦笑，始知不仅尴尬人想躲着别人，别人也想躲开你这个尴尬人！她这时想通了，也不躲谁了，很坦然很潇洒走着，把娃儿抱在胸前。头发有点乱，衣服皱起，额头上有细纹，脸黄黄的，娃儿脸也黄黄的。嗨，很快就有知青哥知青妹向她走来了，认识的也有不认识的，来围着她。她这才知道苏武牧、荀灵均、吕子瞻以及白素华、黄心华、九妹等都正在参加学习班。不光这些知青哥知青妹惊讶，连她自己都惊讶她此时还能逍遥自在在街上逛！她想我也被抓了咋办，在此之前我一定要把娃儿亲手交到他婆婆爷爷手上去！

现在回省城可以坐火车了。火车站周围像集市，人流涌动，时疏时密，人这里一堆、那里一堆。候车室弥漫着膻腥味，是晃动的羊皮褂、裹头、查尔瓦、脏脸脏手散发的。李丽华在车站外和候车室像村妇一样摇摆着走，晃着肩膀，背上的娃儿半醒半睡。她这样闲逛谁都不会起疑心。她迟迟不下手是怕“三天不练手生”，这比不得在水果摊拿两个苹果之类。她后来终于对一个穿蓝卡其布中山服的中年人下了手。这人一直保持警惕，她伸进去的手刚出来，他感到荷包微动，手去按，瘪了！急伸进去掏，空了！他目光四扫，敏捷绕开背娃儿的李丽华，冲向正在离开的一个青年，双方抓扯得很凶。李丽华漠然看了一小会，这才转身去买票。

4

青豆和小鱼换乘好几次车，一路颠簸，餐风饮露，终于来到这个位于南疆的小县城。她俩在车上都萎靡不振，下车精神就来了，转来转去，东张西望。见这里好多叫不出名字的花草树木：有的树肚皮圆鼓鼓的，树枝细小。有的树皮一层层的，有的树皮光溜溜的，树叶大张大张的，没有树枝。还有老茎生花、树缠树这些。榕树、竹子、芭蕉，也比省城或L县的榕树、竹子、芭蕉粗壮高大几倍！嘿，屈彬就住在这里！不住在这里，也离这里不远，因为包裹是从这里寄出的，包裹和包裹单上是他的亲笔字！几天都是由风沙梳头洗脸，都变成两个脏女人了。旁边有条清水河，她俩先去河边洗了脸，又坐在青草地上梳好了头，站起来理好衣裳，走进城去。

这城就是十字形的两条街，邮局在十字口。进去，柜台里有两个业务员，便问哪处柜台寄包裹？然后小鱼取出照片，却是下乡前几个人合照的。她把照片递给柜台里的姑娘："同志，请你看看，这个人，左边第二个，你看见过没有？前不久，他来寄过包裹。"姑娘虽觉诧异，还是接过照片看了。连另一个中年女子，出于好奇也过来看了，均摇头说不认识。青豆在旁边问："有没有印象？""没有。"姑娘说，又忍不住问一句："听口音，你们是R市人吧？是知青？"小鱼和青豆失望之余又有点兴奋道："是呀，这里从R市来的知青多吧？”“虽然不多，但每天总要碰到一两个，有时几个。”“那，”青豆道，“请你们再看一眼，小鱼，你把照片给他们再看一眼。如果他来了，就说……”她停了停。小鱼接着道：“就说小青和小鱼才来过了，在找他。”青豆说：“就说小鱼就行了，一个名字，也好记。”中年女子问：“那你们住在哪里？”青豆和小鱼都微微红了红脸，住在哪里？只得说：“哎，还不晓得，等住了旅馆再来说。”

她们这才想到住的问题，还觉得饥肠辘辘。从邮局出来又到了街上，青豆看管钱的小鱼神色惆怅，忍了一下，终于还是问道：“小鱼，还有好多钱？”“只有两块五角三分钱了。”“我们先吃点东西，吃碗米粉。”小鱼默默点头，遂进了一家卖米粉的小店。端上桌，青豆看自己是一角二的，面上有肉酱。小鱼那碗没有，是八分钱的，说：“小鱼，要吃都一样嘛！”小鱼吃着没做声。小鱼吃完又拿出照片给卖米粉的看，却是个四十来岁的男子，看都懒得看说：“我只管卖米粉，哪里去管别人的相貌。”青豆说：“那从现在起你就注意一下——哎，找到了我们会谢谢你呀！”男子感兴趣问：“看你两个，拿什么来谢我？”“他有钱呀，他肯定会拿钱谢你！”男子笑着把照片拿在手里，看了又看。

吃完了在街上走，看见别样吃的还在流清口水，但都忍住了不多看。青豆见街角有家鸡毛店，指给小鱼看，小鱼撇嘴说：“屈彬肯定不会住这种店。”青豆说：“那咋办嘛？”两个又继续走一阵，还是倒回到这家小店，走进去。女店主笑脸相迎，问住通铺还是小房间？小鱼问价钱，女店主说通铺一床一晚四角，小房间睡两个人一元二角。小鱼说就住通铺。女店主说通铺主要是为男客设的，你们要住通铺，就只好在中间随便扯个帘子。青豆对小鱼说：“那走！”女店主说：

“咦，你们还往哪里走呀？我这小店就是最便宜的了！”青豆和小鱼互相看了看，小鱼说：“娘娘，我们来得远，没得好多钱，能不能照顾点？”女店主叹口气道：“唉，那你们先住进来吧！”带她们住进了楼上小房间。小鱼和青豆虽很单纯，但社会上的复杂情况听得也很多，小鱼本来不想拿照片给女店主看的，但她跟进来嘘寒问暖，问她们从哪里来的？做什么？又说自己姓沈，你们就叫我沈娘。小鱼终于又把照片拿出来，问沈娘认不认识？见过没有？沈娘看了觉得面熟，嘴上说不认识。她从来查店的警察手中所见是屈彬的近照，跟小鱼的照片不太像，故她过后才想起警察正在抓这个人。

小鱼和青豆疲倦已极，睡到第二天上午日头老高了才起床，匆忙下楼洗脸梳头，要出门，沈娘叫吃了早饭出去。她俩见桌上是吃剩的稀饭咸菜，有些犹豫，不知她怎样算钱？又觉得她很和善的呀，总不会比外面吃贵吧，况且实在太饿了，就坐下来吃。边吃青豆问沈娘这里赶不赶场？沈娘笑着说：“这里不叫赶场，叫赶集，今天正好逢集。你们出去左拐，把这条北街走完，就看得见集市。你们想到集市上去买东西，还是去找你们的朋友？”青豆说：“我们去看碰不碰得到他，顺便也买东西。”出门时青豆手上捏着个小包裹，小鱼先没有注意，问：“诶，你手上拿的啥子？”青豆说：“小鱼，我本来想先给你说，可是怕你不同意，骂我。”“咦，那到底是啥子？”青豆走到路边一棵椰子树下站着，说：“是我那件衣服……小鱼，我想了一夜，只有拿去卖了。”小鱼一怔，说：“小青！”眼圈早红了，泪水很快就盈满眼眶，顺颊流了下来。青豆难受低着头。隔一阵，小鱼拨一下青豆的手，说：“你这件卖了，我那件我们换着穿！”青豆抬头说：“要得！”小鱼苦笑一下，青豆也压抑着心里的痛苦打个抿笑。

到了集市上，不光青豆这件衣服抢眼，抢眼的还有这两个女孩本身，面前人不断。但是青豆要的 10 元的价还是太高了，于是三角两角的减，减到 8 元才卖出去。青豆递衣服时手突然打抖，没有接钱，还是小鱼垂泪伸手去接了钱。买衣服的男子觉得奇怪，递钱后继续看着她俩，忘了叫找钱。她俩过后看着小鱼手上的十块钱，想起没有找钱，小鱼把青豆看一眼先笑了，青豆也笑了。

她俩在集市游来荡去，在这个摊前站一会，指东西问问价；又在那个摊前蹲一会，把东西拿着看。一个在讨价还价，另一个却在东张西望。她俩直到散集一样东西都没有买。虽碰到一些知青模样的人，但都是本省的知青，说屈彬的名字，并看照片，只有两个知青哥说认识，另有一个还说久闻其名，但都不知屈彬这时在何处。饿了又一人吃一碗素米粉。青豆嘴馋，闻着摊上的臭豆腐香，还想吃一块，小鱼花两分钱给她买一块，自己忍着。青豆吃一半剩的要给小鱼，推来推去小鱼只掰了一小块，剩的还是给青豆吃了。

这天没有结果，第二天同样。回来她俩关在屋里说钱的事，这 10 元钱顶多还够两天开支。还有个问题此前她俩根本没想过的，此时因为钱很紧张就开始浮现了，就是如果找不到屈彬怎么办？且不说浪子、老猿他们怎么办，她俩怎么办？回去的路费光汽车这一段就要 10 元钱，还有火车那一段。当然对知青来说火车可以混，她俩来就是买短途票混的车，姑不计。两个姑娘也不是没有心计，说话声音很细，沈娘耳朵贴在门上，或走进隔壁房间把耳朵贴在薄如纸的墙壁上都听不清她们说什么。可她俩的神色还是泄了密，于是在吃晚饭时，沈娘就问她们想不想临时找点事做？

此问合意，小鱼和青豆都说要得。第二天吃早饭时，沈娘说有一家旅馆要个服务员。“只要一个?”小鱼和青豆问。“只要一个。”小鱼摇头说:“沈娘,我们两个要在一起。”沈娘噗哧一笑:“两个大人了,还怕分开?一个也是挣钱嘛,我看小青身体好点,小青先去。小鱼你住在我这里,我再给你找事情。”青豆问:“远不远?”“嗤,还怕远?这个小城穿城也才走一刻钟。就从我这里出去往右拐,几分钟就拢了。那个店的条件比我这里好得多。”青豆和小鱼交换了目光,便说:“那我们一起去看!”沈娘说:“你把东西带上,看了就可以上班。”青豆说:“这么近,我不可以回来一趟?”

这旅馆位于县城中心,叫芒果旅馆,果然比沈娘的鸡毛店好得多,青豆看了就留下了,说傍晚回来拿东西。小鱼出来单独在街上走,发现沈娘跟着自己,笑着说:“沈娘,你怕我走掉了?”沈娘说:“小鱼,你人生地不熟的,我要跟着你才放心。”原来沈娘已经把小鱼当成自己的儿媳妇了。她有个儿子颇精明,现在在境外挣钱,但是口碑差,这小城的姑娘都不肯嫁给他。沈娘也不愿他从外面领个不三不四的女人回来做媳妇。从天上掉下来了小鱼和青豆,沈娘接触后觉得小鱼比青豆温顺。她已经叫人给儿子带信去了,有个如花似玉的知青妹,叫儿子赶快回来成亲——第一步先把生米煮成熟饭。

5

晚上青豆没有回来拿东西,沈娘对小鱼说旅馆晚上正是忙的时候。小鱼要去看一看,沈娘说天黑了你不要单独出去。小鱼说那你陪我去呀,沈娘不高兴了,说我店里就没有客人来呀?其实白天小鱼都从芒果旅馆门口过了几回,没有看见青豆,又觉得没啥事,不好进去找她。这晚上小鱼只好一个人睡了,辗转难眠,自从在孤儿院她和青豆就一起睡，十几年了难得分开过。有次她俩在枕头上说话，青豆说小鱼，以后我们嫁人都嫁一个。小鱼哧哧笑个不停，半天问，那哪个大哪个小哇？青豆道："你说。""我比你大，当然我是大喽！"两个笑着在床上扭起来了。过后安静了一会，小鱼像在自语："想嫁给哪个呀？"青豆说："哼，你这还要问？""他像看不起我们。""哼，我们长得又不丑，而且又不笨！"小鱼不语。青豆觉得小鱼肩膀一抽一抽的，在抽泣。青豆心里不是滋味，强打着精神去捅小鱼的胳肢窝儿，直到小鱼笑了为止。

芒果旅馆是座淫窟。小鱼和沈娘走后，青豆被带到楼上房间，都出去了只有她和姓汤的老板两个人。她问老板分配她做什么工作？四十来岁、长得矮壮敦实的汤老板怪笑着说："你叫青豆？小青，沈娘已经把你卖给我了，我花了一百块钱。你从现在起就要开始接客。"青豆腿一软差点坐在地上。汤老板过来要搀她，她马上一手撑着桌子，一手抓起桌上的花瓶。汤老板经验丰富，一看她这样子就晓得她是很刚烈的，不过汤老板对刚烈女子反而更喜欢。这也是一种人性，不容易得到的更诱人。汤老板马上拍手叫进来两个粗蛮女人，先缴了青豆手上的花瓶，再把她周身上下都摸一遍，以防她有剪刀之类的东西。然后汤老板问青豆是不是处女？是处女的话可以对她客气一点，而且不一定就在今天。青豆难以回答他这个无耻的问题，她甚至有一种濒死的感觉，但为了拖延时间就点了一下头。两个粗蛮女人轮流把她守了一个白天。

这晚上汤老板实在抵御不了青豆的诱惑。半夜时分，他决定放弃用青豆的第一次去赚一百块钱，自己来消受青豆。青豆抵死不从，又抓又咬，汤老板被迫叫刚才守着青豆的蛮女人进来帮他，青豆全身衣服不是被脱下的，是一条条撕下的，撕光了的。最后关头，汤老板气喘吁吁就是进不去。直到“咔嚓”一声，青豆右胳膊被扭脱臼了，坚持反抗的她因为一只手突然不听使唤了，心头一凉，汤老板才一下子得逞了。被奸污时青豆周身僵硬，脸色铁青，目光定定的。

第二天小鱼一早就去看青豆。到那家旅馆，看门的说这里没有青豆——她昨天来了又走了。小鱼一听就呆了，晓得出事了。她差点就要盲目冲进去，脚软的她也要冲进去！但她一下又恢复了理智，我冲进去有什么用？他们还欢迎我冲进去。于是她转身就走，在街上没走几步，她突然就用手掐自己的脸。沈娘从后面上来抓住她的双手。小鱼想痛骂她，但小鱼在悲痛中仍保持着基本的清醒，知道在此和她大闹一场没有意义，不仅救不了青豆，连自己也断送了。而且她也不能跑，她的东西和钱都在旅馆里。小鱼刚才挖自己的脸把沈娘吓坏了，脸挖烂了不好见儿子还在其次，这主要说明她的性子烈。这时她见小鱼光哭不说话，心想她还是懦弱，高兴自己的眼力。她把小鱼拉到街边道：“小鱼，有什么话我们都回去说。”小鱼道：“沈娘，我见不到青豆，我就死在这里！”沈娘脸一虎：“说的啥子话！”小鱼道：“这是在大街上，你要敢动我我就拼命喊！”沈娘想只能就在这里使杀手锏了，就压低声音说：“小鱼，你们那个屈哥，警察正在抓他！”小鱼膝盖打个闪，但风风雨雨也已经磨练出小鱼的沉着和机智，她说：“我不信！”“他左耳背后，到后颈，有道伤口，对不对？”小鱼这才周身发软，相信沈娘不是认得屈彬，就是从警方得到的材料。沈娘看透小鱼的虚弱，进一步道：“信不信？我现在就可以把你和小青扭送派出所！”

小鱼勉强冷笑一下，抿紧了嘴角。沈娘又说：“话又说回来，我们都是社会上的人。小鱼，你和小青只要懂事，听安排，我们也会对得起屈彬。”小鱼还是紧抿着嘴，心想听这句话她认得屈彬，那这些人一定是屈彬的对头，不然不会这样整我和青豆。沈娘见她还不像要屈服的样子，干脆又扔出第二颗重磅炸弹，说：“小鱼，我再把话给你说穿，那个旅馆是个妓院！小青已经当了妓女，她昨晚上一个晚上都接了十几个客了！走，你跟我回去，我保证不让你走青豆那条路，我骗你的话遭五雷轰顶！”

小鱼已经遭受了五雷轰顶！她木然站着，木然盯着沈娘。沈娘害怕了，掐她一下，她才舒缓过来了，一个字一个字说道：“我要去看一眼小青。我要看了小青才跟你回去。不然我宁肯死在外面！宁肯到派出所！”

沈娘没法，只得带小鱼去看青豆。青豆躺在床上面无人色，脱臼的右臂被接好后上了夹板不能动。她看见小鱼激动得要坐起来，小鱼看见她全身光光的，皮肤青一块紫一块。小鱼强忍住没有哭。青豆说：“小鱼，你快点走……”还想说我马上死了，你一定叫屈彬给我报仇！这不能说出来，只能用眼睛，青豆眼角巴着泪水，眼珠火辣辣的，把这层意思给小鱼表达出来了。

小鱼岂肯由青豆死。心想小青死了，我就算找到屈彬报了仇有什么用？她没有死是在等我，我一走她、她……小鱼悲从中来，拉着青豆好的这只手无论如何都不松开，对沈娘说她就在这里不走。沈娘牙缝里蹦出句话：“这里是火坑呀！”小鱼也从牙缝里蹦出句话：“火坑就火坑！”旁边汤老板和几个其他姐妹听了都很意外，汤老板当然还乐不可支。沈娘眼皮儿眨挤了几粒眼泪出来，一下给小鱼跪下了说：“小鱼，求你跟我回去！我给你穿金戴银，把你供起！你衣来伸手，饭来张口都可以！”汤老板道：“哈哈，你原来是要她给你当儿媳妇！听说你儿子在境外混，还没有找到婆娘？”

沈娘被汤老板这样点穿了，觉得已经没有意思，就从地板上爬起来，悻悻然走出去。汤老板更得意了，沈娘问他要小鱼的钱他也不给。沈娘走回自己店里，形影相吊，想到忤逆不孝的儿子可能就要兴冲冲回来了，一阵急火攻心，差点倒床。

汤老板善待小鱼两天，让她细心照料青豆。第三天他委婉暗示小鱼，今晚她要接客，小鱼神态麻木，汤老板疑心她没听懂，也不管了。晚上叫别的姐妹给小鱼画眉毛和打口红，小鱼像木偶一样没有反抗，汤老板遂放心。汤老板还主观判定小鱼并非处女，也就并没有在“开苞”方面另费心思。

谁知小鱼遇到的第一个客人也是个童子之身，刚弄了点钱，所以到芒果旅馆来尝尝鲜。他一开始见小鱼沉默不语，并无朋友所言那些风骚之态，还以为小鱼没把自己放在眼里，自尊心受不了。遂对小鱼呼茶要水，小鱼都温顺做了，他这才消了气。等上了床，两人都不会，客人才知小鱼是个处女，如获至宝。入港后，小鱼一直闭着眼睛，她脸上甚至还一度出现幸福满足的容颜，令这位客人消魂。殊不知这时小鱼眼里看见的、耳里听见的、身体感觉的都是屈彬，她还放肆扭起腰来了，哼哼起来了，还用手去箍着压在身上的他。完了客人兴味犹浓还在欣赏她，她的眼一睁开，梦就醒了，天堂地狱，忽然觉得心如刀绞，失声痛哭，几分钟泪水就浸透了枕头。

小鱼一连几天米水不粘牙，后边继续来的客人都不敢动她了。汤老板最后是把小鱼的口撬开喂的稀饭。

6

这天黄昏时分，下着小雨，浪子来到小城十字路口。他看见街对面的张贴栏前一动不动站了几个人，暗想这么有吸引力，贴的一定是布告。他左右看了看，便走过去。有个女的从旁边走过来，像为了截住他还小跑两步，一看是青豆！青豆画了眉毛，涂着口红，他差点叫出声来。因青豆没有开腔，他下意识也没有开腔。青豆向他眨了眨眼睛，这才用甜腻腻的腔调说："哥哥，来嘛——来嘛——"向着布告的反方向走。浪子对青豆处境已心知肚明，心里难过，就挨着她走，只问她："哎，小鱼呢？你们没有找到屈彬？"青豆不语。走了几十米远，才突然说："你还敢去看？那是张通缉令，上头就有你！你赶快跑！"浪子早有预料，也不吃惊，道："你莫慌，还有哪些，上头？""哎，老猿呢？"青豆还惦着事情的起因。"没有救出来，对不起二姐。哎，问你还有哪些？""还有孙猴、水牛，别的认不得。哦，对了，还有毛娘。"浪子瞪大眼睛："咦，还有毛娘？龟儿，咋把毛娘扯进来了？""哎，你快点跑！""没得屈彬？""没得——你快点跑！"青豆眼眶包满了泪花。浪子忙说："青豆，不要哭，我晓得你们遭了，我发誓要救你们！"青豆向他感激一瞥，最后说句："你快跑！你不要管我们！"就把手一甩，转身走了。

浪子心有不甘，觉得太怪了，会有毛娘，给毛娘安的啥子罪名？他转身见张贴栏前站立的人减少到只剩两个，遂径直走去。走拢他先扫视通缉的名字和照片，毛羽排在下边，已经被风雨撕破了。浪子先把前面的扫一遍，便蹲下将风中飘动的残片拼拢辨读毛羽的罪状。凑巧他旁边这二人都具有革命警惕性，感觉他就算不是布告上的人，也认识布告上的人，就站着不走，想看清他的脸。浪子站起时故意抹着头发的雨水，手臂自然遮挡了二人的视线，不慌不忙，转身就走。背后叫声“同志!”浪子没有回头，加快步子。“同志!”“喂！同志！同志!”二人叫着追上来。“宰了你!”浪子狠狠骂一句，晓得跑会暴露，但停下来可能当场就被扭住，就狂奔起来了，雨中他像颗弹丸，快得模糊不清。“嗨，抓反革命!”“抓反革命哪！抓反革命哪!”呼声震耳，像滚滚雷声一样在街上传递着，每条小巷，甚至每棵棕榈、每栋房屋，到处都有回声。可叹浪子跑不过声速，跑不过回声哪！他周围是越来越密的雨丝和人影，他哪里冲得出这如磐的风雨和人群……

芒果旅馆在县城十字街口，有两层。青豆、小鱼爱在楼上视野最好的窗口坐着。这样经常有客人被吸引，进来住宿，或嫖妓，指着要她二人。她俩虽极不情愿，过了依旧去窗口边坐着。对此汤老板颇奇怪，看在旅馆生意较前红火的面上，姑由之。

屈彬已在境外定居了。他想娶一个头人的女儿为妻，需要一大笔钱，他为此又冒险回到这个南疆小城。下午他从住的旅馆出来在街上走，一眼看见站在街对面的青豆。见多识广的屈彬愣了一瞬，不敢相信那是青豆！她——可能还有小鱼——咋在这里？变成这样？哎呀，她们肯定是来找我！

青豆也看见了屈彬。她差点马上飞奔过来，但她不光站着没动，还把脸扭开了。这样挨了几秒钟，青豆觉得像挨了一生……她想我和小鱼来小城做啥呀？可她哪里想，来不及想！她想我每天站在这里做啥呀？找人玩弄奸污我？我恨不得掐死他，我每天这样！可她哪里想，来不及想！嘿小鱼和我，我们的大山！我们的太阳！我再看他——他、他、他已经不见了……青豆终于把脸扭回来，哎！朝思暮想的这张脸，隔着泪花，就在面前，温和地看着自己。

屈彬叫道："小青！"青豆嘴唇抖动着，千言万语，不知该怎么说。他又道："小鱼也来了，是不是？不怕，我救你们！"青豆嘴角一撇，眼泪要包不住了。"小青，不要哭，你带我去。"青豆说："真的？现在就去？""马上去！"

汤老板见青豆把屈彬带来了，皮笑肉不笑招呼："屈彬，你胆子大啊？""汤老板！"屈彬点头道，"不是胆大，是迫不得已，马上走。""那你有何贵干？"汤老板眼睛在青豆身上扫，已猜到几分。"她，还有小鱼，我想把她们带走，看汤老板的意思？""要我出价？""就是。""她两个都是摇钱树啊！我是花大价钱买来的。""汤老板，我晓得这些。""一个一千！""好！"屈彬把背着的挎包顺到前面来。"莫忙！你明天早上来吧。说实话，没想到你这样爽快。但是我说了价也不反悔。""汤老板，我现在就要带走。""但是今天还有客人，是定了要她两个的。"

青豆就站在屈彬旁边的，低着头。她突然又想去死，外面有汽车开过，她全身的肌肉都收缩起来了。但她还没有来得及转身，屈彬就像有心灵感应，瞄她一眼。她好生懊恼，屈彬一路上都盯着她，只有刚才才分了心，像是她的机会。

屈彬道："汤老板，请你高抬贵手。""那就一个再加一百。""好！"屈彬把挎包放在桌上："我这些都给你，够不够？"汤老板说："你不是现金？""我身上现金不够。"汤老板把挎包提一下，又用手指捏了捏，对屈彬如此慷慨有些惊诧，遂收了挎包。

青豆进去叫小鱼。小鱼畏畏缩缩走出来，抬起眼皮，低声叫：

"屈彬!"屈彬叫:"小鱼!"小鱼迟疑道:"我给你说句话!"屈彬说:"哦?"小鱼拉着屈彬的手,走开几步,踮起脚,凑在他耳边道:"警察在抓你!"屈彬说:"哦?晓得了。"小鱼头搁在屈彬肩膀上不动。屈彬有点发窘,指着板凳说:"小鱼,坐。"小鱼和青豆都坐下了。

汤老板关心问屈彬:"你现在把她两个带走,太打眼了吧,你不怕……"屈彬道:"就是……"看着汤老板。汤老板道:"你从西门走吧?你出去,就在麻柳村外的水塘旁边等。""那好!"屈彬说,笑着看青豆和小鱼一眼,就要走。青豆和小鱼立刻站起来,着急道:"屈彬!""呃,你们放心,我晓得汤老板的为人。"

小鱼和青豆进去收拾。小鱼一边慢吞吞拿东西,一边抹眼泪,用眼角瞟着青豆。青豆死意已决,把一根绳子藏在身上,出来走到巷道尽头一个房间,进去关好门,在床上放根板凳。这时,她眼前跳出刚才小鱼的样子,一边折衣服一边用眼角瞟她。咦,她是不是也跟我一样,要寻死?她买了把小刀,弯的,手柄刻的花,爱拿起耍……哎,我们两个都死了,咋对得起屈彬?他蚀了几千块钱,狗日的汤老板,反而赚了!屈彬安心要救我们,结果我们两个都死了,他不哭才怪!青豆赶快把板凳放还原,绳子藏在床脚(她还想回来寻死),开门跑回住的房间。门关着,青豆捶门的声音引来了汤老板,举脚正要踹门,小鱼把门开了。

汤老板道:"关起门做啥?咦,屈彬来接你们了,还要哭?""换衣服,哪个哭。"小鱼刚才果然自己割手腕,割一下疼,哭哭啼啼下不了狠心,正咬牙要下狠心青豆就来了。青豆走去从床单下翻出小刀,递给汤老板。汤老板看见刀上有血迹,上前抱住小鱼,扳起她左手腕看，血在滴，扯着下楼擦红药水。这时其他姐妹、打杂看门的也来了，汤老板回头道："你们看住她——青豆！"青豆叹口气，坐在床上。

屈彬在麻柳村外的水塘边等半天，终于等来低头不语的鱼儿和青豆。屈彬带二人在荒野中走一阵，再走就是境外了。他在路边山坡上坐下，小鱼坐在左侧，青豆坐在小鱼左侧。小鱼说："你坐过去呀！"青豆站起来，走过去坐在屈彬右侧，离屈彬有一尺远。小鱼头靠在屈彬肩上。境外山坡上一片片黄土地，刚锄过草，夕阳下特别显眼。屈彬指着说那里种的是罂粟，罂粟籽已经撒下了，有些已经长出小苗，花要到12月以后才开。青豆说："你今后多保重！"小鱼从屈彬肩上抬起头："这边在抓你，好危险哪，你去了不要再过来了！""嗯！我们过去就不过来了。""你带我们过去？我们都这样了，你……"鱼儿咽下的话被青豆说出了，青豆声音小得几乎都听不见："你还要我们哪？"屈彬说："小鱼小青，你们不要胡思乱想！"

屈彬天生的性格，和女的一起总不自在。这回他意外产生冲动，双臂伸开，同时搂住鱼儿和青豆。小鱼顺势趴在他怀里，青豆隔一尺远，被搂过来紧贴着。小鱼"呜呜"哭起来了，越哭越凶，撕心裂肺，浑身抽搐，屈彬裤腿变成一片沼泽。青豆晕了瞬间，清醒后头搁在屈彬肩上，眼睛对着屈彬耳后的疤痕，放得好大，嶙嶙峋峋，是大树根，是山根。吸进鼻孔的汗味，是海洋、是江河。

太阳傍山，小鱼哭够了，揩干眼泪，坐好望着屈彬："我们走！"屈彬说："过去就不容易过来了，我走之前还想办件事情。"青豆说："你要办啥子事情？那你去。"小鱼说："你是不是要去杀汤老板？他很坏，他把小青的手都扳断过！"屈彬道："呃？"想看青豆的手臂，青豆说："都接好了。"屈彬道："哼，汤老板今天就算了，我以后再找他。"青豆说："那，是沈娘？"小鱼说："狗日的，千刀万剐才解恨！"屈彬说："就是。你们要保证等我，我才好去了结这件事情，然后我们才好走。"青豆说："你去，我们等你。"屈彬摸一下小鱼包着的手。小鱼说："你去，我不会了。我觉得对不起你。可是你安心要带我们走，我和青豆如果那样了，去死了，就更对不起你。""那好！"屈彬忍不住在小鱼脸上亲一下，小鱼眼睛马上闭上了。小鱼又睁开眼睛说："青豆！"推屈彬一把。屈彬在青豆脸上也亲一下，青豆眼睛也闭上了。等她睁开眼睛时屈彬已经不见了。

屈彬不久回来，步履矫健，气概昂扬。"你把她杀了？"小鱼急忙问，很兴奋。"沈娘。"小青冷静补充。"没有，把她房子烧了。"他其实还对沈娘和她儿子各捅了一刀。

暮色中，屈彬带着小鱼、青豆跨过边界，消失在国境那边。

7

钱皮在白羊湖边建房。他想在此娶妻生子，要选个风雨无忧的地方。他看中一个平缓的山间台地，这里高出湖面十多米，距离湖边一两百米。台地前方到湖岸之间生长着低矮的野梨、野樱桃、野杜鹃和糖梨，后方有一大片树林和空地。时值五月末，遍野是随风飘落的野梨花和野樱桃花。再过一两月，红的、白的野杜鹃将会盛开，更多蝴蝶和鸟儿会来此赴花的盛宴。而到秋天，房屋落成时，拇指大黄的、黑的（熟透了几乎变成黑色！）野糖梨就是山野里不花钱买的糖果。一串串野樱桃，艳红又光润，就是山野里不花钱买的珍珠项链。这里正好背北风，湖那边是山峦柔和的曲线，山又套着山。西南角上，山的线条下滑至水平线，使水天相连。湖水从那里泻下去，与从其他湖泊泻下的水汇合，流向嘿木庄园，养育那里的稻田和田鱼。

但是这附近没有泉水。看似清澈的湖水有股腥味，盛在瓷盅里用阳光照射，有些浮游之物，偶尔还有光亮绿色的水苔。翠枝很少开口，她眼里一直闪烁笑意，对她来说这里没有不好的地方。当钱皮自语说这里没有泉水的时候，她说她可以背水呀！钱皮脑中就浮现出了画报上见过的用木桶背水或用瓦罐顶水的少数民族女子婀娜的形象。他岂肯真让她背水。他试着在这里挖口井，结果只挖了两尺多深一股水就浸出来了。水先是银灰色的细流，他转身看翠枝和她的小羊嬉戏，过一会回头，水已变清亮了。他掬一捧尝，没有异味，还有一丝丝回甜。他高兴拉着翠枝在水边旋转，还跳起锅庄来了，觉得这真是块上天赐予他们的福地。

他独自开挖地基。他在湖边搭个棚屋，有时晚上就睡在里面。他能这样全靠在马颈子山的那段经历。马颈子山他感觉很累很苦，也许还带点苦中的浪漫，而此时他的感觉纯粹是幸福和悠闲。他并不赶工，每天只工作四五个小时，他的身体不算强健，而且耐力不够。他消消停停做工，做累了就坐在湖边看书，或跟翠枝和小羊一起玩耍。他在时野兔、山鸡这些都不来跟翠枝耍了，更别提灰狼和熊。他心里不是滋味，自我安慰想成翠枝第二还得待以时日。翠枝或翠莲会给他送饭来，有时他们三个还一起在工地野炊。有次翠枝一边守着他吃饭，一边向周围的野鼠和雀儿投苞谷子。有只野鼠为抄近路从钱皮光脚背上跑过，令他感到一阵奇怪的野性喜悦的战栗。噢，如果翠枝没在身边的话，如果翠枝不会哭着掉头离去的话，他定要把它抓住，活活吞下肚去。这不是为了果腹或吮血，这是狂热的喜爱——噢，让野鼠在我身体每个部分突突冲撞，让野鼠成为我精神的一部分，让我变成一只野鼠吧！

从嘿木庄园到白羊湖的半途有大片杜鹃林，这里有栋老屋，据说是苏家的瞭望所，或说是苏友山用刑和关犯人的地方。传说苏友山若要对人用刑，不在苏家大院里用刑，专带到这里来用刑，用了刑还可能会杀人。故此房子被视为凶宅，大家都是避而不去的。年深日久，房屋坍塌，后来又遭雷火，现在只剩一些余烬和石墙、石基。对钱皮的小屋来说，这真是个取之不竭的石材库呢，钱皮挖好地基后，就来这里取用石条。

翠枝的两个舅舅来相帮，翠枝大舅会做木工活，大舅第二次来把小舅也带来了。小舅三十多岁，也已经结婚，住在麻雀洞以外的地方。小舅是个沉默寡言的人，做事动作迟钝。大舅这次来帮了两天就走了，小舅却没有走，仍默默帮着做这做那，这令大家都很惊讶，因为大舅和阿妈都说他是个懒人，又很自私。钱皮体力不支收工很早，小舅有时一个人还要单独做一会。小舅到无事可干的时候，因为与钱皮无话可说，往往就像一段枯木在山野中立着，目送日落，等待月出。有时又像凳子蹲在翠枝的羊群旁边，羊群移动几次凳子才移动。钱皮经常默看这枯木和凳子，直到感动得流泪。他想我有何德，能使小舅勤劳又无私帮我？这一定是翠枝身上的力量。也不是翠枝身上的力量，是日月山川湖泊草地的力量。小舅的衣衫褴褛且不爱洗沐，他有时在湖里洗洗澡，这只是他在玩耍。他拒绝穿钱皮给他的衣服。钱皮想我有朝一日是否也会跟他一样呢？噢，我有朝一日会只穿翠枝用树皮和草编织的衣服，日日在这里翻地，栽种燕麦和洋芋。

葛超带着吉他来过几次。他说钱皮这番举止也无多大新意，因为古已有之，外国已有之。还说："古代历朝都有隐士的流派，但不客气说，你钱皮的文化还根本够不上当隐士。"又说："至关重要的一点是历朝皇帝老官对隐士都还是欣赏的，至少允许生存，不会扣个不劳而获的帽子抓去劳改，不会来查户口。"钱皮问："你咋不说蔡大叔和金大叔是隐士呢？"葛眼镜点头："那有点像。"钱皮问："你咋不说翠枝是隐士呢？"葛眼镜愕然："什么？翠枝？""是呀"，钱皮说，"毫无疑问她不是，毫无疑问我也不是。你不是说过翠枝是山鬼么？山鬼的意思是山神。那我只是个野鬼，而且这个鬼字还不能当神字讲，当兽字讲。"葛眼镜默然，过后才说："哼，这只是你的一种梦想。"

钱皮与葛眼镜谈论几年来接受的"再教育"，会修屋了是不是再教育的成果？或者，主要成果是他开始了解了人之为人，关于个人也关于人类。人或人类进化的命脉也许主要是精神性的，而非物质性的。精神世界的两个小人，神性与兽性之间，善与恶之间，毕人的一生，毕人类历史，争执不下，彼消我长，刹那不住，从无一瞬休战。而未来的大同世界，未来的极乐世界（如果有的话），神性无所不在，善无所不在。（矛盾了。）身体里兽性在减少的人是有福的，你看蔡大叔、金大叔来帮我了，连翠枝不说话的哥哥也来帮我了。我的坏处他们一下子都忘记了，当我们在一起做工的时候，我们周围有一种原始纯朴的气氛环绕着。但葛眼镜并不赞同他，葛超虽然自称散仙，从小受唯物史观和阶级斗争的熏陶，很相信"斗则进，不斗则退，不斗则垮"这一套，很相信以暴抗暴这一套，丝毫不隐讳对孙猴、水牛等的欣赏。

有天上午梅林跟翠枝一起来了，他们在白羊湖里投放鱼苗。梅林用他妙蔓的兰花指指着水里的鱼苗，翠枝笑着用根粗树枝敲打水面，像在催促鱼苗快些散开。钱皮想到翠枝跟梅林这样好却没有沾上梅林的女气，她还是很野，她真是本性难移。他这才感到翠枝可能真的不是个凡人，她是人和狼生的？是天和野山樱生的？或她生下后吃的狼奶？他原来和葛眼镜所言都是开玩笑，现在他真的这样想。

钱皮对翠枝说修好了屋就把她接来过野人生活，翠枝说嘻，我早就想了！钱皮就开始想象野人生活什么样，经常爬树，满山跑，睡树洞，喝生水，啃野果，吃生南瓜、生丝瓜。翠枝笑微微的，好像说这些呀，我都是你老师！后来钱皮说还要生娃儿，我们自己接生。也许，我们的娃儿还要吃羊奶、狼奶呢，因为你吃生东西，不知道有没有奶？钱皮故意说这些话逗她，翠枝爬在他身上咯咯笑，说你想吃奶呀？我喂你奶！翠枝问："哎，野人房屋咋不搭在树上，还要挖这样深的地基？"钱皮说："哦，如果我是一个人，那我的小屋要用树枝和泥土来做，要尽量透风和透光，要让野藤天生当我的窗帘，要让猫头鹰在屋顶做窝。""哎呀，我就想这样！""不，因为是两个人呀，我们的房屋不能随便就被山水冲跑了。""嗨，冲跑了才好玩哪！""那，我们的娃儿也被山水冲跑了好不好玩？"翠枝一下跳起来，把半桶儿水泼在他身上："嘻嘻，你就是娃儿！看把你冲不冲得跑呀！"

8

翠枝拿起小锄头，在他们屋基右侧一块阳光充裕的坡地开垦起来了。这里长满狗尾草、官司草、青蒿、草莓和蒲公英，她要用来种豆子和苞谷。钱皮晓得，翠枝种的庄稼多半是为野鼠和獾猪生长的，豆子和狗尾草一样，种子是人类的粮食也是鸟雀和野兽的粮食。兔子、松鼠和山雀，它们都在这里土生土长，它们不会为今年山野有无收成而未雨绸缪，它们就和灌木、土地一样是田野的象征，田野生来就该养活它们，没有它们的田野还成什么田野？没有它们的田野再“丰饶”也是苍白的，就像罂粟花海一样，就像少女的白日梦一样，从绚丽色彩背后发出青春虚度之叹。

翠枝每天都在湖里洗澡，然后天气好的话她还会一丝不挂四处乱跑，享受日光浴，像在伊甸园里一样。翠枝时而穿汉服，时而穿百褶裙，时而穿用枝叶和蓑草编的裙子，其上缀以浆果和花朵，令钱皮目迷五色，时时要去吻她的衣裳裙子，也就把甜蜜的浆果偷含在口中了。有时正在工作的钱皮眼前草木不动，可身边有风，这是仙女在走动，是翠枝曳裙而过。钱皮觉得吹过身边的风，正如那扫荡山脊而过的风，唱出断断续续的调子来，是天上人间的音乐片断。仙乐永恒吹响，可惜人心不古，不野，听得到它的耳朵太少了。

每天，钱皮——有时还有翠枝——在鸟声中睁开眼皮，青枝绿叶就在面前舞蹈。他伸出双手，双手也宛如绿叶，和着天上地下的绿一起舞蹈。他走出棚屋，舒开双臂，扩展胸膛，就像初夏的树枝树叶，尽情抽出嫩芽，伸张叶脉，享受空气和阳光。湖水轻舐湖岸的幽音，雀鸟唧唧喳喳的歌唱，是湖上两支奏鸣曲。晨昏荡漾的雾，是湖在起舞和拥抱天空。光的金线和雨的银线，是天空伸向湖水的千只万只手。日出时，湖水脱去白茫茫的衣裳，开始用阳光、绿叶和四季的野花化装。雾从湖面偷偷四散，退隐入林中，又从林中袅袅上升变成了灿烂朝霞。露水一直悬挂在林梢、草径、野藤上，滴滴嗒嗒不肯消失。

有一天因为头天扭伤了手，钱皮整天都没有工作，小舅也不知该做什么好。他俩在湖边从日出坐到下午，在湖光山色中，在安逸宁静中度过这段幸福时光。鱼在脚边吐泡，老龟在附近石头上晒太阳。偶尔的落叶被风托着，忽上忽下，忽左忽右，掉到头上了，碰到脸上了，带给身体一丝丝亲吻与爱抚。西斜的太阳提醒他时光流逝，他不在乎，正像那麻雀，蹲在头顶的山核桃树上，啁啾叫着，他也窃窃笑着。连翠枝、翠莲也不来打扰他们，姊妹俩跑到林中去采集野花草。那些淡红的石竹和山茱萸生长着，红红的桤果像妖精的眼睛闪亮，野冬青的浆果像吹弹即破，更有许多不知名的野果野花叫人喜悦窒息。她俩还拾回一些蘑菇，在石头支成的火塘做饭。

遇到下雨，他也整天不能工作，就坐在棚屋门口观望雨中的湖山。白茫茫的天，白茫茫的水，白茫茫的森林山峰。水天一色，山水一色。雨停了，湖面水气散开成了雾，结成一片片薄云挂在山腰。很快湖面也铺起了云，极稀薄、极轻盈的，在宽阔的湖面推进，这场面真壮观，像仙女们，也像云上站了许多活泼的仙女。仙女们只在湖面飘移，遇到湖岸和树林就会折返。仿佛为仙女们助兴，一只白羽毛的鸟儿波浪似的飞行，边飞边唱。当它从烟波浩渺处折回时，它已经成了双，一忽儿又变成三只，钱皮想它唱的可能是雨住了！天晴了！很快它的伙伴已聚集数十只之多！当它们从欢聚的树枝上腾空时，叫声像天空中打破许多只银碗，满天响起悦耳的叮灵咣当之声。

钱皮想，我活了这么大不知何为宗教，只晓得和尚庙宇都在深山里的，天主教堂的尖顶都在云端里的，佛祖悟道是在菩提树下的，孔子讲学是在泗水边的，老子是骑青牛走向荒郊野外的，都有一种超凡的神圣的风味缭绕着。原来如此，难怪佛教说的放下屠刀立地成佛，还说苦海无边回头是岸。这样说来，翠枝莫不是菩萨的化身？

钱皮和小舅正在做工，远远走来几个陌生人，一看就不是嘿木庄园的农民。不好，这几人是来抓他的！钱皮本能想跑，却见来人中已经举起了枪。他“唉——”长长叹口气，手一松，丢下斧头。腿一软，一屁股坐在脚边的木头上。

9

钱皮狱中就知道翠枝不在了。出狱后赶快去嘿木庄园，在那里听说在一次七月半请七仙女下凡后，翠枝一直神志不清，过后就不见了，或说变成了白羊湖中的水蛇。还听说梅林得到一笔遗产，捐钱修复了一座古庙，出家当和尚去了。也可能是住在庙里的居士，跟住持念念经，敲敲钟，扫扫落叶这些。

钱皮遂到处寻找梅林。他后来和葛超、秋霞交谈：“我来到一座古刹，从山门里走出来一个瘪嘴老妪，死盯着我看，我也盯着她看，终于认出是假女。但我还是不相信，哪会变得这样老！后来他亮出兰花指，说哦，你来了？我这才相信了，说来了，这么多年……他说哎，是定数，不早不晚，就在今年的今天，这个时候……你是为她来的？我说就是，我来找她。我很紧张，说话舌尖都在抖。”

“你像有希望，”秋霞说，“可如果她在的话，他们两个在一起，你怎么办？”

“不晓得。我也许会笑了哭，哭了又笑。一场空，他停了一会才说，他的表情很复杂……”

葛眼镜说：“这说明他的道行还浅。”钱皮摇摇头：“我听他说一场空，头脑就一片空白，过后的事情，包括怎样和他道别的，都模糊了。后来我再去找，不是走错山，就是走错庙。”

重提一下开篇那道芳草萋碧的山坡，那里后来并没有开挖，只在坡脚石头上刻了些字，又过些年石头前踏出一条小径。有一天，鬓发斑白的钱皮和葛超走拢看石头上的字，写道：某某、某某等不幸于此，年月日。

两个在石头前默站一会。钱皮道："古人说桃李无言，下自成蹊，像这样一块不起眼的石头，它又不是桃李。"葛眼镜道："但它是历史，当年在本省，这几个名字（作者注：准确说是他们的绰号）可说妇孺皆知。""但是我不喜欢，"钱皮道，"像这样没有一点忏悔。"葛眼镜耸耸肩："咦，多奇怪的思想！都说死者为大，你见过哪一块碑，上面刻有忏悔？"